Catherine Gaskin

Denn das Leben ist Liebe

Aus dem Englischen von
Hans Trausil und Leonore Donant

BASTEI LÜBBE

BASTEI-LÜBBE-TASCHENBUCH
Band 12303

Titel der englischen Originalausgabe:
Blake's Reach

Lizenzausgabe für die Gustav Lübbe Verlag GmbH,
Bergisch Gladbach
mit freundlicher Genehmigung der
S. Fischer Verlag GmbH, Frankfurt am Main
Printed in Germany April 1995
Einbandgestaltung: ZEMBSCH-WERKSTATT, München
Satz: hanseatenSatz-bremen, Bremen
Druck und Bindung: Ebner Ulm
ISBN 3-404-12303-4

Erster Teil

1. Kapitel

Jane beugte sich auf ihrem Heulager in der Tenne etwas weiter vor, um einen letzten Blick von der Postkutsche zu erhaschen, die auf der südlichen Route nach London entschwand. Den ganzen Morgen hatte es geschüttet, jetzt war die Luft des Februartages klar und rein wie im Vorfrühling. Von den Anhöhen von Hampstead Hill konnte man in der Ferne die Türme, Dächer und Kirchen von London erkennen – eine strahlende Stadt, die auf Jane einen erregenden, dämonisch bezwingenden Zauber ausübte. Nicht, daß das Leben hier im Postgasthof ›Zum Federbusch‹ langweilig gewesen wäre oder daß es hier nicht genug Klatsch darüber zu hören gab, was in London vorging. In einem Gasthof, der so günstig im Norden von London am Ende des langen Aufstiegs zu den Anhöhen lag und der noch dazu eine Poststation war, wo die Pferde gewechselt wurden, würde immer reger Betrieb herrschen. Der Klatsch der Hauptstadt erreichte den ›Federbusch‹ beinahe so schnell wie die Gäste der Kaffeehäuser in der Fleet Street. Außerdem war das Gasthaus für seine ausgezeichnete Küche und zuvorkommende Bedienung weithin bekannt. Deshalb stiegen hier schon immer viele bedeutende Persönlichkeiten aus dem politischen Leben ab, sowie Herren und Damen, die in der Gesellschaft und am königlichen Hof eine Rolle spielten. Die Wirtschaft ›Zum Federbusch‹ war aber auch bei allen anderen Schichten der Bevölkerung überaus beliebt, verkehrte doch in dem fast am Stadtrand gelegenen Haus allerlei Volk.

Doch nur so am Rande der Stadt zu leben, genügte Jane Howard nicht.

Gerade in diesen Tagen behagte es ihr ganz und gar nicht. Denn London fieberte in der Erregung einer unbestimmbaren Umwälzung, und alle Reisenden, die einkehrten, waren von dem allgemeinen Fieber angesteckt. Jetzt, im zweiten Monat des Jahres 1792, erreichte die fieberhafte Erregung ihren Höhepunkt. Sie hatte ihre Ursache und ihren Schwerpunkt in der Revolution in Frankreich, die mit haßerfüllter Leidenschaft unter der noch unvertrauten Devise der Freiheit und Gleichheit ihren rasenden Verlauf nahm. Für die meisten Leute, die im Postgasthof einkehrten, und, wenn man den Zeitungen in London Glauben schenken konnte, für die meisten Engländer stand es fest, daß es früher oder später zum Krieg mit Frankreich kommen würde. Dieser Gedanke war es, der die Gemüter beunruhigte.

Krieg brachte vieles mit sich. Vor allem aber bedeutete Krieg einen Umschwung. Es würde sich vieles ändern.

Die Engländer hatten eine Revolution zu kosten bekommen, als die amerikanischen Kolonien sich gegen ihr Mutterland erhoben und es besiegten. Noch hatte man diese bittere Zeit nicht vergessen. Was jetzt in Frankreich vor sich ging, war etwas ganz anderes und geschah in unheimlicher Nähe. Für den Engländer war es schwer, ja unmöglich, sich vorzustellen, daß sein eigener widerspenstiger König, der ›Bauerngeorg‹, trotz seines zunehmenden Wahnsinns von seinem Volke gefangengehalten und sogar mit dem Tode bedroht würde. So etwas konnte in England nicht geschehen. Doch man lebte in einer Zeit, in der sonderbare Ideen in der Luft lagen, man war beunruhigt und fragte sich, welchen Verlauf die Ereignisse nehmen würden. Beim Bier wechselten hitzige Diskussionen der Dorfbewohner, ob es Krieg und Revolution geben könnte, mit friedlichen Gesprächen über das Wetter und die Ernteaussichten ab, sowie mit vergnüglichen Klatschgeschichten aus der Umgebung.

Jane hörte zu, während sie die Krüge nachfüllte oder Sally Cooper, der Frau des Wirtes, beim Auftragen eines üppigen Mahls in einem der Nebenzimmer behilflich war. Nichts entging ihr, und sie dachte über das Gehörte nach. Was die Gäste erzählt hatten, erhöhte nur noch ihre eigene Unruhe. Es waren aufregende Zeiten – oder war es der Frühling, der sich schon bemerkbar machte?

Jane Howard legte sich wieder ins Heu zurück und löste den Schal von ihren Schultern. Wieder war es Frühling, wieder hatte eine Postkutsche ihre Fahrt nach London fortgesetzt, ohne sie mitzunehmen. Sie blickte zu den geschwärzten Eichenbalken empor und seufzte, ein Seufzer, der ihrer Entschlossenheit, dieses öde Leben hier nicht länger zu ertragen, nur schwachen Ausdruck verlieh.

Auf dem Heuboden war es still wie wochentags in der Kirche, doch Jane sagte sich, daß sie diese Stille nicht mehr lange genießen würde. Zwar drückte Sally meistens ein Auge zu, wenn sie sich einmal länger nicht blicken ließ, und übersah, daß der Schlüssel zum Schuppen nicht am Nagel in der Küche hing. Wurde aber eine Postkutsche aus London erwartet, dann begann schon eine Stunde vorher ein geschäftiges Hin und Her, alles für die Mahlzeiten der Gäste und für deren Weiterfahrt vorzubereiten. Dann wußte Jane, daß ihre Hilfe erwartet wurde, und sobald sie ihren Namen von Sallys tiefer Stimme über den Hof rufen hörte, stieg sie widerwillig die Leiter herunter, um den staubigen Geruch von Äpfeln und Heu mit dem kräftigen Aroma von Brandysauce und Schweinefleisch zu vertauschen, das in der Küche am Spieß über dem offenen Feuer gebraten wurde.

Im Gasthof ›Zum Federbusch‹ gefiel es Jane ganz gut, doch es verdroß sie, und sie empfand es als Erniedrigung, fortwährend die Reisenden bedienen und sich bei ihrer eiligen Abfahrt sputen zu müssen. Die Fremden fuhren Orten entgegen, die sie selber noch nie gesehen hatte. Immer mußte Jane Howard zurückbleiben. Am schlimmsten aber empfand sie es, wenn Postkutschen aus dem Norden auf dem Wege nach London hier ihre letzte Station machten. Ihr Herz folgte ihnen voller Sehnsucht und mit schlecht verhülltem Neid. Da schlug sie mit den Kupferkesseln unnötig laut auf die Herdplatte oder knetete wütend den Teig, daß das Mehl bis über die Ellenbogen stäubte. Sallys drei Töchter Prudence, Charlotte und Mary wußten dann, daß Jane ein Temperament besaß, dem nicht zu trauen war, und sie hüteten sich, ihr auf Sprechweite nahe zu kommen, denn Jane hatte eine scharfe Zunge.

Wohnte man in einem Postgasthof, besonders wenn er an einer so vielbereisten Straße lag, dann war es unausbleiblich, daß man sich für das Leben und die Persönlichkeiten der Fahrgäste interessierte, die zu allen Tages- und Nachtzeiten ermüdet den Kutschen mit ihren harten Bänken entstiegen. Jane hatte alle Arten von Menschen gesehen und genau beobachtet. Hilfsgeistliche in schäbigen schwarzen Röcken oder Pfarrer mit kleinen Pfründen in engen Kniehosen. Vertreter von Handelshäusern, Gouvernanten, selbst in einem öffentlichen Gefährt sich ihrer Würde bewußt, Matrosen, die auf Urlaub heimfuhren. Die Reichen kamen in eigenen Kutschen, von denen manche mit Samt ausgeschlagen und mit seidenen Vorhängen versehen waren. Die Damen trugen Hüte nach der letzten Mode und hielten Zwerghündchen auf ihrem Schoß, die Herren hatten Westen an in wunderbaren Farben, an ihren Händen blitzten wertvolle Ringe. Fasziniert ließ Jane, während sie ihre Arbeit verrichtete, das bunte Treiben nicht aus den Augen; sie behielt vieles aus dieser ihr fremden Welt im Gedächtnis, was sie aus hingeworfenen Bemerkungen aufschnappte, während sie Wein einschenkte. Die verschiedensten Menschentypen verkehrten in der Poststation, und der Wirt bemühte sich, die Wünsche eines jeden je nach der Größe seines Geldbeutels zu befriedigen. Immer wieder mußte für Essen und Trinken, frisches Bettlinnen und Wärmflaschen gesorgt werden. Janes Körper war zwar kräftig und geschmeidig wie der einer Katze, doch wenn abends die Kerzen angezündet wurden, schmerzten sie die Füße, und sie konnte gut verstehen, warum die schon ältere Sally, seufzend vor Erschöpfung, auf die Küchenbank niedersank. Für Arbeitswütige — aber das war Jane nicht — war dieser Gasthof der richtige Platz. Es gab gute und reichliche Verpflegung und viel anregenden Klatsch obendrein. Klatsch zu hören, das allerdings war immer ein Hochgenuß für Jane: eine kleine Skandalgeschichte, die man sich heimlich über den jungen Baron zuflüsterte, während er im Vorderzimmer beim Wein saß, boshafte Bemerkungen über die hochnäsigen Manieren der Dame, deren Wagen soeben davongerollt war. Bedeutete doch Klatsch in einem gewissen Sinne Belehrung und Unterweisung, und Jane lag viel daran, etwas über die Dinge zu erfahren, auch wenn sie ihr Leben nur indirekt berührten.

Doch es gab Zeiten, wo Gedanken sie beschäftigten, die nicht ausgeplaudert werden durften, die sie Pru und Lottie nicht anvertrauen wollte, nicht einmal ihrer Lieblingsfreundin Mary. Gedanken waren es, die sie beunruhigten und bestürzten, Gedanken, derentwegen sie den Kutschen mit immer größerer Wehmut nachblickte. Mary zum Mitwisser zu machen, wagte sie nicht, doch daß Mammie Sally etwas davon ahnte, glaubte sie zu fühlen.

An solchen Tagen wartete sie die ruhigen Stunden des Nachmittags ab, schritt, die ihr nachblickenden Pferdeknechte nicht beachtend, über den Hof und stieg die Leiter zum Heuboden hinauf, wo sie sich ein weiches Lager machte. Hier fühlte sie sich geborgen, hier konnte sie ihren Träumen nachhängen, während sie die lauen Luftwellen einsog, die durch die Ritzen drangen. Dann streifte sie ihre schweren Schuhe ab, ließ ihre Zehen in den derben Strümpfen spielen, schloß die Augen und dachte laut die Gedanken, die sie niemandem anvertrauen konnte.

Auch heute ging ihr etwas durch den Sinn, was sie schon seit Monaten immer wieder beschäftigt und beunruhigt hatte, nur war es ihr durch einen häßlichen Auftritt mit Sally und Tim Cooper erst jetzt richtig zum Bewußtsein gekommen. Gestern war der sechsundzwanzigste Februar gewesen. Mammie Sally war eine viel zu sehr beschäftigte Frau, als daß sie sich um Daten hätte kümmern können, doch wenn sie zurückrechnete, mußte Jane ungefähr um diesen Tag herum zu ihnen gebracht worden sein. Der sechsundzwanzigste Februar 1792 war also Janes achtzehnter Geburtstag. Wenn sie daran dachte, verfinsterte sich ihre Stirn. Mit achtzehn waren die meisten Mädchen verheiratet und hatten schon ihr erstgeborenes Kind in der Dorfkirche taufen lassen. Mit achtzehn war man schon fast eine sitzengebliebene alte Jungfer. Und Jane war noch immer unverheiratet. Konnte man sie – verglichen mit den Damen, die im Gasthof abstiegen – auch keine Schönheit nennen, war sie doch so anziehend, daß sich die Blicke der Männer immer wieder bewundernd auf sie richteten. Doch keiner von diesen kam für sie als Ehegatte in Betracht.

Darüber war der Streit mit Tim ausgebrochen, in dem Sally, wenn auch nicht sehr entschieden, Tims Partei ergriffen hatte. Im Dorf war es allgemein bekannt, daß Jane jederzeit Harry Black heiraten konnte, wenn sie ihn nur haben wollte. Doch ihn wollte sie nicht zum Manne haben, freilich ohne recht zu wissen, wen sie eigentlich wollte.

Alle wunderten sich darüber, daß Harry Black sich eine derartig abweisende Behandlung von ihr gefallen ließ. Denn er war eine gewichtige Persönlichkeit in der Gemeinde und hatte sehr viel zu bieten. Harry war ein wahrer Hüne und für seine Kraft in allen Nachbardörfern berühmt, er hatte blondes Haar, blaue Augen, einen Stiernacken und schwere, klobige Hände. Lehnte er sich gemütlich in einem

Stuhl zurück, so brach dieser unter seinem Gewicht zusammen; wollte er eine Uhr aufziehen, so ging diese unweigerlich in Stücke. Sein Gesicht hatte gute, regelmäßige Züge, er trug sich kerzengerade, offensichtlich stolz auf seine äußere Erscheinung. Harry protzte gern mit seinen Erfolgen beim weiblichen Geschlecht. Er hatte Glück, denn er war der einzige Sohn von Thomas Black, und das bedeutete sehr viel. Tom Black war der reichste Bauer im ganzen Bezirk, er hatte sich einen schönen Hof aus roten Ziegelsteinen gebaut, der an Größe mit dem des Barons George Osgood wetteiferte. Ihm gehörte auch eine Brauerei, die er selber leitete, und es hieß, er treibe einen schwunghaften Handel mit Kaufleuten in der Stadt London. Jedenfalls war Tom Black ein begüterter Mann von großem Ansehen, und Harry war sein einziger Sohn.

Allen war daher klar, daß Jane sehr töricht sei, Harry so wegwerfend zu behandeln. Tim Cooper ging sogar noch weiter und bezichtigte sie, einen anderen, weniger ehrenwerten Ehrgeiz zu hegen.

»Das ist dein schlechtes Blut«, hatte er ihr gestern abend wütend ins Gesicht geschrien. »Du wirst ebenso eine Hure werden wie deine Mutter.«

»Still! Um Gottes willen, schweig!« mischte sich Sally rasch ein. »Anne Howard kann tun und lassen, was sie will. Jane ist nicht für ihre Mutter verantwortlich.«

Zornig biß Tim auf seinem Pfeifenstiel herum. »Du hast sehr hochtrabende Ideen, Mädel, Ideen, die sich nur reiche Leute leisten können. Verdiene dir erst mal eine Mitgift, ehe du Harry Black so links liegen läßt.« Seine Entrüstung war so groß, daß er kaum Atem schöpfen konnte. »Wer bist du denn eigentlich? Wenn man's genau betrachtet – nur ein kleines Dienstmädchen in einem Gasthof. Harry könnte ganz was anderes haben, wenn er wollte, und sich ein Mädel mit einigen Ersparnissen aussuchen!«

Das saß. Jane, verärgert und reizbar durch die viele Arbeit der letzten Monate, erwiderte hochmütig: »Tom Black hat auch nur als gewöhnlicher Arbeiter angefangen, und ich bin dank meiner Geburt dem Sohne des großen Herrn Black weit überlegen! Meine Mutter und mein Vater waren Edelleute!«

»Deine Mutter ist nichts weiter als eine Hure, und dein Vater beschloß seine Tage im Gefängnis. Vergeßt das nicht, mein adliges Fräulein!«

Jane wälzte sich wütend im Heu, als sie an diese Worte dachte. Immer sagten die Leute ›schlechtes Blut‹, wenn von ihrer Mutter die Rede war. Sie gebrauchten das Wort ganz unverblümt, denn das ganze Dorf kannte Anne Howards Geschichte von dem Tage an, als sie mit der kleinen Jane im Postgasthof ankam, um das Kind Sallys Obhut zu übergeben. Damals war Anne eine lebhafte, rothaarige, bildhübsche Frau von zwanzig Jahren gewesen, deren Schönheit aller Blicke auf sich zog. Sie war die Witwe des Hauptmanns Tom Howard – ›Tom Lustig‹ nannten ihn die Leute –, der vier Monate vorher im Schuldgefängnis in Fleet Street gestorben war, in das seine Gläubiger ihn hatten werfen lassen. Über zweierlei gab es keinen Zweifel: Anne war nicht für die Arbeit geschaffen, und sie besaß keinen Penny. Ein kleines Baby bedeutete unter diesen Umständen eine Last. Jane wurde daher den Coopers überlassen. Zudem machte die junge Witwe kein Hehl daraus, auf welche Weise sie das Pflegegeld für ihr Kind verdiente. Schon sehr bald hing sie am Arm ihres ersten Liebhabers und ging in Samt und Seide einher. Nicht lange, und eine Perlenkette schmückte ihren Hals.

Anne war ausgelassen heiter und kleidete sich auffallend, sie glich einem ausländischen Vogel mit buntschillerndem Gefieder. Sie spielte ausgezeichnet Karten und konnte ein geistreiches Gespräch führen, dazu war sie gutmütig bis zum Leichtsinn und eine freigebige Verschwenderin. Nie sah man sie ermüdet oder niedergeschlagen. Spät in der

Nacht, wenn andere wein- und schlaftrunken dasaßen, waren Anne Howards Witz und Geist genau noch so scharf und wach wie beim Mittagsmahl. Schlaf betrachtete sie als Zeitverschwendung, die Morgendämmerung begrüßte sie am liebsten in lustiger Gesellschaft beim Kartenspiel.

Mit den Jahren erschien sie nur noch selten im ›Federbusch‹, und Jane freute sich auf ihre Besuche wie auf den Frühling nach einem strengen Winter. Sie war geblendet von Annes Schönheit und lebhaftem Wesen, ihren Kleidern, ihrem lustigen Lachen; in ihrem Gebaren und in ihrer Unterhaltung brachte sie jedesmal einen Hauch der mondänen Welt mit, frei von aller Spießbürgerlichkeit. Anne war ein durch und durch egoistisches Wesen, doch diesen Fehler konnte Jane leicht übersehen. Jane verglich sich all die Jahre hindurch mit ihrer Mutter und hoffte, daß sie neue Ähnlichkeiten zwischen Anne und sich entdecken würde. Die Mutter nachzuahmen, konnte nur von Vorteil sein, denn sie war ihrer Geburt nach eine Adlige. Das zeigte ihr ganzes Benehmen. Was Jane als rätselhaft und bedrückend empfand, war die Tatsache, daß ihre Mutter unter keinen Umständen dazu gebracht werden konnte, von ihrer Familie und Herkunft zu sprechen. Dies war die einzige Enttäuschung, die Anne ihrer Tochter jemals bereitete.

Sally Cooper mißbilligte Anne Howards unmoralischen Lebenswandel und was sie ›ihren Leichtsinn‹ nannte, und doch war sie Annes Zauber genauso verfallen wie Jane. Wenn Anne von ihren amourösen Abenteuern erzählte, ließen beide ihre Arbeit liegen. Bei ihr drehte sich alles um Männer, Männer, nichts wie Männer. Sie kamen und gingen, reiche und mächtige; manche gewannen Annes Zuneigung, nur weil sie Geld hatten, andere, weil sie sie anziehend fand, auch wenn sie nichts aus ihnen herausholen konnte. Zuweilen verschenkte sie ihre Liebe verschwenderisch, sie konnte aber auch geizig damit umgehen und sich nur für Geld hingeben. Anne wurde von Männern nur so umschwärmt, doch keiner heiratete sie.

Sally schüttelte den Kopf. »Du bist keine gute Geschäftsfrau.«

»Aber ich habe Glück im Spiel«, war Annes Antwort.

Als Anne sich aber doch einmal ernstlich verliebte, blühte sie zu einer bezaubernden Schönheit auf, einer Schönheit der Reife. Selbst ein Fremder erkannte sogleich, daß sie verliebt war, wenn er sie von John Hindsley erzählen hörte. Dieser John Hindsley war ein Graf und bekannt als einer der reichsten Männer Englands. Er bezahlte Annes Schulden und schenkte ihr ein kleines, elegantes Haus in der Albermarle Street; von jetzt an trug sie kostbare Juwelen. Eines Tages erschien sie strahlend im Postgasthof. Ein Blick – und Sally und Jane wußten alles.

»Johnny und ich werden heiraten. Weiß Gott, ich verdiene nicht, daß er mich liebt, aber diesmal habe ich Glück in der Liebe und im Spiel!«

Das Glück endete nur allzubald. In einer Zeitung lasen sie, daß Hindsley in einem Fluß auf seiner Besitzung in Hampshire ertrunken war. Anne erschien nicht im ›Federbusch‹. Die beiden Frauen fühlten ihren Schmerz aus ihrem Schweigen. Dann kam nach Monaten ein kurzer Brief. Nie konnte Jane die ersten Zeilen vergessen.

»Vor zwei Wochen habe ich Johnnys Sohn zur Welt gebracht. Ich habe ihn William getauft. Da Johnny zwei Tage vor unserer Hochzeit ertrunken ist, kann William ihn nicht beerben.«

Wie vom Donner gerührt sah Sally Jane an. »Hindsleys Bankert! Was, um Himmels willen, wird jetzt aus ihr werden!«

Erst nach zwei Jahren besuchte Anne den ›Federbusch‹ wieder. Noch immer war sie schön, noch immer zeigte sie ihre bewegliche Lebhaftigkeit, doch ein Anflug von Ermüdung klang aus ihrem Lachen, ihre Augen hatten nicht die Wärme von früher.

William hatte sie nicht mitgebracht, und als sich Jane nach ihm erkundigte, antwortete sie kurz: »Er ist ein entzückendes Kind und mir viel zu kostbar, als daß ich ihn dem Gerüttel einer Postkutsche aussetzte.«

Kleinlaut fragte Jane, ob sie nach London kommen dürfe, um auf das Kindchen aufzupassen.

Anne lächelte, und für einen Augenblick kam die alte Wärme in ihr Gesicht. »Du bist zu jung, um für William zu sorgen, aber bald sollst du uns beide in London besuchen.«

Immer wieder dachte Jane während der nächsten Jahre an dieses Versprechen. Sie gab sich besondere Mühe in den Unterrichtsstunden bei dem alten, verabschiedeten Dorfschullehrer Simon Garfield, für die Anne bezahlte. Bücher und Lernen fand Jane etwas langweilig, doch sie paßte bei Simon gut auf, denn sie sagte sich, sie müsse eine gesittete Unterhaltung wie die Herrschaften im Gasthof führen können. Anne sollte sich ihrer nicht zu schämen brauchen, wenn sie sie nach London kommen ließe.

Simon, der Kinder eigentlich nicht gern hatte, zeigte große Geduld mit ihr, gab sich Mühe und brachte ihr sogar einige Brocken Latein bei, denn er sollte für diese Stunden gut bezahlt werden. Als Jane vierzehn Jahre alt war, hörte der Unterricht auf, weil Anne bis dahin Simon so viel schuldete, daß er sich weigerte, auch nur noch ein Buch für Jane zu öffnen, bis ihre Mutter ihn voll bezahlt hätte. Jane gab beinahe die Hoffnung auf, daß Anne sie jemals nach London kommen lassen würde.

Ungefähr um dieselbe Zeit erlitt Jane den Verlust einer ihrer anderen großen Freuden. Vor Jahren, als es Anne besonders gut ging, hatte sie in einem Anfall von Freigebigkeit Jane ein Pony geschenkt, Jasper mit Namen. Anne war eine leidenschaftliche Pferdeliebhaberin und ausgezeichnete Reiterin. Das war eine der wenigen Eigenschaften, die Jane mit ihrer Mutter teilte. Sie kannte keinerlei Furcht vor Pferden, und zuweilen ritt sie am frühen Morgen mit Kniehosen, die sie sich geliehen hatte, im Herrensattel auf Jasper durch die Heide. Als Anne immer seltener Geld schickte, zahlte Tim Cooper in seiner Gutmütigkeit die Rechnungen für den Hafer. Janes Vergnügen sollte nicht geschmälert werden. Sie selber fütterte und striegelte ihr Pony. Schließlich aber wurde es auch Tim zuviel, und Jasper wurde verkauft. Für Jane blieb nun nichts übrig als die Freude, sich hin und wieder heimlich auf den Rücken eines der Postpferde zu schwingen, die für die Nacht in den Ställen eingestellt waren.

Annes Geldsendungen wurden von Mal zu Mal kleiner und hörten schließlich ganz auf. Sie schrieb, sie sei krank gewesen und hätte die hohen Doktorrechnungen noch nicht bezahlen können. So verfiel Jane mit der Zeit wieder in ihre alte Rolle eines Dienstmädchens im ›Federbusch‹. Sally hatte ihr das Kochen, Nähen und Buttern beigebracht; nun lernte sie, wie man einem Reisenden, der Kenner war, einen guten Wein verkauft und serviert und wie man einen minderwertigen an den Mann bringt, wenn es nicht darauf ankommt. Wie man ein Pferd striegelt und einspannt, hatte sie schon gelernt, und mit den Jahren beherrschte sie auch die Ausdrücke der Stallburschen, die sie aber vor Sally wohlweislich nicht gebrauchte. Sie entwickelte sich in einem gewissen Sinne zu einer vierten Tochter der Coopers, die die harte, tägliche Arbeit mit ihnen teilte und das Bett der ältesten Tochter Mary. Und auch die selbstverständliche Liebe, die sie füreinander hegten, teilte sie mit ihnen.

Anne ließ nur selten von sich hören, und dann klagte sie über Geldmangel. Jane hatte noch immer die unbestimmte Hoffnung, daß sie doch noch eines Tages nach London gerufen würde. Anne bewohnte jetzt noch das Haus, das Lord Hindsley ihr geschenkt hatte, und Jane überlegte, daß sie sich ihrer Mutter nützlich erweisen könnte, und sei es auch nur in der Stellung eines Dienstmädchens. Immer wieder studierte sie in den Büchern aus der Zeit, als sie Simon Garfields Schülerin gewesen war, und sie bemühte sich mit aller Kraft, nicht den ordinären Tonfall von Sally und ihren Töchtern anzunehmen. Sie wurde des Wartens überdrüssig. Sie wußte, wie ihr Körper sich entwickelte und reifte, wie die männlichen Gäste im ›Federbusch‹ ihr nachstarrten und über sie sprachen, und immer war sie sich bewußt, wie die Zeit verflog. Es fiel ihr immer schwerer, zugegen zu sein und voll sehnsüchtigem Verlangen zusehen zu müssen, wie die Postkutschen nach London abfuhren.

Am Tage nach ihrem achtzehnten Geburtstag lag sie auf dem Heuboden und sagte sich, es müsse doch etwas anderes für sie geben, als zu heiraten und in diesem elenden Dorfe zu leben und zu sterben. Es müsse sich doch noch eine andere Chance für sie bieten als dieser Harry Black. Aber wie und woher, das wußte sie nicht.

2. Kapitel

Ohne sich von der Stelle zu rühren, starrte Harry Black auf das Tor zum Schuppen. Mit seinen breiten, schweren Schultern stand er gegen die Stallmauer gelehnt. Aus seiner Haltung hätte man schließen können, daß er sich nur mit äußerster Anstrengung würde aufgerichtet und fortbewegt haben können, doch in Wirklichkeit waren seine Muskeln gespannt wie selten und seine Gedanken von Bildern durchzuckt. Das Blut schoß durch seine Adern, und er mußte krampfhaft schlucken.

Harry hatte Jane gerade noch im Schuppen verschwinden sehen. Er war ihr gefolgt, ohne sich etwas dabei zu denken. Dann aber war er stehengeblieben. Sein Zaudern ärgerte ihn. Er wischte die schweißfeuchten Hände an seinen

Reithosen ab und schluckte wieder. All seine Instinkte trieben ihn zu ihr hin, trieben ihn dazu, die günstige Gelegenheit auszunutzen und seine Forderungen, die er seit über einem halben Jahre an sie stellte, gewaltsam zu erzwingen. Er bildete sich ein, sie berühren, küssen und umarmen zu können, wenn er sich ihr jetzt nur forsch genug näherte. Ja, vielleicht könnte er ihr das Versprechen entreißen, ihn zu ehelichen. Wie angewurzelt stand er da. Er fühlte, daß er zitterte, und fragte sich, wo die Kraft hin sei, die jeder ausgewachsene Mann und Bursche bei ihm fürchtete. Seine Entschlußfähigkeit schien vor diesem schmächtigen jungen Mädchen, dessen Blicke stets nur Verachtung für ihn hatten, glatt zu versagen.

Harry ballte die Fäuste. Das Verlangen, Jane zu besitzen, brannte wie eine schmerzhafte Wunde in ihm. Sein Gemüt war einer zärtlichen Liebe nicht fähig. Er wußte nur eins: er wollte Jane besitzen. Er hatte keine Ahnung von ihrer Seele, denn es war zwischen ihnen nie zu einer innigen Aussprache gekommen.

Harry verlangte es immer nur nach den verführerischen Reizen ihres Körpers, nach dem Duft ihrer Haut. Wenn er in der Küche des Gasthofes gesessen hatte, waren seine Blicke stundenlang ihren Bewegungen gefolgt, hatten sich seine gierigen Augen an ihrem leuchtend roten Haar und den weichen Rundungen ihres jungen Leibes ergötzt.

Es gab Zeiten, da er Jane haßte. Sie hielt ihn zum Narren, ihn, Harry Black, den einzigen Sohn jenes Mannes, der das ganze Dorf aufkaufen konnte. Harry war ein kräftiger, schöner Mann — das sagten alle Frauen, und sie gaben sich ihm willig. Er war stolz auf einen prächtigen Sohn, den er vor einem Jahr mit einem Mädel drüben in Thornton gezeugt hatte. Es standen ihm so viele Möglichkeiten offen, aber nein, Narr, der er war, er mußte sich ausgerechnet in eine Dienstmagd vergaffen, die noch nicht einmal den Stand einer Wirtstochter besaß. Arm wie eine Kirchenmaus und dazu noch das Kind einer besseren Hure. Doch sie hatte rote, süße Lippen und den Gang einer Königin. Er wußte, sie machte sich nichts aus der Ehre, von ihm die Ehe angeboten zu bekommen. Daß sie ihn immer wieder abwies, erfüllte ihn mit Zorn, und doch, ob er wollte oder nicht, sie fesselte ihn mit ihren Reizen immer wieder aufs neue.

Harry vernahm Stimmen im Stall und wandte den Kopf. Es wäre peinlich gewesen, wenn die beiden Stallknechte herausgekommen wären und ihn hier gesehen hätten. Sie hätten genau gewußt, warum er sich hier herumtrieb. Sie lachten ihn sowieso schon hinter seinem Rücken aus, weil er ein Dienstmädchen mit sich Schindluder treiben ließ, als handle es sich um eine große Dame. Alle wußten, warum er stundenlang in der Küche geduldig auf sie wartete; sie wußten auch, daß Jane mit ihm nicht in die Heide ging. Das war fast so schlimm wie die höhnischen Sticheleien seines Vaters.

Plötzlich richtete er sich auf und ging auf den Schuppen zu.

Innen herrschte dämmriges Nachmittagslicht, nichts regte sich, das auf Janes Gegenwart schließen ließ. Mit einer für ihn ungewöhnlichen Vorsicht zog er leise das Tor hinter sich zu.

»Jane! . . . Jane!« Mit heiserer Stimme rief er ihren Namen.

Er erwartete nicht, daß sie antworten würde. Sein Blick streifte den Haufen herumliegenden Gerümpels. Rasch schritt er auf die Leiter zu, die am Heuboden angelehnt stand. Als er halb oben war, erschien über dem Rand plötzlich Janes Kopf. Sie lag nahe am Einstieg. Feindselig starrte sie ihn aus ihren grünen Augen an.

»Was suchst du hier?«

»Verdammt, was schert dich das! Ich komme, wenn ich will.«

Daß er sanft zu ihr sprechen wollte, hatte er vergessen.

Er erkletterte die letzten Sprossen und hielt einen Augenblick lang sprachlos vor Wut und Erregung inne.

»Warum läßt du mich nicht in Ruhe«, sagte sie gereizt. »Ich habe Kopfweh, meine Füße schmerzen, und in ein paar Minuten muß ich in die Küche, das Abendessen richten . . .«

Er musterte sie. Am liebsten hätte er ihr trotziges Gesicht geohrfeigt. Mit einer hilflosen Bewegung tappte er ihr nach. Sie tat, als sähe sie es nicht. Unentwegt funkelten ihre seltsam grünen Augen unter den dunklen, geschwungenen Brauen ihn an. Wie schön sie war! Die Leute sagten, sie sei ganz die Mutter.

Jane ließ ihn nicht aus den Augen. Sie sah, wie er sich mit der Zunge über die Lippen fuhr. Sein Gesicht war gerötet; sie sah den erregten Schlag seiner Halsschlagader.

»Jane . . .«, stieß er hervor.

Sie haßte das Keuchen seines Atems. Vorsichtig wich sie etwas zurück.

»Jane, ich hörte, gestern war dein Geburtstag. Ich habe dir etwas . . .« Er griff in seine Tasche. »Schau doch, was ich dir mitgebracht habe!«

Ohne es zu wollen, streckte sie den Kopf etwas vor. Doch Harry hielt seine Hand geschlossen. Er hatte ihre Neugier bemerkt, und sein Zorn ließ nach. Er schloß seine Hand noch fester.

»Möchtest du es sehen, Jane, möchtest du? Komm doch näher, ich zeig' dir's.«

Sie wurde mißtrauisch, und ihr Gesicht nahm den Ausdruck völliger Gleichgültigkeit an. »Interessiert mich nicht«, sagte sie leichthin. »Ist mir ganz gleich.«

»Ist dir ganz gleich?« Er öffnete seine Hand und zeigte ihr ein winziges Medaillon mit einem blauen Stein. Wahrscheinlich ein Türkis dachte sie. Harry ließ das Medaillon an einem feinen Goldkettchen hin- und herschwingen.

»Hübsch, nicht? – Wie wär's damit?«

Sie sagte nichts. Fasziniert heftete sich ihr Blick auf das Medaillon. Wie gern hätte sie es besessen! Abgesehen von ein paar Habseligkeiten besaß sie keinerlei Schmuck. Hier wurde ihr zum erstenmal in ihrem Leben einer angeboten. Sie stellte sich vor, wie er an ihr aussehen würde. Zu gern hätte sie die Hand nach dem Medaillon ausgestreckt. Doch Harrys Augen sagten ihr, daß er schon triumphierte.

»Nein – ich mache mir nichts draus.« Sie zog die Knie unter das Kinn und wandte sich ab, als sei sein Geschenk endgültig ausgeschlagen.

Harry riß die Geduld. Er schleuderte das Medaillon ins Heu. In diesem Augenblick haßte er sie wie noch niemanden in seinem Leben. Sie empfand also nur Verachtung für ihn, kalte Verachtung, und doch, ihr Körper mußte Leidenschaft empfinden, ihre Hände, ihr aufreizender Mund deuteten untrüglich auf starke Sinnlichkeit. Er wollte sich auf sie stürzen, sie nehmen, in Stücke reißen, morden ...

»Dirne du, du Hure.« Eine Flut gemeinster Beschimpfungen ergoß sich über sie.

Schnell wandte sich Jane zu ihm um. Zum erstenmal empfand sie Furcht vor ihm. Sie verzog die Lippen und versuchte zu lächeln. »Harry, stell dich nicht so an!« Sie versuchte ihn zu besänftigen. »Du hättest das Medaillon nicht kaufen sollen. Dein Vater wird böse sein ...«

Der Mann ließ sie nicht zu Ende sprechen. Er hörte nicht, was sie sagte. Sie sah, wie er auf sie zugekrochen kam, ganz langsam. Er konnte sich Zeit lassen, diesmal entging sie ihm nicht.

Sie sah sich um. Es gab kein Entrinnen. Zu nahe war sie am Rande des Heubodens, und Harry versperrte ihr den Weg zur Leiter. Sein riesenhafter Leib war eine einzige Drohung. Sie hatte ihn zu oft wie einen lächerlichen Dorftrottel behandelt.

Langsam schob er sich näher. Dann sprang er los – und warf sie wie einen Federball auf das Heu.

Die Welt versank für Jane in Dunkelheit, als sein schwerer Körper auf sie fiel. Das Sonnenlicht war ausgelöscht, sie roch den süßen Heuduft nicht mehr, nur noch männlichen Schweiß, sie schmeckte ihn auf ihren Lippen. Dann schmeckten ihre Lippen nach etwas anderem, süßlichem. Es war das Blut aus der Wunde, die er ihr gebissen hatte. Hilflose Wut überkam sie. Sie war erbittert, weil sie sich in ihm verrechnet hatte, weil alle ihre törichten Zukunftsträume sich nie mehr erfüllen würden. Sie würde Harrys Frau werden müssen, ihn in aller Eile heiraten, weil ein Kind von ihm unterwegs war. Auch wenn kein Kind käme, brauchte Harry Tim Cooper nur von dem Vorgefallenen zu erzählen, und Tim würde darauf bestehen, daß sie so schnell wie möglich Harry heiratete.

Sie wollte laut schreien, doch nur Stöhnen kam über ihre Lippen. Sein Gewicht raubte ihr den Atem. Sie wollte ihn kratzen, riß ihn wild an den Haaren. Er bemerkte es gar nicht. Tölpisch packte er sie am Mieder, riß es auf. Sie fühlte seinen Mund auf ihrer Brust.

Jane wehrte sich verzweifelt, doch er stieß ihre Hände weg und zerrte immer wieder an ihren Unterröcken und Strümpfen. Sie fühlte, wie sich seine Nägel in ihr Fleisch gruben. Da schloß sie die Augen, und ein Gedanke schoß ihr durch den Kopf: ein Leben lang diesen Ekel empfinden und doch nachgeben müssen. Nirgends mehr Freude für sie, leere Zukunft würde ihr Schicksal sein.

Sein Gewicht wurde unerträglich, sie drohte zu ersticken. Sie öffnete wieder die Augen und warf sich mit der Kraft der Verzweiflung zur Seite. So unerwartet kam ihre Bewegung, daß auch er zur Seite rollte. Er faßte erneut nach ihr, hob die Arme und suchte sich an ihren Schultern festzuhalten. Sie spürte, was geschah – schnellte blitzschnell zur Seite, weg vom Rande des Heubodens. Seine Hände glitten von ihr ab, suchten verzweifelt nach Halt. Er verlor das Gleichgewicht. Ein paar Heuschwaden wirbelten auf, als er in die Tiefe stürzte. Sie hörte, wie sein Körper unten aufschlug.

Einen Augenblick blieb sie still liegen und sog in langen Zügen die Luft ein. Kalter Schweiß brach ihr aus den Poren. Sie beugte sich über den Rand und blickte vorsichtig hinunter.

Harry schien von dem Aufprall betäubt zu sein. Er hielt den Kopf ein wenig über den Boden und bewegte ihn langsam hin und her. Seine Augen waren geöffnet, doch er schien nichts zu begreifen. Stumpfsinnig glotzte er um sich. Er sah zu Jane hinauf, gab aber kein Zeichen, daß er sie erkannte. Sie hockte sich wieder ins Heu und war erleichtert, daß er noch lebte und sich bewegte. Dann hörte sie ihn stöhnen.

Als sie die Leiter hinabgestiegen war, hatte er sich bereits auf einem Ellenbogen aufgerichtet. Er schien noch immer ganz benommen zu sein, sein Gesicht war schmerzverzerrt.

»Harry – hast du dir weh getan? Bist du verletzt?«

Sie hockte sich neben ihn, er schien es nicht zu bemerken. Vorsichtig tastete er seinen rechten Oberschenkel ab. Jane hielt den Atem an, als seine Finger das Knie berührten. Schrecklicher Schmerz stand in seinem Gesicht zu lesen. Das Knirschen seines Schienbeins, als er behutsam daran herumtastete, ließ sie fast erbrechen. In einem plötzlichen Anfall von Schreck und Angst wollte er sich aufrichten, da brach der zersplitterte Knochen durch die Haut. Beide starrten entsetzt auf das Blut, das seinen Strumpf rot färbte.

Der Anblick des Blutes schien ihn völlig zu entnerven. Hatte er bis dahin keinen Laut von sich gegeben und sich nicht gerührt, wollte er sich jetzt unbedingt aufrichten und sich auf seinem unverletzten Bein zu einer knienden Haltung zwingen. Er wurde bleich vor Anstrengung, fiel wieder hin, Schweiß bedeckte sein Gesicht und sein Nacken.

Jane drückte ihn an den Schultern wieder nieder.

»Ist schon gut, Harry, ist schon gut. Ich hole jemand . . .«

Er starrte sie an und verzog den schmerzverzerrten Mund, so daß seine Zähne aufblitzten.

»Du Aas, du!« Er packte sie wütend am Arm. »Das ist deine Schuld!«

Sie versuchte sich zu befreien. »Nein, nein. Ich kann nichts dafür.«

»Sieh dir das an!« schrie er. »Sieh dir das Bein da an. Zum Krüppel hast du mich gemacht. Ich – an Krücken, ich . . .!«

»Nein, nein, Harry! Nicht doch!« Sie war von Schrecken gepackt und zerrte immer wieder seine Finger von ihrem Arm.

»Du wirst nicht als Krüppel umherlaufen. Doktor Crosby wird dein Bein heilen, einen Verband mit zwei Stöcken darumlegen, und es wird wieder zusammenwachsen.«

»Wie kann ich auf einem gebrochenen Bein je wieder richtig gehen? Wie der erbärmlichste Schwächling im ganzen Dorf werde ich humpeln. Und das hat du mir eingebrockt, du Hure!«

Plötzlich holte er mit der Hand aus. Sie duckte sich, aber sein Handrücken traf mit aller Wucht ihr linkes Auge. Es wurde ihr schwarz vor den Augen, und sie taumelte weg von ihm, so daß er sie nicht packen konnte.

»Es ist nicht meine Schuld – ich wollte dir nicht wehtun, Harry«, rief sie voller Verzweiflung.

»Doch, du Luder, und ich werde dafür sorgen, daß du dein Lebtag daran denkst. Wie ein Katzenvieh will ich dich schinden, und was ich nicht an dir auslassen kann, wird schon mein Vater besorgen.«

Jane wußte, was er damit meinte. Harrys Vater verstand sich ausgezeichnet mit dem Friedensrichter Sir George Osgood. Von dieser Seite drohte ihr eine noch größere Gefahr als von Harry. Er war schließlich nur ein wenig aufgeweckter junger Bursche. Sein Vater aber verfügte über großen

Einfluß, während sie nur eine Dienstmagd in einem Gasthof war. Auch Tim Cooper würde sie nicht in Schutz nehmen. Sie vermutete, daß er Tom Black Geld schuldete. Voller Angst blickte sie auf Harrys zerschmettertes Knie und das Bein, das unnatürlich gespreizt dalag. Sie hatte gehört, daß man zu Zuchthaus, ja zu Verbannung verurteilt werden konnte, schon wenn man jemand das Nasenbein brach. Was würde erst die Strafe sein, wenn man einen Menschen zum Krüppel machte. Seine wütenden Beschimpfungen klangen, als drohe er ihr mit Verladung auf ein Sträflingsschiff, mit Verbannung nach Botany Bay.

Harry machte eine heftige Bewegung und blickte um sich, als wollte er um Hilfe rufen. Eifrig beugte sie sich zu ihm nieder. »Es ist nicht meine Schuld. Ich schwöre, ich kann nichts dafür. Ich wußte nicht, daß wir dem Rande so nahe waren. Ich schwöre bei Gott, ich bin schuldlos daran!«

Wut- und schmerzerfüllt starrte er sie an. »Wenn ich das Bein mein Leben lang nachschleifen muß, sorge ich dafür, daß du auch durchs Leben hinkst, verflucht. Du wirst an Harry Black denken, verlaß dich drauf! Du meinst wohl, mir mein Geschenk in die Fresse schmeißen zu können? Das soll dir noch leid tun!« Schmerz und Anstrengung hatten ihn erschöpft.

Angsterfüllt eilte sie zum Tor und machte sich mit zitternden Händen am Schloß zu schaffen. Sie suchte nach Worten, ihn zu besänftigen, brachte aber nichts über die Lippen. Die Spätnachmittagssonne, von der Jane in ihrer Verwirrung nicht glauben konnte, daß sie noch am Himmel steht, traf voll ihr Auge. Sie hielt ihr zerrissenes Mieder über der Brust zusammen und lief über den Hof. Als sie das Haus erreicht hatte, hörte sie, wie Harry laut um Hilfe rief.

Als Jane in die Küche trat, übergoß Sally gerade das Geflügel mit Fett. Sie hielt inne und sah Jane erstaunt an.

»Kind, was ist mit dir? Was, um Gottes willen, ist dir geschehen?« Sally blickte auf das zerrissene Mieder, auf Janes wirres Haar. Sie legte den Schöpflöffel weg. Da hörte sie die Rufe aus dem Schuppen. »Jane, was ist denn da los?«

Schon waren zwei Stalljungen auf Harrys Rufen herbeigeeilt. Jane hatte das bedrückende Gefühl, als legte sich ein eiserner Ring um sie, als nehme etwas Grauenvolles schicksalhaft seinen Lauf, dem sie nicht entrinnen konnte. Sie packte Sallys dralle Hand und zog sie mit sich in die Speisekammer. Dann schloß sie rasch die Tür.

»Du sollst alles zuerst von mir erfahren. Harry wird gleich hier sein und dir lauter Lügen ins Ohr brüllen. Ich will dir die Wahrheit sagen.«

Sallys vom Herdfeuer erhitztes Gesicht wurde beim Zuhören bleich vor Erregung. Während Jane erzählte, schnalzte sie leise mit der Zunge. Als das Mädchen geendet hatte, schüttelte sie voller Verzweiflung den Kopf.

»Ich behaupte nicht, daß er den Richter auf dich hetzen kann, Jane, aber ich sage auch nicht, daß er es nicht kann. Tom Black kann sehr ekelhaft werden, wenn ihn die Wut packt. Es kommt darauf an, wie er's auffaßt. Jedenfalls ist Harry sein einziger Sohn, das ist zu bedenken. Und wer soll bezeugen, daß du ihn nicht auf den Heuboden gelockt hast? Unter diesen Umständen könnte ein Mann berechtigt sein . . .« Sie warf Jane einen prüfenden Blick zu. »Du hast ihn doch nicht dazu verführt, was?«

Janes Erwiderung war ein Ausruf des Ekels. Sally wehrte ab. »Na, na, Miß Unnahbar. Vielleicht wäre es alles in allem doch besser gewesen.«

Jane rang die Hände. »Was soll ich denn nur machen? Er wird natürlich lügen, das ist sicher. Was dann?«

Sally unterbrach sie. »Da gibt's nur eins. Ich sage nicht, daß es das Richtige ist, aber ich weiß im Augenblick nichts anderes.«

»Und was ist das?« wollte Jane wissen.

Sally zögerte. Sie streckte ihre breiten rauhen Hände einen Augenblick aus, eine Gebärde der Unentschlossenheit.

Sie überlegte scharf, nicht nur diese eine Sache. Zunächst dachte sie an Janes Sicherheit, denn Sally hatte nicht ihr ganzes Leben in dieser Gegend zugebracht, um nicht zu wissen, wie weit Tom Blacks Einfluß reichte und welche Macht er besaß. Doch noch etwas anderes machte ihr Sorgen. Was es war, vermied sie Jane zu sagen. Sie wußte, daß Jane im ›Federbusch‹ nicht bleiben konnte und daß auch dem Gasthof ihre Anwesenheit nur schaden würde. Mit dieser wilden Absage an Harry Black hatte sich Jane jedwede Sympathie der Leute verscherzt, die sie als zu ihrer Welt gehörend rechneten. Sie hatte damit auch dem Gasthof ›Zum Federbusch‹ den Laufpaß gegeben. Sie hatte damit dieser kleinen Welt deutlich gemacht, daß sie über sie hinausgewachsen ist und nichts mehr mit ihr zu tun haben will. Sally kannte Jane sehr genau, kannte ihren eigenwilligen, stolzen, vom Leben noch nicht gezügelten Charakter. Trotzdem hatte sie das Mädchen immer liebgehabt, vielleicht mehr als ihre eigenen Töchter, weil Jane eine andere Art von Liebe forderte. Das Herz tat ihr weh bei dem Gedanken an das Unvermeidliche.

»Komm mit!« Sally riß die Speisekammertür auf, eilte durch die Küche und langte nach Janes Schal, der sonst hinter der Tür hing. Er war nicht da. »Wo ist dein Schal? Rasch, binde diesen hier um. Er bedeckt dich wenigstens ein bißchen. Die würden dich auf der Landstraße angaffen.«

»Auf der Landstraße?«

»Du bist furchtbar schwer von Begriff für jemanden, der in Not ist und es eilig hat.« Schon nahm Sally von der hohen Anrichte einen Kupferkrug, in dem sie hin und wieder etwas Geld zurücklegte, ohne daß Tim es sah und wußte. Rasch wickelte sie die Münzen in ihr Taschentuch und steckte es Jane zu.

»Du mußt selbstverständlich zu deiner Mutter, Jane. Bestimmt hat sie Freunde, die dir helfen, falls Tom Black dich anzeigt. Und auch der junge Black wird nicht so erpicht darauf sein, etwas gegen dich zu unternehmen, wenn er weiß, du hast helfende Freunde zur Seite.«

»Oh, Sally...«

»Mach nur rasch, verlier keine Zeit und verschwinde, ehe sich das ganze Haus Harrys Schauergeschichte anhört. Ich will, daß du fort bist, ehe Tim seinen Senf dazu gibt!«

Ein schneller Kuß auf Sallys Wange, ein rascher Blick zum offenen Tor des Schuppens – sie sah deutlich, wie sich die Stalljungen über Harry beugten –, und Jane rannte die Dorfstraße hinunter. Sie hüllte sich fest in den Schal. Bald lag der Ort hinter ihr, die Häuser, die sie alle kannte, schon breiteten sich die offenen Felder vor ihr aus. Sie hatte die Landstraße erreicht, die südwärts hügelab führte.

Jane verlangsamte ihre Schritte. Sie war auf dem Wege nach London.

3. Kapitel

Jane verbrachte die Nacht in einer verlassenen Scheune, deren vierte Wand dem Himmel offen stand, und die den kalten, durchdringenden Regengüssen Einlaß bot. Sie mußte mit ihrem Geld möglichst sparsam umgehen und konnte es sich nicht leisten, für eine Übernachtung zu bezahlen. Selbst in den bescheidenen Herbergen an der Landstraße würde sie Aufsehen erregen, wenn sie ohne Gepäck und anständige Kleidung ankam. Es bestand immerhin die Möglichkeit, daß Tom Black sie zurückholen ließ, sobald er erfuhr, daß sie den ›Federbusch‹ verlassen hatte.

Aus diesem Grunde war sie auch, sobald sie das Dorf hinter sich hatte, von der Straße nach London abgebogen. Sie schlug einen ostwärts über Äcker führenden Weg ein und machte einen großen Bogen um kleine Weiler und einsam liegende Landhäuser. Erst als die Dämmerung hereingebrochen war, fühlte sie sich sicher. Auf diesem Weg ging sie weiter, bis er in eine breitere Straße einmündete. Hier hatte ein für diese Jahreszeit ziemlich reger Verkehr geherrscht: vollbeladene Karren, die mit Gemüse, Geflügel und Fleisch zum Markte fuhren.

Es war eine rauhe, kalte Februarnacht, die Jane auf dem schmutzigen Stroh verbrachte. Ihr leerer Magen fing an zu knurren, und die Nacht schien kein Ende zu nehmen. Flöhe krochen über ihren Körper, und in ihren Haaren wimmelte es von Läusen. Voll Scham dachte sie daran, daß sie morgen in einem solchen Zustand vor Anne stehen würde. Furcht überfiel sie. Furcht vor Tom Black und Furcht vor Anne, die von ihrem Kommen höchstwahrscheinlich nicht begeistert sein würde, Furcht bei dem Gedanken, daß sie nur mit ein paar Pennies in der Tasche nach London gehen mußte. Aber etwas anderes erschien ihr noch schlimmer als ihre gegenwärtige Lage: Harry Blacks Eheweib zu sein, seine rohen Liebesnäherungen ertragen zu müssen, seine Untreue und sein stumpfsinniges Benehmen. Der Hunger peinigte sie wieder, und sie begann zu weinen. Doch was halfen Tränen? Sie legte sich wieder ins Stroh, wälzte sich unruhig hin und her und wartete auf den Morgen.

Schon sehr früh machte Jane sich auf den Weg. Sie schritt rüstig aus und versuchte, ihren Hunger zu vergessen. Als die Sonne aufging, sah sie die Vorstädte Londons im grauen Morgendunst vor sich liegen. Die Kamine leuchteten im Sonnenschein.

Bei diesem Anblick begann ihre Niedergeschlagenheit zu weichen, Spannung und Freude erfüllte sie. Ein Lächeln breitete sich über ihr Gesicht, und voller Selbstvertrauen gab sich Jane dem Gefühl eines neuen Erlebnisses hin.

Sie wußte, daß es töricht war, nichts zu essen, obgleich sie Geld in der Tasche hatte. War sie auch noch mehrere Meilen von ihrem Ziel entfernt, so würde sie schon jemand mitnehmen. Viele Karren und Wagen fuhren auf der Straße. Einer der Kutscher wird sich schon von ihrem Lächeln betören lassen.

Die Wirtschaft, vor der sie nun stand, war recht armselig im Vergleich mit dem Gasthof ›Zum Federbusch‹, auch die Gäste waren ein ziemlich schäbig und verhungert aussehendes Gesindel. Vor der Tür hielten mehrere Bauernwagen. Sie faßte Mut, trat ein und bestellte sich Buttermilch und Brot. Nur ungern gab sie Geld dafür. Während sie aß, betrachtete sie die Gäste in dem rauchgefüllten Zimmer. Beruhigt stellte sie fest, daß sie nicht wüster aussah als die meisten von ihnen, und ohne Zweifel war auch ihre Kleidung weniger verschmutzt. Ihr Blick glitt von einem zum andern und blieb schließlich an einem Mann hängen, den sie schon draußen gesehen hatte, als er sich um eine alte Equipage kümmerte.

Auch Jane war ihm aufgefallen. Vertrauensselig kam er an ihren Tisch und nahm neben ihr auf der Bank Platz.

»Mächtig schöne Augen hast du, Mädel.« Sein dunkelhäutiges, zigeunerhaftes Gesicht unter dem Hut sah aus wie zusammengeknülltes Papier. »Was ist denn passiert? Hat dich einer geschlagen?«

Innerlich verfluchte sie Harry Black, doch sie brachte ein freundliches Lächeln zustande.

»Schöner Anblick, was? Als wäre ich im Dunkeln gegen einen Bettpfosten gerannt.« Sie grinste und zwinkerte ihm mit dem heilen Auge zu.

Er warf den Kopf zurück und brüllte vor Lachen. In der Stube drehten sich alle nach den beiden um, einige stimmten in das Gelächter ein. Plötzlich stellte sich Jane vor, wie komisch ihr Anblick wirken mußte, und fast gegen ihren Willen lachte auch sie laut auf.

Sie fühlte das Lachen tief in sich aufsteigen, und das tat wohl nach der langen, elenden Nacht. Jane war dem schmutzigen kleinen Fuhrmann geradezu dankbar dafür.

Seine humorvoll geschwungenen Lippen gefielen ihr. Noch immer lachend, fragte sie ihn:

»Auf der Fahrt nach London?«

Er nickte. »Jawohl, Liebling.«

»Habt Ihr noch Platz für mich?« Sie streckte den Fuß vor, so daß er ihren zarten Knöchel sehen mußte. »Mein Schuh reibt, und ich habe keine Lust, den ganzen Weg zu Fuß zu gehen.« Er betrachtete ihre Fessel und versetzte ihr einen leichten Stoß. »Hab' immer Platz für ein hübsches Mädel, besonders wenn sie rote Haare hat.«

Sie blickte ihn an und gab sich große Mühe, einen schutzbedürftigen, jedoch nicht allzu zimperlichen Eindruck zu machen. »Fahrt Ihr irgendwo in die Nähe der Albermarle Street? Ich meine – ich war nämlich noch nie in London und werde mich todsicher verirren . . .«

Er zog die Brauen zusammen. »Nun, ich fahre zwar nicht gerade in diese Gegend. Muß in Oxford Road mal haltmachen und dann weiter nach Battersea. Aber da ich sehe, dein Fuß tut dir weh . . .« Er wurde wieder lustig und versetzte Jane wieder einen leichten Stoß mit dem Ellenbogen. »Zum Teufel also, was macht's denn aus. Mein Herr erfährt's ja nicht, und was ist denn schon eine Stunde mehr oder weniger, wenn ich einer Dame einen Gefallen tue?« Zufrieden schlug er sich auf die Schenkel. »Was wohl meine Alte sagen würde, könnte sie mich hier mit einer Rothaarigen sehen!«

Als Jane endlich in London einzog, waren ihre Gesellschafter der zerlumpte Kutscher und ein dürrer Gaul. Mit seinen dunklen, verschmitzten Augen beobachtete der Mann, wie sie staunend das glänzende Schauspiel, das die Stadt in immer reicherem Maße bot, betrachtete. Als er sah, welch großen Eindruck die vielen hohen Gebäude auf sie machten, sagte er mit einer wegwerfenden Handbewegung:

»Wenn man für das Stadtleben etwas übrig hat, dann muß einem freilich bei diesem Anblick das Herz im Leibe lachen. Alles gibt's hier, aber auch alles. Bloß Geld muß man haben.« Und mit einer rührend galanten Verbeugung fügte er hinzu: »Oder ein so hübsches Gesicht.«

Sie bogen von der Oxford Road nach Süden ein und überquerten die großen Plätze mit ihren eleganten, schmalen, hohen Häusern. Diener, noch Schlaf in den Augen, putzten die messingglänzenden Türgriffe und Lampen und spülten den Kehricht auf die schlammige Straße. In einer besonders belebten Gasse wurde aus einem der oberen Stockwerke ein Spüleimer aus dem Fenster geworfen; der genau auf dem Rücken des Pferdes landete. Der alte Gaul war jedoch viel zu müde, um es überhaupt zu spüren. Doch Janes Rocksaum war vollgespritzt. Empört warf sie einen Blick zu dem Fenster hinauf, aber es war niemand zu sehen.

Der Fuhrmann, Mick mit Namen, nahm die Sache nicht ernst und grinste nur gutmütig.

»So was kommt hier alle Tage vor. In dieser Stadt heißt's aufpassen.«

Für Jane war London wie ein wirrer Traum. So viele Gesichter und Menschen in einem solchen Höllenlärm hatte sie noch nie gesehen. Von überall her lärmte es: aus den Kellergeschossen und von den Dächern. Sie hörte rauhe Stimmen, die einander etwas zuriefen, Gassenhauer wurden gepfiffen, Flüche wurden laut. Und überall lag Dreck und Schlamm in den Straßen, der erstickende Gestank faulender Abfälle, der Geruch von Fischläden und Pferdeställen, die ekligen Ausdünstungen von Menschen, der Gestank von Kloaken.

Micks Besuch in der Oxford Road hatte sich lange hingezogen, und in der Stadt begann bereits der Tagesbetrieb. In den Geschäften waren schon die Fensterläden weggeräumt, und Janes Augen betrachteten verzückt die Auslagen in den Schaufenstern der Modistinnen, der Waffen- und Weinhändler. Mick erklärte ihr, die vornehmen Herrschaften ließen sich erst später auf den Straßen blicken. Doch sie sahen bereits vor einigen der herrschaftlichen Häuser Equipagen mit livrierten Kutschern warten, auch die Kaffeehäuser hatten schon geöffnet und die neuesten Tageszeitungen ausgelegt.

Mit all ihren Sinnen gab Jane sich diesem erregenden Erlebnis hin, dem herrlichen Gefühl, daß in dieser erwachenden Stadt die ganz Welt sich ein Stelldichein gab. London war der strahlende Mittelpunkt von Reichtum, Ruhm und Luxus. Die Sonne hatte den Morgennebel aufgelöst und ließ die schrägen Dächer aufleuchten, sie strahlte wider in den glänzenden Livreen der Diener, goldene und silberne Litzen und Tressen blitzten da und dort in den Straßen auf. Der schwere, durchdringende Duft von frischem Brot aus den Bäckerläden erinnerte sie daran, daß sie wieder Hunger hatte. Sie sog die Luft Londons ein, und ein Gefühl maßloser Erregung und geheimer Sorge überfiel sie.

Endlich hatten sie die Albermarle Street erreicht. Jane kam es vor, als habe Mick einen großen Umweg gemacht. Sie sah die Uhr auf dem Turm des St.-James-Palastes, genau wie Anne es ihr beschrieben hatte, und da wußte sie, daß Annes ganze Welt jetzt vor ihr lag. Sie fanden Annes Haus, von außen gesehen, ein Sinnbild guterhaltener Eleganz. Allerdings bemerkte Jane auf den Stufen festgetretenen Schlamm, der schon seit Tagen dort liegen mußte.

Mick sprang vom Bock und pochte mit der Peitsche an die Tür. Zweimal mußte er dagegen schlagen, ehe geöffnet wurde. Ein junges Mädchen mit einem mürrischen Gesicht und ungekämmten Haaren unter der schmutzigen Haube erschien. Mißmutig runzelte sie die Brauen.

»Nun? Was wollt ihr?« Prüfend sah sie die beiden an.

Jane richtete sich steif auf und gab sich alle Mühe, Annes vornehmen Tonfall nachzuahmen: »Ich wünsche die Gnädige, Mistreß Howard, zu sprechen.«

»Die gnädige Frau ist zu dieser frühen Stunde für niemand zu sprechen. Kommt später wieder.«

Jane war inzwischen vom Wagen gestiegen. »Dann warte ich eben«, entgegnete sie kurz und ging die Stufen hinauf.

Mit einer drohenden Gebärde zog das Mädchen die Haustür halb zu. »Ich will dir mal was sagen, dreckiges Weibsstück, hier kommst du nicht rein, ohne daß die gnädige Frau es erlaubt. Komm gefälligst zu einer anständigen Zeit, wie sich's gehört.«

Mick drohte ihr mit der Peitsche. »Paß auf, was du sagst, du Ekel. Die junge Dame hier wird nicht umsonst warten, dafür sorge ich.«

Jane legte die Hand auf die Türklinke. »Die gnädige Frau wird mich vorlassen. Ich bin ihre Tochter.«

Ungläubig riß das Mädchen die Augen auf. »Ach was ... daß ich nicht lache!«

Sie faßte Jane näher ins Auge, runzelte die Brauen und wiegte den Kopf hin und her, wobei sie Janes Züge genau betrachtete.

»Na ... ich muß schon sagen, du siehst der Gnädigen ähnlich, die roten Haare und überhaupt ...«

Mick ließ langsam die Peitsche sinken. Verwundert blickte er Jane an. »Was, du willst behaupten, deine Mutter ist die Gnädige in diesem Hause?« Fragend streifte sein Blick ihr staubiges Kleid und Sallys alten Schal. Er tippte den Hut aus der Stirn. »Ja ... ich bin sprachlos. Man erlebt doch immer wieder seine blauen Wunder. Gleich wirst du noch behaupten, du bist 'ne verfluchte Herzogin.«

Sie schüttelte den Kopf. »Ich wünschte, ich wär eine.«

Schon drückte er sich. Er war fertig mit ihr. Unmißverständlich gab er ihr zu verstehen, daß er mit Leuten, die in der Albermarle Street wohnten, nicht das geringste zu tun haben möchte.

»Also, Herzogin ... war nett, Eure Bekanntschaft gemacht zu haben.« Schwungvoll schwenkte er seinen alten, zerkrümpelten Hut, kletterte auf seinen Karren und wartete, ob Jane nun eingelassen würde.

Kameradschaftlich winkte ihm Jane zu. »War eine herrliche Fahrt. Hat meinen Füßen viel Laufen erspart. Habt Dank!«

Er nickte ihr zu. »Na, da haben doch wenigstens Eure Füße was von Eurem schönen Gesicht profitiert.« Er tippte mit der Peitsche an den Hut. »Auf Wiedersehen, schöne Herzogin, und viel Glück!«

Jane wandte sich wieder dem Hause zu. Zögernd öffnete das Mädchen die Tür.

»Wird schon in Ordnung sein, wenn ich Euch einlasse. Aber 's ist nicht meine Schuld, wenn Ihr gelogen habt.«

Sie ließ Jane stehen und ging mit schwerfälligen Schritten widerwillig in den hinteren Teil des Hauses.

»Einen Augenblick!« rief Jane ihr entschlossen nach. »Melde mich bitte sogleich der gnädigen Frau.«

Wütend drehte sich das Mädchen um. »Melde dich gefälligst selber an. Ich nehme in diesem Haus keine Befehle mehr entgegen, daß du's weißt!«

»Wie meinst du das? Du arbeitest doch hier?«

»Das war einmal. Bin fertig damit. Nicht einen Penny Lohn habe ich seit drei Monaten zu Gesicht bekommen. Ich packe jetzt meine Siebensachen, und wenn sie mich nicht bezahlt, hetz' ich ihr das Gericht auf den Hals.«

Jane sah sie einen Augenblick sprachlos an. Daß es so schlimm bestellt war, hatte sie nicht vermutet. Doch jetzt war keine Zeit, Trübsal zu blasen. Sie hatte nicht vor, hier unten zu warten und mit jeder Minute immer mutloser zu werden. Sie mußte Anne sogleich sprechen. Jetzt hatte sie noch den Mut dazu, Anne davon zu überzeugen, daß Sallys Idee und Plan richtig gewesen waren. Anne jetzt gegenüberzutreten, würde zu ihrem Vorteil sein.

Wenn sie die Begegnung mit ihr hinauszögerte, würde sie den Mut verlieren und müßte weiterhin die in Schrecken versetzte Dienstmagd aus dem Gasthof ›Zum Federbusch‹ bleiben. Kalt und überlegen fuhr sie das Mädchen an.

»Sprich gefälligst höflich, wie es sich für einen Dienstboten gehört!« Sie deutete auf die Treppe. »Wo finde ich meine Mutter, schläft sie noch? Wo ist ihr Zimmer?«

Gleichgültig zuckte das Mädchen die Achseln. »Wie Ihr wollt! Geht nur hinauf und meldet Euch selber an.«

Sie zögerte, und als sie fortfuhr, war ihr Ton honigsüß. »Im Bett werdet Ihr sie schon finden, in dem großen Schlafzimmer, zwei Treppen höher, über dem Salon.« Sie wies nach oben und blieb beobachtend stehen, während Jane an ihr vorüber zur Treppe eilte. Die feindseligen Blicke des Mädchens zwangen Jane beim Hinaufgehen, so zuversichtlich wie möglich auszusehen. Ihre Hand am Geländer zitterte allerdings. Im Vorübergehen warf sie einen Blick in den Salon – er war in blaßgrüner, goldener und weißer Farbe gehalten, mit Spiegeln, die das Funkeln der glitzernden Kristallüster zurückwarfen. Das ganze Haus atmete eine zarte, weibliche Atmosphäre. Es war Annes Haus.

Im zweiten Stock trat sie in das Vorzimmer zu Annes Schlafgemach. Es war ein hübsch eingerichteter Raum, in dem sie sich in ihrem zerrissenen Kleid, mit ihrem wirren, verlausten Haar erniedrigt und schäbig vorkam.

Jane riß sich zusammen, trat an die Tür und klopfte. Ihre Hand war noch immer erwartungsvoll erhoben. Sie vernahm Annes Stimme. Nie hatte sie die besondere Schönheit dieser Stimme vergessen, ihren süßen, tiefen Klang, der im nächsten Augenblick in ein fröhlich-heiteres Lachen umschlagen konnte. Während sie so lauschend dastand, hörte sie tatsächlich ein helles, unbändiges Gelächter. Es hatte nicht den Zauber wie früher, als Anne verliebt war, doch es war immer noch von verlockendem Liebreiz.

Jane war bestürzt, als sie hörte, daß ihre Mutter nicht allein war. Doch sie konnte unmöglich wieder in die Halle hinuntergehen und sich gedemütigt den Blicken des mürrischen Mädchens aussetzen. Nochmals klopfte sie kräftig an.

»Herein!« Annes Aufforderung klang, als hätte sie das Anklopfen erwartet.

Ein zarter, intimer Duft umschmeichelte Jane, noch ehe sie das Bild, das sich ihren erstaunten Augen bot, ganz in sich aufgenommen hatte. Schon als sie vorsichtig eintrat, hatte sie den Eindruck einer leichtfertig liederlichen Unordnung. Luxusgegenstände und Kleider waren offensichtlich nicht ohne die Zufälligkeit hingeworfen worden, die sinnliche Erregung erzeugt. Ein reichbestickter Handschuh lag mitten auf dem Teppich und ein Vogel jubilierte in seinem von der Sonne beschienenen Käfig am Fenster.

Gegen die Kissen eines zerwühlten Bettes gelehnt, lag Anne da – unbekleidet, nur ein Schal umhüllte ihre Schultern. Mit selbstbewußtem Stolz stellte sie ihren Körper zur Schau.

Ohne sich umzuwenden, sagte sie: »Patrick, schon seit Stunden ziehe ich die Glocke. Wo bleibst du denn so lange?«

Als sie keine Antwort bekam, drehte sie sich fragend um. Ihr Gesicht erstarrte. Sie konnte es nicht fassen.

»Jane! Der Himmel sei mir gnädig!« Sie richtete sich halb auf und sank wie erschlagen wieder zurück. Hilflos deutete sie auf Jane und blickte zugleich zu dem Fenstersitz hinüber.

Dort räkelte sich gähnend ein schlanker brünetter Mann in Hemd und Morgenrock. Als er Janes Gegenwart bemerkte, richtete er sich auf und erhob sich langsam.

Jane blickte von einem zum andern, und ein tiefes Rot überzog ihre Wangen. Ihre Mutter, nackt in dem zerwühlten Bett, und dazu noch der Mann – das sagte alles. Das Bett war wahrscheinlich noch warm von ihm. Doch nun war es zu spät, sie konnte sich nicht mehr unsichtbar machen. Sie mußte den beiden wie eine kindliche, kleine Närrin vorkommen, die in das Schlafzimmer tappt, in dem ihre Mutter mit ihrem Liebhaber im Bett liegt. Jetzt erst erkannte sie die ganze Bosheit des Dienstmädchens. Und sie ärgerte sich über ihre eigene Dummheit.

Doch weder ihre Mutter noch der Mann waren im geringsten verlegen. Anne hatte sich vom ersten Schreck erholt und wandte sich in einem lässig befehlenden Ton ihrer Tochter zu.

»Jane! Was in aller Welt bringt dich her? Tritt näher, Kind . . . Wie groß du geworden bist! Wie siehst du denn aus!«

Jane näherte sich zögernd. Aus Annes Stimme hatten Zärtlichkeit und Überraschung geklungen, keineswegs Ärger. Im nächsten Augenblick fühlte Jane, wie die Mutter in einer leichten Liebkosung die Arme um sie legte. Die nackten Brüste streiften ihr Gesicht. Noch immer hatte Anne den Duft von Parfüm und Puder an sich, den Jane schon seit Jahren an ihr kannte. Aber da war noch ein anderer Geruch, der erotische Geruch einer Frau, deren Körper begehrt und geliebt wird.

Anne gab sie wieder frei und zog nachlässig den Schal über ihren Busen. Einige Augenblicke sah sie ihre Tochter schweigend an, dann wandte sie sich ab, dem Fenster zu.

»Sieh doch, Ted. Meine Tochter Jane. Sie ist fast erwachsen und schaut aus wie ein Zigeunermädel. Jane, das ist Lord O'Neill.«

Er verneigte sich. »Ich bin glücklich, Euch kennenzulernen, Miß Jane.«

Er sprach mit einem leicht irischen Tonfall, der ihr vertraut war. Die Herren, die zuweilen zwischen Liverpool und London hin- und herfuhren, hatten die gleiche Stimme. Er sprach zu ihr mit höflicher Ehrerbietigkeit, als sei sie eine große Dame, seiner Hochachtung würdig. Während sie einen Knicks vor ihm machte, betrachtete sie ihn genauer. Der Lord war hochgewachsen, mit einem geschmeidigen, schmalhüftigen Körper und jünger als ihre Mutter; er trug ein Hemd aus feinstem Linnen mit kostbaren Spitzenmanschetten. All das sah Jane und zugleich auch, daß er trotz seiner ehrerbietigen Haltung doch ein bißchen über sie lachte. Es war kein höhnisches Lachen, dazu war er zu indolent und gerade jetzt auch viel zu befriedigt, um die Anstrengung auf sich zu nehmen, mit Lieblosigkeiten um sich zu werfen. Er war nur amüsiert.

Doch Jane wollte ihm nicht nur amüsant erscheinen. Mit einer bewußt hochmütigen Bewegung des Kopfes ließ sie ihn links liegen.

Anne hatte die kleine Szene beobachtet: »Jane, du hast dich zu einer reifen Frau entwickelt, seitdem wir uns nicht mehr gesehen haben. Wie alt ich mir vorkomme, wenn ich dich ansehe – mindestens hundert Jahre alt, ein zahnloses, altes Weib.«

Sie lachte, wobei sie den verliebten O'Neill ihre kleinen hübschen Zähne sehen ließ, und richtete ihren Körper auf, so daß sich ihre spitzen Brüste unter der feinen Wolle prall abhoben. Auch O'Neill mußte lachen. Liebevoll blickte er Anne an.

Jane, die etwas unbeholfen zwischen den beiden stand, fühlte, daß sie als Frau neben ihrer Mutter keine Chancen hatte, denn Anne war für sie immer noch das vollkommene Ideal eines Weibes. Annes Anmut war von einer sinnlichen Verfeinerung, die sie früher noch nicht an ihr beobachtet hatte. Jane konnte jetzt sehen, wie Anne auf einen Mann wirken mußte. Neben ihrer Mutter konnte Jane, wie auch alle anderen Frauen, nicht bestehen. Sie hielt inne.

»Herein!« rief Anne.

Die Tür wurde aufgerissen.

»Oh, gnädige Frau. Das wäre nicht passiert, wenn ich die Tür geöffnet hätte. Aber ich war gerade einen Augenblick aus dem Haus gegangen, um mich bei dem Metzger wegen der Hammelkeule, die er geschickt hat, zu beschweren. Und was mußte ich sehen, als ich zurückkam?

Das dumme Frauenzimmer hat eine Fremde reingelassen und auch noch raufgehen lassen und ...«

Erstaunt sah Jane den Sprecher an, einen jungen Mann mit todbleichem Gesicht. Das schwarze schüttere Haar fiel ihm iin die Stirn. Er war ein großer, ungelenker Mensch und trug Dienerkleidung, die ihm zwar paßte, aber doch so aussah, als schlottere sie um seine hagere Gestalt. Nach seiner Beweglichkeit zu urteilen, mochte er kaum über dreißig Jahre alt sein, aber er machte einen bedeutend älteren Eindruck. Seine Stirn war voller Sorgenfalten, und sein ganzer Körper war von einer ihn ständig quälenden Angst wie aufgedreht und in fortwährender Bewegung. Seine Augen waren nur auf Anne gerichtet, als würden die anderen für ihn nicht existieren.

»Beruhige dich, Patrick! Beruhige dich doch. Worüber regst du dich denn auf! Ist doch nicht der Rede wert.«

»Bei allen Heiligen im Himmel, gnädige Frau! Ich hätte niemanden zu Euch vorgelassen.«

Beschwichtigend hob Anne die Hand. »Das weiß ich ja, Patrick, aber diesmal war es ganz gut, daß du nicht da warst.« Sie zeigte auf Jane. »Das ist nämlich meine Tochter, Patrick.«

Er wandte langsam den Kopf.

»Du erinnerst dich doch«, munterte Anne ihn auf. »Meine Tochter, die in Hampstead wohnt.«

Verwundert sah er Jane an. »Gott helfe uns! Wie ist das möglich! Sie ist das leibhaftige Ebenbild von Euch.« Sein Gesicht verzog sich zu einem blöden Grinsen. »Ich würde sie aus Tausenden erkennen, so ähnlich ist sie Euch, gnädige Frau.«

»Ganz so ähnlich sind wir uns auch wieder nicht, Patrick.«

»Na ja ... doch ...«, sagte O'Neill abwägend. »Ich sehe kaum einen Unterschied zwischen euch.«

Entschlossen sagte Anne: »Doch, es besteht ein großer

Unterschied, und ihr alle wißt es ganz genau. Hört mir auf mit euren Schmeicheleien.« Sie blickte Patrick an. »Miß Jane wird bei uns bleiben. Vorerst jedenfalls. Das kleine Zimmer oben soll für sie gerichtet werden und ... ach ja ... anstatt für zwei, Frühstück für drei.«

Patrick erwies Jane seine Hochachtung mit einer tiefen, ungeschickten Verbeugung. »Es wird eine Freude sein, Euch zu dienen, Miß Jane. Und verzeiht mir, Miß, daß ich gestört habe. Es kommt mir ganz sonderbar vor, Euch von Angesicht zu Angesicht zu sehen, nachdem ich schon seit Jahren von Euch gehört habe. Und nie hätte ich wirklich geglaubt, Euch eines Tages leibhaftig vor mir zu sehen.«

Anne klatschte in die Hände. »Patrick, wir sterben ja vor Hunger. Du kannst deine Reden nach Herzenslust fortsetzen, wenn wir satt sind.«

Er machte wieder seine komische duckende Verbeugung. »Wie gnädige Frau befehlen. Sogleich. Augenblicklich.« Und er eilte aus dem Zimmer.

Anne warf die Bettdecke zurück. »Jane, reich mir bitte meinen Morgenrock.« Jane sah zu, wie Anne den Schal ablegte und den grünen Morgenrock anzog. Sie schlüpfte aus dem Bett und band ihn zu. Graziös bewegte sie ihre schönen Arme und Beine. Sie schien keinen Tag älter zu sein als Jane.

Dann schaute sie ihre Tochter an.

»Du solltest erst etwas essen, Kind, ehe du mir alles erzählst. Später kannst du mir sagen, weshalb du hierher kamst.« Sie zeigte auf eine Ecke im Zimmer. »Dort hinter dem Wandschirm kannst du Toilette machen. Du findest dort einen Wasserkrug, Seife, Kamm, was du brauchst. Später wird dir Patrick alles auf dein Zimmer bringen.«

Gehorsam ging Jane auf den Wandschirm zu. Es war ihr unbehaglich zumute. Neben ihrer Mutter mußte sie in diesem ungepflegten Zustand wie eine Landpomeranze wirken. Und nun sollte sie sich auch noch in O'Neills Gegenwart waschen! Sie kam sich vor wie ein ungezogenes Kind, das sich in die Ecke stellen muß. Und doch mußte sie sich sagen, daß es nicht Annes Schuld war. Wenn plötzlich eine Tochter wie eine zerlumpte Landstreicherin aus dem Nichts auftaucht, versagen alle Anstandsregeln, zumal wenn ausgerechnet ein Liebhaber zur Stelle ist, der sich dieses Schauspiel ansehen muß.

Sie wollte eben hinter den Wandschirm treten, da rief Anne sie wieder zurück. »Eine Frage nur, Jane, eine einzige.«

»Ja, und die ist?«

»Das blaue Auge? Wie hast du das bekommen?«

Jane antwortete nicht sogleich. Sie starrte auf den Toilettentisch und studierte geistesabwesend, wie hübsch alles angeordnet war. In O'Neills Gegenwart war sie sich unschlüssig, was sie Anne sagen sollte. Sie trat von einem Fuß auf den andern und drehte in ihren Händen die schwere Bürste hin und her. Als sie sich umwandte, sah sie ihr Gesicht plötzlich im Spiegel. Der blaue Fleck unter dem Auge war häßlich geschwollen, an ihren Lippen klebte geronnenes Blut. Sie sah scheußlich aus, verschlampt wie eine keifende Gassendirne.

Kurz entschlossen blickte sie Anne und O'Neill in die Augen. »Ich habe noch Schlimmeres zu bieten als ein blaues Auge.« Jane ließ Sallys Schal zu Boden fallen. Sie sahen ihr zerrissenes Mieder, ihren nackten Busen und auf der linken Brust die Schwielen, die Harrys Zähne verursacht hatten.

»Das blaue Auge habe ich von demselben Mann, der mich vergewaltigen wollte. Er ist mit einem gebrochenen Bein davongekommen.«

Ohne die geringste Erregung hob sie den Schal vom Boden auf und warf ihn über den Stuhl. »So, jetzt wißt ihr, warum ich gekommen bin. Ich bin auf der Flucht.«

Sie blickte die beiden an und sah, wie sich ihr Gesichtsausdruck veränderte. Anne war bleich geworden, und

O'Neill sah aus, als erblicke er auf einmal eine ganz andere Person, als die, die soeben noch dagestanden hatte. Für Jane war es eine wenn auch nicht gerade trostreiche Befriedigung, daß auf einen Augenblick seine Aufmerksamkeit ihr und nicht Anne galt.

Dann verschwand sie hinter dem Wandschirm und zog ein Kleidungsstück nach dem anderen aus, bis sie ganz nackt dastand. Als die Kleider so eins nach dem anderen zu Boden fielen, hatte sie die Empfindung, daß sie alles von sich abwarf, was noch mit ihrem Leben im Gasthof ›Zum Federbusch‹ zusammenhing. Sie wusch sich von Kopf bis Fuß und sparte nicht mit sämtlichen Toilettenwassern und Parfümen. Bedachtsam zog sie den Morgenrock an, den Anne ihr gegeben hatte, einen eleganten blauen Mantel, der nur an den Ärmeln etwas abgenutzt war. Ohne Brennschere konnte sie sich die Haare nicht nach der neuesten Mode aufdrehen, doch das über die Schultern gekämmte Haar stand ihr sogar noch besser.

Als sie sich im Spiegel betrachtete, starrte ihr ein neues, entschlossenes Antlitz entgegen. Was die Zukunft auch bringen mochte, Gutes oder Schlechtes, sie konnte sich nie wieder in das Mädchen zurückverwandeln, das vor nicht ganz vierundzwanzig Stunden auf den Heuboden geklettert war, um der Postkutsche, die nach London abfuhr, sehnsuchtsvoll nachzublicken.

4. Kapitel

Sie nahmen das Frühstück im Vorzimmer ein. Jane war sich bewußt, daß Annes und O'Neills ungeteilte Aufmerksamkeit auf sie gerichtet war, und sie erfreute sich nicht nur an ihrem Interesse, sie fand die neue Umgebung, das luxuriöse Zimmer, das feine Porzellan und nicht zuletzt den seidenen Morgenrock ganz entzückend. Auch fühlte sie sich an Annes Tisch durchaus nicht als Eindringling; genießerisch schlürfte sie die Schokolade, und ein behagliches Gefühl durchströmte sie. Patrick hatte ein kleines Feuer im Kamin angefacht. Sonnenlicht und der rosige Widerschein der Flammen spielten auf dem verblichenen Teppich. Jane empfand die Wärme und die Stille wie etwas wunderbar Wirkliches, das sie noch nie gekannt hatte.

Anne und O'Neill überließen es ihr, zu erzählen. Je freier sie sich fühlte, um so leichter wurde es ihr, ihnen ihr Kommen zu erklären und eingehend zu berichten, was ihr gestern im Gasthof ›Zum Federbusch‹ zugestoßen war. Denn es war in ihrem eigenen Interesse, daß die beiden begreifen sollten, auf wie rachsüchtige Weise Harry Black seine Wut an ihr auslassen würde. Sie suchte nach Worten, um ihnen die Macht und den Einfluß von Harrys Vater begreiflich zu machen, seinen Reichtum und anmaßenden Hochmut. Sie schuldete es ihrem eigenen Stolz, und die beiden sollten wissen, daß sie keineswegs unter nichtssagenden und törichten Vorwänden nach London gekommen war.

Jane war sich aber auch bewußt, daß sie sich kurzfassen mußte und nicht wehleidig erscheinen durfte. Anne liebte es zu lachen, sie wollte stets amüsiert sein; sie zu langweilen oder sie mit ihrer Leidensgeschichte zu ermüden, wäre ein nie wieder gutzumachender Fehler. Anne hatte von jeher irgendwelche Klagen von ihr mit einem Achselzucken abgewehrt. Jane wußte, in dieser Hinsicht mußte sie so werden wie ihre Mutter.

O'Neill konnte seiner Empörung nicht laut genug Ausdruck geben. »Verdammt noch mal, Anne. Dieser Kerl sollte ausgepeitscht werden.«

Nachdenklich schüttelte Anne den Kopf. »Nein, Ted. Das wäre verkehrt. Jane hat das einzig Richtige getan, indem sie allen Verwicklungen aus dem Wege ging und davonlief.« Sie verzog das Gesicht zu einem Lächeln: »Sie ist hübsch, und ich weiß, hübsch zu sein, fordert immer Gefahren heraus. Das beste, was wir hoffen können, ist, daß Black sie nicht mit seiner Rache verfolgt . . .«

»Unsinn.« O'Neill ließ sie nicht ausreden. »Er wird sich hüten, etwas gegen Jane zu unternehmen. Ich wette, er ist nicht so blöd wie sein Sohn. Er weiß ganz genau, daß er gar nichts tun kann, solange Jane bei dir ist. Ich kenne diese Art von Kampfhähnen. Sie plustern sich großartig auf, wenn sie auf ihrem eigenen kleinen Misthaufen krähen. Wäre Jane in Hampstead geblieben, so hätte er sie, um den Schein zu wahren, verklagen müssen. Jetzt hat er jeden Grund, es zu unterlassen.«

»Wenn er es aber dennoch tun sollte?« fragte Jane.

O'Neill blickte sie an, und ein sanfter Ausdruck kam in seine Augen. »Was glaubst du, meine Liebe? Glaubst du, daß es Leute gibt, die für kleinere Vergehen gehängt werden oder nach Botany Bay verbannt werden? Sorge dich nicht. Du wirst weder den Galgen sehen noch ein Sträflingsschiff, solange ich dir beistehen kann. Wärst du dort geblieben, dann vielleicht. Hier bei Anne bist du in Sicherheit. Black weiß ganz genau, daß ihr Einfluß so groß ist wie seiner. Du wirst sehen, er wird keine Hand rühren.«

Anne lachte kurz auf. »Ich wünschte zu Gott, mein Geldbeutel wäre so groß wie seiner. Dann würde ich den König selber vor Gericht fordern und meine Sache gewinnen.«

Sie hatten leicht reden, die beiden, dachte Jane. Sie konnten darüber scherzen und die Achseln zucken, und schon war die Gefahr vorüber. O'Neill konnte das Gewicht seines Adelstitels in die Waagschale werfen, und er brauchte nur ein Wort in das Ohr eines Clubmitglieds zu flüstern. Auch für Anne war es im Notfall wahrscheinlich möglich, in bestimmten Kreisen ihren Einfluß geltend zu machen. Für die beiden war es nur ein Kinderspiel. Sie hatten ihre Entscheidung getroffen und waren nicht gewillt, sich weiterhin mit dem Problem zu belasten. Sie wollten es jetzt aus dem Wege räumen, über etwas lachen, wie Anne über Tom Blacks Geldbeutel gelacht hatte. Wenn die beiden sich darüber hinwegsetzen konnten, nun, das konnte Jane auch, fast genauso leicht. In luxuriösen Räumen und seidenen Roben zu schwelgen war angenehmer, als sich Gedanken darüber zu machen, was der morgige Tag bringen konnte. Anne gähnte, hielt sich malerisch ihr zartes Händchen vor den Mund wie ein Kätzchen und begann O'Neill von einer Gesellschaft zu erzählen, die eine gewisse Myra Burke am Abend geben würde. »... Man spricht davon, daß sie fast alles Geld, das ihr der alte Benson hinterlassen hat, dazu verwendet, das neue Haus zu dekorieren. Und denke dir nur, dabei hat sie einen schauderhaften Geschmack.« Bei diesen Worten schmollte sie kummervoll mit dem Mündchen: »All das schöne Geld an Myra Burke zu verschwenden – ich hätte es so gut brauchen können!«

O'Neill knüllte seine Serviette zusammen. »Nun, mir ist's gleich, ob sie ihre Wände mit Gobelins oder alten Säcken behängt, solange ich heute abend etwas bei ihr gewinne. Blanchard hat mich gestern abend um ein ganz hübsches Sümmchen erleichtert.«

»Du gewinnst es natürlich zurück«, sagte Anne ermutigend. »Es kommt ja alles wieder zurück – wenn einem das Glück hold ist.«

Sich zu Jane wendend, sagte O'Neill: »Hör sie dir nur an. Noch nie flirtete eine Frau so glaubensselig mit dem Glück. Ich wette, ehe sie abends das Haus verläßt, verbeugt sie sich dreimal vor der Glücksgöttin.«

Anne zuckte die Schultern. »Warum sollte ich nicht? Alle Götter fordern ihre Opfer. Wenn ich meinem Glück ganz fest vertraue ...«

Sie unterbrach sich, die Tür hatte sich geöffnet. Das etwas verlegene Lächeln wich aus ihrem Gesicht. »Und hier ist William«, sagte sie zärtlich, »er will uns guten Morgen wünschen.«

Nur ungern wandte sich Jane um. Es war unmöglich, nicht die schützende Liebe herauszuhören, die in Annes Stimme mitklang. Zum ersten Male wurde Jane sich einer Eifersucht auf William bewußt.

William war groß für sein Alter und ganz das Ebenbild seiner Mutter, nur daß seine Augen dunkel und seine Brauen dichter waren. Er hatte ihr rotes Haar, und für ein Kind waren seine Züge seltsam stark ausgeprägt, auch besaß er Annes zierliche, graziöse Bewegungen. In seinem schwarzen Samtjackett sah er aus wie ein junger Prinz. Offensichtlich hatte er von Janes Ankunft gehört. Er ging auf seine Mutter zu, doch zugleich richtete er seine Aufmerksamkeit mit einem fragenden Lächeln auf Jane. Annes Kuß erwiderte er nur oberflächlich.

»William, das ist deine Schwester Jane. Sie ist aus Hampstead gekommen und wird bei uns wohnen.«

Er nickte. »Ja, ich weiß schon. Patrick hat es mir erzählt. Er ist ganz aufgeregt deswegen. Betty hat ihre Sachen gepackt und ist auf und davon gegangen. Jetzt hat er niemand, der ihm hilft, die Zimmer zu richten.«

Annes Gesicht verfinsterte sich. »So, Betty ist also weg? Na, dann haben wir für ein undankbares Luder weniger zu sorgen.«

»Aber sie sagt, sie wird wiederkommen, Mama, sie will sich ihren Lohn holen.« Es klang, als sei es für William nichts Neues, daß Dienstboten das Haus verließen, weil sie ihren Lohn nicht bekommen hatten. Er ging jetzt um den Tisch zu Jane hin und gab ihr die Hand. »Ich freue mich, daß du da bist. Patrick sagt, du bist von Hampstead gekommen. Ist das weit?«

»Ziemlich weit«, entgegnete Anne, etwas ärgerlich. »Es ist ein langer Anstieg für die Pferde nach Hampstead hinauf, sie müssen tüchtig ziehen.« Es war das erstemal, daß sie die weite Fahrt als Grund dafür angab, daß sie Jane so lange nicht besucht hatte. Jane wußte, Anne würde niemals eine andere Erklärung dafür geben.

Jane hielt Williams Hand ganz kurz in der ihren. Sie fühlte keine Zärtlichkeit für ihn, nur eine mißtrauische Eifersucht.

Mit welcher Berechtigung trat dieser hübsche, kleine Junge so selbstverständlich gelassen auf, fühlte sich Annes und seiner Umgebung so sicher? Er sprach mit Annes selbstbewußter Stimme, mit demselben Tonfall. Im Umgang mit ihr hatte er alles von ihr angenommen. Sie beneidete ihn um die Jahre, die er in diesem Hause an Annes Seite verbringen durfte, und um das Selbstvertrauen, das er dadurch gewonnen hatte. Wie gelähmt saß sie neben ihm, konnte kaum sprechen und war verärgert, weil er die intime Stimmung ihrer Zugehörigkeit zerstört hatte, die sie soeben noch genossen hatte.

»Guten Tag«, sagte sie kühl und ließ seine Hand los.

William war jedoch nicht abzuweisen. »Ich will dir meinen Hund zeigen.«

Er lief zur Tür, und als er wieder erschien, zog er einen großen schwarzen Hund am Halsband herein. Der Hund ließ sich das gutmütig gefallen und betrachtete Jane ungefähr mit der gleichen Neugier wie William.

»Ich habe General schon seit zwei Jahren. Mama hat ihn mir zum Geburtstag geschenkt, und General und ich feiern deswegen unseren Geburtstag immer zusammen.«

Jane streichelte das lockige, schwarze Fell. »Ein schöner Hund«, kam es zögernd von ihren Lippen. Sie konnte nichts weiter sagen, und doch schien man es zu erwarten, denn Anne und O'Neill sahen sie und William erwartungsvoll an. Sie fühlte, wie sie rot wurde, Tränen der Verlegenheit traten in ihre Augen. Bis jetzt hatte sie sich so gut bewährt, und während sie in ihrem seidenen Morgenrock Schokolade trank, hatte sie fast das Gefühl gehabt, sie gehöre hierher, zu Anne und ihrem adligen Liebhaber. Aber William war offensichtlich hier viel mehr zu Hause als sie. Im Vergleich zu ihm mußte sie ihnen wieder wie das Mädchen vom Lande erscheinen, ungeschickt und unsicher in ihren Manieren.

Selbst der Hund ließ William in größerem Vorteil erscheinen: wenn er neben ihm stand, sah William aus wie ein Prinz auf einem Gemälde, schlank und vornehm, die Hand auf dem Halsband des Hundes. Sie hätte ihn am liebsten gepackt und geschüttelt. Er war erzogen und verwöhnt wie die Kinder der Reichen, die im ›Federbusch‹ abgestiegen waren. Diese Leute hatten Jane herumkommandiert und es als ihr gutes Recht angesehen, daß sie ihnen jederzeit zu Diensten stand. Und dieser Junge war noch dazu ihr Halbbruder. Er besaß Annes Liebe und noch viel mehr.

Die bedrückende Pause, die entstanden war, wurde schließlich von O'Neill unterbrochen. Er hatte Janes Gefühle erraten. Von Anfang an empfand er eine Sympathie für dieses Mädchen mit dem blauen Auge und der geschändeten Brust, das sich heute früh vor seinen verwunderten Blicken in eine neue Welt geflüchtet hatte.

»Gleichen sie sich nicht wie ein Ei dem andern, William? Hat es jemals so eine Ähnlichkeit gegeben?«

William überlegte einen Augenblick und betrachtete Jane ohne die geringste Scheu. Wie einen ausgestopften Puppenbalg sieht er mich an, dachte Jane, die sich darüber ärgerte.

»Da bin ich nicht ganz sicher. Patrick sagt's zwar auch. Er behauptet, Jane sei so hübsch wie Mama – ich weiß nicht . . . Sie ist doch nicht ganz so hübsch wie Mama.«

»Doch, doch. Alle würden sich nach den beiden umdrehen, darauf kannst du dich verlassen.« Ein Lachen huschte über O'Neills Gesicht. »Ich hab' 'ne Idee, Anne – bei Gott, das wäre eine Sensation!«

Anne warf ihm einen forschenden Blick zu. »Wie meinst du das, Ted?«

»Warum nehmen wir Jane heute abend nicht mit zum Empfang? Sie zieht eine deiner Roben an, und alle werden denken, deine Doppelgängerin vor sich zu haben. Das wird ein Mordsspaß! Die ganze Stadt wird darüber sprechen.«

Unentschlossen blickte Anne zu Jane hin.

»Jane . . . ich . . .«

Jane erkannte instinktiv, daß jetzt alles von ihrer Antwort abhing. O'Neills Vorschlag widersprechen, obwohl sie es sich nicht erklären konnte, warum sie es tat. War es nicht immer ihr Traum gewesen, an einer großen Gesellschaft teilzunehmen und eine von Annes schönen Toiletten zu tragen? Hier bot sich die große Gelegenheit: das Abendkleid mit den Ballschuhen, die festliche Frisur und die eigene Equipage. Sie hatte nur ja zu sagen. Und doch war es klüger, diese Chance auszuschlagen. Den genauen Grund konnte sie mit Worten nicht angeben, selbst jetzt nicht, als sie sich zu dem Nein entschloß.

Annes Augen waren angstvoll auf sie gerichtet, als sie zu O'Neill sagte: »Das kann doch nicht Euer Ernst sein, Lord O'Neill. Würdet Ihr mich auf einer Gesellschaft mit einem grün und blau geschlagenen Auge sehen wollen? Ich würde meiner Mutter genausowenig ähnlich sehen wie der Königin. Mir tun von der letzten Nacht alle Knochen weh. Vor allem brauche ich etwas Ruhe.«

Jane blickte jetzt wieder ihre Mutter an, die William zärtlich umfing, während er sich an sie schmiegte. Jane sah, wie erleichtert Anne war. Ihr Gesicht verriet mehr – sie war mit ihrer Tochter zufrieden und freute sich über ihre vernünftige Entscheidung. Sie äußerte zwar nichts, nickte aber zustimmend kaum merkbar mit dem Kopf.

Jane kam es vor, als öffne sich eine Tür vor ihr. William war ihr jetzt viel weniger im Wege als noch vor zwei Minuten.

5. Kapitel

Ein ganzer Berg von Abendtoiletten lag herum. Erregt und staunend streichelte Jane die seidenen und samtenen Stoffe, die sich zauberhaft anfühlten und sich in einem farbenprächtigen Durcheinander über den Teppich mit dem Rosenmuster ergossen. Die grüne Farbe herrschte vor – grün stand Anne am besten –, auch ein blaues, ein zartgelbes und ein weißes Kleid waren dabei. Und sogar ein pelzverbrämter Mantel und ein breitrandiger Hut lagen da. Es waren Kleidungsstücke aus Annes Garderobe, die sie achtlos auf einen Haufen geworfen hatte.

»Die müssen alle einmal durchgesehen werden, aber ich kann mit der Nähnadel nicht umgehen. Du bist zwar etwas größer, aber wenn du die Säume ausläßt...« Sie untersuchte die Kleider, sah die Schlammspritzer am Saum und warf sie wieder hin. »Sieh zu, was du mit ihnen machen kannst. Es tut mir leid, aber ich habe augenblicklich kein Geld, dir neue zu kaufen. Vielleicht später, wenn ich im Spiel mal wieder Glück habe.«

Dieses Gespräch fand am Nachmittag statt, als Anne mit O'Neill zu einer Wagenfahrt im Park aufbrach. Sie trug einen Pelzumhang. Den geschwungenen Rand des Hutes hatte sie kokett über das eine Auge gezogen, doch die Müdigkeit in ihren Augen war nicht zu übersehen; ihre Stimme hatte den betörenden Klang nur dann, wenn O'Neill oder William zugegen waren.

Ihr zarter Parfümgeruch war im Vorzimmer noch zu spüren. Auch aus den Kleidern, die auf dem Boden lagen, stieg dieser Duft auf.

Jane probierte ein Kleid nach dem andern und war überrascht, wie gut sie ihr standen. Es waren sehr auffallende Toiletten mit tiefem Dekolleté, das den Brustansatz mit voller Absicht sehen ließ. Nur mußte sie sich enger schnüren. Diese Toiletten paßten zu Annes ganzem Lebensstil.

Beim Nähen versuchte Jane, Ordnung in die verwirrenden Eindrücke dieses Hauses zu bringen. Dank ihrer Erfahrungen mit den Herrschaften, die im Gasthaus ›Zum Federbusch‹ abgestiegen waren, konnte sie ohne Schwierigkeit die Lage hier abschätzen. Jane kannte die Stimmung in einem verschuldeten Haushalt; die Menschen in diesem Hause aber führten das Leben der Reichen. Hier waren dem Leichtsinn und der Verschwendungssucht keine Grenzen gesetzt. Anne stak tief in Schulden, und doch führte sie einen Lebenswandel, den die meisten in ihrer Lage nicht gewagt hätten. Sie ließ es sich nicht nehmen, immer wieder darauf zu bauen, das Glück müsse ihr hold sein und sie werde eines Tages mit reichgefüllter Börse heimkommen.

Patrick half die glanzvolle Fassade aufrechtzuerhalten; emsig eilte er umher, schob seine lange Gestalt in ungeschickten Wendungen hin und her und leistete die Arbeit von fünf Dienstboten. Er führte nicht nur den Haushalt, er war zugleich auch Kutscher; den größten Teil des Tages paßte er auf William auf, so daß nur für einige Stunden ein Hauslehrer vonnöten war. Hätte Patrick studiert, dann hätte Anne darauf bestanden, daß er auch noch dieses Amt übernahm. Der arme Mann war von einer nervösen, zappeligen Hagerkeit, seine Augen waren von zuwenig Schlaf rot umrändert; und doch hielt er nie in seiner Arbeit inne oder schien die ungeheure Last seiner Verantwortung zu spüren. Er war Anne ganz und gar ergeben, betete sie mit Blicken und Worten an. Seine Verehrung war eine Mischung von väterlicher Besorgtheit und der Hochachtung, die man einer Königin entgegenbringt.

Jane ließ die kostbaren Stoffe durch ihre Finger gleiten – der Preis nur eines dieser Kleider entsprach dem ganzjährigen Kostgeld im ›Federbusch‹. Aber Hampstead war weit und leicht zu vergessen, für Annes Lebensstil waren Kleider unendlich wichtiger. In London forderten Dienstboten ihren Lohn, der Metzger bestand auf Bezahlung seiner Rechnungen. Es war einfacher, die Menschen zu befriedigen, die um sie waren, als sich um eine Tochter zu kümmern, die sich nie sehen ließ und nie um Geld bat. Während Jane einen Spitzenbesatz festnähte, sagte sie sich mit einem resignierten Lächeln, daß es wohl ihr größter Fehler gewesen war, ihre Mutter erst jetzt aufzusuchen. Es war Annes Art, immer die nächstliegenden Aufgaben zu bewältigen, alles andere konnte warten oder ließ sich vergessen. Solange Jane bereit gewesen war, im ›Federbusch‹ für sich selbst zu sorgen, hatte Anne sie ruhig gewähren lassen. Jetzt aber, nachdem sie hier war, würde Anne sich genauso tatkräftig für sie einsetzen wie für die anderen.

Es kam Jane nicht in den Sinn, sich über Annes Behandlung zu ärgern. Dies war nun einmal Annes Charakter, und nichts würde sich jemals daran ändern.

Das erklärte auch, warum sie William bei sich behalten hatte, anstatt ihn in Pflege zu geben. Anne hatte Williams Vater leidenschaftlich geliebt und übertrug diese Liebe auf sein Kind. Als William alt genug war, um Anne im Wege zu sein, war er schon zu einem festen Bestandteil ihres Haushalts geworden, und sie dachte nicht mehr daran, ihn wegzuschicken. Zudem wuchs mit den Jahren Annes Bedürfnis nach Zärtlichkeit – ihre Liebhaber wechselten, William aber blieb bei ihr und erinnerte sie immer an den Mann, dem sie ihre unwandelbare Liebe geschenkt hatte.

O'Neill – das empfand Jane – würde nicht lange bei Anne bleiben. Sie würden sich trennen, wenn einer des andern überdrüssig geworden war. Jane vermutete, daß er kein vermögender Mann war. Abgesehen davon, daß Anne immer wieder über Geldmangel klagte, hatte O'Neill nicht die Haltung eines Mannes, der zu ihrem Haushalt beitrug. Sie wirkten vielmehr wie zwei Menschen, die ein Übereinkommen getroffen hatten, von dem sie jederzeit zurücktreten konnten. Sie blieben zusammen, weil sie Gesellschaft brauchten, amüsiert sein wollten und vielleicht, so dachte

Jane, weil im Augenblick für beide nichts Besseres vorhanden war. Sie waren zärtlich zueinander, aber mit der Treue nahmen sie es nicht genau. Anne hatte ihr erzählt, daß O'Neill in einem Gasthof in Crab Tree Yard Zimmer gemietet hatte; kam es zur Trennung, so mußte Anne ihren Haushalt und ihren Lebensstil nicht aufgeben. Mit einem leisen Lächeln des Bedauerns würden sie auseinandergehen.

Ohne die Gegenwart Annes, um die sich sonst alles drehte, war das Haus geradezu unheimlich ruhig. Jane horchte in die Stille: weder Patricks breiter irischer Dialekt war zu hören, in dem er der Köchin Anweisungen gab, noch die Geräusche seiner fieberhaften Tätigkeit, wenn er die Türen zuschlug oder mit dem Geschirr in der Anrichte klapperte. Alles war jetzt ruhig und friedlich, die Zimmer waren gefegt, Feuer gemacht, und William nahm Unterricht bei seinem Hauslehrer. Jane war an eine solche Stille nicht gewöhnt; bis jetzt hatte sie ständig in einem lärmenden Wirbel gelebt. Nun, da sie wußte, daß es Arbeit in Hülle und Fülle gab, war es schwer für sie, sich an den Gedanken zu gewöhnen, niemand erwarte oder fordere ihre Hilfe und Mitwirkung. Die Stille und der Friede im Hause sagten ihr sehr zu; es war schön, hier zu sitzen, nur damit beschäftigt, ein paar Rüschen anzunähen und Säume auszulassen. Sie hatte noch immer Annes seidenen Morgenrock an, in dem sie sich so wohl fühlte; vergessen war das verlauste Kleid, das Patrick längst verbrannt hatte. Augenblicklich erschien alles ideal – nur ihre verarbeiteten Hände paßten schlecht zu den kostbaren Stoffen, mit denen sie sich beschäftigte.

Die Tür wurde leise geöffnet; sie fühlte, daß jemand zu ihr hereinstarrte und drehte sich um. William stand scheu an der Tür, auf seinem Gesicht ein erwartungsvolles Lächeln.

»Störe ich dich, wenn ich hereinkomme? Patrick sagt, ich soll dich erst fragen.«

Jane fiel es schwer, mit William zu reden, und auch jetzt fühlte sie sich unbehaglich. Er war ihr nicht willkommen, doch sie wußte nicht, wie sie ihm das sagen sollte, ohne daß er ihre Gefühle erraten würde. Es blieb ihr nichts anderes übrig, als ihm ein Zeichen zu geben, näher zu treten. Er hatte den schwarzen Hund bei sich, der den Kopf genau wie sein Herr zur Tür hereinstreckte. William setzte sich so, daß er sehen konnte, was Jane tat. Der Hund legte sich zu seinen Füßen nieder.

Jane warf ihm einen Blick zu, ehe sie sich wieder über die Arbeit beugte. Er bot einen anderen Anblick als heute morgen. Sein Gesicht war mit Marmelade verschmiert, das Haar in wilder Unordnung. Statt des Samtjacketts trug er eine alte Joppe. Seine Haltung war allerdings noch immer selbstbewußt, aber er glich jetzt eher den Dorfkindern von Hampstead. Er wurde ihr etwas sympathischer.

»Ich dachte, du hättest Unterricht«, sagte sie.

»Oh, damit bin ich fertig«, erwiderte er freudig. »Um diese Zeit gibt Mr. Taylor den Töchtern von Sir Sidney Stonc Mathematikstunde.«

»Mathe ... Mathematik? Mädchen Mathematikstunde?«

»Ja, 's ist komisch, nicht? Du mußt wissen, Sir Sidney ist ein Seefahrer, und Dr. Taylor sagt, die Mädels sollten Mathematik und Astronomie genauso lernen wie Jungens und sollen auch mal zur See fahren.«

»Das ist allerdings komisch«, sagte Jane verwundert. Sie selber konnte ganz gut rechnen, doch sie hatte einmal in Simon Garfields Buch über die Euklidische Lehre geblättert und dabei waren ihr die sonderbaren geometrischen Figuren völlig sinnlos und verwirrend vorgekommen. Sie fragte sich, ob William etwas davon verstünde – hoffentlich nicht allzuviel.

»Was für Unterrichtsfächer hast du denn? Kannst du lesen und schreiben?«

»Oh, selbstverständlich«, erwiderte er schnell, als ob diese Errungenschaften etwas ganz Natürliches wären. »Und ich habe Unterricht in Geographie, Geschichte und Mathematik.«

»Wirklich?« Sie beneidete ihn um seine Kenntnisse, auch wenn sie in seinem Alter nicht sehr bedeutend sein konnten. »Ist Mr. Taylor ein alter Herr?« Sie mußte daran denken, wie grämlich und ungeduldig der alte Simon Garfield gewesen war.

»O nein, er ist noch jung. Er hat Oxford vor einem Jahr verlassen, als er hierherkam, und er wartet jetzt darauf, an einer Expedition für botanische Forschungen in der Südsee teilzunehmen. Darüber spricht er in einem fort, der Unterricht ist Nebensache.«

»Mit dir spricht er darüber? Wovon denn?«

»Oh, über alles mögliche. Über Pflanzen und Vögel. Auch über die Revolution in Frankreich. Er hat Angst, daß Krieg ausbricht und befürchtet, daß sie dann die Expedition nach der Südsee nicht ausrüsten.« Jane nickte verständnisvoll. Schon im ›Federbusch‹ war immer von der Revolution und der Möglichkeit eines Krieges die Rede gewesen; sie hatte den hitzigen Gesprächen der Gäste zugehört und immer mit demjenigen, der zuletzt gesprochen hatte, übereingestimmt. Die Ziele der Revolution hatte sie nie verstanden, auch nicht, was die Franzosen sich davon erhofften. Sie schämte sich ihrer Unwissenheit. Es war zu erwarten, daß in London die letzten Nachrichten ungeheure Erregung verursachen würden. War es doch die Stadt, wo man durch Krieg und Revolution Vermögen erwerben oder verlieren konnte. Den Armen und den Bauern blieb nichts übrig, als den Kopf hinzuhalten in Kriegen, die sie nicht gewollt hatten und die sie nicht verstanden, in denen sie vielleicht sogar ihr Leben lassen mußten.

»Glaubt Mr. Taylor, daß es Krieg geben wird?«

William nickte mit begeisterter Zustimmung. »Er sagt,

die Franzosen finden bestimmt einen Grund, ihren König früher oder später hinzurichten, und sicherlich wird England in einen Krieg hineingezogen. Im Parlament wird schon immer davon gesprochen, und ein Jakobiner wagt in England kaum noch, den Mund aufzutun.«

»Was sagt Mr. Taylor denn sonst noch?«

»Daß die Brüder des Königs hetzen und schüren, wo sie nur können. Sie sagen, alle Länder sollten Frankreich den Krieg erklären. Mr. Taylor sagt, was aus der königlichen Familie wird, ist ihnen gleichgültig. Wenn der König und der Dauphin tot sind, steht ihnen der Weg zum Thron offen.«

»Kann die königliche Familie Frankreich nicht verlassen? Ich habe gehört, daß viele Franzosen geflohen sind.« Das war alles, was sie über die gegenwärtige kritische Lage wußte, und sie wollte auch ihre Ansicht dazu beitragen.

William riß die Augen auf. »Weißt du es denn nicht? Der König und die Königin Marie Antoinette sind mit ihren Kindern in einem Palast in Paris eingesperrt. Sie wollten entkommen, wurden aber auf der Flucht gefangen und zurückgebracht.«

Jane wandte sich wieder ihrer Arbeit zu. William plapperte nur nach, was er gehört hatte, und doch konnte er besser mitreden als sie. Aber trotzdem hatte sie ihn jetzt ganz gern; sie mußte es einfach als Tatsache hinnehmen, daß William ein Stadtkind war, das immer in der Gesellschaft Erwachsener gelebt hatte.

Schweigend sah er ihr eine Zeitlang zu. Er hockte auf einem Schemel, die Hände um die Knie geschlungen. Dann und wann kraulte er seinen Hund und zog ihn sanft an den langen schwarzlockigen Ohren. Jetzt streichelte er zaghaft über das seidene Kleid. »Das ist doch ein Kleid von Mama? Ziehst du das jetzt an?«

»Ja, sie hat es mir geschenkt.«

»Es wird dir gut stehen«, meinte er sachlich. Dann zog er die Augenbrauen in die Höhe, als falle ihm plötzlich etwas

Wichtiges wieder ein. »Heute morgen . . .«, sprudelte er hervor, »weißt du noch, heute morgen sagte ich, du seist nicht so hübsch wie Mama . . .«

Jane blickte erstaunt auf. Sein Ausdruck war ernst. »Ja, ich erinnere mich . . .«

»Weißt du – ich hab's nicht so gemeint. Du bist ebenso hübsch. Aber ich mußte es sagen, weil Mama sich wegen ihres Aussehens Sorge macht. Ich sehe immer, wie sie sich im Spiegel betrachtet, und es scheint sie traurig zu stimmen. Aber du weißt doch selber, daß du hübsch bist, da konnte ich doch ruhig etwas anderes sagen.«

Jane nickte. Sie wußte nicht, was sie antworten sollte; wenn William schon Annes Sorgen über ihr Aussehen bemerkte, dann war es ihrerseits sinnlos, es zu leugnen. William begann ihr leid zu tun; das Leben, das er in diesem Haushalt führte, war unnatürlich für ein Kind. Er entbehrte den Umgang mit Gleichaltrigen. Durch Annes Ruf würde er ganz von selbst von der Gesellschaft der Kinder vornehmer Familien ausgeschlossen sein. Wahrscheinlich wußte er das ganz genau. William war ein einsamer Junge, der nur mit seinem Hund spielen konnte, der mit Patrick über häusliche Angelegenheiten und den Klatsch der Nachbarn sprach und mit seinem Hauslehrer über Krieg und Revolution. Jeden Tag kam er brav herein, um seiner Mutter und ihrem Liebhaber beim Frühstück guten Morgen zu wünschen. Und auf einmal wurde es Jane klar, wie reichhaltig ihr Leben mit Pru, Lottie und Mary in der Küche vom ›Federbusch‹ gewesen war. All das würde William nie erleben. Er genoß zwar Annes liebevolle Aufmerksamkeit, und doch war er ein Gefangener. Immer weniger sah ihn Jane jetzt als das beneidenswerte Kind im Samtjackett, und schließlich verblaßte dieses Bild vollständig.

Nun streckte auch sie die Hand aus, kraulte den Kopf des Hundes und spielte mit seinen Ohren wie William. Der Junge strahlte vor Freude.

»Er ist doch nett, nicht wahr? Fühl nur mal, wie weich sein Fell hier ist, gerade hinter den Ohren.«

Ihre Hände berührten zusammen die Stelle; das Fell des Hundes fühlte sich beinahe so seidig an wie die Stoffe der Kleider in ihrem Schoß. »Warum nennst du ihn eigentlich General?«

»Er heißt General nach dem Ururgroßvater Blake.«

»Ururgroßvater Blake? . . . war er ein General?«

Voll Verwunderung hob William die feingeschwungenen Brauen. »Aber ja! Wußtest du das nicht? Hat Mama dir das nicht schon längst erzählt?«

»Aber wer war er denn eigentlich?« fragte Jane ungeduldig.

»Nun – er war ein General. Unter dem Herzog von Marlborough kämpfte er in der Schlacht von Blenheim. Sein Name steht in alten Kriegsbüchern. Mr. Taylor hat mir aus ihnen vorgelesen.« Verwundert runzelte sich seine glatte Kinderstirn. »Glaubst du, Mama hat tatsächlich vergessen, dir von ihm zu erzählen?«

»Ich nchmc cs an«, war Jancs trockcnc Antwort. Was für Beweggründe mochten Anne wohl bestimmt haben, ihr über die Vorfahren nichts zu erzählen? Daß sie es aus Vergeßlichkeit unterlassen hatte, war nicht gut denkbar. Doch sie wollte nicht weiter über Annes Gründe nachdenken; sie wollte nur in der Kenntnis dessen schwelgen, von dem auch sie auf so wunderbare Weise ein Teil war. Es steigerte ihr Persönlichkeitsgefühl, zu erfahren, daß William sie in die Familie einbezog, die schon bestanden hatte, lange ehe sie zur Welt gekommen war; jemandem anzugehören war ihr ein ganz neuer Gedanke. Immer war nur Anne in ihrem Bewußtsein gewesen und sonst niemand. Es hatte also einmal einen Ururgroßvater gegeben, der ein General gewesen war – durch Geschichtsbücher ließ es sich sogar beweisen.

Jane berührte Williams Arm. »Was weißt du über ihn? Erzähl mir alles!«

Er zuckte die Achseln. »Allzuviel weiß ich ja nicht. Blenheim liegt doch irgendwo in den Niederlanden, nicht wahr?«

Jane wußte es selber nicht, aber ermutigend sagte sie: »Ja, ich glaube auch.«

»Also, da haben sie einen großen Sieg errungen, und Ururgroßvater Blake war mit Marlborough die ganze Zeit dabei. Mama hat erzählt, daß er eine Menge Kriegsbeute heimbrachte – Gold und Wandbehänge, silbernes Geschirr und viele andere Sachen.«

Jane staunte ihn mit aufgerissenen Augen an. »Und was noch?«

William suchte sich zu erinnern, er wollte ihre Neugier befriedigen. »Ja, und . . . aber jetzt fällt mir ein, Ururgroßvater sollte sogar schon zum Lord oder so etwas Ähnlichem ernannt werden, aber da hat er Marlboroughs Frau, die Herzogin Sarah, beleidigt. Die Herzogin war die beste Freundin der Königin, und da hat er den Titel natürlich nicht bekommen.«

Jane verschlug es den Atem. »Ist das alles wahr?«

William sah gelangweilt drein. »Aber ja, es steht doch so in den Büchern. Nur das nicht mit der Herzogin. Das habe ich Mr. Taylor erzählt, und er glaubt's auch. Er sagt, das könnte der einzige Grund sein, warum Ururgroßvater keinen Adelstitel bekam.« »Ja – stell dir vor . . .«, sagte Jane träumerisch. Sie gab sich schon ganz dem großen Wunder einer Vergangenheit hin, in der berühmte und klangvolle Namen eine Rolle spielten. Und auch reich waren die Blakes einmal gewesen. Gold, hatte William gesagt, und Silbergeschirr, wahrscheinlich auch Edelsteine und Geschmeide – und in ihren Adern floß das Blut dieser Familie. Ihre Vorfahren hatten Rang, Reichtum und Macht besessen. Die Menschen waren längst tot, ihr Reichtum verweht, aber diese Abstammung war eine Erklärung für Annes selbstsicheres und trotz einer gewissen Arroganz lässiges Auftreten.

Aus dieser Herkunft erklärte sich vieles, auch warum William etwas von der gleichen Würde besaß, und warum sie selber sich zu etwas Besserem hingezogen fühlte als zu Harry Black. Jetzt wußte sie, daß ihre Sehnsucht all diese Jahre im ›Federbusch‹ mehr bedeutete, als nur das Verlangen, bei ihrer Mutter zu sein: sie wollte ihre eigene Bestätigung, wollte die Gewißheit, daß es ein Geschlecht gab, von dem auch sie abstammte. Was sie soeben gehört hatte, verwirrte ihre erregten Gedanken noch mehr. Gierig wollte sie alles wissen, auch das, was William ihr vielleicht noch nicht erzählt hatte.

»Was weißt du noch über die Vorfahren?«

»Vorfahren?«

»Ja, über unsere Familie.«

»Die Familie gibt es nicht mehr.«

»Was? Gibt es nicht?« Während Williams kurzer Erzählung hatte sie in ihrer erregten Phantasie eine große Anzahl Personen um den General gesehen – seine Frau, Kinder, ein Haus und alles, was dazu gehört. Enkel und deren Kinder, die ihre und Williams Vettern und Basen wären. Mit einem Wort hatte William dieses Bild zerstört.

»Nur ein Großvater ist noch da.«

»Du meinst Annes Vater? Sonst niemand?« Sie war tief enttäuscht; von ihrer Traumwelt blieb nur ein einziger Mensch übrig, und dieser eine war ein uralter Mann.

»Mama hat mir nie von jemandem erzählt. Sie hatte keine Geschwister. Nur von einem Vetter sprach sie einmal, einem kleinen Jungen, der eine Zeitlang bei ihnen war. Aber er verließ sie und ging nach Frankreich.«

»Wo lebten sie eigentlich? Wo lebt Annes Vater?«

William wurde das ewige Gefrage langweilig. Um die Familie seiner Mutter hatte er sich nie gekümmert, abgesehen davon, daß es ihm ein kindliches Vergnügen bereitet hatte, den Namen eines Generals in Geschichtsbüchern zu lesen. Doch es war viel zuviel Betrieb um ihn, als daß er Zeit gehabt hätte, sich in Gedanken mit Leuten zu beschäftigen, die längst tot waren. Er konnte Janes Neugier nicht verstehen und war etwas ärgerlich, weil sie so viel von ihm wissen wollte.

»Irgendwo in Kent, in der Nähe des Meeres, glaube ich. Mama sagt, sie hätten Schafe gehalten. So ein paar Lämmer hätte ich schon gern mal gesehen«, fügte er bedauernd hinzu.

»Und wie heißt der Besitz?«

William zog verdrießlich die Stirn in Falten und gab sich die größte Mühe, sich an den Namen zu erinnern. »Ich weiß nicht . . .« Sein Gesicht leuchtete auf. »Ja, doch – ich entsinne mich: sie lebten im Romney-Moor, am Meere, in Kent. Das Haus, in dem Mama aufwuchs, hieß Blakes Höhe. Ja, ich weiß bestimmt: Blakes Höhe!«

Fürs erste gab sich Jane zufrieden. Das war genug, darüber nachzudenken, und was William ihr erzählt hatte, auszukosten. Sie nahm ihre Näharbeit wieder zur Hand und begann, das seidene Halstuch mit feinen Stichen zu raffen. Blakes Höhe – nahe dem Meere; eine Gegend Romney-Moor, wo es Schafe gab. Liebevoll stellte sie sich das alles vor; es gehörte jetzt ihr, war ein Teil von ihr, und gehörte ihr genauso wie William. Sie sah, wie der kleine Junge mit dem wirren roten Lockenhaar sich zu dem Hund niederbeugte. Er und sie besaßen jetzt etwas gemeinsam, etwas, was noch keiner von ihnen gesehen hatte.

Anne kam bald zurück. Sie hörten das Halten der Kutsche auf der Straße und das unruhige Hin und Her, das jedesmal ihre Heimkehr begleitete. Bei ihrem Eintritt erteilte Anne Patrick einige Anweisungen. Ihr hübsches Gesicht über dem dunklen Pelzumhang zeigte Spuren der Abgespanntheit, aber ihre Augen leuchteten auf vor Freude, als sie Jane mit William im Sessel sitzen sah, der sich eng an sie schmiegte.

»Nun, meine Lieblinge!«

Anne streckte die Arme nach William aus, doch ihr zärtlicher Blick schloß auch Jane ein. Sie warf ihren Umhang ab und machte es sich in einem Sessel Jane gegenüber bequem. William holte eine Fußbank für sie herbei und stellte seinen Hocker zwischen die beiden Frauen.

»William, jetzt hast du zwei Frauen, mit denen du viel Wesens machen kannst. Hast du Jane beim Nähen geholfen?«

Er nickte kurz und ließ seine Beine gegen den Berg von Kleidern baumeln. »Jane kann schnell nähen – wie der Blitz!« Mit einer komischen Bewegung ahmte er nach, wie flink die Nadel durch den Stoff geführt wurde.

Anne lächelte. Sie beugte sich dicht über die Näharbeit und ließ die Finger prüfend über den Saum und die ausgebesserte Spitze gleiten.

»Wie sorgfältig du nähst«, sagte sie bewundernd. »Selten habe ich eine so gute Arbeit gesehen.«

Jane nickte. »Sally war eine großartige Näherin, wenn ihr die Küchenarbeit Zeit dafür ließ.«

»Sie hat dir wohl auch das Kochen beigebracht?«

»Nun, ich mußte es ja lernen, da ich jeden Tag zusah. Für feines Gebäck bin ich jedoch nicht so geschickt wie Sally, aber gute Saucen kann ich zubereiten.«

Anne sah sie einen Augenblick schweigend an. »Jedenfalls hast du Dinge gelernt, von denen du hier bei mir nicht die geringste Ahnung bekommen hättest.« Sie strich wieder über die Spitze. »Das ist schon eine bewundernswerte Arbeit. Sally hat dir mehr beigebracht, als ich überhaupt weiß.«

Jane wollte ihr sagen, daß Sally ihr nicht beigebracht hatte, wie man graziös durch ein Zimmer schreitet, peinliche Pausen in der Konversation mit oberflächlichem Geplauder überbrückt, und wie man sich anmutig in einem Sessel niederläßt. Gesellschaftliche Manieren und Attitüden beherrschte Anne in einer Vollkommenheit, die Jane nur zu gerne erworben hätte. Mit einem etwas mürrischen Ausdruck beugte sie sich über das Kleid in ihrem Schoß.

»Ach, meine Arbeit könnte wohl besser sein«, sagte sie resigniert.

William hob ein Kleid nach dem andern auf und betrachtete es. »Das hier hast du mal auf einem Ball getragen, nicht wahr, Mama?« fragte er und zog ein cremefarbenes Seidenkleid hervor.

Anne nickte. »Ja, das ist wahr. Als ich es das letztemal trug, hat mir so ein Dummkopf Wein auf die eine Seite verschüttet. Jane wird die eine Bahn heraustrennen müssen. Das blaue Kleid da würde dir gut stehen, Jane.« Ein kleiner Seufzer entrang sich ihr. »Als ich es das letztemal trug, kam es mir vor, als sei es eine Nuance zu lebhaft für mich.« Fast unbewußt strich sie sich über die Wangen, als tastete sie nach Altersfalten auf ihrem Gesicht. Sie stand auf, ging ruhelos zum Fenster und blickte hinaus, kam wieder zurück und schaute Jane über die Schulter zu. Jane beobachtete den hastigen, nervösen Blick, den Anne im Vorbeigehen in den Spiegel warf. Wie durchsichtig Annes weiße Hände waren, als sie die Sessellehne umklammerte.

Auf einmal schrie William leise auf. Schuldbewußt blickte er seine Mutter an. In der einen Hand hielt er den breitrandigen Samthut, in der anderen traurig die künstliche Rose, mit der er garniert gewesen war.

»Schau . . . schau, was ich angerichtet habe!«

Noch ehe Anne etwas sagen konnte, hatte Jane Hut und Rose schon an sich genommen. »Das ist ja kein Unglück, William. Ein paar Stiche – so und so. Jetzt ist er noch schöner als vorher. Findest du nicht auch?«

Hilflos schaute Anne zu. »Siehst du, William, jetzt haben wir jemanden, der alles wieder in Ordnung bringen kann. Jane hat geschickte Hände. Sie ist viel gewandter als alle Frauen, die wir zu Näharbeiten hier hatten.« Sie unterbrach sich. »Vielleicht könnte Jane . . .«

Jane ahnte die Bitte, die Anne jetzt aussprechen wollte. Sie konnte sich vorstellen, wie viel es auszubessern gab, zumal die Mädchen, die nie bezahlt wurden, sich geweigert hatten, etwas zu nähen. Wäschestücke, die zusammengerollt in den Schränken lagen, hatten bisher vergeblich darauf gewartet, geflickt zu werden, auch die ausgefransten Ärmel an Williams Jacke. Alle, die Anne lieb hatten, dienten ihr gerne; es war nur natürlich, daß sie es auch von Jane erwartete.

Da streckte Patrick seinen langen Hals zur Tür herein und hinderte Anne daran, ihre Bitte auszusprechen.

»Gnädige Frau, Lord O'Neill läßt soeben sagen, daß das Diner bei Mr. Richard Burgess eine Stunde früher beginnt.«

»Richard – was, Richard ist wieder in London?« Annes Augen leuchteten vor Freude und Erregung. »Ich wette, er wird heute abend bei Myra Burke die ganze Gesellschaft gehörig rupfen. Richard hat immer Glück im Spiel. Schon neben ihm zu sitzen, bringt Glück. Heute nacht kann ich nicht verlieren, heute nacht kann ich nur gewinnen, meine Lieblinge; ich fühl's im kleinen Finger, daß ich mit viel Geld heimkomme.«

Patrick war ins Zimmer getreten. In der Hand hielt er eine brennende Kerze. »Sind wir denn schon so arm, daß wir uns nicht einmal ein bißchen Licht leisten können? Ihr werdet Euch noch die Augen verderben, Miß Jane.«

Bei diesen Worten zündete er zwei Kerzen auf dem Tisch an und zog dann eilends die Vorhänge zu. Jane war überrascht, wie dämmrig es schon geworden war. Ein feiner Nebeldunst hatte sich unter den Giebeln der gegenüberliegenden Häuser gebildet.

Patrick ging ins Schlafzimmer, brachte mit einem Fidibus die Scheite im Kamin zum Brennen und zündete auch dort die Kerzen an. Die Farben im Zimmer leuchteten auf, das sanfte Grün der Bettvorhänge, der schimmernde Glanz des Rosenholzes.

»Wäre es nicht Zeit, gnädige Frau, Euch fertig zu machen? Lord O'Neill hat ausrichten lassen, daß er pünktlich, wenn's halb schlägt, hier sein wird, und noch nicht einmal Euer Haar ist gelockt. Auch Euer Abendkleid liegt noch nicht bereit.« Mißbilligend schnalzte er mit der Zunge. »Verflucht sei das Luder von einem Dienstmädel, das wegläuft, ohne auch nur einer Seele was zu sagen ...«

Während er so sprach, machte er sich im Zimmer zu schaffen, stellte Flakons und Schönheitsmittel auf dem Toilettentisch zurecht und räumte Annes Umhang und Hut weg. Er brummelte vor sich hin. Offenbar war das eine alte Angewohnheit von ihm. Anne hörte zwar, was er sagte, doch er erwartete nie eine Antwort von ihr. Daß er so nörgeln durfte, hatte er sich durch seine Ergebenheit verdient. Nichts genoß er so sehr wie diese Selbstgespräche. »Und zieht Ihr wieder dieses Weiße da an, gnädige Frau? Ja ... wie eine Königin seht Ihr darin aus, und viele werden sich heute abend an Euch nicht satt sehen können ...«

Anne folgte ihm ins Schlafgemach. »Ja, Patrick, das weiße Kleid ... Weiß Gott, ich kann's schon nicht mehr sehen. Heute sah ich bei Seiker ein wunderbares grünes Kleid ... Sie wollten ein kleines Vermögen dafür haben. Aber ich habe dort schon Schulden.«

Patrick folgte ihr zum Toilettentisch. »Und müde seht Ihr dazu noch aus«, sagte er und sah sie besorgt im Spiegel an. »Ihr seid nicht ganz wohl. Immer wieder muß ich's sagen, Ihr schont Euch nicht genug. Und dabei immer dieses fortwährende Kommen und Gehen ...«

Wieder schnalzte er mißbilligend mit der Zunge, und wie schon seit Jahren half er Anne beim Aufhaken des Kleides.

6. Kapitel

Patrick und William hatten Jane allein gelassen. Sie saß auf einem Hocker und beobachtete, wie Anne sich ihr Haar richtete. Geschickt und schnell bewegten sich ihre Hände, legten hier eine Welle zurecht, zupften dort ein Löckchen hervor. Der Geruch der Brennschere verbreitete sich im Zimmer.

»Ich bin froh, daß ich meine Frisur jetzt selber richten kann«, sagte Anne und blickte im Spiegel zu ihrer Tochter hin. »Diese Mädels sind meistens ungeschickt und tolpatschig – ehe du dich's versiehst, haben sie dir das Haar verbrannt. Jetzt darf mir keine mehr nahe kommen.«

Jane nickte bewundernd. »Du verstehst es sehr gut.«

»Mit der Zeit lernt man's, am Anfang muß man schon Geduld haben.« Sie zog die Schublade im Toilettentisch auf. »Hier sind ein paar Brennscheren, die ich nicht mehr brauche. Du kannst sie mit in dein Zimmer hinaufnehmen.«

»Ich weiß nicht recht . . .«, stotterte Jane verlegen.

Anne legte die Brennschere aus der Hand. »Was weißt du nicht recht?«

Jane machte eine hilflose Bewegung. »Ach, so vieles – meine Frisur . . . damit fängt's schon an. Wie setzt man einen Hut auf, so einen schönen, wie du ihn heute nachmittag trugst? Wie lernt man, sich gewandt zu unterhalten?« Sie berührte ihr blaues Auge mit der Hand. »Schau mich nur an . . . ich kann mich ja nicht einmal sehen lassen.«

»Ach was«, besänftigte Anne. »Du mußt vieles lernen, aber du bist ja nicht auf den Kopf gefallen. Du wirst schnell lernen, verlaß dich drauf.«

»Aber wie denn?«

»Geduld, Geduld«, mahnte Anne. »Das kommt schneller, als du denkst. Oder schneller, als ich denke . . .«

Jane gab sich einen Ruck. »Ich werde dir nicht lange zur Last fallen – das weißt du doch?«

»Wovon sprichst du überhaupt?«

Jane ließ sich nicht beirren. »Ich bin doch kräftig. Ich bin anders aufgewachsen als du. So eine Umgebung bin ich nicht gewöhnt.« Sie zeigte auf das Zimmer, den überladenen Toilettentisch. »Aber arbeiten kann ich. Das ist alles, was ich gelernt habe.«

Anne schüttelte den Kopf. »Dafür ist es zu spät, Jane. Das ist vorüber, meine Liebe. Du bist schon viel weiter. Wenn du in Hampstead geblieben wärst und Harry Black geheiratet hättest, dann wäre alles beim alten geblieben. Ein monotones Leben, eine Zukunft ohne Erwartungen und Hoffnungen. Das hast du hinter dir gelassen. Dein Sinn steht nach etwas Besserem. Wir wissen noch nicht, was dir bevorsteht – etwas Besseres oder etwas Schlimmeres als Harry Black. Wir müssen uns damit beschäftigen Jane – wir müssen Pläne für deine Zukunft schmieden.«

Verwirrt wehrte Jane ab. »Du machst mir ja Angst, wenn du so sprichst. Was für Möglichkeiten gibt es denn für mich! Bei dir kann ich nicht bleiben, ohne Geld ... Eine Stellung als Gouvernante oder so etwas kann ich nicht annehmen. Ich sehe keine Möglichkeit – außer als Kindermädchen.«

»Wir müssen etwas finden! Du mußt heiraten!« Anne warf den Kamm auf den Tisch. »Aber erst einen Mann finden! Wie? Wenn ich auf Teds Vorschlag eingehe und dich zu Gesellschaften gehen lasse, wirst du allerdings Furore machen, wie er erwartet. Scharenweise werden dich die blöden Männer umschwärmen. Die Frage ist nur: wird dich einer heiraten? Ich kann mir's nicht denken. Das haben mich diese Jahre selber gelehrt. Für dich wäre es noch schwieriger. Ehe zwei Tage um sind, wird die ganze Stadt über dich reden wie über deine Mutter. Das siehst du doch ein, Jane? Du verstehst doch, was ich meine? Hättest du Teds Einladung angenommen, dann wär's mit deinen Heiratsaussichten ein für allemal aus gewesen. Man hätte dir Liebesanträge gemacht, in ein paar Wochen wärst du die Mätresse irgendeines Mannes geworden, wahrscheinlich die des Meistbietenden. So würde es weitergehen, und du weißt ja, Männer heiraten nie ihre Mätressen.«

»Einmal doch«, entgegnete Jane. »Vergiß nicht Graf Hindsley.« Anne zuckte resigniert die Schultern. »Aber es kam doch nicht zustande. Oftmals denke ich, es hätte Johnny nie gegeben, als hätte ich nie ein Anrecht auf ihn gehabt. Er liebte mich so wahnsinnig, daß ihm alles andere gleichgültig war, und ich habe das Gefühl, daß er sterben mußte, weil er sich gegen die Regeln der Konvention versündigt hatte. Es ist ganz in Ordnung, eine Mätresse zu haben, aber sie ist nicht die angetraute Frau, und die Kinder, die sie ihm schenkt, erben weder Titel noch Vermögen. Auch William nützt es gar nichts, darüber Trübsal zu blasen, daß er der Erbe eines reichen Mannes hätte sein können.« Ein Schaudern überkam Anne; ihr Gesicht im Spiegel sah verfallen aus.

»Ich weiß ... ich weiß«, beruhigte sie Jane.

Sie schwiegen. Anne griff langsam nach den Flakons und Cremedosen. Sorgsam begann sie sich für den Abend mit Puder aus Veilchenwurzel und Rouge zurechtzumachen. Die Lider schwärzte sie sich mit einem angerußten Kork. Fasziniert sah Jane ihr zu.

»Es handelt sich immer nur um Geld«, sagte Anne plötzlich. »Immer ist es eine Geldfrage. Laß dir nichts vormachen – Geld, nur Geld.« Sie sah ihre Tochter fest an. »Geld hätte Johnny nicht wieder zum Leben erweckt – wie verzweifelt ich auch war. Aber hätte ich nach seinem Tode Geld gehabt, es hätte mein ganzes Leben verändert. Selbst Schmerz ist leichter zu ertragen, wenn keine Schuldner drängen.« Sie lachte nervös auf. »Wenigstens bleiben einem Erniedrigungen erspart. Ja«, fuhr sie fort, »meine beste Zeit ist wohl vorüber, all die guten Jahre, wo mir das Geld nur so zufloß. Es war die Zeit, in der ich immer Glück im Spiel hatte, ich konnte gar nicht verlieren. Und die Männer waren auch freigebig, und gerade die richtigen tauchten immer auf, wenn ich mal wieder am Ende war. Natürlich war ich damals auch jünger. Wenn man jung ist und dazu noch schön, öffnen sich die Geldbörsen bereitwilliger. Na ja, ich bin wahrscheinlich keine junge Schönheit mehr.«

Sie unterbrach das Schminken und beugte sich prüfend zum Spiegel. Sie wandte den Kopf hin und her und betastete ihren weißen Hals.

»Jeden Tag freue ich mich auf die Stunde, wenn es Zeit wird, die Kerzen anzuzünden. Ich fürchte mich vor dem Tageslicht. Im hellen Licht sieht man meine Falten zu deutlich.« Anne seufzte. »Früher liebte ich das starke Sonnenlicht.« Sie lehnte sich zurück. »Ich bin achtunddreißig, das ist zwar nicht alt, Jane, aber es ist zu alt, wenn man ohne Geld dasteht, ohne Aussicht auf Geld, und dazu noch unverheiratet ist.

Vielleicht bin ich nicht mehr so raffiniert wie früher«, fügte sie hinzu. »Manchmal weiß ich nicht einmal, bei welchen Männern es sich lohnt . . . zumal ich früher Auswahl hatte. Da konnte ich es mir leisten, in Ruhe einen Geldsack zu kapern. War es vorbei, so trennten wir uns im Guten. Er bezahlte meine Rechnungen, und obendrein machte er mir noch ein Geschenk, ein Perlenhalsband oder eine Diamantbrosche. Damals ließ ich mich nicht von der Leidenschaft hinreißen und blieb kühl. Es ist nur schade, daß ich nicht daran dachte, etwas zurückzulegen von dem Überfluß, in dem ich schwelgte. In der Jugend bildet man sich ein, man bleibt ewig jung.

Eine törichte Frau ist ein trauriger Anblick. Ich weiß, ich habe Fehler auf Fehler gemacht – und immer wieder dieselben. Mehr als einmal habe ich die falsche Wahl getroffen, und oft war es nicht einmal Wahl – ich nahm, was kam. Ein charmantes Lächeln und ein bißchen Geist genügten mir schon. Zuweilen wollte ich ja nur jemanden haben, mit dem ich lachen konnte. Aber eine Frau, die sich ihr Geld verdienen muß, kann sich den Luxus des Lachens nicht leisten. Ich jedenfalls kann mir diesen Luxus nicht leisten.

Schau dir Ted O'Neill an. Auch da habe ich einen Fehler gemacht. Er ist zwar ein amüsanter und geistreicher Plauderer – aber er hat kein Geld. Nun hält er sich hier in London auf und versucht, die letzten sumpfigen Äcker zu verkaufen, die er irgendwo in Irland besitzt. Er hat kaum genug Geld, mich einmal zum Souper oder zu einer Operette einzuladen. Und doch gebe ich ihm nicht den Laufpaß, Närrin, die ich bin. Ich muß einen Mann um mich haben, ohne einen Mann bin ich verloren.« Sie erhob sich wie eine jugendliche Schönheit. Daß sie ihrem Aussehen mit künstlichen Mitteln nachgeholfen hatte, war kaum zu sehen. Ihre Bemerkung über das Kerzenlicht bewahrheitete sich. Jetzt sah sie so jung und strahlend aus wie die Frau, die vor Jahren im ›Federbusch‹ erschienen war, um ihr Baby Jane zu besuchen. Sie zog ihre weiße Abendtoilette an. Der tiefe Ausschnitt ließ ihre hochgeschnürten Brüste fast vollständig frei. Die Modedamen Londons bevorzugten Kleider dieser Art. Und diese Note brachte Annes weibliche Reize voll zur Geltung. Ihre lebendigen Bewegungen zeigten, wie erwartungsvoll sie dem Abend entgegensah, ihre Wangen waren vor Freude gerötet. Ein heiteres Souper erwartete sie, eine Gesellschaft, wo viel gelacht wurde, und anschließend würde man sich dem ihr stets willkommenen Kartenspiel hingeben.

Sie hörten, wie O'Neill vorfuhr und wie Patrick die Treppe emporeilte, um die Ankunft des Lords zu melden. Jane sah ein Lächeln der Freude über Annes Gesicht huschen. Dieses Lächeln bestätigte alles, was Anne über sich selbst gesagt hatte: sie mußte einen Mann um sich haben.

Allmählich wurde es still im Haus. Im Kellergeschoß lag die Köchin sinnlos betrunken in den Armen des Stallknechts, der ein paar Häuser weiter in der Schenke arbeitete; der Gestank von Gin, den sie zusammen getrunken hatten, verpestete die Luft. Ein Stockwerk höher, in dem Verschlag, der früher einmal als Anrichte gedient hatte, lag Patrick im Halbschlaf, um Annes Ankunft auf keinen Fall zu überhören. William hatte sich in seinem Bett zusammengerollt, damit General am Fußende Platz hatte.

Nur Jane war noch wach. Sie hatte ihr Haar gewaschen und gebürstet. Nun saß sie in einem Nachthemd, das Anne gehörte, vor dem Kamin und mühte sich ab, einen Brief an Sally Cooper zu schreiben. Im Vergleich zu der Kühle der Frühlingsnacht war Janes Zimmer gemütlich warm. Es war ein einfacher Raum mit schlichten Vorhängen und einem Läufer vor dem Kamin – nicht so luxuriös wie Annes Salon. Doch Jane fühlte sich in dieser Umgebung wohler als inmitten Annes erlesener Kostbarkeiten. Sie freute sich an dem Bettlinnen und dem schönen Waschgeschirr aus Porzellan. Besonders aber beglückte es sie, einen Raum ungestört für sich allein zu haben – doch all dies würde Sally kaum verstehen. Wieder spitzte Jane den Gänsekiel und schrieb ein paar Zeilen auf das schwere, kostbare Briefpapier, das Anne ihr gegeben hatte. Aber sie war nicht zufrieden. Die Worte, die sie da mit klaren, kindlichen Buchstaben hinmalte, klangen albern und gaben keine richtige Beschreibung.

Am Abend hatte Patrick ihr ein Glas heißen, stark gewürzten Punsch gebracht. Sie konnte kaum noch die Augen offenhalten, schrieb aber trotz ihrer Müdigkeit weiter. Patrick hatte damit seine Tagesarbeit beendet, es sei denn, Anne hätte bei ihrer Rückkehr noch einen Wunsch; dann war er in Nachthemd und Schlafmütze auf dem Posten. Als er Jane den Punsch gebracht hatte, gab es für ihn keine weiteren Pflichten mehr zu erfüllen. Er war frei und hatte Lust auf ein Schwätzchen. Sein demütiges Gesicht leuchtete auf vor Freude, als er Jane erblickte.

»Was seh ich, Ihr schreibt einen Brief? Das ist ja großartig, wirklich großartig. Der junge Herr William ist auch ein richtiger Schreibkünstler. Wirklich, es ist schon was dran, wenn man so gelehrt ist.«

Er setzte den Punsch vor Jane auf den Tisch und wandte sich zögernd wieder zum Gehen. »Habt Ihr noch einen Wunsch, Miß Jane? Nur heraus damit, ich stehe zu Euren Diensten.«

Jane lächelte über seinen Eifer. »Danke, Patrick. Ich habe alles, was ich brauche.« Sie deutete auf das Zimmer. »Du hast es mir richtig gemütlich gemacht.«

»Aber ja, das ist gern geschehen, Miß Jane. – Wie schön, daß Ihr jetzt bei uns seid. Der junge Herr, unser William, ist manchmal doch recht verlassen und einsam, das arme Seelchen. Großartig, daß Ihr ihm nun Gesellschaft leisten werdet. Und die Herrin . . . vielleicht könntet Ihr da auch . . .«

»Was denn, Patrick?«

»Na ja, ihre Gesundheit . . . Miß Jane. Ihr habt wohl schon selbst bemerkt, wie zart sie ist und wie sie sich so gar nicht schont. Und mit dem Essen . . . na, sie ißt weniger als ein Spatz. Wenn Ihr sie nur manchmal dazu bringen könntet, etwas mehr zu essen, ein bißchen mehr zu schlafen – vielleicht ein Mittagsschläfchen . . .«

»Ich will's versuchen, Patrick. Ich weiß nicht, ob sie auf mich hören wird. Meine Mutter läßt sich nicht leicht kommandieren.«

»Wem sagt Ihr das, Miß Jane!« seufzte er. Jane sah ihm an, daß seine Geduld schon zu oft auf die Probe gestellt worden war.

»Auf einen Dummkopf wie mich wird sie wohl nie hören, aber wenn Ihr Eurer Mutter gut zuredet, vielleicht . . .«

»Du sorgst dich um sie, Patrick?« fragte Jane mitfühlend.

»Und ob ich mich sorge! Wer könnte da ruhig zusehen – bei so einer lieben Dame.« Ernst blickte er Jane an. »Ich brauch' Euch doch nicht zu sagen, Miß Jane, daß Eure

Mutter die feinste und gütigste Dame ist, die ich in meinem ganzen Leben kennenlernen durfte.«

Schweigend hörte Jane ihm zu. Ihr Blick forderte ihn auf, fortzufahren.

»Ich hab' allen Grund, ihre Güte nie zu vergessen. Sie hat mich aufgenommen, als ich im Sterben lag, Miß Jane. In einem bitter kalten Winter kam ich von Irland herüber. Nach einer Mißernte herrschte im ganzen Land eine furchtbare Hungersnot. Auf unserer Farm gab es schon mehr als genug Mäuler zu füttern. Also nahm ich die paar Shillinge, die ich besaß, und ging nach London, um mein Glück zu versuchen – ich, ein einfacher Bauernjunge, der sich im Leben noch nicht auskannte. Es dauerte auch gar nicht lange, da stand ich ohne einen Penny da. Hungrig zog ich durch die Straßen wie ein Bettler. In diesem Winter gab es eine Menge Bettler in den Straßen Londons, Miß Jane. Und dazu war ich noch krank – ein Lungenfieber hatte mich gepackt, so schnell, daß ich gar nicht wußte, was mit mir los war. Eure Mutter fand mich, als sie spät nachts von einer Gesellschaft zurückkam, sterbend auf ihrer Türschwelle. Da gab es nur eins für sie: man mußte mich ins Haus bringen, einen Arzt rufen – mitten in der Nacht, Miß Jane! Und all das für einen armen Teufel wie mich. Ich sag Euch, diese Frau ist ein Engel! Ich bekam lauter Leckerbissen – ich war so von Kräften, daß ich noch lange nicht auf meinen zwei Beinen stehen konnte. Ich schwör's Euch, Miß Jane, am Morgen wäre es aus mit mir gewesen, wenn sie mich nicht aufgenommen hätte. Damals war ich zu elend, um zu begreifen, was mit mir geschah, aber später habe ich es verstanden, das könnt Ihr mir glauben.«

»Und von jenem Tag an bist du bei ihr geblieben?«

»Wie hätte ich sie verlassen können – besonders jetzt, wo sie mich so nötig braucht? Dreizehn Jahre bin ich nun schon bei ihr, in guten und schlechten Zeiten. Ich war bei ihr, als Lord Hindsley ertrank und der junge Herr William geboren wurde. Ach, ihr Schmerz, ihre Trauer waren furchtbar. Wenn ich ihn damit wieder zum Leben hätte erwecken können, wie gern hätte ich mein eigenes Leben hingegeben, Miß Jane. Die andern Dienstboten – die kamen und gingen, ich aber bin bei ihr geblieben, weil sie mich braucht.«

»Hättest du denn nie gern geheiratet, Patrick, und dein eigenes Leben geführt?«

Überrascht sah er sie an. »Ha, wo hätte ich unter all den dreckigen Schlampen eine Frau finden sollen, die meiner Herrin nur ein ganz klein wenig ähnlich ist? Schon diese Weiber zu sehen – da dreht sich einem ja der Magen um! Keine ist wie sie. So eine liebenswerte Dame, Miß Jane, gibt es nicht wieder.«

»Ja«, sagte sie sanft, »ja, Patrick, das ist wahr.«

Dann ging er, glücklich und zufrieden, daß er frei über Anne hatte sprechen können. Gedankenvoll wandte sich Jane wieder ihrem Brief zu. Außer der Tatsache, daß sie nun hier bei Anne war, gab es so vieles, was sie Sally gern erzählt hätte. Da war dieser neue Charakterzug in Anne, der sich durch Patricks Geschichte enthüllt hatte: unter der leichtsinnigen Oberfläche schlug ein warmes Herz für die Not anderer. Sie war ihrem Sohn eine zärtliche Mutter – und dann dieser eigenartige Haushalt, völlig verschuldet, der seinen Fortbestand nur dem launischen Glück am Spieltisch verdankte. Auch von Blakes Höhe hätte sie gern berichtet, von ihrer Neuentdeckung, und von der Familie, die eine Rolle in Annes Vergangenheit spielte. Es wäre ein endloser Brief geworden. So verfaßte Jane schließlich nur einen nüchternen Bericht über ihre Erlebnisse auf der Reise nach London. Zum Schluß fragte sie noch, wie sich die Sache mit Harry Black weiter entwickelt habe. Dieser Brief gefiel ihr nicht und unzufrieden drückte sie Annes Petschaft auf den Siegellack.

Im Einschlafen noch empfand sie die Geborgenheit, im Hause ihrer Mutter zu sein. Patricks Wunsch wirkte trotz aller aufregenden Erlebnisse, die sie beschäftigten und wach halten wollten. Sie schlief unruhig und träumte viel, nicht nur von Anne, auch von William. Nebelhaft sah sie die beiden am Meeresstrand. Sie betraten gemeinsam das Haus, das William Blakes Höhe genannt hatte. Im Traum sah Jane sich selbst am Gartentor stehen, als Anne mit William im Haus verschwand. Die beiden hatten sie nicht bemerkt, und Jane wußte, daß sie in dieses Traumgeschehen nicht einbezogen war und nur als Beobachter teilnahm.

7. Kapitel

Jane schürzte ihre Röcke, um sie nicht im Schlamm der Straße zu beschmutzen. Vergeblich hatte Jerome Taylor sie dazu bewegen wollen, die Kutsche erst bei den Arkaden auf der gegenüberliegenden Seite des Platzes zu verlassen, doch Jane hatte sich über seinen Einwand hinweggesetzt. Von allem, was sie bis jetzt von London gesehen hatte, gefiel ihr Covent Garden am besten. Jane hatte sich fest vorgenommen, diesmal zu Fuß an den Ständen der Händler vorbeizugehen. Schon zum drittenmal war sie hier, und es freute sie, wie ihr diese Umgebung immer vertrauter wurde. Besorgt hatte Jerome ihren Arm genommen. An ihrer Seite ging William; sein Gesicht strahlte vor Freude in der Mittagssonne. Aufmerksam, fast liebevoll, betrachtete Jane das säulengeschmückte Portal der mächtigen Kirche, die den Platz beherrschte. Sie war stolz darauf, daß sie eine Sehenswürdigkeit Londons schon auf den ersten Blick erkannte.

»Wie gefällt Euch die Kirche, Miß Jane?« fragte Jerome Taylor sie leise. »Inigo Jones ist der Erbauer.«

Jane hatte noch nie im Leben von einem Inigo Jones gehört, aber offenbar verdiente sein Werk Bewunderung, und deshalb wollte sie es auch genau betrachten. Sie gab sich alle Mühe, trotz des dichten Gewimmels von Menschen und Wagen, Fuhrwerken und Karren, das Gebäude in Augenschein zu nehmen. Seltsamerweise schien kein Gegensatz zu bestehen zwischen dem Gotteshaus und dem geschäftigen Treiben ringsum: Jane fand, daß sich die Läden unter den Arkaden harmonisch an die Kirche anfügten. Auf dem freien Platz in der Mitte hatten Gemüse- und Obsthändler sowie Kräuterverkäufer ihre Buden aufgestellt. Tauben zogen ihre einförmigen Kreise in der Luft. Ihre heiseren Schreie mischten sich mit den aufgeregten Stimmen der Menschen, die sich zwischen den Ständen hindurchzwängten. Es war ein Höllenlärm, ein Schieben und Drängen – noch nie hatte Jane so viele Menschen auf einmal gesehen. Die Luft war erfüllt vom Gestank nach verfaultem Gemüse, nach verschwitzten, ungewaschenen Menschen, nach schmutzigen Kleidern und Fett. Flanierte ein junger Modegeck vorüber, stieg ein süßlicher Duft nach Pomade auf. Und da war auch noch der typische Sandsteingeruch von London.

Jerome nahm ihren Arm, als sie sich einen Weg durch die Verkehrsflut hinüber zu den Arkaden bahnten. Auch William benahm sich wie ein kleiner Kavalier. Nur langsam kamen sie vorwärts. Schallende Flüche der Mietskutscher waren zu hören und das Hohngelächter der barfüßigen Straßenjungen, die fast unter die Räder gerieten. Die Pflastersteine waren schlüpfrig von zerquetschtem, faulendem Gemüse und Kot. Unter den Arkaden befanden sich Kaffeehäuser, Musikalienhandlungen und Läden, in denen man Stahlstiche kaufen konnte. In den Hauseingängen warteten Dirnen auf Kundschaft. Über fast jedem Laden waren die Banjos eingerichtet, in denen ein Paar ungestört einen Nachmittag oder eine Nacht miteinander verbringen konnte. In den engen Seitengassen hinter den Arkaden machten Bordelle und üble Kneipen gute Geschäfte. Hier ging es wüst und laut zu; hier war der Siedepunkt des brandenden Stadtlebens. Voller Spannung und Neugier machte Jane ihre Beobachtungen.

Eine junge, zerlumpte Frau mit einem verlebten Gesicht unter der schmutzigen Haube hielt ihr ein Büschel würziger Kräuter ins Gesicht; ein fliegender Händler wollte ihr einen Vogel mit blau glänzendem Gefieder in einem Käfig verkaufen. Zitternd und zusammengesunken kauerte der Vogel auf seiner Stange. Plötzlich riß sich William los und rannte zu der Kräuterfrau zurück. Er suchte in seiner Tasche nach einem Penny. Die Frau grinste ihn dankbar an.

»Gott mit dir, Liebling«, sagte sie. Ihr Atem roch nach Gin.

William überreichte die Kräuter Jane. Er war mit sich zufrieden, weil er, und nicht Jerome, auf diesen Gedanken gekommen war.

Sie betraten das »Bedford Coffee House«. Im Innern war es so dunkel, daß sie das Sägemehl auf dem Fußboden nicht sehen, nur unter ihren Füßen fühlen konnten. Auf dem Tisch, den man ihnen zuwies, lagen die Tageszeitungen umher.

Jane versuchte, in dem trüben Licht etwas zu erkennen; hier im Kaffeehaus ging es genauso geräuschvoll zu wie draußen auf dem Platz. Männer stritten sich wild und schrien im selben Atemzug einem Bekannten einen freundlichen Willkommensgruß durch den Raum zu. Die Kellner rannten in schmierigen Schürzen herum. Jane rümpfte ein wenig die Nase im Gedanken daran, was Sally Cooper wohl zu dieser Schlamperei gesagt hätte. Aber die Schokolade, die sie bestellt hatten, schmeckte ausgezeichnet – sie war süß, heiß und dickflüssig wie Sirup. Langsam und mit Genuß tranken sie. Allmählich traten einzelne Bilder in dem Getöse und Durcheinander deutlicher hervor. Am Nebentisch saß ein schlanker Mann in mittleren Jahren und schrieb ununterbrochen, nicht im geringsten abgelenkt von dem Betrieb und Gerede um ihn her.

Jerome wandte sich Jane zu. »Er schreibt an einem Pamphlet oder an einer Schmähschrift, Miß Jane. Diese Journalisten halten sich in solchen Kaffeehäusern auf, um den Tagesklatsch und das Neueste in der Politik zu hören.«

Außer Jane waren nur noch zwei Frauen anwesend. Für die Modedamen der Stadt war es noch zu früh, denn für sie bedeuteten die Kaffeehäuser am Covent Garden die letzte Station auf dem langen, nächtlichen Heimweg. Wenn die Gaststätten mit dem besseren Ruf ihre Türen geschlossen hatten, begann das fragwürdige Treiben unter den Arkaden und in den benachbarten Straßen. Oft gab es Streit zwischen livrierten Kutschern und Fuhrmännern, die im ersten Morgengrauen ihre Ware zum Markt brachten. Das »Bedford« war eines der berühmtesten Kaffeehäuser – der Frau des Besitzers gehörte das größte Bordell der Stadt. Jane wußte, daß Anne zuweilen hierher kam, um die neuesten Skandalgeschichten zu hören. Anne saß so lange hier, bis der Himmel sich über dem Turm von St. Peter erhellte, um in aller Ruhe die neuesten Schmähschriften zu lesen, die gegen die Jakobiner wetterten. Wie oft hatte Anne früher vom »Bedford« gesprochen. Hier feierten mondänes Leben und Laster gemeinsam Orgien.

Im großen Kamin brannte ein schwaches Feuer. Der Rauch hatte im Lauf der Jahre die Holzverkleidung der Wände geschwärzt und die grellen Farben des obszönen Gemäldes, das über dem Kaminsims hing, verdunkelt. Jane betrachtete das Bild eingehend – in Hampstead wäre es ein Ding der Unmöglichkeit, so etwas vor aller Augen öffentlich an die Wand zu hängen. Sie blickte beiseite und bemerkte, daß Jerome sie beobachtet hatte. Er errötete und senkte sofort seinen Blick.

Schon über vier Wochen war Jane nun bei ihrer Mutter. Es war inzwischen April geworden. Vom ersten Tag an behagte Jane das verwöhnte, behagliche Leben in diesem Haus. Sie fühlte sich darin so wohl wie in Annes Kleidern, die sie für sich zurechtgeschneidert hatte. Sie lernte begreifen, daß es durchaus möglich war, auch noch nach Sonnenaufgang in den Federn zu liegen, und gewöhnte sich schnell daran, beim Aufstehen warmes Wasser bereit zu finden. Ihre verarbeiteten Hände pflegte sie mit Gänsefett und war überrascht, wie schnell die rauhe Haut geschmeidig wurde und die Röte verschwand. Auch der blaue Fleck an ihrem Auge war verschwunden. Beglückt genoß Jane diese Annehmlichkeiten, doch sie blieben stets etwas Unwirkliches. Sie war darauf gefaßt, daß all dies jeden Tag zu Ende sein konnte.

Jerome Taylor spielte eine gewichtige Rolle in diesem neuen Leben. Seit ihrer ersten Begegnung auf der Treppe hatte er jede Gelegenheit wahrgenommen, um in ihrer Nähe zu sein. Sie gewöhnte sich daran, daß seine Blicke ihr ständig folgten, aber irgendwie irritierte er sie, ohne daß sie den Grund erklären konnte. Vielleicht deshalb, weil sie stets der Meinung gewesen war, ein studierter Mann habe anderes im Kopf, als sich um Frauen zu kümmern. Jerome war von angenehmem Äußeren und gefälligem Benehmen – und ganz offensichtlich beschäftigten sich seine Gedanken viel mit Jane. In dieser neuen Umgebung bedurfte sie der Freude, und daher ließ sie sich seine Komplimente lächelnd gefallen. Ihre Freundlichkeit erwiderte er mit zärtlicher Verehrung.

Ein Tag nach dem andern verging, und es war nur natürlich, daß eine gewisse Ruhelosigkeit von Jane Besitz ergriff. Die kleinen Arbeiten, die es im Haus für sie zu tun gab, konnten ihren Tatendrang nicht befriedigen. Sie hatte alle Flickarbeit erledigt, die sich angesammelt hatte, und die Kleider, die Anne ihr geschenkt hatte, waren umgeändert. Mit Patricks Hilfe brachte sie Ordnung in die Schränke und räumte alles neu ein, wodurch sie den Haß der schlampigen Köchin auf sich lud. Die Zeit wollte nicht vergehen. Das Leben im ›Federbusch‹ harte sie nicht dazu erzogen, in einem weiß-goldenen Salon am Stickrahmen zu sitzen. Anne war ständig unterwegs; sie war sprühender Laune und frei von Sorgen, denn das Glück im Spiel war ihr wieder einmal hold. Und das schrieb sie unbekümmert der Gegenwart ihrer Tochter zu. Sie bezahlte einige der drückendsten Schulden, um die Gläubiger loszuwerden. Doch dann bestellte sie sofort die Robe, die ihr bei Seiker so gut gefallen hatte, und auch ein Kleid für ihre Tochter. Jane war glücklich, daß ihre Mutter immer in so heiterer Stimmung war, doch im geheimen peinigte sie ein Schuldgefühl. Es sah nicht so aus, als wolle Harry Black eine Klage gegen sie einreichen. Jane machte sich in dieser Hinsicht jetzt auch nicht mehr so viele Gedanken. Von dieser Angst befreit, vergingen die Tage einer wie der andere. Schließlich konnte sie die Untätigkeit kaum mehr ertragen und sprach mit Anne. Sie hatte sich entschlossen, nach einer Stelle zu suchen. Es mußte irgendwo außerhalb von London sein, denn Annes Ruf und ihre stadtbekannte Art, sich Geld zu verschaffen, würden es nahezu unmöglich machen, in der gleichen Stadt etwas Geeignetes zu finden. Und schöne Kleider und gepflegte Hände nützten Jane da auch nicht viel. Anne zuckte die Schultern.

»Kind, genieße das Leben, solange du kannst. Wenn kein Geld mehr da ist, ist es immer noch Zeit, darüber nachzudenken, was du tun sollst. Genieße dein Leben . . .«

Aber hier – mit wem sollte sie es hier genießen? Für sie gab es nur William und Jerome Taylor; das wirkliche Leben und Treiben spielte sich draußen vor den dichtverhängten Fenstern ab. Ihre einzige Gesellschaft waren das Kind und sein Erzieher. So schlich sie sich immer häufiger ins Schulzimmer und hörte zu, wie Jerome mit seiner angenehmen Stimme dem Knaben aus der englischen Geschichte vorlas. Auf den Landkarten verfolgte sie die Fahrten des Kapitäns Cook im Stillen Ozean, sie hörte Berichte über die Niederlassungen in Botany Bay in Neu-Südwales. Jerome Taylor hatte sogleich Verständnis für die Nöte und Einsamkeit Janes. Er bat Anne um die Erlaubnis, Miß Jane die Sehenswürdigkeiten der Stadt zu zeigen. William sollte sie selbstverständlich begleiten.

Über diesen Vorschlag lachte Anne noch immer vor sich hin, als Jane ins Schlafzimmer trat.

»O Jane, dieser arme junge Mann! Du hast ihm den Kopf verdreht! Und ich wollte gerade übersehen, ihm diesen Monat sein Gehalt zu bezahlen. Jetzt muß ich das Geld irgendwie auftreiben. Damit könnte ich mein Gewissen unter diesen Umständen nicht belasten.«

Und Anne erzählte Lord O'Neill die ganze Geschichte als köstlichen Spaß.

Jeromes Verehrung war Jane unangenehm. Sie war nicht gewöhnt, so ehrfürchtig behandelt zu werden, als kenne sie nicht die dunklen Seiten eines Lebens in Armut. Doch schon nach kurzer Zeit konnte sie die Rolle, die Jerome von ihr erwartete, verhältnismäßig gut spielen. Sie wußte, daß er bis jetzt nur wirkliche Damen kennengelernt hatte, und die gleiche ehrerbietige Haltung übertrug er auf sie. Jane zügelte ihre Ungeduld, ihr Temperament, und versuchte, nichts von seiner Konversation zu vergessen. Unter seiner Führung besichtigte sie die Kirchen, die Christopher Wren erbaut hatte. Sie versuchte, möglichst viel von ihm zu erfahren und zu lernen. Er wußte lebendig zu erzählen und konnte kein Ende finden. Seine Kenntnisse erstreckten sich auf alle Gebiete: die französische Revolution, den Unabhängigkeitskrieg, der England seine Kolonien in Amerika gekostet hatte, das Wurzelgeflecht des Löwenzahns, der auf den Wegen im Friedhof blühte, Botanik – auch von seiner Reise in die Südsee sprach er und von den Forschungen, die er dort zu machen hoffte. Jane hörte aufmerksam zu und bemühte sich, alles im Gedächtnis zu behalten. Nie hätte sie es für möglich gehalten, daß ein Mensch soviel wußte. Auch Musik und Malerei liebte er. Nachdem er seine anfängliche Scheu überwunden hatte, schlug er Theaterbesuche vor, an denen William allerdings nicht teilnehmen konnte. Allzu gern wollte Jane das Nachtleben Londons kennenlernen. Die Fahrten nach Covent Garden und ins ›Bedford‹ waren der Anfang, die ersten tastenden Schritte in die Welt, der Anne angehörte.

Die Flammen des offenen Kaminfeuers im ›Bedford‹ zuckten wieder auf. William konnte nicht stillsitzen. Alles mußte er beobachten, nichts ließ er sich entgehen, während er seine Schokolade trank. Er zeigte das gleiche lebhafte Interesse wie seine Mutter.

Diese Tage in Janes und Jeromes Gesellschaft waren für William eine einzige Glückseligkeit. Es war einfach herrlich, nicht mehr im langweiligen Schulzimmer zu sitzen, jetzt konnte er sich unter die lärmende Menschenmenge mischen. Das ›Bedford‹ gefiel ihm großartig. Er war stolz auf Jane, weil sie die Blicke der Männer anzog. Mit Behagen sog er die rauchige, verbrauchte Luft ein. Das war eine Umgebung nach seinem Geschmack.

Plötzlich sagte er: »Da drüben sitzt ein Mann, der dauernd zu uns her starrt. Ich habe ihn streng angesehen und abweisend mit dem Kopf geschüttelt. Aber er gibt's nicht auf.«

Ungehalten blickte Jerome Taylor auf. »Wer starrt hierher? Wo sitzt der Mann?«

»Da drüben, hinter Euch.« Schnell drehte sich Jerome um und erblickte einen Mann unbestimmbaren Alters, mit den fernblickenden Augen und der verwitterten Haut eines Seemanns. Er trug eine Matrosenjacke und eine Pudelmütze.

»Der Kerl da drüben?« fragte Jerome. Dann wandte er sich an Jane: »Ihr zieht es wohl vor, daß wir gehen, Miß Jane? Wir wollen hier keine unliebsame Szene heraufbeschwören. Noch heute würde es die ganze Stadt erfahren ...«

»Still«, unterbrach ihn Jane. »Seht, er steht auf. Er

kommt auf uns zu.« Jeromes Augen verdüsterten sich. Jane war sichtlich erregt und voller Spannung.

Bedächtig bahnte sich der Matrose einen Weg zwischen den dichtbesetzten Tischen hindurch. Er ließ die drei nicht aus den Augen. Unverwandt starrte er sie an. Er beugte sich über den Tisch. Ungehalten erhob sich Jerome.

»Hör mal, du – was fällt dir ein . . .?«

Der Matrose schenkte ihm keine Beachtung. »Ihr seid doch eine Blake«, sagte er zu Jane.

»Was sagst du da?«

»Ihr seid eine Blake«, wiederholte er. »Wenn Ihr nicht die Tochter von Anne Blake seid, dann will ich auf der Stelle tot umfallen.«

Jane riß erstaunt die Augen auf. »Ja – doch, das stimmt. Ich bin Jane Howard. Anne Blake ist meine Mutter.«

Er nickte. Grinsend zog er die Mütze vom Kopf.

»Ich hab' Euch schon mal hier gesehen, und da sagte ich mir gleich, ›das muß eine Blake ein‹ . . . aber diesmal war ich meiner Sache sicher.« Wieder musterte er sie genau. Nachdenklich fuhr er fort: »Da seid Ihr also die Tochter von Miß Anne und Tom Howard. Miß Anne – als ich sie zum letztenmal sah, war sie in Eurem Alter. Sie und ich, wir sind gleich alt.«

»Du hast sie gekannt, als sie noch auf Blakes Höhe wohnte?« Es war ein seltsames Gefühl, diesen Namen einem Manne gegenüber auszusprechen, den sie nie vorher gesehen hatte.

Wieder nickte er. »Genau wie ich sage – sie war etwa so alt wie ich. Fast jeden Tag ritt sie durch Appledore. Manchmal hielt sie bei uns und machte ein Schwätzchen mit meiner Mutter. Na – jeder im Moor kannte Miß Anne. Zu Hause war es ihr zu eng. Bei jedem Wetter war sie unterwegs und sprach mit jeder Christenseele, der sie begegnete. Ihre ganze Art – die Leute sagten, als ob das ganze Marschland ihr gehörte.« Jetzt kam Fahrt in ihn. »Ihr braucht sie bloß zu fragen, ob sie sich noch erinnert, wie sie nach Appledore ritt und mit Mary Thomas schwatzte ... und wie der junge Adam immer um sie herumstrich. Mein Gott, war sie hübsch! Damals wimmelte es nur so von Kindern bei uns, auf Schritt und Tritt stolperte man über eins. Fragt sie nur, sie wird sich schon erinnern.«

»Das stimmt, das ist wahr!« William konnte sich nicht länger beherrschen. Sein Gesicht glühte vor Aufregung.

Forschend betrachtete der Matrose jetzt den Knaben. »Und das muß auch ein Blake sein – dasselbe Haar, derselbe Mund.«

»Mein Halbbruder«, erklärte Jane. Sie zögerte einen Augenblick, dann forderte sie ihn auf: »Willst du dich nicht zu uns setzen?« Jerome Taylors Ausdruck verfinsterte sich noch mehr, als der Mann sich in aller Gemütsruhe neben Jane niederließ. Er war empört und verärgert. Doch ein Blick von Jane gebot ihm, sich widerspruchslos zu fügen.

Jeromes Stirnrunzeln ließ Adam Thomas völlig kalt. In aller Ruhe fuhr er fort: »Wir haben was läuten hören – da bei uns im Moor – Miß Anne soll ein Kind haben – womöglich zwei, drei. Bloßes Gerede, wißt Ihr – da war einer aus Rye mal in London und hat was aufgeschnappt. Jetzt bin ich aber selber vor ein paar Wochen hierhergekommen und hab' mich nach ihr erkundigt. Man hat mir gesagt, sie käm' manchmal hier ins ›Bedford‹. Da hab' ich nach ihr Ausschau gehalten – sie war immer so freundlich und gar nicht hochnäsig, wenn mal einer von uns Moorleuten mit ihr sprechen wollte ...« Er warf Jerome einen vielsagenden Blick zu.

»Miß Anne hat sich nie wieder im Marschenland sehen lassen«, sagte Adam mit Bedauern. »Wir haben immer gehofft, sie würde sich eines schönen Tages doch noch mit dem Alten versöhnen. Aber die Blakes – die hatten ihren Stolz. Da war nichts zu machen. Miß Anne wollte nicht klein beigeben, und der Alte war auch ein Dickschädel.

Verdammt stolze Rasse, diese Blakes! Immer auf dem hohen Roß – die anderen Herrschaften mochten sie nicht recht – aber ich sage, und ich bin nicht der einzige: Wenn die Blakes erst mal nicht mehr im Marschenland sind, dann steht's schlimm. Und es kommt bald soweit, Miß, dann gibt's bei uns keine Blakes mehr, weder gebürtige noch angeheiratete. Solange wir zurückdenken können, hat es Blakes bei uns gegeben – ohne sie wär's gar nicht das richtige Marschenland.« »Ohne sie?« wiederholte Jane. »Warum denn?«

Adam zuckte die Achseln. »Warum, Miß? Der alte Spencer wird's nicht mehr lang machen, das ist klar. Er säuft sich zu Tode, hab' ich gehört, und der Jüngste ist er auch nicht mehr. Sieht so aus, als ob ihm alles schnuppe wäre – das Land ist so ziemlich alles hin, und das Haus kracht auch schon über ihm zusammen.«

»Das Land hin? Wieso?«

Wieder zuckte er die Schultern. »Was geht's mich an, Miß Jane? Was die Herrschaften machen, ist ihre eigene Sache – unsereins hat das Maul zu halten. Wenn ein Mann wie Spencer Blake sich besäuft und Karten spielt – jeder hat das Recht, seinen Grund und Boden zu verspielen. Aber wenn man erst mal anfängt, seinen Besitz aufzuteilen – hier einen Acker verkauft, dort eine Wiese – dann ist es bald aus. Jetzt gehört den Pächtern das meiste, der alte Spencer hat sich nicht mehr um die Aufzucht der Schafe gekümmert – sind ziemlich runtergewirtschaftet. Mit denen kann er keinen Staat mehr machen; die Wolle und das Fleisch taugen nichts mehr. Und was für hohe Preise haben die Leute ihm seinerzeit dafür bezahlt!«

»Das Land . . . hin!« Jane konnte es nicht fassen.

»Jawoll, alles ist hin. Und mit Verlaub: Eigentlich ist's nicht mal Spencers Schuld. Da haust der alte Mann mutterseelenallein, von aller Welt verlassen. Kein Wunder, daß er zur Flasche greift. Macht sich nichts mehr draus, was aus ihm wird oder aus Blakes Höhe. Er hat keinen Erben – das heißt, keinen, der im Moor leben möchte. Als Miß Anne mit Tom Howard durchbrannte, da soll er seinen Neffen als Erben eingesetzt habe, den kleinen, dunklen Burschen – ist ja doch nur ein halber Franzose. Und der ist auch davongelaufen – zurück nach Frankreich. Es macht sowieso nichts aus, ob Spencer ihm etwas hinterläßt oder nicht – der ist ja tot.«

»Tot?«

»Jawoll – einen Kopf kürzer haben sie ihn gemacht bei ihrer Revolution. Ich seh ihn noch leibhaftig vor mir, fast so gut wie Miß Anne: schwarz wie der Teufel, und reiten konnte der – na, so was gibt's nicht wieder. Na ja, der ist nun auch tot, da wird's wohl nie wieder einen Blake im Marschenland geben.«

»Nein – ich glaub's auch nicht...«

Bedächtig kratzte er sich am Kopf. »Ich hatte mir gedacht, vielleicht begegnest du mal Miß Anne. Ich hätt' ihr gesagt, wie schlimm es mit ihrem alten Vater steht. Vielleicht hätte sie ihn mal besucht. Ich könnt' mir denken, daß so stolze Herrschaften wie die Blakes auch mal aufhören, sich zu streiten. Wär' schon gut für den Alten, wenn sie mal nach ihm schaute. Würde ihm gar nicht schaden, wenn er seine Enkelkinder mal sieht. Ist ein alter Dickschädel, der Spencer, aber wenn man nicht mehr lang zu leben hat, da gibt's keinen, der nicht den Wunsch hat, mit der Welt seinen Frieden zu machen.«

Jane nickte. »Ich will meiner Mutter alles erzählen, vielleicht kommt sie mal hierher, und dann mußt du es ihr alles genauso wiederholen. Wie lange bleibst du noch in London?«

Wieder kratzte er sich am Kopf. »Weiß noch nicht recht. Ich krieg immer mal wieder Arbeit. Wenn ich ein paar Shillinge verdient habe, schlag ich mich nach Liverpool durch und heure dort an.« Er grinste, und mit einem verschlagenen Ausdruck fuhr er fort: »Bin nämlich vor ein paar Wochen daheim mit einem Zollbeamten aneinandergeraten. Jetzt ist das Moor nicht mehr der richtige Ort für mich. Aber das gibt sich schon. Eines schönen Tages bin ich wieder da! So was läßt man sich doch nicht entgehen . . .«

Er zwinkerte Jane vielsagend zu und grinste sie an, als handle es sich um eine tolle Verschwörung, und sie sei mit ihm im Bunde. Dann stand er auf.

»Ich muß mich verabschieden, Miß Jane. Grüßt Eure Mutter recht schön von mir. Müßt ihr nur alles wiedererzählen und sagen, Ihr habt es von Adam Thomas erfahren. Dann weiß sie schon.«

»Willst du nicht zu uns kommen und selber mit ihr sprechen?«

Er schüttelte den Kopf. »Unsereins kann sich bei Miß Anne nicht blicken lassen. Sagt ihr nur, mit dem Alten geht's abwärts. Miß Anne weiß am besten, was sie zu tun hat. Ich misch' mich da lieber nicht rein.«

Er brachte eine linkische Verbeugung zustande, schritt breitbeinig aus dem Kaffeehaus und verschwand in der Menge. Jane sah noch, wie seine Mütze immer wieder über dem Menschengewühl auftauchte. Als Adam endgültig verschwunden war, wandte sich Jane erregt an Jerome. Sie war blaß, auf ihren Wangen brannten rote Flecken.

»Ich muß sofort heim. Ich muß mit meiner Mutter sprechen.«

Anne saß vor dem Spiegel und hörte aufmerksam zu, was Jane ihr berichtete. Der Spiegel zeigte ihr nachdenkliches Gesicht. Janes Worte gingen ihr durch den Sinn.

»Charlie ist also tot . . . und Vater liegt im Sterben. Jetzt ist es aus mit den Blakes.« Ihre Stimme klang seltsam hohl und gleichgültig.

»Berührt dich das nicht?«

Anne sah auf. »Ich weiß selber nicht. Es ist so lange her,

seit ich Vater zum letztenmal gesehen habe, daß ich gar nicht mehr weiß, wie es mich berührt, wenn ich erfahre, daß er gestorben ist. Und Charlie . . . Charlie war noch ein kleiner Junge, als ich von zu Hause fortging. Er war mein Vetter, der einzige Sohn von Spencers Bruder, und der hatte eine Französin geheiratet. Ich kann ihn mir beim besten Willen nicht als erwachsenen Mann vorstellen, der unter die Guillotine geraten ist. Das einzige, woran ich mich erinnere, ist, wie er über das Moor ritt, als sei er mit seinem Pony verwachsen. Er war ganz dunkel, brünett, ja, und sehr schweigsam. Es kommt mir vor, als sprächest du von einem längst vergangenen Schatten.«

»Und machst du dir nichts draus, was aus Blakes Höhe wird?«

Jetzt belebten sich Annes Züge. »Blakes Höhe? Du meinst, warum ich nicht hingehe und mich mit meinem Vater aussöhne, damit er mir alles hinterläßt? Das will ich dir genau sagen: Ich hasse Blakes Höhe. Lieber sterben, als dort leben.«

»Aber die Erbschaft?«

»Was für eine großartige Erbschaft?« fuhr Anne sie an. »Was soll ich mit einem Haufen Ziegelsteine und einem Berg von Schulden? Ich habe selber schon Schulden genug?«

Jane ließ nicht locker. »Aber woher willst du das wissen? Warum nimmst du ohne weiteres an, Adam Thomas sei über die Zustände genau informiert oder wenigstens teilweise? Er kann sich ja täuschen.«

»Er täuscht sich nicht. Die Leute dort hören alles, was im Moor geflüstert und getuschelt wird. Adam Thomas' Vater und schon sein Großvater waren Schäfer bei uns. Seine Mutter arbeitete in der Meierei. Und die wüßten nicht, was vorgeht? Glaub mir, sie wissen fast ebensogut wie Vater, wie es um Blakes Höhe steht. Hat Adam nicht gesagt, das Land sei hin? Das kann ich dir sagen: Land ist Geld. Für die Schafzucht braucht man Weideland, und ohne Schafe kann man im Romney-Moor nicht existieren.«

»Aber es muß doch noch etwas vorhanden sein, etwas, was zu retten wäre!« rief Jane mit gequälter Stimme. Sie wollte nicht glauben, was der Verstand ihr sagte: Anne dachte nicht daran, etwas zur Rettung des Besitzes zu unternehmen. Sie würde nicht einen Finger rühren, um ihren Anspruch geltend zu machen – aus Gleichgültigkeit wurde sie es einfach fahrenlassen.

»Da ist nichts mehr zu retten, glaube mir. Da war schon vor zwanzig Jahren nichts mehr zu retten, als ich mit Tom auf und davon ging. Vater hatte sich einen zukünftigen Schwiegersohn ausgesucht – einen Mann, der mit seinem Gelde den Besitz wieder hätte hochbringen können. Nur damit hatte Vater nicht gerechnet, daß mir Blakes Höhe viel zu gleichgültig war, als daß ich mein eigenes Glück dafür geopfert hätte.« Zornig warf sie den Kopf in den Nacken. Ihre liebliche Stimme klang jetzt schrill. »Vater gab vor, er liebe mich, bete mich an. Aber er war nur stolz auf mein Aussehen und stolz, wie gut ich zu reiten verstand. Jeden Wunsch erfüllte er mir, doch nur mit dem Hintergedanken, damit meine Einwilligung zu erschmeicheln, Roger Pym zu heiraten und bis ans Ende meiner Tage in diesem gottverlassenen Moor zu leben. Bildest du dir wirklich ein«, fragte Anne bitter, »daß ich nun den Wunsch habe, dorthin zurückzukehren, vor meinem Vater auf die Knie zu fallen und seine Vergebung zu erflehen, nur, um das bißchen Geld zu erben, das er nach einem verpfuschten Leben hinterläßt? Mein eigenes Leben ist auch nicht, was es sein soll – doch dafür bin ich selbst verantwortlich. Glaubst du wirklich, ich könnte wieder zurück ins Moor? Du hast keine Ahnung, was es bedeutet, dort zu leben. Ringsum nichts als trostlose Ebene. Blakes Höhe steht auf einer Felsenklippe hoch über dem Marschenland, ständig von zermürbenden Stürmen umtobt. Im Winter sind die Wege so schlecht, daß man nicht einmal die sechs Meilen nach Rye fahren kann, um sich in fröhlicher Gesellschaft ein wenig abzulenken. Ebenes Weideland, meilenweit; Schafherden, so weit das Auge reicht — und dann das Meer. Das mußt du dir vorstellen! Den ganzen langen Winter hindurch am Feuer sitzen und auf das Tosen des Sturmes horchen — keine Abwechslung. Jeden dritten Sonntag sich im Sturm den Hügel hinaufkämpfen, nur, um im Kirchenstuhl der Blakes seinen Platz einzunehmen, in der Kirche, die Ururgroßvater Blake von dem Geld gestiftet hat, das er sich in den Kriegen mit Marlborough zusammengestohlen hat. Nichts von der Außenwelt erfahren — nichts, außer dem Gewisper und Getuschel, das die Runde übers Moor macht, wenn die Schmuggler eine wertvolle Ladung sicher an Land gebracht haben. Kein Licht erhellt die Nacht auf dem Moor, Jane, nur das Flakkern der Leuchtfeuer und Laternen, das den Schmugglerbooten den Weg in den Ankerplatz zeigt. Mörder und Halsabschneider — oder eben Gutsbesitzer mit ihren spießigen Ehefrauen und Töchtern, das ist dein einziger Umgang.«

»Mörder? Was willst du damit sagen — Mörder?«

Seelenruhig erklärte Anne: »In ganz England gibt es keine Gegend, die so günstig für Schmuggler ist. Die Bewohner sind geborene Seefahrer, Jane, von außerordentlichem Mut und ungewöhnlicher Tollkühnheit. Tee, Brandy, Tabak — jeder Mensch in England verbraucht Schmuggelware, und keiner macht sich Gedanken, daß es gegen das Gesetz verstößt, wenn er keinen Zoll zahlt. Es sind die Küstenbewohner von Kent bis Cornwall, die den Schmuggel betreiben. Das Romney-Moor hat außerdem den anderen Grafschaften voraus, daß hier die Schafwolle erzeugt wird, die bei den flämischen Tuchwebern so begehrt ist. Wolle, nicht Gold, ist das Zahlungsmittel für Tee und Brandy. Sie machen ungeheure Profite, Jane. Da werden Vermögen gemacht. Und du kannst mir glauben: Für so viel Geld morden sie sogar. Ich kann dir versichern: Wer einen anzeigt, dessen Leben ist im Moor keinen Penny mehr wert. Der kann seine Seele gleich Gott empfehlen.

Das ist das Leben im Marschenland, Jane – Schmuggler, Schafherden und Tölpel von Gutsbesitzern. Und da soll ich nun hinstürzen, zu einem Vater, aus dem ich mir nie etwas gemacht habe und der mich nie geliebt hat? Kannst du dir vorstellen, daß ich dort mein Leben verbringe, selbst wenn das Land und das Geld noch vorhanden wären? Daran ist nicht zu denken!«

Enttäuscht wandte sich Jane ab. »Du hast recht«, gab sie zu.

Lange stand Jane am Fenster und überdachte alles. Anne hatte ein trostlos-düsteres Bild vor ihren Augen erstehen lassen – die Kanalstürme im langen Winter, das eintönige Landleben. Jane dachte an den alten Mann, der mutterseelenallein im Sterben lag, der sich mit all seinen Angehörigen verfeindet hatte und es jetzt vielleicht bereute. Sie dachte an die vielen Generationen der Blakes, die ununterbrochen im Marschenland gelebt hatten, an das Haus und die Menschen darin. Anne haßte alles, was mit den Blakes zu tun hatte, doch für Adam Thomas waren die Blakes der Inbegriff allen Lebens im Marschenland. Jane empfand es geradezu als Verbrechen, daß Anne keinen Versuch machen wollte, wenigstens etwas von dieser Tradition zu retten. Mühe und Fleiß ganzer Generationen hatten an dieser Tradition gearbeitet – ihre Mutter warf diese Errungenschaften weg wie ein Kleid, das aus der Mode gekommen war. Dieser Gedanke trieb Jane zu verzweifeltem Widerstand.

»Die Blakes sind dort doch schon lange ansässig?« fragte sie. »Sogar seit Hunderten von Jahren?«

»Drei- oder vierhundert Jahre, das steht fest, Jane. Sie waren dort schon ansässig, als das Romney-Moor wirklich noch Sumpf und Schlamm war und die Sturmfluten vom Kanal es überschwemmten. Sie zogen Entwässerungsgräben, gewannen Land und machten es zu einem der fruchtbarsten Gebiete Englands. Sie sind mit dem Land verwachsen, beinahe von Anbeginn. Ihr Name hat einen stolzen Klang – selbst jetzt noch, da sie verarmt sind, hat man das nicht vergessen. Die Blakes waren ein Geschlecht von Rang und Stand – adlige Lehnsherren im Marschenland. Barone von Cinque Ports waren darunter, die das Privileg hatten, den Baldachin des Herrschers zu tragen, wenn er zur Krönung schritt.

Ja, es ist ein ehrwürdiger und stolzer Name, Jane. Aber mit den Blakes ist es aus. Laß sie ruhen.«

Anne erhob sich von ihrem kleinen Sessel am Toilettentisch und ging hinunter in den Salon. Bittere Linien zogen sich um ihren Mund. Das Rascheln ihrer Unterröcke hatte etwas Herausforderndes und Entschlossenes. Bald klang ihr Lachen herauf, das gekünstelte Lachen einer Frau, die ihre Erregung und Wut verheimlichen will.

Jane rührte sich nicht von der Stelle. Gedankenversunken starrte sie aus dem Fenster.

»Ich muß einen Weg finden. Ich muß sie dazu bringen«, flüsterte sie. »Anne muß noch einmal nach Blakes Höhe. Sie muß!«

8. Kapitel

Im Theater Royal wurde ›Die Bettleroper‹ aufgeführt. Jerome Taylor hatte Jane schüchtern und stotternd zum Theaterbesuch eingeladen und sich krampfhaft bemüht, Williams flehende Blicke nicht zu beachten. Jetzt schritt er an Janes Seite durch das Foyer, vor Stolz und Glückseligkeit unfähig, auch nur ein Wort hervorzubringen. Der erste Akt war zu Ende. Das Publikum aus dem Parkett drängte sich lachend und schwatzend in den Wandelgängen. Einige summten die altbekannten Arien der Oper leise vor sich hin. Die Logenbesitzer standen in Gruppen beieinander; sie hielten sich abseits von den übrigen Besuchern. Man erstickte fast in der schwülen Luft.

Jane war entzückt von allem, was sie sah, und Jerome war stolz auf sie. Keine der hier anwesenden Frauen konnte sich mit ihrer Schönheit messen. Sie trug eine weiße Abendtoilette. Anne hatte ihr einen pelzverbrämten Umhang geliehen. Wie brachte sie es nur fertig, wie eine Dame von Welt auszusehen, für die Theaterbesuche etwas Alltägliches waren, und sich doch einen Hauch ihrer Frische und Natürlichkeit zu bewahren? Wenn man sah, wie lässig sie jetzt den Fächer in der Hand hielt, dann war es schwer, sich ihr zerschundenes Gesicht und ihr verängstigtes Wesen an jenem ersten Tag in London ins Gedächtnis zurückzurufen. In den fünf Wochen, seitdem sie im Hause ihrer Mutter weilte, war eine überraschende Wandlung mit Jane vorgegangen. Wenn Jerome sie so ansah und an die Zukunft dachte, verfinsterte sich seine Stirn.

Wortlos vor Seligkeit ging Jane an seiner Seite. Sie beobachtete das Publikum und prägte sich jede Einzelheit in ihr Gedächtnis ein, um sich später wieder daran erinnern zu können. Plötzlich riß sie die Augen weit auf und ließ ihren Fächer zuschnappen.

»Seht nur, da ist ja Lord O'Neill! Oh, er hat uns schon entdeckt!« Jerome blickte hinüber. Verwünscht, Jane hatte richtig gesehen. Mit den Schultern bahnte sich Lord O'Neill einen Weg durch die Menge und kam gerade auf sie zu. Er verneigte sich vor Jane und begrüßte sie mit einem Handkuß.

»Meine liebe Miß Jane – wie bezaubernd seht Ihr aus!«

Jane dankte ihm mit einem Lächeln. Sie war unangenehm davon berührt, daß Jerome den Lord in einem Ton begrüßt hatte, der kaum noch höflich zu nennen war. Geschickt überbrückte sie die peinliche Situation. »Ist meine

Mutter auch hier? Ich dachte, sie fühlt sich nicht wohl. Sie wollte daheim bleiben.«

O'Neill zuckte die Schultern. »Das wurde mir auch gesagt. Ich hatte das Gefühl, daß sie meine Gesellschaft nicht wünscht. Da habe ich mich aus dem Staub gemacht . . .« Lächelnd wandte er sich an Jerome: »Ich hörte, daß Ihr Miß Jane in die Oper begleiten würdet, Mr. Taylor. Wollt Ihr einem einsamen Junggesellen, wie ich nun mal einer bin, gütigst gestatten, Miß Jane und Euch zum Souper einzuladen? Ihr würdet mir einen großen Gefallen erweisen . . .«

Jerome zögerte mit seiner Antwort. Röte überzog sein Gesicht. Er war verärgert. »Ich – ich glaube kaum . . .«

Flehentlich wandte sich O'Neill an Jane. »Ihr laßt mich doch nicht im Stich, Miß Jane? Bedenkt, wie einsam ich bin ohne die Gesellschaft Eurer Mutter. Vielleicht könnt Ihr Mr. Taylor überreden . . .«

»Ich – ich . . .« Es war Janes sehnlichster Wunsch, mit O'Neill zu soupieren. Nur ein einziges Mal wollte sie die Gesellschaft erleben, in der sich Anne Abend für Abend bewegte. Wohin würde er sie führen, wen würde sie dort sehen, welche hervorragenden Männer aus Politik und Gesellschaft würde er ihr zeigen? Vielleicht würde sie gar dem einen oder andern vorgestellt werden? Der Kopf wirbelte ihr bei diesem Gedanken. Mit ihrem schönen Kleid konnte sie sich in jeder Gesellschaft sehen lassen. Nur ein einziges Mal wollte sie erleben, wie es ist, wenn man mit einem adligen Herrn speist, der zur mondänen Gesellschaft Londons gehört; nur ein einziges Mal wollte sie behandelt werden, als gehöre sie auch dazu. Es war nur der Gedanke an Jerome, der sie zögern ließ. Vielleicht sollte sie sein Mißfallen einfach übersehen, sie wußte genau, daß er sich ihren Wünschen fügen würde. Doch sie hatte die große Enttäuschung auf seinem Gesicht gesehen und wollte ihn nicht verletzen.

»Also, Miß Jane – wie steht's? Begleitet Ihr mich?«

Es blieb ihr keine Zeit für eine Antwort. Jemand hatte

O'Neill auf die Schulter geklopft. Er strahlte vor Vergnügen, als er die beiden Herren hinter sich erkannte.

»Gerald! Seit wann bist du wieder in London? Ich habe ja gar nichts davon gewußt!«

Der Angesprochene, dunkelhaarig wie O'Neill und fast ebenso groß, schüttelte ihm die Hand. »Hab' die Sümpfe mal wieder überstanden, Ted. Der Vorsehung sei Lob und Dank! Irland ist kein angenehmer Aufenthalt im Winter. Aber meine liebe Frau wird mir in zwei Monaten einen Erben schenken. Sie hat es sich in den Kopf gesetzt, daß er dort auf unserem Besitz das Licht der Welt erblicken soll. Nun muß sie sich mit den Sümpfen abgeben – ich jedenfalls will mich ein bißchen in der Großstadt amüsieren.« Plötzlich entdeckte er Jane und starrte sie unverblümt an. O'Neill beachtete er nicht mehr.

»Verzeiht, Miß Jane. Darf ich Euch meinen Vetter vorstellen – Gerald Hickey«, sagte O'Neill mit einer schwungvollen Handbewegung, »und meinen alten Freund, Sir Phillip Guest. Miß Jane Howard.« Dann fügte er noch schnell hinzu: »Oh – das ist Jerome Taylor.«

Jane fühlte die Handküsse der beiden Herren, die sie mit Kennerblicken musterten.

Der Herr, den O'Neill als Phillip Guest vorgestellt hatte, sagte: »Entzückt! Ich bin entzückt!« Dann runzelte er die Brauen. »Howard? Ist das nicht ...«

»Annes Tochter«, erklärte O'Neill. »Miß Jane ist nach London gekommen, um ihre Mutter zu besuchen. Anne fühlte sich heute abend nicht wohl. Ich hatte das Glück, Miß Jane und Mr. Taylor hier zu begegnen. Gerade wollte ich sie überreden, mir beim Souper Gesellschaft zu leisten.«

»Großartig!« rief Hickey begeistert. Er grinste Jane unverfroren an. Noch immer hielt er ihre Hand. Mit einem kleinen Ruck machte sie sich frei. »Wir dürfen doch mitkommen, Ted?« Er nickte Jane zu. »Eure Mutter und ich sind alte Freunde, auch Sir Phillip kennt sie schon jahrelang.«

Dann schlug er O'Neill wieder auf die Schulter. »Wo hat Anne sie nur all die Zeit versteckt? In London gibt es viel zu wenig rothaarige Frauen und schon gar nicht so hübsche wie Euch, Miß Jane. Anne Howards Tochter – kein Wunder . . .«

Guest fiel ihm ins Wort. »Ich mache Euch einen Vorschlag. Die können ihre Oper doch auch ohne uns zu Ende spielen. Tony Cox hat ein paar Freunde zu Drake eingeladen – gehen wir doch alle rüber! Das wird ein lustiger Abend – und Miß Jane würde auch . . .«

Jetzt zögerte Jane nicht länger. Fest legte sie ihre Hand auf Jeromes Arm. Mit geheuchelter Zimperlichkeit lächelte sie die Herren an. »Ich muß Euch bitten, mich zu entschuldigen, meine Herren. Auch ich fühle mich nicht ganz wohl. Gerade wollte ich Mr. Taylor bitten, mich sofort nach Hause zu bringen.«

Sie verabschiedete sich mit einem tiefen Knicks. Es entging ihr nicht, daß die drei Herren sich verwunderte Blicke zuwarfen, die Schultern zuckten und die Augenbrauen hochzogen. Sie wußte, daß sie ihrer Ausrede keinen Glauben schenkten. Das hatte sie auch nicht erwartet.

Jane und Jerome sprachen kein Wort, bis sie in der Mietkutsche saßen. Jeromes Hand auf ihrem Arm gab ihr ein Gefühl der Geborgenheit. Erst nach langem Schweigen sagte Jane im Dunkel der Kutsche:

»Es tut mir leid, Jerome. Ich habe Euch den Abend verdorben. Aber ich mußte gehen, Ihr . . .« Und dann: »Das konnte ich mir doch nicht gefallen lassen.«

»Ich verstehe Euch, Miß Jane.« Er sagte es mit Wärme, ohne irgendwelche Enttäuschung zu zeigen.

Als die Kutsche vor Annes Haus in Albermarle Street hielt, konnte Jane es noch immer nicht begreifen, daß man sie als Annes Tochter so eindeutig einschätzte. Sie wußte, daß dieser Abend der Anfang eines neuen Lebensabschnittes, der Auftakt zu einer glanzvollen Karriere hätte werden können. Es lag nur an ihr, zuzugreifen. Aber wenn sie wirklich Annes Lebensweise nachahmen wollte, dann aus eigenem Entschluß und nicht, weil man es von ihr nicht anders erwartete. In diesen wenigen Augenblicken hatte sie eine Gefahr erkannt, die ihrem neuen Selbst drohte. In den Augen O'Neills und seiner Freunde hatte sie kein Recht auf eine eigene Persönlichkeit. Sie war eine zweite Anne, und man erwartete von ihr, daß sie genauso denken und handeln würde wie Anne. Und Jane machte die schmerzliche Entdeckung, daß Annes Welt ihr verschlossen blieb – es sei denn, sie fügte sich den Bedingungen, die ihr gestellt wurden.

Anne hatte ihr Kommen gehört. Sie kam aus dem Salon und blieb oben an der Treppe stehen.

»Jane!« Ihre Stimme klang schrill und übertrieben laut. »Ihr kommt aber früh zurück!« Als Jerome die Haustür hinter sich schloß, fragte sie: »Ist Lord O'Neill denn nicht mitgekommen?«

Jane schüttelte den Kopf. »Ich fühlte mich nicht wohl. Ich bat Jerome, mich heimzubringen.«

»Habt ihr Ted gesehen? War er in der Oper?«

»Ja, wir haben mit ihm gesprochen. Er wollte mit seinem Vetter Hickey und Sir Phillip Guest soupieren.«

»Hat er dich aufgefordert, mitzugehen?«

Jane wollte nicht mit der Sprache herausrücken, doch Annes Blick war scharf auf sie gerichtet. »Ja«, gab sie zu.

»Warum bist du denn nicht mitgegangen?«

Jetzt wurde Jane ungeduldig. »Ich habe es doch wohl schon deutlich genug gesagt: ich fühle mich nicht wohl.« Absichtlich wandte sie Anne den Rücken zu und streifte die Handschuhe ab. Doch Anne bemerkte es nicht mehr, sie ging bereits hinauf in ihr Schlafzimmer.

Ohne sich zu entkleiden, lag Jane lange wach auf ihrem

Bett und starrte zur Decke, die unzählige Risse und Sprünge aufwies. Angestrengt dachte sie über die neue Schwierigkeit nach, die heute abend so unerwartet für sie entstanden war.

»Ich kann unmöglich hierbleiben«, flüsterte sie und barg ihr Gesicht im Kissen. »Ich muß dieses Haus verlassen.«

9. Kapitel

Jane war fest entschlossen, Annes Haus den Rücken zu kehren. Doch sie fand keine Gelegenheit, sich mit ihrer Mutter auszusprechen und zu versuchen, Annes Eifersucht, die sich bei jenem nächtlichen Gespräch so hemmungslos enthüllt hatte, zu besänftigen. Und weder Mutter noch Tochter ahnten, daß Annes Tage gezählt waren.

Es war ein ungewöhnlich schwüler April. Jane und William atmeten erleichtert auf, als es am Spätnachmittag zu regnen begann. Flüchtig dachte sie an Anne, die erwähnt hatte, sie werde vielleicht mit O'Neill und einigen anderen eine Kahnfahrt nach Chelsea unternehmen. Als sie heimkam, schliefen Jane und William bereits. Niemand sah, daß Annes Kleider vom Regen durchnäßt waren, und daß sie fieberte.

Im Lauf des Vormittags rief Patrick Jane aus dem Schulzimmer. Um diese Zeit brachte er Anne gewöhnlich ihre Frühstücksschokolade. Sein eingefallenes Gesicht war vor Schreck noch hagerer.

»Die Herrin, Miß Jane, sie ist krank!«

Vier Tage lang sahen sie den Kampf mit an – Anne leistete nur geringen Widerstand. Von vornherein stand fest, daß der Tod Sieger bleiben würde. Sie hatten Anne einige Kissen unter den Kopf geschoben, um ihr das Atmen zu erleichtern; sie verfiel zusehends. Entsetzt sah Jane, wie blau

Annes Lippen waren, und lauschte auf den röchelnden Atem. Anne hustete Blut.

Der Arzt schüttelte resigniert den Kopf. »Keine Widerstandskraft – sie war schon erschöpft, ehe sie krank wurde.«

Das Ende kam wie ein Versinken. Hilflos blickten Annes Augen aus dem gealterten Gesicht. Patricks beschwörendes Rufen, seine verzweifelten Versuche, ihr zu helfen, drangen nicht mehr in ihr Bewußtsein. Als sie ihr Leben aushauchte, war William der erste, der erkannte, daß sie tot war. Als sich Patrick gleich darauf Anne zuwandte, warf er sich mit einem wilden Aufschrei des Schreckens in Janes Arme. O'Neill blieb lange Zeit stumm und wie versteinert am Fußende des Bettes stehen. Entsetzt schaute er auf die Tote. Er konnte es nicht glauben. Patrick weinte.

Jane nahm William in die Arme und führte ihn hinaus. Im selben Augenblick erkannte sie mit aller Klarheit, daß sie die Verantwortung für all das übernahm, was Anne hinterließ.

William zu trösten, lenkte Jane von ihrem eigenen Kummer ab, der fast ebenso groß war wie der O'Neills. Als sie endlich allein in ihrem Zimmer war, verwandelte sich ihr Schmerz zu einer verzweifelten Anklage gegen das Schicksal, das ihr nur so eine kurze Spanne Zeit gegönnt hatte. Für Anne war das Leben nicht zu knapp bemessen gewesen. Sie hätte es nicht ertragen, ihre Schönheit welken zu sehen. Anne wollte nicht hilflos dahinsiechen. Sie, Jane, war die vom Schicksal Betrogene. In diesen kurzen Wochen hatte sie Anne nur als eine strahlende und doch so schwer bestimmbare Persönlichkeit erlebt.

Noch längst nicht hatte Jane sich von ihrer Mutter all das aneignen können, was sie so verzweifelt wissen wollte. Anne hatte keinerlei Pläne für Janes und Williams Zukunft gemacht und nichts unternommen, um die Zukunft der beiden zu sichern. Jane vergoß zwar Tränen der Trauer, die ihren Schmerz linderten, doch es waren auch wütende, anklagende Tränen jugendlicher Selbstsucht.

Die Entscheidung, wo Anne beerdigt werden sollte, traf Jane. Nur an eine einzige der vielen Kirchen, die Jerome Taylor ihr gezeigt hatte, erinnerte sie sich deutlich.

»Die Kirche am Covent Garden«, bestimmte sie.

Nach der Beerdigung blickten alle Jane erwartungsvoll an – O'Neill, Jerome, Patrick und William. Sie erwarteten, daß sie nun Pläne machte, Entscheidungen traf, wie Anne es immer getan hatte. O'Neill konnte sich noch nicht trennen, obwohl er wußte, daß es für ihn jetzt keinen Platz mehr in diesem Hause gab. Er wartete auf die Frau, von der er doch wußte, daß sie in Covent Garden begraben lag – in Covent Garden, wo das ständige Gerassel der Wagen und die näselnden Stimmen der einfachen Londoner zu ihr hindrangen. Wie die drei anderen blieb er ständig in Janes Nähe, denn er spürte, daß sie etwas von Annes Kraft ausstrahlte.

Nun zeigte es sich, daß Jane Annes Tochter war. Sie faßte ihren Entschluß und war bereit, allen Einwänden zum Trotz ihr Vorhaben auszuführen.

Nur knapp sechs Wochen hatte sie mit Anne verbracht, und doch kannte sie ihre Mutter gut genug, um zu wissen, was von ihr erwartet wurde. Weinte sie auch nachts in ihr Kissen – am Morgen zeigte sie sich gefaßt.

»Wir können nicht in London bleiben – William und ich.« »Aber wohin?«

»Nach Blakes Höhe.«

Alle waren gegen diesen Plan und brachten Einwände vor – doch keiner konnte einen besseren Vorschlag machen. Schon erschienen die Gläubiger und stellten hartnäckig ihre Forderungen.

»Wir können nicht in London bleiben, das ist offensichtlich«, sagte Jane entschlossen. »Auf Schritt und Tritt werden sie mich mit ihren Forderungen verfolgen. Aber womit sollen wir zahlen! Wenn ich zu meinem Großvater ginge – vielleicht nimmt er uns auf. Wenn nicht –«, sie zuckte die Schultern, »dann sind wir auch nicht schlimmer dran als jetzt.«

Voller Verzweiflung faßte sich Patrick ein Herz. »Dann begleite ich Euch, gnädige Frau.«

Doch Jane schüttelte traurig den Kopf. »Ich kann dir keinen Lohn zahlen.«

Das Blut schoß ihm ins Gesicht. Gekränkt sagte er: »Glaubt Ihr, von Euch verlange ich Lohn? Von Euch, Miß Annes Tochter? Sie gab mir Kleider und Nahrung, mehr brauche ich nicht.«

»Nein, Patrick, das hieße, dich ausbeuten.«

Hartnäckig bestand er auf seinem Vorschlag. »Ich wäre Euch von großem Nutzen, gnädige Frau. Es erhöht Euer Ansehen, wenn Ihr in Begleitung eines eigenen Dieners ankommt, und ich bin immer da, wenn Ihr mich braucht.«

Er sah die Frage als entschieden an, vor allem, als O'Neill die beiden prächtigen Grauschimmel Jane zum Geschenk machte, die er Anne für ihre Kutsche überlassen hatte. Die Kutsche stammte von Lord Hindsley; O'Neill hatte die irischen Vollblüter aus seinem Stall beigesteuert. Er tat, als handle es sich nur um eine Kleinigkeit.

»Ich habe sie immer als Annes Eigentum betrachtet«, sagte er. »Außerdem hat Patrick vollkommen recht. Je vornehmer Ihr auftretet, um so größer sind Eure Chancen. Als Bettlerin seid Ihr nirgends willkommen. Davon abgesehen sind die Pferde ein ganz hübsches Sümmchen wert. Werden Euch gut zustatten kommen.«

Angesichts seiner eigenen Mittellosigkeit fand Jane die taktvolle und unbekümmerte Art seines Angebotes besonders liebenswert.

Patrick sollte als Kutscher mitfahren. In aller Heimlichkeit begann eine fieberhafte Tätigkeit im ganzen Haus. Nach außen hin mußte alles unverändert erscheinen, denn solange die Gläubiger Jane im Haus wußten, fühlten sie sich wegen ihres Geldes sicher. Patrick redete ihnen ein, Miß Jane sei völlig zusammengebrochen und unfähig, sich jetzt um Geschäfte zu kümmern. Die Köchin bekam ihren Lohn und wurde entlassen. Sie konnte also nichts von den Vorbereitungen ausplaudern. Im Marktkorb schmuggelte Patrick das Silber aus dem Haus und verkaufte es. Der Schmuck, den Lord Hindsley Anne geschenkt hatte, war schon längst verkauft. Anne hatte nur wertlose Imitationen getragen, um ihre Gläubiger nicht mißtrauisch zu machen. Bedauernd schüttelte Jane den Kopf, als die die billigen Schmuckstücke betrachtete, die noch vorhanden waren. Patrick verkaufte alles, was noch etwas Wert besaß. Den Rest behielt Jane, denn sie hatte inzwischen eingesehen, daß sie so vornehm wie möglich auftreten mußte. Sie füllte Schachteln und Körbe mit Annes Kleidern. Halbe Nächte hindurch nähte sie daran und brachte auch Williams Sachen in Ordnung. Auch das feinste Leinen und das kleine, spitzengesäumte Kissen packte sie ein, ohne das Anne nie gereist war. O'Neill machte sie noch auf das Porzellan und einige wertvolle Figurinen im Salon aufmerksam – auch das wurde verkauft. Fieberhaft räumten sie aus und machten alles zu Geld. Jane bedauerte nur, daß man den Kristallüster im Salon nicht auch heimlich in Patricks Korb fortschaffen konnte. O'Neill brachte ein kleines Gemälde zu einem Kunsthändler in die Bond Street und kehrte mit fünfzig Guineas wieder zurück. Sie plünderten Kisten und Kasten, um noch mehr zu finden, was sich nur irgendwie an den Mann bringen ließ.

Auch Jerome stand nicht untätig abseits. Statt William Unterricht zu erteilen, war er Jane behilflich. Seinen traurigen Augen sah man schon jetzt große Seelenpein und die Furcht vor der Einsamkeit an. Ein schöner Gegenstand nach dem andern verschwand von den Wänden und aus den Schränken. Jeromes Gesicht wurde immer trauriger und ängstlicher. Annes Tod war ihm nicht so nahe gegangen wie O'Neill. Er brauchte diese Geschäftigkeit nicht, um seine Trauer darüber zu vergessen. Die Auflösung des Haushalts schmerzte ihn, weil sie seine baldige Trennung von Jane bedeutete. Geschickt sorgte er dafür, daß William immer beschäftigt war und keine Zeit fand, durch Annes leere Zimmer zu streifen. Gar manche Nacht saß Jane mit Jerome an Williams Bett, hielt die Hand des Kindes und wartete, bis es eingeschlafen war. Leise sprachen sie miteinander in dem dunklen Zimmer.

»In spätestens drei bis vier Monaten wird das Schiff ausgerüstet sein, Miß Jane. Zwei Jahre bleiben wir in der Südsee – ich glaube kaum . . . ich glaube kaum, daß ich Euch jemals wiedersehe.«

»Wer weiß«, murmelte sie. »In zwei Jahren kann vieles geschehen. Mein Großvater ist vielleicht schon tot – vielleicht muß ich wieder nach London zurück. Alles ist möglich in zwei Jahren. Die Expedition wird Euch Freude machen – das habt Ihr doch immer gesagt . . .«

»Ja«, gab er zu, aber seine Stimme klang alles andere als freudig.

Das einzig Unverkäufliche war das Haus. O'Neill warnte Jane, im gegenwärtigen Zeitpunkt in dieser Hinsicht etwas zu unternehmen. »Wenn jemand ausfindig macht, daß Ihr das Haus verkaufen wollt, dürft Ihr die Stadt nicht verlassen, ehe Annes Schulden bis auf den letzten Penny bezahlt sind. Und dann kommen die Honorare für die Anwälte, Vermittlungsgebühren und Gott weiß was noch. Außerdem ist mir bekannt, daß Anne eine Hypothek aufgenommen hat. Laßt die Finger davon, bis Ihr wißt, wie Ihr mit Eurem Großvater zurechtkommt. Vielleicht seid Ihr froh, wenn Ihr hierher zurückkommen könnt.«

Jane blickte sich um. Nie mehr würde sie in dieses Haus zurückkehren. Es war ein Sinnbild für Annes Verschwendungssucht und Verantwortungslosigkeit. Ihre Rückkehr würde das Eingeständnis bedeuten, auf Männer wie O'Neill und Hindsley angewiesen zu sein.

Sie lachte kurz auf. »Jetzt ist es zu spät, mir die Idee in den Kopf zu setzen, ich könnte mir ein Haus wie dieses leisten. Ich bin sehr ungeschickt im Ausgeben von Geld, das ich nicht besitze.«

Nachdenklich ließ er seine Blicke über sie gleiten, von ihrem gelockten Haar bis zum Saum ihres geschmackvoll einfachen Kleides. »Ihr würdet es schon lernen . . . Geld ausgeben lernt sich schnell. Und Ihr würdet schon jemanden finden – einen reicheren als mich, Jane, der Euch jeden Wunsch erfüllen könnte.«

Jane beugte sich über ihre Näharbeit. »Anne hat Fehler gemacht. Sie warnte mich davor, sie zu wiederholen.«

O'Neill schwieg. Er hielt Janes Ablehnung keineswegs für ein Zeichen von Tugendhaftigkeit – eher für Geiz. Und trotzdem war es seiner Meinung nach Verschwendung. Er betrachtete sie und stellte fest, daß sie als Mätresse wie geschaffen war; in London fänden sich genug Männer, die ihre Gunst fürstlich belohnen würden. Sie war berechnender als Anne und würde auch nicht wie Anne in eine allzu üppige Lebensführung und in Schulden verfallen. Vom ersten Tag an hatte er sie genau beobachtet, und er wußte, daß sie sich einem Leben in Behagen und Luxus mit der Bereitwilligkeit eines Menschen hingab, der all dies lange entbehrt hatte. Sie müßte sich nur in seiner Begleitung in der Gesellschaft zeigen, sich nur sehen lassen und ihre lächerliche Unabhängigkeit aufgeben – dann könnte sie ein Leben in Glanz und Luxus führen. Statt dessen hatte sie es vorgezogen, etwas Geld zusammenzukratzen, um sich der Wildnis des Romney-Moors auszusetzen, ohne zu wissen, wie der alte Mann sie empfangen würde. Und all dies nur, weil sie hoffte, ein zerfallenes Haus zu erben. Er konnte es einfach nicht verstehen. Er wollte nicht daran denken – an all die erregende Schönheit, die da vergeudet wurde. Gold in die Themse zu werfen, war weniger sträflich. Er hätte sie für vernünftiger gehalten.

O'Neill konnte sich nicht darüber klar werden, ob Jane diese Haltung einnahm, weil sie sich ihrer Chancen nicht bewußt war, oder ob sie hoffte, durch einen tugendhaften Wandel, durch den Namen Blake und die – wenn auch in weiter Ferne liegende – Möglichkeit einer reichen Heirat mehr aus dem Leben herauszuholen. In diesem Falle bewunderte er zwar ihren Mut, bezweifelte aber ihren Erfolg. Vor allem aber hoffte er, sie werde so vernünftig sein und alles versuchen, um den jungen Jerome Taylor loszuwerden. Sie konnte sich doch nicht selbst aus einer Gefühlsduselei zu einem kümmerlichen Dasein als Frau eines mittellosen Gelehrten verdammen. Jerome verdiente eine sanftere und gütigere Frau als Jane. Er war ein zu wertvoller Mensch, um von einem ehrgeizigen Weibe ruiniert zu werden. Die beiden waren nicht füreinander geschaffen, wirklich nicht. Aber er nahm an, Jane habe das bereits erkannt.

Daher schwieg er und half nach Kräften bei den Vorbereitungen. Anne fehlte ihm sehr, deshalb verbrachte er seine Zeit bei Jane und spann seine eigenen Gedanken weiter – Gedanken über ihren glänzenden Erfolg in der Gesellschaft. Juwelen und Geld, Häuser und Equipagen – all dies könnte sie haben, eine stadtbekannte Persönlichkeit könnte sie werden. Zugleich aber beneidete er sie um die ihm fehlende Charakterstärke, alles aufzugeben.

Die fieberhaften Vorbereitungen waren abgeschlossen. Sie waren zur Abfahrt bereit. Patrick leistete eine geringe Abzahlung auf die Summe, die Anne für das Einstellen und für das Futter der Pferde schuldete, und fuhr die Kutsche mit den vorgespannten Grauschimmeln vor das Haus. Dort blieb sie bis zum Einbruch der Dunkelheit stehen. Sie wollten warten, bis es in der Straße ruhig wurde und niemand mehr unterwegs war. Immer wieder schleppte Patrick ein Gepäckstück heraus und verstaute alles im Innern des Wagens, wo es keine Aufmerksamkeit erregte.

Jane und William mußten Abschied nehmen. O'Neill hatte versprochen, noch einige Tage im Haus zu bleiben, um den Gläubigern vorzutäuschen, es sei noch bewohnt.

Jerome stand da, um sich zu verabschieden. Er sah, wie Jane sich aus der Kutsche beugte und O'Neill sich zum Fenster emporstreckte, um sie zärtlich zu küssen. Einen Augenblick zauderte Jerome noch, doch als er ihre Hand umklammert hielt, suchte er mit dem Mut der Verzweiflung ihre Lippen. Es war ein ungeschickter Kuß — er kam aus einem gebrochenen Herzen.

»So lange ich lebe, Miß Jane, werde ich Euch nie vergessen! Stets werdet Ihr in meinen Gedanken sein. Nur zwei Jahre — sobald ich zurück bin, komme ich nach Kent und suche Euch auf.«

Fest drückte Jane seine Hand. Sie war überrascht, daß sich ihre Augen mit Tränen füllten. Dann trat Jerome zurück und stellte sich zu O'Neill.

»Sobald ich zurück bin«, wiederholte er.

Jane winkte ihnen zu. Die Kutsche fuhr los. Jane und William beugten sich auf ihren Sitzen vor, um einen letzten Blick von den beiden Männern zu erhaschen. In ihrer entsetzlichen Verlassenheit und Angst, die sie zu überwältigen drohten, klammerte sie sich an Jeromes Versprechen. Fest umschloß sie Williams Hand.

»Hast du gehört, William? Mr. Taylor will uns besuchen, sobald er von der Expedition zurückkommt.«

Ohne ein Wort zu sagen, streichelte William den Kopf seines Hundes. Es war unmöglich zu erkennen, was er beim Abschied von Albermarle Street empfand.

Weder Jane noch Jerome konnten ahnen, daß England und Frankreich bei Jeromes Rückkehr schon viele Monate lang Krieg miteinander führten und er sofort in die Königliche Flotte eingezogen würde. Es war sein Schicksal, in der Schlacht am Nil unter Nelsons Befehl zu fallen; es war ihm nicht bestimmt, Jane jemals wiederzusehen.

Aber das konnten beide nicht ahnen in dieser frostigen Aprilnacht des Jahres 1792, als Jane und William sich auf den Weg nach Blakes Höhe machten.

Zweiter Teil

1. Kapitel

Vom Meere her fegte der Wind und trieb schwere, graue Wolken über den düsteren Himmel des Marschenlands. Rye lag hinter ihnen, eine alte, auf einem Hügel erbaute vielgieblige Stadt mit viereckigem Kirchturm und zerfallenen Festungsmauern.

Man hatte Jane und ihren Gefährten gesagt, von Rye aus führe die Straße geradewegs durch Marschenland nach Appledore. Auf den Höhenzügen eine Meile von Appledore entfernt lag Blakes Höhe.

Während der ganzen Fahrt wurde Jane von Zweifel und Furcht geplagt. Wie sie so Meile um Meile der beschwerlichen Reise auf den schlechten holprigen Straßen zurücklegten und London immer weiter hinter sich ließen, erwachten in Jane Sorge und Bedenken, die sie angesichts Patricks und Williams bedingungslosem Vertrauen noch mehr beunruhigten. Diese beiden waren im Gegensatz zu Jane überzeugt, ihr Unternehmen sei das Vernünftigste, was man tun konnte. Ohne sich auch nur den geringsten Gedanken zu machen, folgten sie Janes Entscheidungen in dem blinden Vertrauen, daß alles, was Jane unternahm, sich zum Guten wenden würde.

William setzte sich oft mit seinem Hund zu Patrick auf den Kutschbock. Dann war Jane lange Stunden allein im Innern der Kutsche und Zweifeln und bösen Vorahnungen ausgeliefert. Sah man die Dinge nüchtern an, so konnten sie kaum erwarten, von Spencer mit offenen Armen empfangen zu werden. Sie setzte ihre ganze Hoffnung darauf, daß die Einsamkeit des alten Mannes größer sein würde als sein Stolz, ja, daß seine Einsamkeit den Wunsch überwiegen würde, in Ruhe gelassen zu werden und seine Gewohnheiten beizubehalten. Mit jeder zurückgelegten Meile, die sie näher nach Rye brachte, verloren die Worte des Matrosen Adam Thomas an Überzeugungskraft — wogegen Annes entschiedene Weigerung, etwas für Blakes Höhe und das heruntergewirtschaftete Erbe zu unternehmen, Jane inzwischen von Tag zu Tag einleuchtender erschien.

Anne Howard hatte sich im Leben ausgekannt, sie war kein junges Mädchen mehr gewesen, das sich von romantischen Anwandlungen hinreißen ließ. Zudem hatte sie das Leben auf Blakes Höhe und den alten Spencer Blake gekannt. Wenn nun Großvater Blake ihnen die Tür vor der Nase zuschlug und sich weigerte, die drei auch nur für eine einzige Nacht zu beherbergen? Was dann? William und Patrick würden von ihr Beistand erwarten . . . Doch für diesen Fall wußte sie vorläufig noch keinen Rat. Manchmal wünschte Jane, sie wäre William und Patrick nie begegnet, hätte nie etwas von Blakes Höhe gehört.

Während der sich endlos hinziehenden Reise, erschwert und verzögert durch Aufenthalte an Schlagbäumen, hatte Jane viel zuviel Zeit für derartige Gedanken. Vor wenigen Wochen noch war sie nur für sich selbst verantwortlich gewesen, ein kräftiger Körper und Hände, die zupacken konnten, hatten genügt, um sich durchzusetzen. Jetzt aber waren ihre Hände weich und gepflegt, sie trug feine Handschuhe, reiste wie eine große Dame, von der Dienstboten und Lakaien entsprechende Trinkgelder erwarteten. Jetzt mußte sie für drei Menschen sorgen und Nahrung und Unterkunft für sie beschaffen.

Da saß sie nun in Annes mit Samt ausgeschlagener Kutsche, die mit ihnen auf zerfahrenen Wegen über

Schlaglöcher rüttelnd und stoßend dahinfuhr, und sie fragte sich, ob sie wirklich einen guten Tausch gemacht habe.

Jane Howard wußte nicht einmal genau, wo das Ziel ihrer Reise lag. Sie wußte nur, daß das Ziel Romney-Moor in Kent hieß, und daß sie die alte Hafenstadt Rye passieren mußten, um an dieses Ziel zu gelangen. An jedem Schlagbaum, wenn sie Wegegeld entrichten mußten, bei jedem Aufenthalt fragten sie, ob sie auf dem richtigen Wege nach Rye wären. Aber die meisten Mautner wußten genau sowenig wie sie selber, was hinter den nächsten zehn Meilen ausgefahrener Wege lag. Einige Male verfuhren sie sich sogar. Das bedeutete jedesmal erneute Verzögerung und zusätzliche Ausgaben für ein Nachtquartier in einem teuren Gasthaus – denn man konnte nicht gut mit eleganter Kutsche und edlen Rassepferden in einer einfachen Herberge absteigen. Unterwegs hatte Jane stets eine Geldbörse mit ein paar Münzen und Ohrringe mit unechten Steinen griffbereit, für den Fall, daß sie Wegelagerern in die Hände fielen, die oft in der Nähe der Schlagbäume im Hinterhalt lagen. Den Rest des Geldes hatte sie in das Futter von Williams Mantel eingenäht. Patrick hatte ständig eine Pistole neben sich auf dem Kutschbock liegen. Er behauptete allen Ernstes, er verstehe damit umzugehen. Alle drei lebten sie in ständiger Furcht, doch auf Jane lasteten zu allem hin Ungewißheit und Selbstvorwürfe.

Tags zuvor hatte sie in Tenterden übernachtet, heute gegen Mittag waren sie in Rye angekommen.

Durch das hohe mittelalterliche Tor fuhren sie in den alten Teil der Hafenstadt ein. Nur mühsam kamen die Grauschimmel auf den steilen Straßen mit dem rutschigen Kopfsteinpflaster vorwärts. Die Luft in Rye war rauh – das sei die Seeluft, der Salzgeruch des Meeres, erklärte Patrick, denn Jane und William waren noch nie am Meer gewesen. Unterhalb der Stadt lag der kleine, versandete Hafen, und die Rother, ein schmaler Fluß, bahnte sich durch die meilenweiten Schlammbänke einen Zickzackkurs ins offene Meer.

Im Gasthaus ›Zur Seejungfer‹ aßen sie zu Mittag. Der Wirt war sehr gesprächig. Während er in einem Nebenzimmer für Jane und William deckte, machte er Jane auf das Wappen über dem Kamin aufmerksam: »Das ist das Wappen von Cinque Ports, meine Dame. Früher, als das Marschenland noch nicht entwässert war, ist Rye ein großer und wichtiger Hafen gewesen. Jetzt ist alles versandet. Unsere Stadt stand einmal hoch über dem Meer auf Felsenklippen – könnt Ihr Euch das vorstellen?«

Jane war seine Unterhaltung unerwünscht. Die neugierigen Blicke, mit denen er sie beim Servieren fortgesetzt musterte, widerten sie an. Seine Anspielung, wie seltsam es sei, daß eine junge Dame allein reise, nur von einem Diener und einem Kinde begleitet, überhörte sie. Doch als er sie bat, ein Glas Brandy anzunehmen, erforderte es schon die Höflichkeit, den Brandy zu loben. Sie kostete und sagte sich, Tim Cooper habe nichts so Ausgezeichnetes in seinem Keller gehabt.

Der Wirt hielt ausgezeichneten Brandy in dieser Gegend offenbar für selbstverständlich. »Ach – an gutem Brandy jedenfalls fehlt es uns hier nicht.«

Jane fand, daß es dumme Großtuerei ist, wenn ein Wirt in einer so heruntergekommenen Hafenstadt seinen Gästen Brandy von dieser Güte gratis ausschenkte. Doch sie war dem Manne dankbar dafür, denn es trug dazu bei, die Abfahrt noch etwas hinauszuzögern. Nur noch kurze Zeit – und sie würde Spencer gegenüberstehen. Eine Begegnung stand ihr bevor, der sie wie noch keiner in ihrem Leben mit Angst und Bangen entgegensah.

Der Wirt half Jane beim Einsteigen. Nun ließ es sich nicht mehr vermeiden, ihm zu sagen, was zu erfahren er so begierig war: sie mußte ihn nach dem Weg zu Blakes Höhe fragen.

»Was, Blakes Höhe?« Er warf ihr einen stechenden Blick zu. »Dahin will doch jetzt überhaupt kein Mensch mehr.«

Plötzlich schien ihm ein Licht aufzugehen. »Ach so – Ihr seid wohl . . . Na so was. Entschuldigt, daß ich nicht gleich gesehen hab', daß Ihr eine Blake seid! Sechsundsechzig Jahre lebe ich nun schon hier in Rye, und die ganze Zeit gingen Blakes bei mir ein und aus. Ich hätte doch eine Blake gleich erkennen müssen. Aber in den letzten Jahren hat sich keiner mehr hier sehenlassen.«

»Schon gut«, sagte Jane abweisend. »Ich bin in großer Eile.« Er machte eine kurze Verbeugung. »Gewiß, gewiß, gnädige Frau. Immer der Nase nach den Hügel hinunter, zur Stadt hinaus. Dann seht Ihr schon die Straße beim Wegweiser nach Appledore rechts abzweigen. Nach vier, fünf Meilen findet Ihr linker Hand Blakes Höhe. Ihr könnt's gar nicht verfehlen. Ein großes, altes Haus auf der Höhe, wo vor langer Zeit einmal die Felsenklippen standen.«

Das dickliche rosige Gesicht des Wirtes ›Zur Seejungfer‹ war ganz erregt, als er der Kutsche nachsah. Ohne erst lange die Schürze abzulegen, folgte er ihr die Straße hinunter. Dann bog er ab und lief keuchend zur Watchbell Street. Seine Bekannten, die ihm erstaunt nachstarrten, beachtete er gar nicht. Seit den Tagen, da er, Dick Randall, ein junger, schlanker Hausknecht im Gasthaus ›Zur Seejungfer‹ gewesen war, hatte niemand ihn mehr so schnell laufen sehen.

Randall war auf dem Weg zu Robert Turnbulls Kanzlei in der Watchbell Street. Die Neuigkeit, daß eine Kutsche über Appledore nach Blakes Höhe unterwegs sei, würde von allen Leuten in Rye besonders Robert Turnbull interessieren.

Es regnete, als sie auf Blakes Höhe ankamen. Fünf Meilen waren sie durch das Marschenland gefahren. Zu ihrer Rechten hatten sie meilenweit ebenes Weideland gesehen, von unzähligen gewundenen Gräben, Deichen und Dämmen durchzogen. Der Wind war über das frische, junge Gras gefegt und hatte die hohen Binsen zu Boden gedrückt, kleine Lämmer schmiegten sich schutzsuchend an die Mutterschafe. Zur Linken zog sich die niedere Hügelkette Kents hin, das zerklüftete Antlitz vergangener Jahrtausende, das in weitem Bogen von Ost nach West das Marschenland umschloß. Jane fielen wieder die Worte des Wirtes in Rye ein, das Meer habe früher diese Hügel umspült. Jetzt schützte ein Deich das Land vor dem Überflutetwerden – ein schwaches Bauwerk von Menschenhand, das die Moorleute ohne Unterlaß auf seine Sicherheit gegen den Anprall der Böen und Sturmfluten überprüfen mußten. Im Regen machte das Moor auf Jane einen etwas unheimlichen Eindruck, es atmete Fruchtbarkeit, und doch lag eine große Einsamkeit und trübselige Verlassenheit über dem Lande. Zerfetzte Wolken trieben vom Meer her über den Himmel. Festgefügt und behäbig lagen die Bauernhäuser da, doch auch sie wirkten einsam, als hätten sie sich von der Welt zurückgezogen. In der behaglichen Kutsche, gegen den Regen geschützt, überlief Jane ein Schauer. Sie konnte nicht sagen warum.

Plötzlich richtete sich William auf und berührte ihre Hand. »Schau, dort drüben! Blakes Höhe!«

»Da, vor uns Blakes Höhe, Herrin!« rief auch Patrick vom Kutschbock.

Jane beugte sich vor. Dort zur Linken, wie der Wirt gesagt hatte, stand das Haus auf halber Höhe eines steilen, spärlich bewaldeten Grates, der unmittelbar aus dem Moor aufragte.

Regen und aufsteigender Nebel ließen nur die Umrisse des Hauses erkennen. Es bestand aus zwei Flügeln, der eine aus rosa verwittertem Ziegelstein, der andere, älter und kleiner, ein Durcheinander von schrägen Dächern, geschwärzten Balken und Mörtel. Kleine Pappel- und Ulmengruppen umstanden das Haus. Ein verwilderter Obstgarten zog sich hügelabwärts zum Deich.

Die Kutsche rasselte über eine Brücke, die Pferde begannen den steilen Anstieg. Die mächtigen Tore von Blakes Höhe standen weit offen – verrostete Eisentore und efeuüberwachsene Mauern. Geschickt nahm Patrick die schwierige Biegung auf dem Gipfel des Grates und fuhr in flotter Fahrt vor dem rechtwinkligen Gebäude vor.

Krampfhaft öffnete und schloß Jane ihre Hand. »O Gott – oh, mein Gott!«

Gegen den Himmel, über den die Wolken dahinstürmten, ragten hohe rissige und zerborstene Kamine. An der Veranda rankten Kletterrosen empor, die im Laufe der Zeit alles überwuchert hatten. Einige waren abgestorben und glichen alten knorrigen Bäumen. Jemand hatte versucht, das rankende Gewirr um das eingemeißelte Wappen über dem Eingang wegzuschneiden. Jane erkannte Teile des Wappens, das sie in Rye gesehen hatte. Auch die Mauern des Hauses waren mit Efeu bewachsen, stellenweise so dicht, daß er die Fensterflügel überwucherte. Der Rasen war voller Nesseln und Unkraut, Zierbüsche erstickten fast im Gewirr der Schlingpflanzen. Auf halber Höhe stand eine zerbröckelte, geborstene Mauer, die einmal einen Rosengarten umschlossen haben mochte. Der Wind riß an den zarten Knospen, der Regen schlug die blinden Fensterscheiben. Welkes Laub vom vergangenen Herbst und der Schlamm des Winters häuften sich vor der Schwelle. Garten und Haus wirkten wie ausgestorben.

»Hier haust kein Mensch«, sagte Jane halblaut, fast zu sich selbst. »Es muß ein Irrtum sein – das ist nicht Blakes Höhe.« Und doch mußte es Blakes Höhe sein. Aus ihren Worten klang völlige Hoffnungslosigkeit. Sie wußte, daß nichts diesen schrecklichen Anblick des Verfalles hinwegzaubern würde. Es war Blakes Höhe, es gab keinen Zweifel. Das also war der Trümmerhaufen, zu dem zurückzukehren sich ihre Mutter geweigert hatte. Das also war der heruntergewirtschaftete Besitz, wie ihn Adam Thomas beschrieben hatte. Jane fühlte, wie sich ein unentrinnbares Schicksal wie ein Verhängnis auf sie herabsenkte.

Patrick sprang vom Kutschbock und pochte laut mit dem Peitschenstiel gegen die Tür. Nichts rührte sich. »Macht auf, ihr da drin! Macht auf!«

William stieg aus und stellte sich neben Patrick. Der Hund schnupperte und kratzte an der Tür, dann spitzte er die Ohren und lief zur Ecke des Hauses hin. Alle drei blickten ihm nach.

Um die Ecke kam eine alte Frau, die sich die Hände an der Schürze wischte. Zum Schutz gegen den Regen hatte sie ein Tuch um den Kopf gebunden, und trotzdem fegte der Wind die grauen Haarsträhnen in ihr Gesicht. Sie blieb stehen und musterte mißtrauisch die Fremden.

»Was wollt ihr? Wer seid ihr denn?«

»Sind wir hier auf Blakes Höhe?« fragte Jane, die ebenfalls aus der Kutsche gestiegen war.

»Ja . . .« Der Frau verschlug es die Sprache, als sie Jane voll ins Gesicht blickte. Scharf sah sie Jane an, sie runzelte die Stirn. Schritt für Schritt kam sie näher, genau auf Jane zu. Die beiden Männer beachtete sie nicht. Dicht vor Jane blieb sie stehen.

»Der Himmel sei mir gnädig!« Ungläubig schüttelte sie den Kopf. »Ist das möglich? Miß Annes Kind? Seid Ihr Miß Annes Tochter?«

Jane nickte. »Auch William hier ist Annes Kind.« Sie legte ihre Hand auf Williams Schulter.

Die Frau starrte von einem zum andern. Mit zitternder Hand berührte sie Williams rotgelocktes Haar und strich es ihm aus der Stirn, mit einer Bewegung, als sei es nicht das erstemal.

»Der Himmel sei mir gnädig!« wiederholte sie, schon etwas beruhigter. »Nie hätte ich gedacht, daß ich diesen Tag noch erlebe!« In ihren Augen glänzten Tränen. Sie wandte sich wieder zu Jane. »Dann seid Ihr wohl das Kind von Miß Anne und Hauptmann Howard?«

»Ich heiße Jane – Jane Howard.«

Schnell machte die Frau einen steifen Knicks. »Ich bin Kate Reeve, Herrin – ich habe für Miß Anne von ihrer Geburt an gesorgt bis zu dem Tag, als sie mit Tom Howard davonlief. Vielleicht hat sie mal von mir gesprochen?«

»Ja«, log Jane. »Sie hat mir von dir erzählt.«

Die Alte nickte zufrieden. »Und Miß Anne . . .« Sie zögerte. »Sie lebt doch noch?«

Jane schüttelte den Kopf. »Meine Mutter ist tot.«

Kate nickte, ihr Gesicht zeigte weder Überraschung noch Schreck. »Ich hab' nie erwartet, daß sie noch einmal zurückkommen würde. Sie ging fort mit einem Herzen ohne Liebe für Blakes Höhe und das Moor. Sie war froh, daß sie alles hinter sich lassen konnte.«

Ein heftiger Windstoß peitschte die Röcke um die dürre Gestalt der Alten, die ihr Tuch fester um sich zog. »Man sagt ja immer, Blut verleugnet sich nicht.« Wieder streichelte sie über Williams Haar. »Ihr seid also zurückgekommen – ihr, die Kinder von Miß Anne.«

»Und mein Großvater?« wollte Jane wissen. »Ist er zu Hause? Können wir ihn sehen?«

Kate blieb vor Überraschung der Mund offen stehen. »Wißt Ihr denn nicht . . .?« flüsterte sie.

»Was soll ich wissen?«

Ernst blickte Kate von einem zum andern. »Euer Großvater Spencer Blake ist schon über einen Monat tot.«

»Tot!«

Jane wiederholte mechanisch das Wort, sie hörte, wie sie es ergeben aussprach, sie war sich der Endgültigkeit bewußt, die es bedeutete. Spencer Blake war tot. Schon vor einem Monat war er gestorben, sie und William waren seine einzigen lebenden Nachkommen. Aber war es nicht auch ein neuer Hoffnungsschimmer? Jane Howard fühlte weder

Schreck noch Trauer bei dem Gedanken, daß ein alter Mann tot war, den sie nie gesehen hatte. Sein Tod bedeutete Geborgenheit für sie und William, jetzt konnte ihr niemand mehr den Einzug in Blakes Höhe verwehren, niemand hatte das Recht, sie fortzuschicken. Blakes Höhe war keine großartige Erbschaft, aber es war immerhin ein Dach über dem Kopf, ein Heim. Es lohnte sich, dafür zu arbeiten, sich dafür einzusetzen, es war ja der Stammbesitz ihrer Familie. Sie war eine Blake, William war ein Blake, und dieses zerfallene Haus bot ihnen Zuflucht solange sie wollten. Wieder ließ Jane ihre Blicke über das Gebäude schweifen, und diesmal fühlte sie schon eine Art Zuneigung für die zerbröckelnden Mauern.

»Ja, er ist tot«, wiederholte Kate und fuhr fort: »Und ich dachte, deshalb wär't Ihr gekommen. Ich dachte, Mr. Turnbull aus Rye, der Anwalt der Blakes, hätte Euch ausfindig gemacht und Ihr wär't gekommen, um hier auf Charlie zu warten.«

»Auf Charlie? Wen meinst du denn, Kate? Wer ist Charlie?«

»Na, Charlie Blake doch. Der Vetter Eurer Mutter, der nach Frankreich davongelaufen ist. Ihn hat Spencer als Erben eingesetzt. Er soll Blakes Höhe erben.«

Mit einem erstickten Aufschrei rief Jane aus: »Charlie soll das hier erben! Das kann nicht sein! Charles Blake ist tot.«

Kate schüttelte den Kopf. »Das hatten wir auch gehört, aber dann kam die Nachricht, daß er noch lebt und im Gefängnis in Paris ist. Mr. Turnbull kam her und hat es mir erzählt. Er hieß mich hierzubleiben und das Haus in Ordnung zu halten, bis Charlie zurückkommt.«

»Bis Charlie zurückkommt ...« wiederholte Jane dumpf.

»Ja«, nickte Kate. »Es ist allerdings nicht sicher, ob er jemals wiederkommt. Es sieht eher so aus, als ob sie ihn in

Paris köpfen wollten. Aber bis dahin gehört Blakes Höhe Charlie, und ich muß hier auf ihn warten.«

Auch sie ließ jetzt ihre Blicke über das Haus mit den geborstenen Kaminen schweifen, über den trübselig im Regensturm daliegenden Garten.

»Ja, ich muß hier warten, bis Charlie entweder geköpft wird oder kommt, um sein Erbe zu übernehmen.«

2. Kapitel

Sie warteten also alle auf Charlie. Sie warteten auf Charles Blakes Rückkehr, daß er sein Erbe antreten werde.

Jane saß zusammengesunken vor dem Feuer, das Kate Reeve in aller Eile in dem Zimmer gemacht hatte, das einmal Spencers Wohnstube gewesen war. Ihr betäubtes Gehirn wiederholte immer wieder die Unglücksbotschaft, sie versuchte, diesen neuen Schlag zu überwinden. Irgendwo in einem Pariser Gefängnis wartete Charles Blake darauf, daß man ihn vor das Tribunal brachte, und wenn er mit dem Leben davonkam, waren sie und William wieder vertrieben und heimatlos. Sie lehnte sich gegen diesen Gedanken auf. Daß Charles, der genausowenig an Blakes Höhe hing wie Anne, und der ebenfalls davongelaufen war, von Spencer zum Erben bestimmt worden war, erschien ihr ein schreiendes Unrecht. Es war ein Unrecht, das Spencer aus Bitterkeit über das Verhalten seiner Tochter begangen hatte. Wie ein Peitschenhieb sollte sein Zorn Anne treffen. Jane schauderte es. Hätte Spencer Blake noch gelebt, als sie mit William an seine Tür klopfte – er hätte sich gewiß geweigert, sie überhaupt zu empfangen.

Im Gedanken daran zuckte Jane entsagungsvoll und empört zugleich die Achseln. Die Lage war schwierig, jetzt, da Spencer tot war, aber wäre er noch am Leben, wäre sie womöglich aussichtslos gewesen. Sie klammerte sich an diesen Gedanken. Es heißt, daß der Besitzende fast immer das Recht auf seiner Seite habe. Jane Howard war entschlossen, von Blakes Höhe Besitz zu ergreifen. Charles schmachtete in einem Gefängnis in Paris. Im Augenblick war sie entschieden im Vorteil. Nur die Gegenwart war von Bedeutung, die Zukunft konnte dunkel sein.

Jetzt also galt es, mit den ersten Schwierigkeiten fertig zu werden. Was auch Charles' Schicksal sein mochte, sie mußte mit William den nächsten Tag, die kommenden Wochen überstehen. Die Gegenwart drang auf sie ein.

Mit wachsendem Interesse schaute sich Jane im Zimmer um. Man brauchte ihr nicht zu sagen, daß Spencer Blake im ganzen Haus nur diesen einen Raum und sein Schlafgemach bewohnt hatte. Das Zimmer war verwohnt und vernachlässigt. Die Bücher in den Regalen lagen kreuz und quer durcheinander, auf den Tischen häuften sich Papiere. Auf einem zerschrammten, eichenen Büfett standen Kannen und Gläser. Fußboden und Möbel waren voller Wachsflecken von den vielen Kerzen, die überall umherstanden. Von aller Welt zurückgezogen, hatte der alte Mann allein in diesen vier Wänden gehaust, allein hier seine Mahlzeiten eingenommen, allein vor dem Kaminfeuer vor sich hin gedöst. Hier in dem Sessel mit der hohen Lehne hatte er die seltenen Besucher empfangen, hier seinen Brandy getrunken. Hatte er Nachbarn zum Kartenspiel in sein Haus eingeladen? Oder hatte er sein Land und sein Vermögen in den Wirtshäusern und Kneipen von Rye, Tenterden und Dover verspielt? Dicker Staub lag auf den Büchern, der Teppich war abgetreten, die seidenen Vorhänge fadenscheinig und verblichen. Der Raum atmete Teilnahmslosigkeit und Verbitterung. Vielleicht hatte Spencer am Ende Blakes Höhe ebenso gehaßt wie Anne. Auf einmal konnte Jane keine Geduld mehr für die Blakes aufbringen. Unglücklich zu sein und zu hassen, dazu gehörte nicht viel, damit machte man es sich allzu leicht. Sie war ungehalten mit Spencer und Anne, selbst für den schemenhaften Charles empfand sie keine Nachsicht. Sie alle waren ihrem Schicksal nicht gewachsen gewesen.

Als sie das Zimmer musterte, fühlte sie sich dem Manne überlegen, der in diesen Wänden versucht hatte, seinen Haß mit Brandy zu betäuben.

Jane hörte draußen ein Geräusch und wandte sich erwartungsvoll zum Fenster. Aber es war nur ein Laut vom Winde fern hergetragen – zu sehen war niemand.

Jane Howard wartete auf Robert Turnbull, den langjährigen Anwalt der Blakes und Spencers Testamentsvollstrekker. Kate hatte einen flachsköpfigen Burschen herbeigerufen – nur er und ein anderer Junge arbeiteten noch auf Blakes Höhe – und ihn mit einer eiligen Botschaft zu Turnbull geschickt. Rye lag fast sechs Meilen entfernt, es goß in Strömen, und der Junge ritt auf einer elenden Schindmähre. Turnbull konnte nicht vor Einbruch der Dunkelheit eintreffen. Dann hatte Kate etwas vom Essenzubereiten gemurmelt und war in der Küche verschwunden.

Patrick und William versorgten die Grauschimmel im Stall. Jane konnte nicht stillsitzen. Sie wollte mehr von diesem Hause kennenlernen als nur dieses eine Zimmer und die dunkel getäfelte Halle mit der breiten Treppe, in der ihre Kisten und Kasten aufgetürmt waren. Aber zuerst mußte Robert Turnbull kommen, um ihren Aufenthalt hier gutzuheißen. Noch wollte sie nicht in die Küche gehen oder die mächtige zweiflügelige Tür am Ende der Halle öffnen. So neugierig sie auch war, sie mußte sich gedulden.

Früher als erwartet hörte sie Turnbull in den Hof reiten. Die Dämmerung war bereits hereingebrochen, dunkle Regenwolken zogen über dem Moor auf. Der Wind umheulte das Haus. Jane hatte sich in der kurzen Zeit schon so an das Fehlen menschlicher Stimmen gewöhnt, daß sie fast erschrocken auffuhr. Rufe erschallten, ein Pferd wurde weggeführt – und schon klopfte es an die Tür. Jane stand unwillkürlich auf, besann sich aber auf halbem Wege und ließ sich wieder nieder. Sie strich ihre Röcke zurecht und schöpfte tief Atem, um das wilde Pochen ihres Herzens zu beruhigen.

Jane Howard wußte, warum Robert Turnbull so rasch gekommen war. Man hätte gar nicht nach ihm zu schicken brauchen. Jane erinnerte sich an die Neugier des Wirtes im Gasthaus ›Zur Seejungfer‹ und wußte, daß ein Fremder, der am Rande des Marschenlandes auftauchte und nach dem Weg zu Blakes Höhe fragte, Aufmerksamkeit erregen mußte, besonders wenn Haarfarbe und Gesichtszüge dieses Neuankömmlings so lebhaft an Anne Blake erinnerten.

Steif dasitzend erwartete sie sein Eintreten.

Robert Turnbull hatte von der Ankunft der Tochter Anne Howards erfahren. Es war kaum eine Stunde vergangen, seit Janes Kutsche die Straße nach Blakes Höhe eingeschlagen hatte, da lenkte auch er sein Pferd an der Abzweigung rechts ein auf den Weg nach Appledore. Wieder empfand er in seinem Herzen das alte, bittere Weh.

Seit Robert vor vielen Jahren in die Kanzlei seines Vaters in Rye eingetreten war, hatte er diesen Weg immer wieder zurückgelegt. Blakes Höhe war von jeher ein wichtiger Klient der Kanzlei gewesen. Weder die Blakes noch die Turnbulls vergaßen jemals, daß ihrer beider Wohlstand zu Anfang des Jahrhunderts gegründet worden war, als John Blake, von den Kriegszügen unter Marlborough heimgekehrt, die Wahrnehmung seiner Angelegenheiten der neueröffneten Anwaltskanzlei Turnbull & Sohn anvertraut hatte. Der gute Klang des Namens Blake brachte dem Anwalt in der Watchball Street einen ungeheuren geschäftlichen Aufschwung – kleine Gutsbesitzer und Bauern ahmten eiligst alles nach, was die Blakes taten, auch einige einflußreichere Männer befolgten die Empfehlungen ihres Freundes John. Es war einfach gewesen, den Blakes zu Diensten zu stehen, solange sie vermögend und durch Johns Beutezüge zu ansehnlicher Macht gekommen waren. Der Besitz brachte hohe Pachtsummen ein, und die Schafe von Blakes Höhe erzielten gute Preise auf dem Markt. John verwaltete sein Gut mit soldatischer Zucht und Genauigkeit, jedes Fleckchen Erde mußte seinen Ertrag bringen. Seine Frau brachte ihm weitere Ländereien und Geld in die Ehe. Bei ihrem Tode hatte er durch geschicktes Verwalten sein Vermögen bereits verdoppelt.

Doch auch er war nicht frei von der Verschwendungssucht der Blakes. Er machte eine Stiftung und erbaute auf dem Höhenrücken oberhalb seines Hauses eine Kirche. Es war ihm gleichgültig, daß sie fast eine Meile vom nächsten Dorf entfernt lag. Seine Kirche sollte auf dem höchsten Punkt über dem Marschenland stehen, und wenn es den Leuten lästig fiel, jeden dritten Sonntag zum Gottesdienst den steilen Hügel zu ersteigen, so war dies gerade das rechte Mittel, sie immer wieder von neuem daran zu erinnern, daß John Blake kein Mann war, der sich von den Wünschen eines Pfarrers oder Bischofs beeinflussen ließ. John verlieh dem Namen seiner Familie, der schon seit langem einen machtvollen Klang im Marschenland besaß, neuen Glanz. Er schuf seinen Nachkommen ein Vermögen, doch seine Nachkommen zeigten sich seiner unwürdig.

Sein einziger Sohn George, ein Verschwender, verpraßte das ganze Vermögen und nahm Hypotheken auf. Georges Söhne Spencer und Richard zeigten die gleichen großspurigen Veranlagungen, bis Richard sich aus dem Staube machte, eine reiche Französin heiratete und auch ihren Besitz in der Normandie durchbrachte. Spencer gab sich nun hemmungslos seiner Spielleidenschaft hin. Er war überzeugt, das Talent seines Großvaters geerbt zu haben, Geld günstig anzulegen. Aber dieses Geld mußte erst einmal vorhanden sein. Mit der nötigen Ausdauer, so dachte er, würde sich beim Kartenspiel ein Vermögen gewinnen lassen. Außerdem setzte er seine Hoffnung auf eine Tabakplantage, die er in Virginia erworben hatte. Da machte er eines Tages die Entdeckung, wie schön sein einziges Kind Anne war. Nicht er, sondern sie berechtigte zu der Hoffnung, Blakes Höhe von seiner Schuldenlast zu befreien.

Die Anwaltsfirma Turnbull hatte den Blakes in allen Wechselfällen des Schicksals beigestanden. Die Erinnerung an jene Dienste, die John Blake ihr einst erwiesen hatte, als er ihr seine geschäftlichen Angelegenheiten übertrug, genügte, um den Blakes stets zur Verfügung zu stehen – selbst wenn sie jahrelang kein Honorar zahlten.

Der junge Robert Turnbull fühlte sich mit der Familie Blake weit enger als nur geschäftlich verbunden. Er war nur zwei Jahre älter als Anne und hatte miterlebt, wie das verwöhnte, herrische Kind sich zu einer Frau von berückender Schönheit entwickelte. Aber was half es, daß er Anne liebte, daß sie sein Leben wie ein strahlender Stern beherrschte und einen zauberhaften Schimmer von Glück in seine öde Arbeit brachte. Am Ende mußte er einsehen, daß es bei dieser einseitigen Liebe bleiben würde. Die Turnbulls standen im Dienste der Blakes, und er, Robert Turnbull, war lediglich ein junger Mann, mit dem sich Anne gnädigst in ein Gespräch einließ, während sie ungeduldig darauf wartete, daß ihr Vater in den Kanzleiräumen mit seinen geschäftlichen Besprechungen zu Ende käme. Eine eheliche Verbindung zwischen den beiden Familien war undenkbar, außerdem nahm Anne kaum von seinem Dasein Notiz. Robert wußte sehr genau, welche Hoffnungen Spencer auf eine reiche Heirat seiner Tochter setzte. Selbst wenn das Unmögliche einträte, daß Anne seine Liebe erwiderte, hätte für die beiden keine Hoffnung auf eine Heirat bestanden.

Robert wußte sich also mit seiner romantischen Schwärmerei für Anne begnügen. Immer wieder stellte er sich unter irgendeinem Vorwand in Blakes Höhe ein. So kam es ihm nicht überraschend, als Anne Spencers Pläne, sie mit

Roger Pym zu verheiraten, zunichte machte und mit Tom Howard auf und davonlief. Diesen Tom Howard kannte er nur vom Sehen – er war ein fröhlicher, immer lachender Dragonerhauptmann, der keinen Penny besaß und auch im Kartenspiel kein besonderes Glück hatte. Die beiden gingen nach London, Tom quittierte den Dienst. Als Spencer versuchte, die Ehe für ungültig erklären zu lassen, weil Anne noch unmündig war, schrieb sie ihm, sie trage bereits Toms Kind unter dem Herzen.

Damit war für ihn die Angelegenheit erledigt. Der Name seiner Tochter kam nie mehr über Spencers Lippen. Man sah ihn ständig beim Kartenspiel, man erzählte sich auch, er habe sich der Trunksucht ergeben. Spencers wirtschaftliche Lage verschlechterte sich zusehends, und für die Turnbulls wurde es immer schwieriger, seine Interessen wahrzunehmen, wenn Schuldscheine vorgelegt wurden, die er in der Trunkenheit unterzeichnet hatte. Die Plantage in Virginia hatte seit Jahren nichts eingebracht, doch er weigerte sich, Roberts Rat zu befolgen, die unrentable Tabakplantage abzustoßen. Er ließ nicht mit sich reden. Seit Anne nicht mehr bei ihm war und besänftigend auf ihn einwirkte, zeigte er eine Widerspenstigkeit, die an Wahnsinn grenzte.

Zwei Jahre, nachdem Anne Blakes Höhe verlassen hatte, lief auch ihr Vetter Charles davon, damals ein dreizehnjähriger Junge. Er war Spencers Neffe. Nur widerwillig war er nach dem Tode seiner Eltern, die in Paris während einer Typhusepidemie starben, nach England gekommen. Bei Charles war es immer offensichtlich gewesen, daß er alles verabscheute, was mit Blakes Höhe zusammenhing. Es gelang ihm, sich nach Frankreich durchzuschlagen, wo ihn die Angehörigen seiner Mutter aufnahmen. Speyer nahm Rache, indem er Charles' elterliches Erbe für sich behielt, das ihm bis zur Volljährigkeit des Knaben zu dessen Erziehung anvertraut worden war. Spencer hatte nie etwas für den schlanken brünetten Knaben übrig gehabt, und dennoch empfand er dessen Flucht aber als tödliche Kränkung. Von nun an saß er einsam und verlassen auf Blakes Höhe.

Robert hatte Annes Lebensweg verfolgt, so gut er konnte. Er scheute sich nicht, die Marschbewohner auszufragen, die hin und wieder nach London kamen. So erfuhr er, daß Tom Howard im Schuldgefängnis gestorben war. Spencers grauenhaftes Lachen bei dieser Nachricht hatte ihn eiskalt überlaufen. Auf allen möglichen Umwegen drangen die Gerüchte über Annes Lebenswandel als Mätresse reicher Herren der Gesellschaft bis nach Rye. Jahrelang genoß die Stadt voller Schadenfreude diese Skandalgeschichten, bis Graf Hindsley in den Berichten auftauchte, dessen Ansehen und Reichtum Anne mit einem Schlag in ein ehrbares Licht rückten – eine Ehrbarkeit, deren sie sich nur bis zu seinem Tode erfreute. Anne beantwortete den Brief nicht, den Robert ihr damals geschrieben hatte. Diese geringschätzige Behandlung verletzte ihn tiefer, als er es sich eingestehen wollte. Das bestimmte ihn auch, die Suche nach einer für ihn geeigneten Frau aufzugeben.

Robert hatte den Eindruck, daß Spencer drauf und dran war, durch seine Spielleidenschaft noch zu Lebzeiten das Dach über dem Kopf zu verlieren. Robert mußte mit ansehen, wie im Lauf der Jahre das Land um Blakes Höhe immer weniger wurde, wie es als Freilehen an die Pächter überging. Die Scheunen wurden baufällig, ein Teil der Ställe brannte nieder. Spencers Arbeitsweise in der Landwirtschaft wurde zum Gespött des ganzen Marschenlandes. Aber den alternden Mann, der sich mit der Brandyflasche in sein Zimmer verkrochen hatte, ließ das Gerede der Leute gleichgültig. Niemand wurde beauftragt, den Garten in Ordnung zu halten oder die zerbrochenen Fensterscheiben zu ersetzen. Immer seltener kamen Besucher nach Blakes Höhe, und die wenigen Gäste bemühten sich, die Unordnung und Vernachlässigung nicht zu bemerken. Hin und wieder ließ sich Spencer im Moor sehen. Sein schmutziger, abgetragener Mantel flatterte im Wind. Die Bauern, die ihm über den Weg liefen, zogen ihre Mützen vor ihm und machten sich eilig davon.

Es kam wo weit, daß Robert nur noch ungern und nur in dringenden Fällen auf Blakes Höhe vorsprach. Es widerstrebte ihm, die ihm von Generationen her aufgebürdeten Dienste für die Blakes auch weiterhin auszuführen. Doch er biß die Zähne zusammen und ertrug Spencers hohnvolle Haßausbrüche. Er tat sein möglichstes, um wenigstens etwas von dem Familienbesitz zu retten, den Spencer mit aller Gewalt zugrunde richten wollte. Da er wußte, daß Anne ein Kind aus ihrer Ehe mit Tom Howard hatte, wagte er es sogar, bei Spencer gegen die Testamentsklausel, die Charles zum Erben von Blakes Höhe machte, Einspruch zu erheben. Seine Bemühungen wurden damit belohnt, daß Spencer ihn ein ganzes Jahr lang nicht vorließ. Nun, Robert wußte, daß der alte Mann Anne und Charles haßte – es fragte sich nur, wem von beiden sein größerer Haß galt.

Spencer war endlich gestorben, und Annes Kind war nach Blakes Höhe gekommen – ein Mädchen, das Anne so ähnlich sah, daß Randall von der ›Seejungfer‹ gleich zu ihm gelaufen kam. Robert wußte nicht, warum dieses junge Mädchen gekommen war, aber er ahnte nichts Gutes, er fürchtete, daß alle die Verwicklungen und Schwierigkeiten mit Blakes Höhe nun von neuem beginnen würden.

Aber was ihm auch bevorstehen mochte, zum erstenmal seit zwanzig Jahren machte er sich voller Hoffnung auf den Weg nach Blakes Höhe. Eine junge Blake war ins Marschenland gekommen, vielleicht ein Mensch, in dessen Adern das Blut des alten John Blake floß, des Generals unter Marlborough. Zuweilen geschahen noch Wunder. Und die Blakes konnten ein Wunder jetzt sehr nötig brauchen.

Der schneidende Wind vom Meere her traf Robert Turnbull mit voller Wucht in den Rücken. Blakes Höhe lag unverändert da, im niederströmenden Regen wirkte es noch trostloser und verkommener als sonst. Robert seufzte. Annes Tochter würde die ganze Zähigkeit und Willenskraft des alten John nötig haben. Als sich Jane Howard zu seiner Begrüßung erhob, wußte er, daß seine Ahnung ihn nicht getäuscht hatte. Zu oft hatte er das Porträt des alten John gesehen, um nicht zu wissen, welchen Maßstab man an seine Nachfahren legen konnte. Hier sah er die Züge des alten John ins Weibliche übertragen vor sich. Es war das Antlitz einer jungen Frau, doch ein Gesicht voller Tatkraft mit kühn zurückgekämmtem, welligem Haar. Die grünen Augen schauten ihn furchtlos, dabei mit einer gewissen Zurückhaltung an. Gemessen nahm sie seinen Gruß entgegen.

Er verneigte sich. »Ich stehe zu Euren Diensten, gnädige Frau. Mein Name ist Robert Turnbull.«

Sie neigte den Kopf. »Ich bin Jane Howard.«

Ihre Haltung gefiel ihm. Da sie nicht wußte, ob er als Freund oder Feind kam, ließ sie die Dinge an sich herankommen. Ohne die geringste Verwirrung erwiderte sie seinen Blick. Sie wartete, was er ihr mitzuteilen haben würde.

»Ihr seht genauso aus wie Eure Mutter«, sagte er leise.

Das war nicht die reine Wahrheit. Dick Randall hatte ihm zwar gesagt, sie sei ebenso schön wie ihre Mutter, aber ihm, der jede Regung in Annes Gesicht mit den wachsamen Augen eines Liebenden beobachtet und im Gedächtnis behalten hatte, erschien sie nicht so schön wie ihre Mutter. Annes heitere Züge waren feiner gewesen. Die Tochter besaß eine gewisse Härte und Zielbewußtheit, die Anne nicht gekannt hatte. Ihr Reisekostüm aus blauem Samt war elegant und paßte gut zu ihrer Haut und Haarfarbe. Ihre Gestalt hatte etwas aufreizend Verführerisches an sich. Diese Frau bewegte sich mit einer tierhaft natürlichen Anmut.

Die Tochter Anne Howards gefiel ihm vom ersten Augenblick an, sie zwang ihm Bewunderung ab. Es schoß ihm durch den Kopf, daß dem Hause Blake vielleicht doch noch ein Wunder beschieden sein könnte.

Die beiden reichten sich kurz die Hand. Dann ließ sich Robert auf Janes Aufforderung hin am Kamin nieder. Sie maßen einander vorsichtig mit Blicken.

Jane sah einen Mann etwa im Alter ihrer Mutter vor sich, der frühzeitig ergraut war. Sein wettergebräuntes Gesicht ließ darauf schließen, daß er sich viel im Freien aufhielt. Robert Turnbull war nicht groß, doch von breiter, kräftiger Statur. Seine dunklen gefühlvollen Augen standen in Widerspruch zu seinem robusten Äußeren. Er war nicht so provinzlerisch gekleidet, wie sie es bei einem Landanwalt erwartet hätte, sein gutgeschnittener Anzug war von unauffälliger Farbe. Würde er in London leben, wäre vielleicht ein Dandy aus ihm geworden, dachte sie. Das einzige Unmodische an ihm war, daß er keine Perücke trug. Er hätte einer der weltgewandten Männer sein können, wie Jane sie in den Kaffeehäusern oder in Bond Street gesehen hatte. Es war ein kluges Gesicht, das sich ihr jetzt ruhig zuwendete, und in dem sich die Brauen unmerklich zusammenzogen.

3. Kapitel

Kate kam herein. Sie brachte Wein in schmierigen Gläsern auf einem angelaufenen Tablett, dem kaum noch anzusehen war, daß es aus Silber bestand. Ihre alten Hände zitterten vor Erregung. Jedesmal, wenn sie Jane während der Zeremonie des Kredenzens ansah, spielte ein Lächeln um ihre Lippen.

»Heute ist ein großer Tag für Kate«, sagte Robert, als sie wieder aus dem Zimmer gegangen war. »Für sie seid Ihr die wiedergekehrte Anne. Ihr und William seid jung, und die Alten verbinden mit der Jugend immer die Hoffnung.«

Über den Rand des Glases warf Jane ihm einen dankbaren Blick zu.

Dann wurde William hereingeführt, um vorgestellt zu werden. Während William sich vor Robert höflich verbeugte, blieb Patrick schweigend an der Tür stehen. Dann zog der Junge seinen Hund General am Halsband, setzte sich zu Jane und beobachtete von dieser sicheren Stellung aus eifrig den fremden Mann. Er beantwortete bereitwillig Turnbulls Fragen nach seinen Unterrichtsstunden, und doch war es offensichtlich, daß er sich erst einmal über Janes Haltung diesem Manne gegenüber vergewissern wollte, bevor er sich allzu freundlich gab. Patricks besorgtes Gesicht nahm einen milderen Ausdruck an. Und er strahlte schließlich vor Stolz, als Jane dem Anwalt erzählte, wie viele Jahre er selbstlos und treu Anne gedient hatte.

Patrick nahm den Knaben wieder mit in die Küche. Als sich die Tür hinter den beiden geschlossen hatte, sagte Robert nachdenklich: »Ein Kind von neun Jahren ist eine Bürde für eine junge Frau, und Annes Diener . . .«

Achselzuckend erwiderte Jane: »Was blieb mir übrig? Ohne Anne ist Patrick genauso hilflos wie William. Jahrelang war er daran gewöhnt, daß Anne für ihn alle Entscheidungen traf. Ohne sie ist er verloren. Und was William betrifft, so kann ich doch unmöglich diesen Jungen, der von Haus aus verwöhnt ist, davonjagen und für sich selber sorgen lassen. William ist zwar kein Baby mehr, und doch weiß er über das gesellschaftliche Leben Londons mehr als darüber, wie man sich ein paar Shillinge verdient.«

»Und so kam es, daß Ihr beide bei Euch behieltet?«

»Ich hatte keine andere Wahl.«

Die ersten Formalitäten waren damit erledigt, jetzt galt es, geschäftlich zu einem Einvernehmen zu kommen.

Es ging leichter, als sie erwartet hatten. Kate trug das Abendessen auf, schlecht zubereiteten Hasenpfeffer auf angeschlagenen Tellern. Dazu stellte sie derbes, dunkles Brot und eine große Scheibe vertrockneten Käse auf den Tisch. Es war lange her, daß Robert eine Mahlzeit in Blakes Höhe eingenommen hatte. Er war entsetzt. Der Wein aus Spencers Keller allerdings war ausgezeichnet. Als das Essen beendet war, blieben sie beim Wein sitzen.

Ihre Unterhaltung nahm langsam einen ungezwungeneren Ton an. Jane erkannte bald, daß sie Robert Turnbulls Beistand brauchte, wenn sie auf Blakes Höhe bleiben wollte. Inmitten fremder Menschen mußte sie wenigstens einem vertrauen können, und sie beschloß, Robert Turnbull zu diesem einen zu machen. Offensichtlich kannte er Annes Lebensgeschichte ziemlich genau, und als er Jane nach Einzelheiten fragte, sagte sie sich, daß es klüger sei, ihm alles offen zu erzählen, statt ihn mit Halbwahrheiten hinzuhalten. War er mit ihr im Bunde, konnte er ihr sehr von Nutzen sein – er war ja schon jetzt ihr Verbündeter.

Rückhaltlos erzählte Jane Howard von den Jahren, die sie im Gasthaus ›Zum Federbusch‹ zugebracht hatte, wie sie nach London geflohen war und in Annes eigenartigem Haushalt Unterschlupf fand. Sie berichtete ihm von Annes Tod und von Patrick, O'Neill, Jerome Taylor sowie von dem, was sie selbst alles unternommen hatten, um die Gläubiger hinters Licht zu führen. All dies erzählte sie als etwas Selbstverständliches und war überrascht, daß Turnbull so schmerzlich davon berührt schien.

»Der Gedanke ist mir entsetzlich, daß Anne so sterben mußte, so verschuldet und von Gläubigern bedrängt . . .«

»Spart Euch Euer Mitleid, Mr. Turnbull. Anne kümmerte sich nie um ihre Gläubiger, deren Forderungen machten ihr nie die geringsten Sorgen. Sie starb in einem bequemen Bett, die Menschen um sich, die sie liebte. Ihr Leben lang war sie von Luxus und fröhlichen Menschen umgeben. Ich glaube, sie fürchtete sich nicht einmal vor dem Sterben, denn der Tod ersparte ihr den Kummer des Alterns.«

»Aber William einfach Euch zu hinterlassen, ohne für seine Zukunft gesorgt zu haben . . .«

»Ich sehe die Sache so: Ich bin heute im Besitz einer

Menge schöner Kleider, einer Kutsche mit zwei prächtigen Pferden, und in meiner Geldbörse habe ich ein paar Goldstücke. Als ich vom ›Federbusch‹ fortging, besaß ich nichts als Sallys alten Schal und ein paar Pennies. Wenn ich jetzt noch für William zu sorgen habe, dann ist das nur ein gerechter Tausch, Mr. Turnbull.«

Er lächelte. »Die wenigsten Menschen würden das einen gerechten Tausch nennen – aber ich bewundere Eure Tapferkeit.«

»Es kommt ganz auf die Einstellung an, Mr. Turnbull. Ich jedenfalls erkämpfe mir meinen Weg lieber, als daß ich untätig der Entwicklung der Dinge zusehe. Im ›Federbusch‹ war ich fast schon zu lange geblieben. Damit bin ich ein für allemal fertig. Von jetzt an packe ich jede Gelegenheit, die sich mir bietet, beim Schopf – aber auch jede!«

Er stimmte ihr bei. »Und die Gelegenheiten werden sich bieten, oder Ihr werdet sie Euch selber schaffen.«

»Das werde ich tun, wenn ich irgend kann. Das Leben im ›Federbusch‹ hat mir beigebracht, was verwöhnte Menschen der Gesellschaft niemals lernen. Dort hieß es aufgeweckt und abgebrüht sein, oder man war verloren. Ein Wirt an einer vielbefahrenen Landstraße muß mit allen Wassern gewaschen sein, und von ihm habe ich gelernt, wie eine Sache zu machen ist!« Mit einem gewissen Stolz fuhr sie fort: »Die Idee, Annes Besitz heimlich zu verkaufen, die stammt von mir!«

»Ich habe gehört, daß Hindsley Anne Juwelen geschenkt hat. Sollten die nicht eine ganz hübsche Summe gebracht haben?«

»Alle Schmuckstücke waren längst verkauft. Anne ließ Imitationen herstellen wegen der Gläubiger, die nicht wissen durften, daß sie den echten Schmuck nicht mehr besaß.«

Wieder glitt ein leises Lächeln über Roberts Gesicht. »Es ist ein ererbtes Talent aller Blakes, ihre tatsächliche Finanzlage verheimlichen zu können. Auch Spencer verstand es anfangs, seine Geldnöte vor den Nachbarn sehr geschickt geheimzuhalten.« Seine Gesichtszüge verschärften sich plötzlich. »Er verfolgte allerdings einen bestimmten Zweck damit. Als Anne noch ein Kind war, hatte er bereits eine reiche Heirat für sie geplant und den Mann schon fix und fertig auf dem Präsentierteller. Anne war damals kaum vierzehn Jahre alt. Sein halbes Vermögen hätte Roger Pym hergegeben, um Anne zu heiraten. Er war noch ein junger Mann, hatte gerade seines Vaters Erbe angetreten und war nur zu gern bereit, Spencer große Geldbeträge zu leihen unter der Bedingung, daß Anne ihn heiraten würde, sobald sie volljährig sei. Roger Pym, glaube ich, hätte es in keiner Weise schlecht gemeint, aber in Spencers Händen war er ein Waisenknabe. Nun, auch Pym mußte erst lernen, daß mit Geld nicht alles zu kaufen ist, was man begehrt.«

»Anne wollte ihn nicht zum Manne haben?«

»Sie weigerte sich, ihn überhaupt in Betracht zu ziehen. Roger Pym heiraten, hätte für Anne bedeutet auf dem Lande lebendig begraben zu sein. Ihr ganzes Leben lang hätte sie der ruhmreichen Vergangenheit der Blakes Lippendienst erweisen müssen. Ihr grauste vor dem Gedanken, die stumpfsinnige Aufgabe der Verwaltung des Besitzers auf sich nehmen und Roger jahraus, jahrein Kinder gebären zu müssen. Das war nichts für Anne. Dann kam eines Tages Tom Howard daher, und Anne Blake lief mit ihm davon – in die Weltstadt London.«

»Hätte sie nicht bleiben können?« fragte Jane nachdenklich.

Er rückte näher an sie heran. »Ihr müßt bedenken, daß Anne sich nicht die Bohne aus gesellschaftlicher Stellung oder Vermögen oder derartigem machte. Was die Blakes einst vorgestellt hatten oder was sie an Position noch besaßen, war ihr völlig gleichgültig. Sie war ein Sinnbild der Fröhlichkeit, eine Flamme der Lebensfreude, die aus einer anderen Welt zu kommen schien. Unter all diesen schwerfälligen Krautjunkern hier fühlte sie sich einfach unglücklich. Ihre Anmut und ihre sprühende Lebenslust waren nicht zu bändigen.«

Jane kannte die bewundernde Tonart, der sich Robert Turnbull bediente, nur zu gut. Schon seit ihrer frühesten Jugend hatte sie die Leute von Anne immer mit derselben Begeisterung sprechen hören. Es war ihr klar, daß Turnbull in ihre Mutter verliebt gewesen war. Sie nahm es als nicht weiter verwunderlich hin, aber auch als eine Tatsache, die für sie von Vorteil sein konnte. Da Turnbull Anne geliebt hatte, würde er auch für die Tochter, die ihr so ähnelte, Zärtlichkeit empfinden. Sie wandte ihm ihre ganze Aufmerksamkeit zu und ermunterte ihn mit Blicken, weiterzuerzählen.

»Von dem Schlag, die Tochter auf eine solche Weise zu verlieren, hat sich Spencer nie wieder erholt«, fuhr Robert fort. »Sie hatte ihm nicht nur einen schweren finanziellen Schaden zugefügt, sie hatte vor allem seinen Stolz in einem unerträglichen Grad verletzt. Von da an alterte er und seine Erbitterung steigerte sich von Tag zu Tag. Es war ihm gleichgültig, ob die Leute im Moor erfuhren, was auf Blakes Höhe vorging. Er haßte Anne, und ich glaube, es bereitete ihm eine teuflische Freude, dafür zu sorgen, daß für sie nichts zu erben blieb. Zu solchen Ausmaßen wuchs seine Erbitterung gegen Anne, daß er vor anderen laut auflachte, als er von ihrem Unglück erfuhr – Toms Tod und der Tod Hindsleys.« Auch in Turnbulls Stimme schwang ein Ton der Bitterkeit mit.

»Lebte Spencer Blake noch«, erwiderte Jane, »würde er William und mich wahrscheinlich gar nicht aufgenommen haben. Seltsam, und ich war doch sicher, daß er uns willkommen heißen würde. Anne hatte mich zwar gewarnt, doch ich wollte nur das glauben, was mir der Matrose Adam Thomas erzählt hatte.«

»Willkommen geheißen hätte er Euch ganz bestimmt

nicht«, sagte Turnbull trocken. »Und was Adam Thomas betrifft – nun, die Leute im Moor halten noch immer sehr viel von den Blakes. Das gehört zur Tradition. Das Moor ohne die Blakes könnte sich keiner vorstellen. Adam Thomas ist ein biederer Bursche, aber er verkennt die Tatsachen.«

Unruhig rührte sich Jane in ihrem Stuhl. Ein Lichtschein vom Kamin fiel auf ihr rotes Haar und ließ es wie glänzendes Kupfer aufflammen. Die Züge in ihrem bleichen Antlitz bekamen Schärfe.

»Und Ihr selber, Mr. Turnbull, seid Ihr der Meinung, daß ich die Tatsachen verkannte, als ich mich entschloß, hierher zu kommen? Blakes Höhe ist ja nicht mein Eigentum.«

»Es ist bedauerlich«, antwortete er, »daß Spencer sich nicht selbst überzeugen konnte, wie wichtig Euer Kommen für den Besitz ist. Gerade eine Persönlichkeit wie den alten General Blake hätte die Familie jetzt wieder nötig gehabt. Spencer konnte nicht wissen, daß Ihr von seiner Art seid, Jane.«

Argwöhnisch fragte sie: »Und Charles? Wird er seine Kraft für Blakes Höhe einsetzen?«

»Ach, Charles. Laßt mich Euch von Charles erzählen.«

Sie lehnte sich zurück und hörte mit fest geschlossenen Lippen zu. »Charles war das einzige Kind von Spencers Bruder Richard, der die Französin geheiratet hatte«, begann der Anwalt. »Charles kam in Frankreich zur Welt und wurde dort erzogen. Als seine Eltern innerhalb weniger Tage an einem Fieber starben, wurde er auf den unbegreiflichen Wunsch seines Vaters Spencer zur Obhut übergeben, anstatt der Familie seiner Mutter in Frankreich. Die Mutter von Charles war mit den Foulacs verwandt, einer der ältesten Familien Frankreichs. Die Foulacs waren auch willens, den Knaben zu sich zu nehmen. Charles wollte nicht nach England gehen, doch Spencer hatte keine Lust, der Laune eines Kindes nachzugeben. Dazu kam noch, daß Spencer für Charles' Erziehung ein Einkommen aus dem französischen Besitz beziehen sollte. Das wollte er sich keinesfalls entgehen lassen. Charles erschien also eines Tages auf Blakes Höhe, wie ich mich entsinne, ein sehr widerspenstiger Junge. Ich schätze, er war damals neun oder zehn Jahre alt, etwa fünf Jahre jünger als Anne.«

»Ja, ich weiß«, unterbrach Jane ungeduldig. »Doch erzählt mir von Charles. Was für ein Mensch war er denn?«

»Das war schwer zu erkennen. Er sprach nur Französisch, als er kam, ich wußte nicht recht, was ich von ihm halten sollte. Er war ein schöner Knabe, sehr schön sogar, dazu intelligent und von schneller Auffassungsgabe. Mit der Zeit lernte er ein sehr gutes Englisch. Ich erinnere mich, wie er auf seinem Pony ritt. Auch mit Pferden wußte er umzugehen. Er hatte tiefdunkles Haar wie seine Mutter, wurde gesagt. Die Leute hielten ihn für finster und mürrisch, doch das war im Anfang mehr seine Scheu wegen der fremden Sprache und später wohl weil niemand da war, mit dem er sich gern unterhalten hätte.«

»Und was war Annes Meinung von ihm?«

»Von Anne wollte ich gerade erzählen. Ich glaube, daß Anne für Charles eine wichtige Rolle spielte, doch ich kann nicht mit Bestimmtheit sagen, was sie von ihm hielt. Er betete sie an, das war offensichtlich. Im Vergleich zu all den anderen erschien sie ihm heiter und froh, geradezu wie eine Französin, sollte ich meinen. Sie war gütig zu ihm, wenn sie sich seiner Gegenwart erinnerte. Er war ja nur ein kleiner Junge, und sie reifte bereits zu einer jungen Frau heran, die ihre eigenen Gedanken und Anliegen hatte. Aber ich erinnere mich auch, daß sie zusammen über das Moor geritten sind, in Sturm und Regen. Charles war ein glänzender Reiter und wollte von Anne bewundert werden. Er forderte sie heraus, Hindernisse zu nehmen, die über ihr Können gingen, nur um sich vor ihr großzutun.«

Nachdenklich fuhr er fort: »Als sie auf und davon lief,

muß es für ihn furchtbar gewesen sein. Spencer hatte Charles vorher kaum besonders beachtet, und nach Annes Flucht vergaß er den Jungen völlig. Spencer verpraßte das für Charles bestimmte Geld auf schamlose Weise. Dem Knaben paßten bald sein Anzug und seine Reithosen nicht mehr, so schnell wuchs er, und er lief mit durchlöcherten Strümpfen herum. Schließlich machte er selber all dem ein Ende, ritt auf seinem Pony nach Dover, verkaufte es und bezahlte mit dem Erlös seine Überfahrt nach Frankreich. Er suchte die Angehörigen seiner Mutter auf. Spencer aber hielt an dem Gelde aus Charles' Besitz fest, bis dieser achtzehn Jahre war und die Erbschaft antrat. Es gab bitterböse Streitigkeiten um das Geld.«

Jane und Robert Turnbull saßen nachdenklich da und horchten auf den Regen und das Knistern des Feuers im Kamin. Roberts Gedanken schweiften in die Vergangenheit zurück. Janes Gedanken wanderten langsam durch das Zimmer. Sie sah es jetzt mit den Augen des kleinen französischen Knaben, den Spencer nie beachtet hatte, des Knaben mit der zerschlissenen und zu klein gewordenen Jacke. Wie oft mußte Charles in diesem Zimmer Spencer voller Furcht und Haß beobachtet haben.

Robert unterbrach das Schweigen. »Nie habe ich in meinem Leben ein so vereinsamtes Kind gesehen. Als Anne nicht mehr hier war, verbrachte er einen großen Teil seiner Zeit in dem Kirchturm da oben auf dem Hügel. An klaren Tagen kann man von dort die Küste Frankreichs sehen. Er verzehrte sich fast vor Heimweh.«

»Und jetzt verzehrt er sich in Paris – in einem Gefängnis«, sagte Jane.

Nachdenklich fuhr Robert fort: »Das mag wohl sein. Schon über ein Jahr ist er im Gefängnis. Manchmal fragte ich mich, ob ihm jetzt England wohl als ein freies, glückliches Land erscheint, nachdem er das Frankreich der Revolution erlebt hat.« Schärfer als sie wollte, unterbrach sie seine schwärmerischen Gedanken: »Über ein Jahr! Wann kommt er vor das Tribunal?«

Der Anwalt zuckte die Schultern. »Wer kann das sagen? Einmal ging schon das Gerücht um, er sei verurteilt und hingerichtet worden. Es stellte sich dann heraus, daß es nicht stimmte. Ich versuche immer noch, auf alle mögliche Weise Nachricht über ihn zu bekommen. Einige englische Geschäftshäuser unterhalten noch Beziehungen zu Paris, doch ich stehe in keinerlei unmittelbarer Verbindung mit ihm. Auch bin ich nicht sicher, ob Charles die Briefe, die ich ihm durch Bestechung zuzuschmuggeln versuchte, jemals erhalten hat.« Er schüttelte den Kopf. »Sein Vetter, der Marquis, sowie andere Mitglieder der Familie sollen nicht mehr am Leben sein. Wenn Charles vor das Tribunal gerufen wird, dann könnte sein Schicksal besiegelt sein. Die Verbrechen der Revolution werden von Tag zu Tag schlimmer.«

»Wessen klagt man ihn an?«

»Daß er von einer adligen Familie abstammt, doch sicherlich wird das Revolutionstribunal diesem Verbrechen einen anderen Namen geben. Ich habe wenig Hoffnung für Charles, und je mehr Zeit vergeht, desto geringer wird meine Hoffnung. Ich habe das Gefühl, daß er sterben wird.«

Robert schwieg. Stille breitete sich wieder aus. Jane wünschte vergeblich, sie hätte Turnbull nicht nach dem geheimnisumwitterten Charles gefragt. Bis jetzt war dieser Verwandte nicht mehr als der Name ›Charlie‹ gewesen, wenn Anne ihn erwähnt hatte. Jetzt war er ein Mensch aus Fleisch und Blut, ein scheuer, dunkelhaariger Junge, ein einsames Kind, das von einer Felsenklippe voller Heimweh nach der Küste Frankreichs hinüberstarrte. Und das Kind war zum Manne geworden und verzehrte sich jetzt in einem Gefängnis in Paris. Charles Blake erwartete seine Aburteilung und den fast sicheren Tod.

Janes Mitleid war erwacht. Das tragische Bild des von aller Welt verlassenen Charles würde sie nie wieder verscheuchen können. Durch dieses Mitleid kettete sie plötzlich ihr Schicksal an das seine, plötzlich gab es für sie die verhängnisvolle Frage, ob er am Leben bleiben oder sterben würde. Blakes Höhe konnte ihr Eigentum werden, wenn Charles starb – doch Charles war ihr jetzt mehr als ein Fremder.

Da faßte Turnbull ihre geheimsten Gedanken auch schon in Worte: »Ihr seht also, Ihr werdet wahrscheinlich doch das Erbe antreten.«

»Er hat weder Frau noch Kinder, keinerlei Erben?«

Der Anwalt schüttelte den Kopf. »Kein einziger Erbe, soviel ich weiß. Die neue französische Regierung hat seinen Besitz eingezogen, und wenn sie könnte, würde sie auch auf Blakes Höhe die Hand legen.«

Krampfhaft umfaßte Jane die Armlehne des Sessels. »Und wenn ich Erbe werde, was ist für mich da? Wieviel ist nach Spencers Mißwirtschaft noch übriggeblieben?«

»Sehr wenig. Die Erbschaft ist sehr gering, fast nichts. Vielleicht fünfzig Morgen Land und einige Schafe, das Haus mit den Nebengebäuden, zwei Pferde und mehrere Kühe.«

»Ist ein Gemüsegarten vorhanden? Und ein paar Schweine?« Robert sah sie verwundert an. »Nun ja, ich glaube schon. Aber Kate ist alt und keine gute Gärtnerin. Schon seit langem hat sich niemand mehr um die Bewirtschaftung gekümmert. Die Schweine gingen bei einer Schweinepest drauf, und Spencer konnte sich keinen tüchtigen Schäfer halten, so daß zur Lammzeit viele Schafe zugrunde gingen. Schon seit Jahren hatte er keinen Zuchtbock mehr, die Schafe taugen nichts . . .«

Sie unterbrach ihn. »Kühe, Schweine, Hühner, ein Gemüsegarten. Damit könnte ich auskommen. Für manche Leute ist das ein ganz schöner Besitz.«

»Für eine Blake im Romney-Moor ist das doch kein Besitz.«

»Aber es würde vorerst genügen«, rief Jane begeistert. »Es würde uns am Leben erhalten, bis ich die Landwirtschaft aufbaue, bis ich wieder eine Herde habe und ein paar Zuchtböcke anschaffen kann. Es wäre doch immerhin ein Anfang, Mr. Turnbull.« Ihr Gesicht glühte vor Freude.

Ernst blickte er sie an. »So etwas läßt sich nicht in einer Woche, nicht einmal in einem Jahr schaffen, Jane. Inzwischen tropft das schadhafte Dach, die Wände werden morsch, und die Mäuse ergreifen Besitz von den unbewohnten Räumlichkeiten. Bis Ihr Eure Schafherde beisammen habt, stürzt Euch das Haus über dem Kopf zusammen. Wollt Ihr Eure ganze Jugend an einen Gemüsegarten und einen Schweinestall verschwenden?«

Die Begeisterung schwand aus Janes Gesicht, doch entschlossen entgegnete sie: »Was bleibt mir denn anderes übrig? Ich muß auch für William sorgen. Von der Luft allein können wir nicht leben.«

Robert erhob sich. Der flackernde Feuerschein fiel auf sein ergrautes Haar und vertiefte die Falten in seinem Gesicht. Mit gesenktem Kopf, die Hände auf dem Rücken verschlungen, verharrte er einen kurzen Augenblick in Schweigen. Dann wandte er sich wieder Jane zu.

»Wenn Charles stirbt und Ihr das Erbe antretet, Jane, dann kann ich Euch etwas verraten: der Wert des Hauses und das Land, das Euch gehören wird, ist nicht alles, was Euch als Erbe zufällt.«

»Nicht alles? Was denn noch?«

»Ein kostbarer Ring, ein Ring mit einer schwarzen Perle. Die Blakes nannten sie die Königsperle.«

Jane verschlug es den Atem, sie wurde bleich. »Eine schwarze Perle!«

»Ja«, sagte er und zögerte etwas, als er fortfuhr: »Sie soll einen großen Wert haben.«

»Warum habt Ihr mir das verheimlicht? Das erleichtert doch mit einem Schlag meine ganze Lage.« Jane atmete tief auf. »Ich könnte die Perle verkaufen, Mr. Turnbull. Der Erlös würde bedeuten, daß ich zu Geld käme und die Wirtschaft hier wieder in Ordnung bringen könnte.«

»An Eurer Stelle würde ich diese Perle nicht veräußern.«

»Warum denn nicht? Hier wird so vieles benötigt, das ich mit Geld anschaffen könnte.«

Erstaunt fragte er: »Was hat Eurer Meinung nach Spencer davon abgehalten, diesen Ring zu verkaufen? Doch bestimmt das Gefühl für ein überkommenes Erbstück, das stärker war als seine Sucht nach Geld und seine Spielleidenschaft. Wie alle Generationen der Blakes seit mehr als hundert Jahren verehrte er den Ring als das Geschenk eines Königs.«

Etwas nüchtern fragte Jane: »Was wollt Ihr damit sagen?«

»Ihr habt doch von der großen Rebellion gehört, als Cromwell die Regierungsgewalt an sich riß und König Karl I. enthauptet wurde?«

Jane nickte. »In Hampstead erzählten die Leute davon, als sei es erst gestern gewesen. Sie hatten alle unter Cromwell gekämpft oder standen auf der Seite des Königs. Und immer wieder flammte ihr Haß erneut auf, wenn sie von den alten Zeiten sprachen und von dem, was sich damals ereignet hatte.«

»Ein Bruderzwist ist der schrecklichste aller Kriege und frißt sich in das Gedächtnis der Menschen ein. Für manche bedeutete dieser Krieg Gewinn, für andere Verlust. Die Blakes waren Royalisten. Henry Blake kämpfte auf seiten des Königs. Er wäre um ein Haar mit ihm in Gefangenschaft geraten. Der König konnte gerade noch im letzten Augenblick den Ring mit der schwarzen Perle vom Finger nehmen und ihn Henry übergeben, der ihn der Königin Henrietta überbringen sollte. Henry setzte mehr als einmal sein Leben aufs Spiel bei dem Versuch, den Ring nach Frankreich zu bringen. Nach manchem Abenteuer konnte er ihn der Königin überreichen. Er war ihr auch behilflich, einen Käufer zu finden, denn des Königs Witwe war mit ihren Kindern in großer Geldnot.«

»Und Henry?«

»Er begab sich nach Amsterdam und trat in die Dienste eines holländischen Kaufmanns. Blakes Höhe mit dem ganzen Besitz wurde enteignet. Henrys Familie folgte ihm in die Verbannung. Wie alle Royalisten waren sie verarmt. Zur Zeit der Restauration kehrten sie natürlich zurück, und Blakes Höhe kam wieder in ihren Besitz. König Karl II. war ein eitler und vergnügungssüchtiger Herrscher, aber man sagt ihm nach, daß er nie einen treuen Dienst vergessen hat. Er war die verkörperte Freigebigkeit. Karl II. war selber in großer Not und wurde von allen Seiten bedrängt, doch er ließ Henry nach Whitehall kommen und belohnte ihn mit einer schwarzen Perle. Sie war nicht so kostbar wie die erste, aber doch von großem Wert. König Karl gab sie ihm in Würdigung der treuen Dienste, die er ihm und der Königin erwiesen hatte. Henry bewahrte die schöne Perle als seinen kostbarsten Besitz. Alle Blakes nach ihm waren davon überzeugt, daß das Geschick und das Glück ihres Hauses eng mit der schwarzen Perle verbunden ist. Ginge sie jemals verloren oder würde sie verkauft, so käme Unglück über ihr ganzes Geschlecht.«

Er sah, wie sich in Janes Gesicht der Kampf zwischen ihrem Familienstolz und ihrem praktischen Sinn für das Notwendige widerspiegelte. Sie warf den Kopf zurück.

»Glück! Als ob das Glück die Blakes nicht schon lange verlassen hätte! Ist es etwa Glück, die Perle zu behalten und Blakes Höhe zu verlieren?«

»Und wenn die Perle in Eurem Besitz wäre, was würdet Ihr tun, Jane?«

»Sie verkaufen«, antwortete sie ohne Zögern. »Das Glück der Blakes hat jetzt seinen Tiefstand erreicht, und vielleicht war es von jeher Henrys Wunsch, daß die Perle in dieser äußersten Not verkauft werden sollte. Ich glaube, er würde es mir verzeihen.«

»Wie würdet Ihr den Erlös anwenden?«

»Ich würde den Besitz wieder hochbringen. Nicht umsonst habe ich mein Leben unter Bauern verbracht. Manches habe ich dabei gelernt. Ich würde Zuchtböcke und genügend Winterfutter für die Kühe kaufen. Fett gemästet würden sie auf den Markt kommen. Alles verkäufliche Land in dieser Gegend würde ich erwerben, das Haus und die Wege instand setzen. Ja, ich würde sogar Rosen pflanzen, mich in Seide kleiden und den Besuch des Landadels erwarten.« Bei den letzten Worten lachte sie leise auf.

»Den Besuch des Landadels? Ja, wozu denn das?«

Forschend blickte sie Robert an. »Gibt es hier nicht ein paar heiratsfähige Männer, Mr. Turnbull? Einige erstgeborene Söhne, die noch zu haben sind? Ich besitze zwar noch kein Vermögen, aber ich bin eine Blake, und wenn es mir gehörte, wäre Blakes Höhe bald ein ansehnlicher Besitz.«

»Ihr wollte damit sagen – Ihr wollt sagen, Ihr würdet hier heiraten, den Sohn eines Landjunkers heiraten?« Verwundert sah Robert sie an. »Es würde Euch ergehen, wie es Anne ergangen ist: innerhalb eines Jahres würdet Ihr vor Langeweile sterben.«

»Ich erwarte nichts anderes als Langeweile, Mr. Turnbull, und sie wird mich gewiß nicht umbringen. Ihr vergeßt, daß ich mein Leben bisher als Dienstmädchen gefristet habe, und das war allerdings schlimmer als der Tod. Andrerseits habe ich Annes Lebensstil mit angesehen, und ich kann jetzt sagen, daß mich das Kartenspiel nicht reizen kann. Wenn ich schon vor Langeweile sterben soll, dann wenigstens gesättigt – in Ruhe und Geborgenheit.«

Dann fuhr sie fort: »Mein Unternehmungsgeist wäre an Blakes Höhe nicht verschwendet. Wie könnte ich da vor Langeweile sterben? Das von Spencer verlorene Land zurückgewinnen, das wäre ein Geduldspiel nach meinem Geschmack. Der Mann, der mich zur Frau nimmt, wird keinesfalls betrogen. Ich würde meinen ganzen Ehrgeiz auch für ihn einsetzen.«

Robert dachte über ihre Worte nach. Sie hatte vollkommen recht. Es war ein kluger, gut durchdachter Plan, den sie da vorschlug, und er glaubte ihr, daß sie es ehrlich meinte. Es wäre ein Geschäft auf Gegenseitigkeit, ja, noch mehr. Jane würde nicht betrügen. Die Kühnheit ihres Planes bestand in seiner Durchführbarkeit, und vielleicht war das Glück ihr hold, ihn tatsächlich durchzuführen. Er betrachtete sie kühl abschätzend, soweit ihm das möglich war. Sie besaß Schönheit und eine gewisse Vertrauen erweckende Bravour. Er verglich ihre formschöne, reizvolle Gestalt und ihre modische Kleidung mit den ziemlich unansehnlichen, hausbackenen Damen, deren Familien zu den reichsten des Marschenlandes zählten. Sie besaß zwar nicht die vielseitige Bildung, welche die Damen für so wünschenswert hielten, die letzten Endes aber die Männer langweilte. Die Frauen, sagte er sich, würden Jane wohl bald durchschauen, die Männer aber würden nur die zarte Linie ihres Halses und die anmutige Rundung ihrer Hüften sehen. Sie war klug, verständiger als Anne und wußte, wo ihr Vorteil lag. So verrückt ihr Plan auch klang, sie könnte das Ziel, das sie sich gesteckt hatte, erreichen.

Lächelnd sah er sie an, und auf einmal wünschte er nichts sehnlicher, als daß es ihr gelingen möchte. Annes Tochter sollte hier im Marschenland ansässig werden und sich der Aufgabe widmen, vor der Anne sich gedrückt hatte; die frühere Bedienstete vom Gasthof ›Zum Federbusch‹ sollte nur die Snobs zum besten halten, die sich auf ihren Namen so viel einbildeten und die Blakes für erledigt hielten. Jane war eine echte Blake, auf die der alte John, der General Marlboroughs, stolz gewesen wäre, die schönste Blüte, die der Stamm in hundert Jahren hervorgebracht hatte. Dieser Gedanke begeisterte ihn.

Jane fühlte sich von seinem Lächeln ermutigt.

»Gebt mir Zeit, gebt mir etwas Geld, und ich werde den Besitz der Blakes auf eine nie geahnte Höhe bringen. Ich weiß, es wird mir gelingen, Mr. Turnbull, ich fühle es.«

Jetzt lächelte er über das ganze Gesicht. »Es wird Euch gelingen. Ja, ich glaube daran.«

Er trat nahe an sie heran. »Wenn Blakes Höhe in Euren Besitz gelangt, helfe ich Euch, wo und wie ich kann. Meine Hand darauf.«

Und als er ihre Hand umschloß, überkam ihn wieder das Gefühl, vom Schicksal betrogen zu sein. Zum zweitenmal in seinem Leben mußte er auf Anne verzichten. Das erstemal war er, ein unbemittelter junger Mann, ihrer gesellschaftlichen Stellung nicht gewachsen, und jetzt, da er reich war und die Blakes weder Titel noch Macht in die Waagschale werfen konnten, war er ein Opfer seines Alters. Zärtlich schaute er in Janes Antlitz, und die Frage durchzuckte ihn, ob es diesmal wohl für ihn zu spät sei.

Impulsiv hatte Jane seine ausgestreckte Hand ergriffen, doch dann war plötzlich das sieghafte Strahlen aus ihrem Antlitz verschwunden. Kraftlos ließ sie ihre Hand in den Schoß sinken.

»Ich habe etwas vergessen«, sagte sie mit tonloser Stimme. »Es gehört mir ja nicht, es gehört mir ja noch gar nicht.« Verstört sah sie Robert an. »Einem Menschen den Tod zu wünschen – da sei Gott vor – das ist Mord. Doch ich will, daß Blakes Höhe mir gehört – aber vorher muß Charlie sterben.«

Ohne sich dessen bewußt zu sein, hatte sie ihn so genannt wie ihre Mutter. Charlie hatte sie gesagt.

4. Kapitel

Jed, der junge Knecht, wartete mit Roberts Pferd vor dem Haustor. Die rostigen Angeln knarrten beim Öffnen. Kate hielt die Hand schützend vor die Kerze. Ein brüllender Sturm raste von der See her gegen das Haus.

Die Nacht war schwarz. Nichts war zu sehen. Nur die schweren Wolken waren zu erkennen, die über den Himmel jagten. Es regnete nicht mehr.

Robert sah die alte Kate im Wind stehen. »Miß Jane wird hierbleiben, Kate. Sie wird so lange bleiben, bis Charles, der junge Herr, zurückkommt.« Leise flüsterte er ihr zu: »Paßt gut auf sie auf, Kate!« Dann schwang er sich schnell auf sein Pferd. Der Junge trat ehrerbietig zurück.

Als Jane Robert im Sattel sitzen sah, überkam sie ein erschreckendes Gefühl der Verlassenheit. Das war nun ihre Heimat – das große Haus, in dem die Leere widerhallte, die unendliche Einsamkeit des nächtlichen Moores. Sie hatte herausfordernde, kühne Worte gesprochen, doch jetzt fühlte sie nichts als Angst vor der großen Aufgabe. Impulsiv schritt sie auf Turnbulls Pferd zu. Ihre Hand umklammerte den Sattel.

»Ihr kommt doch wieder?« fragte sie beinahe flehentlich.

Er nickte. »Immer wieder einmal führt mich mein Weg hier vorbei. Manches wird Euch auf Blakes Höhe verwunderlich vorkommen, Jane. Die Menschen des Marschenlandes sind nicht nur Bauern, sondern auch Seefahrer mit abenteuerlichem Blut. Doch viele von ihnen kannten und liebten Anne. Sie werden sich freuen, daß Ihr gekommen seid. Nur das will ich Euch noch sagen . . .«

Er verstummte plötzlich und blickte sich nach Jed um. Der Junge war jedoch in der Dunkelheit verschwunden, nur Kate stand noch am Tor.

»Was wollt Ihr mir noch sagen?« drängte Jane.

»Beachtet nicht, was Euch in dieser Gegend sonderbar

vorkommt, Jane. Schließt die Augen, als wäret Ihr blind. Wer sich nur um seine eigenen Sachen kümmert, dem geschieht nichts.«

Entsetzt starrte sie ihn an. »Um Himmels willen, was wollt Ihr damit sagen?«

Gleichmütig und ruhig antwortete er ihr. »Die Leute hier sind ein seefahrendes Volk, Jane. Seit Hunderten von Jahren befahren sie das Meer und ... Ihr müßt bedenken, wir leben in schweren Zeiten, und eine einzige Nacht kann einem Schmuggler viel Geld einbringen.«

»Schmuggler?« Sie brachte das Wort kaum über die Lippen. Ängstlich blickte sie sich nach Kate um, doch die Alte schien nichts gehört zu haben. Der Wind fegte ihr die Haare ins Gesicht; sie reckte sich auf den Fußspitzen dicht zu Turnbull hoch, so daß nur er sie hören konnte.

»Anne hat mir wohl etwas davon erzählt, doch ich erinnere mich nicht mehr genau. Sie verabscheute die Schmuggler; ich glaube, sie hatte Angst vor ihnen.«

»Das ist leicht zu verstehen, Jane. Im Zusammenhang mit dem Schmuggel sind auch schwere Verbrechen verübt worden, ja sogar Morde – aber nur, wenn einer den Mund nicht hielt oder sich um Dinge kümmerte, die ihn nichts angingen. Im allgemeinen jedoch geht dabei alles glatt. Es gibt längst nicht genug Zollwächter und Patrouillenschiffe, um den Schmuggel zu unterbinden. Und entschlossene Männer beherrschen die schwierige Kunst der Bestechung, Jane. Selbst wenn ein berüchtigter Schmuggler überführt wird, wird sich ein Richter hüten, ihn zu verurteilen, weil er für seine eigene Haut fürchtet und es niemand wagt, als Belastungszeuge aufzutreten.«

Robert richtete sich im Sattel auf. »So weit Ihr sehen könnt, Jane, ist alles Schmugglerland. Vergeßt das nie. Deal, Dover, Rye – die ganze Küste beherrschen sie bis nach Cornwall hinauf. Ich wette, es gibt kaum einen einzigen Fischer an der ganzen Küste, der in seinem Leben keine

Fracht geschmuggelt hat, wenn das Wetter und der Mond es begünstigten. Im großen betrieben, kann man dabei reich werden. Ob es ein Verbrechen ist, danach fragt keiner. Das Marschenland ist das beste Weideland für Schafe, aber wenn eine einsichtslose Regierung die Ausfuhr von Wolle mit unsinniger Steuer belegt und dadurch die Bauern an den Rand des Ruins bringt, ist es verständlich, daß sie ihre Wollballen heimlich nach Flandern schicken und dafür Konterbande ins Land schmuggeln. Und jeder, der dabei mithilft, verdient in einer einzigen Nacht mehr als in sechs Wochen harter Feldarbeit. Es ist daher kein Wunder, daß die hiesige Bevölkerung den Schmuggel nur vom Standpunkt des Gewinns und der Ernährung ihrer Kinder betrachtet.«

Er warf einen Blick zu Kate hinüber, die voller Neugier die beiden anstarrte und gern etwas von der geflüsterten Unterhaltung aufgeschnappt hätte. Dann beugte er sich wieder zu Jane herunter. »Lehnt Euch nicht dagegen auf, Jane. Sprecht nicht davon, ja, überseht es ganz und gar. Ihr werdet feststellen, daß die ganze Gegend auf seiten der Schmuggler ist – gegen die Steuereintreiber. Und es sind daher nicht nur die kleinen Leute. Es gibt eine ganze Menge wohlhabender und angesehener Männer hierzulande, die vom Schmuggel reich geworden sind und die immer in Verlegenheit geraten, sobald der Zollwächter Unterstützung von ihnen fordert. Und was die Kirche betrifft, na, da gibt es auch nicht einen Pfarrer meilenweit an der Küste, der nicht seinen geschmuggelten Brandy oder Tee mit Behagen trinkt. Der einzige Preis, den er dafür bezahlt, ist das Stillschweigen. Jedenfalls ist das die Haltung der Klügeren unter ihnen. Sonst gäbe es Verdruß und Unfrieden mit den Schäfchen in der Kirchengemeinde und als Folge davon Schwierigkeiten mit dem Bischof.«

Jane nickte. Sie fröstelte vor Kälte in dem eisigen Wind, und bei den Worten Turnbulls überlief sie ein kalter Schauer. Auf einmal wurde ihr bewußt, daß in dem dunklen Moor etwas Unheimliches vorging, dem sie keinerlei Beachtung schenken durfte. Sie dachte an Adam Thomas, der ihr damals in London freimütig erklärt hatte, daß er das Moor verlassen mußte, um den Zollfahndern zu entgehen; und dort am Tor stand nun Kate, die wahrscheinlich ahnte, weshalb sie flüsterten. Diese Menschen waren Freunde, solange man auf ihrer Seite stand und vor den berittenen Häschern die Tore verrammelte.

Sie trat plötzlich einen Schritt zurück und ließ ihre Hand vom Zügel gleiten. »Jetzt verstehe ich, Mr. Turnbull. Jetzt verstehe ich alles.«

Er schwenkte seinen Hut zum Abschied. Jane stand da und hörte, wie das Hufgetrappel in der Ferne verklang. Dann wandte sie sich Kate zu, die noch immer geduldig wartend dastand.

Die Alte strahlte Jane voller Freude an, während sie das Tor verriegelte. Die Kerze flackerte im Windzug kurz auf und brannte dann still weiter.

»Heute ist ein Glückstag für uns, Miß Anne. Endlich seid Ihr wieder heimgekommen.«

Jane sah sie verwundert an. Warum hatte Kate sie Miß Anne genannt? Plötzlich verstand sie, daß Kates Erinnerungsvermögen nachgelassen hatte und sie sich nun einbildete, Anne sei auf Blakes Höhe zurückgekehrt.

Sie nahm eine zweite Kerze aus der Truhe und zündete sie an der Flamme von Kates Kerze an. Es war eine kleine, feierliche Handlung zwischen Herrin und Dienstmagd.

»Ich leuchte Euch den Weg zu Eurer Kammer, Herrin.«

Es war jedoch nicht Annes Zimmer, in das Kate ihre junge Herrin begleitete. »Ich habe den jungen Herrn William im Nebenzimmer untergebracht. Bis Miß Annes Zimmer gelüftet und hergerichtet ist, könnt Ihr in Charlies alter Kammer schlafen. Sie ist kleiner und wird schneller warm als das große Schlafgemach.« Kate öffnete die Tür und ließ

Jane vorangehen. »Hier habt Ihr's behaglich, Herrin, und dem kleinen Charlie macht's bestimmt nichts aus, wenn Ihr ein paar Nächte in seinem Bett schlaft.«

Jane hob die Kerze hoch und sah sich um. Verstreut lagen noch verschiedene Kleinigkeiten von Charles umher, die er zurückgelassen hatte – seine Unterrichtsbücher mit zerfetztem Einband, kleine Schiffsmodelle, mit denen er an den Deichen gespielt hatte, verstaubte aufgespießte Schmetterlinge und eine Reitpeitsche mit zerbrochenem Griff. Seemuscheln standen ordentlich aufgereiht auf dem Kaminsims. Das Himmelbett mit den abgenutzten, schlaff herabhängenden Vorhängen nahm den größten Platz ein. Charles' Zimmer lag im alten Teil des Hauses. Die Decken waren hier niedriger und mit schwarzen Eichenbalken durchzogen. Ein Gefühl von Einsamkeit herrschte vor, als hätten die Wände allzuoft das Weinen eines Kindes vernommen, das Schluchzen, das aus Scham und Angst, gehört zu werden, unterdrückt worden war.

Rasch wandte sie sich zu Kate. »Ich werde mich hier sehr wohl fühlen, bis das Schlafzimmer meiner Mutter gerichtet ist. Gute Nacht!«

»Gute Nacht, Herrin. Wünsche Euch, wohl zu ruhen.«

Jane hörte, wie die Schritte der Alten im Korridor verhallten. In diesem Zimmer würde sie sich nie wohl fühlen. Schon morgen wollte sie es wieder verlassen. Sie blickte um sich und schüttelte den Kopf. Um ihre Lippen lag ein entschlossener Zug, als sie über Charles' Bett strich und über den Tisch, an dem er seine Aufgaben gemacht hatte. Sie öffnete den großen Schrank aus Eichenholz. Da hingen seine armseligen, abgetragenen Kleidungsstücke, die nach Feuchtigkeit und Fäulnis rochen. Sie empfand Mitleid mit ihm als sie die Kleider berührte und an die langen dünnen Ärmchen dachte, die einmal darin gesteckt hatten. Aber sie wollte kein Mitleid mehr für Charles empfinden, sie wollte überhaupt nicht mehr an ihn denken. Es war so gut wie sicher, daß Charles sterben würde. Doch in diesem Augenblick war die Tatsache, daß er noch lebte, das einzige Hindernis für ihr Erbe. Sie wollte jeden Gedanken an ihn unterdrücken. Und doch war er als Kind einmal leibhaftig hier gewesen. Jane wurde plötzlich nervös und wütend. Sie schlug die Schranktür zu, stellte die Kerze hin und begann, sich mit ihren vor Kälte steifen Händen auszuziehen.

Kate hatte ihr das Nachthemd auf das Kopfkissen gebreitet. Sie fühlte das derbe Linnen. Ihre Füße berührten die heißen Ziegelsteine, die Kate ihr ins Bett gelegt hatte. Sie stützte sich auf die Ellbogen und blies die Kerze aus.

Das flackernde Feuer erhellte die Kammer. Ein warmes, heimeliges Licht huschte über die geschnitzten Bettpfosten und ließ den schief an der Wand hängenden Spiegel rot aufleuchten.

Jane beobachtete das Spiel der Flammen am Betthimmel. Stille lag über dem Zimmer. Müde wandte sie ihr Gesicht zur Wand und zu ihrer eigenen Verwunderung hörte sie sich kurz vor dem Einschlafen murmeln: »Gute Nacht . . ., Charlie.«

5. Kapitel

Der Lärm, der Jane aufschreckte, ging plötzlich in dem lauten Aufbrüllen des Sturmes unter. Sie kämpfte noch mit dem Schlaf, wurde sich aber sofort der Stille des Raumes bewußt und erkannte instinktiv, daß der Lärm von draußen kam. Jane setzte sich auf und lauschte. Im Kamin glühte noch die Asche. Sie konnte also kaum eine Stunde geschlafen haben. Außer Regen und Sturm vernahm sie keinen anderen Laut, mit dem sie sich ihr Aufschrecken erklären konnte. Schnell schlüpfte Jane aus dem Bett. Fröstelnd trat sie ans Fenster, das wegen des Regens fest geschlossen war.

Sie preßte ihr Gesicht gegen die Scheiben, konnte aber nichts erkennen. Kein Fenster unter ihrem Zimmer war erleuchtet, auch in dem Flügel des Hauses, der im rechten Winkel vorsprang, war alles dunkel.

Da war das Geräusch wieder, aber diesmal kam es ihr vertraut vor. Es war das Aufschlagen von Pferdehufen auf dem Fahrweg, der am Hause vorbei zu den Ställen führte. Leise öffnete Jane das Fenster und beugte sich vorsichtig hinaus. Wie feine Nadeln empfand sie den Regen auf ihrem Gesicht. In der schwarzen Nacht konnte sie nichts sehen, doch die Pferde und ihre Reiter waren jetzt unmittelbar unter ihrem Fenster. Es mußten etwa vier Pferde sein. Sie erwartete, daß die Reiter vor dem Hause haltmachen würden, aber sie ritten in schnellem Trab weiter, passierten das Tor und verschwanden hügelabwärts in der Richtung des Moores. Allmählich verklang auch der Hufschlag.

Plötzlich stockte ihr der Atem und entsetzt erkannte Jane, was geschehen war: ihre eigenen Pferde waren auf diese freche Weise geraubt worden – die Pferde, die Blakes Höhe gehörten, und auch die beiden schönen Grauschimmel, die Lord O'Neill ihr geschenkt hatte.

Die Diebe waren bereits über alle Berge, irgendwo da draußen im Dunkel der Nacht. Wütend schlug sie das Fenster zu und suchte verzweifelt nach dem Feuerstein, um die Kerzen anzuzünden. Dann warf sie einen Umhang über ihre Schultern und schlüpfte in die eiskalten Schuhe. Draußen im Gang hielt sie inne und schützte die Flamme der Kerze mit ihrer Hand. Jane kannte sich im Haus noch nicht aus. Sie wußte nur, daß dort vorn die Treppe liegen mußte. Wütend rannte sie in diese Richtung.

»Kate! Patrick! Die Pferde sind gestohlen! Patrick, wach auf!« Während sie die Treppe hinabeilte, hörte sie den Hund bellen. Es klang unheimlich laut in dem sonst so stillen Hause. Jane war außer sich. Bei dem Versuch, zur Küche zu gelangen, warf sie sich unten in der Halle vergebens gegen zwei verschlossene Türen. Endlich fand sie die Küche, einen mit Steinfliesen belegten Raum mit einem riesigen Kamin, in dem die Asche noch glühte. Von hier aus führte eine enge Wendeltreppe nach oben. Mit lauter Stimme rief sie hinauf: »Patrick! Kate! Unsere Pferde . . . jemand hat unsere Pferde gestohlen! . . .«

Es dauerte einige Minuten, bis sie eine der Laternen auf dem Kaminsims angezündet hatte. Noch mehr Zeit verlor sie bei dem Versuch, die schweren Riegel an der Küchentür zurückzuschieben. Jetzt hörte sie, wie Kate und Patrick ihr von oben zuriefen. Der Hund bellte noch immer.

»Herrin, wir kommen gleich! Wartet!«

Doch Jane wartete nicht. Sie rannte über das holprige Pflaster zu den Ställen. Der Regen peitschte ihr ins Gesicht, der eisige Wind ging ihr durch und durch. Am Stalltor war der Riegel vorgeschoben, aber es war nicht fest verschlossen. Rasch leuchtete sie die Pferdestände mit der Laterne ab; doch kein Tier war mehr zu erblicken. Die Stände waren leer. Zornig schlug sie das Stalltor zu und eilte in die Küche zurück.

In ihrer Entrüstung vergaß sie die Kälte. Kate wartete an der Tür, hinter ihr Patrick, der seinen schweren Kutschermantel über das Nachthemd gezogen hatte. Seine dürren Beine ragten aus den Schuhen. Im Lichte der Laterne, die er hielt, sah sein Gesicht noch hagerer aus und sein Haar noch schwärzer. Auch William stand da, barfuß und außer sich vor Erregung. Er zerrte den Hund am Halsband zurück.

Es war Kate, auf die sich Janes ganzer Zorn ergoß. »Was für ein Idiot ist dieser Jed, daß er davonläuft, ohne die Ställe abzuschließen! Als ob es nicht schon schlimm genug stände – müssen wir auch noch die Pferde verlieren! Meine Grauschimmel – sie sind ein Vermögen wert! Und die Kutsche . . . was soll ich ohne Pferde mit ihr anfangen?« Wütend ließ sie Kate stehen. »Oh, der Dummkopf, der verfluchte Dummkopf! Der kann von mir was erleben! Seinen blöden Buckel werde ich ihm auspeitschen . . .«

»Pscht, Herrin, beruhigt Euch. Ihr braucht Euch nicht so aufzuregen.«

»Nicht aufzuregen!« Jane wurde noch wütender. »Nun, willst du mir vielleicht sagen, wie wir sie wiederbekommen? Bis morgen früh sind sie schon wer weiß wie weit, und übermorgen sind sie womöglich schon verkauft und für mich für immer verloren.« Ihre Stimme bebte vor Entrüstung bei diesem Gedanken.

Kate schüttelte den Kopf. Sie schloß die Tür hinter Jane und nahm ihr die Laterne aus den verkrampften Fingern. Ihr zerfurchtes Gesicht war von zwei grauen Zöpfen umrahmt, die bis über die Schultern herabhingen.

»Nur ruhig Blut, Miß Jane. Die Pferde werden nicht verkauft, nichts wird ihnen geschehen. Morgen stehen sie wieder in ihrem warmen Stall. Und womöglich kommen sie mit einem kleinen Geschenk, mit Tee oder Brandy, zurück.«

Kalt blickte Jane sie an. Ihre Wut ließ nach, als sie die Bedeutung dieser Worte erfaßte.

»Kate, meinst du«, sagte sie zögernd, »daß es die Schmuggler waren?«

»Ja, Herrin.«

»Warum?«

Vielsagend richtete Kate ihren Blick auf Patrick. »Euer Diener da, Herrin – wäre es nicht gut, wenn er den jungen Herrn ins Bett brächte?«

Jane nickte zustimmend. »Ja, du hast recht.« Und zu William sagte sie: »Du wirst dich zu Tode erkälten. Nicht einmal Schuhe hast du an . . .«

William verzog das Gesicht. »Aber ich will doch gehen und die Pferde suchen. Lord O'Neill wird es nicht gern sehen, daß die Pferde weg sind.«

»Jetzt suchen wir die Pferde nicht. Ich . . . Ich habe mich geirrt. Sie sind gar nicht gestohlen.«

»Aber mir ist nicht kalt, und ich bin kein bißchen müde«, erwiderte William empört.

Patrick nahm ihn bei der Hand, doch als er die Tür hinter sich schließen wollte, gab Jane ihm ein Zeichen. »Komm wieder, wenn du William zu Bett gebracht hast.«

Mißtrauisch sah Kate den beiden nach. »Ist es klug, Herrin – Euer Diener, könnt Ihr ihm vertrauen, daß er seinen Mund hält?«

»Als meine Mutter auf dem Sterbebett lag, stand Patrick ihr zur Seite«, antwortete Jane vorwurfsvoll. »Seiner Ergebenheit vertraue ich mehr als der irgendeines anderen Menschen.«

Als Patrick zurückkam, hatte Kate bereits ein prasselndes Reisigfeuer angefacht. Janes nassen Umhang hatte sie zum Trocknen aufgehängt und ihr statt dessen einen alten Wollschal gegeben. Der verrußte Kessel über dem Feuer begann zu dampfen. Patrick machte es sich auf der Ofenbank bequem, Kate füllte zwei Becher mit starkem, gesüßtem Tee.

»Trinkt es gleich jetzt gegen die Kälte. Ich habe einen Schuß Brandy reingeschüttet, das wird Euch wärmen.«

Sie selbst ließ sich in ihrem Stuhl mit der hohen Lehne nieder und hüllte sich in ein schmutziges graues Wolltuch.

»Herrin«, begann sie, »bis jetzt habt Ihr im Binnenland gelebt. Ihr könnt nichts vom Leben seefahrender Menschen wissen. Aber wo Geld leicht zu verdienen ist, gibt es immer Männer, die dazu bereit sind. Die französische Küste liegt dem Marschenland sehr nahe, und die Steuer auf Tee und Brandy ist so hoch, daß unsereins nicht mal eine Kostprobe davon kriegen würde.«

Mit einer abwehrenden Handbewegung sagte Patrick: »Das ist alles ganz schön und gut; haben wir uns doch alle geschmuggelten Tee und so was gut schmecken lassen, wenn wir's erwischen konnten. Nur Dummköpfe zahlen den vollen Preis, ob sie nun im Binnenland wohnen oder nicht.

Aber siehst du, Frau, diesmal geht es uns an. Da draußen sind die Ställe leer, und die beiden schönen Tiere, die Miß Annes ganze Freude waren, sind verschwunden. Und Miß Jane weiß vor Sorgen nicht ein noch aus . . .«

Kate hob die Hand und hieß ihn schweigen. »Wollt Ihr mich ausreden lassen! Ich habe noch mehr zu sagen, und wenn ich fertig bin, höre ich schon auf.«

»Sprich weiter, Kate«, drängte Jane.

Die Alte wiegte sich auf ihrem Stuhl hin und her. »Ach, ich weiß wohl, daß alle Menschen in England gern nehmen, was unsere tapferen Jungens von den Zollwächtern ungesehen beiseite bringen. Sicherlich würden die Leute im Moor auch dann mit dem Schmuggel nicht aufhören, wenn eine andere große Ungerechtigkeit die Bauern nicht ruinieren würde.«

»Ungerechtigkeit?« Bei diesem Wort erwachte Patricks ganze Angriffslust.

»Natürlich. Eine törichte und grausame Steuer legte das Parlament auf die Ausfuhr von Wolle. Unter dem Vorwand, es helfe den Webern! Die Weber zahlen so wenig wie sie können, und das bedeutet den Ruin für alle Bauern. Was kann man schon erwarten bei den Preisen, die jenseits des Kanals für englische Wolle geboten werden? Was für Narren müssen die in London sein, wenn sie glauben, ein Mann würde sich zugrunde richten lassen, wenn er nur seine Wolle nach Holland zu schmuggeln braucht, wo er jeden Preis dafür verlangen kann!

An dieser ganzen Küste, Herrin, von hier bis Cornwall gibt es kaum eine einzige Familie, ob arm ob reich, die nichts damit zu tun hat. Selbst die kleinen Leute im Moor machen auf eigenes Risiko mit. Die holländischen Schiffe werfen in der Nähe der Küste Anker, und die Leute rudern hinaus und kaufen die Schmuggelware so billig wie möglich. Es braucht nur eine dunkle Nacht zu sein, und man braucht nur zu wissen, wo sich der Zollkutter gerade aufhält. Und die Zollwächter, die miserabel bezahlt werden, und von denen die meisten, wenn sie den Schmugglern begegnen, selber zu Tode erschrocken sind, nun, die zögern selten, es den Schmugglern gegen gute Bezahlung leichtzumachen. Bei günstigem Wetter fahren Jollen und kleine Schaluppen heimlich nach Jersey und Guernsey hinüber und laden soviel auf wie nur möglich. Die Inseln im Kanal, Herrin, sind nichts weiter als riesige Lagerhäuser für alles, was die englischen Schmuggler brauchen. Und selbst im kleinen betrieben ist es immer ein einträgliches Geschäft.«

»Das haben wir ja immer schon gewußt, Frau«, unterbrach sie Patrick. »Aber um Himmels willen, sag uns doch, wo sind unsere Pferde?«

»Das erkläre ich schon noch«, entgegnete Kate unwirsch, »gleich komme ich dazu. Wovon ich jetzt gesprochen habe, ist eine Kleinigkeit, ein Nebengeschäft sozusagen für die ärmeren Leute, die wenig Geld haben. Aber für die Männer, die sich im großen damit befassen, ist es viel mehr. Im Marschenland und im Umkreis gibt es Männer, die es mit Tee- und Brandyschmuggel in ein paar Jahren zu großem Reichtum gebracht haben. Ihnen gehören die stattlichen Lugger – die Werften in Folkestone bauen schmucke, seetüchtige Fahrzeuge mit Fock- und Luggersegel –, mit denen es kein Boot der Zollwächter aufnehmen kann. An der ganzen Küste entlang, von Rye, Deal und Folkstone aus fahren sie mit nur ein paar Mann an Bord los, als ginge es zum Fischfang. Irgendwo in der Nähe der Küste gehen sie vor Anker und warten, bis es dunkel wird. Die Fischer aus den Dörfern rudern zu ihnen hinaus und bemannen den Lugger mit vierzig bis fünfzig Mann, je nach der Größe des Lugger. Dann segeln sie nach Frankreich oder Holland hinüber, und dort gibt man ihnen nur zu gern all die Schmuggelware, die sie wollen. Ja, an manchen Plätzen wie Vlissingen und Roscoff haben sie einen Mann stationiert, der das Laden überwacht wie bei einem richtigen Handelsschiff.«

Kate schlürfte langsam ihren Tee und nickte anerkennend mit dem Kopf bei dem Gedanken an ein so gut geführtes Unternehmen. »Wenn sie alles an Bord gebracht haben, kommt der Lugger zurück; bei Nacht fahren ihm die Ruderboote entgegen, übernehmen die Ladung, die überzählige Mannschaft und bringen die Schmuggelware an Land. Und damit sind wir bei den Pferden, Miß Jane. Man braucht eine Menge Pferde, manchmal vielleicht hundert, um so eine Ladung vor Tagesanbruch von der Küste weg in Sicherheit zu bringen.«

»Und dazu haben sie unsere Pferde aus dem Stall geholt!« rief Jane aus, überrascht von der Kühnheit und Selbstverständlichkeit, mit der die Schmuggler zu Werke gingen.

»Da sei Gott vor«, empörte sich Patrick. »Wenn ich an unsere beiden Lieblinge denke und an die schwere Last auf ihren edlen Rücken, dann werde ich wütend! In Zukunft wache ich bei ihnen und sorge dafür, daß so etwas nicht wieder passiert!«

Verächtlich blickte ihn Kate an. »Der Mann wäre ja blöd, der seinen Stall absperrt, wenn er weiß, daß man seine Pferde braucht. Und außerdem müßte er damit rechnen, daß sein Stall am nächsten Morgen niedergebrannt ist. Aber wenn er gute Miene zum bösen Spiel macht – ja, dann wird er am Morgen außer seinen Pferden noch ein Geschenk vorfinden, Tee oder ein per Gallonen Brandy, wie man sich's nicht schöner wünschen kann. Diese feinen Herren«, sagte sie bedächtig, »sind zugänglich, wenn man sich ihnen fügt, aber gefährlich und töricht ist es, sich ihnen in den Weg zu stellen. Man hat schon von Mord und Totschlag gehört. An der Küste nehmen die Schmuggler das Gesetz in ihre Hand, und niemand wagt, sich gegen sie zu erheben. Wer sie anzeigt, der kann was erleben . . .«

Jane runzelte die Stirn. »Aber es muß doch überall bekannt sein. Hundert Pferde können doch nicht unsichtbar bleiben.« Kate zuckte die Schultern. »Sie bleiben unsichtbar, wenn jeder die Vorhänge fest zuzieht und die Läden vorlegt. Und am Morgen hat niemand etwas gesehen oder gehört. Es tut nicht gut, in dieser Gegend zu hören, was man nicht hören soll.«

»Na, heute nacht«, sagte Patrick selbstzufrieden, »heute nacht werden sie jedenfalls nicht viel fertigbringen.« Seine Gedanken weilten noch immer voller Sorge bei den Grauschimmeln.

»Wenn der Wind nicht abflaut, bringen sie heute nacht nichts an Land. Dann muß der Lugger den ganzen Tag auf See liegen, und morgen nacht werden sie's wieder versuchen. Aber das ist immer gefährlich, weil der Küstenschutz in der zweiten Nacht Wind von der Sache bekommen und die Dragoner aus Folkestone alarmiert hat. In solchen Nächten geht es nicht ohne Blutvergießen ab, kann ich Euch sagen.

In der Regel haben die Schmuggler verschiedene Verstecke etwas landeinwärts, wo sie im Notfall die Ware unterbringen können. Es kommt ganz darauf an, wo die Zollwächter auftauchen.«

Sie setzte ihre Teetasse nieder und schürte das Feuer. Das Licht huschte über ihr eingefallenes Gesicht; die dünnen Zöpfe gaben ihr ein eigenartig kindliches Aussehen.

»Und in den letzten Jahren, Herrin, war auch Blakes Höhe daran beteiligt.«

Jane fuhr entsetzt auf. Auch Patrick verschlug es den Atem. »Heilige Mutter Gottes!« Voller Angst blickte er sich in der Küche um.

»Du willst doch nicht sagen, Kate, daß sie die Schmuggelware hier Hause abladen?«

»Nein, Herrin, nein! Sie verstecken alles in der Kirche auf der Felsenklippe dort oben. Ihr habt sie auf Eurem Weg von Rye heute nachmittag sicher gesehen. Jawohl, ich meine Johns Kirche. Die Leute sagen, er habe seinerzeit Reichtümer angehäuft – wenigstens habe ich das gehört, Herrin. Es war ja alles lange vor meiner Zeit. Und so baute er diese Kirche, aus der sich niemand etwas macht. ›Zum Erlöser im Moor‹ heißt sie. Liegt ganz ungünstig für die Kirchgänger, ganz einsam, weit weg vom Dorf, nur weil der alte John es sich in den Kopf gesetzt hatte, daß sie das Land beherrschen muß. Er machte eine Stiftung, und jeden dritten Sonntag wird dort Gottesdienst abgehalten. Nur damit der Vikar nicht leer ausgeht. Doch nur ungern reitet er von St. Giles herüber. Aber er muß, ob er will oder nicht. Auch nur wenige Dorfleute kommen. Sie ist viel zu weit weg, wenn die Straßen verschlammt sind. Als Kirche taugt sie wirklich nicht viel.

Aber ein gutes Versteck ist sie, Herrin. Die Schmuggler haben zwei Wochen oder noch länger Zeit, die Waren wegzuräumen, ehe mal wieder ein Gottesdienst stattfindet. Der Vikar weiß es wahrscheinlich, aber er wagt nicht, etwas zu sagen. Ja, vielleicht ist er sogar bestochen, den Mund zu halten. Eine große Schmuggelfahrt bringt so viel ein, daß eine Menge Leute davon profitieren können.«

»Hat Spencer etwas davon gewußt?«

Kate konnte nicht umhin zu grinsen. »Gottes Segen über Euch, Miß Jane. Hier im Hause wird ein Schlüssel zur Kirche aufbewahrt, und die Blakes haben jederzeit das Recht, die Kirche zu betreten, wenn sie Lust haben. Euer Großvater ließ sich gut dafür bezahlen, manchmal von diesem Recht keinen Gebrauch zu machen. Auch wenn die Schmuggler die Kirche alle drei oder vier Monate nur ein einziges Mal als Versteck benutzten – Spencer bekam sein Geld regelmäßig.«

»Geld!« rief Jane freudig aus. »Haben sie nach seinem Tode weiterbezahlt?«

Kate schüttelte den Kopf. »Nun, mir haben sie nichts bezahlt, das kann ich Euch verraten. Ich bin ja nur eine alte Frau, aber ich weiß, was vorging, denn manchmal . . . Nun,

Euer Großvater wollte nichts damit zu tun haben. Mir vertraute er, Herrin. Ich glaube auch nicht, daß Mr. Turnbull etwas davon weiß. Auch er wird das Geld nicht bekommen haben. Vielleicht sind sie froh, daß sie sich vor dem Zahlen drücken konnten.«

»Das wird nun vorbei sein! Wer ist noch eingeweiht? Jed? Oder Lucas?«

»Wenn die beiden überhaupt etwas davon wissen, dann halten sie den Mund. Das Klügste, was man tun kann. Denen liegt nichts daran, in die Kirche zu gehen, und auch nichts daran, ihre Nase in Dinge zu stecken, die sie nichts angehen.«

Jane blickte Kate und Patrick herausfordernd an.

»Die Blakes haben jedenfalls ein Anrecht auf das Geld, und vorerst steht es mir zu. Wenn Charlie zurückkommt, werde ich meine Schulden mit ihm begleichen. Sag mir, Kate, an wen muß ich mich wenden, um das Geld zu bekommen?«

Sprachlos blickte Patrick zur Decke. Sein melancholisches Gesicht nahm einen Ausdruck der Empörung an. Kates Entsetzen war offensichtlich.

»Allmächtiger Gott, Miß Jane. Ihr denkt doch nicht daran, die Schmuggler herauszufordern? Das wäre nicht klug, kann ich Euch sagen. Ihr kennt diesen Menschenschlag nicht. Ihr seid ein Neuling im Moor, und die Moorleute haben es nicht gern, wenn sich Fremde in ihre Sachen mischen.«

»Ich bin hier nicht fremd«, entgegnete Jane in einem Ton, der keinen Widerspruch duldete. »Ich bin eine Blake. Also heraus mit der Sprache! Wie heißt der Mann, mit dem ich sprechen muß?«

Mit unsicherer Stimme stammelte Kate: »Oh, Miß Jane ...«

»Was ist denn los, Kate? Hast du Angst, daß ich die Schmuggler anzeigen werde? Hältst du mich denn für blödsinnig? Mir geht es nur um das Geld. Wenn ich es habe, können sie meinethalben alle ertrinken oder gehenkt werden – das geht mich nichts an.«

Mißbilligend schüttelte Kate den Kopf. »Für solche Worte seid ihr noch zu jung, Herrin.«

»Solche Worte und solche Gefühle bleiben mir nicht erspart, oder Blakes Höhe wird über unsere Köpfe hinweg verkauft werden. Sag mir also, wie dieser Mann heißt.«

»Herrin, ich warne Euch. Mischt Euch nicht ein. Ihr könnt nicht ahnen, wohin es führen wird. Schlimmes ist schon geschehen . . .«

»Kate, es ist besser, wenn du es mir sagst. Wenn du es nicht tust, frage ich andere Leute, und dann kann es nur noch schlimmer werden.«

Kate seufzte. »Dann ist es am besten, Ihr sucht Paul Fletcher drüben in Old Romney auf. Vielleicht ist er nicht einmal der Drahtzieher des Schmuggels, aber er ist der Mann, den Ihr sprechen solltet. Er war bei der Marine. Erst seit kurzem ist er wieder im Moor. Aber, liebe Herrin«, fügte sie flehentlich hinzu, »Ihr überlegt doch genau, was Ihr ihm sagt? Ich traue keinem, der in den Schmuggel verwickelt ist, und da Mr. Fletcher ein feiner Herr ist, kennt man sich noch weniger aus.«

Als Jane diese Mahnung hörte, wurde sie von einer erbitterten Wut erfaßt. Sie war müde, und die Kälte drang ihr bis ins Mark. Es kam ihr vor, als ob jeder – Kate, Patrick, sogar Turnbull – nur darauf aus wären, ihr Furcht einzujagen und Hindernisse in den Weg zu legen. Und doch klammerten sich alle an sie in der Erwartung, sie werde schon irgendwie für ihren Lebensunterhalt sorgen. Sie hüllte ihr Nachthemd enger um ihre Beine. Während Kate sprach, hatte der Wind nachgelassen. Auch der Regen war nicht mehr zu hören.

Jane stellte sich vor, was wohl geschehen würde, wenn die Schmuggler ihre Fahrt glücklich beenden könnten. Würde dann nicht vielleicht eben dieser Paul Fletcher noch reicher werden? Sie konnte diesen Gedanken nicht ertragen. Mißmutig dachte sie an das Geld, das in dieser einzigen Nacht verdient wurde, und wie erschreckend schnell die goldenen Zwanzigshillingstücke aus ihrer eigenen Börse verschwunden waren, seitdem sie London verlassen hatten. Entsetzt überlegte sie, was alles für Blakes Höhe benötigt wurde und welche Anforderungen an sie selbst gestellt wurden. Und der einzig verkäufliche Besitz, der ihr geblieben war, die beiden Grauschimmel, befanden sich nun irgendwo da draußen in dunkler Nacht und mußten ihre Haut riskieren, damit ein Fremder dabei profitierte. Der Gedanke daran machte sie rasend; sie wurde sich plötzlich ihrer Unerfahrenheit bewußt und erkannte, wie wenig sie den Schwierigkeiten, die vor ihr lagen, gewachsen war. Sie durfte jetzt nicht den Kopf verlieren und Kate und Patrick unsicher machen. Nun galt es, mit Würde ihre Schwäche zu verdecken.

»Es ist nicht das erstemal, Kate, daß ich es mit sogenannten feinen Herren zu tun habe. Wenn sich die Pferde ausgeruht haben, fahre ich nach Old Romney hinüber. Wir werden ja sehen, was für ein Mann dieser Paul Fletcher ist. Jedenfalls muß er bezahlen, was er schuldet.«

Als sie sich wieder in Charles' Bett warf, wurde sie sich plötzlich der Tragweite ihrer Worte bewußt.

»Gott, steh mir bei«, flüsterte sie, »ich habe mein Schicksal mit dem Verbrechen des Schmuggels verbunden.«

Jane fiel in einen unruhigen, von Traumbildern gestörten Schlaf. Doch beim Morgengrauen, als sich der Himmel über dem Marschenland bereits rosig färbte, erwachte sie und hörte die Pferde. Sie beugte sich weit aus dem Fenster und lauschte auf den Hufschlag. Im grauen Morgendämmer waren sie nicht zu sehen, aber das Geräusch war ihr wohlbekannt: der langsame Schritt schwerbeladener Pferde und die flüsternden Stimmen der Männer. Als sie vorüber waren, stieg sie wieder in Charles' Bett und sank in einen tiefen, ruhigen Schlaf.

Die Sonne eines schönen Frühlingstages stand bereits hoch am Himmel, als sie erwachte. Als sie aus dem Fenster schaute, war die Szene vom Tag zuvor völlig verändert. Das Moor leuchtete in sanftem Grün, die Luft war kristallklar, so daß sie die Schiffe im Kanal auf fünf Meilen Entfernung erkennen konnte. Der verwilderte Obstgarten war im Erblühen, die warme Luft schwirrte vom Summen der Käfer und Bienen.

Und da entsann sie sich, daß erst zwei Monate vergangen waren, seitdem sie aus dem Gasthof ›Zum Federbusch‹ entflohen war.

6. Kapitel

Kate, Jed und Lucas spürten instinktiv, daß die Stimmung auf Blakes Höhe an diesem Morgen ganz anders war als sonst. In der Küche warteten sie gespannt auf Jane. Sie sahen ihren Befehlen entgegen, und Jane erteilte sie, als sei sie ihr Leben lang nichts anderes gewöhnt gewesen. Ihre Aufgabe trieb sie wie noch nie zuvor zu klugem und entschlossenem Handeln.

Zuerst inspizierte Jane mit Lucas und Patrick die Pferde und streichelte ihre seidenweichen Nüstern. Dann erteilte sie Lucas den Befehl, sie zu striegeln, die Kutsche zu waschen und die Ställe zu säubern. Anschließend sollte Lucas sich wie immer um die Schafe kümmern, vor allem um die neugeborenen Lämmer, denn Jane wußte genau, wie wertvoll sie waren. Im Keller half Lucas Patrick verschmitzt schmunzelnd beim Verstauen der zwei Gallonen Brandy, die neben den Grauschimmeln aus dem Stroh hervorgelugt hatten. Lucas war eifrig bei der Sache. Es schien, als sei er froh, nach all den Jahren des Schlendrians mal wieder forsche Befehle zu befolgen. In seiner Gegenwart erwähnte Jane den Brandy nicht; wenn es schon zum Leben im Moor gehörte, sich mit Schmugglern einzulassen und von ihnen Geschenke anzunehmen, dann sollten alle sehen, wie rückhaltlos sie eine der Ihren war.

Dann wurde Jed losgeschickt; Kate gab ihm einen Klaps, um ihn in Trab zu bringen. In Appledore sollte er alle Frauen zusammentrommeln, die ihren Haushalt für ein paar Stunden sich selbst überlassen konnten. Auch größere Kinder sollten sie mitbringen, die schon mit einem Scheuerlappen oder einem Rechen umzugehen wußten. Jane rechnete damit, daß sie schon aus Neugier kommen würden, und hoffte, in der ersten Begeisterung möglichst viel Arbeit aus diesen kräftigen Landleuten herausholen zu können. Sie konnte sich zwar weder Zimmerleute noch Maurer leisten, aber Frauen und Kinder waren billige Arbeitskräfte. Vorerst mußte sie sich mit sauberen Fenstern und geschnittenen Hecken begnügen und das schadhafte Dach und den bröckelnden Verputz übersehen.

»Der Tag wird kommen«, murmelte sie halblaut vor sich hin, »wo ich ganze Arbeit leiste.«

»Was sagte Ihr da, Herrin?« fragte Kate.

»Ich sagte«, wiederholte sie laut und deutlich, »der Tag wird kommen, wo ich ganze Arbeit leiste. Eines Tages wird Blakes Höhe das angesehenste Haus im ganzen Marschenland sein.«

Und ihre Leute glaubten an sie. Alle waren begierig, ihre Befehle auszuführen, als erwarteten sie, daß sich das alte Haus auf zauberhafte Weise auflösen und vor ihren Augen neuerstehen würde, nur weil Jane es gesagt hatte. Zu ihrer Genugtuung wurde den ganzen Morgen der Name des jungen Herrn Charlie überhaupt nicht erwähnt.

»Jane!« Jemand zog sie am Rock. »Jane, ich will auch mithelfen.« William blickte sie ernst an.

»Du? Ja, du . . .« In ihren Augen blitzte es schelmisch auf. »Ja, William, du kannst dich auch nützlich machen. Hier, nimm das . . .« Und zum erstenmal in seinem Leben hielt William einen Besen in der Hand. »Geh und hilf Lucas beim Stallausfegen.« Ohne Widerrede gehorchte er.

Als alle Männer vollauf zu tun hatten, führte Kate ihre Herrin in das große Gesellschaftszimmer.

»Das riesige Haus allein in Ordnung zu halten, Herrin, war nicht leicht«, sagte sie und öffnete die Tür. »Aber das Zimmer hier zu vernachlässigen, wäre sündhaft gewesen. Ich habe alles getan, was in meinen Kräften stand.«

Ohne etwas Besonderes zu erwarten, sah sich Jane in dem verdunkelten Zimmer um. Die Alte zog die Vorhänge zurück; Staub flog auf. Das Sonnenlicht flutete in den geräumigen, schön getäfelten Raum; an den Wänden hingen Ahnenbilder. Rasch überblickte Jane die üppig geschnitzte Umrahmung des Kamins und die wertvollen, hochlehnigen Sessel, von denen Kate die Schutzhüllen abstreifte. All das zu sehen, erregte ihre Begeisterung. Schnell durchschritt sie den ganzen Raum, hob eine Decke von einer eingelegten Tischplatte und beugte sich nieder, um die wunderbare Arbeit der Gobelinsessel zu bewundern. In Gedanken versunken blieb sie stehen und strich mit dem Finger über die staubige Platte eines Spinetts aus Rosenholz.

»Der Herr hat dieses Zimmer nie benutzt«, erklärte Kate. »Zu kalt, sagte er immer wieder. Ich aber glaube, er machte sich nichts aus der gemalten Gesellschaft da an der Wand.«

Jane war soeben dabei, einen an der Wand liegenden Gobelin aufzurollen, und hörte kaum zu. Sie war begeistert von seinen herrlichen Farben, seinem leuchtenden Gold und Blau. Es war ein Gewebe weich wie Samt.

»Der Herr sagte immer, John Blake habe den Gobelin von seinen Kriegsfahrten aus Brüssel mitgebracht.«

Nicht einmal Annes Haus in Albemarle Street hatte etwas derartig Schönes aufzuweisen. Ehrfurchtsvoll berührte Jane den Wandbehang, sah sich im Zimmer um und sagte schließlich zu Kate: »Dieses Zimmer muß in Ordnung gebracht werden. Einige von den Frauen können dir dabei helfen. Wir brauchen ein Galazimmer, um Gäste zu empfangen.«

»Gäste? Hier auf Blakes Höhe . . .?«

»Gewiß«, sagte Jane bestimmt. »Wir werden hier Gäste empfangen, und zwar so, wie es sich gehört. Der Boden muß gewachst werden, Spiegel und Fenster sind zu putzen und die Vorhänge zu waschen.«

Kate nickte zu all diesen Anweisungen. Jetzt war sie überzeugt, daß alles, was Jane sagte, sich verwirklichen ließ. Die Jahre, seitdem Anne das Haus verlassen hatte, waren unendlich langsam und trübselig verflossen, und sie hatte sich daran gewöhnt, alles, was geschah, entsagungsvoll hinzunehmen. Die Einsamkeit des Hauses und das Gefühl, daß es mit den Blakes abwärts ginge, waren ihr zur Gewohnheit geworden. Sie hatte nicht erwartet, daß sich zu ihren Lebzeiten noch etwas ändern würde. Jetzt war sie nicht fähig, sich Janes Anordnungen zu widersetzen. Sie war sich nur der Freude bewußt, in diesen Räumlichkeiten eine junge Stimme und die beschwingten Schritte einer jungen Frau zu hören.

Jane ging von Zimmer zu Zimmer, traf Anordnungen und hörte sich Kates Erklärungen an. In einer Ecke entdeckte sie eine silberbeschlagene Truhe und eine Reihe von Gläsern, bedeckt vom Staub vieler Jahre. Patrick wischte eines davon an seiner Schürze blank und hielt es gegen das Licht.

»Das kommt von weit her, sollte ich meinen, Miß Jane. Genauso eines habe ich in Lord Ormbys Haus gesehen.« Bewundernd betrachtete er die Truhe. »Schwer wie ein schlechtes Gewissen, Herrin«, sagte er, zärtlich darüberstreichend. »Ich wette, das bringt einen guten Preis.«

Sie schüttelte den Kopf und nahm ihm das Glas aus der Hand. »Es wird nichts mehr verkauft, Patrick, es sei denn, wir müssen es unbedingt tun. Säubere die Gläser. Wir werden sie bald brauchen.«

»Um so wertvolle, empfindliche Sachen konnte ich mich nicht kümmern«, sagte Kate mit Tränen in den Augen. »Dem Herrn war es gleichgültig, aus welchem Glas er trank, und da habe ich sie eben hierhergestellt.«

Jane entdeckte immer wieder etwas Neues, bis sie Stimmen im Hof hörte. Als Führer seiner Arbeitskollegen war Jed in seinem Element. Acht Frauen hatte er mitgebracht und ungefähr die gleiche Zahl Kinder. Unter ihnen waren drei fast dreizehnjährige Knaben, stark und groß genug, um die Arbeit zu verrichten, die Jane von ihnen forderte. Alle betrachteten die neue Herrin mit erregten, erwartungsvollen Gesichtern, die Jane daran erinnerten, sie in der herkömmlichen Weise willkommen zu heißen. Es gab Knickse, sogar kleine Geschenke – Honig und Eingemachtes –, kleine Begrüßungsansprachen und Beileidsbezeigungen über den Tod ihrer Mutter. Sie sprachen von Anne, als hätte sie Blakes Höhe erst gestern verlassen. Jane sah, daß einige von ihnen ungefähr in Annes Alter waren; vielleicht hatten sie hier in der Küche oder der Meierei gearbeitet und waren auf Blakes Höhe aufgewachsen. Selbst Annes Hochmut war nun vergessen und verziehen – sie hatten sie wegen ihrer Freigebigkeit und ihrem fröhlichen Wesen immer geliebt. Annes Lachen hatte dieses Haus beglückt und jeden, der unter seinem Dache weilte.

Dann machten sie sich an die Arbeit des Tages, aber erst feilschten sie ein wenig um ihren Lohn. Es war wie eine kleine Sonderbelustigung. Sie wären alle enttäuscht gewesen, wenn Jane ihnen den ursprünglich geforderten Lohn ohne weiteres gezahlt hätte. Aber Sally Cooper war Janes Lehrmeisterin gewesen – sie ließ sich nichts vormachen. Zu guter Letzt hatte man sich geeinigt, die Scheuertücher und

Eimer wurden herbeigeschafft, die uralten Gartengeräte gereinigt und vom Rost befreit.

Ungewohnter Lärm, den Blakes Höhe seit Jahren nicht vernommen hatte, erfüllte die klare Morgenluft. Fröhliches Stimmengewirr, das Aufstoßen verklemmter Fenster, das Klappern von Gartenscheren in den verwilderten Hecken, das knirschende Geräusch der Rechen auf dem Kies des Fahrwegs. Patrick war überall zugleich, gab seine Anweisungen, schleppte Leitern hierhin und dorthin, putzte ein Fenster, kratzte eilends den Schlamm von der Veranda und half einem Bauernjungen beim Jäten der Wege. Der scharfe Geruch von Seifenwasser mischte sich mit dem appetitlichen Düften aus dem Suppenkessel auf dem Küchenherd.

William, mit seinem Besen in der Hand, lief umher wie ein Kind im siebenten Himmel – überall im Weg, doch unaussprechlich glücklich.

Der Morgen war schon ziemlich vorangeschritten, als Jane endlich den Schlüssel aus Spencers Schreibtisch nahm und sich auf den Weg zur Kirche machte. Seit vielen Tagen war sie nicht mehr so glücklich gewesen. Vertrauen und Hoffnungsfreudigkeit beseelten sie. Die Kirche ›Zum Erlöser im Moor‹, aus Stein errichtet, krönte das alte Felsenriff. Wo das Meer einst den Felsen umspült hatte, breitete sich jetzt das fruchtbare, grüne Marschenland aus mit grasenden Schafen und den unzähligen Deichen. Sie bog in den Pfad ein, der zur Kirche führte. Die Spuren der Pferde und Schmuggler waren im weichen Schlamm deutlich zu erkennen.

In Gedanken versunken, blieb sie stehen, befühlte den Schlüssel in ihrer Tasche, betrachtete das hohe, wogende Gras im Friedhof und die Zeiger auf dem schwarzen Zifferblatt der stehengebliebenen Turmuhr. Ein geheimnisvolles Licht leuchtete über dem Moor. Sie lauschte dem Gesang der Vögel – dem Regenpfeifer und einer Lerche in der Ferne. Über die Deiche am Fuß des Riffs flogen zwei Reiher hin. Die schrägen Dächer von Blakes Höhe unter ihr waren stellenweise mit Moos bedeckt – ein Anblick, der ihr plötzlich heimatlich und lieb war.

Sie folgte dem Pfad bis zum Seiteneingang. Der Schlüssel drehte sich leicht in dem frisch geölten Schloß. Die Tür sprang auf, ein breiter Sonnenstreifen fiel quer über die grauen Steinfliesen.

Eine feuchte Kühle wehte ihr sogleich entgegen und ein eigenartig durchdringender Geruch. Überrascht hielt sie den Atem an. Ringsum an den Wänden der malerischen Kirche waren ganze Stapel von Wollballen aufgetürmt. Die Luft war erfüllt vom ranzigen Geruch der Wolle, gemischt mit dem leicht holzigen Aroma der Brandyfässer und Teekisten. Überall in den Gängen, auf den Kirchenbänken, dem Chorgestühl, lagen Ballen und Fässer. Sie zwängte sich zwischen ihnen hindurch, wobei sich Schmutz und feine Wollfäserchen an ihr Kleid hefteten. Der zierliche, dreigeteilte Säulengang zu beiden Seiten des Kirchenschiffes war berstend voll mit dieser wertvollen Schmuggelware.

Überwältigt blickte Jane umher, versuchte sich auszurechnen, was eine solche Ladung wohl einbringen würde, und wie viele Männer Leben und Freiheit aufs Spiel gesetzt hatten, um diese Waren im Sturm der letzten Nacht irgendwo in der Nähe an Land zu bringen.

Die Brandyfässer waren reihenweise fast bis zum Altar hin aufgestapelt. Von den Stufen der Kanzel aus versuchte Jane, sie zu zählen, aber bald gab sie es auf. Plötzlich kam ihr zum Bewußtsein, daß sie noch nie zuvor allein in einer Kirche gewesen war. Impulsiv stieg sie die Stufen zur Kanzel hinauf, und während sie auf die reglose, stumme Gemeinde von Wollballen und Brandyfässern hinabblickte, überkam sie ein Gefühl der Macht.

Wie zu einer Ansprache räusperte sie sich.

»John Blake hat diese Kirche errichtet«, begann sie mit

lauter Stimme. Das Echo, das ihr entgegenhallte, überraschte sie. ›John ... diese Kirche ...‹

Sie fuhr fort: »Schmuggler machen sich jetzt hier breit.«

›Schmuggler ... Schmuggler ...‹, klang es höhnisch zurück.

Die Fortsetzung ihrer Ansprache erstarb ihr auf den Lippen. Mit Entsetzen hörte sie, wie jemand einen Schlüssel in das Türschloß schob.

Erschreckt blickte sie sich nach einem Versteck um, doch es war schon zu spät. Sie konnte sich gerade noch rechtzeitig hinter der Marmorbrüstung der Kanzel niederkauern, ehe die Tür aufsprang. Schwere Männerschritte dröhnten durch die Kirche. Voller Angst zählte sie die Schritte, die immer näher kamen. Etwa in der Mitte blieb jemand stehen.

Nach einigen Minuten vernahm Jane eine ruhige, selbstsichere Stimme – unverkennbar die Stimme eines Mannes.

»Nun, Pfarrer – seid Ihr schon fertig mit Eurer Predigt? Wer zu spät kommt, der kriegt nicht viel mit.«

Feuerrot vor Verlegenheit und Zorn richtete sich Jane langsam auf. Unten im Kirchenschiff stand breitbeinig mit verschränkten Armen ein großer blonder Mann, dessen ungepudertes Haar nachlässig in einen kurzen Zopf geflochten war. Er trug verstaubte Reithosen. Seine durchnäßte, verschossene Jacke hatte einmal zur Uniform eines Seeoffiziers gehört. Die Rangabzeichen waren abgetrennt.

Mit einem liebenswürdigen, provozierenden Grinsen schaute er zu ihr hinauf.

Eisig starrte Jane ihn an. »Wer seid Ihr?« fragte sie, obwohl sie es bereits erraten hatte.

Er ließ die Arme sinken und verneigte sich tief.

»Paul Fletcher. Euch ganz zu Diensten, Gnädigste.« Wieder blickte er zu ihr hinauf. »Und Ihr seid natürlich die Blake von Blakes Höhe.«

»Ich habe einen Namen«, fauchte sie ihn an. »Ich heiße Jane Howard.«

Er schüttelte den Kopf. »Es ist vollkommen gleichgültig, meine Verehrte, wie Ihr heißt. Für die Leute im Moor seid Ihr einfach die Blake von Blakes Höhe. Und da Ihr ausseht wie eine leibhaftige Anne Blake, müßt Ihr es Euch schon gefallen lassen.«

»Ihr habt meine Mutter gekannt?«

»Natürlich habe ich sie gekannt. Ich war noch ein Kind, als sie davonlief. Aber selbst dem kleinen Tollkopf, der ich damals war, ist sie unvergeßlich geblieben.«

Jane konnte darauf nichts mehr erwidern. Der Blick aus den blauen Augen des Mannes verwirrte sie. Sie hatte sich die Begegnung mit Paul Fletcher ganz anders ausgedacht, wie ein sorgfältig arrangiertes Theaterstück. In ihrem ganzen Staat von Samt und Seide wollte sie mit Lord O'Neills Grauschimmeln bei ihm vorfahren. Ihr Auftreten wäre dann überwältigend gewesen. Jetzt war er ihr zuvorgekommen, während sie mit wirrem Haar von ihrer Morgenarbeit in dieser leeren Kirche das große Wort führte, und er sie für halbverrückt halten mußte. Sie hatte unzweifelhaft einen lächerlichen Anblick geboten und somit dem Ruf der Blakes nur geschadet. Finster blickte sie ihn an. »Würdet Ihr Euch nicht bitte herunterbemühen, Miß Howard«, bat er höflich. »Ich finde es etwas anstrengend, mich mit einem Kanzelgespenst zu unterhalten.«

Widerwillig gehorchte Jane. Als sie auf ihn zukam, kniff er die Augen zusammen und neigte seinen Kopf etwas zur Seite.

»Geradezu unglaublich!« flüsterte er, als seien seine Worte nicht für sie bestimmt. »Sogar derselbe Gang, fast die gleiche Stimme . . .« Etwas lauter fügte er hinzu: »Ihr dürft Euch nichts draus machen, wenn Euch die Leute anstarren. Eure Mutter war etwa so alt wie Ihr, als wir sie zuletzt sahen. Niemand hier hat sie altern und ergrauen sehen.«

»Weder Ihr noch sonst jemand, Mr. Fletcher. Sie alterte und ergraute überhaupt nicht. Aber«, fügte sie hinzu, »Ihr kamt ja nicht hierher, um über mein Aussehen oder das meiner Mutter zu sprechen.«

Er war älter, als er ihr von der Kanzel aus erschienen war. Jetzt konnte sie seine wettergebräunten Züge sehen. Seine Augen blickten wachsam und beobachtend. Fletcher war kräftig und breitschultrig gebaut. Jane sah auf den ersten Blick, daß er ein erfahrener Mann war. »Ich hatte in Appledore zu tun und hörte, die Blake sei gekommen. Ich mache hiermit meine Aufwartung und heiße Euch willkommen.«

»Aufwartung machen!« Vielsagend musterte sie seinen schäbigen Rock und die schlammbespritzten Reithosen. Er ließ sich jedoch nicht aus der Ruhe bringen. Ebenso kühl ließ er seine Blicke über ihr staubbedecktes Kleid und über ihr Haar gleiten, das wirr um ihre Stirn hing.

»Ich wollte Euch mit meinem zwanglosen Besuch nicht beleidigen, Miß Howard. Wie Ihr seht«, er deutete auf die aufgetürmte Schmuggelware, »habe ich keine Zeit zu verlieren.«

»Auch ich nicht!«

Er nickte. »Selbstverständlich, Miß Howard. Wir müssen vieles besprechen.« Er deutete auf den Kirchenstuhl hinter ihr. »Bitte, nehmt Platz; es dürfte einige Zeit in Anspruch nehmen.« Jane ließ sich am Rand des Kirchenstuhls nieder. Fletcher zog ein Brandyfaß heran und setzte sich darauf.

»Das ist zwar nicht Eure rechtmäßige Bank, Miß Howard. Die Blakes haben ihren Platz dort vorn. Aber er ist ja schon belegt.«

Sie blickte in die Richtung des Altars und bemerkte jetzt einen großen, abgeschlossenen Kirchenstuhl. Seine Vorderseite war mit dem Wappen geschmückt, das sie schon über dem Altan auf Blakes Höhe gesehen hatte. Er stand im rechten Winkel zu den anderen Kirchenstühlen. Auf dem verschossenen blauen Samtkissen lag eine Anzahl sonderbar aussehender Bündel, sorgfältig in Segeltuch verpackt.

»Spitzen – eine Königin könnte sich nichts Prächtigeres wünschen«, erklärte Paul Fletcher. »Wir sind stets darauf bedacht, nur die erlesenste Ware zu deponieren.«

Rasch wandte sie sich ihm wieder zu. »Vielleicht kommen Euch die Blakes lächerlich vor, Mr. Fletcher, doch Ihr werdet wohl nicht erwarten, daß ich Euren Spaß teile. Meine Familie ist vielleicht oft töricht gewesen. Ich jedenfalls lasse mich nicht durch Witzeleien um das bringen, was von Rechts wegen mir gehört. Da gibt es vor allem eine Geldfrage, die wir klären müssen.«

Er beugte sich zu ihr hinüber. Die Hände ließ er auf seinen Knien ruhen. »Wir müssen uns richtig verstehen«, sagte er eindringlich. »Die Bruderschaft der Schmuggler hält fest zusammen. Wir haben unsere eigenen Gesetze. Gewiß, es ist wahr, wir verdienen unseren Lebensunterhalt, indem wir dem König seine Steuer vorenthalten, andrerseits kommen wir unseren Verpflichtungen nach. Unsere Tätigkeit ist gut organisiert, und wir machen keine Schulden. Wir machen Gebrauch von dieser Kirche, und dafür zahlen wir.«

»Seit Spencer Blakes Tod ist aber nichts bezahlt worden.«

»Selbstverständlich nicht. Wem hätten wir denn zahlen sollen? Brandyfässer, die Teekisten und die Bündel mit Spitzen auf dem Kirchenstuhl der Blakes.«

»Mit dieser Ladung ist viel Geld verdient worden, Mr. Fletcher.« Sie deutete auf die Ballen an der hinteren Wand. »Dafür bekommt Ihr auf dem Kontinent einen guten Preis. Die Weber in Holland zahlen sehr gut, wie ich höre. Es ist natürlich schwierig, soviel Ware unterzubringen, dazu braucht Ihr eine geräumige Lagerhalle, nicht wahr? Und nicht zu nahe dem Meere und auch nicht zu weit landeinwärts.«

»Was meint Ihr damit?«

»Ich meine«, sagte sie, »ein Lagerraum wie dieser ist natürlich ideal, und Ihr solltet willens sein, einen guten Preis dafür zu zahlen.«

»Ich zahle, was ich Eurem Großvater gezahlt habe: zehn Guineen am Ersten eines jeden Monats.«

»Zehn Guineen – zehn Zwanzigshillingstücke ... Aber das behauptet Ihr ja schließlich nur.«

»In einem solchen Geschäft gibt es keine schriftlichen Abmachungen. Auf zehn Guineen haben wir uns geeinigt.«

»Mit dem Tode meines Großvaters treten alle Abmachungen und Kontrakte außer Kraft. Jetzt bin ich zuständig. Der neue Preis beträgt ...« Sie hielt inne und überlegte. »Der neue Preis beträgt fünfzehn Zwanzigshillingstücke, zahlbar am Ersten eines jeden Monats.«

Ohne zu zögern erwiderte er: »So viel zahle ich nicht.«

»Das wird zweifellos einen Verlust für Euch bedeuten, mein Herr. Die Kirche ist für Euch gerade das Richtige. Das Dorf liegt fast eine Meile entfernt, und der Vikar wohnt noch weiter weg. Nur jeden dritten Sonntag wird hier Gottesdienst gehalten. Zu jeder anderen Zeit seid Ihr vor den Fahndungsbeamten sicher, die in eine Kirche nicht einbrechen dürfen. Es erfordert Zeit – Zeit, die für Euch wertvoll ist –, bis sie die Genehmigung erhalten, die Kirche zu durchsuchen. O ja, dafür lohnt es sich wohl, gut zu zahlen.«

»Aber nicht die Summe, die Ihr verlangt. Spencer Blake zahlten wir den Betrag nur im Hinblick auf seine Stellung als Großgrundbesitzer. ›Großherrschaftliche Vorrechte‹ würde man es wohl nennen. Dieser Geldbetrag steht in keinem Verhältnis zum Wert der Lagerung.«

»Dann müßt Ihr Euch nach einem anderen Lagerraum umsehen, wenn Ihr meinen Preis nicht zahlen wollt.«

Ruhig und eindringlich gab er ihr zu bedenken: »Ich bedaure außerordentlich, Miß Howard, Euch daran erinnern zu müssen, daß es sich Blakes Höhe nicht leisten kann, selbst auf diese lumpigen zehn Guineen zu verzichten.«

»Da täuscht Ihr Euch sehr, Mr. Fletcher. Blakes Höhe braucht Geld so nötig, daß Eure einhundertzwanzig Guineen im Jahr überhaupt nicht ins Gewicht fallen.« Spielerisch ließ sie die Finger über die Schnitzerei des Kirchenstuhls gleiten. »Seht Ihr denn nicht ein, daß kleine Geldbeträge bedeutungslos sind, wenn die Not erst einmal überhandgenommen hat? Kann man mit ein paar Pfund extra ein neues Dach aufsetzen? Oder eine Schafherde kaufen? Es würde Blakes Höhe nicht aus der Not helfen – es würde nicht einmal ein Pflästerchen bedeuten.«

Sie beobachtete ihn scharf, um ausfindig zu machen, wie weit sie mit ihrem Bluff gehen könnte. »Von mir aus gesehen, ist die Sache wirklich ganz einfach. Ich kann es mir leisten, ohne Euer Geld auszukommen, weil es angesichts meiner Lage nur ein Tropfen auf einen heißen Stein wäre.«

Er zog die Augenbrauen hoch. »Warum besteht Ihr dann auf mehr, wenn es Euch gleichgültig ist? Warum betrachtet Ihr's nicht als eine wohltätige Stiftung für das Haus Blake?«

»In dieser Tugend bin ich nicht sehr geübt«, erwiderte sie bissig. »Ich verlange einen höheren Preis, weil ich mich nicht gern unterschätzen lasse.«

Er lachte laut auf. »Unterschätzen! Ich habe noch nie eine Frau gesehen, die sich ihres Preises mehr bewußt war.«

»Preis ist nicht gleichbedeutend mit Wert, Mr. Fletcher.«

Sein Gesicht nahm einen nüchternen Ausdruck an. Er schüttelte den Kopf. »Um Euretwillen hoffe ich, Jane Howard, daß Ihr immer Wert von Preis unterscheiden könnt, in all den Verwicklungen, in die Ihr hier einbezogen werdet. Ich glaube, daß es für Euch sehr wichtig ist, für jedes Ding den richtigen Wert zu finden.«

»Ich weiß sehr wohl, was Ihr meint.« Sie tippte mit dem Fingernagel gegen die Lehne des Kirchenstuhls. »Worauf es mir ankommt, ist, zu erfahren, ob Ihr mir meinen Preis zahlt.«

Fletcher verfiel jetzt wieder in seinen amüsierten Tonfall.

»Was soll ich darauf erwidern?« Er zog seine Rockschöße nach vorn und zeigte sie ihr. »Sehe ich wie der Mann aus, dem diese Ladung gehört? Ihr könnt doch sicherlich zwischen einem wohlhabenden Schmuggler und seinem Mietling unterscheiden? Ich kann den zu zahlenden Preis nicht festsetzen. Selbstverständlich werde ich aber Eure Forderung übermitteln.«

Spöttisch verzog sie den Mund. »Ich glaubte, ein Mann von Euren ... Fähigkeiten, Mr. Fletcher, würde sich kaum damit zufriedengeben, für einen andern zu arbeiten. In meinen Augen seid Ihr eine Führernatur ...«

»In Euren Augen vielleicht«, sagte er, ohne auf ihren spöttischen Ton einzugehen. »Fähigkeiten habe ich wohl, aber es dauert einige Zeit, bis man seinen eigenen Lugger besitzt. Vor zehn Monaten erst bin ich aus der Flotte ausgeschieden.«

»Und die Flotte war untröstlich über diesen Verlust?«

»Das wäre zuviel gesagt – wenn man an all die Männer denkt, die auf Beförderung warten. Das ging mir zu langsam, viel zu langsam. Hat es einen Zweck, Vizeadmiral zu werden, wenn man vor Altersschwäche stirbt? Es war ein Abschied auf gegenseitige Übereinkunft. Ich bilde mir nicht ein, daß die Flotte den Verlust von Leutnant Paul Fletcher bedauert.«

»Ihr seid also nicht der reiche Mann, dem die Ladung gehört? Wem gehört sie denn?«

»Ich werde dafür bezahlt, daß der betreffende Herr sich mit den gesetzwidrigen Schmuggelgeschäften nicht die Hände zu beschmutzen braucht. Die gefahrvollen Nächte, in denen man auf die Rückkehr der Boote wartet, braucht er nicht durchzumachen. Er hat auch nicht damit zu rechnen, einen Zollwächter töten zu müssen, um die Ladung zu retten. Nein, das hat er gar nicht nötig. Einer der vielen Vorteile, reich zu sein, ist der, daß man jemanden dafür bezahlt, ein Verbrechen zu begehen.«

»Ihr werdet mir also seinen Namen nicht verraten?«

»Ich werde ihn Euch nicht nur nicht verraten – ich warne Euch sogar davor, da es im Marschenland gefährlich ist, nach seinem Namen zu fragen.«

Bei diesen Worten überlief es sie kalt. Wenn man sie doch nicht immer wieder daran erinnern würde, daß dies eine Welt des Mißtrauens und der Verfolgung war, in der blutige Vergeltung den Verräter auf der Stelle ereilte. Sie versuchte, diesen Gedanken abzuschütteln. Sie wollte ja nur ein paar Pfund mehr für sich aus der Beute herausschlagen, an der alle Bewohner der Küste teilhatten. Paul Fletcher aber wollte, daß sie teilhätte an der Furcht der Männer, die nachts mit Konterbande unterwegs waren oder an der Angst derer, die den Steuereintreibern einen Wink gaben und von ihrem Judaslohn nur mit angsterfülltem Herzen Gebrauch machten.

»Ihr malt das Marschenland in den düstersten Farben«, sagte sie kleinlaut. »Ich fange an, mich zu fürchten . . .«

In fast zärtlichem Ton entgegnete er: »Ihr braucht Euch nicht zu fürchten, wenn Ihr dem Moor wie die Blakes angehört. Sie sind hier ansässig gewesen, seitdem es eine Chronik über dieses Land gibt. Sie sind Teil dieser Landschaft, anders als die Fletchers, die vor kaum hundert Jahren als kleine Bauern hierhergekommen sind. Die Blakes . . .«

Unvermittelt stand er auf. »Kommt mit!«

Er hielt ihr die Hand hin; ohne seiner zwingenden Kraft widerstehen zu können, folgte sie ihm. Er führte sie zum Portal, trat zurück und ließ sie vorangehen. Aus der feuchtdumpfen Luft der Kirche traten sie hinaus in eine sonnenverklärte Welt. So kräftig, geradezu fühlbar schien das Licht, daß Jane es mit ihren Händen fühlen und fassen wollte wie etwas Lebendiges. Meilenweit vor ihnen lag das grüne Marschenland, das flache Gestade und das Meer wie ein die Augen blendender Spiegel.

Doch er führte sie auf die andere Seite der Kirche, wo der Ausblick noch großartiger war.

»Schützt Eure Augen gegen das Sonnenlicht und schaut dort hinunter. Der breite Kanal zwischen den Hügeln nach Rye zu war einst ein Fluß, Ebbe und Flut unterworfen, als das Land noch reines Marschenland war und zur Zeit der Flut halb von Wasser bedeckt wurde. Und der schmälere Graben, der von ihm abzweigt – seht Ihr, wo der hinführt? Er verläuft von dort ohne Unterbrechung unterhalb von Blakes Höhe entlang.«

»Ja, ich sehe es.« Und dann fragte sie ungeduldig: »Aber was bedeutet . . .«

»Wartet nur. Stellt Euch mal die Zeit vor Hunderten von Jahren vor, als der Fluß sich noch seinen Weg zur See durch Schlammgründe bahnen mußte und dieser Kanal noch ein kleiner Wasserlauf war, der in ihn mündete. Ein Mann mit Namen Blake siedelte sich auf einer Anhöhe oberhalb dieses Wasserlaufes an, daher stammt der Name Blakes Höhe. Es war kein besonders bedeutender Mann – nur ein ferner Verwandter einer Familie, die Reeder und Kaufleute waren. Ja, sie waren Barone der Cinque Ports, und das war zu jener Zeit ein stolzer Titel.

Für diesen Mann namens Blake«, fuhr er fort und deutete auf den Kanal und das Haus, »war es ein großer Glücksfall, als die Rother nach einem gewaltigen Sturm ihren Lauf änderte. Man sagt, daß dies etwa im dreizehnten Jahrhundert geschehen sei. Danach wurde diese Seite des Marschenlandes nur noch bei ungewöhnlich hohen Fluten unter Wasser gesetzt. Schon zur Zeit der Römer hatte man begonnen, das Land urbar zu machen, und nachdem der Fluß seinen Lauf geändert hatte, war die Zeit gekommen, damit auf dieser Seite zu beginnen. Die Blakes trotzten dem Meere immer wieder Land ab, zogen Entwässerungsgräben, bauten Schutzdeiche und gewannen auf diese Weise von Generation zu Generation immer mehr Weideland für Schafherden.«

Plötzlich lachte er belustigt auf. »Wie Euer Großvater erzählte, entdeckten die Blakes eines Tages, als sie einen Augenblick von der Arbeit aufblickten, daß sie reich waren und dazu noch adlige Lehnsherren vom Romney-Moor. Sie hatten aufgehört, schlichte Bauern zu sein.«

»Das läßt sich hören«, sagte Jane mit Befriedigung. »Ob es wahr ist oder nicht, ist mir gleichgültig, es ist jedenfalls eine gute Geschichte. Aber was ist aus den andern Blakes geworden, aus den Schiffsreedern?«

»Weiß ich nicht. Sind wohl ausgestorben oder in Armut zugrunde gegangen. In der ganzen Gegend hier wurde ein Seehandel getrieben, aber mit der Trockenlegung des Landes versandeten allmählich die Häfen. Heute ist New Romney anderthalb Meilen vom Meer und der Hafen von Rye eine Meile von der Stadt entfernt. Als andere Häfen den Handel an sich rissen, werden wohl auch die Blakes als Reeder ihren Wohnsitz verlegt haben.«

»Ihr scheint über die Blakes viel zu wissen. Wieviel habt Ihr eigentlich noch dazugedichtet?«

Er lachte. »Überhaupt nichts. Ich schwöre Euch, es ist die reine Wahrheit. Ich habe alles von Eurem Großvater, der mich immer damit beeindrucken wollte, wie minderwertig die Fletchers im Vergleich zu den Blakes sind.«

»Ihr habt ihn gehaßt, nicht wahr?«

»Gehaßt? Warum sollte ich? Er war ein verzweifelter, dem Trunk ergebener alter Mann. Und er empfand es als Schmach, daß er und sein Vater dem Geschlecht der Blakes nichts als Unglück gebracht hatten. Er erzählte mir einmal, daß sich der Landbesitz der Familie vom großen Deich im Süden bis an den Ortsrand von Appledore erstreckt habe.«

»Und heute«, sagte Jane, »sind nur ein paar Wiesen übrig und nicht einmal genug Schafe, um sie abzugrasen.

Ihr braucht mir nichts vorzumachen, Mr. Fletcher, ich bin mir darüber völlig im klaren.«

»Land ist immer zu beschaffen«, sagte er beruhigend. »In schlechten Zeiten geben die Bauern gern von ihrem Land ab. Man muß nur Geduld haben . . .«

Unwirsch unterbrach sie ihn. »Und Geld! Wo soll ich denn das Geld hernehmen?«

»Da wäre doch die Königsperle! Jedermann weiß, daß Spencer die Königsperle nicht veräußert hat.«

»Die Perle gehört Charles.« Sie deutete auf das Haus. »Wir alle dort unten warten auf Charles.« Mit unterdrücktem Zorn fuhr sie fort: »Kaum einen Tag bin ich hier, und schon geht es mir ebenso. Diesen Moment oder in der nächsten Stunde kann er schon hier sein. Nein, mir steht es nicht zu, die Königsperle zu verkaufen.«

»Charlie Blake ist so gut wie tot, wenn er nicht überhaupt schon längst gestorben ist. Ihr werdet Herrin auf Blakes Höhe sein und frei über die Königsperle verfügen können.«

Sie schaute über das weite Land. In ihrem Innern kämpften Hoffnung und Verzweiflung, die sie vor Paul Fletcher zu verbergen suchte, und doch wollte sie immer wieder hören, daß sie eines Tages Herrin auf Blakes Höhe sein würde. Sie wollte hören, daß sie mit Geduld und Geld Land hinzugewinnen könne. Paul Fletcher wußte genau, was in ihr vorging, daß ihr das Schicksal eines Unbekannten in einem Pariser Gefängnis im Vergleich zu dem, was sie vorhatte, unbedeutend erschien. Mit nur ein wenig Geld könnte sie auf Blakes Höhe ein würdiges, geachtetes Leben führen. Und eines Tages würde sie allein das Geschlecht der Blakes repräsentieren. Und dann würde es auch keine Erinnerung mehr an die alten Skandale geben . . . Paul Fletchers entschlossene Stimme riß sie aus ihren Gedanken.

»Und doch weiß ich, was Ihr vorhabt. Jeden Penny, den Ihr ergattern könnt, werdet Ihr in Blakes Höhe anlegen; Ihr werdet genauso raffen und knausern wie irgendeiner der ersten Blakes, die sich auf diesem Felsen angesiedelt haben. Um Eure Pläne zu fördern, werdet Ihr eine langweilige Ehe eingehen mit jemandem, der Euch niemals in die Freiheit führen wird. Diesem Gedanken werdet Ihr alles opfern, und Ihr tut unrecht daran. Alles werdet Ihr opfern, Eure Jugend und all die guten Jahre, die Euch vergönnt sein sollten. Ja, selbst Eure Schönheit werdet Ihr opfern, Jane.«

Sie war sich bewußt, daß er sie bei ihrem Vornamen genannt hatte, und doch wies sie ihn nicht zurecht. Auch versuchte sie nicht, seine Worte in Abrede zu stellen. Sie sagte nur: »Ihr lebt nicht gern im Moor, Mr. Fletcher.«

»Ich will ihm nicht mein ganzes Leben opfern. Es ist ausgemergelt – nichts als die ewigen Schafherden und der verfluchte Wind. Die Menschen hier – wie die Menschen in ganz England – haben keinen Auftrieb mehr. Sobald ich kann, lasse ich das Ganze hinter mir.«

»Wohin wollt Ihr Euch wenden?«

»Wenn ich das königliche Steueramt um genug Geld geprellt habe, haue ich ab und treibe einen mehr oder weniger ehrlichen Handel in Westindien. Ich bin ein Seemann, der die Freiheit liebt. Ich bin kein Packesel, der anderer Leute Brandyfässer schleppt.«

»Warum Westindien? Warum nicht einer der englischen Häfen?«

»Weil ich freie Luft atmen und die Sonne auf meinen Knochen fühlen will in einem Lande, wo der Rum in Strömen fließt. Geld ist gar nicht so wichtig. Von dem, was eine einzige Schaluppe mir einbringt, könnte ich dort wie ein König leben. Und wenn ein Mann sich ein bißchen bemüht, Verstand und Kühnheit hat und was riskiert, dann kann er es zu einem Vermögen bringen. Ich sagte, Geld sei gar nicht so wichtig – und doch ist es nicht wahr. Für mich jedenfalls ist es wichtig. Ich liebe das Geld, die Sonne und leichtsinnige Weiber, die gerne lachen. Diese hochnäsigen Damen, die sich nicht herablassen, mit dem berüchtigten Paul Fletcher zu verkehren, hängen mir zum Halse raus.«

»Habt Ihr denn einen so schlechten Ruf?«

»Reden wir nicht davon. In zehn Jahren kräht kein Hahn mehr danach.« Er faßte sie am Arm. »Überlegt Euch einmal: in zehn Jahren lebt Ihr immer noch hier, arbeitet und schuftet für die Ehre eines Namens. Ich aber habe das alles hinter mir gelassen und lebe als freier Mensch in einem Land, wo Namen nichts bedeuten.«

Sie straffte sich und entzog ihm ihren Arm. »Was meint Ihr mit diesem Gerede? Machen wir uns was draus, was aus dem einen oder dem andern von uns wird?«

»Natürlich tanze ich mal wieder aus der Reihe, wenn ich so spreche. Das sieht mir ähnlich. Aber ich sage es, weil ich überzeugt bin, daß Ihr einen Fehler macht. Und dies ist eine verfluchte Schande. Da kommt Ihr nun daher, seht Blakes Höhe und bildet Euch ein, daß Ihr Euch als Mitglied der Familie dafür opfern müßt. Ihr begreift nicht, daß es damit aus ist, und daß jemand wie Ihr sich nicht lebendig begraben soll, um etwas aufrechtzuhalten, das großartig aussieht, das Euch aber das Lebensblut tropfenweise aussaugen wird.«

Sie wollte etwas erwidern, aber er ließ sie nicht zu Wort kommen.

»Glaubt mir, Jane, es lohnt sich nicht«, sagte er. »Geht fort von hier, ehe Ihr in die Schlinge geraten seid, ehe Ihr vergeßt, daß es auch Jugend gibt und Lachen, wenn Euch der Sinn danach steht. Ihr tauscht Eure Jugend und Freiheit gegen das eitle Spiel ein, Euch als Dame zu benehmen — ohne einen Penny in der Tasche. Ihr überseht all die Schwierigkeiten noch gar nicht. Aber selbst in den paar Stunden, die Ihr hier seid, müssen Euch schon Zweifel gekommen sein. Sogar wider das Gesetz vergeht Ihr Euch schon. Ihr macht gemeinsame Sache mit einer Bande erbärmlicher Schmuggler. Und wofür? Für eine zerbröckelnde alte Ruine und Schulden, mit denen ein junges Mädchen überhaupt nichts zu tun haben sollte. Ich rate Euch, Jane, geht fort von hier.«

Ihr Gesicht zeigte kein Nachgeben. Es war das hartnäckige, starrköpfige Gesicht der Blakes – unbeweglich in seinem Zorn, voll verletzter Eitelkeit und verwundetem Stolz. Janes beharrlich abweisender Blick betrübte ihn.

»Seit wann, Paul Fletcher, haben Frauen ihr eigenes Leben bestimmen können? Glaubt Ihr, ich habe die Wahl? Ihr seid von Sinnen – für mich heißt es, Blakes Höhe oder nichts.«

Sie ließ ihn stehen. Als sie den Kiesweg erreicht hatte, blickte sie sich noch einmal kurz um.

»Ich erwarte Euch morgen abend mit der Antwort wegen des Geldes. Und zwar ganz bestimmt!«

Nur während seiner Zeit in der Flotte hatte sich Paul Fletcher diesen Ton bieten lassen. Erst wollte er widersprechen, dann gab er es aber als zwecklos auf. Eine Frau von der Schönheit Jane Howards konnte sich diesen Ton erlauben, besonders wenn die Sonne ihr rotes Haar mit einem Flammendiadem krönte.

7. Kapitel

Überstürzt machte sich Jane auf den Heimweg. Sie war in einer erbitterten Stimmung und wie aus allen Himmeln gerissen. Prüfend betrachtete sie das Haus und mußte zugeben, daß Paul Fletcher die Wahrheit gesagt hatte: sie sah nichts als zerbrochene Dachziegel und verrostete, alte Eisentore. Zertrümmert lag ihr schöner romantischer Traum vor ihr.

Doch ihre Stimmung hob sich sogleich, als sie in den Fahrweg einbog und den sauber geharkten, von Unkraut befreiten Kies betrat. Der Efeu um die Fenster war beschnitten und ließ das helle Aprillicht eindringen. Die Jungens hatten es allerdings beim Schneiden der Hecken allzu gut gemeint und sie ungleich und zu niedrig geschnitten. Welkes Laub und Brennesseln waren zu Haufen zusammengerecht, um verbrannt zu werden. Als nächstes sollte der verwilderte Rosengarten in Ordnung gebracht werden. Auf einmal empfand Jane das Verlangen, eine eigene Rose zu züchten. Rosen besaßen die Schönheit all dessen, was wertlos war. Sie fragte sich, ob der Obstgarten wohl noch Früchte tragen werde und ob es noch nicht zu spät sei, zwischen den Bäumen gelbe Narzissen für das kommende Frühjahr zu pflanzen. Sie verstand nichts von Blumenzucht. Im ›Federbusch‹ gab es zwar einen üppigen Gemüsegarten, aber Blumen galten als etwas Überflüssiges. Sie erinnerte sich, daß gelbe Narzissen sich selbst vermehren, und in fünf Jahren... Das ganze Haus roch nach Seife und frischem Bodenwachs. Aus der Richtung der Küche drang das Gewirr vieler Stimmen an ihr Ohr und dann und wann der Lärm von lautem Lachen. Die Frauen von Appledore hatten offenbar Sinn für Patricks scherzhafte Bemerkungen und schätzten es, daß er mit dem Bier nicht knauserte. Auch roch es gut nach Suppe und frischem Brot.

Patrick hatte bereits damit begonnen, Spencers ehemalige Wohnstube zu säubern. Es herrschte zwar noch immer Unordnung in dem Zimmer, in dem seine Bücher und Stapel von alten Papieren umherlagen, die Jane noch lesen und aussortieren mußte. Doch der Fußboden und die Fenster blitzten schon vor Sauberkeit, auch die Vorhänge waren ausgeschüttelt und gebürstet. Der Tisch war für zwei Personen gedeckt. Glänzendes Silbergerät und Gläser standen auf dem feinen Damasttischtuch, das Anne gehört hatte. Theatralisch wie immer hatte sich Patrick mit seinen Helfern zurückgezogen und wartete nun, was Jane bei ihrer Rückkehr zu dem sauberen Zimmer sagen würde.

Wie sie so um sich schaute, schlug sich Jane Paul Fletchers Warnungen und düstere Prophezeiungen aus dem Kopf. Hier auf Blakes Höhe hatten sie keine Macht mehr über sie. Mit einem Gefühl, eines Tages doch Siegerin über alle Schwierigkeiten und Hemmnisse zu sein, zog sie den Glockenzug.

Wie das Haus, so hatte sich auch William verändert. Bei Tisch nahm er seine Mahlzeit neben Jane in derselben manierlichen, selbstbewußten Weise ein, die ihr schon in London aufgefallen war. In jeder anderen Hinsicht jedoch war er ein anderer geworden. Er trug eine Jacke, die für ihn zu kurz und zu eng war. Auf Patricks Geheiß hatte er sich die Hände widerwillig gewaschen, aber seine Stirn war schweißbedeckt und verschmutzt. In seinen roten Locken hatte sich ein Spinnennetz verfangen. Nach kurzer Begrüßung verhielt er sich still. Vor Hunger konnte er nicht sprechen. Patrick bediente die beiden während der Mahlzeit mit den flinken, hin und her schießenden Bewegungen einer Fliege. Janes Lob nahm er entgegen und hielt mit seinem Angriff zurück, bis Kate mit dem Tablett eintrat. »Ihr werdet Euch nach einer richtigen Köchin umsehen müssen, Miß Jane. Dieses Zeug dürfte Euch wie ein Bleiklumpen im Magen liegen, und ein früher Tod durch Verdauungsbeschwerden dürfte Euch sicher sein . . .«

Kate rümpfte verächtlich die Nase und setzte mit einem lauten Krach das Tablett auf den Tisch. »Die Iren sind ja nur aufgeblähte Windbeutel, haben nicht einmal Bäuche . . .«

»Schon gut, Patrick, mit der Zeit, mit der Zeit«, vermittelte Jane. »Kate sorgt sehr für unsere Bedürfnisse, die, weiß Gott, bei meinem schmalen Geldbeutel nur allzu bescheiden sind. Haben wir erst mal eine volle Speisekammer, ist es immer noch Zeit für eine Köchin.«

»Ganz recht, Herrin, ganz recht«, murmelte Kate beistimmend und warf einen Blick auf Patrick, der niedergeschlagen vor sich hin schaute. Diese Zurechtweisung seiner gespreizten Großmannssucht war ihr gerade recht. »Ihr besitzt viel größere Weisheit als Eure Mutter, die arme Dame«, schloß sie.

Als Patrick in die Küche ging, um sich um das Essen für die Leute aus Appledore zu kümmern, hielt Jane die Alte zurück. Erwartungsvoll blieb Kate am Tisch stehen, die Hände in die Schürze gewickelt.

»Ich habe heute morgen Paul Fletcher gesehen, Kate«, begann Jane und löffelte ihre Suppe, die ihr ausgezeichnet schmeckte.

»Ja, Herrin«, sagte Kate abwartend.

Jane blickte sie fest an. »Was ist das eigentlich für ein Mann, Kate?«

Von dieser Frage beunruhigt, wiegte Kate den Kopf hin und her. »Was, um Himmels willen, könnte ich über Paul Fletcher wissen, Herrin? Es steht mir nicht zu, etwas über ihn zu sagen.« Jane verlor die Geduld. »Ach, Kate, stell dich nicht so an! Ich frage dich ja nur nach dem, was jedermann im Moor über ihn weiß. Wo kommt er her? Wie lange leben die Fletchers schon hier?«

»Ach so«, meinte Kate beruhigt. »Wenn Ihr weiter nichts wissen wollt. Na ja, er treibt's schon ziemlich toll, der Mr. Paul. Er ist einer der Fletchers aus Warefield, der Bruder von Sir James Warefield, der in seinem Herrenhaus drüben in der Nähe von Hythe wohnt. Die Familie kam schon vor langer Zeit ins Moor, etwa zur Zeit meines Großvaters. Die Fletchers haben's hier zu was gebracht. Sir James ist reich, Herrin. Er soll viel Geld in einer Gesellschaft draußen in Indien angelegt haben. Das hat ihn noch mal so reich gemacht, als er schon vorher war.«

Jane zog die Brauen in die Höhe. »Reich, sagst du? Na, Paul sieht nicht aus wie der Bruder eines reichen Mannes.«

»Das hat nichts zu sagen, Herrin. Paul ist der jüngere

Bruder, und der Besitz fällt immer an den ältesten. Er hat wohl etwas Geld von seinem Vater geerbt. Wie die Leute sagen, ist es nicht sehr viel. Aber jedenfalls ging er in die Fremde und kaufte sich in eine Plantage ein, in . . . Westindien. Ich weiß nicht, wo das liegt.«

Jane nickte. »Westindien, ja. Und was ist aus der Plantage geworden?«

»Ich weiß nicht, wie das alles zusammenhängt. Vielleicht verstand Paul damals nichts von Geschäften. Die Leute sagen, sein Teilhaber habe ihn betrogen, und später gingen alle Sklaven an einem Fieber zugrunde. Jedenfalls hat er sein ganzes Geld dabei verloren.«

»Und dann kam er wieder zurück?«

»Ja, er kam wieder und ging zur Marine. Er ist ein guter Seemann – die Leute an unserer Küste sind schon immer gute Matrosen gewesen –, aber er war damals schon nicht mehr jung. In der Flotte dauert's lange, bis einer befördert wird, und Paul ist viel zu unabhängig, um zu katzbuckeln. Ein paar Jahre hielt er es aus. Ganz plötzlich, etwa vor einem Jahr, tauchte er wieder im Moor auf. Er übernahm Jim Rogers Häuschen in Old Romney. Wie ich hörte, arbeitet er jetzt an einer Seekarte.«

Nachdem Kate sich überzeugte hatte, daß William mit seinem Essen beschäftigt war und nicht zuhörte, fuhr sie fort: »Wie er seine Zeit verbringt, geht keinen was an. Aber von einer alten Seekarte wird er nicht reich werden. Ist ein fixer Junge, Herrin, aber einige wissen schon, was er treibt. Ihr versteht schon . . .« Wieder blickte sie nach William. »Die warten nur drauf, ihn zu packen. Aber sie können ihm nicht viel anhaben. Er besitzt Einfluß, und die Richter haben Todesangst vor seinen mächtigen Kumpanen. Zudem ist er Sir James' Bruder, und Sir James ist ein wichtiger Mann im Marschenland.«

»Ja, ich verstehe . . .« Geistesabwesend gab Jane dem Hund ein Stück Brot, mit dem sie den Teller abgewischt hatte.

»Doch Ihr müßt wissen«, fuhr Kate fort, »die beiden Brüder verstehen sich nicht allzu gut. Sir James ist ein solider Mann. Er hat nichts übrig für Geldverschwender. Paul verkehrt kaum im Herrenhaus von Warefield. Die Herrin dort, seine Schwägerin, kann ihn nicht ausstehen. Da hat es früher mal was gegeben.«

»Ist Paul verheiratet?«

»Verheiratet? Davon haben die Leute im Moor nie was gehört. In Indien gab's genug Negerweiber, da brauchte er gar keine richtige Frau. Er bleibt bei keiner, Herrin – eine Frau hat's nicht leicht mit ihm.«

William war mit dem Essen fertig und ließ den Hund seinen Teller ablecken.

»Ich habe Paul Fletcher heute früh auch gesehen«, sagte er.

Beide Frauen wandten sich ihm entsetzt zu. Mit weinerlicher Stimme fragte Kate: »Junger Herr, Ihr seid doch nicht . . .«

Jane fiel ihr ins Wort. »Wo hast du ihn gesehen? Wo warst du denn überhaupt?«

Verletzt erwiderte William: »Ich war nirgends. Ich arbeitete draußen am Tor. Da kam ein Mann mit seinem Pferd die Anhöhe rauf. Er wußte, wer ich bin, denn er hatte gehört, daß wir gestern angekommen waren. Der Mann sagte, er sei Paul Fletcher, und versprach mir, ein paar weiße Mäuse zu bringen.«

»Und was machte er dann?«

»Nichts weiter. Er blieb eine Weile stehen und sah den Leuten bei der Arbeit zu. Dann schüttelte er lachend den Kopf und ging weiter zu den Hügeln hinauf. Er wird mir doch wohl die Mäuse bringen, das glaubst du doch auch, Jane? Da würd' ich mich freuen!«

»Soll mich gar nicht wundern«, sagte Jane kurz angebunden. Sie stand auf. »Sicher hat er nichts Besseres zu tun, als weiße Mäuse zu fangen und andre Leute bei der Arbeit auszulachen.«

Überrascht sah William sie an. Kate begann den Tisch abzudecken. Jane wartete, ob sie etwas dazu sagen würde. Als die Alte schwieg, wandte sich Jane verärgert ab und schüttelte den Staub von ihrem Kleid.

William und Kate hörten, wie sie draußen in der Halle rief: »Die müssen doch jetzt endlich mit dem Essen fertig sein! Sie sollen sich nicht einbilden, daß ich sie dafür bezahle, daß sie sich stundenlang den Bauch vollschlagen! Patrick! Patrick!«

8. Kapitel

Paul Fletchers Häuschen lag am Anfang der schmalen Allee, die zur Kirche von Old Romney hinaufführte. Jeden Sonntag läuteten die Kirchenglocken, und die Gläubigen kamen zu Fuß oder in Kutschen zum Gottesdienst. Alle versuchten, einen Blick in das Häuschen zu werfen, und schüttelten die Köpfe, weil Paul Fletcher sich nie in der Kirche blicken ließ. Die Leute sagten, etwas von der heidnischen Wildheit der Karibischen Inseln, die er befahren hatte, rebelliere noch immer in ihm. Vielleicht hatte er sich sogar – da sei Gott vor! – von den Papisten mit ihren Irrlehren an stecken lassen. Dieses Gerede ließ Paul völlig gleichgültig.

Die ununterbrochene Weite des Moors stimmte ihn schwermütig; doch der Anblick seines eigenen bemoosten Daches tat ihm wohl. Die ebene, eintönige Moorlandschaft, in deren Ulmen und sturmgepeitschten Weiden der Wind sein ewig seufzendes Klagelied sang, bedrückte ihn. Es war ihm unvorstellbar, daß er jemals gern im Moor gelebt hatte, und doch mußte er es früher einmal geliebt haben – wohl vor langer Zeit, als er ein schlanker, sonnverbrannter Knabe gewesen war, der in den Hecken nach Vogelnestern suchte und von den Fischern von Dymchurch das Segeln lernte. Er hatte dem Moor alle Geheimnisse abgelauscht, kannte jeden Weg und Steg. Die Windungen der trügerischen Pfade hatten sich seinem Gedächtnis eingeprägt. Wie oft hatte er im Heidemoor gelegen und den Widerschein des Himmels in den unzähligen Tümpeln beobachtet. Damals mochte er diese Landschaft geliebt haben, aber das war vor langer, langer Zeit.

Er ritt die Allee hinunter zu seinem Haus. Plötzlich flog ein Krähenschwarm auf und flatterte mit gräßlichem Gekreisch über ihn hin. Das Krächzen der Vögel drang nicht in sein Bewußtsein, denn noch immer hörte er die Schritte des Mädchens im blauen, staubbedeckten Kleid, mit dem in der Sonne aufflammenden roten Haar, das den Kirchweg entlang von ihm weggeeilt war. Bei dem Gedanken an Jane mußte er lächeln.

Im Anbau an der Rückseite des Holzhäuschens sattelte er sein Pferd ab. Kein Rauch stieg aus dem Schornstein auf. Sein erster Blick in die Küche sagte ihm, daß Mary Bridges, eine Frau aus dem Dorf, heute wieder nicht gekommen war, um für ihn zu kochen. Das Geschirr von gestern abend und vom heutigen Frühstück stand noch immer auf dem Tisch. Heute morgen hatte er seine Grütze wieder anbrennen lassen. Noch immer erfüllte der beißende Geruch die unaufgeräumte Küche. Angeekelt wandte er sich ab, obwohl er hungrig war.

Seine Wohnstube, ein Raum ohne jede Behaglichkeit, enthielt nur das Allernotwendigste. Sie diente lediglich dem Zweck, seine Bücher und Seekarten, Quadranten und den Kompaß unterzubringen; für Karaffen und Gläser gab es Wandborde, und an der Tür war ein Haken für Hut und Mantel. Alles war verstaubt. Schnell zog er die roten Vorhänge auf. Das Sonnenlicht flutete ins Zimmer.

In einem Steinkrug auf der Fensterbank standen ein paar verwelkte Narzissen. Vor einer Woche hatte sie ihm Mary

Bridges in einer plötzlichen Anwandlung von Freude hingestellt, weil der Frühling eingezogen war. Paul schenkte sich einen Brandy ein und sank erschöpft auf einen Stuhl. Er hatte eine schlaflose Nacht hinter sich. Bis auf die Haut war er durchnäßt gewesen. Der Brandy durchglühte ihn wohltuend. Paul dachte daran, daß er in einer Woche, falls sich das Wetter nicht änderte, wieder eine ganze lange Nacht an der Küste zur Stelle sein müßte – wieder eine Nacht, in der er auf das Lichtsignal warten würde, auf das Auftauchen des Luggers, der lautlos und mit umwickelten Riemen zum Treffpunkt gerudert wurde – wieder eine Nacht, in der er auf die schweren Schritte der Träger horchen würde, deren Zug bewaffnete Schiffer anführen und decken würden. Wieder eine solche Nacht – und immer wieder, bis er endlich genug Geld beisammen hatte, um all diese Gefahren hinter sich zu lassen. Genügend Geld, um dem Moor für immer zu entrinnen.

Er war dieses anstrengenden Lebens ständiger Gefahren überdrüssig, dieses öde, freudlose Leben, das nichts als Gefahr und Ängste bot und ihm nichts von dem gewährte, wonach er sich sehnte. Doch Tollkühnheit und Wagemut lohnten sich. Gab es wertvolle Ladungen, und brachte man sie sicher an Land, dann würde er nicht mehr lange hier aushalten müssen – jedenfalls nicht so lange, bis er vergessen hatte, wie man das Leben genießt.

Die Sonne schien warm auf seinen Rücken. Er schloß die Augen. Die unbehagliche Stube versank. Unter seinen Schritten knirschte der weiße Sand der Karibischen Inseln, jenseits der Brandung breitete sich das Meer aus – blaugrün wie die Augen des Mädchens, das an seiner Seite schritt. Fröhlich lachte und scherzte sie, der Wind spielte in ihrem wilden roten Haar. Ihr blaues Kleid war von der sengenden Sonne gebleicht.

Das Glas noch immer in der Hand, sank Paul in tiefen Schlaf.

An dem Tage, an dem sie Paul in der Kirche begegnet war, ließ Jane im großen Gesellschaftszimmer auf Blakes Höhe abends ein Feuer im Kamin anzünden. Sie wählte ein grünseidenes, mit schweren Spitzen verziertes Kleid — Anne hatte es besonders gern getragen — und wartete auf ihn. Ihrem Vorbild folgend, stellte sich William in einem seiner Samtjacketts ein, mit noch feuchtem, frisch gekämmtem Haar. Mit seinem Hund streckte er sich vor dem Kamin auf dem blaugoldenen Teppich aus und blätterte unaufmerksam in einem Buch, das er von Spencers Wandborden geholt hatte. Seine Gedanken waren nicht bei der Sache. Voller Hoffnung sprach er von den weißen Mäusen, die Paul ihm versprochen hatte. Immer wieder schaute er nach der Uhr auf dem Kaminsims.

Auch Jane konnte ihre Ungeduld kaum beherrschen. Schließlich brachte Patrick den sich sträubenden William zu Bett. Jane legte neue Scheite auf das Feuer. Nur das gleichmäßige Ticken der Uhr unterbrach die Stille. Im Feuerschein tanzten Schatten über den Teppich. In dieser Beleuchtung erschien der Raum schön und wohnlich, die Schnitzerei am Kaminsims wirkte plastischer, der abgetretene Rand des Teppichs fiel im ungewissen Licht gar nicht auf. Vergangene Generationen der Blakes, von zweitrangigen Künstlern gemalt, blickten gleichgültig, fast gelangweilt, als seien sie Menschen ohne eigenes Erleben gewesen. Im Spiegel an der gegenüberliegenden Wand sah Jane ihr eigenes Abbild. Sie hätte damit zufrieden sein können, denn auf diese Entfernung konnte dieses feine, schmale Gesicht sehr wohl das von Anne sein. Statt dessen zupfte sie unruhig an den Spitzen ihres Kleides und fragte sich, warum sie sich wegen Paul Fletcher soviel Mühe machte, und warum es ihr so wichtig war, was er von Blakes Höhe und von ihr selber hielt. Noch gestern war er für sie ein aufdringlicher, unverschämter, fremder Mann gewesen. Sie stellte fest, daß sie ebensooft wie William auf die Uhr schaute, und doch tat sie es immer wieder.

Endlich mußte sie einsehen, daß er heute abend nicht mehr kommen würde. Mit dem Fuß stieß sie den Teppich vom Kamin weg und ging enttäuscht in die Halle. Dort döste Patrick in einem Sessel, eine Kerze vor sich, um Jane in ihr Zimmer zu leuchten.

Tagsüber hatten sie Annes früheres Zimmer gelüftet und geputzt. Im Kamin brannte ein Feuer. Das Nachthemd war zurechtgelegt. Patrick hielt die Kerze hoch und sah sich um.

»Das sieht gar nicht so aus wie das Zimmer von Miß Anne«, bemerkte er traurig. »Ich vermisse die hübschen Sachen, mit denen sie sich immer umgab . . . Ich kann mir einfach nicht vorstellen, daß Miß Anne in diesem düsteren, alten Loch aufgewachsen ist.«

Als Patrick gegangen war, kauerte sich Jane im Nachthemd vor das Feuer. Es fröstelte sie in dem ungemütlichen Zimmer, das, wie auch Patrick empfunden hatte, so ganz und gar nichts von der intimen Atmosphäre des Londoner Schlafgemachs hatte. Tiefe Stille umgab sie. Mit Wehmut dachte sie an das Geplauder Marys, mit der sie im ›Federbusch‹ ein Kämmerchen geteilt hatte, und an das heimliche Kichern und Schwatzen von Lottie und Pru, wenn Sally Cooper glaubte, sie schliefen schon längst. Sie vermißte einen Menschen, mit dem sie sich hätte aussprechen können. War das die Verlassenheit, vor der Paul sie gewarnt hatte? Konnten die Jahre in dieser Vereinsamung eines nach dem andern unwiederbringlich vergehen, wie er gesagt hatte, und würde sie eines Tages entdecken, daß ihr Leben sinnlos vergeudet war? Er war dafür gewesen, daß sie Blakes Höhe den Rücken kehrte. Vielleicht sprach aus seinen Worten das bittere Wissen, ohne Lebensgefährten mutterseelenallein beim Kaminfeuer zu sitzen, ein einsames Leben ohne Liebe zu führen. Sie stützte den Kopf auf die hochgezogenen Knie und dachte daran, wie Paul gestern unten im Schiff der Kirche gestanden hatte, und wie unbekümmert er über seine Armut und seinen abgetragenen Rock gescherzt hatte. Gestern hatte er ihr Verständnis entgegengebracht, hatte den Wunsch gezeigt, ihr zu helfen, hatte sich Gedanken über ihre Zukunft gemacht. Vielleicht war mit dem, was gestern geschehen war, alles zu Ende – heute hatte sie vergeblich auf ihn gewartet. Er war nicht gekommen.

9. Kapitel

Kate war entsetzt, als sich Jane mit Harke und Spaten im verwilderten Gemüsegarten hinter den Ställen zu schaffen machte. Verbissen arbeitete sie drauflos und versuchte, die Ängste der vergangenen Nacht zu vertreiben. Heute, da keine Frauen und Kinder von Appledore gekommen waren, lag Blakes Höhe wieder still und verlassen da. Jane horchte vergebens, ob sich keine Stimmen, keine Schritte vernehmen ließen. Jed und Lucas waren unten beim Deich und bemühten sich, einige Zäune auszubessern. Patrick hatte sich entschlossen, die große Speisekammer auszuräumen und zu säubern. Als Jane auf dem Weg in den Garten die Küche durchquert hatte, waren Patrick und Kate bereits mitten im heftigsten Streit gewesen. Aber auch sie hatten jetzt aufgehört, sich gegenseitig anzuschreien. Außer den Vogelstimmen und dem Gesumm der Bienen und Käfer war kein Laut zu vernehmen. Jane wollte sich nicht eingestehen, daß es die Stille der Einsamkeit war, die sie umgab.

Da hörte sie auf dem Plattenweg Schritte. Erwartungsvoll schaute sie auf. Es war William. Die Hände in den Taschen, in einem abgetragenen, zu engen Hemd, kam er um die Ecke des Stalles.

»Ich helfe dir«, sagte er.

Sie lächelte ihn an. »Das ist fein. Hier wären drei kräftige

Männer nötig, statt des einen – und einer Frau.« Sie reichte ihm die Harke. »Du kannst hier, wo ich schon umgegraben habe, das Unkraut zusammenrechen.«

Die Harke war viel zu groß und schwer für William, denn er war nicht gewöhnt, mit Gartengeräten umzugehen. Er schüttelte Erde von den Wurzeln, daß die Erdbrocken nur so umherflogen, und wo er gerecht hatte, blieben Löcher und unebene Stellen. Sie arbeiteten zusammen wie gute Kameraden. Williams Gegenwart vertrieb das Gespenst der Einsamkeit. Leise summte Jane vor sich hin und stieß den Spaten kräftig in die weiche, feuchte Erde. Sie war schmutzig und verschwitzt, als Kate herbeieilte, um ihr zu melden, daß im Hof ein Bote von Robert Turnbull auf sie wartete.

Robert Turnbull hatte ihr eines seiner Pferde geschickt, eine feingliedrige Rotschimmelstute, deren Fell im Spiel der Muskeln eine bronzefarbene Tönung annahm. Der Reitknecht übergab einen kurzen, in markanten Zügen geschriebenen Begleitbrief. Gerade die unkonventionelle Kürze seines Schreibens wirkte auf Jane, als richte Robert Turnbull seine Worte an einen ihm nahestehenden Menschen. »Ich hoffe, Ihr betrachtet die Stute für die Dauer Eures Aufenthaltes als Euer Eigentum. Sie heißt Blonde Bess und ist folgsam und fromm. Sie hat nur gute Eigenschaften.« Er hatte nur mit seinem Vornamen Robert unterschrieben.

In der ersten Aufregung und Freude war sich Jane der vollen Tragweite seines Angebotes und des Briefes nicht bewußt. Seine Großzügigkeit, als handle es sich nur um eine Bagatelle, entsprach wohl seinem Charakter. Sie wies Kate an, dem Reitknecht Bier und Käse zu geben, bevor er nach Rye zurückritt. Patrick und William bewunderten das edle Tier und sprachen ihm beruhigend zu. Immer wieder riefen sie leise seinen Namen Blonde Bess, streichelten das glänzende Fell und betasteten das feine Leder des Zaumzeugs. Mit Patricks Hilfe hob Jane den Knaben in den Sattel, doch als sie das Entzücken auf seinem Gesicht sah, wurde sie traurig bei dem Gedanken, daß er kein eigenes Pony besaß.

»Wie schön du bist ... wie schön du bist!« bewunderte William das Pferd immer wieder. Jane war entzückt von dem Anblick des rothaarigen Knaben auf der Rotschimmelstute.

»Mr. Turnbull ist wirklich ein gütiger und großzügiger Herr«, sagte Patrick mit auffallender Betonung.

Jane warf ihm einen scharfen Blick zu. Sie fühlte, daß sich hinter diesem Lob eine bestimmte Absicht verbarg. »Mr. Turnbull war den Blakes seit Jahren ein treuer und ergebener Freund. Er ... er ist ein Jugendfreund meiner Mutter.«

»O gewiß«, entgegnete Patrick scheinheilig. »Ich bin überzeugt, er wird auch weiterhin ein treuer und ergebener Freund bleiben, Miß Jane. Ein Mann, der sich mit Pferden auskennt, hat immer seine guten Seiten ...«

»Patrick! Er hat uns Blonde Bess doch nur geliehen, nichts weiter. Mr. Turnbull hat auch gar nichts anderes damit beabsichtigt. Und du hältst gefälligst den Mund und mischst dich nicht in Dinge, die dich nichts angehen.«

Patrick machte ein gekränktes Gesicht. »Ich schwör's bei allen Heiligen, Miß Jane, kein Sterbenswörtchen kommt mehr über meine Lippen. Ich wollte nur sagen, nach allem, was ich so höre, ist Mr. Turnbull so ein feiner Herr ...«

»Jetzt aber Schluß!« unterbrach sie ihn. »Schluß mit deinem Geschwätz! In diesem Hause muß weniger geredet und mehr gearbeitet werden. William und ich werden Bess in den Stall bringen.«

Patrick nickte zustimmend und wandte sich zum Gehen. Doch Jane hielt ihn zurück.

»Merk dir das eine, Patrick: Mr. Turnbull ist kein zweiter Lord O'Neill.«

Sie half William aus dem Sattel. Gemeinsam führten sie die Stute in den Stall. An der Pumpe im Hof füllte William einen Eimer mit Wasser und schleppte ihn herbei. Aufmerksam beobachtete er, wie Bess trank.

»Laß sie nicht zu viel trinken«, warnte Jane, »sie ist noch zu erhitzt.«

Sie warf ein paar Gabeln Heu in Bess' Krippe, und William half ihr beim Absatteln. Ohne zu scheuen, ließ sich die Stute alles geduldig gefallen. Sie war wirklich so fromm, wie Robert Turnbull geschrieben hatte. Als sie aus dem Pferdestand traten, machte sich Bess nicht sogleich über das Heu her, sondern schaute ihnen nach, wie sie Sattel und Zaumzeug an einen Holzpflock an der Wand aufhängten. Durch die Trennungsbalken der Pferdestände äugten die Grauschimmel neugierig zu der fremden Stute hinüber.

Jane und William gingen wieder an die Gartenarbeit. Die Sonne brannte jetzt heiß hernieder. Janes Halstuch wurde feucht von Schweiß. Das Unkraut kam ihr noch dichter und höher vor – eine wahre Wildnis, die in all den vielen Jahren ungehindert wuchern konnte, seitdem der letzte Gärtner Blakes Höhe verlassen hatte. Williams Eifer erlahmte allmählich. Er sah erhitzt und müde aus. Verbissen arbeitete Jane weiter, aber sie hielt oft inne und wischte sich mit erdverkrusteter Hand den Schweiß von der Stirn. Sie erwog, ob sie nicht noch einmal nach Appledore um Hilfskräfte schikken sollte, aber dann dachte sie daran, wie kräftig die Frauen und Kinder an ihrem Tisch zugegriffen hatten und wie erschreckend schnell die Geldstücke in ihrer Börse abnahmen. Mit einem Achselzucken stieß sie den Spaten aufs neue durch die Wildnis in den Boden.

Als jetzt Schritte auf dem Plattenweg aufklangen, war sie so in Gedanken versunken, daß sie es gar nicht bemerkte. Er stand vor ihr und sprach zu ihr, noch ehe sie aufblickte.

»Heute ist es zu schwül für Gartenarbeit ... Und es ist auch nicht gut für Eure zarten Hände«, sagte Paul Fletcher mit einem gutmütigen Lächeln.

Seine Stimme klang nicht spöttisch und belustigt wie vorgestern in der Kirche. Er schien wirklich um sie besorgt zu sein. Jane stieß den Spaten in die Erde und richtete sich auf. Seine Gegenwart verwirrte sie, und doch freute sie sich, daß er gekommen war – sie mußte es sich eingestehen. Einen Augenblick lang dachte sie mit Bedauern an das seidene Kleid, das sie gestern abend für ihn angezogen hatte, und an ihre sorgfältige Frisur.

»Hier heißt es zupacken«, sagte sie und wies mit dem Kopf auf das Unkraut. »Ich bin viel zu geizig, um meine Nachbarn mit gutem Geld dafür zu bezahlen, was ich selber anpflanzen und ernten kann. Wie meine Hände dann aussehen, muß mir gleichgültig sein. Ihr seht, ich . . .«

Jetzt konnte William nicht länger an sich halten. Er warf die Harke hin, lief auf Paul zu und ließ Jane nicht zu Ende reden. »Habt Ihr sie mitgebracht, Mr. Fletcher? Die Mäuse, Sir? Habt Ihr sie dabei?«

Paul nickte bejahend und wies zu den Ställen hin. »Ich hab' sie dem Diener gegeben, dem Patrick. So heißt er doch?«

William rannte los und blieb dann stehen. »Wo sind sie? Im Stall?«

»Ja, Patrick meinte, das sei wohl der richtige Platz für sie.«

Aber schon war William um die Stallecke verschwunden.

Als sie sich allein gegenüberstanden, trat eine Stille ein. Jane war über sich selbst erstaunt, daß sie plötzlich nichts zu sagen wußte, ja, sogar Scheu vor dem Manne empfand, der vor ihr stand. Mit seinem gepuderten Haar, das ein sauberes Band zusammenhielt, glich er so gar nicht dem Manne, dem sie in der Kirche begegnet war. Er trug ein Jabothemd und einen enganliegenden, gutgeschnittenen Reitanzug. Einen funkelnagelneuen, offensichtlich teuren Zweispitz hielt er unter dem Arm. Auf seinen Schuhen glänzten silberne Schnallen.

»Ich bin hier, um Euch um Vergebung zu bitten, weil ich

gestern abend nicht gekommen bin, wie Ihr mir befohlen hattet.«

Als sie abwehrte, fuhr er lächelnd fort: »Ich habe Eure Einladung als Befehl betrachtet – so war sie ja auch gemeint. Doch nur mit Siebenmeilenstiefeln hätte ich rechtzeitig zur Stelle sein können und Euch zu Diensten stehen. Aber in meinem . . .«, er räusperte sich, »in meinem Beruf muß man jederzeit auf Überraschungen gefaßt sein. In der vergangenen Nacht war ich viele Meilen von Blakes Höhe entfernt.«

Die feindselige Stimmung, die in der Kirche zwischen ihnen geherrscht hatte, schien verflogen. Jane fühlte, daß Paul nichts mehr gegen ihre Anwesenheit auf Blakes Höhe einzuwenden hatte, ebensowenig wie Kate und Lucas und die Bewohner von Appledore. Diese kurze Spanne Zeit hatte genügt, diesen Umschwung herbeizuführen. Aus seinen blauen Augen in dem wettergebräunten Gesicht war das spöttische Lachen verschwunden.

Sie deutete auf ihr von Erde beschmutztes Kleid. »Gestern abend ist Euch ein schöner Anblick entgangen. Euch zu Gefallen hatte ich mein bestes Seidenkleid angezogen, mir Locken gedreht und die vornehme Salondame gespielt. Wie schade, daß Ihr jetzt kommt, wenn das Aschenputtel die Stelle der Prinzessin eingenommen hat.«

»Ich fürchte, die feine Dame im Salon hätte mir Angst eingejagt. Was ich hier vor mir sehe, gefällt mir viel besser. Der Schmutzfleck am Kinn macht sich entzückend . . . Ihr versteht Euch darauf, ein Schönheitspflästerchen zu tragen.«

Verlegen rieb sie an dem Fleck. Sie konnte keine schlagfertige Erwiderung finden. Was war nur mit ihr? In der Kirche war sie um keine Antwort verlegen gewesen. Warum konnte sie sein Kompliment nicht unbefangen entgegennehmen, sich daran erfreuen, Mut daraus schöpfen, wie er es beabsichtigt hatte? Er hatte es gut gemeint, und sie war so unbeholfen, daß sie ihm nicht einmal mit einem Lächeln danken konnte. Wenn es ihr auch nicht so zumute gewesen war, in den vergangenen Wochen war sie stets gezwungen gewesen, voller Würde aufzutreten, als gäbe es weder Unsicherheit noch Ängste für sie. Welche Erleichterung wäre es, diesem Manne gegenüber aufrichtig sein zu können.

Sie schaute ihn voll an und lächelte. »Ich danke Euch.«

»Wie hübsch Ihr seid, wenn Ihr so lächelt. Es verleiht Euch eine Anmut über alle Schönheit hinaus. Zu schade, daß Ihr so selten lächelt. Eine Frau sollte es tun, denn es gibt ihr einen ganz besonderen Reiz. Mit einem solchen Lächeln kann sie bei einem Mann fast alles erreichen.«

Jetzt schaute sie ihn schelmisch an. »Ist es Euch oft so ergangen? Ihr scheint reich an Erfahrungen mit lächelnden Frauen zu sein.«

Gleichgültig sagte er: »Eine bezaubernde Frau zu beschenken, ist die sinnvollste Art des Schenkens. Und war auch die Gabe verschwendet – die Erinnerung daran bleibt angenehm.«

Mit einer Handbewegung beendete er das Thema. »Über diese Lebenseinstellung müssen wir uns später einmal unterhalten. Ich hatte gehofft, Euer Herz heute mit der Nachricht erfreuen zu können, das zusätzliche Kirchengeld sei genehmigt . . .«

Sie war enttäuscht. »Ja, aber . . .«

»Endgültiges weiß ich noch nicht. Ich hatte noch keine Gelegenheit, mit meinem Auftraggeber darüber zu sprechen. Als ich mich bei ihm anmeldete, erfuhr ich, daß er schon seit einigen Tagen fort ist und vielleicht erst in einer Woche zurückkehrt.«

»Ja, dann . . . dann hilft alles nichts. Dann muß ich eben abwarten.« Sie konnte nicht länger den Bluff ihrer Gleichgültigkeit aufrechterhalten und sagte niedergeschlagen: »Ich . . . ich würde die Entscheidung gern sobald wie möglich erfahren.«

»Neulich sagtet Ihr, es komme Euch nicht auf das Geld an.« Seine Stimme hatte einen leicht fragenden Ton. Er überließ es ihr, seine Worte als Frage oder lediglich als Feststellung aufzufassen.

Sie deutete auf die Harke, ihr schmutziges Kleid und den verwilderten Gemüsegarten. »Euch kann ich nichts vormachen. Es kommt mir auf das Geld an – sehr sogar.«

Er nickte. »Ihr besitzt mein volles Verständnis. Es mißfällt mir zwar, daß Ihr Euch überhaupt in die Sache einmischt, aber da Ihr nun einmal entschlossen seid, Euren Kopf durchzusetzen, sehe ich nicht ein, warum man meinen Auftraggeber nicht um einen kleinen Teil des Geldes erleichtern soll, das meine Tätigkeit ihm einbringt. Ich werde mein möglichstes für Euch tun, das verspreche ich Euch.«

Jane betrachtete ihn eine Weile, dankte ihm für sein Versprechen mit einem Lächeln und schüttelte dann fragend den Kopf.

»Was ist denn?«

»Ihr seid heute ganz anders«, sagte sie, »und es liegt nicht nur an Eurer feinen Kleidung. Als wir uns neulich sahen, sagtet Ihr mir keinerlei Hilfe zu.«

Er lachte über ihre Bemerkung wegen seiner Kleidung, schien aber nicht auf ihre Andeutung eingehen zu wollen.

»Erzählt nur weiter«, munterte sie ihn auf. »Ihr könnt es mir doch sicherlich sagen. Ist es vielleicht . . .? Beginnt Ihr vielleicht einzusehen, daß mein Plan, hierzubleiben, gar nicht so verrückt ist, daß er nicht nur meiner Hartnäckigkeit entspringt?«

Auf den Spaten gestützt, wartete sie auf seine Antwort. Er zog die Stirn in Falten, blickte von ihr weg zu den zwei riesigen Eichen hin, die das Dach des Hauses überragten, und weiter zum dunstigen Himmel über dem Moor, über dem in der Ferne ein Schwarm von Möwen kreiste. Er suchte nach einer Antwort, die ihm offensichtlich schwerfiel.

»Es geht mich ja eigentlich nichts an«, sagte er schließlich und wandte sich ihr wieder zu. »Aber ich muß immer wieder an etwas denken, was Ihr neulich in der Kirche gesagt habt.«

»Was habe ich denn gesagt?«

»Ihr sagtet: ›Seit wann haben Frauen ihr eigenes Leben bestimmen können? Für mich heißt es Blakes Höhe oder nichts‹.«

»Ja, das habe ich gesagt. Und . . .«

»Es ist mir klargeworden, daß ich Euch falsch eingeschätzt habe. In London hättet Ihr andere Möglichkeiten gehabt. Ihr besitzt Schönheit und Jugend, und Männer lassen sich Schönheit und Jugend etwas kosten. Statt dessen zieht Ihr es vor, die Verantwortung für ein Kind und einen verschuldeten Besitz auf Euch zu nehmen. Ich finde, Ihr jagt einem falschen Ziele nach, doch ich bewundere Euren Mut. Wenn ich Euch das Geld dazu verschaffen kann, tue ich es gern.«

So viel hatte er nicht sagen wollen, und das Bewußtsein, daß er sich verraten hatte, machte ihn schroff. Zum ersten Male mußte er sich eingestehen, wie oft er seit der Begegnung in der Kirche an Jane gedacht hatte. Schnell fuhr er fort, ehe sie Zeit fand, ihm zu antworten:

»Und außerdem ist es wohl besser, Ihr gebt mir den Spaten da. Wenn ich schon hier bin, kann ich mich auch etwas nützlich machen.«

Paul Fletcher warf seinen Zweispitz auf den Weg und auch seinen schmucken Rock. Er krempelte die Spitzenärmel seines Hemdes hoch und nahm Jane den Spaten aus der Hand.

Die nächsten Stunden waren die glücklichsten, die Jane seit langem erlebt hatte. Auf einem umgestülpten Eimer sitzend, den Rock weit um sich gebreitet, beobachtete sie Paul bei der Arbeit. Sie hatte ihre Freude an den gleichmäßigen, zielbewußten und doch leichten Bewegungen seines kräftigen Körpers. Es tat ihr wohl, sich auszuruhen und seine Nähe zu fühlen. Seine Schnallenschuhe waren von feuchter Erde bedeckt, das verschwitzte Hemd klebte an ihm. Er aber grub unentwegt mit raschen Bewegungen weiter. Als die Mittagsglut ihren Höhepunkt erreicht hatte, bestand Jane darauf, daß er nun lange genug gearbeitet habe. Die Hälfte des Gemüsegartens war bereits umgegraben.

Paul richtete sich auf. »Bei der Flotte kriegt man Schwielen an den Händen, die nie vergehen. Und diese bleiche englische Sonne – wartet nur, bis Ihr die Sonne in den Tropen erlebt, dann erst kennt Ihr den Unterschied. Aber einen Durst habe ich«, gab er zu, »daß ich ein ganzes Faß austrinken könnte.«

Sie hatte vor, mit Paul in Spencers Zimmer zu Mittag zu speisen, mit dem feinen Tafellinnen und -silber, um ihn von Kates primitiven Kochkünsten abzulenken. Bevor sie ins Haus traten, führte sie ihn in den Stall und zeigte ihm Blonde Bess. Paul kannte das Pferd bereits. Er hatte Turnbull schon oft im Moor reiten sehen. Sie sprachen eine geraume Weile über die Eigenschaften der Stute. Paul zeigte unumwundenes Interesse dafür, auf welche Weise Blonde Bess in Janes Besitz gekommen war, und es war ihm offensichtlich nicht recht, daß es nicht in seiner Macht lag, ihr einen ähnlichen Gefallen zu erweisen. William gesellte sich zu ihnen. Er saß bei der Stalltür in der Sonne und beobachtete die zwei weißen Mäuse im Käfig; sein Interesse für Blonde Bess hatte bereits nachgelassen. Paul setzte sich neben ihn, und beide beugten sich über den Käfig. Jane ging ins Haus, um Patrick anzuweisen, er möge ein drittes Gedeck auflegen.

Während Jane über den Hof ging, rief Paul ihr nach: »Es ist doch ein zu schöner Tag, um im Zimmer zu essen. Warum nehmen wir uns nicht etwas mit in den Obstgarten?«

William war von diesem Vorschlag begeistert. Als Jane seine freudestrahlenden Augen sah, sagte sie sich, daß der

Junge wahrscheinlich noch nie in seinem Leben ein Picknick im Freien erlebt hatte.

Paul begleitete sie also in die Küche, füllte einen Krug mit Apfelwein und hieß Kate, Brot, Käse und Pökelfleisch schneiden. Kate und Patrick waren vor lauter Mißbilligung sprachlos. Kate war Pauls Gegenwart nicht recht; sie wagte kaum einen Blick auf die Töpfe, in denen das für Jane und William bestimmte Mittagessen brodelte. Mit zusammengekniffenen Lippen befolgte sie Pauls Anweisungen; nur einmal machte sie den Mund auf, als sie Patrick heimlich etwas zuflüsterte, das Jane hören sollte.

»Na, hoffentlich werden die beiden von Lucas und Jed nicht gesehen. Das wäre ja der richtige Klatsch für das ganze Moor.«

Jane tat so, als hätte sie es nicht gehört. Wie sehr sie später den Leichtsinn dieser Stunde vielleicht auch bereuen mochte, sie würde sich diese Freude jetzt nicht nehmen lassen. Entschlossen nahm sie den Krug und folgte Paul aus der Küche. Der Hund wartete schon auf sie im Hof. Als letzter trottete er hinter der kleinen Gruppe her, die sich auf den Obstgarten zu in Bewegung setzte.

Das hohe, weiche Gras duftete herrlich. Die Bäume trugen noch Blüten, waren aber noch nicht voll belaubt. Das Sonnenlicht spielte sich in ihnen und malte jedesmal getupfte Wellenlinien, wenn der leise Wind sie berührte, Bienen flogen summend von Blüte zu Blüte; irgendwo hoch über den Wiesen trillerte eine Lerche. Die Sonne blendete so sehr, daß sie den Vogel nicht sehen konnten. Als Brot und Käse verspeist waren und sie nach Herzenslust Apfelwein getrunken hatten, streckte sich Paul in dem hohen Gras aus und schloß die Augen. Jane saß, mit dem Rücken an einen Baumstamm gelehnt, und kraulte versonnen die seidigen Ohren des Hundes. Friedliches Einverständnis herrschte zwischen Mensch und Tier. William lag auf dem Bauch und verfolgte das ruhelose Hin und Her einer Ameise. Doch bald langweilte es ihn, und er rief den Hund zu sich heran. Die beiden machten sich auf den Weg zu dem großen Kanal am Fuße des Abhangs.

Paul öffnete die Augen.

»So kann ich Euch also nicht wieder besuchen, Jane.«

Beunruhigt wandte sie sich zu ihm. »Warum denn nicht?«

»Muß ich Euch das sagen? Ihr habt doch Kates Haltung gesehen, und sie ist eine treue Dienerin der Blakes. Die bösen Zungen werden über Euch herfallen, wenn ich ohne triftigen Grund noch einmal auf Blakes Höhe erscheine. Die Leute hier mißtrauen mir. Es ist nicht gut für Euren Ruf, wenn es bekannt wird, daß ich ein regelmäßiger Besucher hier bin. Vielleicht werden wir uns zuweilen treffen, draußen im Moor, wo die Leute uns nicht sehen. Sollten wir uns aber in Hythe, in Rye oder Folkestone begegnen, so werden wir uns im Vorübergehen grüßen, es sonst aber vermeiden, zusammen gesehen zu werden.«

Er starrte in die Baumkronen hinauf. Jane war froh, daß er nicht sah, wie sie rot wurde. Seine Worte trafen sie wie ein Schlag in diesem himmlischen Frieden, den sie in dieser Stunde geteilt hatten. Vielleicht hatte er es aus Sorge um ihren guten Ruf gesagt, vielleicht auch nur aus lässiger Langeweile. Sie versuchte, seinen Besuch von seinem Standpunkt aus zu sehen. Welcher Mann würde es gern haben, wenn ihm bei seinem Besuch ein Spaten in die Hand gedrückt würde, um sich sogleich seinen guten Anzug und seine Mußestunden verderben zu lassen? Würde er in Zukunft nicht lieber wegbleiben, wenn junge Frauen ihn zur Arbeit heranzogen und mit ihren Problemen langweilten, anstatt mit ihm Scherz und Kurzweil zu treiben? Was wußte sie denn schließlich von Paul Fletcher. War es nicht kindlich und töricht von ihr, anzunehmen, daß sie die einzige Frau sei, die seinen Besuch erwartete. Auf einmal erschien ihr das Picknick im Garten als lächerliche Komödie. Wahrscheinlich hatte er es nur vorgeschlagen, um Kates scheußlichen Kochkünsten zu entgehen. Offenbar hielt er Brot und Käse für das Beste, was Blakes Höhe ihm bieten konnte. Heißer Zorn stieg bei diesem Gedanken in ihr auf.

»Ganz wie Ihr wünscht«, antwortete sie kurzangebunden. Rasch erhob sie sich und räumte die Reste der Mahlzeit zusammen.

»Entschuldigt mich, ich muß im Hause nach dem Rechten sehen.«

Sie spürte, daß er sich verwundert nach ihr umblickte, und bückte sich nach dem leeren Krug.

»Ich will Euch nicht länger aufhalten«, sagte sie. »Sicherlich habt Ihr noch viel vor.«

10. Kapitel

Paul hatte sich mit höflichen, nichtssagenden Worten verabschiedet. Vielleicht hatte er in seiner Verwunderung über Janes veränderte Haltung ihre Absicht mißdeutet; sie aber nahm an, daß er ihr gegenüber gleichgültig sei. Sein Fortgehen hinterließ eine Leere, und in einem Anfall von Wut stürzte sie in die Küche. Sie mußte etwas tun, um ihrem Zorn Luft zu machen; wortlos schob sie Kate beiseite und begann einen Schub Brot zu backen. Sie mußte sich mit Roggenbrot begnügen, denn schon seit langem hatte Blakes Höhe keinen Sack Weizenmehl mehr gesehen; sie wollte dafür sorgen, daß Gästen des Hauses Weißbrot angeboten würde, feinporiges Weißbrot, das im ›Federbusch‹ als etwas Besonderes galt, auf Annes Tisch aber als etwas ganz Alltägliches betrachtet worden war. Einen Teil ihrer Wut auf Paul knetete sie in den Teig. Was für eine Närrin war sie doch, sich etwas daraus zu machen, was seine Meinung über sie selber oder über diesen Besitz der Blakes war. Seine Zukunft lag ja ganz woanders. Sie würde überhaupt nicht mehr an ihn denken. Um sich abzulenken, probierte sie ein verzwicktes Kuchenrezept aus, das Sally bei besonderen Gelegenheiten im ›Federbusch‹ ausgewählt hatte: etwas übertrieben Üppiges mit Zutaten von Eiern, viel Zucker und allen möglichen Gewürzen. Es sollte eine Überraschung für William werden und zugleich eine Herausforderung sein.

Doch sie konnte den Gedanken an Paul nicht abschütteln. Sie verbrachte eine schlaflose Nacht, fuhr am Morgen beim Frühstück William ohne jeden Grund an und schenkte dem flehentlichen Bitten des Hundes um ein paar Brocken vom Tisch keinerlei Beachtung. Grimmig setzte sie das Umgraben des Gemüsegartens fort. William hielt sich heute von ihr fern. Beim Mittagessen herrschte düsteres Schweigen. Es gab Hasenragout und zum Nachtisch Reispudding. Jane und William brachten die Mahlzeit so schnell wie möglich hinter sich. Der Nachmittag war warm und windstill, das Umgraben ging immer langsamer vonstatten. Um die eintönige Arbeit zu unterbrechen, nahm sie die Harke und ebnete den umgegrabenen Teil. Plötzlich warf sie die Harke hin.

»Ich hab's satt! Ich hole Blonde Bess aus dem Stall und mache einen Proberitt mit ihr. Ja, vielleicht reite ich bis zum Meer!« Doch als sie über den Hof ging, verlangsamte sie ihre Schritte. Sie sah William auf den breiten Fliesen vor der Küchentür in der Sonne sitzen. Sein Gesicht war zur Küche gewendet. Er sprach mit jemandem. Jane konnte Patricks Stimme hören, der ihm antwortete. Zwischen den Knien hielt William einen Zinnkrug, an dem er eifrig herumpolierte. Als sie näher kam, sah sie den Tisch voll Silbersachen stehen, die Patrick putzte. Als sie herantrat, blickte William etwas ängstlich auf. Sofort änderte sie ihren Entschluß und beschloß, heute nicht allein auszureiten.

Liebevoll sprach sie mit William und schloß auch Patrick mit in das Gespräch ein.

»Sollen wir nach Rye fahren?« fragte sie. »Wir müssen unsere Speisekammer wieder auffüllen und . . .«

Patrick erhob sich sogleich. »Ich spanne die Grauschimmel ein, Herrin. Eine andere Luft kann Euch beiden nichts schaden. Gleich bin ich fertig.«

Klirrend fiel der Krug auf die steinerne Küchenschwelle, als William sich rasch erhob. »Ich habe noch neun Shillinge von den zwanzig, die Lord O'Neill mir geschenkt hat.« Er beeilte sich, den Krug auf den Küchentisch zurückzustellen und verkündete laut, was er zu kaufen vorhatte, während er über die Hintertreppe hinauf in sein Zimmer stürzte.

Jane blickte sich in der Küche um, in der jetzt außer ihr niemand war. Sie sagte sich, wie schnell sie sich doch in diesen wenigen Tagen an die ruhige Gleichmäßigkeit des Landlebens gewöhnt hatten. Schon die Besorgung einiger Vorräte für die Küche verursachte freudige Erregung. Anne hatte immer von der Langeweile, der Eintönigkeit auf Blakes Höhe gesprochen und mit Grauen daran gedacht, dieses öde Leben noch einmal durchmachen zu müssen. Jane fragte sich, ob sie wohl anders sei als ihre Mutter. Die unangenehme Erinnerung an all das, was Paul ihr prophezeit hatte, kam ihr nun wieder ins Bewußtsein. Rye kam Jane jetzt schon beinahe bekannt vor: der wuchtige viereckige Kirchturm auf der steilen Anhöhe und die Rother, die träge die Felsenklippen umspülte, welche die Lage der Stadt bestimmten. Heute war Markttag. Die Karren der Bauern und hier und da ein paar vornehmere Fahrzeuge verstopften die Straßen, die in den mittleren Stadtteil führten. Das Gekreisch von Hühnern, Gänsen, gemästeten Enten erfüllte die Luft, unterbrochen von den kaum verständlichen Rufen der Landleute und dem Lärm, der aus den offenen Türen der Bierkneipen drang. Verängstigte Kälbchen blickten aus schönen großen Augen verständnislos auf das Treiben der Menschenmenge. Janes Kutsche bahnte sich langsam den Weg durch das große Tor in das Innere der Altstadt. Patrick erkundigte sich immer wieder nach dem Laden in der George Street, wo – so hatte Kate ihnen gesagt – schon zu Spencers Zeit die Vorräte für Blakes Höhe eingekauft worden waren. Als sie schließlich vor dem Laden hielten, kamen Patrick Zweifel, ob es der richtige sei.

»Sieht mir nicht sehr einladend aus, Miß Jane«, sagte er, als er den Schlag öffnete. »Sollten wir es nicht woanders versuchen?« Er deutete mit dem Kopf auf die Straßen weiter unten, wo es von Besuchern des Marktes nur so wimmelte.

»Nein, das ist der richtige Laden. Wir fahren nicht weiter.«

Der Ladenbesitzer hielt schon die Tür offen und verbeugte sich vor Jane. Er war ein dicker Mann mit einer riesigen, blitzsauberen Schürze und einem schneeweißen Hemd. Der Klatsch von Janes Ankunft war bereits bis zu ihm gedrungen. Er hatte ihren Besuch erwartet.

»Willkommen, Miß Howard. Ich bin Samuel Purdy, der Eigentümer dieses Ladens. Ich hoffe, wir werden die Ehre haben, auch in Zukunft Blakes Höhe zu unserer Kundschaft zählen zu dürfen.«

Jane wußte nicht recht, wie sie sich verhalten sollte. Während Purdy sie mit fortwährenden Verbeugungen und Freudenbezeigungen in den Laden bat und seine Frau einen tiefen Knicks machte, sagte sich Jane, diese Dienstbeflissenheit könne nur zwei Gründe haben: entweder hatte Robert Turnbull Spencers Rechnungen hier bereits bezahlt und Samuel Purdy war von ihrem Kleid, ihrer Kutsche und den Pferden tief beeindruckt, hoffte also auf eine sehr lohnende, verschwenderische Kundin, oder aber – und das schien ihr wahrscheinlicher – die Rechnung war noch nicht bezahlt, und er erwartete ihre Begleichung. Sie hätte sich bei Kate vorher erkundigen sollen.

Im Innern des Ladens roch es nach guten Sachen. Purdy versuchte, ihr lockende Leckerbissen aufzudrängen, die sie sich nicht leisten konnte. Sie schob sie entschlossen beiseite und kaufte Zucker, Weizenmehl, Honig, Rosinen, Graupen, Salz, Seife und Kerzen. Im ›Federbusch‹ hatte Sally Seife und Kerzen immer selber hergestellt. Der Mangel an Dienstboten auf Blakes Höhe machte diese sparsame Gewohnheit unmöglich. Als sie ihre Einkaufsliste heruntergelesen hatte, war es Samuel Purdy anzumerken, daß er enttäuscht war. Seine Haltung zeigte es. Er wurde wieder freundlicher, als sie dann noch einige Gewürze für die Küche kaufte, die allerdings sehr teuer waren.

Als sie sich zum Gehen wandte, beeilte sich Purdy, ihr die Tür zu öffnen. »Sicherlich habt Ihr Euch noch nicht ganz eingelebt, Miß Howard. Wir werden Euch hoffentlich oft bei uns sehen, wenn Ihr Einkäufe für Blakes Höhe macht.«

»Gewiß. Guten Tag, Mr. Purdy.«

Patrick packte die Sachen in Weidenkörbe und verstaute alles hinten auf der Kutsche. Inzwischen wollte Jane mit William die George Street hinuntergehen. Nach einigen Schritten zog William sie heftig am Ärmel.

»Schau mal da drüben! Da steht ja Mr. Fletcher.«

Überrascht blieb Jane stehen. »Wo denn?«

»Dort, auf der anderen Seite. Er verneigt sich.«

Mit kühler Höflichkeit erwiderte Jane Pauls Gruß. William drängte: »Nun, gehen wir denn nicht zu ihm hin?«

»Selbstverständlich nicht!« Jane zog ihn schnell mit sich und kümmerte sich nicht weiter um den großen, blonden Mann, der wieder seinen alten Seemannsrock trug. Sie spürte, daß Paul nicht weitergegangen war, sondern, den Hut unterm Arm, stehenblieb und zu ihnen herübersah. Schnell ging sie weiter.

»Wir haben noch zuviel zu besorgen. Wir können nicht stehenbleiben und plaudern.« In ihrer Verwirrung betrat sie den ersten besten Laden. Sie kaufte einige Meter Spitzen und ein Stück bedruckten Kattun, obwohl sie beides nicht unbedingt benötigte. Überstürzt entnahm sie das Geld ihrer Börse, zahlte und verließ schnell den Laden, um keine weiteren törichten Einkäufe zu machen.

Doch draußen, dem Leinen- und Baumwolladen gegenüber, stand Paul. Er hatte die Flaschen im gewölbten Schaufenster eines Weinhändlers betrachtet, jetzt aber schaute er über die Schulter, als sie auf die Straße traten. Er gab ihnen mit den Augen ein Zeichen, doch so schnell, daß es niemand in der Menschenmenge bemerken konnte. Dann wandte er seine Aufmerksamkeit sogleich wieder der Auslage zu. Jane nahm William bei der Hand. Sie gingen weiter zu einem noch belebteren Teil der Straße.

An den Gemüseständen blieben sie stehen, kauften aber nichts, denn es war schon spät, und es gab nur noch minderwertige Ware. Sie bewunderten die bunten exotischen Vögel in den Käfigen, doch Jane bezweifelte, ob sie den naßkalten englischen Winter überleben würden. Auch rundliche, seidige Pfauentauben waren darunter, die Jane gekauft hätte, doch sie beherrschte sich. An einer Trödlerbude erstand sich William ein Vergrößerungsglas, und Jane kaufte ihm dazu noch ein altes Fabelbuch mit großem Druck, schwungvollen Kapitelüberschriften und Schlußarabesken, denn sie sagte sich, sie müsse sich mehr um Williams Bildung kümmern. Doch die ganze Zeit blickte sie sich immer wieder um, und jedesmal sah sie Paul zwei oder drei Stände von ihnen entfernt in stets gleichbleibendem Abstand. Er hielt sich immer in gleicher Entfernung, ohne auch nur einmal aufzuschauen oder zu ihnen hinzusehen. Zuweilen wurden sie von einer Menschenmenge getrennt, und Jane verlor ihn aus den Augen. Dann teilte sich die Menge, ein Bauernkarren fuhr weiter, und wieder stand Paul da.

Schließlich wurden sie von den Düften nach Gewürzen, Zucker und Marmelade, die aus einem Bäckerladen drangen, angezogen. Fast ohne es zu wollen, trat Jane ein. Auf das laute Glockenzeichen an der Tür erschien die dicke Ladeninhaberin mit rosigen Backen und begrüßte sie mit einem freundlichen Lächeln. Hier war der Geruch von guten Sachen nahezu unerträglich, und Jane empfand plötzlich großen Hunger. Anstatt nur ein paar runde leichte Kuchen zu verlangen, zeigte sie auf einen üppigen Pflaumenkuchen und einen mit Zucker und Zimt bestreuten Zopf. William durfte sich eine kleine Mandeltorte mit Eiscreme darauf aussuchen, die er auf dem Heimweg in der Kutsche verzehren sollte. Als es ans Zahlen ging, hatte Jane ein schlechtes Gewissen. In Anbetracht ihres tiefen Kassenstandes waren diese Einkäufe ein unverzeihlicher Leichtsinn. Und doch sagte ihr eine innere Stimme, daß Paul Fletcher da draußen auf der Straße nicht schuldlos daran war.

Doch als sie aus dem Laden trat, war er verschwunden. Der Markt begann sich aufzulösen. Es waren nur noch wenige Menschen da, und die Sonne stand schon niedrig über den Dächern der Häuser an der Straße mit dem schlechten Kopfsteinpflaster. Exkremente von Tieren und Gemüsereste bedeckten den Boden, wo die Stände gewesen waren, und ein kalter Wind pfiff heulend um die Ecken. Paul war nirgends zu sehen.

Sie zog den Umhang fester um ihre Schultern und eilte zur George Street zurück; William war müde und dachte nur an seine Mandeltorte. Jane ging ihm zu schnell, und etwas verdrießlich folgte er ihr die steile Straße hinauf, wo ihre Kutsche wartete. Patrick begrüßte sie schon von weitem und öffnete sogleich den Wagenschlag für sie.

»Ich dachte schon, Ihr würdet überhaupt nie mehr kommen«, sagte er. »In diesen Hafenstädten treibt sich immer gefährliches Gesindel herum . . .«

»Hör doch mit deinem ewigen Gequengel auf, Patrick!« Seine Sorge ging ihr auf einmal auf die Nerven. »Was könnte mir denn zustoßen, hier, wo . . .«

Sie sprach nicht weiter und starrte verwundert in die Kutsche. Auf dem Boden neben dem Schlag stand ein Korb mit Apfelsinen, daneben ein Glasgefäß mit getrockneten Feigen und Pflaumen; auch eine blaue Porzellandose mit versiegeltem Deckel, gefüllt mit eingemachtem Ingwer. Jane erkannte sie als die Dose wieder, die sie in Samuel Purdys Laden sich nicht hatte aufdrängen lassen. Mit einer raschen Wendung zu Patrick fragte sie: »Wie kommen diese Sachen hierher? Ich habe sie doch nicht bestellt. Patrick, du hast doch nicht etwa . . .«

»Ich wünschte, ich hätte, Herrin . . . für Euch, die solche Leckerbissen verdient.« Er schüttelte den Kopf. »Nein, Gnädigste, sie sind nicht von mir. Vor noch nicht drei Minuten war Mr. Fletcher da und ließ das alles für Euch hier. Er kam aus Purdys Laden. Ein Geschenk für Euch, sagte er.«

Jane hörte kaum zu, was Patrick noch alles sagte, während er ihr in die Kutsche half und eine leichte Decke um ihre Knie wickelte. Auf Williams Schoß breitete er ein Taschentuch, um die Kuchenkrümel aufzufangen. Auf dem Heimweg antwortete Jane geistesabwesend, aber freundlich auf Williams Fragen. Dann und wann, wenn die Wagenräder in den harten Furchen hin- und herrüttelten, berührte sie mit dem Fuß den Korb voller Apfelsinen und lächelte heimlich und stillvergnügt.

Auf Blakes Höhe angekommen, ärgerte sie sich, weil das Zeug, das sie in dem Leinen- und Baumwolladen in Pye überstürzt gekauft hatte, verglichen mit Annes Spitzen, sich als billig und wertlos herausstellte. Sie rollte es wieder zusammen und legte es bedauernd weg. Vielleicht ließ es sich gelegentlich für etwas gebrauchen, das niemand sah. Vielleicht für Unterwäsche. Den bedruckten Kattun schenkte sie Kate und versprach, ihr später einmal, wenn es im Hause weniger zu tun gab, einen Morgenrock daraus zu nähen.

Diese Nacht schlief sie ruhig, und kein Gedanke an Paul Fletcher störte ihren tiefen Schlaf.

Sie lag noch im Bett, halb im Schlaf, als Kate ihr einen Strauß Schlüsselblumen und einen Brief brachte. Jane hielt den Atem an: es waren bläßlich zarte Blümchen, noch feucht vom Tau. Mißbilligend verzog Kate den Mund.

»Lagen vor der Küchentür. Feine Freunde, die nicht einmal zu einer anständigen Zeit am hellichten Tage anklopfen!« Jane las den Brief, als Kate hinausgegangen war.

»Ich habe Nachricht für Euch, und Blonde Bess muß bewegt werden. Schlagt in Appledore den Weg nach Snargate und Old Romney ein. In dem Weidenhain eine Meile hinter Snargate warte ich auf Euch.«

11. Kapitel

So still hatten sie sich verhalten, daß selbst eine Schar Wildenten im Schatten des hohen Schilfs sie nicht bemerkten. Jane, die im Grase lag, hob langsam den Kopf, um sich das Gesicht von der Sonne bescheinen zu lassen. Am jenseitigen Ufer des Kanals stand eine Reihe hoher Ulmen; am Steg war ein wilder Apfelbaum voll erblüht. Ein warmer Luftzug wehte dann und wann fallende Blütenblätter zu ihnen herüber. Ringsum herrschte eine wohltuende Stille. Nur das Summen von Bienen und Käfern war zu vernehmen und der ferne plumpsende Laut auf das Wasser, wenn eine Ente einfiel.

»Wie friedlich es hier ist«, flüsterte Jane. »Schon lange habe ich keine so friedvolle Stunde mehr erlebt.«

»Auch ich habe einmal geglaubt, daß ich im Moor Ruhe und Frieden finden könnte«, sagte Paul leise. »Das ist schon lange her.« Jane gab keine Antwort. Sie versuchte, die bittere Enttäuschung zu überhören, die aus seinen Worten klang; kein einziger Augenblick dieses wunderbaren Tages sollte getrübt werden, keinen Bruchteil davon sollten Schmerz oder Unglück zerstören. Dieser Tag hatte so schön angefangen wie nie ein anderer zuvor. Sie dachte beglückt an die zarten, taubenetzten Himmelsschlüssel mit Pauls Brief und an das Wiedersehen mit ihm beim Weidenhain hinter Snargate. Es war so früh am Morgen gewesen, daß die Sonne den Tau noch nicht von der Weide aufgesogen hatte, wo die Schafe grasten. Sie trug Annes Reitkostüm und gefiel sich selber, als sie ihr Abbild im Spiegel erblickte. Patrick hatte ihr in den Sattel geholfen. Zum ersten Male war sie auf Blonde Bess allein weit hinaus ins Moor geritten und hatte die eigenartige Erregung – nicht ohne etwas Angst – empfunden, wieder einmal im Sattel zu sitzen. Schon nach den ersten Minuten lockerte und entspannte sich ihr Körper. Gelöst ging Jane auf die gleichmäßigen Bewegungen der Stute ein. Bess war ein Pferd ohne Makel, von hoher Zucht und tadellosen Manieren. Zärtlich tätschelte Jane den schlanken Hals der Stute.

Paul erwartete sie bei dem Hain der sechs Weiden, wo zwei breite Kanäle zusammenflossen. Herabhängende grüne Weidenzweige, die einem zarten Schleier glichen, verdeckten ihn und sein Pferd; doch als er sie kommen sah, stieg er auf und ritt ihr entgegen.

Er begrüßte sie mit einem glücklichen Lächeln und schwenkte seinen Hut mit einer solch schwungvollen Bewegung, als wolle er den ganzen herrlichen Frühlingsmorgen einfangen. Auch trug er nicht den schäbigen Seemannsrock, sondern den gutsitzenden Reitanzug wie bei seinem Besuch auf Blakes Höhe. »Guten Morgen!« rief er Jane zu, als er auf Hörweite herangeritten war. »Das nenne ich einen Anblick, wie Ihr daherkommt. Nur ein Londoner Schneider kann ein solches Kostüm machen. Ihr seid eine gute Reiterin, Herrin Howard. Freilich, alle Blakes waren gute Reiter.« Er lachte. »Und ich habe mir eingebildet, ein so edles Pferd wie Blonde Bess schätztet oder verdientet Ihr nicht!«

Auch Jane lachte. »Da seht Ihr, wie unrecht Ihr habt. Schon seit meiner Kindheit reite ich, und ich wette, wenn ich wollte, könnte ich es im Herrensattel mit jedem Manne aufnehmen.« Sie beugte sich vor und streichelte den Hals der Stute. »Doch auf dieser herrlichen Bess würde jeder Reiter gut aussehen.« Zu Paul gewandt fuhr sie fort: »Hoffentlich bedeuten die Schlüsselblumen vor meiner Tür heute morgen gute Nachricht.«

»Gute Nachricht – das sollte ich meinen. Zwanzig Guineen pro Monat für die Kirche. Zwanzig Guineen!« wiederholte er, und es klang fast wie ein Siegesruf.

Überrascht fragte Jane: »Wie ...? Wie habt Ihr das fertiggebracht? Zwanzig Guineen!«

»Ich wartete sein Angebot ab, ehe ich Euren Preis nannte. Er bot zwanzig Guineen.«

»Das Doppelte«, sagte Jane gedehnt, als könne sie es nicht fassen. »Aber warum, Paul ... warum?«

Einen Augenblick schien seine gute Stimmung umzuschlagen. Etwas mürrisch sagte er: »Wie kann ich das wissen? Ich frage nie erst lange, warum sich das Glück mir zuwendet. An Eurer Stelle würde ich dasselbe tun.«

Dann gab er seinem Pferd die Sporen und lenkte es auf das Marschenland zu. »Kommt! Wir dürfen diesen schönen Morgen nicht versäumen. Von einer dumpfigen, alten Kutsche aus kann man dieses herrliche Land nicht überblikken.« Über die Schulter warf er ihr wieder ein Lächeln zu. »Kommt und zeigt mir, was für eine gute Reiterin Ihr seid.«

Er galoppierte den steilen Abhang zum Kanal hinunter an eine Furt, wo er schon oft das Wasser durchquert hatte. Jane, die vor Überraschung kurz zögerte, fiel etwas zurück.

»Paul! Wartet doch! Wartet auf mich!«

Nie würde sie diesen Tag vergessen. Jetzt lag sie im durchsonnten Gras dicht neben Paul und schloß immer wieder beglückt die Augen, um diese Seligkeit ganz auszukosten. Nie hatte sie sich so frei, so ungebunden gefühlt, nie hatte sie ihre Jugend so tief erlebt. Paul hatte gescherzt, war auf all ihre Stimmungen eingegangen und hatte sie ermutigt, jeden Gedanken auszusprechen, der ihr gerade durch den Kopf ging. Über viele Dinge hatten sie geplaudert, über vieles zusammen gelacht; Jane gab sich dieser heiteren Erholung hin. Wie in den alten Tagen im ›Federbusch‹, wenn sie mit Sallys drei Töchtern eine stille Stunde vor dem Küchenfenster verträumt hatte. In den Augen vieler Frauen war Paul zweifellos ein schöner und stattlicher Mann; er war jung und von kräftiger Gestalt, hatte eine sanft befehlende Stimme, um Mund und Augen spielte ein feiner Humor. Während sie in einer Bierwirtschaft außerhalb von Ivychurch bei einem einfachen Frühstück saßen, fühlte sie, daß auf einmal ihr Gesicht erglühte: Seine Augen waren voll auf sie gerichtet. Er sah sie an, wie ein Mann eine Frau ansieht, die er schön und begehrenswert findet. Er versuchte auch nicht, diesen Blick zu verbergen oder ihm eine andere Bedeutung zu geben. Seine Augen stellten ihr die Frage, ernst und ohne Falsch. Jane senkte den Blick und mied den seinen.

Nur einen Augenblick hatten sie sich in die Augen geschaut; aber sie konnten diesen Blick nicht vergessen. Einer war sich des andern bewußt. Nun lagen sie in der Sonne beim Kanal, dicht nebeneinander, und unterhielten sich über andere Dinge. Er blickte zu ihr hin. »Ihr habt Blütenblätter in Eurem Haar, wißt Ihr das? Ihr gleicht . . .«

»Und Ihr auch, wie Schneeflocken sieht es aus.« Sie drehte sich etwas, stützte sich auf den Ellenbogen und legte ihr Kinn in die Hand. »Oh, betrachtet einmal Blonde Bess dort, Paul. Wie schön ihr Fell in der Sonne glänzt!«

»Ich kann mir nicht erklären«, sagte er, »was in Turnbull gefahren ist, Euch von allen seinen Pferden ausgerechnet Blonde Bess zu schicken. Er liebt Pferde – das weiß ich –, und er besitzt eine große Anzahl in den Ställen in Rye. Bess ist sein Lieblingspferd und sein bestes.«

Sie warf ihm einen Blick aus den Augenwinkeln zu. »Könnt Ihr Euch wirklich nicht denken, warum er mir Bess geschickt hat? Er hat meine Mutter sehr gern gehabt, vielleicht sogar geliebt.«

Paul zuckte mit den Schultern, drehte sich auf den Rükken und blinzelte in die Sonne. »Turnbull – verliebt in Anne Blake . . . Nun, warum nicht? Schon sonderbarere Dinge sind geschehen. Nur kann ich mir bei Turnbull nicht vorstellen, daß er sich den Luxus einer solchen Schwärmerei leistet. Weiß Gott, in Anne Blake konnte man sich leicht verlieben, wenn ich so an sie zurückdenke, damals . . .« Er wandte den Kopf und sah Jane an. »Ja, Jane, auch Euch wird man lieben, schon in Erinnerung an Anne.« Er lachte etwas höhnisch leise vor sich hin. »Ich kann mir nur denken, eine romantisch-sentimentale Erinnerung bestimmte mein . . . meinen Brotherrn, den Betrag für die Benutzung der Kirche zu erhöhen. Zwanzig Guineen! Na ja, Narren werden immer geboren. Ich jedenfalls würde es nicht zahlen.«

Jane nahm sich vor, es als Scherz aufzufassen. »Ich sehe schon, Ihr denkt, ich bin so viel Geld nicht wert. Euch wär's lieber, ich empfinge Euch im Gemüsegarten anstatt im grünseidenen Kleid am Feuer in meinem Salon.«

»Im Gemüsegarten saht Ihr sehr schön aus. Immer werde ich dieses Bild heilig halten, mehr noch als das Phantasiebild des Mädchens im grünseidenen Kleid.«

»Warum? Eine Frau will, daß man sich ihrer anders erinnert.«

Er machte eine hilflose Bewegung. »Wie soll ich es Euch klarmachen? Vielleicht, weil ich Euch frei, wild und ungebunden sehe, Eure Augen strahlend vor Wagemut und Kühnheit. Ich weiß es zu schätzen, daß Ihr trotz allem mißbilligenden Geschwätz auf Blakes Höhe mit mir ins Moor hinausreitet und Euch nicht scheut, bei Brot, Käse und Bier mir in einer Wirtschaft Gesellschaft zu leisten. Und Ihr macht Euch nichts daraus, ob Ihr Sommersprossen auf Eure schöne weiße Haut bekommt oder Euer Hut in den Kanal geweht wird. Ihr merkt es nicht einmal. Oh, Jane, Jane, seht Ihr denn nicht, daß es nichts Leichteres gibt, als in einem grünseidenen Kleid vor dem Kamin zu sitzen!«

»Pst! Still jetzt!« lachte sie. Sie konnte ihm nicht böse sein. »Vor dem Kamin sitzen war gar nicht so leicht. Auf Blakes Höhe ist sehr viel Arbeit geleistet worden, und ich habe es fertiggebracht. Ich bin dafür verantwortlich, daß jetzt wieder Kutschen vorfahren und im Salon Gäste empfangen werden können, und ich brauche mich nicht zu schämen.«

»Ich weiß, Jane, was Ihr in diesen paar Tagen auf Blakes Höhe geleistet habt. In Appledore und weit über Appledore hinaus halten die Leute Euch für eine Art Wunder. Sie wären gar nicht überrascht, wenn Ihr eines Tages mit dem alten John Blake daherkommen und ihm gute Ratschläge geben würdet. Die Leute sind sich nur im unklaren darüber, ob Ihr so arm seid wie Spencer oder ob Ihr von Anne ein Vermögen geerbt habt, mit dem Ihr sparsam umzugehen versteht.«

Jane mußte laut lachen. Eine Ente flog auf und suchte Zuflucht im Schilf; weiter unten am Kanal stiegen zwei Reiher auf und entflohen in raschem, anmutigem Flug.

»Oh . . .« Jane wischte sich die Tränen des Lachens aus den Augen. »Das ist ja zu komisch. Wie hätte Anne darüber gelacht! Die Appledorer halten mich also für eine reiche Erbin. Das freut mich. Keiner von ihnen braucht zu wissen, daß ich mir während der letzten Stunde den Kopf zerbrochen habe, wie ich es anstelle, für die zwanzig Guineen möglichst viel und vorteilhaft einzukaufen. Welches Loch im Dach soll als erstes ausgebessert werden? Oder soll ich es für den Garten und die Küche verwenden? Ihr seht, Paul, ich will davon nichts für mich behalten, jeder Penny soll Blakes Höhe zugute kommen.«

»Und doch wünschte ich, es wäre anders. Ein wahrer Goldregen sollte sich auf Euch ergießen, und Ihr solltet Euch eine ganze Menge grünseidene Kleider kaufen können.«

Sie wollte ihn mit einer Antwort necken, hielt sich aber zurück, als sie auf Pauls Gesicht einen Ausdruck von unterdrücktem Ärger bemerkte.

»Was ist denn? Warum blickt Ihr so grimmig drein? Ich habe es doch nicht ernst gemeint.«

»Aber ich habe es ernst gemeint. Was mir nicht gefällt, ist, daß tatsächlich die Möglichkeit besteht, einen Goldregen in Eure Taschen fließen zu lassen, nur kann ich von dieser Möglichkeit keinen Gebrauch machen.«

»Warum nicht?«

»Weil es Geld erfordert, um Geld zu vermehren, und ich besitze nicht genug, um das Geschäft in Schwung zu bringen.«

Er sah sie fragend an. »Und auch ich bekäme einen Teil des Goldregens dabei ab. Über wieviel Geld verfügt Ihr, Jane?«

»Mit wieviel wäre Euch gedient?«

»Fünfhundert Pfund etwa.«

»Da könntet Ihr ebensogut fünftausend sagen. So viel habe ich nicht, und selbst wenn ich es hätte, glaube ich nicht, daß ich soviel riskieren würde.«

»Warum denn nicht? Weil ich einmal mein Geld eingebüßt habe, glaubt Ihr, mir nicht trauen zu können? Ich schwöre Euch, Jane, was ich Euch vorschlage, ist die sicherste Geldanlage, die Euch je geboten wird. Es ist eine Sache, die unmöglich fehlschlagen kann.«

»Was kann nicht fehlschlagen?«

»Die Sache ist so.« Paul wälzte sich auf seinen Ellenbogen ganz nahe zu Jane hin. »Drüben in Folkestone kenne ich einen Schiffsbauer namens Wyatt, der sich in Geldschwierigkeiten befindet. Er hat für jemanden einen Lugger für besondere Zwecke gebaut. Dieser Lugger segelt mit einer solchen Geschwindigkeit, daß kein Zollschiff ihn einholen kann. Der Mann, der den Lugger bei Wyatt hat bauen lassen, hat seine Bestellung zurückgezogen, weil er selber in Geldschwierigkeiten ist. Wyatt ist schwer verschuldet und sucht einen Käufer.«

»Schlagt Ihr nun etwa vor, wir sollen den Lugger kaufen, um damit Schmuggel zu treiben?«

»Kind! Für ein paar lumpige hundert Pfund kann man keinen Lugger kaufen. Aber Wyatt steht vor dem Ruin und ist bereit, das Schiff für bares Geld zu vermieten. Es handelt sich ja nicht nur um den Lugger, Jane. Es ist außerdem Geld erforderlich, um Ware einzukaufen und die Ein- und Auslader zu entlohnen. Auch muß man immer wieder ein paar Pfund Bestechungsgeld bereit haben. Da kommt eine ganz hübsche Summe zusammen. Dafür aber auch ein gewaltiger Profit. Dreihundert Prozent ist durchaus nichts Ungewöhnliches. Schon in ein paar Monaten hätte sich der Lugger reichlich bezahlt gemacht. Schon die erste Ladung brächte so viel ein, daß wir die zweite ohne weiteres aufkaufen könnten.«

Jane war nicht überzeugt. »Nehmen wir mal an – doch es ist nur eine Annahme – wir könnten den Lugger tatsächlich chartern. In ein paar Monaten wäre unser Profit nicht so groß, daß wir den Lugger kaufen könnten. Was aber, wenn Wyatt inzwischen einen festen Käufer findet?«

»Dann, ja dann ...« Paul machte eine hilflose Bewegung, »dann wären wir wieder am Anfang, nur wären wir für unsere Mühe etwas reicher. Außerdem, in einigen Monaten kann vieles anders sein. Schicksale ändern sich.«

»Was meint Ihr damit, Schicksale ändern sich?«

»Genau das, was ich sage. Wenn der Sommer vorüber ist, habt Ihr vielleicht Nachricht über Charles Blake. Vielleicht verfügt Ihr dann über die Königsperle und könnt sie verkaufen.«

Entsetzt öffnete Jane den Mund. »Die Königsperle verkaufen, um dafür ein Schmuggelschiff zu erwerben! Ihr seid wohl nicht recht bei Sinnen.«

»Manche würden sagen, ich sei sogar sehr bei Sinnen, nämlich alle, die sich im Schmuggel auskennen. In kurzer Zeit könntet Ihr all das Geld verdienen, das Ihr Euch je erträumt habt, Jane.«

»Ja, und mache gemeinsame Sache mit einer Bande von Mördern. Das wäre eine erbärmliche Art, mit der Königsperle umzugehen. Ich will nichts damit zu tun haben.«

»Die Sache ist Euch immer in den düstersten Farben geschildert worden, Jane. Eine Schmugglerbande steht und fällt mit ihrem Führer. Es gibt Männer, die mit derselben Leichtigkeit morden, wie sie ein Huhn stehlen. Doch zu diesen gehöre ich nicht. Ihr dürft nicht vergessen, daß die Schmuggler diese alten Geschichten von Mord und Totschlag übertreiben, um den Leuten Furcht einzujagen. Je mehr Entsetzen sie damit verbreiten, um so sicherer sind sie, daß die Leute sich nicht um sie kümmern. Und tut nur nicht so, als härtet Ihr nichts damit zu schaffen oder könntet Eure Augen dagegen verschließen. Jeder, der ein halbes Pfund geschmuggelten Tee kauft, ist schon in den Schmuggel einbezogen, mit anderen Worten, dreiviertel aller Einwohner Englands.«

Jane konnte ihm nicht widersprechen. Was er sagte, war nur allzu wahr. »Schön, schön, das sehe ich ein. Aber hat es Sinn, darüber zu reden? Ich habe nicht soviel Geld, und die Königsperle gehört mir nicht. Also Schluß damit.«

»Schade! Eine solche Chance kommt nicht wieder. Könntet Ihr nicht eine Anleihe aufnehmen? Bei Turnbull zum Beispiel? Einen Mann, der Euch Blonde Bess leiht, könnt Ihr auch überreden, Euch mehr zu leihen.«

Empört setzte sich Jane aufrecht. Zornesflecken glühten auf ihren Wangen.

»Ich denke nicht daran, mich zu Eurem Vorteil an Turnbull um Geld zu wenden. Ich verzichte darauf, mir eine Absage von ihm zu holen. Was würde er von mir denken?«

»Liegt Euch etwas daran, was er von Euch denkt, Jane?«

»Natürlich liegt mir daran. Er glaubt und vertraut mir. Er würde fragen, wofür ich das Geld brauche, und ich könnte ihm mit meinen Ausflüchten nichts vormachen. Turnbull schon gar nicht.«

»Ich wußte allerdings nicht, daß Ihr ihn so schätzt«, entgegnete Paul lakonisch.

Jane brauste auf. »Wenn Ihr nicht alles und jeden im Moor so verabscheuen würdet, könntet Ihr auch auf Menschen stoßen, die sehr wohl zu leben verstehen.«

»Beruhigt Euch, Jane. Ich wollte Euch nicht reizen«, sagte er leichthin. »Man soll sich hüten, mit einer Blake zu scherzen. Die sind ja dafür berühmt, daß sie keinen Sinn für Humor haben.«

»Allerdings. Und ich weiß schon lange, daß das Salzwasser Euren Sinn für – für ...« Sie konnte das richtige Wort nicht finden.

»Für das richtige Maß vielleicht?«

»Ist mir auch recht. Nur laßt mich endlich in Frieden. Nichts als Anleihen und Geld. Ich bin keine vier Tage im Moor, und schon soll ich Geld auftreiben. Warum treibt Ihr keins auf? Ihr müßt doch genug Leute kennen. Euer Bruder soll ein reicher Mann sein. Wendet Euch doch an ihn.«

Paul seufzte. »Er wäre der letzte. Ich habe gerade meine Schulden abbezahlt und müßte zu Euren fünfhundert noch fünfhundert drauflegen. Das ist unmöglich, Jane. In dieser Gegend gelte ich als Risiko.«

»Der wilde Paul Fletcher?« gurrte Jane. »Traut man Euch zu, daß Ihr ausreißt?«

Er grinste. »... oder es mit Weibern durchbringt.«

Jetzt mußte auch Jane lachen. »Wir sind zwei arme Schlucker. Weder Hab noch Gut, kein Geld.« Verschmitzt sah sie ihn an. »Teure Kleidung . . . ganz nette Manieren, aber keinen Penny in der Tasche. Was ist da zu tun?«

Sein Gesicht verfinsterte sich. Aus seinen Augen wich auf einmal der belustigte, scherzhafte Ausdruck. Mit zusammengezogenen Brauen blickte er Jane forschend an. Dann beugte er sich zu ihr und packte sie am Arm, so daß sie ins Gras fiel. Er kroch näher an sie heran.

»Wir können alles unternehmen, was wir wollen, Jane. Jede Lust steht uns offen.«

Paul beugte sich über sie und küßte sie wild. Es war ein rasender, lockender Kuß, der etwas Verzweifeltes an sich hatte. Er preßte sein Gesicht an das ihre, Wange an Wange, und bedeckte sie nun mit zärtlichen Küssen, in denen sie seine Leidenschaftlichkeit und doch wieder auch etwas Schützendes empfand. Immer wieder schloß er mit seinem Mund ihre flüsternden Lippen. Sanft küßte er ihre Ohren und ihren Hals. Seine Hand suchte unter dem Mieder ihre schwellenden Brüste.

»Oh, Jane, Jane«, flüsterte er gequält. »Du bist so göttlich, Jane. Besäße ich alle Reichtümer der Welt – nur dich wollte ich besitzen.«

Ihre Köpfe lagen eng aneinander geschmiegt im Sonnenlicht. Der leichte Wind erhob sich wieder, raunte durch das Schilf, wo die Wildenten in ihrem Versteck lagen, und wehte Blütenblätter über die Liebenden im Frühlingsgras, die voll schmerzhafter Sehnsucht die Erfüllung ineinander suchten.

Bis zum Anbruch der Dämmerung ritten sie zusammen durch das Marschenland. Immer wieder blickten sie sich an. Kaum ein Wort fiel in das beredte Schweigen, so berührt waren sie von dem Wunder, so bang war ihnen vor dem grausamen Abschiednehmen, das für sie beide schmerzlich sein würde. Ohne Zögern folgte Jane Paul auf den gewundenen Pfaden überall hin, ohne zu fragen; sie hatte nur den einen Wunsch und Gedanken, daß ihre enge Verbundenheit um nichts in der Welt gestört oder gelöst werde. Sie ließ ihren Körper im Rhythmus der Bewegungen des Pferdes mitschwingen, fühlte den Wind gegen ihr Gesicht wehen und hörte, wie er durch die Ulmen strich.

Aufgescheuchte Vögel flogen aus dem Heckengebüsch, Regenpfeifer flatterten kreischend aus ihren Nestern in den Feldern. Lächelnd blickte Jane um sich, dankbar für diesen zauberhaften Frühlingsnachmittag an Pauls Seite.

Sie ritten in westlicher Richtung den riesigen Damm bei Dymchurch entlang, wo das Moor noch tiefer als der Meeresspiegel lag. Paul lenkte von der Straße ab zu Pfaden, die durch die Sanddünen führten. Als sie die Dünen durchquert hatten, hielten sie an.

Für Jane war das Meer ein Teil des Nachmittags gewesen, ebenso seltsam und wunderbar wie alles, was sie heute erlebt hatte. Sie starrte über das Meer, bis ihre Augen schmerzten. Der Seewind trieb ihr Tränen in die Augen. Sie sah die gewaltige Fläche wie durch einen Schleier. Das Meer offenbarte sich wie ein Wunder von leuchtender Bewegung, ein atmendes, losbrechendes, betäubendes Ungeheuer, das ihr Schrecken einflößte und von dem sie sich doch nicht abwenden konnte. Seine unendliche Weite war nicht zu fassen.

Paul beugte sich zu ihr und ergriff zärtlich ihre Hand. »Weit da draußen liegt Frankreich, Jane. Eines Tages kommst du mit mir, und wir werden es zusammen sehen. Und diese Landzunge dort drüben im Westen, das ist Dungeness. Sie ist nur eine lange Bank von Meerkies, die das Meer im Laufe von Jahrhunderten aufgeschichtet hat. Dieser Vorsprung bildet auf dieser Seite des Marschenlandes einen natürlichen Schutzwall gegen das Meer, doch er hat mehr als irgend etwas anderes dazu beigetragen, Rye Harbour und die Flußmündung mit Schlamm und Sand zu verstopfen.«

Die meilenlange Kiesbank, die Paul als Dungeness bezeichnet hatte, war eine kahle Wüste mit ein paar kreisenden Möwen darüber, doch jetzt, im Frühjahr, war sie stellenweise mit wilden Blumen bedeckt, die Wurzel gefaßt hatten – kleine Flecken von Strandnelken, Ginster und sternblütigem Maueipfeffer. Diese Bank war alles andere als einladend. Sie war einsam und furchterregend, immer umtost von der brüllenden See, die sich erbarmungslos gegen das runde Gestein warf, aus der sie bestand. Jane konnte ein Schaudern nicht unterdrücken.

Paul lehnte sich an Jane. »Diese Landzunge jagt den meisten Menschen Angst ein, soweit sich Menschen überhaupt heranwagen. Es soll in der ganzen Welt nicht ihresgleichen geben.«

Er machte eine abwehrende Bewegung mit dem Kopf. »Und je länger wir hier verweilen, um so weniger einladend wirkt sie, Jane. Siehst du die Wolken dort über der Küste aufsteigen? Das bedeutet, daß es in einer halben Stunde regnen wird. Es ist am besten, wenn wir uns jetzt schnell davonmachen. Hier von einem Sturm überrascht zu werden, bedeutet die Hölle. Meilenweit finden wir keinen Schutz gegen den anprallenden Wind.« Er ließ ihre Hand los und schritt rasch zu seinem Pferd. »Komm schnell! Hier gibt es nirgends einen Unterschlupf. Bis auf die Haut wirst du naß.«

Mit einem letzten Abschiedsblick auf die öde Kiesbank trieben sie ihre Pferde an. Noch ehe sie die Sanddünen hinter sich hatten, begann es leicht zu regnen, und Sturmwolken jagten in östlicher Richtung über das Moor vor ihnen her. Es fiel ein kalter, trauriger Frühlingsregen. Jane schlug den Kragen ihres Reitkostüms hoch. Mit jeder Meile nahm der Regen zu. Schon tropfte das Wasser von ihrem Hut.

Paul beugte sich zu ihr. »Wir müssen in meinem Häuschen Schutz suchen. Es ist nicht mehr weit.«

Jane nickte und blickte zum Himmel, der immer dunkler wurde. Sie dachte mit Sorge daran, wie weit sie von Blakes Höhe entfernt waren. Als sie auf die Straße von Old Romney kamen, lag alles verlassen, nicht einmal ein Hund kauerte Schutz suchend unter einer Tür. Rauch stieg aus den Schornsteinen auf, aus der Bierwirtschaft drang das Gewirr vieler Stimmen. Durch das Fenster eines kleinen Hauses sah Jane die helle Glut eines Feuers. Auf einmal fühlte sie, wie der kalte Regen sie bis auf die Haut durchnäßte, und sie war ermüdet von dem langen Ritt. »Ich bin steif gefroren«, sagte sie zu Paul. »Und ich habe auch Hunger. Ich fürchte, Blonde Bess ist fast zuviel für mich. Es ist schon lange her, daß ich einen so weiten Ritt gemacht habe.«

»Wir sind gleich da«, tröstete er sie. »Da drüben unter der Ulmengruppe, da steht es.«

Am Ende des Dorfes teilte sich der Weg. Die linke Abbiegung führte zur Kirche, die sonderbarerweise ganz für sich stand. Man erreichte sie auf einer schmalen Allee, die parallel zu einem Kanal verlief. Auf der Wiese zwischen Dorf und Kirche weideten Schafe. Etwa in der Mitte dieser Allee stand Pauls Häuschen. Als sie näher kamen, flogen Krähen auf; ihr lautes Gekrächze wurde von dem stetig fallenden Regen etwas gedämpft. Zusammen ritten Jane und Paul zu dem Anbau hinter dem Hause. Paul stieg zuerst ab und half Jane aus dem Sattel; einen Augenblick sank sie in seinen Arm, ihre Wangen berührten seinen nassen Rock. Sie blickte fragend in seine Augen, und er antwortete ihr mit einem Blick. Kein Wort fiel, aber beide wußten, daß sie auch dann den Weg zu Pauls Häuschen eingeschlagen hätten, wenn der Regen nicht gekommen wäre.

Jane warf ihr durchnäßtes Reitkostüm ab und hüllte sich, dankbar für die Wärme, in einen abgetragenen, wattierten

Morgenrock von Paul. Schuhe, Hut und Handschuhe hatte sie an die Tür zur Wohnstube gelegt. Allmählich wurde es dunkel. Paul hatte Feuer gemacht, Kerzen angezündet und die Vorhänge zugezogen. Jetzt war er im Stall und versorgte die Pferde. Sie hörte, wie er dabei leise vor sich hin pfiff. Sie schlüpfte aus dem Unterrock, dessen Saum naß und schlammig war, und warf ihn zu den übrigen Kleidungsstücken. Fröstelnd löste sie ihr Haar und beugte sich näher zum Feuer. Ein Wind hatte sich erhoben, sein An- und Abschwellen klagte in den Ulmen draußen am Eingang.

Paul kam wieder herein; schweigend beobachtete sie ihn, wie er Rum und Gewürzbüchsen vom Wandbrett nahm und sich damit zu schaffen machte. Den Rock hatte er ausgezogen. Unter der enganliegenden dunkelblauen Seidenweste trug er ein feines Leinenhemd. Jane stellte erfreut fest, daß er sich für ihre Begegnung so sorgfältig gekleidet hatte, denn Paul war nicht der Mann, der wie ein Modegeck einher stolzierte. Seinem Äußeren widmete er nur ein Mindestmaß an Aufmerksamkeit, und auch dies nur flüchtig, fast widerwillig; in seinem schlammbespritzten Seemannsrock, wie sie ihn zum ersten Male damals in der Kirche erblickt hatte, entsprach er dem Bilde des wahren Paul Fletcher eher als dieser modisch gekleidete Mann, der vor sich hinmurmelte und Gewürze und Rum mischte.

»Das ist ein Rezept aus Westindien«, erklärte er. Nun hatte er einen Schürhaken in der Glut erhitzt und tauchte ihn in die Flüssigkeit, die wild aufzischte. Er ließ sie daran riechen. Die würzigen Dämpfe trieben ihr die Tränen in die Augen.

»Das riecht gut, nicht wahr?« fragte er. »Es ist die beste Medizin, wenn man durchfroren und durchnäßt ist.«

Das Getränk verfehlte nicht seine Wirkung. Schon nach kurzer Zeit fühlte Jane die wohltuende Wärme. Paul kniete neben ihr auf dem Teppich vor dem Feuer. Unwillkürlich rückte sie näher zu ihm. Sie wollte seine beruhigende Nähe fühlen. Er strich zart über ihr Haar.

»Es ist seltsam, Jane, was du aus diesem lieblosen Hause gemacht hast. Vor einer Stunde noch bedeutete es mir nichts weiter als ein Dach über dem Kopf – ein unbehagliches Haus, in dem ich einsam und allein meine Tage zubringe. Und jetzt auf einmal sitzt ein rothaariges Mädchen vor meinem Kamin . . .«

»Still«, unterbrach sie ihn. »Das bin ja ich, Jane Howard . . . Du weißt doch, das Mädchen, mit dem du vor knapp einer Woche Streit hattest. Es ist das gleiche Mädchen, obwohl ich glaube, du hast mir einen Zaubertrank gebraut, denn ich kann mich gar nicht mehr genau erinnern, worüber wir uns eigentlich gestritten haben.«

»Es war ja gar kein Streit«, erwiderte er. »Ich habe nur meinem Herzen allzu heftig Luft gemacht, weil du deine Nase in Dinge steckst, die dich nichts angehen sollten, und weil schon das Wissen um den Schmuggel dir Gefahr bringen kann.« Er seufzte. »Läge es in meiner Macht, ich würde dich fernhalten von allem, was nur im geringsten mit Schmuggel zu tun hat. Es ist mir nicht recht, daß du hier bei mir bist, meinen Rum und meinen etwas zweifelhaften Ruf mit mir teilst. Ich weiß, ich hätte dich nicht auffordern sollen, mit in mein Haus zu kommen, aber ich konnte mir die Freude nicht versagen, selbst das Wenige mit dir zu teilen . . . Von jetzt an werde ich mich nie mehr einsam fühlen, immer werde ich dich so vor mir sehen, wie du an meinen Kaminfeuer sitzt.«

»Paul, ich wollte ja selber zu dir kommen«, gestand sie und blickte in die Flammen. »Ich war einsam und hatte Angst. Ich brauchte jemand, mit dem ich sprechen konnte – einen Menschen in der gleichen Lage.« Sie sann ihren Worten nach, als erkenne sie ihre Wahrheit erst jetzt, nachdem sie ausgesprochen war.

»Von nun an wirst du nie mehr Angst haben müssen oder einsam sein, ich bin ja bei dir. Du hast Blonde Bess und weißt, daß mein Haus dir immer offensteht.«

Sie lehnte ihren Kopf an seine Schulter. Tränen stiegen ihr in die Augen, ihre Kehle schnürte sich zusammen. »Noch nie hat ein Mensch so zu mir gesprochen. Bei dir fühle ich mich sicher und geborgen. Hier kann nichts Böses an mich heran, und ich brauche nicht vorzugeben, ich sei stärker, als ich wirklich bin.« Sie sah auf. »Paul, was hat das zu bedeuten?«

»Wir werden schon dahinterkommen, Jane. Du und ich . . .«, er hielt inne und suchte nach Worten, um sich ihr verständlich zu machen, »du und ich, wir sind durch die Umstände und auch durch unseren eigenen Willen einander entgegengetrieben worden – so bedingungslos, wie es nur zwei Menschen geschehen kann. Unser Sichfinden geschah frei von aller Konvention. Keiner von uns hat es absichtlich herbeigeführt. Und versteh doch, Jane –« sie fühlte, wie er sie überwältigt vor Glück an den Schultern faßte, »versteh doch, daß es so viel schöner sein kann, als der ausgetüftelste Plan! Wenn wir füreinander bestimmt sind, dann laß' uns doch um Gottes willen den Mut haben, es offen auszusprechen.« Beschwörend fuhr er fort: »Vielleicht ist Paul Fletcher in den Augen der meisten nicht der richtige Mann für Jane Howard – aber das ist ja nur die Meinung der Leute. Es liegt in unserer Macht, Jane, die Entscheidung zu treffen. Weder in deinem noch in meinem Leben ist alles so endgültig bestimmt und unwiderruflich festgelegt, daß wir uns nicht ehrlich unsere Liebe eingestehen könnten.«

»Lieben wir uns wirklich?« fragte sie versonnen.

»Was denn sonst?« entgegnete er. »Oder ist der entscheidende Augenblick vergangen, ohne daß wir es gemerkt haben? Wann geschah es? Wann erkannten wir, daß wir uns lieben? Draußen im Heidemoor oder schon damals,

als wir uns zum erstenmal in der Kirche gegenüberstanden? Weißt du es, Jane?«

Sie schüttelte den Kopf. »Nein, ich weiß es nicht. Ich weiß nicht einmal, daß es überhaupt geschah.«

»Aber hältst du es für möglich? Wenn du mir in die Augen schaust – du weißt, was für ein Leben ich führe, weißt, wer ich bin – hältst du es dann für möglich, daß ich mein Leben dir ganz und gar weihe, daß ich nur das eine Ziel kenne, dir zu dienen, dich zu lieben?«

Er beugte sich zu ihr und küßte sie auf den Mund. »Könntest du mich lieben, Jane?«

»Ich liebe dich.«

Ohne Hast entblößte er ihre Schultern und streifte die Träger ihres Mieders ab.

»Wie schön du bist, Jane ...« Er streichelte sie, aber als sie zusammenzuckte, ließ er seine Hand sinken.

Doch schon hatte sie sich gefaßt. Die Glut stieg ihr in die Wangen.

»Verzeih mir, verzeih ...« murmelte sie mit erstickter Stimme.

Er schloß sie in die Arme. »Jemand hat dir wehgetan, Jane, und du hast es noch nicht vergessen.« Wie ein Kind wiegte er sie sanft in seinen Armen. »Ich sagte dir doch, daß es nun keine Angst mehr für dich gibt ... und vor mir brauchst du dich niemals zu fürchten.«

Dankbar blickte sie zu ihm auf und suchte seine Lippen.

»Mir ist nicht bange ... ich will nur geborgen sein und mich nie wieder einsam fühlen.«

Zärtlich bettete er sie auf den Teppich.

»Nie mehr sollst du einsam sein – nie mehr, Jane.«

12. Kapitel

Als Jane und Paul nach Blakes Höhe zurückritten, hatte es aufgehört zu regnen. Ein frischer Wind trieb die dunklen Wolken über das Moor, durch die zuweilen die bleiche Mondsichel aufleuchtete. Dann und wann spiegelte sich ihr Licht in den Pfützen, über die der Wind hinblies; dann funkelten die Tümpel wie kleine sterngefüllte Seen. Das Moor lag in geheimnisvollem Dunkel. Zu dieser späten Stunde drang nur noch vereinzelt ein Lichtschimmer oder der Glutschein eines erlöschenden Feuers aus den Fenstern der Bauernhäuser. Der Hufschlag ihrer Pferde klang überlaut in den stillen Dorfstraßen. Als sie durch Appledore ritten, schlug die Kirchturmuhr die volle Stunde. In einem Bauerngarten erkannte Jane die gespenstischen Umrisse eines blühenden Apfelbaums, und wieder spürte sie den Blütenduft, an dem sie sich am Nachmittag, im Grase liegend, berauscht hatten.

Als sie hügelauf und durch das Tor von Blakes Höhe ritten, sprachen sie kein Wort des Abschieds, so sicher waren sie im Vertrauen auf eine gemeinsame Zukunft. Ehe er vom Pferd sprang, beugte sich Paul zu ihr hinüber und küßte sie sanft auf den Mund.

»Vergiß nicht, Jane, meine Tür steht dir immer offen.«

Ein heller Lichtschein traf sie aus der Küchentür; Kate und Patrick eilten mit hocherhobenen Laternen herbei. Ihre Gesichter drückten heftigste Mißbilligung aus. Jane ließ die forschenden Fragen der beiden erst gar nicht aufkommen.

»Gewöhnt euch daran, daß ich hier die Herrin bin«, sagte sie ruhig. »Ich kann kommen und gehen, wie es mir paßt.«

Sie reichte Paul die Hand. Er verabschiedete sich wortlos mit einem Handkuß, saß auf und ritt davon. Patrick führte Blonde Bess in den Stall. Schweigend wartete Kate, um Jane in die Küche zu leuchten.

»Ich mache Euch einen heißen Grog, Herrin«, sagte sie, »damit Euch wieder warm wird. Wenn man bei Nacht durch das Moor reitet, kann man sich ein schlimmes Fieber holen von dem feuchten Nebeln, die aus dem Kanal aufsteigen.«

»Mir ist nicht kalt, Kate – aber wenn ich dir einen Gefallen erweise, trinke ich deinen Grog.«

Sie ließ sich auf die Ofenbank nieder, starrte in die Flammen und hörte kaum, was Kate vor sich hinbrummelte – düstere Andeutungen von Krankheit und Tod, ja noch Schlimmeres, dem diejenigen zum Opfer fielen, die sich in dunkler Nacht im Moor herumtrieben, statt in ihren vier Wänden zu bleiben. So vieles hatte sich verändert, seit sie am Morgen von hier weggeritten war, so vieles war völlig anders und konnte nie mehr sein, wie es gewesen war. Leib und Seele hatten eine Erschütterung erlebt, in einem Ausmaß, das sie noch nicht fassen konnte; sie fühlte sich als eine neue Jane, die eine Wiedergeburt durchlebt hatte. Ein tiefer, sanfter Friede umgab sie wie eine schützende Hülle. Der Alltag und die Menschen ihrer Umgebung waren noch nicht in diese friedvolle Seelenstille eingedrungen, und diesen Frieden wollte sie sich erhalten. Langsam schlürfte sie den Grog und dachte an Paul.

Als Patrick aus dem Stall zurückkam, stand er lange, die verschränkten Arme auf die Ofenbank aufgestützt, und schaute zu ihr hinüber. Sein schwarzes Haar fiel ihm über das blasse hagere Gesicht. Sie trank ihr Glas leer und sah zu ihm auf.

»Der Himmel steh' uns bei!« rief er aus. »Wie Eure Augen leuchten ... – so hell wie Sterne!«

Sie erhob sich und nahm Hut und Handschuhe an sich.

»Patrick, weißt du noch, wie meine Mutter aussah, wenn sie sich verliebt hatte?«

Sie nahm Kate die brennende Kerze aus der Hand und ging aus der Küche. Kopfschüttelnd richtete sich Patrick auf. Die Alte verkrampfte aufgeregt die Hände ineinander. Als sie sich jetzt Patrick zuwandte, war ihr Gesicht grau und verstört.

»Wahrlich, möge uns jetzt der Himmel beistehen! Wenn eine Blake sich verliebt, dann kann man was erleben. Und sie hängt ihr Herz ausgerechnet an so einen wüsten Kerl! Das wird uns noch alle zugrunde richten.«

Als Jane oben an der Treppe ankam, sah sie unter Williams Zimmertür einen Lichtschein hervorleuchten. Sie blieb unbeweglich stehen und lauschte: seine dünne Kinderstimme plätscherte gleichmäßig wie ein Bächlein dahin. Sie ging zur Tür und öffnete.

General, der Hund, hob den Kopf, und im gleichen Augenblick schaute William auf. Er saß im Bett gegen die Kissen gelehnt, die Kerze hinter ihm ließ sein wirres Haar wie einen Flammenkranz erstrahlen. Er grinste etwas verlegen und klopfte einladend auf die Kante seines schmalen Bettes.

»Aber William, du solltest doch schon längst schlafen!« Sie war zu glücklich, um wirklich Strenge zu zeigen. Er fühlte ihre weiche Stimmung und machte sie sich sogleich zunutze. »Soll ich dir mal George und Washington zeigen?«

»Wen ... George und Washington?« fragte sie geistesabwesend. »Natürlich. Weißt du's denn nicht mehr?« fragte er gekränkt über soviel Vergeßlichkeit. »Mr. Fletcher hat sie mir doch neulich mitgebracht. Ich dachte, sie wollen sicher mal gern aus ihrem Käfig raus. Weißt du, er ist so eng.«

Jane ließ sich auf dem Bettrand nieder. In den Falten der Decke rührte es sich. Plötzlich schnellte Williams rechte und dann die linke Hand vor. Beide Hände hielt er fest auf die Matratze gepreßt und rechts und links zwischen Daumen und Zeigefinger sah Jane die Schnurrbarthaare und die glänzenden Äuglein einer weißen Maus. Begeistert sah William Jane an und wartete gespannt, was sie dazu sagen würde.

»Sie sind wirklich allerliebst.«

Er nickte zufrieden. »Nicht wahr?« Mit dem Kopf wies er auf den Käfig, der am Boden stand. »Kannst du ihn mir heraufgeben? Ich setze sie lieber wieder rein, denn vor Fremden haben sie Angst. Sie könnten weglaufen und sich in die Löcher im Boden verkriechen. Womöglich bringen die anderen Mäuse sie dann noch um.«

Jane öffnete den Käfig und sah zu, wie William die Mäuse hineinsetzte und schnell das Türchen schloß. Er gab ihr ein Bröckchen Käse, und Jane steckte es durch die Gitterstäbe.

»Warum heißen sie den George und Washington?«

»Mr. Fletcher hat sie so getauft. Den Washington haben wir nach einem Helden der amerikanischen Revolution genannt, obwohl Mr. Fletcher sagt, für die Engländer sei er gar kein Held. Die andere Maus heißt George, wie der König, aber Washington heißt auch mit Vornamen George.« Er runzelte die Stirn. »Ich weiß nicht mehr genau, was er erzählt hat... Etwas von einem Krieg zwischen König George und George Washington, aber eigentlich heißen sie einfach George und Washington. Mr. Taylor hat mir auch einmal den amerikanischen Unabhängigkeitskrieg erklärt, aber ich weiß nicht mehr genau, wie das alles war. Weißt du darüber Bescheid, Jane?«

Sie schüttelte den Kopf. »Nein, ich weiß es auch nicht.«

Das Eingeständnis ihrer Unwissenheit schien ihn zu freuen. Eifrig beugte er sich über den Käfig und klopfte gegen die Stäbe, um die Mäuse aufzustöbern.

»Sie sind doch wirklich nett, Jane. So flink und sauber. Meine Mutter wird staunen, wenn sie die beiden Tierchen sieht...« Seine Stimme wurde unsicher, verstört blickte er zu Jane auf. Aus seinen Augen sprach plötzlich das Bewußtsein, wie verlassen und einsam er sich fühlte.

»Oh, Jane! Sie fehlt mir so sehr! Ich sehne mich nach

ihr. Sie war immer so hübsch angezogen und duftete so schön . . .«

Jane schloß William in ihre Arme, und der Kleine vergrub sein Gesicht an ihrer Schulter. Wildes Schluchzen schüttelte ihn, verzweifelte Aufschreie der Angst und Verlassenheit, die allmählich abklangen und in ein erschöpftes, leises Wimmern übergingen. Schutzsuchend schmiegte er sich eng an sie. Sie streichelte sein Haar, sprach ihm leise und tröstend zu und erzählte ihm viel Schönes von seiner Mutter, wie man einem Kinde ein Märchen erzählt. In ihren Armen beruhigte er sich und schlief schließlich ein.

Der Hund lag am Fußende des Bettes. Jane stellte den Käfig mit den weißen Mäusen so, daß William ihn beim Erwachen gleich sehen mußte. Sie streichelte den Hund, nahm die Kerze und ging leise aus dem Zimmer.

Am nächsten Morgen schickte Jane den Burschen Jed in aller Frühe nach Rye zu Robert Turnbull. Während sie sorgfältig die Einladung niederschrieb und ihn bat, sie am Nachmittag auf Blakes Höhe zu besuchen, beherrschte sie nur ein Gedanke: Blakes Höhe brauchte Geld, und Pauls Plan, in Folkestone einen Lugger zu chartern und damit Schmuggelware zu befördern, war die einzige Möglichkeit, zu Geld zu kommen. Doch für ihren Anteil an der Chartersumme und zum Kauf der Ware benötigte sie fünfhundert Pfund, den gleichen Betrag wollte Paul auftreiben. Robert Turnbull war der einzige, der ihr vielleicht einen derart hohen Betrag leihen würde. Sie kannte niemand anders, an den sie sich wenden konnte.

Es war ein strahlender Maientag. Die Sonne fiel hell auf den Spiegel, als Jane sich für Roberts Besuch fertig machte. Sie nickte ihrem Spiegelbild zu, während sie ihr Haar bürstete.

»Du bist auf dem besten Wege, Jane Howard, eine Schmugglerin zu werden. Hast du auch bedacht, was mit dir geschieht, wenn sie dich erwischen?«

Sie blickte finster drein, warf die Bürste weg und griff nach dem Kleid, das sie zurechtgelegt hatte. »Gegen das Gesetz verstoßen? Na, unzählige Menschen tun das ja auch. Und es wird ohne Blutvergießen abgehen, das hat mir Paul versprochen. Ich mache ja nur kurze Zeit mit, dann denke ich nicht mehr daran. Sobald ich genug Geld beisammen habe, um hier alles in Schwung zu bringen, lasse ich die Hände davon und mache Schluß damit.«

Jane betrachtete sich im Spiegel, um zu sehen, wie ihr das fliederfarbene Kleid stand, das sie im Gedanken an Robert Turnbull gewählt hatte. Befriedigt stellte sie fest, daß es ihr ein fraulich sanftes Aussehen verlieh.

»Aber was wird mit Paul?« fragte sie sich plötzlich. »Ich liebe ihn, und ich brauche ihn – aber auch Blakes Höhe. Ich muß einen Weg finden, wie ich beide für mich behalten kann. Robert Turnbull muß mir den ersten Schritt auf diesem Wege ermöglichen.«

»Willkommen!« Sie hielt ihm die Blüte entgegen. »Für Euch – die erste Rosenknospe! Es ist allerdings noch zu früh für Rosen. Ich glaube kaum, daß die Knospe voll erblühen wird, aber ich dachte, Ihr werdet sie vielleicht mir zu Ehren anstecken.«

Lächelnd nahm er die Rosenknospe entgegen und steckte sie sich an.

»Schenkt mir auch die letzte Rose, Jane. Im Herbst komme ich und hole sie mir.«

»Aber der Herbst ist eine traurige Zeit für einen Rosengarten«, sagte sie. »Ich mag nicht an die letzten Blüten denken – sie erinnern mich daran, daß ich von Blakes Höhe Abschied nehmen muß.«

»Ihr werdet Blakes Höhe nicht verlassen müssen. Im nächsten Frühjahr stelle ich mich wieder ein, um aus Eurer Hand die erste Knospe zu empfangen.« Er trat einen Schritt zurück und betrachtete sie aufmerksam.

»Es berührt mich eigentümlich, Euch hier im Garten zu

sehen. Anne machte sich nichts aus Gartenarbeit. Sie sagte, sie verstehe nichts von Blumenzucht.«

»Sie war dafür geschaffen, sich an Blumen zu erfreuen, nicht sich mit ihnen Mühe zu machen«, erwiderte Jane und legte die Gartenschere hin. Schelmisch lächelte sie ihn an. »Ihr müßt wirklich damit aufhören, in mir immer Anne zu sehen. Ich erhebe als Frau den Anspruch auf ein eigenes Ich.«

Er nickte. »Und ich tue Euch bitter Unrecht mit meiner Suche nach der Vergangenheit. Verzeiht mir, Jane, es ist Euer Antlitz, das mich dazu verführt.«

»Wie genau Ihr Euch an sie erinnert«, sagte Jane nachdenklich. »Ihr erinnert Euch an alles – was sie tat und was sie sagte ...«

»Warum auch nicht?« erwiderte er resigniert. »Auf dem Lande vergeht das Leben so langsam und eintönig, daß ein Mensch wie Anne, eine Frau mit einem so schönen Antlitz, einen unverlöschlichen Eindruck hinterläßt. Ich werde sie wohl niemals vergessen.«

»Habt Ihr nie daran gedacht, von Rye fortzugehen – Euch in London niederzulassen?«

»In meiner Jugend sah ich keinen Grund, fortzugehen, und später, als ich erkannte, wie sehr mich das Leben hier anödet, da waren mir Behaglichkeit und Wohlleben in Fleisch und Blut übergegangen. Ich zog es vor, hier zu bleiben, wo ich mich langweile, statt das zweifelhafte Vergnügen eines Hungerdaseins zu riskieren. Ich bin zufrieden mit edlen Pferden, erlesenen Weinen und guten Büchern – ich bin ein fader Geselle, Jane, und ich habe mich im Lauf der Zeit damit abgefunden.«

»Ihr – ein fader Geselle? Niemals, Robert!« Zum erstenmal nannte sie ihn bei seinem Vornamen. Schnell bückte sie sich und sammelte abgeschnittene Zweige und Unkraut in ihren Korb; er beugte sich zu ihr nieder, um ihr dabei zu helfen. Ihre Hände berührten sich. Sie fuhren auseinander, als habe eine Flamme sie durchzuckt. Unsicher lächelnd, reichte Jane ihm den Korb. Dann nahm sie seinen freien Arm.

»Um die Wahrheit zu gestehen«, begann sie betont ungezwungen, »ich habe Euch zu mir gebeten, um mich ein wenig vor Euch groß zu tun.« Sie schlugen den Weg zum Hause ein. »Ich wollte Euch zeigen, was ich fertiggebracht habe. Es ist so ein strahlender, schöner Tag, daß ich mir kein Gewissen daraus mache, Euch Euren Aktenstößen entführt zu haben.«

»Die Akten habe ich gern im Stich gelassen. Außerdem sind die Blakes ja meine Klienten, nicht wahr? Ich bin gekommen, Ihnen zu Diensten zu sein, und wenn es zufällig an einem so schönen Frühlingstag ist – um so besser.«

Sie blieb stehen und zog ihn am Arm. »Ich nehme an ... es fällt mir erst jetzt ein, daß Ihr ja zu denen gehört, die am meisten unter Spencers Spielwut zu leiden hatten. Wann habt Ihr für Eure Dienste zum letztenmal Honorar von Blakes Höhe erhalten?«

»Kein Wort davon!« wehrte er ab und zog sie weiter. »Ihr kennt die Zusammenhänge nicht. Der alte John Blake, der General, hat meinem Großvater den geschäftlichen Aufschwung gebracht und ihm damit zu Wohlstand verholfen. Ich glaube, in den letzten hundert Jahren haben die Blakes keine Rechnung von uns gesehen.«

»Da seid Ihr schön dumm!« meinte sie. »Wenn das Eure Art ist, Geschäfte zu machen ...« Sie zog ihn wieder am Arm. »Nein, nicht diesen Weg. Ich möchte Euch den Gemüsegarten zeigen. William, Patrick und ich haben tüchtig daran gearbeitet – und ehe der Sommer vorüber ist, werden wir auch ernten. Dort drüben an der Mauer will ich einen Kräutergarten anlegen. Sally Cooper hat mir allerlei von der Heilkraft der Kräuter beigebracht. Für jeden Kranken im Dorf kochte sie Tee.«

»Und Ihr hofft, es ihr gleichzutun?«

Sie schüttelte den Kopf. »Treibt keinen Spott mit mir. Ich brauche die Kräuter als Gewürz für die Speisen. Außerdem sind hier die Dorfbewohner daran gewöhnt, von Blakes Höhe nur Armut und Bettelei zu sehen, so daß sie wohl schallend auflachen würden, wenn ich mit meiner Kutsche daherkäme, um ihnen Kräutertee einzuflößen.«

Sie besichtigten die Gemüsebeete und begrüßten Blonde Bess in ihrem Stand. Robert konnte sich kaum von den Grauschimmeln losreißen. Er bewunderte sie sehr und lobte als Kenner ihre Vorzüge. Dann gingen sie durch die Küche ins Haus. Kate machte einen tiefen Knicks. Roberts Anwesenheit war ihr offensichtlich unangenehm; Patrick verneigt sich und blinzelte Jane kaum merklich zu. Sie zeigte Robert Spencers ehemalige Wohnstube und führte ihn dann voller Stolz ins große Gesellschaftszimmer. Seine Überraschung und Freude über die vielen Veränderungen waren echt, und er sprach sich lobend darüber aus.

»Jane«, sagte er voller Bewunderung, »Jane, das ist ja unglaublich. So schön war es hier nicht mehr, seit Anne ... Nein, schon zu Annes Zeiten machte sich Spencers Geldknappheit überall bemerkbar. Die meisten Dienstboten entließ er – diejenigen, denen er den höchsten Lohn zahlen mußte. Wie habt Ihr das nur zustande gebracht?«

»Ich habe ja Patrick«, erklärte sie. »Patrick ist jung und ich auch. Wir setzen volles Vertrauen in unsere Kräfte. Für uns hat Blakes Höhe eine Zukunft. Ich weiß zwar nicht, wann Patrick Zeit zum Schlafen findet – wenn er überhaupt jemals schläft. Er arbeitet für drei.«

Patrick hatte den Tisch gedeckt und Jane bereitete den Tee auf einem Spirituskocher. Bedächtig entnahm sie einige wenige Teeblätter aus einer Rosenholzbüchse, die mit einem winzigen Schloß versehen war. Lächelnd hielt sie Robert die Teebüchse hin.

»Ich verstehe nicht, daß man sich im Marschenland die Mühe macht, Tee hinter Schloß und Riegel aufzubewahren. In unserer Gegend hier ist Tee doch kein besonderer Luxus.«

»Ja, das ist wahr. Und manche alte Taglöhnersfrau mit Gliederreißen dankt ihrem Gott, daß sie Tee trinken kann. Ohne Schmuggler würden allerdings die wenigsten Bewohner unseres geliebten Königreichs jemals zu diesem Genuß kommen.«

Sie reichte ihm die Tasse. »Fühlt Ihr Euch den Schmugglern heute eher geneigt?«

»Nicht mehr als sonst. Mir ist es gleich, was sie treiben, solange sie mich nicht behelligen. Mir schmecken Tee und Brandy wie jedem anderen, wenn ich sie billig erwerben kann.«

»Ich hatte gehofft, Ihr wärt heute weichherzig gestimmt.« Über den Tisch hinweg, der mit glänzendem Silber und einem feinen Tischtuch aus Annes Haushalt gedeckt war, schaute sie ihn an. »Ich hatte auf Eure Weichherzigkeit gehofft, weil ich eine Bitte an Euch habe.«

»Und die wäre?« Sein fragender Blick war fest auf sie gerichtet.

»Ihr habt Euch nun hier umgesehen, Robert, habt gesehen, was ich bis jetzt erreicht habe. Ihr habt die Grauschimmel und die Kutsche besichtigt. Es ist auch noch einiges Silbergerät vorhanden, das Spencer übersehen und nicht verkauft hat. Ihr könnt mir doch sicher sagen, wieviel das alles zusammen wert ist?«

»Ja, das kann ich.«

Sie schöpfte tief Atem. »Dann möchte ich Euch um ein Darlehen bitten. Pferde, Kutsche und Silber biete ich als Sicherheit.«

»Wieviel braucht Ihr?« Sein Ton verriet weder Überraschung noch Ablehnung. Er sprach sachlich als Anwalt und Geschäftsmann.

»Vier- oder fünfhundert Pfund. Soviel Ihr mir geben könnt.«

»Und wie wollt Ihr das Geld anwenden?«

»Nun –«, wieder mußte sie tief Atem holen. »Da wäre zunächst die Landwirtschaft. Die Schafherde ist in schlechtem Zustand. Wir brauchen neue Zuchtböcke. Wenn wir die haben, dann benötigen wir feste Zäune, damit wir die Rassen getrennt halten können. Vielleicht kann ich sogar eine Wiese zurückkaufen, die bei Appledore an unser Land angrenzt. Es sei gutes Weideland, hat man mir gesagt. Und dann brauche ich Winterfutter für die Schafe . . .«

»Versteht Ihr wirklich etwas von all dem, Jane? Oder stammen Eure Kenntnisse nur vom Hörensagen?«

»Zum großen Teil stammen sie allerdings nur vom Hörensagen«, gab sie zu. »Aber vergeßt nicht, ich bin auf dem Lande aufgewachsen und von Lucas habe ich schon eine Menge gelernt. Sein Leben lang war er Schäfer. Ich glaube, er versteht etwas davon.«

»Das stimmt«, sagte Robert. »Lucas hätte besser bezahlte Posten als Schäfer finden können, aber er hängt nun einmal an Blakes Höhe. Gott allein weiß, warum er geblieben ist – bestimmt nicht aus Liebe zu Spencer. Aber weiter im Text, Jane. Das waren also die Schafe – was noch?«

»Das Dach«, sagte sie. »Gestern war ich auf dem Speicher und habe es mir genau angesehen. Noch ein Winter, und es ist kaum mehr zu retten. Neue Fenster müssen eingesetzt werden, im alten Flügel fällt stellenweise schon der Verputz von den Wänden. In einigen Räumen stürzen beinahe die Decken ein, so sehr sind sie mit Sprüngen durchzogen.«

»Und für Euch selbst, Jane? Keine Kleider, keine Hüte? Gar nichts?«

»Das ist das einzige, was ich nicht brauche. Ich habe ganze Truhen voll Kleider, die in London Aufsehen erregten und die bestimmt noch auf Jahre hinaus den Provinzlern Gesprächsstoff bieten. Aber neue Vorhänge hätte ich gern, die alten werden bald in Fetzen an den Fenstern hängen.

Eine Zeitlang müssen sie noch vorhalten. Hübsche, überflüssige Dinge – ja, davon könnte ich nie genug haben. Aber so weit ist es noch lange nicht.«

Abwartend beobachteten sie einander. Robert trommelte leise mit den Fingern auf die Armlehne. Das Geräusch ging Jane auf die Nerven. Sie fragte sich, ob sie mit ihrer Forderung zu kühn gewesen war, ob sie seine romantische Erinnerung an Anne überschätzt habe und wie weit sie mit seinem Entgegenkommen rechnen konnte. Plötzlich fühlte sie sich ihm gegenüber ängstlich und unsicher. Man konnte bei ihm keinen gewöhnlichen Maßstab anlegen. Es war kaum möglich, über die Tiefe seiner Gefühle Gewißheit zu erlangen. Keinem Menschen gewährte er Einblick in seine innersten Empfindungen, sein Wesen war verschlossen und zurückhaltend. Vielleicht war sie zu ungestüm vorgegangen in dem Bemühen, seine Freundschaft zu gewinnen, und hatte damit einen Fehler gemacht. Am Ende verachtete er sie gar wegen der unumwundenen Art, mit der sie ihre Bitte um eine Anleihe vorgebracht hatte. Trotz seiner Verachtung könnte er ihr den Betrag zwar leihen, aber Enttäuschung über ihr Verhalten empfinden und ihr nicht verzeihen, daß sie so ganz anders war als Anne. Das Schweigen lastete schwer auf ihnen. Jane saß steif aufgerichtet da. Er sollte nicht merken, wie sehr ihre Angst und Unsicherheit überhand nahmen. Robert Turnbull schien wirklich so zu sein, wie Paul ihn geschildert hatte. Unter nicht stichhaltigen Vorwänden hatte sie versucht, von ihm Geld zu entleihen, und er hatte sie durchschaut. Hatte er sich womöglich lustig über sie gemacht, als er von neuen Kleidern und Hüten sprach? Sie hatte sich wie eine Närrin aufgeführt. Schon wollte sie eine Entschuldigung hervorstammeln und ihre Bitte zurücknehmen, da äußerte er sich endlich.

»Ich kann Euch das Geld leihen, Jane, ohne jede Schwierigkeit. Aber warum setzt Ihr Euer Eigentum als Sicherheit aufs Spiel, wenn das Geld doch Landwirtschaft und Haus zugute kommen soll? Ihr solltet die Anleihe auf das Grundstück, auf Blakes Höhe, aufnehmen.«

Heftig warf sie den Kopf zurück. »Und eines schönen Tages taucht Charles Blake hier auf. Stellt Euch das nur einmal vor! Was dann? Müßte ich ihm nicht sagen, ich hätte weitere Schulden auf Blakes Höhe geladen, nur um einiges zu verwirklichen, das mir vorschwebt? Er müßte mich für verrückt halten.«

Sie sprang auf und ging im Zimmer hin und her. Dann wandte sie sich schnell zu ihm.

»Versteht Ihr denn nicht, wie mir zumute ist? Die ständig drohende Gefahr, Charles könnte zurückkommen. Ich setze meine ganze Kraft hier ein, ich schufte, daß mir alle Knochen im Leibe weh tun und zerbreche mir den Kopf, wie alles weitergehen soll. Und dann kommt Charles eines Tages als rechtmäßiger Erbe daher, und all meine Mühe und Plage waren umsonst. Wenn Ihr aber das Geld mir leiht und nicht Blakes Höhe, dann habe ich ein Anrecht auf den Besitz, selbst wenn Charles zurückkommen sollte.«

Ihre Stimme bebte. Sie vergrub die Stirn in ihre Hände. »Wenn ich nur Gewißheit hätte!«

»Welche Gewißheit?«

»Wegen Charles Blake – ob er tot oder noch am Leben ist.«

»Das hat nichts damit zu tun, Jane. Ihr sollt das Geld bekommen, sobald Ihr wollt. Aber es schmerzt mich, mit anzusehen, wie sehr Ihr Eure Kraft in Euer Eigentum verausgabt. Ihr seid noch zu jung, Jane. Ihr solltet das Leben erst genießen. Bringt Blakes Höhe nicht alles zum Opfer – Ihr müßt auch an Euch denken . . .«

Sie ließ die Hände sinken. »Das habe ich schon einmal gehört.«

»Von wem? Wer hat das gesagt?« fragte er mißtrauisch.

Sie biß sich auf die Lippen. Um ein Haar wäre ihr der Name Paul Fletcher entschlüpft, und dieser Name wäre Robert Turnbull bestimmt nicht angenehm gewesen. »Wer das gesagt hat?« wiederholte sie. »Ach ... ich weiß nicht mehr. Vielleicht Kate ...«

Er ließ sie nicht zu Ende reden. »Ich stelle nur eine einzige Bedingung. Ich gebe Euch das Geld, will aber nichts über seine Verwendung hören. Ich will nicht, daß diese Anleihe immer zwischen uns steht. Es heißt ja, Borgen und Leihen verdirbt die Freundschaft, und das soll bei uns nicht der Fall sein. Versteht Ihr mich, Jane? Kein Wort mehr darüber, wenn es soweit ist. In ... sagen wir ... fünf Jahren zahlt Ihr mir den Betrag zurück. Und damit ist die Sache erledigt.«

»Gut«, stimmte sie zögernd bei. »So soll es sein.«

Er stand auf, um sich zu verabschieden. »Und als Zinsen verlange ich jedes Frühjahr eine Rose. Einverstanden?« Lächelnd berührte er die Rosenknospe, die sie ihm geschenkt hatte.

»Ja, einverstanden. Jedes Frühjahr eine Rose.«

Sie gab Patrick die Anweisung, Roberts Pferd aus dem Stall zu holen; sie wußte nicht recht, was sie von ihrem Gespräch mit Turnbull halten sollte. Seine Handlungsweise war ihr rätselhaft und beunruhigte sie. Die überlegene Haltung, mit der er die Angelegenheit erledigt hatte, überstieg bei weitem die simplen Methoden eines Provinzanwalts; seine Art, ihr bedenkenlos einen derart hohen Betrag zu leihen, vereinbarte sich nicht mit seinem wohlgeordneten Junggesellenleben, um so weniger, als er keinerlei Fragen oder einschränkende Bedingungen gestellt hatte und sich auch nicht in die Geldangelegenheiten einer Frau einmischte, von denen er als erfahrener Geschäftsmann mehr als sie verstand. Unter der Tür warteten sie auf Roberts Pferd und unterhielten sich zwanglos über den Garten, den sie schon so gut in Ordnung gebracht hatte. Von der Seite warf sie ihm einen Blick zu. In seinen Augen spielte ein belustigtes Lächeln – sie konnte sich nicht erklären, was es bedeutete.

Gerade als Patrick das Pferd herbeiführte, kam William um die Ecke gerannt, warf ihnen einen Blick zu und verschwand den Abhang hinunter im Obstgarten. Sein Hund General folgte ihm auf den Fersen.

Robert mußte lachen. »William hat sich ja wilde Spielkameraden ausgedacht. Ich möchte nur wissen, ob er sich von Schmugglern oder von Zollwächtern verfolgt fühlt?«

»Er hat sich noch nie so austoben können«, erwiderte Jane. »Wir sind alle viel zu beschäftigt, um uns um ihn zu kümmern. Mit London verglichen, muß es ja hier ein Paradies für ihn sein. Schon in der kurzen Zeit ist er ein richtiger Wildfang geworden. Er sollte einen Hauslehrer haben, oder jemand, der sich um ihn kümmert.«

Beruhigend legte Robert die Hand auf ihren Arm. »Kommt Zeit, kommt Rat. Gönnt ihm den Sommer zum Spielen. Laßt ihn hinaus ins Moor. Für einen Jungen ist das ein herrlicher Spielplatz. Er muß mit dem Marschenland verwachsen, denn er ist ja auch ein Blake.«

Williams Lockenkopf war längst im Frühlingslaub der Bäume verschwunden. Turnbull schwang sich auf sein Pferd.

»Der Junge braucht ein Pony«, sagte er plötzlich. »Zu dumm, daß ich nicht früher daran gedacht habe. Mal sehen, was ich ausrichten kann...« überlegte er. »Ich glaube, ich habe das Richtige für ihn. In Rye habe ich ein Pony eingestellt – gehört dem Sohn eines Freundes. Die Familie hält sich augenblicklich im Ausland auf. Ich könnte das Pony William zur Verfügung stellen – damit es bewegt wird und nicht so faul im Stall steht.«

»Das würde William große Freude machen«, sagte Jane. »Ich weiß, er wäre überglücklich.«

Turnbull verabschiedete sich mit einer Verbeugung. »Paßt gut auf Euch auf, meine Liebe. Blakes Höhe, das weiß ich, ist jetzt in guten Händen – ganz erstaunlich guten Händen.« Sein Blick war wieder ernst, sein Mund fest geschlossen, als müsse er sich beherrschen, nicht noch mehr zu sagen.

Etwas in seinem Blick berührte Jane eigenartig. Es war etwas Suchendes, Zögerndes in ihm, als läge Robert eine Frage auf der Zunge, die er nicht auszusprechen wagte.

Sie reichte ihm die Hand.

»Tut mir noch einen weiteren Gefallen«, bat sie.

»Was es auch sei – gern!«

»Ladet mich zum Abendessen ein«, sagte sie entschlossen. »Ladet mich zu Euch nach Rye ein.«

Seine Züge verklärten sich. »Würdet Ihr das tun, Jane? Würdet Ihr wirklich zu mir kommen?«

»Habe ich mich nicht eben selber eingeladen? Ich komme gern, wenn ich darf.«

»Ihr macht mich überglücklich, Jane. Es wird mir eine Ehre sein. Morgen abend also.«

Sie sah ihm nach, wie er aufrecht im Sattel sitzend die Anfahrt hinunterritt und allmählich ihrem Blick entschwand. In der Nachmittagsstille war der Hufschlag seines Pferdes noch lange zu vernehmen. Sie lehnte sich an die Steinsäulen des Portals und schaute ihm nach: Bei aller Bescheidenheit, was für ein mächtiger Mann war er doch! Auch über ihr eigenes Verhalten ihm gegenüber dachte sie nach. Innerhalb einer Stunde war sie Robert viel näher gekommen, und doch war er ihr rätselhafter als zuvor. Er schien in seine eigene Welt versponnen, und doch hatte sie nicht den Eindruck, daß er ein einsamer Mensch sei, wenigstens nicht in einem mitleidheischenden Sinne einsam. Er schien über eine innere Kraft zu verfügen, die noch nie auf die Probe gestellt worden war. Nachdenklich schüttelte sie den Kopf. Als sie gerade ins Haus gehen wollte, trat Patrick näher.

»Ihr werdet mir verzeihen, Herrin – habe ich recht gehört: Mr. Turnbull hat das Pony eines Freundes in Rye eingestellt und will es dem jungen Herrn William leihen?«

»Das stimmt. Warum fragst du?«

»Na, also das ist doch komisch! Der nette Reitknecht aus Rye – Ihr wißt doch, derselbe, der Blonde Bess hergebracht hat, Herrin – der hat doch groß erzählt, was für prächtige Pferde Mr. Turnbull bei ihnen eingestellt hat. Aber von einem Pony hat er kein Wort gesagt. Keinen Ton! Ich glaube, Mr. Turnbull braucht nur mit dem kleinen Finger zu winken, und dann hat er schon das schönste Pferd herbeigezaubert.«

Kalt und abweisend sah sie ihn an. »Und wenn es so ist, Patrick – geht's uns was an? Wir nehmen dankbar an, was er uns schickt und stellen keine unnötigen Fragen.«

»Sehr wohl, Herrin«, stimmte er ihr bei. »So wollen wir's halten.«

13. Kapitel

Viele Bürger von Rye, die der milde Frühlingsabend auf die engen, holprigen Straßen gelenkt hatte, sahen die Kutsche vor Robert Turnbulls Haus an der oberen Mermaid Street halten. Es war ein auffallend schönes Gefährt. Die zwei stattlichen Grauschimmel hätten überall Aufsehen erregt. Es hatte sich auch tatsächlich eine kleine Menschenmenge angesammelt, und die beiden Jungen, die für ein gutes Trinkgeld die Pferde hielten und bewachten, platzten fast vor Stolz. Patrick, der sich in seiner glänzenden Kutscherlivree gegen den Schlag lehnte, beantwortete nur allzu bereitwillig alle an ihn gerichteten Fragen.

Und so erfuhr ein Teil der Einwohner von Rye, daß Anne Blakes Tochter, Jane, bei Robert Turnbull zu Abend speise, und wieder andere Bürger von Rye sahen, wie sie an Turnbulls Arm aus seinem Hause trat und die Allee zur Kirche hinaufging – ein Anblick, der in der ganzen Stadt für den nächsten Monat Gesprächsstoff liefern sollte.

Die Leute sahen, daß sie hochgewachsen war, rotes Haar hatte und sich graziös bewegte; und die älteren unter ihnen behaupteten, sie habe eine ungewöhnliche Ähnlichkeit mit Anne Blake. Den größten Eindruck machte auf sie Janes Kleid – das Kleid, die Kutsche und die Pferde. Und genau das hatte sie beabsichtigt. Jede Einzelheit ihrer Garderobe hatte sie sich genau ausgedacht, und obwohl sie wußte, daß sie sich für diesen Besuch bei Robert Turnbull übertrieben aufgeputzt hatte, so war sie sich andrerseits darüber klar, daß sie mit einem schlichten Kleid in vollkommenem Geschmack nicht das geringste Aufsehen erregen würde. Sie trug daher das Kleid so tief ausgeschnitten, daß die Frauen es unanständig und die Männer sehr reizvoll fanden. Um die Schulter hatte sie eine kleine Pelzboa gelegt, die breite Krempe ihres Hutes war mit Straußenfedern garniert. Für Vauxhall wäre es die gegebene hochmodisch elegante Abendtoilette gewesen. Mit voller Absicht hatte sie dieses auffallende Kleid gewählt, um so bei Robert Turnbull, aber auch bei den Bewohnern von Rye Furore zu machen.

Sie sprach den Wunsch aus, vor dem Abendessen etwas von der Stadt zu sehen. Ihre Hand leicht auf Roberts Arm gelegt, wandelte sie also durch die Straßen von Rye, an der Kirche mit dem viereckigen Turm vorbei zu der wuchtigen alten Festung, dem sogenannten Ypres Tower, die seit einem halben Jahrtausend den Einflüssen der Witterung und den feindlichen Angriffen von jenseits des Kanals Trotz geboten hatte. Robert zeigte ihr seine Kanzleiräume in der Watchbell Street, führte sie auf die Spitze der Felsenklippe von Rye, von wo aus man über die Sandbänke einen herrlichen Ausblick auf die Burgruine hatte und darüber hinaus auf das Meer, das die ehemalige Stadt Old Winchelsea überflutet hatte.

»Überschwemmt, Jane«, sagte Robert. »Überschwemmt in einem der Stürme, welche die Häfen von Cinque Ports versandeten, die Flußläufe änderten und das Marschenland in seinem jetzigen Zustand bildeten, wie Ihr es vor Euch seht.

Old Winchelsea war einmal eine große Stadt«, erzählte er, als sie umkehrten. »Eine der bedeutendsten im ganzen Königreich. Königin Elisabeth war einmal hier, und auch Rye rüstete Schiffe gegen die Armada aus. Die Anfänge unserer englischen Flotte in den Tagen Eduards I. gehen auf diese Häfen zurück. Große Seeleute waren es, die mit Schiffen umzugehen wußten.«

»Das sind sie auch heute noch«, bemerkte Jane trocken. »Ihre Schmuggelfahrten nach Frankreich führen sie doch sehr geschickt aus.«

»Allerdings, und sie riskieren sehr viel dabei. Ihr habt wohl gehört, daß Schmuggler, wenn man sie erwischt, nicht ins Gefängnis geworfen werden. Sie sind als Matrosen viel zu wertvoll, um im Gefängnis zu schmachten. Sie werden in die Flotte gepreßt, und ein Deckoffizier freut sich über jeden Schmuggler aus dem Romney-Moor.«

»Bei Euch dreht sich alles um den Schmuggel, nicht wahr?« Sie bemühte sich, dieser Bemerkung keine besondere Bedeutsamkeit zu geben.

»Das geht allen hierzulande so«, erwiderte er. »Man kommt nicht davon los.«

Für Jane war die Einladung bei Robert ein festliches, unvergeßliches Abenteuer. Er bewohnte ein gediegen gebautes kleines Haus in einem ummauerten Garten mit dem Blick auf das Gasthaus »Zur Seejungfer«, das ganze Haus war darauf angelegt, den Bedürfnissen und Bequemlichkeiten eines einzigen Mannes zu dienen. Jeder Gegenstand darin deutete auf Geschmack und Schönheitssinn. Es war das Milieu eines Mannes, reich und doch nicht übertrieben ausgestattet, mit dem Duft teurer Zigarren und feinen alten Leders. Die Wirtschaft führte eine stille, saubere Frau, die Robert jeden Wunsch von den Augen ablas; sie wohnte im unteren Teil der Stadt und hatte gelernt, daß Robert Turnbull gern allein war. Ohne viel Aufsehen verließ sie das Haus, nachdem sie die Tür ins Schloß fallen ließ, und ihre Schritte hallten auf dem Kopfsteinpflaster der Straße.

Die Atmosphäre dieses Hauses war ganz verschieden von der auf Blakes Höhe, doch Jane fühlte sich in ihr sehr wohl. Sie lachten viel. Robert behandelte sie mit ausgesuchter Hochachtung. Auch der Wein war ausgezeichnet und verfehlte nicht seine Wirkung. Es war eine Erleichterung, sich mit Robert frei aussprechen zu können; sie konnte ihm alles erzählen, vom Leben im »Federbusch«, von Anne in London und ihren Besuchen im Hampstead, ja sogar von Lord O'Neill. Nur über eins schwieg sie sich aus: Mit keinem Wort erwähnte sie Paul Fletcher. Im Schein der Kerzen war das Gesicht Roberts das eines durchaus zufriedenen Mannes.

Im Laufe des Abends hatte er Jane fünfhundert Pfund in Banknoten ausgehändigt. Sie hatte ihn um einen formellen Schuldschein gebeten, den sie unterschrieb. Jane fühlte das Bündel Banknoten in ihrem Ridikül, als sie sich anschickte, das Haus zu verlassen; auf einmal empfand sie ein Unbehagen bei dem Gedanken an das Ungeheuerliche, das sie damit vorhatte, und es überlief sie kalt.

Als er ihr beim Umlegen ihres Überwurfs half, hielt Robert inne. »Jane, was ist Euch? Bedrückt Euch etwas?«

Sie deutete auf den Ridikül. »Dieses Geld . . . es flößt mir Angst ein. Vor zwei Monaten hätte ich nicht gewußt, was ich damit tun soll. Bin ich wie Anne oder Spencer? Vielleicht vermehre ich damit nur noch die Schulden der Blakes.«

Zärtlich legte er den Umhang um Janes Schultern. »Habt nur Mut, Jane. Dem Mutigen gehört die Welt. Sogar ich selber . . .« Zu ihrer Verwunderung fühlte sie einen Augenblick, wie seine Hand ihren bloßen Hals in einer plötzlichen Aufwallung zärtlicher Liebkosung berührte, sanft wie die

Berührung von einer Vogelschwinge. Sie drehte sich um. Robert hielt sie bei den Schultern. Er beugte sich etwas zu ihr, und sie glaubte, er wolle sie küssen. Ihr Körper straffte sich. Sie wollte sich nicht überrascht zeigen.

Er gab sie frei und richtete sich auf.

»Nein . . .« Er schüttelte den Kopf. »Wer nicht wagt, gewinnt nicht!«

Auf der Heimfahrt hielt Jane den Beutel mit den Banknoten fest umschlossen und biß die Zähne zusammen, denn ihr Kopf schmerzte von dem Stoßen und Rütteln der Kutsche und dem zu starken Wein, den sie getrunken hatte; alles schwamm ihr vor den Augen wie in einem Nebel, in dem der Feuerschein in den Häusern an der Straße wie verschwommene Lichtflecken tanzte. Aber die Wut und Verachtung, die sie für sich selber empfand, war stärker als der Schmerz in ihrem Kopf, wirklicher als das Bündel Papiergeld in ihren Händen.

»Närrin!« schalt sie sich. »Närrin und abermals Närrin! Was für eine armselige Unschuld vom Lande bist du doch, daß du nicht einmal weißt, wie man mit einem Mann umgeht. Erst hörst du ihn lächelnd an, bittest ihn um einen Gefallen, den du auch annimmst. Ja, du entblößt sogar deine Brüste vor seinen Augen und wunderst dich dann, wenn er dich küssen will. Erst setzt du ihm das Ebenbild der Frau vor, die er geliebt hat, und dann bist du erstaunt über seine Liebkosung. Du bildest dir ein, du könntest Annes Spiel spielen, aber du kennst die Regeln nicht. Närrin!«

Ungehemmt strömten ihr Tränen der Wut und Demütigung über die Wangen und befeuchteten die glänzende Seide ihres Kleides. In den Furchen wurde die Kutsche grausam hin- und hergeworfen. Jane fröstelte. Sie weinte auf der ganzen Heimfahrt, bis sie auf Blakes Höhe ausstieg.

Noch ehe der erste Streifen der Morgendämmerung am östlichen Himmel über dem Moor erschien, hatte Jane ihr

Pferd gesattelt und war auf dem Wege zu Paul. Einsam und abweisend lagen die Pfade in dem grauen Zwielicht des Morgens. Die aufgehende Sonne glich einem kleinen roten Feuerball. Nächtliche Nebel lagen noch über den Kanälen und umhüllten die Bäume wie graues Moos. Am liebsten wäre sie querfeldein geritten, aber zahllose Wasserläufe lagen zwischen ihr und Old Romney, einige schmal und zum Teil von Gras überwuchert, andere so breit, daß Blonde Bess sie nicht nehmen konnte. Es gab zwar Stege, doch man mußte jahrelang im Moor gelebt haben, um sie alle zu kennen. Den Fremden führten sie in eine Irre des Grauens. Jane ritt mit eingezogenen Schultern, weil sie sich einbildete, so die Morgenkälte fernhalten zu können. Es schien, als habe sich das Moor in diese unheimliche Zeit zurückverwandelt, in der seine unberührten Flächen noch nicht entwässert waren und feindliche Räuber vom anderen Ufer des Kanals seine sumpfigen Wasserläufe in kleinen Booten befuhren. Unheimlich still lag es da im Morgengrauen, voller Schrecken und Geheimnisse von uralten Zeiten her.

Als sie endlich aus dem Sattel stieg und an Pauls Küchentür pochte, zitterte Jane vor ungeduldiger Erregung. Das Klopfen erweckte einen seltsamen Widerhall. Als niemand antwortete, fragte sie sich, was sie tun sollte, wenn Paul nicht zu Hause wäre. Sie untersuchte das Schloß, und die Tür ging auf.

Sie fand Paul noch schlafend in dem zerwühlten Himmelbett. Kräftig schüttelte sie ihn an der nackten Schulter.

»Paul! Wach auf! Hörst du nicht! Wach auf!«

Verschlafen öffnete er die Augen, schloß sie aber sogleich wieder. Dann riß er sie mit einem Ausdruck der Überraschung weit auf.

»Jane! Um Himmels willen, was willst du denn hier?«

Stirnrunzelnd trat sie vom Bett zurück. »Du hast mir doch gesagt, ich könnte jederzeit zu dir kommen. Hast du das nicht gesagt?«

Er stützte sich auf. Die Bewegung schien ihm wehzutun. Müde rieb er sich die Augen. »Gewiß habe ich es gesagt. Aber heute habe ich dich nicht erwartet, um diese Zeit. Wie spät ist es denn?« Die Augen fielen ihm wieder zu. »Mein Kopf ist noch so dösig, als sei es erst Mitternacht.«

Ungeduldig schüttelte sie ihn wieder. »Für mich ist alles andere als Mitternacht. Ich muß mit dir etwas besprechen, und du mußt aufmerksam zuhören. Hier!«

Sie warf ihm ihr Ridikül auf die Bettdecke. »Was sagst du dazu? Fünfhundert Pfund!« triumphierte sie.

Auf einmal war Paul hellwach. Jane sah, wie sich seine Haltung veränderte. Sein Gesicht nahm einen gespannten Ausdruck an und verdüsterte sich unter dem wirren, von der Sonne gebleichten Haar. Ohne den Beutel zu öffnen, betastete er ihn wie ein fremdartiges, böses Tier.

»Wo hast du das her?« verlangte er zu wissen. »Wie hast du das fertiggebracht?«

Jane warf ihm einen kalten Blick zu. »Wo ich es her habe? Daher, wo ich es bekommen konnte. Da, wo du mich hingeschickt hast.«

»Von Turnbull!« Unsanft packte er sie am Arm und zog sie näher zu sich heran. »Turnbull also gab es dir, nicht wahr? Antworte!« Wieder zerrte er sie am Arm.

»Selbstverständlich. Wer denn sonst?«

Jetzt packte er sie an der Schulter und zog sie zu sich herunter.

»Gestern abend, nicht wahr? Gestern abend, als du bei ihm warst!«

»Woher weißt du das?«

»Wie sollte jemand, der gestern abend in Rye war, es nicht wissen? Ich habe dich gesehen. Vom Fenster des Gasthofes ›Zur Seejungfer‹ aus habe ich dich beobachtet. Ein herrlicher Anblick! Und bilde dir nur nicht ein, daß du kein großes Publikum hattest. In der Schenkstube des Gasthofes waren alle von dir begeistert, und ich wette, in jeder Bierkneipe von Rye dazu; jeder Klatsch über deine Mutter wurde wieder aufgewärmt, und jeder Skandal, auch wenn er gelogen war, mußte herhalten. O ja, ich habe dich durchschaut, und innerhalb einer Woche weiß die ganze Gegend, was für eine du bist.«

Sie wollte sich von ihm losmachen, doch es gelang ihr nicht.

»Und du hast dich aus Eifersucht betrunken«, sagte sie.

»Warum sollte ich da nicht eifersüchtig werden. Jeder andere Mann wäre eifersüchtig geworden, wenn er sieht, wie ...«

»Ach, hör auf mit diesem Unsinn. Wie jeder andere Mann bist du ein Dummkopf, dazu noch ein sentimentaler. Konntest du dir nicht denken, warum ich Robert Turnbull aufgesucht habe? Hast du nicht selber darauf bestanden, daß ich das Geld herbringe?«

»Aber es war nicht nötig, auch noch eine öffentliche Vorstellung zu geben. Es sah so aus, als besuchtest du einen Mann, der in dich verliebt ist.«

»Vielleicht ist er in mich verliebt. Macht es dir etwas aus? Habe ich nicht das verlangte Geld besorgt, und hast du vielleicht etwas dagegen?«

»Verflucht noch mal! Nein! Vor vier Tagen hätte es mir nicht im geringsten etwas ausgemacht. Aber siehst du denn nicht, daß heute alles ganz anders ist? Du mußt doch wissen ...«

Er ließ sie los. Jane fühlte, wie seine kräftigen, schwieligen Hände über ihr Gesicht streichelten.

»Jane, Liebling, nur aus dir in der ganzen Welt mache ich mir etwas. Robert Turnbull soll mit seinem verdammten Geld zur Hölle fahren. Wir wollen seinen dreckigen Mammon nicht, Jane.«

»Warum auf einmal nicht?« Sie runzelte die Stirn und sah ihn fragend an. »Kannst du den Lugger nicht beschaffen? Ist etwas schiefgegangen?«

Er seufzte und ließ die Hände sinken. »Ich will dir alles erklären. Komm, setze dich her zu mir.« Er machte ihr auf dem Bett Platz. Sie mißtraute seinem sanften Ton und setzte sich nur widerstrebend zu ihm. Er stützte sich wieder auf den Ellenbogen und ergriff ihre Hand.

»Wir brauchen das Geld nicht, weil ich glaube, daß wir von hier weggehen können.«

»Wovon sprichst du denn? Von hier weggehen ... und wohin?«

»Nach Westindien.«

Ungläubig, mit offenem Mund, starrte sie ihn an, als sie die Bedeutung seiner Worte erfaßte. »Bist du wahnsinnig geworden, Paul Fletcher? Bildest du dir ein, ich würde Blakes Höhe verlassen?«

»Mit Blakes Höhe läßt du ein Nichts hinter dir. Ich habe dir doch gesagt, daß du etwas Totes nicht zum Leben erwecken kannst. Und Blakes Höhe ist erledigt, ein für allemal.«

Sie schob seinen Gedanken beiseite. »Wenn ich mich recht entsinne, sagtest du mir, du hättest nicht genug Geld, um in Westindien etwas anzufangen. Hat sich daran etwas geändert?«

»Nichts hat sich geändert, aber du bist mir begegnet. Nein, nichts hat sich geändert. Ich habe noch immer nicht das Geld, um dort etwas anzufangen.«

»Warum redest du dann überhaupt davon?«

»Weil ich dir etwas sagen muß. Du läßt dich da in eine häßliche und schmutzige Sache ein. Tausendmal lieber halte ich dich davor zurück, als daß ich die stattlichste Schaluppe im ganzen Karibischen Meer besitzen möchte.«

Mit einem forschenden Blick fragte sie: »Aber was würdest du da draußen anfangen?«

»Ich könnte mit etwas Bescheidenerem anfangen. Vielleicht könnte ich ein Geschäft verwalten; es gibt Plantagen, die einen Aufseher brauchen.«

»Niemals!« Dieses Wort kam wie ein Schrei aus ihrem Munde. Sie versuchte, sich von ihm loszumachen.

»Dem willst du mich aussetzen? Ich soll eine dienende Stellung einnehmen! Davon habe ich genug, das kann ich dir sagen. Mehr als genug. Noch vor ein paar Monaten wußte ich nicht, daß es so etwas wie Blakes Höhe überhaupt gibt. Jetzt aber habe ich es gefunden. Ich habe eine gesellschaftliche Stellung, genieße die Achtung der Menschen, und bald werde ich unabhängig und reich sein. Soll ich das jetzt alles und meine ganze Zukunft hier im Stich lassen?«

Sie wurde ruhiger und fuhr in flehendem Tone fort: »Bitte, Paul, versuch mich zu verstehen.« Sie deutete auf den Beutel. »Ohne Geld sind wir beide verloren. Das Geld hier verhilft uns zu einem Anfang. Jeder andere würde es annehmen. Warum nicht wir? Nur ein paar Fahrten, Paul, und ein paar Ladungen Schmuggelware, und wir sind reich. Dieses Geld von Robert Turnbull zahle ich ihm eines Tages wieder zurück. Ohne deine Hilfe kann ich es nicht.«

»Und glaubst du immer noch, daß du aus Blakes Höhe etwas machen kannst?«

Vorsichtig erwiderte sie: »Ich will es jedenfalls versuchen. Gelingt es mir nicht, dann bin ich überzeugt, daß aus Blakes Höhe nichts gemacht werden kann.«

»Und ich? Was soll aus mir werden? Soll ich hier untätig zusehen, ob dir dein Versuch glückt oder nicht? Oder hast du für mich nur etwas übrig, weil ich dir von Nutzen sein kann?«

Verstimmt entgegnete sie: »Das darfst du nicht sagen.«

»Ich sage damit vielleicht nur die Wahrheit. In den Krallen ehrgeiziger Frauen habe ich schon bessere Männer als mich zugrunde gehen sehen. Das soll mir nicht geschehen.«

»Nichts wird dir geschehen, was du nicht willst. Machen ein paar Monate im Leben etwas aus? Ich kenne dich erst ein paar Tage, und du verlangst von mir, daß ich etwas aufgebe, was mein Blut mir zu tun befiehlt. Früh genug werde ich wissen, ob ich aus Blakes Höhe etwas machen kann. Doch du mußt mir Zeit lassen . . .«

»Und mir Zeit, damit ich einige lohnende Schmuggelfahrten machen kann? Ist das etwa die Zeit, die du brauchst, Jane?«

Sie umging eine klare Antwort.

»Willst du es tun, Paul? Willst du es für uns beide tun?«

Paul gab sich geschlagen. Ein müder Ausdruck überzog sein Gesicht. Er schien dagegen anzukämpfen, erkannte aber die Nutzlosigkeit und strich sich über die Stirn.

»Mein Kopf tut mir weh«, sagte er schließlich. »Als wäre ein Schwingbaum dagegen geflogen. Vielleicht bin ich verletzt worden und bin zu betäubt, um es zu wissen.«

Dann fügte er sich. »Gut also, ich werde es für dich tun.«

Sie beugte sich zu ihm. »Es ist ja nur für eine kurze Zeit. Höchstens ein paar Monate, nicht länger«.

»Wirst du mit ein paar Monaten zufrieden sein, oder wird dich die Habgier packen wie die anderen?«

Sie schmiegte ihr Gesicht an das seine. »Müssen wir uns denn streiten? Müssen wir immer von Blakes Höhe oder Westindien sprechen? Können wir nicht einfach glücklich sein, weil wir zusammengehören? Paul, ich habe mich so nach dir gesehnt.«

»Du hast Sehnsucht nach mir? Liebst du mich, Jane?«

»Gott helfe mir. Ja, ja, ich liebe dich. Ich will dich ganz eng bei mir haben, ganz nah.«

»Ist das wahr, Jane?«

Sie legte die Arme um seinen nackten Körper und schmiegte den Kopf an seine Schulter.

»Warum können wir kein Vertrauen haben? Laß uns glücklich sein und alles andere vergessen. Nur dich ersehne ich.«

Die Fahrt durch das Moor gestern abend, als sie sich in der dunklen Kutsche ausgeweint hatte und der einsame Ritt heute in der Morgendämmerung traten ihr lebhaft vor die Augen. Sie fühlte, wie sich Pauls kräftige Arme enger um sie schlossen, und die Erinnerung und Angst wichen von ihr. Als er seinen Kopf dicht über sie beugte, sein Atem sich mit dem ihren mischte, fiel aller Zweifel von ihr: Es gab nur ihn. Er gab ihr Entschlußkraft und Vertrauen, die Kraft und die Lust zu leben. Durch seine Kraft gewann auch sie an Kraft.

»Warum«, flüsterte sie, »kann ich nur bei dir Frieden finden?«

»Dann bleib bei mir«, sagte er. Er zog sie eng an sich, so daß ihr Kopf dicht neben dem seinen lag.

14. Kapitel

Nachdem sich Paul zu der Schmuggelfahrt entschlossen hatte, gab es für Jane nichts mehr damit zu tun. Bei jedem Versuch, an den Plänen und Vorbereitungen mitzuarbeiten, prallte sie gegen eine eiserne Mauer der Abwehr.

»Misch dich nicht ein, Jane«, sagte Paul barsch. »Das ist nichts für eine Frau. Es ist eine gefährliche und schmutzige Sache. Halt dich fern davon.«

Er ließ sich nicht in die Karten schauen und hielt seine Absichten geheim, wie er es zuvor getan hatte. Jane mußte sich in Geduld fassen und, so gut sie konnte, ihr Verlangen beherrschen, ihm behilflich zu sein und alle Gefahren mit ihm zu teilen. Während der nächsten Wochen widmete sie sich ausschließlich den täglichen Aufgaben auf Blakes Höhe. Das Sprießen des Frühlings ging in das volle Wachstum des Sommers über; auf den weiten Wiesen des Marschenlandes wurden die Lämmer immer fetter, die Junirosen blühten in den Hecken. Friedlich lag das Land unter der strahlenden Sommersonne, doch der Friede war eine Täuschung. Selbst bis Blakes Höhe, das nicht an den Heerstraßen nach London oder den großen Hafenstädten lag, drangen Nachrichten aus Paris. Nachrichten von zunehmenden Spannungen und von der hoffnungslosen Lage des Königs, von täglichen Hinrichtungen. Janes Herz stand jedesmal still, wenn die Revolution erwähnt wurde. Immer dachte sie daran, daß das nächste Paketboot Nachricht von Charles Blake bringen konnte, von Charles, ob er tot sei oder noch am Leben. Mit der Zeit fand sie diese Spannung leichter zu ertragen, wenn sie vorgab, einen Charles Blake habe es nie gegeben. Dann war sie der Notwendigkeit enthoben, Schuld oder Mitleid zu empfinden.

Die Fischer von Kent und Sussex tauschten nicht nur Gespräche und Klatsch über die Revolution in Frankreich aus, sie waren bis zu einem gewissen Grade an ihr beteiligt. Frankreich war jetzt im Kriegszustand mit Österreich. Die Ausschreitungen der Revolution nahmen immer mehr überhand, die Verzweiflung ihrer Opfer wurde von Tag zu Tag größer. Viele flüchteten in den Luggern der Schmuggler über den Kanal nach England und gaben ihre letzten Goldstücke her, um sich hinter Brandyfässern auf den von Zollkuttern verfolgten Luggern verstecken zu dürfen. Und landeten sie dann glücklich an einem einsamen Strand, waren sie noch dankbar, wenn der Mond sich hinter den Wolken verbarg, denn für viele von ihnen war der erste Eindruck von England der eines Landes, in dem Pistolen und Gewehre im feindlichen Scheinwerferlicht aufblitzten.

In dieser Phase der Revolution waren die Flüchtlinge meistens arme Leute. Man sah sie auf der Straße von Dover, ein verängstigter, verwirrter Haufen, der sich in die Richtung nach London ergoß, in der Hoffnung, Zuflucht und Hilfe bei denen zu finden, die sie in besseren Tagen am Hof von Versailles Freunde genannt hatten. Jane fürchtete in der Tiefe ihres Herzens, einer von ihnen würde den Weg von Dover durch das Moor einschlagen, das er als

Junge gekannt hatte, und eines Tages auf Blakes Höhe erscheinen.

Robert Turnbull wußte von ihrer Furcht. Er ermutigte sie, davon zu sprechen, damit sie ihre heimliche Sorge loswürde.

»Einer meiner Geschäftsteilhaber in Dover zieht bei den Flüchtlingen immer wieder Erkundigungen ein, Jane. Ich habe nichts Neues in Erfahrung bringen können. Einige erinnern sich seiner im Gefängnis, aber die meisten glauben, daß er nicht mehr am Leben ist. Sie sind alle eingeschüchtert und kümmern sich nicht um einen Mann, den sie kaum kennen.«

Wenn er so zu ihr sprach, zitterte ihre Hand, die ihm die Teetasse oder das Weinglas reichte. Ihr jugendliches Gesicht nahm einen starren Ausdruck an. Krampfhaft versuchte sie, gleichgültig zu erscheinen. Aber er konnte nicht umhin, den Kampf zwischen Mitleid und Selbsterhaltungstrieb zu sehen, der sich in ihren Zügen widerspiegelte.

»Es kommt noch zum Krieg«, sagte er immer wieder. »Früher oder später wird England in den Krieg verwickelt werden, Jane. Die Revolutionäre werden einen Grund finden, König Ludwig hinzurichten.«

»Krieg? Wenn es Krieg gibt, werden wir dann jemals Nachricht über ihn erhalten? Ihr werdet dann von Eurer Nachrichtenquelle abgeschnitten sein, und wir erfahren gar nichts mehr.«

Robert nickte. »Es könnte sein, daß Ihr das Ende des Krieges abwarten müßt.«

Jane schauderte bei diesem Gedanken. »Abwarten ... und nie Genaues erfahren. Das könnte ich nicht ertragen.«

Doch ihr Glaube an sich selbst war stärker als ihr Glaube, daß Charles noch lebte. Voll Vertrauen verfolgte sie ihre Pläne für Blakes Höhe und seine Zukunft, als habe Charles keinen Anteil daran. Mit einem Teil des geliehenen Geldes ließ sie das Haus ausbessern, neues Glas in die Fenster einsetzen und das hohe Gras im Obstgarten mähen. Das Geld müßte augenfällig und so verausgabt werden, damit Robert auch sah, daß sie seine Anleihe möglichst nutzbringend anwandte. Erst wenn Paul seine Schmuggelware in Sicherheit hatte, würde sie genügend Geld haben, um Zuchtböcke anzuschaffen. Sie suchte mit Lucas und Patrick die besten Bauernhöfe im Bezirk auf und beeindruckte dann Robert mit allerlei landwirtschaftlichem Gerede, das sie aufgeschnappt hatte. Mit mißgünstigen Blicken verfolgten die Frauen der Farmer Jane in ihren modischen Kleidern, und dann und wann beugte sich ein neugieriges Gesicht aus einer Kutsche, wenn Jane mit ihrer Begleitung vorüberkam. Jane war es durchaus recht, daß von ihrer Gegenwart so viel Notiz genommen wurde und sie in den Häusern des Landadels überall im Moor so viel Gesprächsstoff bot. Sie wartete nur darauf, daß eines Tages eine Kutsche dieser vornehmen Familien bei ihr vorfahren würde.

Inzwischen war der Gemüsegarten angepflanzt worden und in tadelloser Ordnung. Jeden Tag bewunderte ihn Kate. Sie konnte sich an den sprießenden Pflanzen nicht satt sehen. Auch mit dem Gewürzgarten war begonnen worden. Zwei Jungen aus Appledore kamen in die Küche und fragten, ob sie nicht mithelfen könnten; mit diesen billigen Arbeitskräften ließ Jane die Meierei und die alten Kuhställe weißen; der Gemüsegarten wurde eingezäunt, so daß das Geflügel keinen Schaden mehr anrichten konnte. Von St. Mary's, dem Kirchspiel der Blakes, kamen zwei Zimmerleute und richteten die Ställe wieder her. Sie drückten ihre Bewunderung für die Grauschimmel, Blonde Bess und das Pony aus, das Robert William geschickt hatte. Patrick und Kate hörten auf zu klatschen, und das Gerücht machte die Runde, wenn die neue Herrin auf Blakes Höhe vielleicht auch keine große Erbschaft gemacht habe, so sei sie doch jedenfalls keine Bettlerin. Jane freute sich über diese Veränderungen, und wie sich auf Blakes Höhe alles zum Besten wandte, aber sie hielt sich zurück und wartete ab. Sie bemerkte, wie Lucas, Jed und Kate auf ihre neue Würde stolz waren, wie sie willig und mit Eifer an die Arbeit gingen, zufrieden, daß das Haus und seine Bewohner aufgehört hatten, von den Leuten im Dorf ausgelacht und verachtet zu werden. Die Früchte ihrer Arbeit begannen sich zu zeigen. Tag um Tag verging und Charles Blake wurde kaum noch erwähnt.

Oft ritt Jane mit William durch das Moor. In seiner Eintönigkeit entdeckte sie immer wieder neue Schönheiten. Sie lernte, sich im Labyrinth seiner Stege und verschlungenen Wege zurechtzufinden. Williams Gesicht war nicht mehr das eines Stadtjungen. Es war voller Sommersprossen, und sein Haar war von der Sonne gebleicht. Er ging meistens in einem schmutzigen, zerrissenen Anzug umher, der ihm nicht paßte, und seine Hände und Fingernägel starrten vor Schmutz vom Unkrautjäten in den Gemüsebeeten. Schon in wenigen Wochen hatten sich sein Körper und Gemüt verändert. Er war kräftiger und widerstandsfähiger geworden. Gern machte er den weiten Weg nach Appledore, wo er sich an den wilden Spielen der Dorfkinder beteiligte. Einmal kam er blutend heim. Er hatte mit einem Jungen gerauft, der ihn ›Bankert‹ geschimpft hatte. William wußte zwar, daß er sein ganzes Leben als ein Bankert gelten würde, aber nur von seinen Freunden und von denen, die ihn im Scherz liebevoll so nannten, würde er sich diesen Namen gefallen lassen. Schon am Tage nach der Rauferei ging er wieder zum Spielen nach Appledore; die Frauen, die ihn vom Fenster aus beobachtet hatten, wunderten sich darüber, und am Abend hieß es in den Bierkneipen, der junge Herr auf Blakes Höhe sei vom selben Schlag wie die Herrin. Unter der Dorfjugend herrschte ein gewisser Stolz, weil William die Schläge eingesteckt hatte und nun doch wiederkam, trotz der Aussicht auf noch mehr Hiebe.

Die Schulbücher, die er aus London mitgebracht hatte,

waren verstaubt, aber dafür lernte er Wichtigeres. Wie Jane entwickelte er einen Scharfblick dafür, wo sie billig einkaufen konnten. Er nannte ihr die Bauernhöfe, auf denen es die größten Eier und den besten Honig gab, und konnte ihr sogar die Preise nennen. Und William war es auch, der ihr als erster von der Witwe in Snargate erzählte, die ihren Hof aufgab und deren Schwein sie ihr billig abkaufen konnten. Sein Hund General folgte ihm stets auf den Fersen und beschnupperte im Stall das Öl für Sattel und Lederzeug, mit dem William von früh bis spät hantierte. Wenn sie die beiden jetzt betrachtete, konnte Jane sich das Kind mit dem zarten Gesicht in der blauen Samtjacke, neben sich den Hund mit dem seidigen Fell, kaum noch vorstellen. Von Sonnenaufgang an trieb er sich überall auf Blakes Höhe und in der Umgebung herum, und erst spät am Abend gab er nur widerwillig seiner Müdigkeit nach. Nie wieder hörte Jane ihn vor Sehnsucht nach seiner Mutter weinen.

An dem Sonntag aber, als sie in ihrem schönsten Festtagsstaat die Anhöhe zur Kirche hinaufging, bestand Jane darauf, daß William seine blaue Samtjacke anzog. Keiner von beiden verspürte große Lust, zu gehen – Jane hatte nie Zeit gehabt, einem Gottesdienst beizuwohnen, und für William war es etwas Ungewohntes –, doch sie wußte, was sie ihrem Ansehen in der Gemeinde schuldig waren. Sie nahmen also ihre Plätze in dem holzgeschnitzten Kirchenstuhl auf den verblichenen blauen Kissen ein, von denen die Brandyfässer und die Segeltuchbündel mit den feinen Spitzen weggeräumt waren. Doch Jane merkte, daß es in der Kirche noch immer stark nach Wolle und Tabak roch.

Seitdem Charles, ein dreizehnjähriger Knabe, unglücklich und allein, scheu in dem Schatten des Kirchenstuhles gesessen hatte, war kein Familienmitglied der Blakes mehr hier gewesen. In der Hoffnung, Jane und William würden dem Gottesdienst beiwohnen, war die Gemeinde von St. Mary's fast vollzählig erschienen. Ihr Aussehen und die geringste ihrer Bewegungen wurden genau beobachtet, der Kragen von köstlicher Spitze, der Janes rosafarbenes Kleid am Halse abschloß, ihre grünseidenen Schuhe, ja sogar die Tatsache, daß sich weder Jane noch William im Gesangbuch auskannten. Doch daß sie mit ihrem roten Haar zwei echte Blakes seien, das wurde allgemein zugestanden. Zwar sprach es niemand aus, doch alle wären enttäuscht gewesen, hätten diese beiden nicht etwas von der zügellosen Wildheit aller Blakes an sich gehabt, ohne die man sich die Blakes nicht vorstellen konnte.

Jane erinnerte sich immer wieder, wie stolz sie zum ersten Male auf William gewesen war. Auch heute war sie stolz auf ihn, wie er mit gestrafften Schultern dasaß, stolz auf seine hohe kluge Stirn, seine strahlenden, lebhaften Augen. Mochten sie ihn hinter seinem Rücken auch Bankert nennen – jeder konnte sehen, daß er der Sproß eines Adligen war, aus jeder Bewegung seines Körpers sprach seine edle Abstammung. Mit seiner klaren jugendlichen Stimme sang er den Choraltext, ohne sich im geringsten um die Melodie zu kümmern, und während der langen Predigt saß er mit gefalteten Händen aufrecht da, ohne sich zu rühren. Jane konnte sehen, wie auch William sich der Wichtigkeit des Eindrucks auf die anderen bewußt war. Nach dem Gottesdienst ließen sie das Zeremoniell des Begrüßens und Händeschüttelns wie zwei Verschwörer über sich ergehen, wobei William sich mit so formvollendeter Höflichkeit verbeugte, wie sie nur in den Londoner Salons üblich war. Jane hielt diese vollkommene Theatralik in einer so kleiner Dorfgemeinde, wie die von St. Mary's, beinahe für verschwendet. Ja, wären sie nach Rye gegangen . . .

Doch Jane mußte in diesen Wochen des Abwartens auch manch Bitteres und Unangenehmes erfahren.

Es genügte nicht, in Kleidern der letzten Londoner Mode hoheitsvoll einherzustolzieren, eine schöne Kutsche und ein edles Pferdegespann zur Schau zu stellen. Auch genügte es nicht, Blakes Höhe halbwegs wieder instand zu setzen und am Gottesdienst oben in der Kirche teilzunehmen. Viel mehr war noch zu leisten, ehe die ersten Kutschen mit den Damen des hiesigen Landadels vorfahren würden. Die wollten überzeugende Beweise haben, daß sie es nicht mit einer zweiten Anne Blake zu tun hätten, und es würde Jahre erfordern, sie davon zu überzeugen.

Anne Blakes Ruf hatte sich während der zwanzig Jahre, seitdem sie nach London gegangen war, keineswegs verbessert. Der Klatsch behauptete, sie sei die Mätresse so ziemlich aller Lebemänner Londons gewesen, und der einzige Mann, der sie heiratete, sei ein unbedeutender kleiner Dragonerhauptmann von der Wache in Folkestone gewesen. Sie habe zwar dem Erben eines der ältesten und reichsten Geschlechter Englands einen Sohn geboren, aber nichts damit erreicht, da das Kind weder den Namen noch das Vermögen seines Vaters geerbt hatte . . .

Über Jane war man sich im unklaren, aber es wurde viel gemunkelt. Vielleicht teilte sie mit ihrer Familie die Spielleidenschaft und würde womöglich eine Spielhölle auf Blakes Höhe einrichten, ähnlich wie Anne in London. Noch ehe man Jane gesehen hatte, wußte man schon, welchen Eindruck sie auf die Männer machen würde; ihre tief ausgeschnittenen Kleider, ihre eng geschnürte Taille, abgesehen von dem berühmten roten Haar der Blakes, bedeuteten eine allzu große Konkurrenz für die heiratsfähigen Töchter der einheimischen Familien. So kam es, daß Jane vergeblich auf die Kutschen wartete. Mit der Zeit begriff sie, warum sie nicht vorfuhren.

Zwei Besucher aber stellten sich eines Tages auf Blakes Höhe ein. Roger Pym kam in einer Kutsche, und als Kate hinaufeilte, um Jane den Besucher zu melden, glänzten ihre Augen vor freudiger Erregung.

»Den sollte Eure Mutter mal heiraten. Der alte Herr hatte ihn für sie ausgewählt.«

Roger Pym war einige Jahre älter als Anne, ein sanfter, scheuer Mann, unbeholfen und nicht gesprächig; er trug einen teuren Anzug, der ihm trotzdem nicht paßte. Verschmitzt sah er Jane an. Er spielte verlegen mit dem silbernen Griff seines Spazierstocks. »Ihr seid ihr so ähnlich . . . Eurer Mutter. Auch sie war sehr schön.«

Jane dankte ihm mit einem Lächeln, dann wandte sie sich von seinen wehmütigen Blicken ab und machte sich mit dem Teetablett zu schaffen, das Patrick herbeigebracht hatte. Man konnte sehen, wie Pym unter seiner Verlegenheit und Scheu litt; Jane hatte den Eindruck, daß es ihn eine große Überwindung gekostet hatte, bis er den Mut zu diesem Besuch aufbrachte. Aber er wollte sich offenbar ein wenig über Anne unterhalten. Er erzählte von ihr, wie alle anderen Leute im Moor auch, doch aus seiner Stimme klang die Hoffnung und Enttäuschung vieler Jahre.

»Auch ich habe Kinder«, sagte er. »Sie sind fast alle ungefähr so alt wie Ihr. Fünf Töchter und zwei Söhne.«

Dann übermannte ihn wieder seine Verlegenheit, als er bedachte, daß seine Kinder unter anderen Umständen Janes Spielkameraden gewesen wären. Er brachte es nicht über sich, ihr die Einladung anzubieten, derentwegen er gekommen war. Man hatte daheim zu viel gegen Anne Blakes Tochter vorgebracht. »Zweifellos werden meine Frau und meine Töchter Euch bald besuchen«, stammelte er unsicher. »Sie haben immer viel zu tun, denn im Sommer gibt es viel Arbeit . . .«

Zögernd verabschiedete er sich. Gern hätte er seinen Besuch noch ausgedehnt, nur um von Anne sprechen zu können, andrerseits war er sich bewußt, daß er seine Familie bloßstellte und in eine schiefe Lage brachte, wenn er länger bleiben würde. Er trottete davon – ein scheuer Mann mit traurigen Augen, der eine halbe Stunde lang eine glückselige Vergangenheit noch einmal durchlebt hatte.

Jane hatte den Eindruck, daß er es nicht wagen würde, wiederzukommen.

Der zweite Besucher war Sir James Fletcher, Pauls Bruder. Er kam nicht in einer Kutsche, sondern auf einem hochgezüchteten Rassepferd, das Patricks Begeisterung erweckte. Rasch zog Jane ein anderes Kleid an, bevor sie hinunterging, um ihn zu empfangen.

Sie spürte sogleich, daß eine andere Art von Neugier als die Roger Pyms ihn hergeführt hatte. Eine kühl berechnende Neugier. Er sah Paul sehr ähnlich, hatte blondes, jedoch bereits ergrautes Haar, war aber älter und von wuchtigerer Gestalt. Steif und beherrscht, konnte man ihn einen schönen Mann nennen; er trug einen gut geschnittenen Anzug, der von einem Londoner Schneider sein konnte.

Nicht ein einziges Mal erwähnte er seinen Bruder. Seine Haltung war die eines Mannes, der einen offiziellen, gesellschaftlichen Besuch machte. Und doch entschlüpften ihm einige Male Bemerkungen und Andeutungen, die er nur von Paul gehört haben konnte. Jane war er unsympathisch. In seinen Äußerungen über ihre Errungenschaften auf Blakes Höhe witterte sie Herablassung; auch betonte er mit einem taktlosen Freimut, der an Unhöflichkeit grenzte, wie heruntergekommen ihr Besitz sei.

»Ich sehe, Ihr gebraucht das Zimmer wieder. Na, wurde auch höchste Zeit. Bin seit Jahren nicht mehr hier gewesen. Spencer mochte dieses Zimmer nicht.«

Er zerkrümelte den Pflaumenkuchen, den Kate gebakken hatte, zwischen den Fingern, als wolle er demonstrieren, daß der Teig zu derb sei, was Jane nur zu gut selber wußte; er trank zwei Tassen Tee, stand auf und begann im Zimmer auf und ab zu gehen. Absichtlich blieb er am abgenutzten Rande des Teppichs stehen, berührte ihn mit seinem blankgeputzten Reitstiefel, als sei er darüber gestolpert. Dann betrachtete er gelangweilt und ohne Interesse das Bild John Blakes an der gegenüberliegenden Wand, wie einen alten Feind, der längst erledigt ist.

»Spencer hat sich immer das Geld gewünscht, das seine Familie an den Bau und die Stiftung der Kirche da oben verschwendet hat. Na, vermutlich war ihnen nichts mehr gut genug, nachdem John sich in den Kriegen mit Ruhm bedeckt hatte. Sonderbar, nicht wahr, daß er es damals nicht wenigstens zu einem Titel gebracht hat?«

James Fletcher warf Jane einen schnellen Blick zu. Er schien selber zu empfinden, daß seine Frage beleidigend war.

»Ich habe immer angenommen«, sagte sie gleichmütig, »daß Titel nur denen verliehen werden, die sich darum bemühen. John Blake wäre zum Baron oder Grafen ernannt worden, doch er soll einen Streit mit der Herzogin von Marlborough gehabt haben. Es gehört ein ganz besonderer Mut dazu, freiwillig auf einen Titel zu verzichten. Wer weiß? Er hatte vielleicht recht, ihn nicht anzunehmen. Schließlich sind ja die Blakes schlichte Menschen, und dies ist ein bescheidenes Haus.«

Das sagte sie mit voller Absicht. Jane wußte, daß James erst vor sieben Jahren den Titel eines Barons angenommen hatte. Sie war sich bewußt, daß sie viel aufs Spiel setzte, wenn sie ihn so von oben herab behandelte, aber James Fletcher sollte sich ja nicht einbilden, daß er sie mit seinen hochmütigen, beleidigenden Anspielungen etwa beeindruckte. Sie wartete auf seine Antwort.

James Fletcher tat genau das, was Jane insgeheim gehofft hatte. Er setzte sich wieder, begann zu reden, diesmal in einem ehrerbietigen Ton, und wartete jedesmal höflich ab, wenn sie sprechen wollte. Gewiß, er war überheblich und hochnäsig, aber dafür war er auch ein wohlhabender und erfolgreicher Mann, der Besitzer von vielen Hektar Feldern und Wiesen und mehreren großen Gütern in der Umgebung von Warefield, wo er wohnte. Wenn er über landwirtschaftliche Dinge sprach, lohnte es sich, ihm zuzuhören. Er sagte ihr, wo sie Vieh kaufen und wo sie es dann rechtzeitig wieder verkaufen solle, welche Händler zu empfehlen seien, und welchen Bauern sie trauen könne.

Dann stand er auf, um sich zu verabschieden. »Ihr werdet Eure Sache schon richtig machen«, sagte er schwerfällig. »Ja, das bezweifle ich nicht. Ich gestehe, ich mußte lachen, als ich hörte, eine Frau sei gekommen, um das Regiment hier zu führen, noch dazu eine Blake, denn die waren früher nicht dafür bekannt, gesunden Menschenverstand zu besitzen. Aber Ihr werdet's schaffen, weil Ihr einen guten Rat anzunehmen bereit seid. Wendet Euch an mich, wenn Ihr etwas braucht, hört Ihr? Ich will Euch auch noch etwas Wichtiges sagen: Robert Turnbull ist auf seinem Gebiet ein tüchtiger Mann, aber er versteht nichts von der Landwirtschaft. Laßt es mich also wissen, ich komme her und bin Euch behilflich.«

Als Jane ihn zur Tür begleitete, konnte sie ihre Wut kaum zurückhalten. Er hatte sie von oben herab behandelt und ihr eine große gesellschaftliche Beleidigung zugefügt, da er seine Frau, Lady Alice, mit keinem Wort erwähnte und Jane auch nicht in sein Haus in Warefield einlud.

Für Patrick, der ihm beim Aufsitzen behilflich war, fand er kein einziges Wort des Dankes.

Nachdenklich blickte James Fletcher Jane in die Augen. »Wißt Ihr«, sagte er, »Paul hat mir nicht die Hälfte von alldem hier erzählt, von Euch, dem Hause . . . Nein, nicht einmal die Hälfte.« Er nahm kaum den Hut ab. »Von Zeit zu Zeit schaue ich zu Euch rein, um zu sehen, wie es bei Euch steht.«

Jane sah ihm wütend und angewidert nach. »Schwein!« sagte sie. »Aufgetakeltes Schwein! Wenn er nur nicht Paul so ähnlich sähe!«

Mit gefurchter Stirn ging sie ins Haus zurück. »Etwas

stimmt hier nicht. Er weiß mehr über mich, als er sollte, und doch tun er und Paul so, als sähen sie sich kaum.«

Auf einmal fand sie die Erklärung dafür. Alles fügte sich genau ineinander. Sie dachte über die Möglichkeiten nach, die zu gewichtig zu sein schienen, um nicht der Wahrheit zu entsprechen. War es am Ende James Fletcher, der Pauls Schmuggelfahrten finanzierte, und war das der Grund für Pauls Rückkehr ins Marschenland? James Fletcher kannte die prekäre finanzielle Lage seines Bruders, und nachdem dieser die Plantage in Westindien eingebüßt hatte, war er es gewesen, der Paul mit dem Geld köderte; er versprach ihm einen so günstigen Anteil an der Beute, daß Paul sich gezwungen sah, hierher zu kommen, obgleich er den Plan verabscheute. Er wußte, was Paul als Seemann leistete, kannte seine Organisationsfähigkeit und vor allem die bittere Notwendigkeit für ihn, zu Geld zu kommen, um irgendwo wieder anzufangen. Von allen Seefahrern im Marschenland konnte nur Paul unbehelligt, und ohne Mißtrauen zu erregen, das Haus seines Bruders aufsuchen. Er war die ideale Tarnung für einen Mann, der den Schmuggel in großem Maßstabe betrieb.

»Das ist schon möglich«, sagte Jane laut vor sich hin. »Es ist schon möglich und vielleicht wahr. Das ist auch der Grund, daß der Betrag für den Gebrauch der Kirche ohne weiteres auf zwanzig Guineen erhöht wurde. Er wollte sich die Chance, die Blakes gönnerhaft zu unterstützen, nicht entgehen lassen. Ob ihm wohl, als er da saß, der Gedanke Vergnügen bereitete, er – nicht ich – zahle den Lohn für meine Bediensteten aus seiner Tasche oder sogar den Kuchen, den er verschmäht hat. Oh, ein Fluch über ihn! ... Dieses Schwein!«

Sie begann das Teegeschirr abzuräumen, wobei sie vor lauter Zorn unnötigen Lärm machte, und ärgerte sich, als sie entdeckte, daß sie eine Tasse am Rande aus Unachtsamkeit angeschlagen hatte. Drohend blickte sie zu den Bildnissen der Blakes an der Wand, diese gesetzten gleichgültigen Gesichter ihrer Familie; zum ersten Male fand sie keinen Gefallen an ihnen.

Jane nahm kein Blatt vor den Mund, als sie Paul vom Besuch seines Bruders auf Blakes Höhe erzählte. Ohne Umschweife befragte sie ihn über alles, was sie schon teilweise erraten hatte.

»Er hat also das große Wort geführt, und was er nicht ausgeplaudert hat, hast du dir zusammengereimt. Na, er hat sich ja immer blöd aufgeführt mit Leuten, denen er nicht gewachsen war, und der Besuch auf Blakes Höhe war zuviel für ihn. Da gab's kein Halten mehr. Er mußte drauflos schwätzen.«

»Wie meinst du das?«

»Das ist eine alte Geschichte. Spencer hat ihn vor Jahren mal abblitzen lassen, und das hat sich rumgesprochen. James spielte eine ziemlich lächerliche Rolle bei der Sache. Das kann er nie vergessen. Wenn er nur den Namen Blake hört, sieht er rot. Sie sind ihm zu alteingesessen, und sie hatten hohe Stellungen inne. Im Laufe der Zeit haben sie es vom einfachen Bauern zum Großgrundbesitzer gebracht und wären gar noch in den Adelsstand erhoben worden, wenn sie es geschickter angefangen hätten. Dieser Aufstieg läßt ihm keine Ruhe, ihr Erfolg wurmt ihn. Sogar die Kirche und die Stiftung neidet er ihnen und das Vorrecht, einen Pfarrer für die Gemeinde zu bestimmen.«

Jane lächelte schadenfroh. »Da muß es ihm ja besondere Freude machen, sich für die Kirche als Lagerraum seiner Schmuggelware auch noch in Unkosten zu stürzen.«

»Das tut er nur allzu gern«, bemerkte Paul boshaft. »Auf dieses Vergnügen würde er auch beim doppelten Preis nicht verzichten. So etwas ist so recht nach seinem Geschmack.«

»Er ist dir wohl überhaupt sehr zuwider?«

»Hassen würde ich ihn, wenn's der Mühe wert wäre. So

war es von jeher zwischen uns – er ist der Erstgeborene, dem der Besitz als Erbe zufiel, ich war der arme Tropf, der schauen mußte, wie er sich durchschlägt. Es war ihm nicht recht, daß ich mich nach Westindien davonmachte . . .«

»Aber du bist ja zurückgekommen und arbeitest jetzt sogar für ihn.«

»So dumm ist nicht einmal James, daß er die alten Zwistigkeiten als Hindernis betrachten würde. Mir stand das Wasser bis zum Hals, und er sagte sich, falls er mich zurücklocken könnte, werde er mein Brotherr, und ich käme doch nie aus den Schulden heraus, wieviel Geld ich auch verdienen würde. Mit Westindien sollte es für mich ein für allemal aus sein. Er stellte sich das so vor: Ich bin sein Mietling, muß mir seine dämlichen Vorschriften anhören, noch dazu den Hut vor ihm ziehen und strammstehen. Wenn er überhaupt mal gnädigst mein Haus betritt, traut er kaum seinen Augen. Er kann nicht begreifen, was aus dem Verschwender Paul geworden ist, der vierzehn Seidenwesten auf einmal und Brüsseler Spitzen für seine Hemden kaufen mußte. Er hat mich natürlich im Verdacht, mein Geld mit irgendeinem Luxusweibchen durchzubringen, das sich von mir aushalten läßt – vielleicht in Dover oder sonstwo.

Im allgemeinen gelingt es mir, zu vergessen, daß er mein Bruder ist. Ich versuche, ihn lediglich als Geldquelle zu sehen, die mir den gebührenden Anteil an seinem Profit verschafft, den er letzten Endes mir zu verdanken hat. Innerhalb von sieben Monaten habe ich alle meine Schulden bezahlt und rund sechshundert Pfund für unsere Ladung auf die Seite gelegt. Hört sich das nach Großzügigkeit an – na, er ist alles andere als großzügig. Er weiß auf den Penny genau, was er mir dafür schuldet, daß ich meine Freiheit für ihn aufs Spiel setze und mehrere Male im Monat sogar mein Leben. Ihm gehört der schnellste Lugger. Seine Trägerkolonnen beziehen die höchsten Löhne, und er macht ein ganz schönes Profitchen dabei. Fahre ich zweimal wöchentlich, dann bedeutet das für ihn zweitausend Gallonen Brandy und vierzehn- bis fünfzehntausend Pfund Tee. Das bringt ihm gutes Geld – mir allerdings auch.«

Er fuhr sich mit der Hand durch das Haar. Seine Züge waren abgespannt, seine Bewegungen verkrampft, der Gedanke an diese Ungerechtigkeit empörte ihn.

»Er hat natürlich keine Ahnung, daß ich auf und davon gehe, sobald ich genug Geld beisammen habe. Es ist ein schmutziges, widerwärtiges Geschäft, und ich habe keine Lust, es auf Geheiß eines anderen fortzusetzen – am wenigsten auf Befehl meines Bruders.«

In einem Anfall, von alledem befreit zu sein, streckte er verzweifelt die Arme aus. »Ach, Jane, du weißt gar nicht, wie ich aufatmen werde, wenn ich ihn abgeschüttelt habe und mich wieder als freier Mensch fühle. Nachts, an Deck seines Schiffes, ist mir sogar der Geruch verhaßt, mir, der ich das Meer liebe, solange ich zurückdenken kann. Alles, was mit meinem Bruder zusammenhängt, ist für mich verpestet, selbst die Schiffe.«

Er schlug sich mit der Faust in die Hand. »Wieder ein freier Mensch sein, Jane – nur noch ein wenig Geduld, und du wirst sehen, ich befreie mich aus diesem Sumpf. Eine ungeahnte Welt wird sich dir in Westindien auftun – dort schafft sich ein Mann sein eigenes Leben, stolz und frei schreitet er einher. Zu einem Vermögen kann er es bringen. Und dorthin will ich zurück und müßte ich auch mit eigenen Händen die verfluchten Brandyfässer meines Bruders an Land bringen.«

15. Kapitel

Jedermann im Marschenland wußte genau Bescheid über Janes Tageslauf. Alles, was sie tat, lieferte den Bewohnern von Appledore und St. Mary's Gesprächsstoff, wenn sie beim Bier saßen. Doch ihr Geheimnis, vor neugierigen Blikken sorgsam gehütet, kannten nur die Liebenden selbst. Auch Patrick wußte davon, und Kate hatte so ihre Vermutungen.

Oft schlich sich Jane verstohlen noch vor der Morgendämmerung aus dem Haus. Sie sattelte Blonde Bess und schlug den jetzt vertrauten Weg über Wiesen und Wasserläufe nach Old Romney ein, den Paul ihr gezeigt hatte und der Landstraßen und Bauernhöfe vermied und womit keine Gefahr bestand, sich dem Klatsch und allerlei Vermutungen auszusetzen. Die Heimlichkeit, in der ihr kurzes Zusammensein notgedrungen stattfand, steigerte noch die verzweifelte Leidenschaft ihrer Liebesstunde. Hier bei Paul erschloß sich ihr eine Welt, die nichts mit dem eintönigen Leben auf Blakes Höhe gemein hatte – eine Welt, erfüllt von Liebeslust und -schmerz, die sie in der allzu schnell enteilenden Stunde vor Tagesanbruch durchlebten, ehe sich im Moor etwas rührte.

Menschenleer und verödet lagen die Straßen. Jane war es zuweilen bange ums Herz, wenn sie sich fast noch in dunkler Nacht auf den Weg machte. Nur in Pauls Armen fühlte sie für kurze Zeit Schutz und Geborgenheit; in seiner Gegenwart hatten weder Furcht noch Gefahr Gewalt über sie. Die Erinnerung an die am Morgen mit ihm verbrachte Stunde verlieh ihr Kraft für den ganzen Tag.

Am Anfang versuchte Paul, sie fernzuhalten, aber er brachte es nicht übers Herz, ihr das Kommen zu verwehren. Lange vor Tagesanbruch lag er schon wach und lauschte auf den Hufschlag ihres Pferdes. Blieb sie einmal aus, dann war es ein verlorener Tag für ihn. Empört lehnte er sich dagegen auf, daß ihre Begegnungen in aller Heimlichkeit stattfinden mußten, und doch wußte er, daß ihnen keine andere Möglichkeit blieb. Es gab zu viele argwöhnische Menschen, die munkelten, er sei irgendwie in den Schmuggel verwickelt. Sein Einsiedlerleben, sein unregelmäßiges Kommen und

Gehen, vor allem seine genaue Kenntnis des Kanals und seiner Häfen, seine Erfahrung als weitgereister, schiffskundiger Seemann, seine Vertrautheit mit dem Moor machten ihn verdächtig. Bekannte er sich offen zu Jane, drohte auch ihr Gefahr. Nur selten wagte er es, auf Blakes Höhe zu erscheinen, und dann unterhielt er sich im Hof betont auffällig nur mit William und Patrick. Begegnete er Jane zufällig in Rye, grüßte er von weitem mit einer höflichen Verbeugung. Trotz aller Bemühungen brachte er es nicht fertig, auf ihren Anblick zu verzichten. Er war von seiner Liebe zu ihr besessen, sein Verlangen zog ihn unwiderstehlich zu ihr hin; er konnte keine Ruhe finden – triebhafte Leidenschaft zwang ihn in ihre Arme. Doch auch in ihren Armen fand er keinen Frieden, keine letzte Geborgenheit. Ihre Liebe war Lust und Qual zugleich. Ihren Körper hatte sie ihm hingegeben, und doch besaß er sie nicht ganz – auch ein Haus hoch über dem Marschenland hatte Gewalt über sie mit seiner überlebten Tradition, in die er kein Vertrauen setzen konnte. Sie stritten und liebten sich mit gleich wilder Heftigkeit, doch es war ein Kampf ohne Entscheidung.

Pauls Stube, die nichts als Seekarten enthielt, wurde ihr immer vertrauter. Sie kannte die staubbedeckte Unordnung und seine Bücher auf den Wandborden. Jane saß neben Paul, wenn er den Globus drehte und ihr die Namen der verschiedenen Karibischen Inseln zeigte; in berauschten Worten ließ er den Traum von blaugrünen Meeren, von üppiger Vegetation der Tropen vor ihr erstehen. Seiner Kleidung haftete noch der Salzgeruch des Meeres an, aus allen Taschen und Ärmelaufschlägen rieselte Sand. An seine Schulter gelehnt, lauschte sie seinen Erzählungen über den Handel in Westindien, wie man dabei Vermögen erwerben und wieder verlieren konnte. Sie atmete den Geruch nach Seewasser ein, der aus seinem Rock aufstieg, und wünschte sich sehnlichst, er solle sich ihr zuwenden und seine Luftschlösser vergessen. Für kurze Zeit gelang es ihr, seine Sehnsucht zu verscheuchen.

Er war ihr aufs neue verfallen und von ihren Reizen gefesselt; sein Traumbild verblaßte – sie hatte ihn wieder in ihrer Gewalt.

Daß sie ihn nur durch ihre sinnlichen Reize an sich binden konnte, erfüllte sie mit Bitterkeit. Mochte er seinen Kopf an ihre Brust schmiegen, mit rauhen Seemannshänden ihren schlanken Leib liebkosen – sie fühlte, daß nur das Weib in ihr sich Paul für kurze Zeit zu eigen machte – für flüchtige Minuten des Vergessens, wenn sein Wille sich dem ihren beugte. Doch ihre Macht war begrenzt. Er erwachte aus dem Liebesrausch und war wieder Herr seiner Sinne. Ernüchtert entzog er sich ihr, beschämt über ihre Macht.

»Bleib bei mir«, flüsterte sie dann, wenn sie ermattet vom rasenden Taumel ihrer Liebe nebeneinander ruhten. »Geh nicht von mir, Paul, vereint gehört uns das ganze Leben . . ., denn das Leben ist Liebe!«

Sie fühlte, wie sein Körper sich in Abwehr straffte. »Ein Königreich könnte ich mit dir erobern – überall in der Welt, nur nicht hier.«

Wehmütig und enttäuscht wandten sie sich dann voneinander ab. Der Wunsch, ihrer Liebe ledig zu sein, stieg in ihnen auf und doch war ihnen der Gedanke an eine Trennung unerträglich.

Zwischen Liebeslust und bitterer Enttäuschung hin- und hergerissen, waren sie sich schmerzlich bewußt, daß es nicht reine Liebe war, die sie vereinte.

»Unser Lugger trägt den Namen ›Delphin‹. Er ist das herrlichste Schiff, Jane, das ich je gesehen habe, ein schmuckes Fahrzeug, schnell wie ein Vogel im Flug.«

Paul strahlte bei diesem Gedanken. Seine Stimme klang liebevoll und zärtlich, als spräche er von einer Frau. Sie saßen in Pauls Wohnstube am Kamin und tranken Tee, der Wasserkessel summte gemütlich am Haken über dem Feuer. Auf beiden lastete der Gedanke, daß Jane bald heimreiten mußte, aber sie ließen sich nichts anmerken.

»Hast du schon eine Fahrt auf der ›Delphin‹ gemacht?«

Er nickte. »Sie segelt unter Andy Smiths Kommando zum Fischfang – der Zollfahnder kann jederzeit an Bord kommen und sie durchsuchen, wenn es ihm Spaß macht. Das wäre sogar sehr günstig. Ich lasse den Lugger im Ärmelkanal kreuzen. Er wäre dann als Fischereifahrzeug schon bekannt. Die sollen sich nur an ihn gewöhnen – und kommt es wirklich zu einer Verfolgung, dann segelt unsere ›Delphin‹ ihnen davon, schneller als irgendein Schiff in diesen Gewässern.«

»Ich möchte sie gern sehen, Paul.«

Ihr Wunsch behagte ihm nicht. Er ergriff ihre Hand und redete ihr gut zu. »Du weißt ja, was ich davon halte, Jane. Du sollst nichts damit zu tun haben. Schlimm genug, daß du überhaupt in mein Haus kommst.«

»Aber es muß sich doch einmal einrichten lassen. Die ›Delphin‹ geht ja auch mal in einem Hafen vor Anker.«

»Ihr Heimathafen ist Folkestone und jeder andere Hafen, in dem kein Zollkutter auf der Lauer liegt. Du wirst sie schon einmal zu Gesicht bekommen – irgendwo hier in der Nähe.«

»Warum wartest du noch, wo sie doch nun schon auf See ist?« fragte Jane. »Warum ist sie nicht schon mit einer Ladung unterwegs?«

»Nur langsam!« mahnte er. »So etwas darf man nicht überstürzen. Ich muß neue Verbindungen aufnehmen, neue Abmachungen treffen, in Vlissingen einen neuen Verbindungsmann einsetzen. Hier in England brauche ich neue Trägerkolonnen. Landeplätze müssen vereinbart werden und Verstecke für die Ladung. Bestechungsgelder muß ich insgeheim verteilen – hunderterlei gibt es zu bedenken, aber diesmal muß es mir gelingen. Mein eigenes Geld steht auf dem Spiel . . .«

»Dein Bruder weiß nichts davon?« forschte sie. »Du arbeitest mit anderen Leuten – kaufst nicht mehr vom früheren Vermittler?«

»Früher oder später riecht er den Braten. Aber solange wie möglich will ich es vor ihm geheimhalten. Vorerst arbeite ich noch für ihn und stecke die Prämie ein, blüht aber mein eigenes Unternehmen erst mal, dann kann er mir den Buckel runterrutschen mit seinen Aufträgen.« Er grinste. »Mit zwei Unternehmen gleichzeitig wird es mit der Nachtruhe natürlich vorbei sein. Geld ist wichtiger als Schlaf.«

Jane mußte sich auf den Heimweg machen. Langsam erhob sie sich. »Warum soll er nichts davon wissen? Was könnte er dagegen unternehmen?«

»Er wird versuchen, den Lugger an sich zu reißen und Anspruch erheben auf den Profit an der Ladung. James ist genauso versessen auf Geld wie ich, und wenn er die ›Delphin‹ erst einmal zu sehen bekommt, will er sie auch haben – erst recht, wenn er erfährt, daß sie für mich segelt. Schon sie mir wegzunehmen, würde ihm Vergnügen bereiten. Er ist habgierig, mein Bruder James – nur auf andere Art als wir, meine Liebe.«

Vor dem fleckigen, zersprungenen Spiegel setzte sie ihren Hut auf. Dann drehte sie sich zu Paul um.

»Ich will mit dir gehen, Paul.«

»Wohin?«

»Zur ›Delphin‹, wenn sie mit der Ladung zurückkehrt.«

Seine Stirn umwölkte sich. »Bist du von Sinnen, Jane? Das ist nichts für dich.«

»Ich habe das gleiche Recht wie du, dabei zu sein. Ich will mithelfen – ich könnte Wache stehen oder mit einer Laterne den Weg weisen . . .«

Er pfiff durch die Zähne. »Du Närrchen! Wenn man dich erkennt? Geht etwas schief, dann wirst du geschnappt und bestraft wie ein gewöhnlicher Schmuggler. Wir sind mitten in der gefährlichsten Jahreszeit – lange Dämmerung und früher Tagesanbruch. Schon der Gedanke daran ist Wahnsinn.«

»Und du glaubst wirklich, ich lasse mich erwischen? Nicht mit Blonde Bess! Niemand wird mich erkennen. Ich ziehe Patricks Anzug an und reite im Herrensattel ...«

»Nein, Jane!« Fest packte er sie am Arm und zog sie in den Stall; wütend versuchte sie, sich loszureißen, aber er hielt sie fest. Durch den Ärmel spürte sie seinen umklammernden Griff. Er half ihr aufs Pferd und blickte dann zu ihr auf in ihr verärgertes Gesicht.

»Vergiß nicht, daß ich es bin, der dieses Unternehmen befehligt – meinen Anweisungen ist Folge zu leisten! Vergiß das nicht, Jane!«

Paul gab Blonde Bess einen Klaps und die Rotschimmelstute schlug einen flotten Trab ein. Er blickte Jane nach, wie sie dem Pferd die Sporen gab und gleichgültig, ob sie jemand beobachtete, schnell auf den Zaun zuritt. Hätte jemand im Dorf gerade in die Richtung auf Pauls Häuschen geschaut, er hätte deutlich gesehen wie Jane auf Blonde Bess über den Zaun setzte. Bei dem kurzen Anlauf hätte der Sprung mißglücken müssen, aber Bess nahm das Hindernis ohne weiteres.

»Na«, murmelte Paul hinter ihr her, »wenn du nicht als Schmugglerin gehenkt wirst, brichst du dir todsicher den Hals, du kleiner Tollkopf.« Er warf die Küchentür hinter sich ins Schloß.

»Weiß der Himmel, warum ich gerade dich lieben muß!«

Nach dem ersten geglückten Sprung ließ Jane die Stute ungehemmt dahingaloppieren. Der rasende Ritt entsprach ihrer Wut auf Paul. Sie mußte sich austoben, seine lächerlichen Vorschriften, als sei er ihr Herr, abschütteln. Ihren Zorn konnte sie noch nicht unterdrücken, obwohl sie einsah, daß er kindisch und unsinnig war. Tollkühn nahm sie Hindernisse über Zäune und Gräben, an die sie sich früher nie gewagt hätte. Die Stute gehorchte willig jedem Schenkeldruck, und in gleichmäßigem Dahinjagen kostete Jane die Spannung eines jeden Sprunges aus. An der Abzweigung nach Blakes Höhe stieß sie auf Robert Turnbull. Er ritt seinen Fuchs, Roger, einen kräftig gebauten, breitbrüstigen Hengst. Ruhig standen Pferd und Reiter. Es war ihnen nicht anzusehen, wie lange sie schon gewartet hatten.

Er zog den Hut.

»Ihr seid eine gute Springerin, Jane«, begrüßte er sie, als sie neben ihm anhielt.

Janes Atem ging schwer. Diese Begegnung war ihr unerwünscht, doch sie wollte Robert ihre Verlegenheit nicht merken lassen.

»Das ist das Richtige für Bess«, sagte sie nur. »Ich muß sie immer im Zaum halten . . .«

Er lächelte. »Ich verstehe – auch Bess ist jung.«

Unvermittelt fragte sie: »Wollt Ihr mich begleiten und auf Blakes Höhe mit mir frühstücken? Wir sind ja gleich da . . .« Vergebens versuchte sie, in ungezwungenem freundlichem Tone zu sprechen.

»Ich wüßte nicht, was ich lieber täte«, antwortete er.

Seine Zusage kam ihr überraschend.

»Dann wollen wir keine Zeit verlieren. Was Kate zusammenbraut, ist günstigenfalls scheußlich, aber völlig ungenießbar, wenn es nicht frisch vom Ofen kommt.« Sie trieb die Stute an.

Robert wendete seinen Hengst und ritt schnell hinter ihr her. »Ich würde gern einmal am Morgen mit Euch ausreiten, wenn ich wüßte, welchen Weg Ihr einschlagt. Kommt Ihr oft hier vorbei?«

Sie trieb Bess zu einem leichten Galopp an. »Ziemlich oft. Wenn Ihr mich zufällig seht, steht es Euch frei, mit mir zu reiten«, rief sie ihm über die Schulter zu.

Mit einem unterdrückten Fluch ritt Robert hinter ihr her.

Schon öfters waren sie sich am frühen Morgen draußen im Moor begegnet. Sie wußte, daß Robert seit Jahren einen Morgenritt unternahm, bevor er in der Watchbell Street seine Arbeit begann. Im Anfang war sie ihm an Stellen begegnet, die in seiner Richtung lagen, in der Regel auf einem Wege, der nach Rye führte. In letzter Zeit kam es ihr allerdings so vor, als spiele er Verstecken mit ihr – an den unmöglichsten Stellen tauchte er plötzlich vor ihr auf. Und heute war er sogar über Blakes Höhe hinausgeritten bis zu dem wenig begangenen Weg, der von Blakes Höhe nach Old Romney führte. Plötzlich wurde ihr bange. Sie fürchtete den durchdringenden Blick seiner dunklen Augen. War er hinter ihr Geheimnis gekommen?

Ohne Erkundigungen einzuziehen, schien Robert Turnbull doch stets genau informiert zu sein, was im Marschenland hinter jeder verschlossenen Tür vor sich ging. Es war also durchaus möglich, fürchtete sie, daß er von ihren Besuchen bei Paul in Old Romney wußte. Nichts ließ sich vor ihm geheimhalten. Wie sie sich auch drehen und wenden mochte – er war zur Stelle, stets höflich, hilfsbereit und freundlich. Er schien ihre Gedanken lesen zu können, noch ehe sie sie zu Ende gedacht hatte.

Heute kochte Patrick die Frühstücksschokolade. Er verstand es besser als Kate. Das Brot, das sie gebacken hatte, war noch warm und locker. Jane bestrich es üppig mit Honig. Ihr Zorn auf Paul legte sich allmählich. Robert sprach von gleichgültigen Dingen. Sie fühlte keinen Argwohn mehr, daß er hinter ihr Geheimnis gekommen sei. Als er jetzt die Tasse mit unnötiger Heftigkeit niedersetzte, blickte sie ihn fragend an.

»In letzter Zeit hat sich an der Küste allerlei ereignet – das Jahr ist eigentlich schon zu weit dafür vorgeschritten.«

»Für die Schiffahrt, meint Ihr?« Sie war auf der Hut.

»Ich dachte immer, der Sommer sei die günstigste Jahreszeit ...«

»Nein, meine Liebe, ich meine den Schmuggel. Im Sommer läßt er bekanntlich nach. Die klaren, windstillen Sommernächte, wenn es so lange hell bleibt, sind zu kurz für die Kapitäne, den Treffpunkt anzulaufen und die Ladung an Land zu bringen, ehe die Zollkutter sie entdecken. Wenn die Nächte kürzer sind, trauen die sich eher heraus. Sie können sich nicht auf schlechtes Wetter hinausreden oder auf Reparaturen, die im Hafen vorgenommen werden müssen.«

»Oh ...«, hauchte sie und versuchte, ihre aufsteigende Angst zu verbergen.

»Ja, so ist es ...« Fragend schaute er sie an, ob er seine Pfeife rauchen dürfe. Er ließ sich beim Stopfen der Pfeife sehr viel Zeit und hielt den Blick dabei gesenkt. »Ja«, nahm er den Faden wieder auf, »im Sommer arbeiten auch die Dragoner enger mit den berittenen Zollwächtern zusammen. In einer rauhen, kalten Nacht liegt ihnen nichts daran, Schmugglern nachzujagen, von denen sie nicht einmal wissen, ob sie überhaupt in dieser Nacht unterwegs sind. Erwischen sie aber eine Ladung, so teilen sie natürlich den Erlös aus dem Verkauf. Kein schlechter Zeitvertreib in einer schönen Sommernacht. Die Dragoner würden sich viel eifriger im Interesse der Zollwächter einsetzen, wenn diese Idioten nur einsehen wollten, daß es zu ihrem eigenen Vorteil wäre, den Dragonern wirklich einen angemessenen Teil der Beute zu überlassen. Darüber herrscht Unzufriedenheit – der Schmuggler ist der lachende Dritte.«

Durch den aufsteigenden Rauch seiner Pfeife sah er sie an.

»Seht Ihr Paul Fletcher öfters, Jane?« fragte er leichthin.

Gleichgültig zuckte sie die Schultern. Jetzt, da die Frage offen ausgesprochen war, empfand sie keine Angst mehr.

Sie war sich nur im unklaren, wieviel Robert bereits wußte und wie weit sie mit ihrer Antwort gehen konnte.

»Oh . . .«, sagte sie, »ich sehe ihn gelegentlich. Er hängt sehr an William. Kaum waren wir hier angekommen, brachte er ihm ein paar weiße Mäuse. Wenn sein Weg ihn gerade vorbeiführt, schaut er sich manchmal im Stall um. Er wollte mir auch gute Ratschläge für den Gemüsenanbau erteilen . . .« Schnell fügte sie hinzu: »Ich habe Euch wohl erzählt, daß Sir James Fletcher hier war . . .«

Janes Versuch, vom Thema abzulenken, wies Robert mit einer Handbewegung ab. »Es handelt sich jetzt nicht um Sir James. Was sich auch hinter seinem großspurigen Gehabe verbergen mag, im Marschenland ist er ein angesehener Mann. Als sein Anwalt muß ich es ja wissen. Aber etwas anderes ist es mit Paul.«

Sie trommelte mit den Fingerspitzen auf die Tischplatte. »Wirklich?«

»Sehen wir es einmal mit meinen Augen an, Jane. Paul Fletcher büßte sein Vermögen in Westindien ein. Völlig verarmt und obendrein verschuldet kam er hierher zurück, und jedermann weiß doch, wie sehr er das Marschenland verabscheut. Er macht den Leuten weis, er arbeite an einer topographischen Darstellung der Karibischen Inseln. Na ja, gut und schön, nur wissen wir, daß er damit keinen Penny verdienen kann.«

»Und . . .?«

»Er besitzt alle Eigenschaften und Fähigkeiten für einen außerordentlich erfolgreichen Schmuggler. In der Flotte hat er Gehorchen und Befehlen gelernt. Er hat einen guten Kopf und es fehlt ihm – so denke ich – auch nicht an Mut. Er ist ein tüchtiger Seemann und kennt diese Küste wie seine eigene Tasche. Von Kindheit an war er der geborene Führer – selbst sein Bruder wirkte im Vergleich zu ihm schwerfällig und nicht besonders aufgeweckt. Das hat ihm Sir James natürlich nie vergessen.«

»Ihr seid also der Meinung . . .«, sie wog jedes Wort ab, »Ihr seid also der Meinung, die erhöhte Tätigkeit der Schmuggler in diesem Sommer sei Paul Fletcher zuzuschreiben?«

»Eine Vermutung, meine Liebe, bloße Vermutung. Ich habe Euch nur dargelegt, welche Gründe mich zu dieser Vermutung bestimmen. Er geht aufs Ganze, zwar mit kühlem Verstand, aber trotzdem . . . ich fürchte, man wird ihm das Handwerk legen.«

»Und das posaunt Ihr überall aus?« fragte sie empört. »Laut genug, daß die Zollwächter so feige und bequem sie auch sein mögen, sich doch aufraffen müssen, um Jagd auf ihn zu machen? Wollt Ihr das bezwecken, Robert?«

Er schüttelte den Kopf. »Meine Vermutungen und Schlußfolgerungen sind nur für Eure Ohren bestimmt, Jane. Ihr seid erst kurze Zeit im Marschenland. Gerüchte und Klatsch scheren sich wenig um die tatsächlichen Verhältnisse, das mußte auch Anne erfahren. Es würde mich schmerzen, den Namen Blake in dieser Verbindung zu hören . . .«

Sie erhob sich. »Spielt Ihr Euch als Gewissen meiner Familie auf? Seid Ihr unser Vormund, oder wünscht Ihr gar den endgültigen Untergang der Blakes?«

»Jane!«

»Wenn ich Euch recht verstanden habe, dann soll Sir James dieses streitsüchtige Großmaul, in meinem Salon willkommen sein. Paul Fletcher aber darf sich nur im Hof aufhalten, weil sonst der geheiligte Name Blake durch ihn befleckt werden könnte?«

Auch Robert stand nun auf. »Versteht es, wie Ihr wollt. Ich habe nichts mehr hinzuzufügen.«

Ohne ein weiteres Wort sahen sie sich in die Augen. Mit ihren Blicken sagten sie sich den Kampf an; doch seltsam, selbst diese gegenseitige Herausforderung band sie nur noch enger aneinander.

16. Kapitel

Die Pferde hatten sie in den Dünen zurückgelassen. Jane und Paul hörten, wie die Tiere an dem spärlichen Grase zupften. Der Himmel hatte sich verdüstert. Eine geschlossene Wolkendecke lag über dem Ärmelkanal, auf dessen bewegten Wellen Schaumkronen tanzten. Sie kauerten sich unter einen überhängenden Felsen.

»Dort ist sie, Jane – die ›Delphin‹! Das schönste Schiff, das ich je gesehen habe!«

Sie hielt Ausschau durch das schwere Fernglas. Zunächst erkannte sie nur die plötzlich so nahe gerückte graue Dünung, dann unterschied sie Horizont und düstere Wolken. Sie ließ das Fernglas sinken, entdeckte mit bloßem Auge in der Ferne den Lugger und schaute wieder durch das Glas. Jetzt sah sie die anmutig geschwungenen Linien des Fahrzeugs ganz deutlich. Langsam kämpfte sich der Lugger auf- und niedertauchend durch die Wellen. Vom grauen Hintergrund stachen die weißen Segel seltsam kraß ab. Der Schiffsrumpf war schwarz gestrichen, rot das Bugspriet. Jane versuchte, die Stückpforten zu zählen, dann glitt ihr Blick weiter. In goldenen Lettern leuchtete der Name des Schiffes ›Delphin‹.

Vor Erregung hielt sie den Atem an.

»Einhundertdreizehn Tonnen Laderaum«, erklärte Paul. »Zwölf Geschütze, die Drehbassen nicht inbegriffen, und dreißig Mann Besatzung. Für die Überfahrt nach Vlissingen will ich weitere dreißig bis vierzig Mann anheuern. Mit soviel Leuten sollte die Ladung schnell verstaut sein, und bei günstigem Wetter wird die ›Delphin‹ in zwei bis drei Tagen wieder hier sein.«

»Wo bekommst du die zusätzlichen Leute her?«

»Schau dort hinüber, landeinwärts zur Rechten. Das Dorf dort – siehst du's? – das ist Barham-in-the-Marsh. Von da kommen die meisten, und dort will ich auch die Ladung an Land bringen – es sei denn, die Zollwächter lauern ausgerechnet dort auf uns.«

Jane richtete das Glas genau auf das Dorf. Sie sah graue Steinhäuser, graue moosbedeckte Schieferdächer und weißgestrichene Türen; seetangfarbene Fischernetze waren zum Trocknen aufgehängt. Das Dorf erstreckte sich im Halbkreis um eine seichte Bucht. Umgedrehte Fischerboote lagen am Strand. Eine Reihe hölzerner Wellenbrecher zog sich vom höchsten Punkt, den die Flut erreichen konnte, den Strand hinunter bis zur Brandung, die über den Pfählen zusammenschlug. Über den Hausdächern und dem grauen, viereckigen Kirchturm zogen Möwen mit breiten Schwingen ihre Kreise. Zerbröckelnde Mauern und zermürbtes Straßenpflaster zeugten von unzähligen Stürmen, die vom Ärmelkanal über das Dorf hinweggefegt waren. Bäume konnten in diesen Sturmwinden nicht gedeihen. Im Westen schob sich die Landzunge von Dungeness ins Meer.

»Von den Bauernhöfen bei Lydd bekomme ich auch noch Leute – da drüben im Westen. Sie werden die Ruderboote entladen und die Pferde führen. In der Nähe von Ivychurch wird alles gelagert oder in einem Versteck kurz vor Hythe, falls wir auf ein Hindernis stoßen.

Die ›Delphin‹ war jetzt einige Tage hier in der Gegend auf Fischfang«, fügte er hinzu. »Die Zollwächter müßten sich inzwischen an ihren Anblick gewöhnt haben.«

»Wie nahe an die Küste wird sie herankommen?«

»Höchstens auf eine halbe Meile. Näher wage ich mich nicht heran bei ihrem Tiefgang. Die Kiesbänke vor der Küste verändern sich dauernd.«

»Wie viele Boote aus Barham-in-the-Marsh willst du einsetzen?« »Alle. Das ganze Dorf hilft mir, sogar die Frauen. Vom Kirchturm aus werden wir der ›Delphin‹ Signale geben.«

Sie ließ das Fernglas sinken und sah ihn an. »Fürchtest du keinen Verrat? Wenn das ganze Dorf davon weiß . . .«

Er warf ihr einen belustigten, halb spöttischen Blick zu. »An dieser Küste gibt es Hunderte von Dörfern, die vom Schmuggel leben – ein Angeber würde sich da hüten. Wer nichts damit zu tun haben will, macht die Fenster zu und zieht die Bettdecke über die Ohren.«

Als er ihr bedenkliches Gesicht sah, mußte er lachen. »Mach dir keine unnützen Sorgen, Jane. Die Leute in Barham halten den Mund. So lange ihr Dorf steht, haben sie Schmuggelware an Land gebracht.«

Paul erhob sich und wollte ihr beim Aufstehen helfen.

»Du mußt dich jetzt auf den Heimweg machen. Ich begleite dich bis zur Landstraße, aber weiter komme ich nicht mit. Es hat keinen Sinn, daß man uns zusammen sieht, außerdem muß ich noch mal nach Barham. Ehe die ›Delphin‹ nach Vlissingen ausfährt, will ich dort noch mit ein paar Leuten reden.«

Widerstrebend erhob sich Jane und gab ihm das Fernglas zurück. »Wird sie bald ausfahren?«

Prüfend ließ er seinen Blick über das Meer und die tiefhängenden grauen Wolken schweifen. »Bete, daß dieses Wetter anhält – so düster, wie es nur sein kann. Jeden Augenblick kann sie in See stechen. Sobald ich weiß, was die Zollkutter vorhaben, wird sie ausfahren.«

Noch einen letzten Blick warf Jane auf das winzige Fleckchen Segeltuch – mehr war von der ›Delphin‹ jetzt nicht mehr zu sehen. Sie hob die Hand und winkte ihr einen Gruß nach.

»Da segelt mein Glück und meine Zukunft – gute Fahrt!«

Als sich die Häuser in langen Schatten auf dem Pflaster abzeichneten, begannen sich die Straßen von Folkestone zu leeren. Wo die Menschen noch vor einer Stunde gemächlich promeniert hatten, beeilten sie sich jetzt, zum Abendessen nach Hause zu kommen; nur noch einige wenige gingen ohne ein besonderes Ziel müßig auf und ab. Nur ungern trennte sich Jane von der Auslage geschmackvoll garnierter Hüte im Schaufenster einer Modistin; doch Patrick wartete mit der Kutsche am Gasthaus ›Zum Wollballen‹, und es gab keine Entschuldigung, noch länger in der Stadt zu verweilen.

Aus reiner Ruhelosigkeit war sie heute nachmittag in diese Stadt gefahren, wo zahlreiche Schiffe im Hafen lagen und die farbenprächtigen Uniformen der Dragoner das Straßenbild belebten. Sie konnte unten im Hafen das Gewirr der von Möwen hoch umkreisten Masten sehen. Ein starker Geruch von Fischen und Salzwasser erfüllte die Luft. Solange sie sich von der lärmenden Menschenmenge mittragen ließ, wurde sie zeitweilig ruhiger. Ihre paar Einkäufe hatte sie bereits gemacht. Hinter den Schornsteinen versank die Sonne. Das Leben und Treiben in den Straßen nahm ab. Die Läden leerten sich, die hell erleuchteten Bierwirtschaften füllten sich, ihre Türen standen etwaigen Gästen in der Abenddämmerung offen.

Vier Tage waren bereits vergangen, seitdem sie mit Paul in den Sanddünen bei Barham-in-the-Marsh gewesen war. Seitdem hatte sie ihn nicht wiedergesehen. Zweimal war sie in aller Frühe nach Old Romney geritten, immer in der Hoffnung, daß er heimkommen würde. Erst als die Sonne schon hoch am Himmel stand, war sie wieder nach Blakes Höhe zurückgekehrt. Sie sagte sich, Pauls häufige Abwesenheit könne nur eins bedeuten: Der Lugger ›Delphin‹ habe endlich gewendet, sei auf der Fahrt in Richtung Vlissingen und könne stündlich an der englischen Küste zurückerwartet werden. Jane konnte sich jetzt auch erklären, warum Paul nicht wollte, daß sie sich in irgendeiner Weise an der Schmuggelfahrt beteiligte. Jane litt unter dem Bewußtsein ihrer eigenen Tatenlosigkeit, wenn sie sich sagen mußte, daß sie zu einem Erfolg in keinerlei Weise beitragen konnte.

Dieser Gedanke machte sie launisch. Sie ließ ihren Unwillen an Kate und Patrick aus. Auch William bekam ihre gereizte Stimmung zu spüren und ging ihr aus dem Wege. So erfand er eine Ausrede, als sie vorschlug, er solle nach Folkestone mitfahren. Sie war also ohne ihn aufgebrochen und vermißte Williams Geplauder, während sie einsam und verlassen in der Kutsche saß. Patricks Angebot, sie auf dem Bummel durch die Stadt zu begleiten, lehnte sie schroff ab. Nun schämte sie sich etwas. Mit einem schlechten Gewissen machte sie sich auf den Weg zum ›Wollballen‹, wo Patrick auf sie wartete. Sie verlangsamte ihre Schritte, ging dann aber stolz erhobenen Hauptes auf die beiden Männer zu, die bei der Kutsche standen. Robert Turnbull war erschienen – welche Erleichterung – und plauderte gemütlich mit Patrick. Als er sie kommen sah, wandte er sich ihr zu.

»Meine liebe Jane«, begrüßte er sie mit einem freundlichen Lächeln, »welch wunderbare Überraschung, als ich Eure Kutsche erkannte.«

»Ja, ich mußte einige Besorgungen machen.« Noch nie war sein Anblick ihr so willkommen gewesen. Strahlend vor Freude erwiderte sie sein Lächeln.

»Ich wollte hier zu Abend essen, ehe ich nach Rye zurückreite. Könnt Ihr nicht bleiben und mit mir speisen? Man kann hier sehr gut essen.«

»Aber gern.« Beglückt nahm sie seine Einladung an. »Ich wüßte nicht, was ich lieber täte.« Das war auch die volle Wahrheit, doch nur zu gern hätte sie gewußt, wie es um die ›Delphin‹ stand. Patrick grinste zufrieden. Er freute sich auf ein paar Stunden Klatsch in der Trinkstube bei gutem Bier. Am meisten aber darüber, Jane wieder lächeln zu sehen.

Im Gasthof war jeder Tisch voll besetzt, doch Robert Turnbull, der hier ein gerngesehener Gast war, rief den Wirt vertraulich herbei. Der Mann erklärte bedauernd, es sei leider kein Privatzimmer mehr frei. Robert nahm Janes

Arm und wollte schon weggehen – denn es war für ihn undenkbar, daß Jane in einer öffentlichen Wirtsstube speisen sollte –, da rief ihm der Wirt nach: »Verzeihung, Sir, einen Augenblick bitte.«

Robert blieb stehen. »Nun, was ist?«

»Ich habe noch ein kleines Speisezimmer, Mr. Turnbull. Allerdings diniert dort noch eine Gesellschaft. Es tut mir leid, Euch nichts Besseres anbieten zu können, doch die Herrschaften sind sehr ruhige, feine Leute. Lauter Damen und Herren ...«

»Na ja, in diesem Fall ...« Fragend sah Robert Jane an, die zustimmend nickte. Um nichts in der Welt würde sie sich dieses Abendessen im Gasthof entgehen lassen. Sie freute sich darauf, wieder die Stimmen gebildeter Menschen zu vernehmen.

»Versuchen wir's«, drängte sie ihn. »Es wird schon gehen.«

Der Wirt bot ihnen einen Tisch an, von dem sie die zahlreichen Masten der Schiffe im Hafen sehen konnten. Rosig spiegelte sich das Licht der untergehenden Sonne auf dem unbewegten Wasser. Doch ihre Aufmerksamkeit richtete sich sogleich auf die Gruppe, die am Tisch vor dem Kamin saß. Man sah es den Gesichtern an, daß es Ausländer waren, obgleich sie jetzt ihre Unterhaltung unterbrochen hatten. Sie waren mißtrauisch, jede ihrer Bewegungen beim Essen zeigte, daß sie keine Engländer waren. Robert verneigte sich formell, ehe er Jane Wein einschenkte. Immer wieder wanderten seine Blicke zu ihnen hinüber, während er das erste Glas trank.

Der Wirt kam herbei und tranchierte die gebratene Ente und die Hammelkeule. Jane lief das Wasser im Munde zusammen, als sie die Apfelsauce und das Minzengelee roch; sie hielt Robert wieder ihr Glas hin und nahm sich vor, sich Essen und Wein nach Herzenslust schmecken zu lassen. Es war ein herrliches Gefühl, Paul und die ›Delphin‹ einmal vergessen zu können.

Sie empfand es daher als überflüssig, daß Robert den Wirt über die Fremden am anderen Tisch leise befragte.

»Franzosen, Sir«, sagte der Wirt und hielt mit dem Tranchieren inne. Dann beugte er sich näher zu ihnen. »Emigrés«, fügte er im Flüsterton, etwas zu laut, hinzu. »Sind eben gelandet. Fahren morgen mit der Postkutsche nach London weiter.«

Bei dem französischen Wort ›émigrés‹ wandten sogleich alle sechs die Köpfe. Sie starrten Jane und Robert an. Auf ihren Gesichtern war Besorgnis und Furcht zu lesen. Robert stellte sein Weinglas hin, stand auf und verbeugte sich wieder.

»Mesdames, messieurs.«

Da erhoben sich vier Männer aus der Gruppe und machten ihre Verbeugungen mit einer zeremoniösen Eleganz, die in keinem Verhältnis zu diesem schlichten Zimmer eines Gasthofs in einem englischen Hafen stand. Jane hielt den Atem an. Sie fühlte einen stechenden Schmerz in der Herzgegend. Mit feindseligen Blicken forschte sie der Reihe nach in den fremdländischen Gesichtern der Franzosen, deren ängstlicher Ausdruck sich jetzt zu einem Lächeln verzog, als Robert Turnbull sie in ihrer Muttersprache anredete. Genau, in jeder Einzelheit, studierte sie ein Gesicht nach dem anderen, als fürchte sie, in einem von ihnen könne sie die Züge eines Blake erkennen.

Als sie sich überzeugt und beruhigt hatte, wandte sie ihre Aufmerksamkeit mit immer größerer Verwunderung wieder Robert zu. Wieder einmal überraschte er sie durch seine Kultiviertheit und seine Kenntnisse. Es waren französische Worte, die er soeben mühelos hingeworfen hatte. Sie konnte nicht wissen, daß den Fremden jedesmal schauderte, wenn ein Engländer in ihrer Sprache zu ihnen redete. Wieder empfand sie, daß Robert Turnbulls Persönlichkeit, dieser ruhige, bescheidene Provinzanwalt aus Rye, ihr immer etwas rätselhaft bleiben würde.

Die Franzosen begannen, sich nun mit ihm zu unterhalten, wobei sie sich ereiferten und in ihrer Erregung einander immer wieder ins Wort fielen. Aus ihren Seufzern der Verzweiflung, ihrem aufgeregten Benehmen schloß Jane, daß sie von ihren Erlebnissen erzählten, wenn sie auch nicht unterscheiden konnte, ob sie sich über ihre Seekrankheit oder ihre Einkerkerung beklagten. Kühl neigte sie jedesmal den Kopf, als Robert sie jedem einzelnen vorstellte: »Madame la Comtesse ... Madame de ... Monsieur de ...« Dabei fiel es ihr auf, daß die beiden Damen mit unverhüllter Neugier auf ihr Kleid und ihren Hut blickten. Es gefiel ihr nicht, daß Robert die Unterhaltung mit den Franzosen fortsetzte; selbst in einer Sprache, die sie nicht verstand, wollte sie nichts von Revolution, Verfolgung und Tod hören. Da vernahm sie auf einmal das Wort, worauf sie gewartet hatte. Robert erwähnte Charles Blakes Namen. Entsetzt wanderte ihr Blick von einem zum andern, ob sich der Ausdruck ändern, ein Zeichen des Wiedererkennens bemerkbar machen würde. Doch einer nach dem andern schüttelte den Kopf. Erleichtert atmete sie auf.

Da mischte sich eine der Damen ins Gespräch – sie hatte ein kränkliches, doch schönes Gesicht – und runzelte nachdenklich die Stirn.

»Lentement, Madame ...« Robert bat sie, langsam zu sprechen, damit er ihr folgen könne. Während der nächsten Augenblicke durchlebte Jane Qualen erwartungsvoller Spannung. Der Name Charles Blake wurde immer wieder erwähnt. Endlich zuckte die Dame die Schultern und schüttelte verneinend den Kopf.

Flehentlich zupfte Jane Robert am Arm. »Sagt mir doch ...«

Er blickte sie an. Auch er schüttelte den Kopf. »Nichts, nichts, nur was wir schon immer wußten. Sie erinnert sich nicht, ihn bei Hof gesehen zu haben, aber sie kennen seine Verwandten, den Marquis. Diese Dame, die Gräfin, entsinnt sich seiner und an seinen englischen Namen. Sie war zur selben Zeit in einem Gefängnis in Paris.«

»Warum ist sie denn hier?«

»Sie wurde freigelassen, vor über einem Jahr, glaube ich. Ich kann nicht ganz folgen, was sie sagt. Erst war sie im Süden auf einem Schloß ihrer Freundin, Madame de Marney, wo sie sich als Kindermädchen ausgab, bis sie erfuhr, daß die Marneys denunziert worden waren und ins Gefängnis geworfen werden sollten. Sie mußten mit ein paar Sachen fliehen, die sie schnell noch zusammenraffen konnten. Das Kind starb auf der Flucht.«

»Und die anderen?« fragte Jane.

»Auch émigrés, denen sie sich in Dünkirchen anschloß.«

»Wissen sie, was aus Charles geworden ist?«

Wieder schüttelte er den Kopf. »Seit über einem Jahr hat sie nichts mehr von ihm gehört. Er war einer von vielen. Sie beschreibt ihn als groß und dunkel, so wie er jetzt aussehen dürfte. Ein hübscher Mann, sagt sie . . .« Robert lächelte ein wenig. »Sie sagt, er sieht nicht wie ein Engländer aus.«

Das Gesprächsthema schien erschöpft zu sein. Robert wandte seine ganze Aufmerksamkeit von neuem Jane zu. Die Franzosen unterhielten sich wieder leise. Jane stocherte in ihrem Essen herum. Der Wein schmeckte ihr nicht mehr, und der Klang der französischen Stimmen auf der anderen Seite des Zimmers ging ihr auf die Nerven. Sie hatte nur noch eine Empfindung: daß Charles in unmittelbarer Nähe sei, ein Fremder in einer drohenden Gestalt.

Robert sprach auf sie ein, doch nur eines seiner Worte drang in ihr Bewußtsein. Sie schreckte auf. »Was? Was sagtet Ihr da?«

»Die Dragoner, meine Liebe«, lächelte er geduldig. »Ich sprach von den Dragonern.«

»Ja, was ist mit ihnen?«

»Ihr Kommandeur, Leslie, ist ein guter Freund von mir. Er stammt aus dieser Gegend. Ich habe mehrere Prozesse für seine Familie geführt, und wenn wir uns sehen, trinken wir immer ein Glas Wein oder Bier zusammen.«

»Ja, ja«, sagte Jane gereizt.

»Es ist unwichtig, meine Liebe. Ich sprach nur weiter, damit Ihr wißt, daß ich noch da bin.«

»Verzeiht. Doch die Leute da drüben . . .«

Lächelnd fuhr er fort: »Leslie war recht verärgert, weil er heute nacht Dienst machen muß. Nach seinem Ton zu schließen, erwartet man Schwierigkeiten mit Schmugglern. Naturlich konnte mir Leslie nichts Genaueres sagen. Selbst mir darf er ja keine amtlichen Geheimnisse verraten. Aber er war alles andere als begeistert und erwartet wohl eine Jagd, die die ganze Nacht dauert. Die Dragoner haben sich noch nie gern an der Verfolgung von Schmugglern beteiligt. Den Zollbeamten ist es auch lieber, wenn sie ihren Anteil an der beschlagnahmten Ware ganz für sich einheimsen können. Mit der Zeit haben sich die Dragoner als nicht besonders willige Helfer erwiesen.«

»Heute nacht? Wißt Ihr das bestimmt?« wollte Jane wissen.

Er setzte sein Glas nieder. »Ja, bestimmt . . . warum wollt Ihr das wissen?«

Sie wehrte ab, unterdrückte aber nur schwer das Zittern ihrer Lippen.

»Oh . . . es ist nichts. Ich darf nicht vergessen, die Vorhänge in der Kutsche herunterzulassen, um auf der Heimfahrt nichts zu sehen und nichts zu hören.«

Leichthin sagte Robert: »Wenn die Dragoner unterwegs sind, rate ich Euch, morgen früh nicht allzu zeitig ins Moor zu reiten. Ihr könntet umherstreifenden Schmugglern oder Dragonern begegnen.«

Von da an wollte der Abend mit Robert Turnbull kein Ende nehmen.

17. Kapitel

Robert bestand darauf, mit Jane nach Blakes Höhe zu fahren, obwohl er später einen Umweg um das Moor machen mußte, anstatt für den Nachhauseweg nach Rye die Seestraße zu wählen. Von ihren Einwänden wollte er nichts hören. Er band sein Pferd hinten an und setzte sich zu Jane in die Kutsche.

»Es ist reine Selbstsucht«, sagte er und machte es sich gemütlich. »Die Tatsache, daß die Dragoner heute nacht Schlimmes erwarten, verschafft mir das Vergnügen, mit Euch zu fahren. Außerdem bilde ich mir ein, Euch zu beschützen.« Als er das sagte, lachte er.

»Mich beschützen! Ich genieße zur Zeit so viel Schutz, daß ich nicht weiß, was ich damit anfangen soll. Es ist anders als in den alten Tagen im ›Federbusch‹. Da kümmerte sich niemand um mich, und doch geschah mir kein Leid.«

Aus den offenen Fenstern fiel dann und wann ein Lichtschein auf sein entschlossenes, breitknochiges Gesicht; das gab ihm einen sardonischen, amüsierten Ausdruck.

»Ihr müßt mir verzeihen, Jane, wenn ich so offen zu Euch rede, doch das ist einer der Nachteile, eine Dame zu sein.

Sie soll zart sein wie ein leiser Windhauch und doch stark genug, um die Wehen bei einer Geburt zu ertragen; sie soll eine tüchtige und sparsame Hausfrau sein und doch nicht intelligent genug, um ihren Mann in Verlegenheit zu bringen, und an einem schönen Sommerabend mit langweiligen Männern in einer muffigen Kutsche sitzen, auch wenn ihre Füße sie jucken, auszusteigen und zu Fuß zu gehen.«

»Sie kann aber an einem kalten Wintermorgen auch im Bett liegen bleiben«, unterbrach ihn Jane. »Und sie braucht sich nicht von einem Tag zum andern die Hände schmutzig zu machen.«

»Und wie steht's mit Euren Händen, Jane? Sind sie nicht

steif von dem ewigen Jäten in den Gemüsebeeten und zerkratzt von den Rosendornen?«

»Sie werden sich zerkratzen lassen müssen, solange es nötig ist«, erwiderte sie. »Blakes Höhe kann sich eine Dame noch nicht leisten.«

Er antwortete nicht. Schweigend fuhren sie weiter. Es war eine herrliche Sommernacht. Ein leichter Wind strich flüsternd durch die Bäume und Hecken rechts und links vom Wege. Sie ließen die Lichter von Folkestone hinter sich. Die zarte Sichel des abnehmenden Mondes stand am Himmel und ließ die Schatten noch schwärzer erscheinen. Tief am Horizont lag eine Wolkenwand, zu der Jane immer wieder hinblickte. Sie schien ganz still zu stehen, als würde sie nie aufsteigen und den Mond verbergen. Würde die ›Delphin‹ heute nacht landen, dann drohte ihr in diesem bleichen Mondlicht Gefahr. Jane war dankbar für die Stille und Dunkelheit in der Kutsche. Nun brauchte sie nicht zu befürchten, daß ihre Stimme und ihr Gesicht ihre Sorgen verrieten. Sie lehnte sich noch weiter in die dunkle Ecke zurück und hoffte, daß Robert auch weiterhin schweigen würde.

Diese friedvolle Stille wurde kurz vor Hythe grausam unterbrochen. Hier teilte sich die Straße. Eine führte nach Appledore, die andere durch das Moor zur Küste. Vor der ersten Bierwirtschaft in der Hauptstraße von Hythe wurden sie angehalten.

»Halt! Halt im Namen Seiner Majestät des Königs!«

Robert murmelte etwas und ließ das Fenster herunter. Sie hörten, wie Patrick fluchte und sich laut beschwerte. »Nur der dümmste Dummkopf kann so auf die Pferde losstürzen . . .«

Robert unterbrach die Flut von Flüchen. »Wer seid ihr? Was soll das bedeuten?«

Zwei Männer traten aus der Dunkelheit. Der erste hielt eine Laterne über seinen Kopf und ließ ihren Schein auf die Insassen der Kutsche fallen.

»Zolldienst Seiner Majestät!« Er hielt die Laterne nahe an Roberts Gesicht. »Ach, Mr. Turnbull ist's. Jack, es ist Mr. Turnbull.«

»Das kann ich auch sehen«, brummte der andere. »Das nächstemal gib mir gefälligst die Laterne, wenn du nicht willst, daß es uns schlecht geht.«

Robert blickte von einem zum andern. »Was ist denn los?«

»Nichts ist los, Sir. Wenigstens noch nicht.«

»Na, raus mit der Sprache«, ermunterte Turnbull die Männer.

»Wir halten die Kutsche an, weil wir wissen möchten, ob Ihr auf der Straße von Folkestone her etwas Verdächtiges bemerkt habt. Die Dragoner meine ich, Sir.«

»Nein, nichts. Glaubt ihr, daß sie kommen?«

Der Mann fluchte leise. »Geschlagene drei Stunden warten wir schon, Sir, und jede Minute wird's dunkler.« Er schwankte etwas und hielt sich am Arm seines Gefährten. »Wir sitzen hier fest und wagen nicht, wegzugehen, aus Angst, wir verpassen die Soldaten. Die gehen womöglich an die falsche Stelle.«

Roberts Haltung war jetzt weniger streng. Er öffnete den Kutschenschlag und beugte sich hinaus. Er klopfte dem ersten Mann leicht auf die Schulter. »Jetzt paß mal auf, George. Ich kenne dich lange genug, um zu wissen, daß dir sonderbare Gedanken kommen, wenn du zuviel hinter die Binde gegossen hast. Bist du sicher, daß die Dragoner euch hier treffen sollen? Ich habe vorhin – mit Major Leslie gesprochen.«

Der Mann, der sich in seiner Ehre verletzt fühlte, protestierte heftig. »Bestimmt nicht, Sir. Und wir können hier von uns aus nicht weg, weil die Schiffe woanders landen sollen. Wenigstens haben wir was läuten hören. Eine Ladung soll in Barham landen, aber wir glauben, das ist geändert worden. In Langley soll sie landen, auf dieser Seite von Dymchurch.«

»Wirklich heute nacht, George? Bist du sicher, daß du dich nicht irrst? Ich habe gehört, während dieser Woche soll hier in der Nähe fast in jeder Nacht eine Ladung ankommen.«

Angewidert spuckte George aus. »Nicht um diese Jahreszeit. Ganz bestimmt nicht. Diese Schmuggelladung aber hat's eilig, 's ist 'n fetter Happen. Und wenn diese Höllensöhne, die sich Soldaten nennen, nicht bald auftauchen, sind wir geliefert.« Seine Stimme nahm einen weinerlichen Ton an. »Wir sind nur zwei. Und ich wette, es sind mehr als hundert Nachteulen draußen. Wir wagen uns nicht an sie ran ohne die Dragoner.«

»Sie werden schon rechtzeitig zur Stelle sein«, beruhigte ihn Robert. »Die werden kaum so zeitig ausrücken und dem Lugger und seinem Kapitän eine Warnung und eine Gelegenheit geben, sich unsichtbar zu machen.« Er schloß den Schlag wieder. »Setzt euch jedenfalls nicht in die Kneipe, bis sie da sind. Eine Ladung ist erst in einigen Stunden zu erwarten.«

»Die Flut steigt früh genug, Sir. Wenn es ein großer Lugger ist, muß er sie ausnutzen.«

»Davon verstehe ich nichts. Ich sage euch gute Nacht, und seid das nächste Mal vorsichtiger mit den Pferden. Ihr hättet sie scheu machen können.«

Verlegen drückten sie sich herum. »Wir haben die Kutsche und die Pferde nicht erkannt, Sir. Zu dieser späten Stunde ist es ungewöhnlich, einer fremden Kutsche zu begegnen.«

»Die Kutsche gehört Miß Howard«, sagte Turnbull ungeduldig. »Miß Howard ist die Enkelin von Spencer Blake. Sie bewohnt jetzt Blakes Höhe. In Zukunft werdet ihr diese Kutsche gefälligst erkennen und Miß Howard in jeder Weise behilflich sein.«

Sie schwangen die Laterne noch einmal hoch. »Selbstverständlich, Miß Howard«, und »Willkommen im Moor,

Herrin. Ich habe Eure Mutter gut gekannt. Wir alle im Moor kannten sie gut.« Verlegen zogen sie den Hut, während sie sich unter unbeholfenen Verbeugungen davonmachten.

Als sie wieder losfuhren, schnalzte Robert mit der Zunge und schüttelte mißbilligend den Kopf.

»Kein Wunder, daß die Schmuggler es so leicht haben, wenn diese Sorte von Kerlen dem Zolldienst beitritt. Sie werden miserabel bezahlt und wissen, wenn es zu Kämpfen kommt, sind sie in der hoffnungslosen Minderheit. An ihrer Stelle würde ich wahrscheinlich auch das Leben in der Kneipe vorziehen.«

»Glaubt Ihr, daß die Dragoner kommen werden?« fragte Jane kleinlaut.

»Früher oder später schon. Nach langem Hin und Her werden sie sich endlich entschließen, irgendwo aufzutauchen, um den Lugger zu entdecken. Bis dahin aber weiß jeder in den Bierkneipen, was sie vorhaben, und bestimmt auch die Schmuggler selber.«

»Wirklich?«

»Die meisten Leute im Moor würden viel lieber einem Zollwächter Schwierigkeiten in den Weg legen, als ihm behilflich sein, und sie können den Schmugglern in unglaublich kurzer Zeit Nachricht zukommen lassen. Das treiben sie schon seit Hunderten von Jahren, Jane, und noch immer ziehen die Zollwächter den kürzeren.«

Jane befeuchtete nervös ihre Lippen und fühlte, wie sie in Schweiß ausbrach. Sie stellte sich vor, wie Paul seine Leute heimlich zusammenzog, Ausschau nach dem Lugger hielt und das helle Licht des Mondes verfluchte. Sie sah, wie sich die Männer in der Dunkelheit mit den Brandyfässern abmühten, wie dann die Soldaten mit klirrendem Zaumzeug heranritten und ihre Gewehre im Mondlicht aufblitzten. Robert glaubte zwar, daß die Schmuggler gewarnt waren, aber es konnte auch anders sein. Wenn die Ladung beschlagnahmt würde, stünde sie nicht nur ohne jeden Penny da, sondern sie stäke tief in Schulden. Es wäre ein- für allemal aus mit Blakes Höhe – es wäre ihr eigenes Ende. Und Pauls Traum, sein Glück in der Fremde zu versuchen, würde sich nie erfüllen. Hatte sich wohl all das bereits entschieden?

Forschend sah sie zu Robert hin. »Wie kommt es, daß Ihr so viel von dem wißt, was im Moor vorgeht? Sagtet Ihr nicht, daß Ihr die Männer vom Zoll kennt, auch den Hauptmann der Dragoner und wohl auch alle anderen?«

»Ich habe jede Gelegenheit, Jane, alle diese Leute kennenzulernen. Jahrzehntelang lebe ich schon hier, und viele von ihnen kommen zu mir, wenn sie in Schwierigkeiten sind. Doch ich kenne auch andere, die mich nicht in der Kanzlei aufsuchen. Ich reite gern, und wenn man so allein durchs Moor streift, beobachtet man allerlei und macht viele Bekanntschaften, darunter sehr eigenartige. Ich sehe zum Beispiel eine schwangere Arbeiterfrau. Nach einiger Zeit spreche ich mit ihr über den Gartenzaun und bewundere ihr neugeborenes Baby, vielleicht habe ich ihm sogar ein kleines Spielzeug mitgebracht. Ich bin ja immer von einer Stadt zur andern am Rande des Marschenlandes unterwegs und kehre ein, wo es mir gerade gefällt. Mir ist es gleich, ob im ›Wollballen‹ mit Johnsons ausgesuchtesten Weinen oder in einer einfachen Bierwirtschaft bei Brot und Käse. Die Leute wissen, daß ein Mann ohne Weib und Kind Zeit für sie und ihre Probleme hat. Sie wissen, daß mich in Rye niemand erwartet außer einer Wirtschafterin, die nicht wagt, den Mund aufzutun, wenn ich zu spät zum Essen nach Hause komme.«

»Ein freies Leben . . .« murmelte Jane.

»So frei, wie ein Leben sein kann und ebenso unerfüllt und einsam.«

Nach diesen Worten wurde auf der langen Fahrt bis Blakes Höhe nichts mehr gesprochen. Jeder hing seinen eigenen Gedanken nach, die er dem anderen nicht mitteilte. Schwere Wolken türmten sich langsam am Horizont auf. Feine Schleier verdunkelten zuweilen den Mond. Ein Seufzen ging durch die windbewegten Weiden. Weit draußen im Moor heulte ein Hund. Als sie durch Appledore fuhren, war die Luft von sommerlichen Gerüchen geschwängert, vom schweren Duft der Blumen und von dem trockenen Heu auf den Wiesen. Jane empfand eine tiefe Wehmut, eine verhaltene Stille wie vor wichtigen Ereignissen. Zuweilen hielt sie den Atem an. Am liebsten hätte sie Roberts Hand ergriffen, doch sie unterließ es. Ihre Gedanken waren bei Paul. Wenn es sich bei dem Lugger um die ›Delphin‹ handelte, so war Paul nur ein paar Meilen von hier entfernt und in großer Gefahr. Vielleicht hatte er sie mit einberechnet und in seinen Plan einkalkuliert. Sie dachte an all die anderen gefahrvollen Nächte, die er schon durchgemacht hatte. Heute aber erlebte sie etwas von diesen Gefahren selber mit. Sie hatte die stattliche ›Delphin‹, die ausdrücklich zu Zwecken des Schmuggels gebaut war, selbst gesehen, wie auch das Dorf, wo die Boote landen würden. Die Gefahr war jetzt etwas Wirkliches, der Paul an einer ganz bestimmten Stelle der Küste jederzeit gewärtig sein mußte. Furcht packte sie und sie empfand ihre Hilflosigkeit. Die Kutsche bog jetzt in die Straße ein, die hügelauf zu Blakes Höhe führte.

Robert kam noch eine Weile mit ins Haus und trank ein Glas Wein mit Jane. Sie saßen in Spencers Zimmer, das jetzt etwas wohnlicher, aber noch immer sein Zimmer war – düster und alles andere als einladend. Jane war kaum fähig, einen Schluck Wein zu trinken. Schweigend saß sie da und spielte gedankenversunken mit ihrem Glas. Plötzlich kam ihr der rettende Einfall. Warum hatte sie nicht schon früher daran gedacht! Schnell waren Pauls Bedenken beiseite geschoben. Ihre Lebensgeister erwachten wieder. Sie fühlte das Blut in ihren Adern und wußte auf einmal, daß keine Zeit mehr zu verlieren war.

Ungeduldig rückte sie auf ihrem Stuhl hin und her. Robert, der ihre Unruhe bemerkt hatte, erhob sich. »Ja, Jane, ich gehe ja schon. Ich weiß sehr wohl, daß ich während der letzten fünf Minuten hier überflüssig und Euch ungelegen bin.«

Er beugte sich zu ihr nieder und gab ihr einen Kuß auf den Mund, einen Kuß ohne jede Zärtlichkeit.

»Ich kann Euch jetzt küssen, weil es Euch gleichgültig ist. Wenn Ihr Euch einmal Zeit nehmt, darüber nachzudenken, dann vergeßt nicht: Ich bin ein Mann und Ihr seid eine sehr begehrenswerte Frau.«

Er wandte sich zum Gehen und verließ das Haus.

Nachdem Robert Blakes Höhe verlassen hatte, blieb Jane, obwohl keine Zeit mehr zu verlieren war, noch einige Augenblicke sitzen. Immer noch fühlte sie Roberts harten Kuß auf ihren Lippen. Doch jetzt konnte sie nicht mehr darüber nachdenken, was er mit diesem Kuß und mit seinen letzten Worten sagen wollte. Aber sie schämte sich und war traurig, daß er so zu ihr hatte sprechen müssen. Sie stand auf, versuchte sich zu fassen und rief nach Patrick.

»Ist Kate schon schlafen gegangen?«

»Jawohl. Sie schnarcht, daß sich die Balken biegen.«

»Gut! Die ...« Sie unterbrach sich. »Patrick, paß gut auf, was ich dir jetzt sage und vergiß es nicht. Ich befürchte, die Zollwächter sind Paul Fletcher auf den Fersen. Sie haben Wind davon bekommen, daß heute nacht eine Ladung eintrifft, und ich glaube bestimmt, daß Paul sie an Land bringt. Ich muß ihn warnen. Ich muß zu ihm.«

Starres Entsetzen malte sich auf Patricks Gesicht. »Bei allen Heiligen, Herrin, Ihr könnt dabei selber erwischt werden.«

»Nicht, wenn ich Blonde Bess reite.« Sie trat näher an

ihn heran. »Es bleibt mir nichts anderes übrig. Ich habe die fünfhundert Pfund von Robert Turnbull in diese Ladung gesteckt und denke nicht daran, den Mann, den ich liebe, ins Gefängnis werfen zu lassen.« Sie packte Patrick am Arm. »Patrick, diese Nacht entscheidet alles für uns, für dich und für mich. Wenn es gelingt, bleiben wir auf Blakes Höhe, führen ein gutes Leben, die Taschen voll Geld, und brauchen keine Schulden zu machen. Geht es schief, dann sind wir schlimmer dran als zuvor. Und du mußt bedenken, daß ich im Kartenspiel kein Glück habe.«

»Liebe Herrin«, sagte Patrick leise, »ich lasse Euch nicht gehen. Es ist zu gefährlich. Laßt mich reiten, Herrin, ich will Paul Fletcher warnen.«

»Nein, du kennst das Moor nicht so gut wie ich. Du würdest dich verirren und dann erwischen sie dich. Auch weißt du nicht, wo sie die Ladung an Land bringen. Es wäre Wahnsinn und völlig nutzlos. Schnell jetzt, sattle Blonde Bess!«

Mit einem flehenden Ausdruck beschwor er sie: »Herrin, nur einen Augenblick noch. Wenn Ihr an die Küste reitet, wo sie die Ladung an Land bringen, begebt Ihr Euch in eine Gefahr, die Ihr nicht bedacht habt. Nicht nur Mr. Fletcher wird Euch sehen. Trotz der Dunkelheit werden Euch einige der Männer erkennen. Nicht viele Damen reiten hierzulande allein durchs Moor. Sie werden sich fragen, wer Ihr seid. Soll es unter der Schmuggelbande bekannt werden, daß Ihr zu ihnen gehört?«

»Ich gehöre zu ihnen«, sagte Jane nüchtern. »Heute nacht ernte ich meine ersten Lorbeeren als Schmugglerin, ohne daß sie es wissen. Ich ziehe deine Reithosen und dein Hemd an, Patrick, und binde mein Haar hoch. Wenn ich Glück habe, dann sehen sie mich nur im Dunkeln und werden nie erfahren, wer der fremde Junge war.«

Er schüttelte den Kopf. »Und wenn der Morgen dämmert, Herrin, was dann?«

»Dafür werde ich schon sorgen. Sollte ich nicht rechtzeitig zurück sein, dann sage Kate, ich fühlte mich nicht wohl und bliebe im Bett. Aber vergiß nicht, für mich vorn am Haus ein Fenster aufzulassen.«

Sie fuhr sich mit der Hand über die Stirn.

»Der Himmel helfe mir! Hunderterlei ist zu bedenken. Du mußt dich bewähren, wenn etwas schiefgeht.«

Patrick sattelte Blonde Bess und blickte seiner Herrin besorgt nach. Er fröstelte und war bleich vor Angst. In seinen Reithosen und Strümpfen, die Hemdsärmel hochgekrempelt, hatte Jane überraschend zart ausgesehen. Das Haar hatte sie nach Matrosenart in einem Tuch aufgebunden, Gesicht und Hände mit Ruß vom Kamin geschwärzt. Zuletzt hatte sie noch den zerfetzten Umhang übergeworfen, den Kate bei schlechtem Wetter bei der Gartenarbeit trug. Als sie sich so zurechtgemacht und verkleidet hatte, bot sie einen fürchterlichen Anblick. Zum ersten Male, dachte Patrick, hatte sie überhaupt keine Ähnlichkeit mit ihrer Mutter. Sie glich einem Gezücht, weder Mann noch Weib, aus der Gosse Londons, einem verderbten, behexten Wesen, für das er keine Liebe empfinden konnte. Er sah sie in der Dunkelheit verschwinden und fühlte sich todunglücklich.

Auf Jeds Sattel nach Männerart reitend, hielt Jane auf Barham-in-the-Marsh zu. Es war eine Erlösung, die gleichmäßige Bewegung von Blonde Bess' kräftigem Pferdeleib unter sich zu spüren und zu wissen, daß die Zeit der Untätigkeit endlich vorbei war. Jane wußte zwar nicht, ob sie Paul oder die ›Delphin‹ in Barham vorfinden würde, doch jedenfalls lag es näher als Langley. Sie überlegte sich, was sie tun solle, falls Barham verlassen sei; Langley lag irgendwo hinter Dymchurch, und sie war nie dort gewesen. Auch war zu bedenken, daß Langley viel näher bei Folkestone lag, und daß die Dragoner vielleicht schon dort waren. Sie gab Bess die Sporen.

Mit gesenktem Kopf ritt sie so schnell, wie die Wege es zuließen. Die Wolken standen jetzt höher am Horizont. Der Mond versteckte sich dann und wann hinter dichten Wolkenschleiern.

»Paul wird mir dankbar sein«, murmelte sie leise. Das bleiche Mondlicht auf dem Wege vor ihr wurde immer schwächer, als eine schwere Regenwolke über den Himmel hinwegzog. »Es kann mich allerdings den Hals kosten.«

Sie ritt weiter und wunderte sich, daß ihr immer kälter wurde, obwohl der Gegenwind nicht stark war. Sie ließ die Straße, die nach Rye abbog, linker Hand liegen. Jetzt konnte sie bei wechselndem Mondlicht die Türme der Kirche von Lydd erkennen.

»Vorwärts, Bess! Vorwärts, Liebling!« flüsterte sie der Stute ins Ohr.

In Lydd war alles still. Die Fensterläden waren dicht geschlossen. Dunkel ragte die Kirche hinter der Gruppe von Ulmen auf. Voller Angst hörte sie das Hufgetrappel auf dem Kopfsteinpflaster; sie trieb Bess zu größerer Eile an, um die in ihrer Stille drohenden Häuser möglichst schnell hinter sich zu lassen. Endlich waren sie außerhalb der Stadt. Barham lag vor ihnen. Schon wehte ihr der Geruch des Meeres entgegen und der bittere Salzgeschmack, der sie an Paul erinnerte. Bald würde sie das Rauschen des Meeres vernehmen. Und für Paul war dieses Rauschen der Lockruf der Freiheit. Angestrengt lauschte sie in die Nacht; als sie die ferne Brandung wie ein leises Murmeln vernehmen konnte, kam ihr ein anderer Gedanke. Jäh verlangsamte sie den Schritt des Pferdes.

Falls die ›Delphin‹ vor Barham vor Anker lag und Paul hier löschen wollte, würden Wachposten aufgestellt sein. Womöglich waren auch Straßensperren errichtet worden. Sogar Drahthindernisse könnten gespannt sein, wenn Paul rechtzeitig vor den Dragonern gewarnt worden war. Als sie sich vorstellte, welche Gefahren der Stute dadurch drohten, bekam sie es mit der Angst zu tun; sie stieg ab und führte Bess am Halfter.

Kein Laut unterbrach die tiefe Stille. Nirgends war ein Licht zu sehen, nichts regte sich in der Stadt. Einen Augenblick lang teilten sich die dichten Wolken. Jane erklomm eine felsige Düne, um von einem erhöhten Punkt vielleicht einen Blick auf die ›Delphin‹ zu erhaschen. Ehe die Wolkendecke sich wieder schloß, sah sie den Ärmelkanal weit im Mondlicht daliegen. Da hörte sie plötzlich, was sie gefürchtet hatte: das Knirschen schwerer Stiefeltritte auf der felsigen Erde. Schon war es zu spät. Jemand riß ihr die Zügel aus der Hand. Zugleich wurden ihre Arme gepackt und nach hinten gezerrt. Ihren Aufschrei erstickte eine Hand, die sich auf ihren Mund preßte, eine Hand, durchtränkt vom Geruch des Meeres. Sie fühlte mehr, als sie es in der Dunkelheit erkennen konnte. Zwei Männer tauchten neben ihr im Dunkel auf, ein dritter hielt Bess fest. Im ersten Augenblick empfand sie nur Schrecken. Was würde diese Kerle daran hindern, sie bewußtlos zu schlagen und sie ohne viel Federlesens an Händen und Füßen zu fesseln.

Impulsiv tat sie das einzig Richtige zu ihrer Rettung. Sich verzweifelnd wehrend, machte sie eine halbe Wendung mit ihrem Oberkörper, so daß der Mann, der sie festhielt, die volle Rundung ihrer Brüste fühlen mußte. Er zögerte nur einen einzigen Augenblick, dann riß er ihr das Hemd von oben bis unten auf. Sie fühlte, wie die schwielige Hand ihre nackte Haut berührte.

»Alle Wetter!« rief der Mann erstaunt aus. »Laß nicht los, Tim. Bring mal die Laterne!«

Der Mann, der Bess am Zügel festhielt, zog eine Laterne aus den Falten seines Umhangs hervor. Drei Glasscheiben waren rußgeschwärzt, die vierte konnte er gegen seinen Körper halten, so daß überhaupt kein Licht auf den Weg fiel.

»Hier, fühl mal her, Tim!« Eine zweite Hand berührte sie

jetzt, eine Hand, die sie nach der ersten Überraschung mit roher Geilheit zu streicheln begann.

»Halt die Laterne hoch! Nicht doch, weg mit dem Lichtschein vom Meer!«

Vorsichtig hoben sie die Laterne hoch; Jane fühlte, wie ihr die Männer das Tuch vom Kopf streiften. In dichten Locken fiel das Haar um ihre Schultern.

»Ein Mädel! In Jesu Namen, 's ist ein Mädel!«

»Na, was denn sonst, mit so 'nem Busen. Oder willst du vielleicht noch mehr untersuchen.« Eine Hand machte sich an ihrem Gürtel zu schaffen, den sie um Patricks Hosen geschnallt hatte.

»Hör auf, du Dummkopf. Wir haben hier Pflichten zu erfüllen.«

»Hätte nichts dagegen, diese gleich hier ein bißchen zu erfüllen. Ich wette, sie hätte auch nichts dagegen nach allem, was ich da an ihr fühle . . . Und die Rothaarigen sind wilde Weiber.«

»Halt's Maul. Wir wissen ja nicht mal, wer sie ist oder was sie hier sucht.«

»Na, frag sie doch. Nimm deine Pfoten weg und frag sie.«

Er zog seine Hand von ihrem Mund, hielt aber Janes Arme noch fest verschränkt auf ihrem Rücken.

»Los also. Heraus damit. Wer bist du?«

Sie holte tief Atem und senkte die Stimme auf den ordinär näselnden Singsangton, den sie in der Küche im ›Federbusch‹ oft gehört hatte.

»Nimm deine dreckige Gorillapfote weg und führ mich zu Paul Fletcher. Ich werde ihm sagen, wie seine Leute ihre Arbeit tun, ihr Bande von schweinischen Tagedieben.« Sie schleuderte ihnen noch eine ganze Reihe Schimpfworte hin, welche die Stallknechte im ›Federbusch‹ in helles Entzücken versetzt hätten.

»Jetzt halt's Maul, du dreckige kleine Dirne. Wer sagt dir,

daß wir dich zu Paul Fletcher führen können? Der ist noch weit weg.«

»Quatsch, schwindle nicht. Ich weiß, daß er hier ist, und ich muß ihm eine wichtige Nachricht bringen.«

»Wer schickt dich denn?«

Ihr fiel die richtige Antwort ein. »Adam Thomas, ihr kennt ihn doch, Adam Thomas aus Appledore.«

»Dann schwindelst du. Adam Thomas ist seit Monaten aus dieser Gegend verschwunden.«

»Bildest du dir ein, das wüßte ich nicht? Ich bin seine Base. Liza Thomas ist mein Name. Ich wohne auf der anderen Seite vom Moor, mehr nach Tenterdon zu. Vor ein paar Monaten bin ich von zu Hause durchgebrannt und mit ihm nach London gegangen. Adam ist jetzt drauf und dran, sich über den Ärmelkanal nach Roscoff zu stehlen als Verbindungsmann für einen Herrn – der Name ist gleichgültig. Er und ich, wir gehen zusammen. Er hat eine wichtige Mitteilung, und die soll ich Paul Fletcher bringen. Laßt mich nun endlich durch, oder Mr. Fletcher nagelt euch die Ohren am Hinterkopf zusammen.«

Jane blickte die Männer herausfordernd an, die sich verdutzt ansahen und mißtrauisch dreinblickten. Sie fühlte, wie der Griff um ihre Arme sich lockerte.

»So, das ist schon besser«, sagte sie und bedeckte ihren Busen. »Jetzt könnt ihr eure Laterne wegnehmen, ihr habt genug gesehen. Außerdem lasse ich nur Männer ran, die die Taschen voll Gold haben. Und wenn ihr mich nun endlich zu Paul Fletcher führt, verrate ich nicht, was ihr mit mir getrieben habt.«

Die Männer tauschten Blicke aus. »Na, kann ja nicht schiefgehen, besser, wir behalten sie da.«

»Da stimmt was nicht. Habe nie was davon gehört, daß Adam Thomas und Paul Fletcher was miteinander zu tun hatten.«

»Und warum denn auch«, sagte Jane verächtlich. »Seit

wann weiht Mr. Fletcher drei Nichtsnutze wie euch in seine Angelegenheiten ein.« Sie warf den Mantel über. »Los jetzt und losmarschiert! Ich verliere bald die Geduld mit euch.«

Argwöhnisch, mürrisch gaben sie nach. »Na, los also. Tim, du bleibst lieber als Posten hier. Wir nehmen das Mädel und das Pferd mit.«

Einer hinter dem andern zogen sie los. Als erster der Mann mit der Laterne, dann kam Jane. Der andere Mann mit Bess folgte dicht hinter ihr. Ohne ein Wort zu sprechen, erreichten sie die ersten Bauernhäuser des Dorfes und dessen einzigen Gasthof. Alle Fensterläden waren geschlossen. In der Ferne lag der weiße Kiesstrand vor ihnen, von klaren Wellen glitzernd umspielt. Jane hatte erwartet, daß sie geradewegs zur Meeresküste gehen würden, statt dessen schlug der Mann, der voraus schritt, einen Steinpfad ein, der durch hohes Gras führte. Das Gebäude, das nun plötzlich in der Dunkelheit vor ihnen aufragte, erkannte Jane als die Kirche mit dem viereckigen Turm wieder, die Paul ihr neulich von den Sanddünen aus in der Ferne gezeigt hatte. Sie ließen das große Portal rechts liegen und folgten einem Seitenpfad. Der Mann folgte einer Steintreppe zur Krypta hinunter. Jane hatte richtig vermutet, diese Treppe führte auch auf den Turm.

18. Kapitel

Steil wand sich die staubbedeckte Treppe im Turm empor. Die Laterne verbreitete nur mattes Licht. Jane suchte Halt an den unbehauenen Mauersteinen. Endlich lichtete sich das Dunkel etwas. Durch eine Falltür stiegen sie auf die oberste Plattform des viereckigen Turmes. Ein Mann, dessen Gestalt, sie nur undeutlich erkennen konnte, drehte sich bei ihrem Kommen rasch um.

»Das Mädel haben wir auf dem Weg von Lydd aufgegriffen, wie es hierherkommen wollte, Mr. Fletcher. Ein Pferd hat es auch dabei.«

»Wir haben sie hergebracht. Sie soll selber sagen, was sie will. Behauptet, sie hat eine Nachricht für Euch. Sie heißt Liza Thomas.«

»Liza Thomas?« wiederholte Paul fragend.

Jane trat einen Schritt vor. »Ihr kennt mich nicht, Mr. Fletcher, habt nie von mir gehört. Ich bin die Base von Adam Thomas in Appledore. Er schickt mich zu Euch.«

Pauls Körper straffte sich, doch zunächst sagte er kein Wort. Einen Augenblick fürchtete Jane, er habe ihre Stimme nicht erkannt und sie sei gezwungen, ihm alles in Gegenwart der beiden Männer zu erklären.

Doch schon sagte er ruhig: »Ist schon gut, ihr beiden. Sie kann bleiben. Bindet ihr Pferd am Südportal an. Sobald sich draußen etwas rührt, komme ich runter.«

Ohne ein Wort zu reden, warteten sie, bis die beiden Männer sich wieder entfernten. Paul gab ihr ein Zeichen, noch zu schweigen. Durch die geöffnete Falltür vergewisserte er sich, ob der Schein ihrer Laterne schwächer würde. Dann bückte er sich und schloß die Tür.

»Die haben verdammt gute Ohren«, sagte er leise.

Jane trat zu ihm und umklammerte seinen Arm. »Paul, ich mußte herkommen . . .«

Verärgert schüttelte er sie ab. »Verflucht noch mal, Jane! Kennst du weder Zucht noch Gehorsam? Was glaubst du wohl, was dazu gehört, wenn alles klappen soll? Das ist kein Kinderspiel – du hast meine Befehle nicht befolgt.«

Sein strenger, barscher Ton reizte ihren Widerspruch. »Warte doch erst mal ab, was ich zu sagen habe!«

Er hörte nicht hin und fuhr erregt fort: »Diesen Kerlen hast du dich ausgesetzt! Hast du wirklich erwartet, diese lächerliche Verkleidung genüge? Ich fresse einen Besen, wenn du nicht auch noch auf Blonde Bess dahergekommen bist!«

»Hör mich doch an!« Ein kaltes feindseliges Schweigen trat ein. »Ich gehe gleich wieder, aber erst mußt du mich anhören. Ich weiß, daß dies kein Kinderspiel ist. Glaub nur nicht, daß es ein Kinderspiel war, mich bei Nacht durchs Moor hierher durchzuschlagen ... Oder die Pranken dieser Kerle auf mir zu fühlen.«

»Haben sie dich belästigt?«

»Sie nahmen sich reichlich Zeit, zu untersuchen, ob ich ein Mann oder eine Frau bin. Sie hätten nicht übel Lust gehabt, sich näher mit mir zu befassen. Ein Glück, daß sie Respekt und Angst vor dir haben, Paul.«

»Was konntest du anderes erwarten?« gab er kurz zurück. »Das sind rauhe Gesellen mit entsprechenden Manieren. Wollen sie eine Frau haben, dann greifen sie zu, wenn sich eine Gelegenheit bietet. Und eine Frau in Reithosen ist geradezu eine Herausforderung. Für ihre dumpfen Schädel hast du es nur darauf angelegt, daß sie dich zu Boden werfen und ihren Spaß mit dir treiben ...«

Erregt fuhr er fort: »Zwei meiner Leute hatte man beim Schmuggel erwischt und in die Flotte gepreßt. Sie haben ihre Strafe abgebüßt. Und weißt du auch, was sich im Niederdeck abspielt, Jane, wenn so ein Schiff im Heimathafen liegt? Drei Fuß Raum für jeden Mann, der mit einer Frau zusammenliegen will. Und will er sie haben, geht es in aller Öffentlichkeit vor sich, oder er muß darauf verzichten. Da gibt's weder Schamgefühl noch irgendwelche Rücksichten ...«

»Ach, schweig doch!« wehrte sie wütend ab. »Ich habe den weiten Ritt nicht gemacht, um mir deine Moralpredigten über die verderbten Sitten der Matrosen anzuhören. Mit so was mußte ich ja schließlich rechnen – auch damit, daß ich mir den Hals brechen kann, wenn Blonde Bess stolpert. Fünfhundert Pfund stehen heute nacht für mich auf dem Spiel – ja, mehr noch. Geht uns die Ladung verloren, dann muß ich auch Blakes Höhe aufgeben.«

»Ich wußte gar nicht, daß man etwas verlieren kann, was einem nicht gehört.«

»Blakes Höhe gehört mir, merk dir das. Und solange du diese Ladung nicht einbüßt, sieht es ganz so aus, als könne ich eines Tages stolz auf diesen Besitz sein.«

»Die Ladung einbüßen?« wiederholte er. »Das ist mir noch nie passiert. Es wäre das erste Mal.«

»Aber heute kann es dir passieren. Die Zollwächter wissen von deiner Absicht, sie hier an Land zu bringen. Alle Dragoner sind alarmiert worden.«

Zunächst erwiderte er nichts. Sie bemühte sich, seinen Gesichtsausdruck zu erkennen, aber es war zu dunkel. Paul zeigte weder Überraschung noch Bestürzung. Nie hätte sie geglaubt, daß Paul einer derartigen Kaltblütigkeit fähig sei. Jetzt erst erkannte sie, daß er echte Führereigenschaften besaß.

»Wie hast du das erfahren?«

In aller Eile berichtete sie von der Begegnung vor der Bierkneipe in Hythe. So gut sie konnte, wiederholte sie, was die beiden Zollwächter gesagt hatten. Über die Bedeutung ihrer Nachricht schien Paul vergessen zu haben, daß sie es war, die sie überbrachte, und daß er über ihr Kommen ärgerlich gewesen war. Die feindselige Spannung zwischen ihnen verflog. Angestrengt dachte er über ihre Worte nach.

»Also reiten sie nach Langley – genau, was ich gehofft hatte.«

»Du hast es schon gewußt?«

»Ja. Es ist etwas durchgesickert. Vielleicht sind wir verraten worden – vielleicht war es auch nur Unachtsamkeit. Es mag sein, daß eine von den Frauen den Mund nicht halten konnte. Aber das wird sich später herausstellen, wenn wir mit der Arbeit heute nacht fertig sind.«

»Hättest du die ›Delphin‹ nicht aufhalten können – sie zurückschicken?«

»Wenn was dabei herauskommen soll, Jane, kann man

seine Zeit nicht vertrödeln. Den Ablauf der Dinge hat man selbst zu bestimmen. Während die ›Delphin‹ außerhalb des Hoheitsgebiets untätig warten müßte, könnte sie schon wieder eine Überfahrt nach Vlissingen machen und neue Ladung bringen. So eine Fahrt kostet Geld – jeder Penny muß seinen Nutzen bringen. Deshalb habe ich die ›Delphin‹ nicht zurückgeschickt und die Zollwächter wissen lassen, daß wir von ihrer geplanten Fahndung erfahren haben. Langley und Barham liegen nicht weit voneinander entfernt; wird die ›Delphin‹ im Kanal gesichtet, bleibt es unklar, welchen Hafen sie anläuft.«

»Aber schicken sie ihr nicht einen Zollkutter entgegen, wenn sie gesichtet wird?«

»Wenn sie einen hätten! An ihrem Kutter ›Falke‹, der hier stationiert ist, hat sich heute in Folkestone plötzlich ein geheimnisvolles Leck gezeigt; er kann nicht auslaufen und eingesetzt werden.«

»Hast du das zuwege gebracht?« flüsterte sie.

»Ich habe dafür gesorgt – hat mich eine schöne Stange Geld gekostet. Aber ich wollte sichergehen, daß die ›Falke‹ mir heute nacht nicht in die Quere kommt. Sie ist zwar nicht so schnell wie die ›Delphin‹, aber sie könnte uns zwingen, das Weite zu suchen oder es auf einen Kampf ankommen zu lassen. Die ›Delphin‹ führt eine wertvolle Fracht. Beim bloßen Anblick würde dir das Herz im Leibe lachen, Jane. Ich konnte noch etwas Geld auftreiben. Für diese Ladung lohnt es sich schon, was zu riskieren.«

Plötzlich packte er ihren Arm. Seine Stimme klang von neuem erregt. »Zum ersten Male, Jane, fahre ich auf eigene Faust. Diesmal bin ich der Herr. Der Gewinn gehört mir! Und nichts kann mich daran hindern, heute nacht die Ware an Land zu bringen.«

»Aber die Dragoner . . .«

»Ach, die . . .«, wehrte er verächtlich ab. »Mit denen nehme ich es schon noch auf. Die Schmugglerjagd ist nichts für sie, denn sie sind nur mit halbem Herzen dabei. Wenn sie schlau genug sind, nach ihrem Mißerfolg in Langley hierher zu kommen, wird man uns rechtzeitig warnen, und wir machen uns aus dem Staub. Ein, zwei Stunden – mehr brauche ich nicht, und in Langley habe ich allerlei falsche Fährten für sie ausgelegt. Damit sind sie für einige Zeit beschäftigt.«

»Nur ein, zwei Stunden . . .« flüsterte Jane. »Solange könnte ich doch hierbleiben. Paul, laß mich bei dir bleiben!«

»Bei mir bleiben . . . wozu denn?«

»Ich könnte doch sicher mithelfen. Keine Sekunde dürfen wir verlieren, nicht wahr? Da kann ich mich doch auch nützlich machen, und wenn ich nur die Pferde bewache. Sicher packt jede Frau im Dorf heute nacht mit an.« Immer eindringlicher versuchte sie ihn zu überreden. »Versteh doch, Paul, es ist ja auch meine Ladung, die heute nacht geborgen werden muß. Die ›Delphin‹ trägt mein Glück und meine Zukunft. Ich muß dabeisein. Und haben sie erst mit dem Löschen begonnen, bleibt für niemanden mehr Zeit, sich Gedanken über mich zu machen, meine Anwesenheit überhaupt zu bemerken . . .«

Im Ungewissen, was er entscheiden würde, stand sie neben ihm an der Brüstung. Er schwieg. Das Schweigen zwischen ihnen schien ihr endlos. Unbeweglich starrte er vor sich hin. Der Mond war hinter den Wolken verschwunden, die sich im Westen zu einer undurchdringlichen Wand aufgetürmt hatten. Nichts war zu sehen. Tiefe Stille herrschte ringsum, nur vom Geräusch der Wellen unterbrochen, die das steinige Ufer bespülten. Da legte Paul zärtlich den Arm um ihre Schultern und zog sie sanft an sich, doch seine gespannte Wachsamkeit erlahmte keinen einzigen Augenblick. Jetzt war ihm Jane nur noch Kamerad. Mit ihrem Blick versuchte sie die dunkle Nacht zu durchdringen. Gleichzeitig mit Paul wollte sie das Signal von der ›Delphin‹ auffangen. Sie war sich der Gefahr voll und ganz bewußt, und doch fühlte sie weder Erregung noch Angst – eher eine triumphierende Freude, diese Gefahr nun mit Paul zu teilen. Mit jeder Sekunde steigerte sich die Spannung. Es war ein einmaliges, unvergeßliches Erlebnis für sie, das sich mit allen Einzelheiten in ihr Gedächtnis eingrub. Nur der Gedanke, wie viele lange Abende am Kaminfeuer sie von dieser Erinnerung zehren müßte, trübte ihre Freude. Sie stand ganz still und schien vor Spannung kaum zu atmen.

Da war es! Zweimal flammte ein blaues Licht über dem Kanal auf. Und zweimal antwortete Paul mit dem hellen Lichtstrahl seiner Laterne, die er hoch über dem Kopf schwang.

»Zum Strand . . . schnell!« flüsterte er.

Ihm voll vertrauend, folgte sie Paul die Wendeltreppe hinab.

Im trüben Schein abgeblendeter Laternen herrschte am Strand ein emsiges Hin und Her. Eindringliche Stimmen waren nur leise zu vernehmen. Jane hörte das Knirschen der Bootskiele beim Abstoßen vom steinigen Ufer und gedämpften Ruderschlag. Alle diese Geräusche waren für Jane etwas Neues, etwas Ungewöhnliches. Auch Frauenstimmen waren aus dem allgemeinen Gewirr herauszuhören, zustimmend und fügsam, denn alle wußten, Eile war geboten. Eine Frau galt nur als ein kräftiger Rücken und ein Paar Hände, die zupacken konnten. Nur schemenhaft konnte Jane Gestalten zwischen den Booten unterscheiden, die Boote selbst und die Schaumwirbel, wo die Wellen gegen den Strand schlugen. Eine lange Reihe von Pferden stand bereit, etliche waren an Karren geschirrt. Die runden Kiesel am Strand erschwerten das Gehen. Etliche Male rutschte Jane aus und wäre fast gestürzt. Paul bemerkte es nicht. Wieder schien er vergessen zu haben, daß es Jane war, die neben ihm ging – sogar ihre Gegenwart schien wie ausgelöscht. Ohne zu klagen, hastete sie hinter ihm her und sah plötzlich ein, wie unwissend und nutzlos sie inmitten dieses flinken Hand-in-Hand-Arbeitens dastand.

Unten bei den Booten erteilte Paul ein paar kurze Befehle und blieb einen Augenblick stehen, um das Abstoßen eines der Fahrzeuge zu überwachen. Aber im großen ganzen erübrigten sich seine Befehle. Seit altersher wußten die Bewohner dieser Küste, was beim Entladen eines Schmuggelschiffes zu tun war.

Doch Paul ließ sie nicht mithelfen, gab ihr keine Weisungen. Sie blieb dicht auf seinen Fersen, versuchte ihm nicht im Wege zu sein und in der allgemeinen Geschäftigkeit unterzutauchen. Endlich war auch das letzte Boot losgerudert. Stille senkte sich auf die am Ufer Zurückgebliebenen, nur selten von dem leisen Gemurmel einer Frau unterbrochen oder vom ungeduldigen Stampfen der Pferde. Jane fragte sich, warum Paul nicht mit den Booten hinausgefahren war, fand aber sogleich die Antwort. Der Anführer mußte bei einer möglichen Gefahr an Land sein. Der Kapitän der ›Delphin‹ und Paul waren heute nacht die beiden einzigen, deren Verantwortung weiter reichte, als nur ein paar Brandyfässer zu schleppen.

Janes Nerven konnten diese Stille und das erregende Warten kaum mehr ertragen. Neben ihr hatten sich einige der dunklen Gestalten auf den Boden gesetzt; sie blieb dicht bei Paul stehen und wünschte sehnlichst, die Rückkehr der Boote möge die Spannung beenden. Nichts deutete darauf hin, daß die Wolkendecke zerreißen würde. In dieser Dunkelheit würde sie nicht einmal die Umrisse der ›Delphin‹ erkennen können. Das eintönige Plätschern der Wellen steigerte ihre Ungeduld. Fröstelnd schmiegte Jane ihr Gesicht tiefer in den Kragen des alten Umhangs.

Eine Ewigkeit schien vergangen, als sie endlich leise plätschernde Ruderschläge vernahm, und das erste Boot aus der Dunkelheit auftauchte. Paul war plötzlich von ihrer Seite verschwunden. Er war zu den bereitstehenden Pferden geeilt und gab knappe Befehle, dann eilte er an ihr vorbei und watete durch die Brandung dem ersten Boot entgegen.

Jetzt blieb keine Zeit mehr, sich zu fragen, wo er sei und was er treibe. Rings um Jane eilten Menschen vorwärts, um die Ladung an Land zu bringen. Neben ihr lief eine junge kräftige Frau, die an schwere Arbeit gewöhnt war. Sie schürzte ihre Röcke und watete ins Wasser. Jane folgte ihr. Schaudern fühlte sie die Kälte des Wassers, das ihre Beine umspülte. Seite an Seite mit der Frau umklammerte sie die oberste Planke des Bootes und zerrte es an Land. Mit lautem Knirschen rutschte es über den Kies. Die Mannschaft sprang heraus. Das aufspritzende Wasser durchnäßte Jane. Zum erstenmal in ihrem Leben schmeckte sie salziges Meerwasser auf ihren Lippen. Freudige Aufregung und erwartungsvolle Spannung überkam sie. Jetzt gehörte sie dazu. Sie stellte sich neben der jungen Frau auf, und alle bildeten eine Kette vom Strand bis zu den Pferden. Man warf ihr ein großes Bündel zu, und sie reichte es schnell weiter; an der Verpackung mit Ölhaut merkte sie, daß es ein Teesack war. Neben der Kette von Frauen schleppten Männer Tabaksäcke. Draußen auf der ›Delphin‹ luden sie jetzt wohl die Wollballen ein, aus deren Erlös sie in Vlissingen oder Roscoff die nächste Ladung kaufen wollten. Gleichmäßig bewegte sich Jane im Rhythmus des Auffangens und Weitergebens. Sie glühte vor Begeisterung und Siegesfreude. Am liebsten hätte sie laut aufgejubelt. Es war unglaublich – aber sie mußte sich eingestehen, daß sie schon allein um der Aufregung der Gefahr willen gern hier war; daß sie damit die Zukunft von Blakes Höhe sicherte, kam jetzt erst in zweiter Linie. Bewußt gab sie sich der wilden Freude hin, im wirbelnden Wasser zu stehen und dabei schadenfroh an die Dragoner zu denken, die nur ein paar Meilen entfernt die Küste nach ihnen absuchten. Unwillkürlich lachte sie der jungen Frau zu, als sie ihr das nächste Bündel zuwarf.

Das erste Boot war entladen. Nun stießen sie es wieder ins offene Wasser und eilten zum nächsten. Wieder bildete sich die Kette. Gleichmäßig und schnell wurde gearbeitet. Nach einiger Zeit schmerzten Jane Arme und Schultern. Zweimal verlor sie fast den Boden unter den Füßen, als sie sich, im Wasser stehend, zu weit vorbeugte, um einen Teesack aufzufangen. Doch trotz aller Ermüdung steigerte sich ihre Erregung noch; sie hätte jetzt bis zum Zusammenbrechen weiterschuften können. Es galt keine Zeit zu verlieren. Im eisigen Wasser erstarrten ihre Füße. Arme und Schultern glühten.

Jetzt legte das erste Boot mit Brandyfässern an. Einen kurzen Augenblick hielt Jane inne und beobachtete, wie mühelos die Männer die schweren Gallonen auf die Schulter schwangen und durch die Brandung zu den Pferden hinaufschritten. Jemand zupfte sie am Arm: es war die junge Frau neben ihr. Sie deutete auf die Karren. Schnell raffte sich Jane auf, um die anderen Frauen einzuholen, die geduldig warteten, bis sie an der Reihe war, ihre Bündel und Säcke auf die Karren und Pferde zu laden. Hier kannte sich Jane besser aus. Sie schlüpfte aus der Reihe und hielt jedesmal, wenn ein Pferd beladen wurde, seine Zügel. Zum größten Teil waren es schwere, kräftige Ackergäule, aber auch einige Kutschpferde waren dabei, die sich die Schmuggler von den benachbarten Gutshöfen ausgeliehen hatten. Tee und Tabak waren bereits aufgepackt. Sie fingen gerade an, die Brandyfässer zu verstauen – da kam das Signal ›Gefahr‹.

»Ein Lichtsignal vom Kirchturm in New Romney, Mr. Fletcher!«

Totenstille trat ein. Jede Bewegung stockte. Von einigen Seiten hörte man unterdrückte Schreckenslaute. Sie alle konnten das Signal im Osten deutlich erkennen: ein Lichtschimmer, der aufleuchtete, verschwand und wieder aufleuchtete. Auf dem Kirchturm von New Romney schwenkte jemand warnend die Laterne.

Dann vernahm man Pauls Stimme. Er sprach ruhig, ohne die geringste Erregung. Jedermann verstand deutlich seine Worte. »Also paßt auf! Ihr alle wißt, was ihr jetzt zu tun habt. Noch haben wir Zeit. Sie sind erst am Dorfeingang von New Romney. Die Boote, die noch mit Brandyfässern beladen sind, rudern hinaus und werfen sie über Bord. Morgen fischen wir sie auf. Was schon an Land ist, wird auf die Karren geladen. Dann macht euch aus dem Staub, wenn ihr der Ehre entgehen wollt, in der Flotte Seiner Majestät zu dienen.«

Er drehte sich um und rief dem letzten Mann in der Kette zu: »Jerry! Fahr mit den Kartoffelkarren los! Du brauchst nicht zu hetzen, denn du kommst noch vor ihnen an die Abzweigung bei Carters Gehöft! Los jetzt! Fahrt los, Jungens!«

Er schritt die Wagenreihe ab und prüfte ihre Ladung. Die vordersten waren schon zur Abfahrt bereit. Nun bogen die beiden letzten Karren ab und schlugen die Richtung auf New Romney ein.

Als Paul bei Jane vorbeikam, zog sie ihn am Ärmel. »Was ist los?« fragte sie leise.

»Sind zu früh gekommen. Der Teufel soll sie holen!« Er wollte weitergehen, fügte aber noch hinzu: »Zwei Karren habe ich als Tarnung mit Kartoffeln beladen. Sie warten an der Abzweigung bei Carters Gehöft. Wenn die Dragoner daherkommen, werden sie annehmen, es sei ein Teil der Schmuggelware auf dem Weg ins Versteck. Wenn Joe sie eine Weile an der Nase herumführt, gewinnen wir Zeit.«

Leise und eindringlich sprach er weiter: »Und du machst dich jetzt davon, Jane. Wenn die Dragoner in Barham einrücken, mußt du schon über Lydd hinaus sein. Ich gäbe dir gern einen Mann zum Schutz mit, aber ich kann niemand entbehren.«

»Wo versteckst du die Ladung?«

»Besser, du weißt es nicht. Nicht weit von hier. Es wird alles verstaut und kein Mensch mehr zu sehen sein, wenn die Dragoner hier herumschnüffeln.«

Er legte ihr die Hand auf die Schulter und drängte sie in Richtung der Kirche. »Jetzt verschwinde, aber schnell!«

Scheinbar gehorsam wandte sie sich zum Gehen und schlug den Weg zur Kirche ein. Zwischen zwei Karren schlüpfte sie hindurch, so daß Paul sie nicht mehr sehen konnte, und half auf der anderen Seite der Wagenkolonne beim Aufladen. Jeder arbeitete in größter Eile, aber ohne Überstürzung. Das Aufladen nahm seinen planmäßigen Verlauf. Die Boote waren sofort ins offene Wasser gerudert. Jane hörte das Aufklatschen draußen in der Bucht, als die Brandyfässer über Bord geworfen wurden. Obwohl sie wußte, daß es allgemein üblich war, bei Gefahr Fässer über Bord zu werfen und sie später wieder aufzufischen, gab es ihr doch bei jedem Aufklatschen einen Stich ins Herz. Plötzlich fühlte sie auch die Schwere ihrer wassergetränkten Stiefel und das Gewicht des durchnäßten Umhangs, der auf ihren Schultern lastete.

Pferde und Wagen waren beladen. Die Frauen sahen zu, wie die Männer die letzten Bündel fest aufschnürten. Nun setzte sich der Zug auf das Dorf Lydd zu in Bewegung. Das von Paul bestimmte Versteck war nur ein Notbehelf. Die Ladung sollte möglichst nicht in unmittelbarer Nähe des Landeplatzes oder zu nahe der Küste versteckt werden. Aber heute blieb keine andere Wahl. Es wäre ein leichtes für die berittenen Dragoner, den langsamen Zug der beladenen Pferde einzuholen. Die Beute war verlockend genug, es auf ein Feuergefecht mit den Schmugglern ankommen zu lassen. Zunächst mußte Paul die Ladung so schnell wie irgend möglich in ein sicheres Versteck bringen. Sobald die Luft wieder rein war, würde er sie weiterbefördern.

Sie zogen die Boote an Land. Jane dachte an die ›Delphin‹, die draußen auf den dunklen Wellen jetzt die Fahrt ins offene Meer antrat. Lautlos huschten die Frauen nach Hause. Nach Pauls Wunsch sollte sich Jane so schnell wie möglich aus Barham davonmachen, also schloß sie sich den Frauen an. Am Kirchhof schlüpfte sie durch das Tor und wartete im Schatten der Steinsäulen, bis der letzte Karren vorüber war. Noch ein paar vereinzelte Geräusche, Schritte auf dem steinigen Ufer und der gepflasterten Dorfstraße, Türen, die ins Schloß fielen, leise Stimmen – dann senkte sich tiefe Stille über das Dorf.

Sollten später die Dragoner mit lautem Hufschlag durch die Dorfstraße reiten, sie fänden Barham-in-the-Marsh friedlich in tiefem Schlafe liegend.

In der plötzlichen Stille wurde es Jane unheimlich. Sie hatte nur noch den einen Wunsch, so schnell wie möglich zu entfliehen. Hastig eilte sie den Pfad zum Hauptportal entlang und bog um die Ecke der Kirche zum Eingang der Krypta.

»Bess!« rief sie leise. »Bess!« Ein leises Wiehern antwortete ihr aus der Dunkelheit.

Jetzt fühlte sich Jane in Sicherheit. Blonde Bess würde ihr zur Flucht verhelfen. Ein Gefühl der Erleichterung durchströmte sie, und sie beschleunigte ihre Schritte. Zu spät dachte sie an die Stufen, die zur Krypta hinunterführten. Verzweifelt griff sie haltsuchend um sich. Kopfüber stürzte Jane ins Leere.

Mit einem unterdrückten Schrei kam sie zur Besinnung: Jemand schüttete ihr kaltes, übelriechendes Wasser ins Gesicht. Zunächst empfand sie nur Benommenheit und Schmerz, doch dann spürte sie, wie eine Hand sanft ihren Kopf stützte. Sie vernahm eine Frauenstimme, aber sie konnte den Sinn der Worte noch nicht voll erfassen.

Seufzend wandte sie den Kopf zur Seite. Sie wollte nichts wissen; sie sehnte sich nach Vergessen ohne Schmerzen.

»Los jetzt! Schnell! Wacht auf, wir dürfen keine Zeit verlieren!«

Endlich verstand Jane. Auch die Stimme war ihr bekannt. Die junge Frau, die beim Abladen der Boote neben ihr gearbeitet hatte, beugte sich über sie. Jane kämpfte gegen ihre Schwäche an und wollte sich allein aufrichten, doch schnell wurde ihr Hilfe angeboten.

»So . . . so ist's recht. Gleich wird's gehen.«

Allmählich gewöhnte sich Jane an die Finsternis. Sie saß auf den Steinfliesen am Fuße der Treppe, die zur Krypta führte. Die Frau kniete neben ihr. Tastend befühlte Jane ihre zerschundene, blutende Stirn.

»Ich kann mich an nichts erinnern«, sagte sie schließlich.

»Ihr habt nicht an die Stufen gedacht«, erklärte die Frau. »Das war ein böser Sturz. Tut mir leid, daß ich Euch aufrütteln muß, aber die Dragoner sind da.«

Entsetzt fuhr Jane hoch. »Schon?«

»Ihr wart lange bewußtlos. Ich mußte eine Vase von einem Grab nehmen, um Euch mit dem kalten Wasser aufzuwecken. Riecht scheußlich, was?«

»Die Dragoner . . .« wiederholte Jane. »Mein Gott, wir müssen hier raus.«

»Ja, nichts wie hier raus«, stimmte die Frau bei. »Ehe wir's uns versehen, kommen sie hier herunter und suchen nach der Schmuggelware. Wenn sie Euch hier finden, halbtot, nicht aus unserem Dorf und in dem Aufzug . . .«

Mit Hilfe der Frau kam Jane langsam auf die Beine. Als sie auftreten wollte, schoß ein wahnsinniger Schmerz durch ihr Fußgelenk. Er raubte ihr fast die Besinnung, doch sie biß die Zähne fest zusammen. Langsam stiegen sie die Stufen empor. Jane stützte sich schwer auf die Frau.

Keuchend vor Anstrengung und schweißbedeckt kam Jane oben an. Ein kalter Wind wehte. Sie merkte, daß sie ihr Kopftuch verloren hatte. Ihr Haar war naß und roch ekelerregend nach dem Wasser, mit dem die Frau sie aus ihrer

Ohnmacht geweckt hatte. »Wie hast du mich denn gefunden?« brachte sie mühsam aus schmerzverzerrten Lippen hervor.

»Ich bin einfach hinter Euch hergegangen.«

»Warum denn?«

»Warum? Weil ich nun mal neugierig geboren bin. Ich wollte wissen, wer Ihr seid. Und . . . und weil ich noch nie gehört hatte, daß sich Paul Fletcher mit einem Mädel aus unserer Gegend abgibt.«

»Ich bin ja auch nicht von hier«, wehrte Jane ab. »Und sein Mädel bin ich schon gar nicht – ich wünschte, ich wär's. Morgen verdufte ich nach Roscoff und seh ihn nie wieder.«

»Was habt Ihr dann hier zu suchen?«

Endlich standen sie neben Bess. Humpelnd hatte Jane die paar Schritte zurückgelegt. Die Stute beschnupperte sie zärtlich. Jane hätte am liebsten aufgeschluchzt so erleichtert war sie, als sie Bess' zuverlässigen kräftigen Pferdeleib spürte, der sie in Sicherheit bringen würde.

»Ich habe ihm eine Nachricht überbracht, und da ich schon mal da war, hab' ich mitgeholfen.«

Sie setzte den Fuß, der nicht verletzt war, in den Steigbügel und schwang sich mit ganzer Willenskraft, von der jungen Frau unterstützt, in den Sattel. Auf dem Rücken von Blonde Bess fühlte sie sich sicher. Nun bedurfte sie keiner Hilfe mehr. Sie blickte zu der Frau nieder.

»Moorleute stellen doch keine unnötigen Fragen – das tut nicht gut!« Freundlicher fügte sie hinzu: »Aber ich bin dir dankbar für deine Hilfe – hättest du deine Nase nicht in anderer Leute Angelegenheiten gesteckt, läge ich jetzt noch da unten, und die Dragoner hätten mich bestimmt erwischt.«

»Ist schon gut«, wehrte die Frau ab. »Hab' gern geholfen . . . und ich wollte nicht . . . Ihr erzählt Mr. Fletcher doch nichts?« fragte sie ängstlich.

»Hab' dir ja gesagt, ich seh' ihn nie wieder. Nochmals vielen Dank. Wie heißt du?«

»Rose.«

Jane reichte ihr die Hand. »Ich danke dir . . .« Plötzlich lauschte sie gespannt. »Was ist das?«

»Das sind sie — die Dragoner. Jetzt aber fort mit Euch!«

Vom anderen Ende des Dorfes erscholl der gleichmäßige Hufschlag vieler Pferde. Rauhe Stimmen klangen durch die Nacht.

»Und du?« fragte Jane. »Wie kommst du heim?«

Rose beruhigte sie schnell. »Macht Euch keine Sorgen um mich, mir geschieht nichts. Ich renne an den Wiesen entlang und schlüpfe durch die Hintertür. Kommt doch ein Stück mit!«

»Unmöglich. Ich kenne nur die Landstraße von Lydd, und wenn sie mich auf den Wiesen verfolgen mit all den Kanälen . . .«

»Da habt Ihr recht«, stimmte Rose zu. »Also, reitet los. Ihr habt noch einen ganz schönen Vorsprung.«

Doch es war schon zu spät. Als Jane in die Dorfstraße einbog, hörte sie lautes Hämmern an den Türen, Kommandorufe und Schreie. Der Haupttrupp der Dragoner war noch weiter unten in der Straße. Nur ein paar Häuser trennten sie von der Spitze des Zuges. Blitzschnell durchdachte Jane ihre Lage. Drehte sie um und versuchte, durch das Labyrinth der Kanäle zu entfliehen, wo man sie mit Leichtigkeit einkreisen konnte, war auch nichts gewonnen. Es war aussichtsreicher, sich auf die Schnelligkeit ihres Pferdes zu verlassen. Wurde sie erwischt, gab es keine stichhaltige Erklärung, was sie hier in durchnäßter Kleidung zu suchen hatte — das wußte sie nur zu gut.

Sie beugte sich vor und flüsterte der Stute ins Ohr: »Bess, mein Liebling, jetzt kommt alles auf dich an!«

Mit aller Kraft drückte sie der Stute die Absätze ihrer Stiefel in die Weichen und Bess galoppierte los. Das plötzliche Stampfen der eisenbeschlagenen Hufe donnerte in Janes Ohren wie das Niederprasseln unzähliger Dachziegel. Sie schlug die Richtung nach Lydd ein und betete mit aller Inbrunst, daß Paul inzwischen mit der Wagenkolonne von der Hauptstraße abgebogen sei, und daß sie ihm ihre Verfolger nicht auf den Hals hetzen würde.

»Halt! Im Namen des Königs: Halt!« klang es ihr entgegen.

Sie ließ sich nicht einschüchtern. Wie ein Gespenst tauchten die Umrisse eines Pferdes vor ihr in der Finsternis auf. Sie riß Bess zur Seite, um einen Zusammenprall zu vermeiden. Erschreckt bäumte sich Bess auf. Nur mit Mühe konnte sich Jane im Sattel halten. Um ihren Verfolger konnte sie sich nicht kümmern. Mit aller Macht versuchte sie sich festzuklammern, verzweifelt stemmte sie die Knie ein. Ein Glück, daß sie im Herrensattel ritt. Der Dragoner faßte nach ihrem Zügel. Ungestüm trieb sie Bess an. Ein wilder Satz – die Hand des Mannes griff ins Leere.

Gleich darauf pfiff eine Kugel über ihren Kopf.

In diesem Augenblick hatte sie allen Grund, dankbar zu sein, daß Robert Turnbull ein so ausgezeichneter Pferdekenner war. Als sie die offene Straße gewann, stürmte Bess ungehemmt vorwärts. Sie reagierte auf den leichtesten Schenkeldruck und raste dahin, daß der Wind in Janes Ohren nur so pfiff. Der Verfolger blieb weit zurück. Jane beugte sich tiefer über den Hals des Pferdes. Sie wußte, daß dies das Äußerste war, was Blonde Bess an Schnelligkeit hergeben konnte. Sie mußte die Stute nicht antreiben. Blonde Bess hatte mehr Ausdauer und Mut als Jane selber.

Bei den ersten Häusern von Lydd hielt sie einen Augenblick an, um zu lauschen. Nichts rührte sich hinter ihr auf der Landstraße.

In verhaltenem Schritt ritt Jane durch Lydd und bog auf die Straße nach Appledore ein, die nach Blakes Höhe führte. Ein Gefühl grenzenloser Einsamkeit überfiel sie. Es wurde schon heller. Der Tag brach an. Als sie in der Ferne Blakes Höhe auftauchen sah, war es bereits dämmrig. Es war ein schlimmer Ritt gewesen. Ihre Kleidung war vollkommen durchnäßt. Sie spürte kein einziges Glied mehr, so steif war sie geworden durch das ungewohnte Reiten im Herrensattel. Ihr Kopf schmerzte vom Sturz über die Treppe, und ihr Fußgelenk im engen Reitstiefel war dick angeschwollen. Sie versuchte, das schmerzende Bein zu entlasten, doch mit zunehmendem Tageslicht nahm auch die Gefahr zu. Sie mußte eilends weiterreiten. Vor Erleichterung und Erschöpfung seufzte sie auf, als sie endlich den Damm am Fuß des Hügels überquerte und zu Blakes Höhe hinaufritt.

Wie immer standen die Tore weit offen. Friedlich lag Blakes Höhe in der Morgendämmerung – ihre Zuflucht, ihr Heim. Tiefe Genugtuung erfüllte sie bei dem Gedanken, wie wertvoll die geborgene Ladung war und was sie für Blakes Höhe damit gewonnen hatte.

Alles schien ruhig und unverändert. Ob Patrick wohl wach geblieben war und ihr entgegenkam? Ihr Fuß schmerzte jetzt so sehr, daß sie hoffte, er werde ihr beim Absteigen helfen.

Doch niemand zeigte sich. Sie wagte nicht zu rufen. Unendlich mühsam ließ sie sich aus dem Sattel zu Boden gleiten. Als sie auftrat, schrie sie beinahe auf vor Schmerz. Sie füllte die Krippe ihrer Stute mit Hafer und gab ihr zu trinken. Dann nahm sie alle Kraft zusammen und humpelte über den Hof zur Küche.

Die Tür öffnete sich vor ihr. Aber weder Patrick noch Kate kamen ihr entgegen. Jane sah sich einem hochgewachsenen, schlanken Mann gegenüber. Aus dunklen, tief in den Höhlen liegenden Augen sah er ihr ruhig entgegen. Er trug eine alte verschossene Jacke und seine Strümpfe waren zerrissen. Seine Hautfarbe war die eines Menschen, der lange Zeit hinter Kerkermauern geschmachtet hat.

Sein sicheres Auftreten verriet, daß er ein Recht hatte, hier zu sein.

Das Blut erstarrte ihr in den Adern. Sie wurde totenbleich.

»Charlie! Du bist also zurückgekommen!«

Erst später, als sie sich ein wenig vom ersten Schreck und Entsetzen dieser Überraschung erholt hatte, fiel ihr nach und nach wieder ein, wie behutsam, fast zärtlich er den Reitstiefel aufgeschnitten hatte, um ihren geschwollenen Fuß zu befreien. Er machte nicht viel Worte. Ein paar leise, kurze Anweisungen an Kate und Patrick, ihm Wasser zu bringen und saubere Tücher in Streifen zu reißen – das war alles. Die beiden waren zu sehr von seinem Kommen überwältigt, um selbst Vorschläge oder Bemerkungen zu machen; schweigend führten sie seine Anweisungen aus.

Als ihr Fuß gewickelt war, wusch er mit frischem Wasser ihr verschmutztes, blutverkrustetes Gesicht. Er stützte ihren Kopf und wandte ihr Gesicht dem hellen Kerzenlicht zu.

»Auf Schmugglerpfaden gewandelt?« fragte er und blickte auf sie nieder.

Sie nickte.

»Und das hier? Wie ist das passiert?« Er zeigte auf ihren Fuß und die verletzte Stirn.

»Die Dragoner waren hinter mir her ... ich bin die Kirchentreppe hinuntergestürzt ...«

»Keiner erwischt worden? Die Ladung in Sicherheit?«

Wieder nickte sie.

»Das hört man gern.«

Er ließ sich auf die Ofenbank nieder und sah schweigend zu, wie Jane den Grog trank, den Patrick ihr gebraut hatte. Sie war dem Zusammenbruch nahe und viel zu betäubt, um die volle Tragweite des Geschehenen zu begreifen. Sie konnte keinen klaren Gedanken fassen, der Kopf wirbelte ihr. Charles war da ... was war aus Paul und der Ladung geworden ... was sollte aus ihr werden, jetzt, da Charles als rechtmäßiger Erbe auf Blakes Höhe zurückgekehrt war? Mit zitternden Händen umklammerte sie den Zinnbecher.

Schon war Charles aufgesprungen und nahm ihr den Becher aus der Hand. Er beugte sich über sie. Jane fühlte, wie er sie auf seinen Armen hochhob. Dann verschwamm ihr alles vor den Augen. Eilends öffnete Patrick die Tür und leuchtete die Treppe hinauf.

»Annes Zimmer?« hörte sie Charles fragen.

Er blieb bei ihr und wartete, bis Kate sie mit großer Mühe hinter den Bettvorhängen entkleidet hatte. Doch als Kate mit dem Nachtgewand kam, winkte Jane erschöpft ab.

»Ich kann nicht mehr ... warte noch.«

Sie schloß die Augen und sank in das wohltuend weiche Federbett. Jemand hatte die Fenstervorhänge zugezogen. Es war still im Zimmer. Wie von weit her hörte sie, wie draußen der Tag erwachte. Vogelgesang war zu vernehmen und das Blöken der Schafe – Laute, die sie in friedvolle Geborgenheit einhüllten. Sie war daheim.

Doch beunruhigend drängte sich der Gedanke an Charles in diese Stille. Sie hob die schweren Lider. Charles hatte die Bettvorhänge zur Seite gezogen und stand dicht vor ihr. Er schaute prüfend auf sie nieder. Selbst im dämmrigen Zwielicht konnte sie erkennen, daß er seine dunklen Brauen nachdenklich zusammenzog.

»Du bist also wieder da«, lallte sie schlaftrunken. »Trotz allem bist du zurückgekommen, Charles. Ach, ich hätte es ja wissen müssen, daß du eines Tages hier vor mir stehst. Ich habe kein Glück, immer muß ich verlieren – wie Anne ...«

»Aber Anne war es gleichgültig, ob sie verlor, Jane.«

Heftig wandte sie sich von ihm ab und drehte sich zur Wand. Sie hatte nur einen Wunsch: Schlaf und das wohlige Behagen, sich nackt im weichen Bett auszustrecken. Schwer lag ihr Haar auf den Kissen. Plötzlich fand sie die Worte für die Frage, die sie beschäftigt hatte. Sie wandte sich ihm wieder zu, öffnete die Augen und stützte sich auf.

»Aber du warst doch im Gefängnis«, sagte sie. »Wie bist du rausgekommen? Hat man dich freigelassen?«

»Etwas von dem Bestechungsgeld, das Turnbull immer wieder schickte, kam in die richtigen Hände. In einem Sarg hat man mich aus dem Gefängnis ›La Force‹ rausgeschmuggelt. Ich habe mich nach Dünkirchen durchgeschlagen; dann hat mich ein Lugger – ein Schmugglerschiff, Jane – nach Rye mitgenommen. Es waren Männer aus Rye. Ihnen genügte der Name Robert Turnbull als Sicherheit. Er hat dann die Überfahrt für mich bezahlt, gab mir zu essen und lieh mir ein Pferd, so daß ich herreiten konnte.«

Sie sank auf das Kissen zurück:

»Er hat dir also gleich von mir erzählt – daß ich hier auf Blakes Höhe bin?«

»Robert Turnbull gab mir eine genaue Beschreibung. Er sprach sehr anerkennend und liebevoll von dir – aber über einige Punkte schwieg er sich aus.«

»Vielleicht weiß er nichts davon«, sagte sie schlaftrunken. »Vielleicht ahnt er nicht einmal etwas. Aber was macht's aus – er wird alles früh genug erfahren. Später sprechen wir darüber, Charlie ... später.«

»Ja, später.«

Unter seinem Blick schlief sie ein. Ohne sich zu rühren betrachtete er sie eine Zeitlang, sah ihre Züge sich im Schlaf entspannen. Als er sich niederbeugte und die Decke über ihre entblößten Schultern zog, kam unwillkürlich ein Name über seine Lippen – Anne ...

Dann zog er die Bettvorhänge dicht übereinander und ließ die Schlafende allein.

Dritter Teil

1. Kapitel

Es war ein schöner Tag. Leichte Wolken zogen über das Marschenland. Paul fühlte beim Reiten, wie die wärmende Sonne ihm angenehm durch die Kleidung drang. Doch er beachtete weder die Schönheit der belaubten Natur noch die buntgefiederten Wasservögel auf den Kanälen, die vor ihm aufflogen und sich im Schilf versteckten. Seit gestern kreisten seine Gedanken unaufhörlich um den heimgekehrten Charles Blake.

Für die bevorstehende Begegnung mit Charles hatte er sich, wenn auch widerwillig, besonders sorgfältig gekleidet. Er verachtete die Menschen, die der Kleidung eine übertriebene Bedeutung beimaßen. Heute trug er sein bestes Hemd und hatte das Haar besonders sorgfältig in einen Zopf gebunden. Trotz allem war er sich bewußt, daß er neben Charles Blake keine sehr vornehme Figur abgeben konnte.

Charles war gestern vor seiner Tür abgestiegen und hatte im Wohnzimmer mit ihm ein Glas Brandy getrunken. Mit schlecht verhehlter Bestürzung hatte Paul am Abend vorher von Charles' Rückkehr nach Blakes Höhe gehört und erfahren, daß Jane bei Tagesanbruch mit einem verstauchten Knöchel und Quetschungen, ganz aufgelöst von den schlimmen Erlebnissen der Nacht, heimgekommen war. Er fühlte, wie sein Gesicht vor Scham darüber erglühte, daß er seine Ladung zwar in Sicherheit gebracht, Jane aber im Stich gelassen hatte, und sie um ein Haar in Gefangenschaft geraten war. Daß sie in Gefahr geschwebt hatte, war für Paul grausam genug, besonders aber wurmte es ihn, daß Charles Blake wußte, wie sehr er als Janes Beschützer versagt hatte.

Während er sich in seiner Verärgerung abgewandt hatte, um sich noch ein Glas Brandy einzuschenken, spürte er instinktiv, wie die dunklen Augen des andern ihn kühl abschätzten. Charles trug noch immer den fadenscheinigen Rock, in dem er angekommen war, und die von Patrick geborgten derben Strümpfe. Trotz dieser bescheidenen Kleidung machte er nicht nur den Eindruck eines Mannes von Ansehen, er war es tatsächlich auch. Paul hatte nichts für die Franzosen übrig und sparte sich jedes Lob über sie, doch die Überlegenheit Charles' mußte er eingestehen.

Charles war mit einer bestimmten Absicht gekommen, und Paul hörte ihm mit größter Aufmerksamkeit zu. Er erfuhr, daß Jane gegen Mittag aufgewacht war. Charles hatte in ihrem Schlafzimmer mit ihr ein Glas Wein getrunken, während sie mit einem wahren Heißhunger das ihr von Kate heraufgebrachte Essen verzehrte. Paul war sich bewußt, daß es zwecklos sein würde, wenn Jane Charles die volle Wahrheit vorenthielte, da er bereits so vieles mit eigenen Augen gesehen hatte. Charles war im Moor aufgewachsen und kannte sich aus. Ob sie wollte oder nicht, Jane mußte Vertrauen zu ihm haben, und der Tatsache vertrauen, daß neun von zehn Unbeteiligten mehr Sympathie für die Schmuggler als für den vom König erhobenen Zoll hegten. Sie hatte ihm also von Paul und der ›Delphin‹ erzählt, und im Verlauf dieses Berichtes hatte Charles noch viel mehr erfahren. So hatte er, zunächst mit Widerwillen, doch dann etwas versöhnter, gehört, wie und warum sie Geld von Turnbull entliehen hatte, und was sie unter großen Schwierigkeiten seit ihrer Ankunft für Blakes Höhe geleistet hatte.

Das alles hatte Robert Turnbull am Abend vorher Charles bereits erzählt, doch ihre Errungenschaften von Janes Lippen zu hören, machte alles viel wirklicher.

»Eine erstaunliche Frau«, sagte er zu Paul, als er seine Erzählung beendet hatte.

»Ja, erstaunlich«, wiederholte Paul. Es gab ihm einen Stich ins Herz, daß er über Jane auf diese Weise mit einem Manne reden mußte, der noch vor einer Viertelstunde für ihn so gut wie tot gewesen war.

Charles goß sich noch mehr Brandy ein. Er schwieg eine Weile, als schätze er den Mann ab, in dessen Haus er saß. Aufs genaueste betrachtete er dann alles, was er zu Gesicht bekam: den Stapel Bücher, die unordentlich herumliegenden Landkarten, die nautischen Instrumente und, nicht zuletzt, sogar Pauls harte Arbeitshände.

Charles stellte sein Glas beiseite. »Nachdem mir also Jane das alles erzählt hatte«, sagte er, »ritt ich nach Rye, um Turnbull wieder aufzusuchen.« Er schwieg und sah Paul forschend an. »Von ihm bin ich geradewegs zu Euch gekommen.«

»So?« murmelte Paul.

»Wundert Euch das? Ihr könnt Euch doch denken, warum ich gekommen bin. Ich wünsche, mich Euch und Jane anzuschließen. Ich will Teilhaber der ›Delphin‹ werden.«

Da konnte Paul seine steigende Verärgerung nicht länger zurückhalten. Seine Worte überstürzten sich. »Und was, zum Teufel, bildet Ihr Euch eigentlich ein ... Da taucht Ihr hier plötzlich auf mit der Forderung: Ich will Teilhaber der ›Delphin‹ werden! Worauf gründet sich Eure Chance, es zu werden?«

Charles gab ihm ein Zeichen, zu schweigen. »Ich bedaure, wenn ich Euch beleidige, aber meine Notlage zwingt mich dazu, meine Wünsche unverblümt zu äußern. Die Sachlage ist einfach. Die Revolutionsregierung hat mir den letzten Sou und jeden Hektar Land geraubt. Ich komme hierher und erfahre, daß mein Onkel Spencer Blake mit zunehmendem Alter in keiner Weise in seinem Entschluß wankend wurde, von Blakes Höhe für die Erben nichts, gar nichts, übrig zu lassen. Was kann ich da machen? Ich muß Geld haben.«

»Und glaubt Ihr, Ihr könntet Teilhaber werden, ohne Euren Teil beizutragen?« fragte Paul kalt. »Oder besteht der Preis darin, daß Ihr Jane gestattet, weiterhin auf Blakes Höhe zu bleiben? In diesem Falle teile ich Euch mit, daß sie dies nicht nötig hat. Andere Möglichkeiten stehen ihr offen.«

»Ihr überstürzt Euch, Mr. Fletcher. Und Ihr geht zu weit.« Absichtlich zögerte Charles und trank erst einen Schluck von seinem Brandy, ehe er weitersprach.

»Wie gesagt, ich brauche dringend Geld. Auch habe ich nicht vergessen, daß man hier am schnellsten durch Schmuggel zu Geld kommt. Zu diesem Zweck bin ich bereit, mehr zu leisten, als meinen Teil beizutragen. Ich wünsche die ›Delphin‹ aufzukaufen.«

»Aufzukaufen? Ich sehe nicht, wie . . .«

»Im Gegensatz zu Jane, Mr. Fletcher, habe ich als Erbe das Recht, die Königsperle zu veräußern.«

Das mußte Paul allerdings innerlich zugeben. Zum ersten Male kamen ihm Bedenken, mit Charles vielleicht doch zu undiplomatisch und unüberlegt gesprochen zu haben. Der Besitz der Perle schloß vieles ein, unter anderem die Tatsache, daß Charles es nicht nötig hatte, mit ihm darüber zu verhandeln, falls er die ›Delphin‹ an sich reißen wollte. Der Schiffsbauer in Folkestone war nur zu gern bereit, sie dem ersten besten zu verkaufen, der ihm ohne weiteres das Geld dafür auf den Tisch legen konnte. Charles konnte ihnen die ›Delphin‹ wegschnappen, ohne ihm oder Jane überhaupt etwas davon zu sagen. Wenn er daran dachte, fiel es Paul noch schwerer, die Franzosen gernzuhaben, doch er erinnerte sich jetzt, daß Charles Blake ja halber Engländer und außerdem im Marschenland aufgewachsen war.

Er wollte so tun, als lasse Charles' Plan ihn völlig gleichgültig. Achselzuckend sagte er: »Ich sehe ein, Mr. Blake, daß ich Euch ausgeliefert bin, was die ›Delphin‹ betrifft.«

»Ganz im Gegenteil«, versicherte Charles. »Ihr glaubt doch nicht, ich könnte mein Vorhaben ohne Euch oder ohne jemanden von Eurer Erfahrung ausführen? Sehe ich wie ein tüchtiger Seemann aus? Oder bildet Ihr Euch ein, Eure Leute würden mir gehorchen wie Euch? Es ist doch klar, daß ich Eure Dienste und Eure Hilfe unbedingt brauche.«

Mit einem leisen Lächeln fuhr er fort: »Keine geringere Autorität als Robert Turnbull versicherte mir, für mein Vorhaben fände ich an der ganzen Küste keinen besseren Mann als Paul Fletcher.«

»Turnbull sagte das? Woher, zum Teufel, weißer denn, was für ein Mann ich bin?«

Charles zog die Brauen hoch. »Ich nehme an, Ihr wißt . . .« »Was soll ich wissen?« fragte Paul fast schreiend.

». . . daß Turnbull in fast jedem großen Schmuggelunternehmen zwischen hier und Dover Geld angelegt hat.«

Später glaubte Paul, er müsse sich zu Charles' Behauptung irgendwie geäußert haben, doch er konnte sich nicht daran erinnern. Er kam nur schwer auf die Beine, griff nach seinem Glas und ging zum Tisch, wo er die Karaffe hin gestellt hatte. Er goß sein leeres Glas wieder voll, nicht weil er weiter trinken wollte, sondern weil er gerade dort stand und mit seinen Händen etwas tun mußte. Dann schritt er zum Fenster und schaute hinaus, ohne eigentlich etwas zu sehen. Turnbull in den Schmuggel verwickelt! An diesen Gedanken mußte er sich erst gewöhnen. Und nicht einmal geringfügig darin verwickelt wie viele Leute im Marschenland, sondern in größtem Maßstab. Was Paul so unbegreiflich blieb, war, daß er, der doch selber so viel mit dem Schmuggelgeschäft zu tun hatte, nicht erraten hatte, auf welche Weise ein Provinzanwalt so reich geworden war, um sich diesen Lebensstil leisten zu können, oder was für Leute zu Turnbulls Mandanten zählten, so daß er kreuz und quer durchs Marschenland ritt, anstatt brav an seinem Kanzleitisch in der Watchbell Street zu sitzen. Er stellte sich Robert Turnbull in dieser neuen Rolle vor, überlegte, wie alles zusammenpaßte, und sah die Vorteile, die der Anwalt dabei haben würde. Nur wenige kannten die ganze Gegend so genau oder konnten mit soviel Menschen aus allen Schichten der Bevölkerung private Gespräche führen, ohne das geringste Aufsehen zu erregen. Turnbull hatte eine sehr geschickte Art, sich Freunde zu machen. Man vertraute ihm, und da ein Anwalt immer mit persönlichen Angelegenheiten zu tun hatte, fiel sein häufiges Kommen und Gehen niemand auf. Während er seine Bekannten mit Wein oder Bier traktierte, war es für ihn nicht schwer, wichtige Auskünfte zu sammeln, die er dann leicht weitergeben konnte, wo es am vorteilhaftesten war. Ein Mensch ohne Feind – das war Robert Turnbull, und das gesamte Marschenland füllte seine hellhörigen Ohren mit all seinen Problemen und seinem Klatsch. Auf einmal löste sich das Rätsel. Paul empfand eine wachsende Bewunderung für Turnbull, der die Rolle des harmlosen Zuschauers so glänzend zu spielen verstand. Paul kam sich töricht vor, weil er nie zuvor durchschaut hatte, was jetzt so klar zutage trat. Auch konnte er nicht umhin, Turnbulls Selbstbeherrschung zu bewundern, die ihn befähigt hatte, sich allezeit im Hintergrund zu halten. Nur wenige Männer hätten eine solche Machtposition einnehmen können, ohne in Versuchung zu kommen, sie öffentlich zu gebrauchen.

Oder hatte er sie gebraucht? Paul erinnerte sich plötzlich daran, daß Turnbull der Anwalt seines Bruders war und daß James auf seine Fragen stets nur ungern eine klare Antwort gab, seine Anweisungen hinauszögerte und die Weisungen und Befehle eines anderen abzuwarten schien. Wenn James im Schmuggel mit Turnbull zusammenarbeitete, erklärte sich vieles: Wie James seine Verbindungen zustande brachte, wie er über die Bewegungen der Zollkutter und Fahndungsbeamten genauestens unterrichtet war, wie er seine Pläne ausarbeitete und auch die erforderlichen Männer zu ihrer Ausführung jedesmal bereit hatte, wenn Paul wiederzurückgekehrt war. Das alles war zweifellos auf Turnbull zurückzuführen.

Jetzt drehte er sich mit einer plötzlichen Wendung wieder Charles zu. »Und seit wann ist Euch all das über Turnbull bekannt?« verlangte er zu wissen.

Gleichgültig erwiderte Charles: »Wie soll ich mich erinnern? Es ist schon lange her. Es war Turnbull, der Spencer vorschlug, er solle die Kirche auf der Felsenklippe als Versteck verpachten. Das muß schon über zwanzig Jahre her sein. Damals war Turnbull ein junger Mann.«

»All diese Jahre schon!« Paul versuchte, sich seinen Ärger nicht anmerken zu lassen. »Dazu gehört schon eine teuflische Klugheit.«

Dann fügte er schnell hinzu: »Ich verstehe nur nicht, warum er Jane die Geldanleihe gewährt hat. Er muß doch geahnt haben, wozu sie das Geld verwenden wollte. Er mußte sich doch sagen, sie würde dahinterkommen, wozu die Kirche dient, und sich nicht zufriedengeben, bis sie hinter die ganze Sachlage käme. Auch muß er gewußt haben, daß ich mich weigern würde, für meinen Bruder weiterhin zu arbeiten, wenn unser gemeinsames Unternehmen erfolgreich wäre. Er hat sich damit einer seiner Einnahmequellen beraubt. Warum?«

»Wahrscheinlich, weil eine Frau ihn darum bat, und diese Frau Jane war«, sagte Charles. »Turnbull hat sein ganzes Leben lang den Blakes gedient, und ich habe die Empfindung, für Anne oder Jane würde er weit mehr als nur seine Dienste als Anwalt hergeben. Sogar für mich, der ich für ihn doch während all dieser Jahre fast ein Fremder geworden bin, hat er mehr getan, als ich vernünftigerweise erwarten konnte. Als ich hier im Moor lebte, war er der einzige Mensch, dem ich mich anvertrauen konnte. Wußtet Ihr, daß er während all dieser Jahre meiner Gefangenschaft Geld geschickt hat mit dem Versuch, meine Freiheit zu erkaufen? Ist es da ein Wunder, daß er Janes Bitte nicht abschlagen konnte? Selbst wenn es für ihn einen Verlust bedeutete?«

Ruhig fügte er hinzu: »Ich habe ihn daher gefragt, ob er unserem Unternehmen beitreten will und einen Anteil an der Ladung der ›Delphin‹ haben möchte. Habt Ihr etwas dagegen?«

»Ich? Etwas dagegen?« erwiderte Paul trocken. »Ich habe nichts mehr zu befehlen. Und mir scheint, ich arbeite wieder für meinen ursprünglichen Brotherrn.« Er lehnte sich in seinen Stuhl zurück. Mit einem spöttischen Ausdruck blickte er zur Decke. »Ich bin doch wirklich ein Glückspilz! Kaum bringe ich eine Ladung von der ›Delphin‹ an Land, und schon befindet sich Jane in Gefahr, dann sind mir die Dragoner auf den Fersen, und jetzt landet auch Ihr noch an der Küste. Mich wundert nur, daß wir nicht das große Glück hatten, Euch auch noch von Frankreich heimbringen zu dürfen. Das hätte unter den Umständen unserem Unternehmen noch die Krone aufgesetzt.«

Mit einem unterdrückten Lachen erhob sich Charles. Kopfschüttelnd sagte er: »Ach, mein Freund, ich selber bin erst zu kurze Zeit frei, als daß ich einem anderen den Fuß auf den Nacken setzen möchte. Ihr sollt Euer Schiff als alleiniger Kapitän befehligen, das verspreche ich Euch. Was Turnbull betrifft, so hat er sich mit viel Geschick schon lange im Hintergrund gehalten und, wie Ihr wißt, kann er uns gelegentlich außerordentlich wertvoll sein. Wir alle brauchen einander, und wir tun gut daran, das nicht zu vergessen.«

Er streckte Paul die Hand hin. »Morgen nachmittag kommt Turnbull auf Blakes Höhe. Darf ich Euch dann auch erwarten? Ich halte es für richtig, daß Jane zugegen sein soll, wenn wir unsere endgültigen Pläne festlegen. Seid Ihr einverstanden?«

Paul nickte und schlug fest in Charles' Hand ein. Dann blickte er noch vor der Tür seines Hauses Charles nach. Er sah seine stolze Haltung und war überrascht, wie gut er zu Pferde saß. Charles trug keine Kopfbedeckung, sein schwarzes Haar gab ihm ein ungezwungenes Aussehen. Hätte man sein Gesicht nicht gesehen, dann hätte man ihn für einen Zigeuner halten können. Er hatte ein empfindsames, etwas müdes Gesicht mit dunklen Augen, die lange Zeit dem Tod ins Antlitz geschaut hatten. Vergeblich hatte Paul nach Eigenschaften in diesem Manne gesucht, die er gesprächsweise mit französischen Kaufleuten und Fischern aus den Beschreibungen verhaßter Aristokraten erfahren hatte, und die er auch in Charles vermutet hätte. So verschieden wie die französische von der englischen Hofgesellschaft war, so hatte Paul den gleichen Unterschied in Charles Blake erwartet. Er nahm an, in ihm die gleichen Manieren, das gleiche Auftreten der Adligen wiederzufinden, die ihre Tage in Versailles in müßigem Klatsch und Flirt zugebracht hatten, deren gezierte Verfeinerungen in ganz Europa nachgeäfft wurden und deren perverse Entartungen der ganzen Welt Stoff für Skandale boten.

Wie immer, sagte sich Paul, waren die Gerüchte gefärbt und übertrieben, oder aber Charles Blake war von dem Dunst des Dekadenten, der über allem Französischen lag, unberührt geblieben. Charles war noch nicht einen Tag in England, und schon hatte er alle Fäden, die mit seiner Erbschaft zu tun hatten, fest in seiner Hand, wob die Maschen enger und enger, wandte das geschickte Gewebe zu seinem besten Vorteil an. Dem Kerker kaum entronnen, noch müde von der Reise, nahm er doch seine Interessen mit einer unentwegten Entschlußkraft wahr, für die Paul nur Bewunderung empfinden konnte. Kein Zweifel, Charles Blake besaß Kühnheit und Zielbewußtsein; ob er auch die Kraft des Durchhaltens besaß, würde die Zukunft beweisen.

Nachdem Charles ihn verlassen hatte, ritt Paul, mehr aus

Ruhelosigkeit als mit einem bestimmten Ziel, nach Rye. Wie er erwartet hatte, schwirrte es in der ganzen Stadt von der Neuigkeit, Charles Blake sei zurückgekehrt. Verstimmt saß er beim Brandy im Gasthof ›The George‹ und hörte den Bemerkungen und Mutmaßungen zu, die rechts und links von ihm geäußert wurden. Diese reichten von den düstersten Prophezeiungen des endgültigen und völligen Ruins der Blakes bis zu den rosigsten Träumen ihres wirtschaftlichen Aufschwungs und Wohlstands in der Zukunft. Fast in der gleichen Minute hörte er die Meinungen, dieser verweichlichte Aristokrat Charles habe gerade noch gefehlt, um dem Besitz den Rest zu geben, oder, gerade er werde den Besitz mit dem von seiner Mutter geerbten Gelde wieder hoch und zu Wohlstand bringen. Die Ansichten wechselten, je nachdem, ob der Sprecher Jane billigte oder mißbilligte; jetzt, da sie sozusagen entthront war, bedauerten sie einige, andere wieder waren schadenfroh. Paul verfluchte ihre geschwätzigen Zungen und ärgerte sich, daß er hergekommen war, wo er doch hätte wissen müssen, was man über die Blakes reden würde.

Und, bei Gott, sie ließen ihrem Geschwätz freien Lauf. Was er still für sich dachte, sagten sie laut: Daß Jane auf alle Fälle Blakes Höhe behalten würde, war das doch von jeher ihre Absicht gewesen, und um dieses Ziel zu erreichen, gab es nur ein sicheres Mittel. Charles war unverheiratet zurückgekommen, und sie würde dafür sorgen, daß er nicht lange Junggeselle bliebe. Sie besaß weit besseren Geschäftssinn als ihre Mutter und würde niemals die Dinge, wie Anne, treiben lassen. Jane und William würden niemals Blakes Höhe verlassen.

Ein Mann neben Paul hielt seinen Becher zum Wiederauffüllen hin und sagte vertraulich: »Gar nicht so dumm von der Rothaarigen, von London daherzukommen und ihr Geld in Blakes Höhe zu stecken. Es liegt ihr nun einmal am Herzen. So oder so wird sie es an sich reißen.«

Paul wäre am liebsten aufgestanden und hätte laut verkündet, daß dem nicht so sei. Mit aller Kraft wollte er dieser Meinung widersprechen. Dazu aber war er nicht fähig, weil er selber den Zweifel nicht überwinden konnte, der ihm am Herzen nagte. Jane sagte zwar, sie liebe ihn, und er wollte ihr glauben, doch er wußte nicht, ob ihre Ergebenheit und Treue zu dem Familienideal und seiner Tradition vielleicht doch stärker war als ihre Liebe zu einem Manne. Nun war Charles heimgekehrt, der eigentliche, rechtmäßige Erbe. Charles war kein Narr, der mit sich spaßen ließ, vielmehr ein Mensch edler Abstammung und festen Charakters, ein scharfsinniger Mensch, der etwas riskierte – illusionslos, aber von einem geradezu gefährlichen Charme.

Wie viele Gläser Paul im Verlauf des Abends auch leerte, der Brandy konnte seinen Zweifel nicht auslöschen. Er mußte der größten Gefahr seines Lebens entgegentreten und wußte nicht, wie er einem schemenhaften, unangreifbaren Feind beikommen sollte.

Als er sich nach Blakes Höhe aufmachte, um seine Verabredung mit Charles einzuhalten, hatte er seine Bedenken und seine Furcht noch nicht überwunden, auch hatte er noch ein leichtes Kopfweh von dem genossenen Brandy. Er hatte Angst vor dem, was er an diesem Nachmittag sehen würde; ihm war bange, daß seine Furcht sich bestätigen würde.

Als er den Weg zur Anhöhe einschlug, sah er vor dem Tor des Hauses einen Reiter. Es war Robert Turnbull. Er war bereits abgestiegen und sprach mit William. William und der Anwalt steckten die Köpfe zusammen. Als Paul sich näherte, richtete sich Turnbull auf.

Als Paul Turnbull genau ansah, war er überrascht, den Anwalt unverändert zu finden. Es war sonderbar, von den Dingen zu wissen, die hinter der achtbaren Fassade der erfolgreichen Anwaltskanzlei in der Watchbell Street vor sich gingen, und jetzt denselben Turnbull vor sich zu sehen, der so gar nichts von diesen Dingen verriet. Er machte, wie immer, einen zuverlässigen, liebenswürdigen Eindruck und war unauffällig elegant gekleidet.

Paul sagte sich, lieber würde er die ›Delphin‹ für Robert Turnbull persönlich ohne die Verbindung über seinen Bruder kommandieren. In dieser Gesinnung erwiderte er freundlich Turnbulls Gruß.

Dann wandte er sich zu William: »Wie geht's, mein Junge? Was machen George und Washington?«

»Denen geht's gut«, antwortete William voll Eifer. Doch in Wirklichkeit dachte er an etwas viel Aufregenderes. »Mein Vetter Charles ist zurückgekommen«, sagte er. »In einem Sarg haben sie ihn aus dem Gefängnis geschmuggelt. Er ist den Franzosen entwischt.«

»Ja, ich habe es schon gehört.«

»Jetzt wird er hier bei uns bleiben«, fuhr William fort. »Mit Jane und mir wird er hier wohnen. Jane sagte, Blakes Höhe gehört eigentlich ihm, aber wir können trotzdem hier bleiben. Und Charles hat mich heute morgen mitreiten lassen. Ganz weit, bis zum Schloß Saltwood sind wir geritten. Wie mein Vetter Charles reiten kann! So was habe ich noch nie gesehen.«

Wieder stieg in Paul ein unbehagliches Gefühl der Sorge auf, als er in dem Gesicht des Knaben diese helle Begeisterung aufleuchten sah.

2. Kapitel

Große Veränderungen waren seit Pauls letztem Besuch auf Blakes Höhe vor sich gegangen. Das spürte Paul, als er Turnbull in Spencers altes Wohnzimmer folgte. Dieses Zimmer hatte Jane in Ordnung gebracht, doch sie hatte aus diesem Raum nicht die Atmosphäre eines Herrenzimmers bannen können, die Spencer ihm gegeben hatte. Nun war Charles gekommen und hatte diesem Zimmer in einer unaufdringlichen, kaum merkbaren Weise seine Persönlichkeit aufgeprägt. Wer von jetzt an Herr im Hause sein würde, darüber gab es keinen Zweifel.

Pauls Augen suchten sogleich Jane. Das verbundene Bein auf einen Schemel gelegt, saß sie in einem hohen Lehnstuhl. Forschend betrachtete er sie, und auch ihr Gesicht zeigte eine Veränderung; Jane war sich ihrer selbst nicht sicher. Sie war sich über Charles unschlüssig und ging in allem sehr behutsam vor. Paul bemerkte allerdings auch, daß seine Gegenwart ihr nicht zum Troste zu gereichen oder ihr Schutz zu versprechen schien. Zwar lächelte sie ihm zu, doch es war ein kurzes, nichtssagendes Lächeln. Es war ihre erste Begegnung seit der Nacht, als sie zusammen am Strand von Barham gestanden hatten, doch nach dem verhaltenen Blick zu urteilen, mit dem sie ihn begrüßte, hatte jenes Zusammensein wenig für sie bedeutet. Verlegen faßte sie nach den Locken, die ihre Stirn bedeckten. Unter ihrem Haar verbarg sie wohl auf diese Weise die Wunde, von der Charles ihm erzählt hatte. Sie sah bleich aus, ihr Körper schien angegriffen zu sein. Paul ging zu ihr hin, um sich neben sie zu setzen, doch Turnbull hatte sie bereits in ein Gespräch verwickelt. Entmutigt blieb Paul stehen.

Als Charles hereintrat, sahen ihn alle erwartungsvoll an. Er begrüßte sie mit leiser Stimme und schenkte Paul und Turnbull Wein ein. Jane lehnte ab, und auch Charles trank nicht. Trotz Janes Anwesenheit konnte Paul seine Blicke nicht von der schlanken Gestalt in dem fadenscheinigen Rock wenden. Mit gespreizten Beinen stand Charles vor dem Kamin. Ohne Umschweife kam er zur Sache.

Morgen, sagte er, werde er sich nach London begeben und mit der Königsperle als Sicherheit eine Anleihe aufnehmen. Er werde einen möglichst hohen Betrag zu erzielen suchen und dem Glück vertrauen, sie wieder auslösen zu können, ehe die Perle als Pfand verfallen war.

»Ich stimme mit Jane überein«, sagte er und sah einem nach dem andern voll ins Gesicht, »wenn die Perle veräußert werden muß, dann muß es eben geschehen, denn sie ist viel mehr wert, als für die Aufrechterhaltung von Blakes Höhe erforderlich ist.«

Dann besprachen sie eingehend, wie sie das Geld anwenden würden. Paul sollte den Ankauf der ›Delphin‹ mit dem Schiffsbauer in Folkestone vermitteln, Charles aber sollte der alleinige Eigentümer sein. Alle vier sollten zu gleichen Teilen für den Ankauf der Ladung aufkommen, Charles aber, als Eigentümer, sollten zwei Fünftel des Ertrages zufallen.

Jane, die bisher geschwiegen hatte, sagte: »Ich werde selbstverständlich dann sogleich beginnen, aus meinem Gewinnanteil Robert meine Schuld zurückzuzahlen. Charles dürfte es wohl vorziehen, nach und nach Blakes Höhe wieder instand zu setzen, während Roberts Geld anderweitig Verwendung finden kann . . .«

Turnbull unterbrach sie: »Mit Zinsen. Habt Ihr nicht die Zinsen vergessen?«

Mit hochgezogenen Brauen blickte Charles zu ihm hin.

Rasch gab ihm Jane ein Zeichen. »Dies ist nur ein Scherz. Es war ausgemacht, daß ich Robert jeden Frühling die erste Rose aus dem Garten geben würde, bis die Schuld beglichen ist.«

Während sie dies sagte, vermied sie es, Paul anzusehen.

Charles gestand lächelnd: »An Roberts Stelle würde ich allerdings auch auf einer derartigen Zinszahlung bestehen.«

Unruhig rückte Paul auf seinem Stuhl hin und her.

»Und die ›Delphin‹ . . .?« Seine Worte klangen scharf.

»Ja?« Aller Augen waren auf ihn gerichtet.

In Gedanken trommelte er mit den Fingern, als sei er sich über seine Ansicht noch nicht völlig im klaren, als habe er überstürzt gesprochen. Alle warteten, was er sagen würde. Er runzelte die Stirn. »Nach allem, was ich über den Wert der Perle gehört habe, dürfte sie mehr bringen, als für den Ankauf der ›Delphin‹ erforderlich ist. Für uns alle ist der Anteil an der Ladung, der einzelne Beitrag, kleiner und der Profit entsprechend geringer.« Jetzt blickte er Charles voll ins Gesicht. »Warum also verwenden wir den Rest des Geldes nicht, um ein zweites Schiff zu kaufen oder zu chartern? Ihr könnt Blakes Höhe nicht über Nacht in seine alte Herrlichkeit zurückverwandeln, inzwischen aber kann das Geld den fünffachen Betrag Eurer Anlage einbringen.«

Turnbull rief aus: »Fletcher hat ganz recht. Da Ihr schon eine Anleihe auf die Perle aufnehmt, müßt Ihr einen möglichst hohen Betrag herausholen und das geborgte Geld für Euch arbeiten lassen.«

Charles gab ihnen ein Zeichen, zu schweigen. »Ich habe bereits weitere Pläne, wie das übrige Geld arbeiten soll. Im Augenblick habe ich nicht vor, für Blakes Höhe viel Geld aufzuwenden. Ich kann nicht einmal mit Bestimmtheit sagen, ob letzten Endes für Blakes Höhe überhaupt etwas aufgewendet wird.«

»Weitere Pläne?« Es war Jane, die sprach. Schwer entrangen sich ihr die Worte. Sie wollte Charles nicht des näheren befragen, doch seine abweisende Bemerkung über Blakes Höhe hatte sie sehr geschmerzt. Ein feuriges Rot überzog ihre Wangen. Paul konnte den Anblick kaum ertragen. Er fühlte, wie Jane litt.

Charles nickte. »Es handelt sich um eine Privatangelegenheit.« Dann blickte er wieder zu Jane hin, und plötzlich klatschte er in die Hände. »Ah, mon Dieu, warum soll ich denn meine Freunde hier nicht in meine Privatangelegenheit einweihen? Ich vergesse ganz, ich bin ja frei und in England! Weiß ich doch, daß ich offen mit euch sprechen kann und daß ihr mein Vertrauen würdigen werdet.«

Alle nickten ihm bejahend zu, auch Jane. Doch ihre

Hände verkrampften sich in der Lehne des Sessels, während sie gespannt darauf wartete, was Charles nunmehr sagen würde.

Charles verschränkte die Arme auf dem Rücken. »Es erfordert weniger Geld, einen kräftigen Mann dem Kerker zu entreißen als eine kranke Frau. Ich werde jeden Penny, dessen ich habhaft werden kann, benötigen; Gold, um das Stillschweigen vieler, nicht nur einiger, zu erkaufen, Gold und wieder Gold, um die Hilfe und Unterstützung zu gewinnen, die sie braucht, um einen sicheren Hafen zu erreichen. Sie kann nicht gehen oder fliehen oder, wie ein Mann, im Freien übernachten, noch kann sie in einem Sarg aus dem Gefängnis ›La Force‹ geschafft werden.« Jane war totenbleich geworden. »Wer denn? Von wem sprichst du?« flüsterte sie.

»Ihr Name ist Louise de Montignot. Sie ist die Witwe des Mannes, der mein bester Freund war, Philippe de Montignot, Comte de Labrit. Vor einem Jahre endete er durch die Guillotine, und Louise wurde ins Gefängnis ›La Force‹ geworfen.«

Schweigend hörten alle zu. Ihre Augen waren wie gebannt auf Charles gerichtet. In seinem harten, gespannten Gesicht mit den hervorstehenden Backenknochen glühten jetzt die Augen vor Erregung und Zorn.

»Philippe war mit mir in ›La Force‹ eingekerkert. Ehe er hingerichtet wurde, erfuhr er noch, daß auch Louise angeklagt und ins Gefängnis geworfen worden war. Ich habe ihm geschworen, solange noch ein Lebensfunke in mir glüht, würde ich alles daransetzen, ihr zu Hilfe zu kommen und ihr in jeder Weise beizustehen. An dieses Versprechen fühle ich mich gebunden. Sie ist noch am Leben, und ich muß und werde soviel Gold nach Frankreich senden, bis es mir gelingt, sie aus der Gefangenschaft zu erlösen.«

»Besteht diese Möglichkeit?« fragte Paul.

»Der Gefängniswärter ist menschlich, und wie die meisten Menschen ist er auch geldgierig. Wenn die Gefahr der Entdeckung für ihn nicht allzu groß ist, kann er möglicherweise – wie in meinem Fall auch – bestochen werden. Dann aber fangen die Schwierigkeiten erst an. Für eine kranke Frau ist die Reise beschwerlich. Auch würde sie überall auffallen. Es müssen Möglichkeiten für sie geschaffen werden, unterwegs zu rasten, auch muß ein Reisebegleiter für sie gefunden werden. Zwar habe ich noch Freunde in Paris, doch alles erfordert Zeit, und die Gefahr der Entdekkung ist groß, für Louise und für meine Freunde.«

»Und falls ihr die Flucht gelingt, was dann?« fragte Jane mit verkniffenen Lippen.

»Was dann?« wiederholte Charles ihre Frage. »Dann kommt sie hierher, zu uns auf Blakes Höhe.«

Jane hatte es als Erleichterung empfunden, daß sich die Besprechung zwischen Charles, Paul und Robert bis zum Abendessen hinzog. Ohne recht hinzuhören, hatte sie das Gespräch über sich ergehen lassen. Sie verfolgte nur ihre eigenen Gedanken – Gedanken, die immer wieder um Charles' Worte kreisten, er würde Louise de Montignot nach Blakes Höhe bringen. Während die drei Männer herzhaft zu Abend speisten, besprachen sie alle Einzelheiten, wie die Schmuggelfahrten der ›Delphin‹ zu planen seien. Da mehr Geld zur Verfügung stehen würde, war mit größeren Ladungen und Trägerkolonnen, mehr Fourieren, größeren Bestechungssummen und daher besseren Schutzmaßnahmen zu rechnen. Die Stimmung gegenseitigen Vertrauens nahm immer mehr zu. Jeder von ihnen machte Vorschläge, gelegentlich widersprach auch einer dem andern, doch letzten Endes überließen sie alles Pauls Entscheidung. In ihrer Verwirrung schien es Jane, als würden auf ihren zukünftigen Erfolg viele Trinksprüche ausgebracht, denen sie sich anschloß, wobei sie die Worte mechanisch nachsprach. Aus irgendeinem Grunde waren Kates Kochkünste an diesem

Abend erträglicher. Entweder hatte Charles' Gegenwart sie zu besonderen Bemühungen angefeuert, oder sie war verängstigt und hatte sich Patricks wiederholte abfällige Bemerkungen zu Herzen genommen. Das feinste Porzellan, Glas- und Silbergeschirr schmückte die Tafel, und Annes schönstes Linnen lag auf. Sogar einige Rosen hatte Patrick von dem Verandastrauch gepflückt und eine silberne Schale in der Mitte des Tisches damit gefüllt. In den Anblick all dieser Herrlichkeiten versunken, fragte sich Jane, wie viele Jahre es wohl her sein mochte, daß Blakes Höhe einen so festlichen Abend erlebt hatte.

Nach dem Abendessen begaben sie sich in das Gesellschaftszimmer. Patrick hatte im Kamin ein kleines Feuer angezündet, um das Zimmer heimelig zu machen. Auch er ging auf die heitere Stimmung des Abends ein; er sagte sich, die Pläne, die die drei Männer in solch gute Laune versetzten, könnten für Jane und William nur Gutes bedeuten. Er stellte Brandy und Gläser auf den Tisch, während es diesmal Paul war, der Jane aus dem Sessel half und sie an den Kamin trug. Robert folgte ihnen mit dem Schemel. Die Brandygläser wurden gefüllt, und wieder brachte man einen Trinkspruch aus. Jane mußte sich zwingen, ihn zu erwidern.

Charles war vorher nur einmal kurz in diesem Zimmer gewesen, hatte sich aber nur flüchtig darin umgesehen. Jetzt aber nahm er sich Zeit; sein Glas in der Hand haltend, ging er von Gemälde zu Gemälde und betrachtete genau das kostbare Porzellan in der Vitrine. Er öffnete das Spinett, schlug ein paar Tasten an und schauderte bei dem verstimmten Klang. Dann stellte er sich wieder an den Kamin. Jane sah, wie er aufmerksam den Teppich betrachtete. Er mußte ihren Blick gefühlt haben, denn er wandte sich zu ihr um.

»Aubusson«, murmelte er und deutete auf den Teppich. »Sehr wertvoll. Schade, daß der Rand so schadhaft ist.«

»Könnte er ausgebessert werden?« fragte sie.

»Wahrscheinlich, doch es ist fraglich, ob es sich lohnt.«

Jane blickte weg und starrte ins Feuer. Seine Worte taten ihr weh, denn sie wußte, was sie bedeuteten. Sie fühlte, wie ihr Tränen emporquollen, und konnte dem Gespräch nicht mehr folgen. Dieses Zimmer war ihr lieb und vertraut geworden. Immer wieder freute sie sich über die schönen Farben des eingelegten Holzes, die herrliche Goldmalerei auf dem Porzellan und über das Gewebe des weichen Teppichs. Sie selber hatte ja dieses Zimmer wieder zum Leben erweckt. Charles jedoch schien es gleichgültig zu sein, ob es weiterhin am Leben erhalten oder unter Staub und Moder verfallen würde. Die Augen halb geschlossen, ließ sie müde den Kopf sinken. Auf einmal fühlte sie ein starkes Fiebern und Pochen im Knöchel.

Endlich verabschiedeten sich Paul und Robert und wünschten ihr in heiterster Stimmung gute Nacht; sie hatten allen Grund, mit diesem Abend mehr als zufrieden zu sein. Pauls Gesicht hatte sich im Laufe des Abends verändert. Die mürrische Unzufriedenheit und das Mißtrauen waren gewichen. Er fühlte, daß er die ›Delphin‹ wieder fest in seiner Gewalt hatte. Wie auf Jane, so hatte auch auf ihn die Mitteilung, daß Charles Louise de Montignot nach Blakes Höhe bringen würde, falls sie England erreichte, starken Eindruck gemacht.

Auf keinen Fall wollte Jane mit Charles noch allein aufbleiben. Sie sehnte sich nach ihrem Bett und dem Alleinsein. Als sie aufblickte, merkte sie, daß Charles sie nachdenklich ansah.

»Paul . . .«, sagte er sanft, »ist er dein Liebhaber?«

Sie nickte. Warum sollte sie es leugnen? Offenbar wußte oder ahnte Charles, wie alles auf Blakes Höhe stand. »Ja, er ist mein Geliebter.«

»Warum habt ihr nicht geheiratet? Er will dich doch heiraten, nicht wahr?«

»Das weiß ich nicht. Wir haben nie darüber gesprochen.«

»Du willst doch sagen, daß du ihm nicht erlaubst, davon zu sprechen, Jane. Ich sehe es einem Mann an, wenn er verliebt ist. Paul Fletcher hat schon manche Frau sitzenlassen, aber dich würde er morgen heiraten. Ihr teilt alles andere, warum nicht auch euer Leben?«

»Paul nimmt keinen Anteil an Blakes Höhe. Sobald er genügend Geld beisammen hat, geht er nach Westindien.«

»Und er möchte, daß du mit ihm gehst?«

»Ja.«

»Doch du, Jane, willst hier auf Blakes Höhe bleiben. Und du willst, daß auch er hier bleibt? Du willst beides haben, Paul und Blakes Höhe. Du träumst davon, es wieder so zu sehen, wie es einstens war – und Paul zu deinen Füßen. Das ist doch dein höchster Wunsch.«

»Das habe ich nicht behauptet. Warum verdrehst du alles?«

Charles deutete auf die Gemälde an den Wänden. »Du bist nach hundert Jahren mal wieder eine echte Blake, charaktervoll und entschlossen, alles für dieses Haus und sein Geschlecht zu tun. Allerdings, vielleicht zerstörst du dabei dein eigenes Leben, doch das betrachtest du nicht als Zerstörung. Du siehst es ganz anders.«

Jane schwieg. Charles ging im Zimmer auf und ab. Plötzlich drehte er sich um und sagte eindringlich:

»Da aber kam ich zurück, Jane, und jetzt glaubst du, dein Traum sei ausgeträumt. Ich bin ein Eindringling«, er deutete auf die Bildnisse der Blakes, »und für die da nicht so tauglich wie du. Nun, das bin ich auch nicht, und für Blakes Höhe ist es ein Unglück, daß ich nicht gestorben bin, wie man bereits angenommen hatte. Daran denkst du, Jane, und du hast recht. Nun hast du mich sagen hören, daß ich Louise hierher bringen werde, und du bist der Ansicht, zwei Herrinnen seien zuviel für dieses Haus.«

Auf einmal breitete er die Hände aus, als wolle er all diese Gedanken verscheuchen. »Nun, Jane, das Schicksal will es vielleicht, daß Blakes Höhe dir gehören soll, und ich glaube, eines Tages wird es dir auch tatsächlich zufallen. Doch sieh dich vor, daß du dabei nicht dein Glück, deine Jugend und Paul Fletcher einbüßt!«

Sie fühlte, wie das Zimmer um sie zu kreisen begann. Das Blut schien aus ihrem Körper zu weichen, und sie hatte nicht mehr die Kraft oder den Willen, Charles zu widersprechen. Sie preßte die Lippen fest aufeinander und vermochte die Tränen, die ihr über die Wangen liefen, nicht zurückzuhalten. Doch ihr Stolz verbot ihr, sie wegzuwischen.

3. Kapitel

Fast zwei Wochen war Charles nun schon in London, doch die Veränderung, die das Leben auf Blakes Höhe durch seine Ankunft erfahren hatte, blieb spürbar. Janes Anweisungen wurden zwar nach wie vor entgegengenommen und genauestens ausgeführt, doch jedermann war sich bewußt, daß tiefgreifende Änderungen bevorstanden. Janes Herrschaft auf Blakes Höhe ging ihrem Ende entgegen.

Ihr Knöchel war noch immer fest bandagiert, so daß sie untätig, ihren sorgenvollen Gedanken ausgeliefert, im Garten sitzen mußte. Die Zeit wurde ihr endlos lang. Sie sehnte sich danach, auf Blonde Bess durchs Moor zu reiten und Ängste und Sorgen abzuschütteln. Die Hitze wurde unerträglich. Wiesen und Felder dürsteten unter der Glut der Sonne, die Kletterrosen welkten und verloren ihr leuchtendes Rot. Jane fand keine Ruhe. Sie mußte ständig an Charles denken.

Während dieser Zeit ritt Robert Turnbull einige Male nach Blakes Höhe. Nie erwähnte er ihr letztes Zusammensein, als sie im Gasthof ›Zum Wollballen‹ in Folkestone gespeist hatten. Ungezwungen sprach er über die beabsichtigten Fahrten der ›Delphin‹, über Charles' Rückkehr und die Einzelheiten seiner Flucht. Angesichts seiner unveränderten Gelassenheit fragte sich Jane, ob er sie an jenem Abend beim Abschied wirklich so leidenschaftlich geküßt hatte. War auch seinen Worten nichts zu entnehmen, so gab es doch andere Anzeichen, daß sich ihr Verhältnis zueinander gewandelt hatte. Eine gewisse Zurückhaltung, eine Art Befangenheit war zu bemerken. Von neuem empfand Jane den Altersunterschied zwischen sich und Robert. Jetzt sah sie ihn wieder als den Mann, der ihre Mutter geliebt hatte und nun im Gedenken an sie der Tochter Güte und Freundschaft entgegenbrachte. Nie wieder würde er sie küssen, das wußte Jane.

Doch Robert gegenüber konnte sie sich wenigstens über Louise de Montignot aussprechen und ihr Herz etwas erleichtern. Unablässig grübelte sie über Charles' Absicht nach, Louise hierher zu bringen, und über seine Äußerung, sie, Jane, werde am Ende Herrin auf Blakes Höhe sein. Auch Robert konnte keine Antwort auf ihre quälenden Fragen finden; Louise de Montignot saß noch immer in ›La Force‹, und Robert hielt es für möglich, daß sie niemals ihre Freiheit wiedererlangen würde. Auch Paul erschien auf Blakes Höhe, aber verstohlen, bei Nacht. Er war in prächtiger Stimmung, draufgängerisch und siegesgewiß. Charles' Abwesenheit war ihm gerade recht. Am liebsten wäre es ihm gewesen, wenn Charles nie mehr aus London zurückkommen würde. Außerdem hatte die ›Delphin‹ in den letzten vierzehn Tagen zwei Fahrten nach Vlissingen unternommen und war schon wieder dorthin unterwegs. Von Zollfahndern unbehelligt, war alles glatt abgelaufen und die große wertvolle Ladung in Sicherheit gebracht. In den hellen Sommernächten wagten nur wenige Schmuggelschiffe die Überfahrt von Frankreich oder Holland, und Paul hatte daher genügend Männer als Besatzung für die ›Delphin‹ und als Träger an Land zur Verfügung. Bei seinem zweiten Besuch brachte er Jane zweihundert Guineen in Gold mit. Der Lederbeutel lag schwer in ihrem Schoß, während sie dasaß und Paul zuhörte.

Er ging im Zimmer auf und ab, jede seiner Bewegungen verriet ungeduldige Erregung. »Da kannst du sehen, Jane«, rief er und zeigte auf den Beutel in ihrem Schoß. »Siehst du's jetzt . . . und das ist erst der Anfang. Von jetzt an werden wir Reingewinne erzielen und immer wieder Reingewinne. Noch ein paar Monate, und wir könnten nach Westindien aufbrechen.« Sein Gesicht verdüsterte sich. »Das heißt, wenn wir den Gewinn nicht mit Charles und Turnbull teilen müßten, würde es für uns bereits reichen. Na ja, ein Gutes hat diese Abmachung, man kann mir die ›Delphin‹ nicht wegschnappen. Nicht einmal mein Bruder James.«

Er beruhigte sich etwas und seine Stimme klang nun weniger erregt. Er ließ sich zu Janes Füßen nieder, lehnte seinen Kopf an ihren Stuhl, nahm ihre Hand und drückte sie zart an seine Lippen, seine Wangen. Voll unerfüllter Sehnsucht sprach er immer wieder von Westindien und versuchte, ihr den Frieden der Morgenstimmung an der Küste auszumalen und die in europäischen Breiten unbekannte Gewalt eines Tropengewitters. Leise berührten ihre Finger sein Gesicht – er schwärmte weiter. Meistens sprach er ruhig, der friedlichen Atmosphäre gemäß, die ihn hier bei Jane umgab. Nur einmal flammte seine Sehnsucht unbezwingbar auf und steigerte sich zu verzweifelter Wut im Gedanken an die ungenutzt dahingehenden Tage und Wochen. Es war ein leidenschaftliches Aufbegehren, daß seine Liebe unerfüllt blieb.

»Verflucht, wozu bin ich eigentlich noch hier, wenn ich in meinem ersehnten Westindien sein könnte, dort, wo ich sein möchte! Wozu dieses Geldanhäufen, wenn es mir doch nicht gelingt, meine Wünsche zu erfüllen? Manchmal kommt es mir wie Wahnsinn vor, daß ich mich mit dem jetzigen Leben abfinde, dich nur selten und in aller Heimlichkeit sehe und mir das Zusammensein mit dem einzigen Menschen, der mir etwas bedeutet, versage. Ja, das ist doch der helle Wahnsinn!«

Verzweifelt blickte er zu Jane auf. »Ohne dich ist mir aller Reichtum wertlos, ein Nichts – das weißt du doch, Jane. Ich liebe dich – ich liebe dich rasend, mit jeder Faser, als sei ich ein Jüngling, der zum ersten Male verliebt ist. Ich liebe dich innig, bete dich an; selbst wenn du Fehler hättest – ich kann sie nicht mehr sehen. Ich bin es, der so spricht, ich, Paul Fletcher, sage einer Frau Worte, die ich aus meinem Munde nie für möglich gehalten hätte. Kannst du die Qualen einer solchen Liebe nachempfinden? In die ganze Welt möchte ich mein Glück hinausschreien, und doch muß ich schweigen. Werde meine Frau, Jane! Wir wollen heiraten. Bald – so schnell wie möglich!«

»Heiraten ...?«

»Ja, heiraten! Findest du das so sonderbar? Du liebst mich doch, Jane? Deshalb sind wir doch hier beieinander, nicht wahr?«

Die Angst, ihn zu verlieren, stieg plötzlich in ihr auf und sie neigte ihr Gesicht zu dem seinen. »Oh, Paul ... mein Geliebter!« Ihre Stimme zitterte. »Ja, ich liebe dich, und das weißt du doch auch. Würdest du mich verlassen ...« Der Gedanke überwältigte sie. »Ohne dich wäre mein Leben unerfüllt, sinnlos. Eine Finsternis ...« Gequält schloß sie die Augen. »Niemals darfst du mich verlassen, Paul! Ohne dich ist die Welt für mich öde und leer. Nirgends Geborgenheit, nirgends Vertrauen – keine Liebe.«

In seligem Taumel umschloß er ihre Hände. »Dann laß uns von hier fortgehen! Warum sollen wir noch warten? Wenn wir nichts anderes ersehnen, als beieinander zu sein, warum noch Zeit verlieren? In London erfahren wir, aus welchem Hafen das nächste Schiff nach Westindien segelt. Wenn du willst, können wir William mitnehmen. Wir könnten endlich vereint sein – vereint und frei!«

»So bald schon . . .?«

»Warum nicht? Was hält uns noch hier? Der Wunsch, noch mehr Geld zu verdienen? Nun, wir sind keine Bettler mehr. Warum bleiben wir noch hier und sehen zu, wie uns die Goldstücke in die Tasche rollen, ohne daß wir etwas damit anfangen. Wenn man jung ist, bedeutet die Zeit nutzen mehr als Geld. Laß uns das Leben in Westindien beginnen, Jane!«

»Ich zögere nicht wegen des Geldes . . .« Jane sprach nicht weiter. Sie brachte es nicht übers Herz, ihm den wahren Grund zu sagen. Auf der einen Seite stand sein flehentliches Drängen, seine Liebe, ihr eigenes Verlangen, ihn zu besitzen – auf der anderen Seite der geheime Herzenswunsch, von dem sie nicht sprechen konnte. Doch er wußte um diesen Wunsch, ohne daß sie ihn aussprach.

»Ich kann es nicht glauben«, sagte er langsam. »Ich kann es einfach nicht glauben . . . Und doch ist es so offensichtlich, daß ein Blinder es sehen muß. Dein Wunsch steht immer noch nach Blakes Höhe, du wiegst dich noch immer in einer sinnlosen Hoffnung, Blakes Höhe werde eines Tages dir gehören. Du bist von dieser Hoffnung besessen, nicht wahr? Was, in Gottes Namen . . .? Was bietet dir Blakes Höhe denn so Einmaliges, daß du es nicht aufgeben kannst?«

Verzweifelt wehrte sie ab. »Ja, für mich ist es verloren, jetzt, da Charles zurückgekehrt ist.«

Er stieß ihre Hände zurück, die ihn umklammern wollten und sprang auf. »Doch – es gibt eine Möglichkeit. Wenn du Charles heiratest, gehört Blakes Höhe dir. Wartest du etwa darauf? Ist das vielleicht der Grund, nicht mit mir fortzugehen? Wartest du nur darauf, daß Louise de Montignot stirbt und dir nicht mehr im Wege ist?«

Zitternd erhob sie sich. Vor Schwäche mußte sie sich auf die Lehne stützen. Zaghaft streckte sie ihm die Hand entgegen, doch angesichts seiner Erbitterung ließ Jane sie wieder sinken.

»Nein . . . nein, das ist nicht wahr! Dich liebe ich, Paul, dich – dich allein!«

Er wandte sich zur Tür. »Ein Mann, der liebt, ist voller Ungeduld, Jane. Ich will nicht länger warten, denn es lohnt sich nicht mehr, dich zu besitzen, wenn noch mehr Zeit vergeht. Ich will deine Liebe, eine Liebe, die mir uneingeschränkt und willig gewährt wird, ohne Hintergedanken. Ganz will ich dich besitzen – oder nichts!«

Ohne ein weiteres Wort ging er von ihr. Sie sank auf den Schemel vor dem Kamin. Sie fühlte sich verloren, der Reue ausgeliefert, daß sie nicht alles hintangestellt hatte, nicht mit ihm gegangen war, noch heute nacht, wenn er es verlangt hätte. Was ließ sie nur zögern, dieses Haus zu verlassen, in dem doch eine andere Frau als Herrin ihren Einzug halten würde? Welche geheimnisvolle Macht ging von diesem Hause, dieser Familie aus, der sie sich nicht entziehen konnte? Gab es für sie keinen Frieden, kein Entrinnen . . .? Wohin war die Seligkeit ihrer Liebesstunden entschwunden?

Charles' Rückkehr hatte sich in diesen Wochen weit über Rye hinaus herumgesprochen. Von Robert und Paul erfuhr Jane, was die Leute darüber sprachen, doch sie konnte sich, obwohl beide Männer darüber schwiegen, den Klatsch und die Vermutungen vorstellen, die sich mit ihrer eigenen und Williams Zukunft befaßten. Dachte sie an die Damen des Landadels, die sich geweigert hatten, sie auf Blakes Höhe zu besuchen, konnte sie sich ungefähr ausmalen, was diese Damen jetzt zu sagen hatten.

Robert brachte ihr auch die Zeitung von Dover, die einen Bericht über Charles' Empfang beim Prinzen von Wales enthielt. Der Prinz war zwar nicht beliebt, doch als Mitglied des königlichen Hauses geachtet. Nahm der Wahnsinn seines Vaters schlimmere Formen an, würde ihm die Regentschaft übertragen werden. Der Zeitungsbericht beschäftigte sich hauptsächlich mit Charles, obwohl noch eine Reihe von Gästen außer ihm geladen waren. Beim Lesen dachte Jane daran, mit welcher Schadenfreude die Leute im Marschenland diese Nachricht aufnehmen würden.

Charles war erst kurze Zeit in England und schon verkehrte er intim mit den Spitzen des Adels. In einem Wutanfall warf Jane die Zeitung zu Boden. Durch Charles würden die Blakes ihre frühere machtvolle und geachtete Stellung im Marschenland wiedergewinnen, doch sie, Jane, würde keinen Anteil daran haben.

Als Charles aus London zurückkam, rührte sich neues Leben im Hause, doch in einer anderen Weise als bei Janes Ankunft auf Blakes Höhe. Er ritt ein edles Rassepferd; sein Anzug stammte vom besten Londoner Schneider und seine Satteltaschen waren mit Gold gefüllt. Schon am nächsten Tag wurden Zimmerleute und Maurer bestellt. Blakes Höhe hallte wider vom Hämmern und Sägen und von geschäftigen Stimmen. Ein Pferdebursche und ein Gärtner wurden neu eingestellt, und aus London kam ein Mann, um das Spinett zu stimmen. Jedermann im Hause verfolgte diese Neuerungen und führte sie bewundernd auf Charles' Tatkraft zurück. In diesem Stil war es früher auf Blakes Höhe zugegangen, und so war es angemessen und richtig; jedermann verstand und billigte Charles' Auftreten.

Nur mit einem war niemand einverstanden, obwohl keiner wagte, sein Mißfallen offen vor Charles auszusprechen. In London hatte er einen Franzosen namens Henri in seine Dienste genommen, und er erklärte Patrick und Kate, daß es in Zukunft Henris Aufgabe sei, die Mahlzeiten zu bereiten. Die Küche sollte von jetzt an Henri allein unterstehen.

Patrick sollte auch weiterhin bei Tisch bedienen und Kate die übrige Hausarbeit tun. Ein junges Mädchen aus Appledore sollte Kate und Henri zur Hand gehen. Henris Ankunft machte Patrick und Kate auf einmal zu Bundesgenossen; sie beide verabscheuten den kleinen betriebsamen Franzosen von ganzem Herzen. Henri sprach kaum ein Wort Englisch, und in der Küche herrschte ein ständiges Durcheinander, weil es immer wieder Mißverständnisse gab. Als Patrick sich schließlich beschwerte, wies ihn Charles ab.

»Ihr müßt sehen, wie ihr zurechtkommt. Macht eure Streitereien in der Küche ab und laßt Miß Jane und mich unbehelligt.«

»Wir hätten schon einen Koch finden können«, sagte Jane mißmutig. »Selbst wenn es einer aus London hätte sein müssen. Aber dieser Henri . . .«

Auch diesen Vorwurf wies Charles zurück. »Warum soll ich mich den fragwürdigen Manipulationen eines englischen Kochs aussetzen, wenn ich einen der besten französischen Küchenchefs haben kann? Ich habe Henri in London getroffen; er war gerade in England gelandet, infolge der Revolution hat er all sein Geld verloren. Früher war er Koch beim Comte de Barzac. Er beging das Verbrechen, seinem Herrn die Treue zu halten. Ich hatte großes Glück, daß ich ihn gefunden habe – ich hatte oft Gelegenheit, seine Kochkünste zu bewundern.«

Und so kam es, daß ein Ausländer in der Küche auf Blakes Höhe seine Tyrannenherrschaft errichtete. Für Patrick und Kate gab es keine ruhige Minute mehr, doch – das mußte selbst Jane zugeben – die Mahlzeiten waren ausgezeichnet zubereitet und schmeckten köstlich. Wahrscheinlich waren auch die Rechnungen für Lebensmittel entsprechend hoch. Etliche Male in der Woche ließ Henri erlesenste Fische, Fleisch und Wildbret für seine Kochtöpfe herbeischaffen, manchmal sogar von Dover. Für Janes Gemüsebeete und ihren Gewürzgarten zeigte er nur Verachtung und erklärte alles für völlig unzureichend. Ein Wink von Charles genügte, und schon hatte Henri die Erlaubnis, alles was er für nötig hielt, anpflanzen zu lassen.

Über diese Veränderung erging sich Robert Turnbull in sarkastischen Bemerkungen. »Seht Ihr jetzt, Jane, was die Königsperle alles vermag? Blakes Höhe wird sich vor unseren Augen noch in ein Klein-Versailles verwandeln. Ich möchte nur wissen«, fügte er hinzu, »was von alldem Charles wirklich bezahlt hat. Vielleicht entpuppt er sich letzten Endes als ein Blake, wie es ihn noch nie gegeben hat.«

Da Robert keine Fragen stellte, was die Königsperle eingebracht hatte, wagte es auch Jane nicht, Charles danach zu fragen. Charles gab ihr lediglich zu verstehen, daß die Perle einen sehr guten Erlös gebracht habe. Alle übrigen Einzelheiten schienen ihn zu langweilen.

Aber auch an Jane hatte Charles bei seinem Aufenthalt in London gedacht. Gleich am ersten Abend nach seiner Rückkehr schickte er Patrick in sein Zimmer und ließ drei Schachteln holen, die er Jane in den Schoß legte. Sie enthielten zwei Paar feine Glacéhandschuhe, blaue Seide für ein Kleid und einen breitrandigen, wunderbar garnierten Hut. Jane setzte ihn vor dem Spiegel auf und drehte sich dann zu Charles um.

»Nein, nicht so ...« Ungeduldig zog er ihr den Hut tiefer in die Stirn. »So ist's recht. Und jetzt geh durchs Zimmer und komm wieder auf mich zu.«

Gehorsam tat sie, was er ihr sagte. Als sie sich umdrehte, um auf ihn zuzugehen, schüttelte er den Kopf. »Halte dich doch gerade ... Mon Dieu, streck das Kinn nicht so vor. Du bist eine Dame, kein Grenadier.«

Sie wurde rot, riß den Hut vom Kopf und warf ihn auf einen Sessel. »Warum machst du dir überhaupt solche Mühe? Warum versuchst du, eine Dame aus mir zu machen? Wen kümmert's schon, wie mir der Hut auf dem Kopf sitzt? Und das da ...« sie deutete auf die schimmernde Seide, »ich habe Kleider in Hülle und Fülle, brauche ich da noch eins? Wo, bei welcher Gelegenheit soll ich es tragen? Wer wird mich schon darin sehen!«

»Es wird genug Leute geben, die es sehen und auch, wie schön du darin bist. An Gesellschaft, denke ich, wird es uns auf Blakes Höhe nicht fehlen.«

»Wahrscheinlich nicht«, gab sie scharf zurück. »Sie konnten ja alle in den Zeitungen lesen, daß du zu einem Empfang beim Prinzen von Wales eingeladen warst.«

Überrascht zog er die Brauen hoch. »Das wissen sie also auch schon? Nun, meinem Kredit im Marschenland kann das ja nicht schaden.«

»Erzähl mir doch davon«, bat sie. »Wie kam es, daß du eingeladen warst?«

»Kannst du dir das nicht vorstellen? London ist überlaufen von französischen Adligen, die aus Frankreich geflüchtet sind, darunter kultivierte, begabte Männer, die der Prinz bewundert. Es war keine Staatsaffäre – ganz zwanglos ging es zu.«

»Wie es auch war, für den hiesigen Landadel ist es großartig genug. Wie blöde Schafe werden sie herdenweise hier erscheinen, jetzt, wo sie wissen, daß du aus London zurück bist.«

Er schien ihren Worten keine Beachtung zu schenken. Geistesabwesend spielte er mit dem ausgefransten Rand der goldfarbenen Vorhänge und pfiff leise vor sich hin.

Janes Voraussage bestätigte sich: Schon nach ein paar Tagen rollte die erste Kutsche über die frisch geharkte Auffahrt, ein livrierter Lakai sprang ab und öffnete den Wagenschlag. Vom Fenster ihres Zimmers hatte Jane die Anfahrt beobachtet. Jetzt sah sie, wie Roger Pym ausstieg und einer Dame, deren Gesicht Jane unter einem federgeschmückten Hut nicht sehen konnte, aus der Kutsche half. Dann vernahm sie helle Stimmen: Zwei junge Mädchen stiegen ebenfalls aus.

Gleich darauf kam Kate eilends die Treppe herauf und klopfte aufgeregt an Janes Tür.

»Der Herr läßt Euch bitten, herunterzukommen, Miß Jane. Mr. und Mrs. Pym sind da und Miß Elizabeth und Miß Sarah.« »Sie haben angebissen«, sagte Jane leise vor sich hin. Und gleich darauf wütend: »Ein Fluch über diese Pyms!« Doch sie zog ein Kleid an, das ihr besonders gut stand – Anne hatte es getragen, wenn sie im Park spazierenfuhr – und bürstete sorgfältig ihr Haar, bevor sie hinunterging. Als sie eintrat, fühlte sie drei kritisch musternde Augenpaare auf sich gerichtet, nur Roger Pym sah ihr freundlich entgegen. Charles stand auf und stellte sie vor: »Dies ist meine Kusine Jane...« In Charles' Augen las sie ein stummes Kompliment, das er ihrem Aussehen zollte. Sie hoffte sich zu täuschen. Das gegenseitige Begrüßen ließ sie mit einem starren Lächeln auf den Lippen über sich ergehen. Sie zürnte sich selbst, weil es sie kränkte, daß diese Leute erst jetzt, da Charles gekommen war, auf Blakes Höhe Besuch machten. Nur Roger Pym beschenkte sie mit einem besonders strahlenden Lächeln, doch ihre Kehle war wie zugeschnürt.

Welchen Eindruck sie auf die Damen Pym machte, konnte Jane nicht erkennen. Doch die Kutsche der Pyms war nur die erste; wie Jane jetzt schon ahnte, folgten ihr im Laufe der nächsten Wochen viele andere, und immer wieder wurde sie ins Gesellschaftszimmer gerufen.

Den Pyms folgten Lady Stockton von Schloß Saltwood, Sir Anthony Burroughs von Meade House, die Berkeleys aus der Ham Street, die Wests aus Ebeney. Auch Sir James Fletcher fuhr vor. Diesmal brachte er seine Frau, Lady Alice, mit. Sie alle empfing Charles freundlich und liebenswürdig, doch mit einer gewissen Zurückhaltung. Auch weigerte er sich entschieden, Einzelheiten über seine Flucht aus Frankreich zu erzählen, und die Besucher machten sich enttäuscht, daß er ihre Neugier nicht befriedigt hatte, wieder auf den Heimweg.

Kein Besucher ließ es sich nehmen, Jane nach ihren Plänen für die Zukunft zu fragen, einige in sehr taktloser Weise, andere wiederum versuchten, durch geschickte Fragen dahinter zu kommen. Jedesmal nahm Charles ihr die Antwort ab.

»Es gibt noch viel hier zu tun. Meine Kusine Jane hat sich liebenswürdigerweise bereit erklärt, hierzubleiben und mir den Haushalt zu führen. Der Tod ihrer Mutter ... Ihr versteht, gerade jetzt brauchen wir Blakes einander.«

Wenn er dann wieder mit Jane allein war, lachte er leise vor sich hin. »Da wir sie am Reden nicht hindern können, Jane, ist es schon besser, wir legen ihnen die Worte in den Mund, ehe sie anfangen, Märchen zu verbreiten. Du hast doch nichts dagegen, daß ich dich durch meine Gegenwart kompromittiere?« Bleich vor Wut fuhr sie ihn an: »Wenn ich hier überflüssig bin, kann ich ja gleich meine Sachen packen!«

Verwundert über ihre Heftigkeit sah er sie an. Er mußte lachen. »Aber warum denn, Jane? Du bist doch hier zu Hause. Ich wäre untröstlich, wenn du fortgingst.«

Auf seinen scherzhaften Ton hin drehte sie sich um und verließ das Zimmer.

In einer Hinsicht war Charles mit dem Bezahlen pünktlich. Schon drei Tage nach seiner Rückkehr von London hatte er dem Schiffsbauer Wyatt in Folkestone den Lugger ›Delphin‹ abgekauft und die Schiffspapiere in der Hand. Von diesem Augenblick an setzte Paul verbissen und zielbewußt seine ganze Kraft ein, so viele Schmuggelfahrten wie nur möglich zu unternehmen und so schnell wie möglich Gewinne zu erzielen. Nachdem die ›Delphin‹ in Charles' Besitz übergegangen war, kam Paul zum Abendessen. In prächtiger Stimmung hob er sein Glas Jane und Charles entgegen.

»Wollt ihr mit mir anstoßen? Der Tag der Freiheit ist gekommen. Ich habe meinem Bruder gesagt, daß ich jetzt ein freier Mensch bin und keine Befehle mehr von ihm annehme.«

»Dann trinken wir auf Freiheit und Erfolg«, sagte Charles ernst, »Freiheit und Erfolg für einen jeden von uns.«

Pauls strahlender Blick ruhte auf Jane. Das erregende Gefühl, endlich frei zu sein und die Hoffnung auf eine gemeinsame Zukunft stand in seinen Augen zu lesen. Ihr Herz schlug Paul liebevoll entgegen, und begeistert wiederholte sie den Trinkspruch.

»James war natürlich außer sich«, erzählte Paul weiter. »Er erstickte fast vor Wut, als ihm klar wurde, daß er mich jetzt nicht mehr herumkommandieren kann. Ich hab' ihm natürlich nicht verraten, daß Turnbull noch immer an der Sache beteiligt ist. Das kann Turnbull ihm selber erzählen, wenn er es für richtig hält. Und er hat den Verdacht, Charles, daß Ihr hinter allem steckt. Er weiß genau, daß ich den Lugger nicht mit eigenem Gelde kaufen konnte. Eure Rückkehr trifft zeitlich auffallend genau mit meinem plötzlichen Erfolg zusammen. Jetzt braucht Ihr ihm nur noch die weitere Benutzung der Kirche als Lagerraum zu untersagen, und er weiß Bescheid.«

»Ich bin dafür«, meinte Charles nachdenklich, »wir lassen ihn für die Kirche zahlen, bis er ein neues Unternehmen aufgebaut hat. Es scheint mir nicht klug gehandelt, wenn die Blakes ihre Schmuggelware zu nahe dem eigenen Hause unterbringen. Das müssen wir uns noch überlegen.«

Nach diesem Abend sah Jane Paul nur noch selten, und fast nie waren sie allein. Sie ritt dreimal nach Old Romney, aber nie traf sie Paul zu Hause an. Sie erfuhr, daß Paul noch mehr Fahrten als gewöhnlich mit der ›Delphin‹ unternahm und zusätzlich Männer angeheuert hatte, so daß sie in Schichten eingesetzt werden konnten. Die ›Delphin‹ nutzte das schöne Sommerwetter, wo keine Stürme über dem Ärmelkanal tobten, und blieb nur so lange im Hafen, wie es unbedingt nötig war. In Vlissingen heuerte Paul ein paar holländische Matrosen an und ließ Vlissingen auch als Heimathafen der ›Delphin‹ eintragen. Ferner traf er Vereinbarungen, die ›Delphin‹ in diesem Hafen mit Trinkwasser und Lebensmitteln zu versehen. Damit vermied er die Berührung mit englischen Hafenbehörden.

Doch nicht nur Vlissingen lief die ›Delphin‹ an. Sie segelte auch nach Guernsey und Roscoff und tauchte kurz in Le Havre und Dünkirchen auf, doch diese beiden Abstecher hielt Paul vor Charles und Jane geheim. Sichtete die ›Delphin‹ einen Kutter mit dem Wimpel der Zollbehörde, dann setzte sie so viele Segel wie nur möglich und suchte unter holländischer Flagge das Weite. Paul fuhr einige Male mit nach Holland, zwar nicht als Kapitän, sondern zu dem Zweck, selbst an Ort und Stelle den Einkauf der Schmuggelware zu überwachen. War er nicht mit der ›Delphin‹ unterwegs, dann ritt er an der Küste des Marschenlandes zu den verschiedenen Plätzen, die er zum Löschen der Ware bestimmt hatte. Zum Essen kam er kaum, zum Schlafen noch seltener. Jane fiel auf, daß er abmagerte, sein Blick, der zwar nichts vom fiebrigen Glanz der Erregung einbüßte, war müde und übernächtigt.

Jetzt, da Paul so selten bei ihr war, schlichen für Jane die Tage unerträglich langsam dahin. Die Ungewißheit, wie sich die Zukunft für sie gestalten würde, lastete schwer auf ihr. Es war nicht vorauszusehen, was Charles zur Verschönerung des Hauses und zur Instandsetzung der Nebengebäude plante – Jane erfuhr erst davon, wenn die Handwerker sich an die Arbeit machten. Angesichts der vielen Werkleute, die von den umliegenden Dörfern kamen und Charles' Weisungen ausführten, kam sie sich überflüssig vor. Bald erstrahlte Blakes Höhe in neuem Glanz; auf dem Dach wurde gehämmert, in den Zimmern die verfaulte Holztäfelung entfernt, aus Dover kam ein Tapezierer und nahm Maß für neue Vorhänge im Gesellschaftszimmer. Ein Regiment Scheuerfrauen rückte auf Charles' Befehl an, um das

Speisezimmer zu säubern und instand zu setzen, das seit zwanzig Jahren nicht mehr benutzt worden war. Auch für dieses Zimmer bestellte er neue Vorhänge. Am ersten Abend, als sie in dem neu hergerichteten Zimmer speisten, empfand Jane dies alles als kalte Pracht. Die Kerzen in silbernen Haltern verbreiteten ein überhelles Licht auf der langen Tafel, an der sie und Charles, weit getrennt voneinander, saßen. Selbst die von Henri bereitete Mahlzeit hatte hier einen anderen Geschmack. Patrick ging auf leisen Sohlen einher und bediente ohne sein gewöhnliches Geplauder. Jane fröstelte es. Sie wünschte, sie säßen wieder in Spencers früherer Wohnstube.

Blakes Höhe in alter Schönheit wiedererstehen zu sehen, hätte Jane freuen müssen, doch das Herz krampfte sich ihr zusammen, wenn sie ausrechnete, wieviel Geld all diese Neuerungen verschlangen – gutes Geld, mit dem sie Land und Schafe hätten kaufen können.

Neue Pferde standen im Stall, aber keine neuen Kühe; ein Gärtner wurde eingestellt, aber kein Schäfer. Als die Rechnung für die neuen Fenster- und Bettvorhänge kam, wagte sie es, wenn auch zaghaft, gegen diesen Luxus und Aufwand Einspruch zu erheben.

Abweisend blickte Charles sie an. »Ich war so lange eingekerkert, daß ich mich jetzt mit schönen Dingen umgeben will.« Anscheinend hatte er vergessen, daß er einmal gesagt hatte, für Blakes Höhe werde er kein Geld ausgeben.

»Aber . . . aber wie soll das alles bezahlt werden?«

»Dafür laß die ›Delphin‹ sorgen, die wird's schon machen.«

Ohne Widerspruch übernahm Jane die gesellschaftlichen Pflichten, die Charles von ihr erwartete; lud er Gäste zum Essen ein, dann saß sie als Dame des Hauses an der Spitze der Tafel. Von Mal zu Mal fiel es ihr leichter, die Rolle der Hausherrin zu spielen, und kaum beherrschte sie das gesellschaftliche Zeremoniell, war sie all dessen auch schon überdrüssig. Errungenschaften, die im Salon bewundert wurden, besaß sie nicht und bald gewöhnte sie sich daran, Komplimente der Herren und die eisige Höflichkeit der Damen mit gleicher Gelassenheit als etwas Selbstverständliches entgegenzunehmen. Voller Sehnsucht dachte sie an die Zeit, da sie im Morgendämmer nach Old Romney geritten war – zu Paul, der sie voller Leidenschaft in seine Arme schloß.

Trotz ihrer ablehnenden Haltung Charles gegenüber mußte sich Jane eingestehen, daß er ein liebenswürdiger Mensch sein konnte, der viel erlebt hatte und spannend davon zu berichten wußte. Im Umgang mit ihm lernte sie vieles; er sprach von Ereignissen und geistigen Strömungen, von denen sie noch nie etwas gehört hatte, und als sie merkte, daß er sie wegen ihrer Unwissenheit nicht verachtete, wagte sie auch, Fragen zu stellen und sich belehren zu lassen. Er zeichnete ihr das Bild einer Kultur, von der sie nichts gewußt hatte. Zum erstenmal in ihrem Leben vernahm sie die Namen Rousseau und Voltaire und hörte von der ›Enzyklopädie‹. Auch erfuhr sie, daß die Französische Revolution nicht von heute auf morgen von der Nationalversammlung ins Leben gerufen wurde, sondern eine geistige Bewegung war, die Jahre gebraucht hatte, bis sie ihr Ziel erreichen konnte. Für Jane war es schwierig, den Widerspruch in Einklang zu bringen, daß Charles, der Aristokrat, die Ideale der Freiheit anerkannte und ihnen zustimmte. Waren keine Gäste zugegen, las er ihr zuweilen vor. Im Schatten der Obstbäume lag er im Gras und las ihr aus der Schrift des Renegaten Tom Paine ›Menschenrechte‹ vor oder deklamierte feierlich die amerikanische Unabhängigkeitserklärung. Von seinem Wissen überwältigt, schaute sie ihn voller Bewunderung an. Stundenlang starrte sie dann versunken übers Moor und versuchte, dies alles zu verstehen.

Da Paul von der Verbindung zwischen Charles und Louise de Montignot in Paris wußte, konnte er es sich leisten, die

Gerüchte, Charles werde Jane heiraten, nicht zu beachten. Dennoch konnte er sich von einer gewissen Eifersucht auf Charles' Bildung und Gelehrsamkeit nicht befreien.

»Ich bin ein einfacher Engländer«, polterte er dann, »ich mache niemand vor, ich sei so einem spintisierenden französischen Philosophen gewachsen.«

»Auch mir liegen nur einfache Engländer«, entgegnete Jane, »und ich glaube nicht, daß Charles sich für einen so großartigen Philosophen hält.«

Charles war ein vielseitiger Mensch. Hatte man soeben noch seinem Spinettspiel gelauscht, den zierlichen Menuetts und gemessenen Gavotten, so konnte man gleich darauf erleben, wie er sein Pferd im Moor über Gräben und Zäune hetzte. Keiner tat es ihm gleich, er schien mit seinem Pferd verwachsen; William war außer sich vor Staunen und ehrfürchtiger Bewunderung. Bald wurden die drei Reiter, Jane, Charles und William ein gewohnter Anblick in den Dörfern und auf den Wegen des Marschenlandes. Wo sie sich auch zeigten, begrüßten sie die Frauen mit einem tiefen Knicks, und die Tagelöhner zogen die Mützen vom Kopf. Viele Moorleute traten auf Charles zu und sprachen in so herzlichen und aufrichtigen Worten ihre Freude über seine gelungene Flucht aus, daß Jane ganz gerührt war. Auch sie betrachtete es jetzt als ein Wunder, daß Charles dem Kerker entronnen war. Bei diesen Begegnungen strahlte William vor Freude und Selbstzufriedenheit und nahm die Glückwünsche der Dorfbewohner entgegen, als würden sie auch ihm gelten. Im Umgang mit Handwerkern zeigte sich Charles viel entgegenkommender und aufgeschlossener als im Verkehr mit dem Landadel, mit einfachen Menschen war er geduldig und behandelte sie freundlich, mit den Bauernkindern unterhielt er sich ebenso leutselig wie mit ihren Eltern. Bald konnten sie nirgends vorüberreiten, ohne daß ein Schäfer ihnen einen Gruß zuwinkte oder ein Zimmererlehrling von seiner Hobelbank aufblickte und ihnen zulächelte.

Dank dieser Eigenschaften wurde Charles für Jane ein Kamerad, fast ein Freund, für William ein Held und der Gebieter auf Blakes Höhe, der dem Namen Blake zu seinem früheren Glanz und Ansehen verhalf. Doch was Charles außerdem im geheimen beschäftigte, konnte Jane aus allerlei Beobachtungen nur mutmaßen.

Mindestens zweimal wöchentlich ritt Charles nach Dover. Zuweilen forderte er Robert Turnbull auf, ihn zu begleiten. Schließlich konnte sich Jane nicht länger beherrschen und fragte Robert, was denn diese häufigen Ritte nach Dover zu bedeuten hätten.

Robert machte eine hilflose Gebärde, als wolle er zum Ausdruck bringen, daß es sich um ein aussichtsloses Unterfangen handelte. »Immer mit dem gleichen Ziel vor Augen – Louise de Montignot. Er füllt jedem die Taschen mit Gold, der nur ein vages Versprechen macht, ihm Nachricht zu bringen oder etwas für die Rettung Louises zu unternehmen. Soweit wir wissen, ist sie noch immer im Gefängnis ›La Force‹, und Charles' Verzweiflung nimmt von Tag zu Tag zu. Man hört nichts Gutes aus Frankreich.«

Jane wußte, was sich jenseits des Kanals abspielte. Ganz Europa beobachtete die Vorgänge in Frankreich und konnte doch den Greueln nicht Glauben schenken. Die Schrekkensherrschaft gewann immer mehr an Macht. Bei der Nachricht vom zweiten Sturm auf die Tuilerien und vom Hinschlachten der Schweizer Garde erreichte Charles' Verzweiflung ihren Höhepunkt. In einem rasenden Bedürfnis, irgend etwas zu unternehmen, sattelte er sein Pferd und ritt nach Dover. Am nächsten Tag brachte er bei seiner Rückkehr die Nachricht mit, die Monarchie sei abgeschafft und die königliche Familie in den Temple geworfen.

Charles' Gesicht war zerfallen, seine Augen blickten matt und glanzlos vor Übermüdung; nachts hörte ihn Jane in seinem Zimmer ruhelos auf- und abgehen. Speisen berührte er kaum. Die langen Augusttage zogen sich endlos hin; niemand sprach mehr von dem erhofften Gewitter, das endlich Kühle und Erfrischung bringen würde. Jane machte sich allerlei zu schaffen, doch es genügte nicht, sie auszufüllen und von ihren Gedanken abzulenken. Immer sah sie Charles' zerquälte Züge vor sich, die sie nicht vergessen ließen, was jenseits des Kanals der Entscheidung entgegendrängte, und der Gedanke an Louise de Montignot verließ sie kaum einen Augenblick. Und was hatte Charles nur damit gemeint, daß Blakes Höhe am Ende doch vielleicht ihr, Jane, gehören würde?

4. Kapitel

Charles nickte Jane über die lange Tafel zu, und für einen Augenblick entspannten sich seine Züge zu einem spöttisch belustigten Lächeln.

»Der Pfarrer von St. Mary's hat mich heute nachmittag aufgesucht. Ich glaube, du kennst ihn, Hochwürden Sharpe. Er predigt in der Kirche ›Zum Erlöser im Moor‹.«

»Ja, ich kenne ihn. Und . . .?«

Seine langen Finger spielten mit den Trauben auf seinem Teller.

»Er ist der Meinung, es sei höchste Zeit für mich, der Gemeinde zu beweisen, daß ich dem verderblichen Einfluß meiner unwürdigen französischen Verwandten nicht zum Opfer gefallen und ein Römling geworden bin.«

»Lach nur darüber, wenn es dir Spaß macht. Für die Leute im Marschenland bist du Engländer und tätest gut daran, dich in einer englischen Kirche sehen zu lassen. Da hat der Pfarrer völlig recht. Kein Mensch verlangt von den Blakes, fromm zu sein, aber es wird allgemein erwartet, daß sie sich so wie ihre Vorfahren verhalten.«

»Wie streng deine Ansichten sind, Jane«, spöttelte er.

»Du bist ja ein wahrer Tyrann! Du solltest eine große Kinderschar in die Welt setzen und sie alle zu guten Blakes erziehen.«

Haß stieg in ihr auf, als er sie so auslachte. Sie warf einen Blick auf sein dunkles, hageres Gesicht im flackernden Kerzenschein; mit dem schmalen Mund, den geschwungenen schwarzen Brauen schien Charles wahrhaftig etwas Teuflisches an sich zu haben. Doch als er später im Salon am Spinett saß und seine Lieblingschoräle spielte, strahlte sein Gesicht Ruhe und Frieden aus. Janes Herz schmolz, wenn sie an die langen Monate seiner Kerkerhaft dachte, an das Grauen, die Schrecken, die er durchgemacht hatte, und von denen er doch nicht sprach, und sie war froh und dankbar, daß er dennoch zeitweise Frieden finden konnte. Schweigend saßen sie dann lange beieinander, und nur das feine Zirpen der Saiten war zu vernehmen.

Am nächsten Sonntagmorgen machte sich Charles hügelan auf den Weg zur Kirche ›Zum Erlöser im Moor‹. Er trug seinen schönsten Anzug, und seine Schuhe waren mit goldenen Schnallen geschmückt. Mit Jane und William saß er im Kirchenstuhl der Blakes. Er hielt sich kerzengerade, denn er wußte, daß aller Augen auf sie gerichtet waren. Es hatte sich herumgesprochen, daß Charles heute dem Gottesdienst beiwohnen werde, und außer den Bewohnern von St. Mary's, die sich in die Kirche drängten, waren auch noch aus zwei Nachbargemeinden Leute zum Gottesdienst gekommen, mit der Ausrede, Vettern und Basen in St. Mary's zu besuchen. Alle starrten nun auf den Mann, der den Fängen der Franzosen und – dessen waren sie sicher – dem Rachen des Todes entronnen war. Auch Robert Turnbull, den Charles zum Essen eingeladen hatte, war schon da und ließ sich unauffällig auf einer der hintersten Bänke nieder.

Im richtigen Augenblick erhob sich Charles, schritt zur Kanzel und las mit wohltönender, modulierender Stimme das Evangelium des Tages. Er bot einen prächtigen Anblick. In den Händen hielt er die Bibel, die auf dem Ledereinband mit dem Wappen der Blakes geschmückt war. Seine Haltung war untadelig, demütig und sich dennoch der eigenen Würde bewußt.

Der Pfarrer sprach ein Dankgebet für Charles' Erlösung aus den Klauen der Ungläubigen jenseits des Kanals. Man konnte den Eindruck gewinnen, der Gott, zu dem er betete, sei ebenfalls ein Engländer. Bevor er seine Predigt begann, verkündete er, Charles werde der Kirche eine Fensterrose für die Südwand des Querschiffes stiften.

Für Jane hätte diese Ankündigung ein großer Augenblick in ihrem Leben sein müssen – der Augenblick der völligen Zugehörigkeit zu einem Geschlecht und seinem Wirken durch die Jahrhunderte. Statt dessen fühlte sie sich bedrängt, erdrückt von der Last dieser Jahrhunderte. Das Bild tauchte vor ihr auf, wie sie zum erstenmal dem Gottesdienst beigewohnt hatte. Wie eine Marionette hatte sie alles getan, was von ihr erwartet wurde, und Charles bot jetzt dasselbe Schauspiel. Doch er spielte seine Rolle besser: Er hatte der Kirche ein Fenster mit Glasmalereien versprochen zum Dank für seine Rückkehr, über die er doch keine Freude empfand. Jane ließ ihren Blick über die Gemeinde schweifen, die von seiner Stiftung tief beeindruckt war; die rotwangigen Bauerngesichter verschwammen ihr vor den Augen und verwandelten sich einen Moment lang in Wollballen und Brandyfässer, die sie bei ihrem Besuch der Kirche von der Kanzel aus angeredet hatte. Wie in einer Vision sah sie Charles' neues Glasfenster und die Gemeinde von Schmugglern, über die sich farbenprächtige Lichtstrahlen ergossen. Jane schloß die Augen. Sie wollte nichts mehr von alledem sehen.

Wie sie es damals getan hatte, verweilte nun auch Charles nach dem Gottesdienst am Eingang der Kirche, ließ das Zeremoniell des Begrüßens und Händeschüttelns über sich ergehen und nahm die Glückwünsche zu seiner gelungenen

Flucht entgegen. William wich nicht von seiner Seite; er genoß das Aufsehen, das Charles erregte, und verbeugte sich nach links und rechts. Jane schloß sich ihnen an, doch ihr Lächeln war gekünstelt. Schwer und leblos lag ihre Hand in der des Pfarrers.

Als sie sich auf den Heimweg machten, gesellte sich Robert Turnbull zu ihnen. Nach dem Essen ging er mit Jane im Rosengarten spazieren. Die Blütenblätter hatten ihre Frische verloren, halbverwelkt ließen die Rosen ihre Köpfe hängen.

Jane blieb stehen und blickte hinauf zur Kirche. »Jetzt ist es so weit gekommen«, sagte sie bitter, »daß die Königsperle für seidene Bettvorhänge und ein Kirchenfenster sinnlos vergeudet wird. Ist das der Sinn, daß die Blakes die Perle all diese Jahre gehütet haben?«

Schulterzuckend meinte Robert: »Ich bin neugierig, wie Charles das Fenster bezahlen will. Doch wie es auch sein mag – auf jeden Fall war es eine schöne Geste, und das Volk freut sich darüber, selbst wenn die Stiftung nie verwirklicht wird. Jaja«, fuhr er nachdenklich fort und warf Jane einen Blick zu: »Die drei Blakes heute morgen beim Gottesdienst vereint, das war wirklich ein eindrucksvolles Bild. Ihr macht eine achtbare Familie aus den Blakes, Jane.«

»Wie meint Ihr das . . . achtbar?«

»Es gab eine Zeit«, fuhr Robert eindringlich fort, »da waren die Blakes von Abenteuerlust und Unternehmungsgeist erfüllt – selbst ein gewisser Adel sprach aus ihnen. Jetzt aber sind sie lediglich brave, achtbare Bürger. Keine glänzende Entwicklung!«

Darauf wollte Jane ihm nicht antworten. Hastig beugte sie sich zu einer Rose nieder und sog den leisen Moderduft ein – den Duft des Welkens und Vergehens, das Scheiden des Sommers.

5. Kapitel

In einer Nacht, Anfang September, stand Paul an der Küste vor Barham und dankte den Sternen für sein großes Glück. Die Nacht war still und dunkel, so dunkel, daß er die Boote, die von der ›Delphin‹ abstießen, nicht sehen konnte, doch er hörte das Knarren der Ruderlampen. Das erste beladene Boot kam an Land, und nach allen Berichten, die ihm zugingen, wußte er, daß ihm heute nacht niemand vom Küstenschutz und kein Dragoner in die Quere kommen würde. Die Ladung war besonders wertvoll, dazu noch die größte, die er bis jetzt nach England geschmuggelt hatte. Paul hatte sich für Barham als Landungsplatz entschieden, weil die Ladung hier am schnellsten beiseite geschafft werden konnte. Er mußte lächeln: außer der Schmuggelware hatte die ›Delphin‹ noch zwei Passagiere an Bord, die für die Überfahrt sehr gut bezahlt hatten; sobald sie an Land waren, hatte er zudem keinerlei Verantwortung mehr für sie. Menschen, die vor der Schreckensherrschaft in Frankreich flohen, waren die wertvollste Ladung. Sie machten keine Arbeit, und ihr Überfahrtsgeld konnte er in die eigene Tasche stekken; auch mußte er weder Charles noch Turnbull etwas davon sagen. Das Risiko, sie in einem französischen Hafen an Bord zu nehmen, machte sich immer bezahlt.

Er hörte das knirschende Geräusch, mit dem das erste Boot am Ufer anlegte. Mit einem schnellen Befehl an die wartenden Fuhrleute und die Gruppe arbeitseifriger Frauen trat er vor. Wie er erwartet hatte, führte das erste Boot außer Fässern und Bündeln in Ölhaut die beiden Passagiere mit sich. Wer sie sein mochten, interessierte Paul nicht im geringsten. Noch ehe das Schiff in Le Havre die Anker lichtete, hatte sicherlich Joe Shore, der Kapitän der ›Delphin‹, bereits ihr Überfahrtsgeld einkassiert. Paul wollte sie jetzt nur möglichst schnell aus dem Wege haben, damit sie die Leute beim Ausladen nicht hinderten.

Er beobachtete die beiden dunklen Gestalten, die mit den unbeholfenen Bewegungen von Landratten ungeschickt aus dem Boot stiegen. Als sie an Land waren, blickten sie in hilflosem Erstaunen um sich.

Forsch redete Paul sie an: »Messieurs!« Überrascht wandten sie sich um. »Ich habe ein Fuhrwerk, das Euch gleich nach Folkestone bringen kann. Von dort könnt Ihr jederzeit weiterfahren, wohin Ihr wollt.«

»Merci – merci beaucoup.« Die Worte klangen dumpf, als hätten die Anstrengung der Flucht und die Seereise in dem Sprecher ein unnatürliches Gefühl der Unterwürfigkeit hinterlassen. Der andere jedoch erbat durch eindringliche Gebärden Pauls Aufmerksamkeit.

»Monsieur! Darf ich Euch bitten . . .« Sein Englisch hatte starken Akzent, doch Paul verstand, was er sagte: »Ich in eine Stadt mit Namen Rye müssen. Der Kapitän mir sagen, Rye sehr nah von hier.«

»Von Folkestone aus könnt Ihr morgen für die Reise nach Rye Vorkehrungen treffen«, sagte Paul gleichmütig. »Ich habe nur ein Fuhrwerk, es nimmt Euch beide mit dorthin. Wenn Ihr also wollt . . .«

»Einen Augenblick, Monsieur. Sehr wichtig, ich nach Rye kommen, sehr rasch. Eine Sache auf Leben und Tod.«

»Zu wem wollt Ihr in Rye?« fragte Paul.

In großer Erregung erwiderte der Mann: »Von da ich müssen sehen ein Herr mit Namen Blake, Charles Blake, nicht lange hier von Frankreich. Mir gesagt, er wohnen nicht weit von Stadt Rye. Ich müssen zu ihm. Ich wiederholen, Monsieur, eine Sache auf Leben und Tod.«

Heute abend waren die Lichter von Warefield House weithin sichtbar, bis über den Park hinaus, der dieses stolze Herrenhaus umgab. Gerade heute aber widerstrebte es Paul besonders, sich dem Hause zu nähern, in dem er zur Welt gekommen war, denn alle Familien des Marschenlandes und seiner Umgebung waren heute abend hier versammelt, um die Volljährigkeit Harrys, Sir James Fletchers ältestem Sohn, zu feiern. Den Freudenfeuern nach, die überall angezündet waren, dem brenzligen Geruch von Schweinefleisch am Spieß und dem fröhlichen Geschrei, das der Wind zu ihm herübertrug, schloß Paul, daß auch die Gutspächter an dieser Feier ausgiebig teilnahmen. Es war verdammt selten, dachte Paul bei sich, daß die Pächter seines Bruders ein Glas Freibier von ihrem Gutsherrn bekamen.

Aber gerade weil heute abend ein Fest stattfand, mußte er selber kommen. Eine wichtige Nachricht mußte Charles Blake erreichen, der im Gedränge in James' Halle und Salon einer der Gäste war, die sich bis in den Garten ergossen und sich sogar mit den Pächtern, die bei den Bratspießen herumstanden, leutselig unterhielten. So widerwillig Paul auch auf dem Besitztum seines Bruders, wo er ein höchst ungern gesehener Gast war, erscheinen würde, so wußte er doch, daß seine Anwesenheit in keiner Weise auffallen werde. Er kannte genau die Geheimgänge und Hintertreppen des Hauses, außerdem traten zwei der Diener gelegentlich als Auslader und Träger in seine Dienste; davon allerdings durfte Sir James offiziell nichts wissen. Er hoffte, diese beiden Männer ausfindig zu machen. Dann wäre es leicht, mit Charles eine Verabredung in einem der oberen Zimmer zu vereinbaren. Paul wußte, daß alle Ortsrichter und höheren Militärpersonen der weiteren Umgebung unter den Gästen sein würden. Es wäre außerordentlich töricht, in dieser Gesellschaft einen leicht erregbaren Franzosen erscheinen zu lassen, dem noch dazu infolge seiner Ängstlichkeit und Erschöpfung nicht zu trauen war, daß er ein Geheimnis hüten werde. Durch diesen Franzosen könnte alles herauskommen, nicht nur der Landeplatz und Name des Schiffes, auf dem er herübergekommen war, sondern auch Charles' Verbindung mit dem Schmuggel.

Und wenn Charles' Name erst auftauchte, dann würde unvermeidlich auch Janes Name erwähnt werden.

Als er sich der Rückseite des Hauses näherte, stieg Paul leise aus dem Sattel und wartete im Schatten der Bäume. Einige Minuten lang beobachtete er, was in den Küchen und den Dienstbotenquartieren vorging, die durch die geöffneten Fenster leicht zu übersehen waren. Er erkannte die Bediensteten, die zwischen Küche und Speisesaal hin- und hereilten. Angewidert verzog er das Gesicht bei dem Gedanken, daß er wie ein Verschwörer, wie ein gemeiner Dieb, sich ins Haus des eigenen Bruders schlich.

Ehe er hierhergekommen war, hatte er an der Küste von Barham lange mit sich gerungen. Es wäre ein leichtes gewesen, die Dringlichkeit der flehentlichen Bitte des Franzosen einfach zu überhören und sich selber zu sagen, wenn die für ihn bestimmte Nachricht aus Frankreich Charles erst morgen erreiche, sei es auch noch Zeit. Zudem müsse er jetzt Charles gegenüber zugeben, daß er Flüchtlinge herübergebracht und dafür – ebenfalls ohne Charles' Wissen – Geld genommen habe. All dies Charles zu gestehen, würde überall leichter sein, als gerade hier, unter diesen Umständen.

Doch der Franzose hatte darauf bestanden. Immer wieder beteuerte er, es sei eine Frage auf Leben und Tod, und der Name, den er Paul an der Küste von Barham zugeflüstert hatte, war der Name Louise de Montignot.

Paul fand die Musik und die lachenden Stimmen unerträglich. Fast ohne es zu wollen, schlich er sich heimlich auf einer Hintertreppe zur Galerie und den großen Aufgang hinauf. Er wußte, ein einziges Verlangen zog ihn dorthin: Mit etwas Glück konnte er vielleicht einen Blick von Jane erhaschen.

Sobald das Feuerwerk auf der Terrasse begonnen hatte, war es leicht gewesen, ins Haus zu schlüpfen. Er hatte Shelby, einen Diener, in einem Gang zwischen Küche und Speisesaal beiseite genommen, sich von ihm heimlich in eines der unbenutzten Kinderzimmer führen lassen und Shelby auf die Suche nach Charles geschickt.

Doch in dem leeren, verstaubten Zimmer auszuharren, war für Paul zuviel gewesen. Als das Feuerwerk vorüber und Charles noch immer nicht erschienen war, konnte er sein Verlangen, Jane zu sehen, nicht länger unterdrücken.

In die Ecke der Galerie geduckt, wo es am dunkelsten war, ließ er seine Blicke über das Lichtergeflirre des Saales schweifen. Von der Terrasse strömten die Gäste wieder herein. Sie bildeten ein lebendes, farbenfreudiges Mosaik: Seide, Samt und Atlas in allen Nuancen der Farbenskala. Da endlich entdeckte er Jane in einer Abendrobe aus blauer Seide. Ihr rotes Haar leuchtete über dem Wogen der festlich gekleideten Menge wie eine Flamme. Der Ausschnitt des Kleides ließ ihre weißen Schultern und ihren Brustansatz sehen; Paul wußte auch, daß viele Männer dort unten die herausfordernden Bewegungen ihres herrlichen Körpers bewunderten. Er drückte das Gesicht gegen die hölzerne Balustrade, krank vor Liebe und Sehnsucht, krank von dem vernichtenden Gefühl, daß er nicht dort unten auf sie zugehen und sein Recht auf sie als Liebhaber vor allen Gästen verkünden konnte. Er versuchte wegzusehen, wollte ihr Lachen nicht hören, noch die Bewegung ihrer Hand sehen, wenn sie sich kokett Kühlung zufächelte. Sie war in Begleitung zweier Männer: seines Neffen Harry und eines Herrn in der Uniform eines Kapitäns der Königlichen Flotte, den er nicht erkennen konnte.

Auf die Gefahr hin, entdeckt zu werden, lehnte er sich über die Brüstung und sah, wie Jane durch die weitgeöffnete Flügeltür des großen Empfangssaales verschwand.

Charles wartete, bis fast alle den Saal verlassen hatten, ehe er zu Paul hinaufging. Paul gab ihm ein Zeichen, ihm in das Kinderzimmer zu folgen.

»Was ist geschehen?« fragte Charles, während er die Tür hinter sich schloß.

»Ist Euch ein Mann mit Namen Pierre Latour bekannt?«

»Latour!« rief Charles aus. »Er war Philippe de Montignots Sekretär. Irgendwelche Nachrichten . . .?«

Paul nickte. »Keine guten Nachrichten, Charles. Latour ist heute abend von Le Havre aus hier gelandet. Es ist von größter Wichtigkeit, daß er Euch baldigst spricht. Leider konnte ich ihn nicht hierherbringen lassen.«

»Schnell, sagt mir noch, was ist mit Louise?«

»Sie ist noch in Le Havre«, erwiderte Paul. »So weit brachte sie Latour in einem großen Boot von Paris. In einem Hause bei Freunden von Latour fanden sie Unterkunft. Er schwört, daß es loyale Freunde sind. Latour sah sich nach einem Schiff um, das sie beide nach England bringen würde. Sie mußten lange warten, denn die Möglichkeiten, ins Ausland zu fliehen, haben sich während des letzten Monats verschlechtert; keiner traut dem andern.«

»Um Gottes willen, sprecht weiter!«

»Latour stieß auf Joe Shore, den Kapitän der ›Delphin‹, mit dem er sich wegen der Überfahrt für beide einigte. Doch bevor er die Comtesse noch einmal aufsuchen konnte, erfuhr er, daß er selber unter Verdacht stehe. In das Haus, wo sie war, wagte er nicht zurückzugehen – es wäre sofort durchsucht worden –, auch hängt ein Steckbrief mit einer genauen Beschreibung der Comtesse in jedem französischen Hafen. Sie wäre sofort erkannt und festgenommen worden. Das Beste, was er tun konnte, war, sich auf die ›Delphin‹ zurückzuschleichen und Euch die Nachricht zu bringen. Er sagt, ein anderer muß die Comtesse holen.«

Verstört fragte Charles: »Und Louise selbst? Was hat er von ihr gesagt?«

»Sie sei sehr krank. Wie es um sie stehe, wußte er nicht genau. Man wagte es nicht, einen Arzt zu rufen. Er meint . . . er meint, schon als er die Vorkehrungen zur

Flucht für sie traf, bezweifelte er, ob sie die nötige Kraft für die Seereise haben würde.«

Charles schwieg. Mit auf dem Rücken verschränkten Händen ging er im Zimmer auf und ab. Als er sich wieder zu ihm wandte, sah Paul, daß die Farbe aus seinem Gesicht gewichen war. Die Haut lag straff auf seinen hervorstehenden Backenknochen.

»Sie wird sterben«, sagte er verzweifelt. »Wenn sie dort bleibt und niemand sich ihrer annimmt, wird sie sterben. Mon Dieu, bedenkt nur, sie ist doch völlig verlassen.«

»Latour versicherte mir, sie sei in guten Händen. Seine Freunde sorgen für sie.«

Charles achtete nicht auf Pauls Worte. »Aber sie glaubt, sie sei verlassen, und ich weiß, sie wird sterben.«

Plötzlich klang, wie ein Hohn auf seine Worten unten vom Küchengarten schallendes Gelächter herauf. Dann ertönte das ausgelassene Pfeifen betrunkener Männer, gleich darauf die hohe Stimme eines Mädchens, das lachend sich zu wehren schien. Jemand brachte ein Hoch aus, das mit Gelächter beantwortet wurde. James' Pächter machten von dem Freibier und Apfelmost offensichtlich reichlich Gebrauch.

»Wir werden jemanden finden, der nach Frankreich hinüberfährt«, sagte Paul beruhigend. »Da gibt's viele, die das gegen gute Bezahlung tun. Auch kenne ich einige in Folkestone und Dover, die leidlich französisch sprechen und die Erlaubnis haben, hin- und herzufahren.«

»Wir verlieren zuviel Zeit«, unterbrach ihn Charles. »Auf Tage, ja Stunden kommt es an. Die Verhältnisse in Frankreich werden immer schlimmer. Für einen Royalisten ist jede Stunde, die er noch am Leben bleibt, ein Geschenk des Schicksals, seitdem die Monarchie abgeschafft ist und der König im Temple gefangengehalten wird.«

Er sah Paul forschend an. »Ihr sagtet, die ›Delphin‹ brachte Latour nach England herüber?«

Paul nahm sich zusammen. Er mußte jetzt darauf gefaßt sein, Charles werde ihn des Betrugs bezichtigen.

»Jawohl, die ›Delphin‹. Joe Shore hat meine ausdrückliche Erlaubnis, Passagiere an Bord zu nehmen. Und wenn Ihr etwa glaubt, ich hätte kein Recht dazu . . .«

Ungeduldig winkte Charles ab. »Das ist mir gleichgültig. Das ist Eure Angelegenheit. Ich will wissen, wo die ›Delphin‹ sich augenblicklich aufhält.«

»Sie liegt bei Barham vor Anker. Ich werde dort erwartet, ich nehme als Kapitän auf ihrer nächsten Fahrt nach Vlissingen teil.«

»Ausgezeichnet!« rief Charles. »Reitet sofort nach Barham und fahrt keinesfalls aus, bis ich komme. Sobald ich hier weg kann, bin ich bei Euch.«

»Wie meint Ihr das – ›fahrt keinesfalls aus‹? Die ›Delphin‹ segelt nach Vlissingen, sobald ich an Bord bin.«

Ruhig und bestimmt legte Charles die Hand auf Pauls Schulter. »O nein, mein Freund. Die ›Delphin‹ segelt, sobald ich an Bord bin, und zwar nach Le Havre!«

Pauls Gesicht verfinsterte sich. »Der Kapitän der ›Delphin‹ bin ich. Und ich sage: Wie vorgesehen fährt sie nach Vlissingen. In Dover gibt es genug Männer, die die Comtesse nach England bringen können, und bis dahin wird ihr kein Leid geschehen. Sie wird sich inzwischen etwas erholen und die Reise dann besser überstehen.«

»Die Gefahr wächst für sie mit jedem Tag, den sie noch in Frankreich bleibt«, erwiderte Charles beherrscht. »Die ›Delphin‹ segelt heute nach Le Havre.«

»Aber ich habe eine Ladung Wolle für Vlissingen an Bord.«

Eisern umklammerte Charles Pauls Arm. »Ich bitte Euch nicht um einen Gefallen, Mr. Fletcher. Ich bin es, der über die ›Delphin‹ bestimmt!«

6. Kapitel

Überrascht blickten die Männer auf, die in Joe Shores Häuschen warteten, als sie Rasseln von Kutschenrädern vom unteren Ende der Dorfstraße her vernahmen. Paul erhob sich, nahm eine Kerze und ging schnell zur Tür. Er hatte Joes Sohn Matt als Posten aufgestellt, der das Nahen der Kutsche melden und ihr den Weg zu Joes Häuschen weisen sollte. Sie hielt jetzt vor der Tür. Paul, die Hand am Riegel, lauschte gespannt auf die im Flüsterton geführte Unterhaltung. Dann hörte er Patricks Stimme, der die Grauschimmel wieder antrieb, und die Kutsche entfernte sich in die Richtung nach Lydd. Die Kerze vorsichtig vor dem Erlöschen schützend, öffnete Paul die Tür.

Doch es war nicht Charles, der als erster eintrat. Paul hörte das leise Klappern von Stöckelschuhen und das Rauschen schwerer Seide. Überrascht trat er einen Schritt zurück. Jane kam herein, dicht hinter ihr Charles und Matt Shore. Matt ließ die Riegel zufallen und lehnte sich gegen die Tür.

»Jane! Du?« Pauls Stimme klang empört und vorwurfsvoll. »Warum kommst du hierher? Warum hast du die Kutsche wieder fortgeschickt?«

Als sie sich nach ihm umwandte, schien ihr wogendes Seidenkleid und ihr Parfüm den ganzen Raum zu erfüllen.

»Ich fahre mit euch nach Frankreich hinüber«, sagte sie, als sei es die natürlichste Sache der Welt. Während sie weitersprach, blickte sie Charles an, als suche sie Unterstützung bei ihm. »Ich fahre mit, weil die Comtesse krank ist und auf der Fahrt nach England fraulicher Hilfe bedarf.« Als sie Pauls wütenden Gesichtsausdruck sah, zitterte ihre Stimme etwas.

»Das ist Wahnsinn!« rief er aus. »Vollkommener Wahnsinn!« Zornig wandte er sich an Charles. »Habt Ihr den Verstand verloren, das zu erlauben? Diese Fahrt ist voller

Gefahren! Ihr habt es selber gesagt. Wenn etwas schiefgeht, gibt es für Jane kein Erbarmen.«

Flehentlich redete er auf Jane ein. »Jane, überleg es dir gut, ehe du mitfährst. Ich beschwöre dich, bedenke alles!«

»Warum sollte mir Gefahr drohen? Ich habe ja in Frankreich nichts verbrochen.«

»Du unterstützt eine Royalistin bei der Flucht.« Wieder ging sein Blick zu Charles. »Warum haltet Ihr sie nicht zurück, da Ihr schon diese Wahnsinnsfahrt zu befehlen scheint?«

»Ich halte sie nicht zurück, da ich keine Gefahr für sie sehe. Und ... und ich bin ihr sehr dankbar, daß sie mir ihre Hilfe anbietet. Louise liegt vielleicht im Sterben, und eine Frau, mutterseelenallein auf einer Fahrt über das Meer ...«

Paul rang die Hände. »Dieses vermaledeite Weib von einer Französin! Nur an sie denkt Ihr. Was aus Jane wird, läßt Euch kalt ...«

Charles unterbrach ihn. »Ich habe Jane auf alle Gefahren aufmerksam gemacht. Trotzdem besteht sie darauf, mitzufahren. Genügt Euch das, Fletcher? Wertvolle Zeit verrinnt, während wir hier herumstehen und reden.«

Er blickte sich in der Runde um, von Paul zu Joe Shore, dann zu Matt, weiter zu einem Mann, der müde über den Tisch gebeugt saß, und den er noch nie gesehen hatte, und schließlich zu Pierre Latour. Er streckte ihm die Hand entgegen.

»Latour, wie freue ich mich zu sehen, daß Ihr frei seid.«

Tief bewegt nahm Latour Charles' Hand. Er ließ sie nicht los, so ergriffen war er.

»Ich habe nicht das Gefühl, daß ich meine Freiheit verdiene, Monsieur. Zwar habe ich mich in Sicherheit gebracht, doch meinen Herrn habe ich im Stich gelassen, ihn und Madame la Comtesse.«

»Ihr braucht Euch nicht zu sorgen, Latour. Die Comtesse

ist aus dem Gefängnis befreit und nur einige Stunden Seereise von England entfernt. Bald wird sie hier in Sicherheit sein.« Er unterbrach sich, da der andere den Kopf schüttelte.

»Monsieur, ich fürchte für Madames Leben. Die Kerkerhaft hat sie sehr geschwächt. Ich brachte sie nur bis Le Havre, weil es von Paris aus auf der Seine im Boot am leichtesten zu erreichen war. Und sie aus ›La Force‹ herauszubringen! Ich sage Euch, Monsieur, es war ein Meisterstück. Und es hat ein Vermögen gekostet.«

Sein wehmütiges Gesicht leuchtete einen Augenblick auf. »Es war ein genialer Plan, Monsieur.«

»Das glaube ich Euch, Latour, und Ihr verdient hohes Lob. Eure Klugheit und Treue verdienen Madames ewige Dankbarkeit, wie auch die meine.« Er legte die Hand auf Latours Schulter und sah, wie seine müden, blutunterlaufenen Augen sich mit Tränen füllten.

»Oh, Monsieur«, flüsterte Latour, »sucht Madame auf, sobald Ihr könnt. Sie bedarf Eurer Hilfe. Vielleicht liegt sie im Sterben. Bei aller Hilflosigkeit hat sie sich so tapfer gehalten. Seitdem Monsieur le Comte von diesen Unmenschen auf so heimtückische Weise ermordet wurde, seid Ihr der einzige Mensch, den sie noch hat. Ihr Sohn ist tot, auch ihr Bruder. Nur Ihr seid noch am Leben, Monsieur. Versprecht, daß Ihr Euch ihrer annehmen werdet!«

Charles nickte. »Ich werde alles für sie tun.«

Dann bot er Latour einen Stuhl an und ließ sich ihm gegenüber nieder.

»Doch jetzt, Latour, müßt Ihr uns ganz genau sagen, wie wir zu Madame gelangen können.«

Von jetzt an führten sie das Gespräch, das aus Fragen und Antworten bestand, auf französisch. Schließlich zog Latour ein Stück Papier aus der Tasche, auf dem er in kurzen Umrissen einen Plan aufgezeichnet hatte. Er schrieb noch einen Namen und eine Adresse darauf. Während er damit beschäftigt war, blickte Charles Paul an.

»Ist alles für die Ausfahrt der ›Delphin‹ bereit?«

Paul nickte kurz. »Jawohl. Und ich werde ihr Kapitän sein. Joe hat nun schon sechs Fahrten hintereinander gemacht. Außerdem ist nur eine Kabine vorhanden, und die wird für die Comtesse und Jane benötigt«, fügte er grimmig hinzu.

Langsam wandte Charles seinen Blick auf Jane. »Meine Liebe, ich zögere, dich zu fragen, ob du deine Entscheidung rückgängig machen willst. Du hast gehört, was Latour sagt. Louise bedarf der Hilfe und der Fürsorge einer Frau . . .«

»Ich fahre mit«, entgegnete Jane fest. »Reden wir nicht weiter davon.«

Charles nickte erfreut. »Gut also. Ich bin froh, daß du mitfährst.« Er deutete auf ihr Kleid und wandte sich dann fragend an Joe Shore: »Vielleicht könntest du ein anderes für sie auftreiben? Wenn sie die ›Delphin‹ verläßt, droht ihr von diesem Kleid mehr Gefahr als von allen Franzosen zusammen.«

Shore nickte. »Da habt Ihr wohl recht. Ich werde schon etwas Passendes finden, was sie vorübergehend anziehen kann.« Er entfernte sich in den Gang, der in den hinteren Teil des Häuschens führte. »Jetzt rufe ich mal meine Tochter. Ich habe sie nämlich ins Bett gesteckt, als ich erfuhr, Mr. Fletcher werde mit den beiden anderen erscheinen.«

Er öffnete die Tür am Ende des Ganges. Sie hörten das Geflüster von Stimmen. Dann erschien eine Frau im Nachtgewand und Umhang. Doch es war offensichtlich, daß sie noch nicht im Bett gewesen war. Ihre dunkel glänzenden Locken lagen noch weich und ordentlich über der Stirn. Sie hielt eine Kerze, deren Schein auf ihr hübsches, lebhaftes Gesicht fiel.

»Na, da haben wir ja eine ziemlich zahlreiche Gesellschaft hier.« Der Atem stockte ihr, als ihr Blick auf Jane fiel. »Wußte nicht, daß die Königin von Frankreich zu uns geflüchtet ist . . .«

Jane erkannte die Stimme wieder, die herzliche, rauhe Stimme vom Friedhof in Barham, damals in der Nacht, als sie die Löschung der Schmuggelware erlebt hatte. Sie streckte ihr die Hand entgegen.

»Rose!« sagte sie und lächelte dem jungen Weibe zu.

Ängstlich zusammengekauert saß Jane in dem Ruderboot, das sie zur ›Delphin‹ brachte. Riesig ragten deren Schiffsrumpf, Masten und Takelage in das nächtliche Dunkel. Furcht überkam Jane in dieser ihr völlig unbekannten Welt, in der sich alles feucht anfühlte und nach Fisch roch. Sie hatte auch Angst, ihre Füße im Tauwerk, das im Innern des Bootes wirr durcheinanderlag, zu verwickeln und hinzustürzen. Am meisten aber fürchtete sie, Paul könnte ihr Vorwürfe machen. Sie fühlte sich verloren und allein. Noch ehe Paul ihr das Zeichen gab, auf dem seitlichen Fallreep an Bord zu steigen, überlegte sie einen Augenblick, ob es vernünftig von ihr gewesen war, sich für die Fahrt zu entscheiden.

Matt Shores Schuhe, die Rose ihr geliehen hatte, waren viel zu groß. Sie kam sich in ihnen ungeschickt und lächerlich vor. Sich an der Strickleiter hinaufzuziehen, erschien ihr unendlich mühevoll, denn bei jedem Schritt schwankte die Leiter gefährlich hin und her. Mit schweißbedecktem Gesicht schwang sie sich endlich an Deck. Rauhe Hände streckten sich ihr entgegen und setzten sie wie ein Stück Frachtgut ab. Sie sah, wie Charles' Gesicht unter ihr auf der Leiter erschien, und bald war auch er an Deck. Sie schnallte den Gürtel, der Matts Hosen nur lose festhielt, etwas enger und wartete auf Paul. Er war ihre einzige Zuflucht und Stütze in dieser Wirrnis. Sie bedurfte seiner mehr als je zuvor.

Doch erst, nachdem er den Matrosen ausführliche Befehle erteilt und sich mit seinem Steuermann leise beraten hatte, kam er zu Jane. Von Charles hielt sie sich fern, denn sie fühlte sich gedemütigt und unsicher, doch wollte sie es sich nicht anmerken lassen. Während sie dastand, auf Paul wartete und über die Fragwürdigkeit dieser Fahrt nachdachte, versuchte sie, sich Roses Worte und Gesichtsausdruck ins Gedächtnis zurückzurufen, während diese Jane beim Anziehen der Sachen ihres Bruders behilflich war.

»Wenn Paul Fletcher mein Bräutigam wäre, würde ich auch mit ihm gehen. Überallhin würde ich ihm folgen.«

Sie hörte das Rasseln der Ketten, als der Anker gelichtet wurde, und das Hin und Her der Schiffsmannschaft, als auf einen Befehl von Paul die Matrosen ins Tauwerk enterten. Sie sah, wie sich das Großsegel langsam im Wind entfaltete. Noch nie hatte sie einen so unglaublich herrlichen Anblick erlebt. Ein leises Beben ging durch die ›Delphin‹, als sich das Schiff in den Wind drehte. Langsam schwang ihr Bug herum; sie lavierte auf einen Kurs, auf dem sie sicher an der Spitze von Dungeness vorbeisegeln würde.

Jane drängte sich dicht an die Reling, in der Hoffnung, sie würde niemandem im Wege sein, bis sie sich nützlich machen konnte. Das Tuch, das Rose ihr gegeben hatte, schlug in der Brise gegen ihr Gesicht. Sie fühlte, wie sich die ›Delphin‹ in den Wogen aufbäumte und wieder absank. Diese leise rhythmische Bewegung des Schiffes gab ihr eine angenehme Empfindung. Zu ihren Füßen auf Deck lag das Bündel mit dem alten Kleid und den Unterröcken von Rose, die sie in Le Havre anziehen sollte – ihr eigenes schönes blauseidenes Ballkleid befand sich groteskerweise in einer Schachtel unter Roses Bett.

Endlich kam Paul auf sie zu. Neben ihr stehend, starrte er zu dem sternenlosen Himmel empor; sie hatte das Gefühl, er höre gespannt auf das Sirren des Takelwerks in den Masten. Mit dem Rücken gegen die Deckwand gelehnt, spürte er die Bewegung des Schiffes.

»Nun, Jane«, begann er, »du segelst hier an Bord der

›Delphin‹, und dort drüben in Le Havre liegt eine kranke Frau, die dir Blakes Höhe entreißen wird.«

In der Dunkelheit drängte sie sich eng an ihn. Auf den Zehenspitzen stehend, legte sie die Arme um ihn und zog sein Gesicht nahe zu sich heran.

»Denk doch nicht an die Frau dort drüben«, flüsterte sie. Mit ihren Lippen suchte sie seinen Mund. Sie preßte sich eng an ihn. Hingerissen von ihrem Liebesverlangen schloß er sie in seine Arme.

»Ja, ich bin mit dir an Bord der ›Delphin‹«, flüsterte sie. »Du hast mir doch versprochen, daß ich eines Tages Frankreich mir dir sehen würde.«

Jane konnte auf dem engen Lager keinen Schlaf finden. Ruhelos wälzte sie sich unter den dünnen Decken, die nach Salzwasser rochen. Sie hatte die winzige Kabine im Heck inne, die einzige auf dem Lugger. In einer Hängematte zwischen zwei Balken hinter der Kajütstreppe hatte sich Charles ausgestreckt. Jane fragte sich, ob er wohl auch wachliegen würde, dem Knarren des Gebälks und dem Winde lausche, der hoch oben in der Takelage tobte. Schon seit einer Stunde rollte die ›Delphin‹ in einer stürmischen See; das Wetter hatte sich ständig verschlechtert. Dann und wann peitschte der Wind Regenschauer gegen die Heckpforten. Jane fröstelte. Sie zog die Decken über die Schultern und wünschte, daß es Tag würde, damit sie wenigstens sehen könne, wie stürmisch es sei, anstatt sich vorzustellen, wie ganze Wellenberge immer wieder gegen das kleine Schiff schlugen. Sie lag ganz still, die Hände auf dem rebellierenden Magen. Zum ersten Male empfand sie Achtung vor dem Seemannsberuf, für Paul, der das Deck keinen Augenblick verlassen hatte, seitdem sie Dungeness umsegelt hatten, und für die Matrosen, die immer wieder in das Takelwerk aufgeentert waren.

Sie setzte sich auf und suchte im Dunkeln nach ihrem

Hemd. Sie zog es an, schlüpfte von ihrem Lager und tastete sich an den Schotten entlang, bis sie mit den Händen auf die Ölhaut stieß, die sie dort hatte hängen sehen. Sie nahm sie an sich, breitete sie über ihr Lager und schlüpfte wieder unter die Decken. Sie wünschte jetzt, sie hätte den Schiffszwieback angenommen, den Paul ihr angeboten und den sie abgelehnt hatte.

Plötzlich stampfte die ›Delphin‹ gewaltiger als je zuvor. Jane mußte sich am Bettrand festhalten, um nicht herausgeworfen zu werden. Für Paul mochte die ›Delphin‹ etwas Herrliches sein, das Freude für ihn bedeutete; sie sah darin nur etwas Kaltes, Nasses, voll hinterhältiger Tücken für den Uneingeweihten. Die Nacht wollte kein Ende nehmen.

Sich noch immer am Bettrand festhaltend, schloß sie die Augen und verfiel nach einiger Zeit in einen Halbschlummer. Die ›Delphin‹ stampfte gleichmäßig weiter wie vor einer Stunde.

Ein Kanonenschuß riß Jane aus dem Schlaf. Der Schuß war ganz nah gefallen und trotz des tobenden Sturmes zu hören. Sie richtete sich auf und versuchte erschrocken, in der tiefen Finsternis durch das Bullauge etwas zu erkennen.

Sie hörte, wie laute Befehle gegeben wurden; sie erkannte Pauls Stimme, konnte aber die Worte nicht verstehen. Gleich darauf vernahm sie das harte Gepolter nackter Füße am Deckende über ihrem Bett. Sie fühlte, wie die ›Delphin‹ eine Wendung machte. Dann blinkten auf einen Augenblick die Signallichter eines Schiffes auf. Die ›Delphin‹ erhöhte ihre Geschwindigkeit, die Lichter blieben achteraus zurück.

Fröstelnd und verängstigt versuchte sie zu hören, was um sie her vorging. Im Gang hörte sie einen unterdrückten Fluch in französischer Sprache. Es war Charles, der in der Dunkelheit nach seinen Schuhen suchte. Dann vernahm sie seine Schritte auf der Treppe zum Quarterdeck. Sie hätte sich gern angezogen und wäre auch an Deck gegangen, doch sie erinnerte sich an Pauls strikte Anweisungen, und daß das ohnehin vollgestapelte Deck ausschließlich für Schiffsausrüstung und Geräte bestimmt war. Sie hüllte sich wieder unter die Decken und sagte sich, wenn nicht eine Kanonenkugel durch die Heckpforten gesaust käme, sei sie in ihrem Bett am sichersten aufgehoben.

Es war aussichtlos, daß sie jetzt noch einmal einschlief. Sie horchte, doch alles hatte sich wieder beruhigt. Das andere Schiff gab keinen weiteren Schuß ab, die ›Delphin‹ hatte schon den ersten nicht erwidert. Jane merkte, daß der Lugger jetzt mit erhöhter Geschwindigkeit fuhr. Paul hatte es offenbar gewagt, trotz des Sturmes zusätzliche Segel zu setzen. Auf Deck ertönten keine Befehle mehr, auch Charles war nicht zurückgekommen.

Jane lag ganz still. Sie blickte zur Pfortenöffnung hin und erwartete das Dämmern des Morgens. Wann würde dieses Unwetter wohl vorüber sein? Es war bereits September und draußen tobte der erste Herbststurm.

Aus dem Morgendunst stieg die Sonne auf. Ihr spärliches Leuchten brach durch das graue dahinjagende Gewölk. Nur dort, wo die Sonne es erleuchtete, war das graue Meer zu sehen, von einer starken Dünung bewegt. Die ›Delphin‹ schien das einzige Schiff im Ärmelkanal zu sein; in ihrem Bett liegend, hörte Jane das Kreischen der Möwen, die über dem Kielwasser dem Schiffe folgten.

Endlich trat Paul ein, mit übernächtigten Augen, im Gesicht tiefe Falten der Ermüdung. Er trug einen Südwester, aber kein Ölzeug und war bis auf die Haut durchnäßt. Nun sank er auf einen Hocker unter dem Bullauge, streckte Arme und Beine weit von sich und gähnte.

»Allmächtiger! Ich bin hundsmüde, Jane. Seit Tagen kein Schlaf.« Er schloß die Augen und bewegte den Kopf hin und her, um den Nacken zu dehnen. Dann blickte er zu Jane hin. »Im Laufe des Nachmittags sind wir in Le Havre. Wurden in der Nacht ein bißchen aus unserer Richtung getrieben.«

»Hast du weiter nichts zu sagen?« fragte Jane. »Oder hast du den Kanonenschuß etwa nicht gehört?«

Er grinste. »Hat er dich aus dem Schlaf gerissen?« Das Lächeln wich aus seinem Gesicht. »Beinahe hätten sie uns diesmal geschnappt, Jane. Mein Gott, es wurde auf einmal so dunkel, als der Sturm aufkam, daß man die Hand vor den Augen nicht sehen konnte. Plötzlich dicht vor uns die Signallichter dieses verfluchten Schiffes. Wir waren so dicht dran, daß ich die Wimpel des Zolldienstes erkennen konnte. Wir hatten überhaupt keine Flagge gesetzt. Hoffentlich zerbrechen sie sich noch jetzt die Schädel, wer wir eigentlich sein konnten.«

»Aber der Kanonenschuß ...?«

»Die gaben einen blinden Schuß ab, daß wir beidrehen sollten, aber so höflich sind wir nun mal nicht. Wir hauten ab, so schnell wir konnten, als sei der Teufel hinter uns her. Die ›Delphin‹ ist so konstruiert, um durch ihre Geschwindigkeit zu siegen, nicht um sich in Feuergefechte einzulassen. Na, jedenfalls war von ihnen heute morgen keine Spur mehr zu sehen.«

»Ich hatte Angst«, sagte Jane. »Todesangst.«

»Das ist das erste vernünftige Wort, das ich seit langem von dir höre. Wir haben eine Ladung Wolle an Bord, die ich nach Vlissingen bringen soll, und wir haben keine Ausfuhrpapiere für den Fall, daß wir angehalten und durchsucht werden.«

»Ich hörte, wie Charles hinauf an Deck ging.«

»Er blieb durch den ganzen Schlamassel oben, und für eine Landratte, muß ich sagen, hat er sich ganz gut bewährt.«

»Ist er noch oben?«

»Ja, er war die ganze Nacht auf Deck. Sprach kaum ein Wort. Schien nicht die geringste Furcht zu haben, fragte nicht einmal, ob das Zollschiff noch hinter uns her ist. Stand die ganze Zeit ruhig da, ohne auch nur ein Wort zu sagen.

Wollte nicht mal in die Kombüse mit mir gehen und etwas essen. Er steht noch immer oben und starrt auf das weite Meer.«

Jane fröstelte es. »Charles ist mir unbegreiflich.«

»Mir auch. Ich verstehe nicht einmal, warum ich ausführe, was er mir aufträgt. Diese Fahrt nach Le Havre ist heller Wahnsinn. Er ist zwar der Eigentümer der ›Delphin‹, doch ich bin ihr Kapitän und unterstehe nicht seiner Befehlsgewalt. Erst wollte ich mich ihm widersetzen, dann hielt ich den Mund und tat, was er sagte. Warum muß er denn selber nach Le Havre fahren! Jemand anderer hätte diese Französin abholen können, ohne daß er sein eigenes Leben aufs Spiel setzte. Einmal zu entkommen, genügt doch, sollte ich meinen. Weiß er nicht, daß er sein Schicksal geradezu herausfordert? Weiß er denn das nicht, Jane?«

»Ich glaube schon, daß er es weiß«, sagte sie trocken. »Und das ist vielleicht der Grund, daß wir alles tun, was er uns sagt, Paul, und er reißt uns mit. Schau mich an. Hier liege ich in einer Kabine der ›Delphin‹ und weiß in Gottes Namen selber nicht, warum ich zustimmte, diese Fahrt mitzumachen. Ich bin nicht besonders mutig und Louise de Montignot ist mir völlig gleichgültig. Charles aber verfügt über großen Mut, und sein Entschluß, sich ganz für die Frau einzusetzen, ist so entschieden, daß auch ich zusagen mußte, mitzufahren.«

Erschöpft rieb sich Paul die Augen. »Du bewunderst ihn, nicht wahr, Jane?«

»Ich halte ihn für tapfer«, erwiderte sie stirnrunzelnd, »wenn er nur nicht so unnahbar wäre. Ich glaube, er kennt überhaupt keine Furcht. Er sieht einen mit diesen kalten, dunklen Augen an, trinkt, reitet, gibt rechts und links Geld aus – vielleicht hat er sogar eine Geliebte –, und ich glaube nicht einmal, daß er sich das geringste aus all diesen Dingen macht. Kannst du ihn dir nicht jetzt da oben an Deck vorstellen: kalt wie das Meer, das er anstarrt?«

Sie zog die Decke dicht bis zum Kinn und drehte sich auf die Seite, näher zu Paul. »Ich möchte nur wissen«, sagte sie nachdenklich, »ob er in Louise verliebt ist, und ob es sein Glück bedeutet, sie bei sich auf Blakes Höhe zu haben.« Fragend sah sie Paul an, obwohl sie keine Antwort von ihm erwartete. »Oder ist es nur wegen des Versprechens, das er gegeben hat und nicht brechen darf, ganz abgesehen von seinen Gedanken oder Gefühlen für Louise?«

»Was Charles für diese Französin empfindet, ist mir völlig gleichgültig«, sagte Paul in einem Ton, als wiederhole er zum soundsovielten Male etwas, das für ihn längst feststand. »Die Hauptsache ist für mich, daß ich dich hier auf der ›Delphin‹ habe, und daß ich dafür Sorge tragen kann, daß dir nichts geschieht. In Le Havre gehe ich an Land und hole mit aller mir zur Verfügung stehenden List so rasch wie möglich diese Frau an Bord. Und ich tue es nicht für sie, noch für Charles, sondern für dich, Jane. Indem er dir mit dem kleinen Finger winkte, hat er dich der größten Gefahr ausgesetzt. Wenn ich dich liebe, muß ich dich vor den Gefahren seiner rücksichtslosen Besessenheit retten.«

Die Augen fielen ihm wieder zu. Er sah erschöpft und überanstrengt aus.

»Du bist sehr müde, Paul«, sagte Jane zärtlich.

»Ja, müde . . .«

»Könntest du schlafen, wenn du dich hier zu mir legen würdest? Ich liege ganz still – könntest du Schlaf finden?«

Kaum konnte er die Augen offenhalten. »Nicht einmal du, Jane, könntest mich jetzt wachhalten.«

Er setzte sich an den Bettrand. Sie half ihm die durchnäßten Sachen auszuziehen und warf sie auf den Boden; er streifte die Stiefel ab, die polternd gegen die Tür fielen. Sie drängte sich eng an die Wand, um für ihn Platz zu machen. Dann legte sie den Arm unter seinen Kopf und umhüllte seine Schultern mit der Decke.

Einige Augenblicke lag er, schweratmend, ganz still. Sie

glaubte schon, er sei eingeschlafen. Da sagte er auf einmal leise und kaum verständlich: »Was machst du, Jane, wenn die Französin dir Blakes Höhe nimmt? Kommst du dann mit mir?«

Sie küßte ihn zart auf die Schläfe. »Darüber reden wir, wenn die Zeit kommt«, sagte sie leise.

Dann nahm sie den durchfrorenen, müden Körper in die Arme und drängte sich eng an ihn, um ihn zu wärmen. Jetzt gab er sich ganz seiner Müdigkeit hin, ohne zu versuchen, weiterzusprechen. Das blonde Haar fiel ihm über die Stirn. Mit dem Kopf gegen ihre Brust, schlief er einen schweren Schlaf der Erschöpfung, bis die Sonne hoch am Himmel stand.

7. Kapitel

Den ganzen langen Nachmittag und noch bei Einbruch der Dämmerung warteten Charles und Jane auf Pauls Rückkehr. Es war ein strahlender, milder Septembertag gewesen, nur eine frische Brise hatte den bevorstehenden Winter ahnen lassen. Doch nachdem sie in den Hafen eingefahren waren und die runden Zinnentürme hinter sich gelassen hatten, die seit den Zeiten Franz I. die befestigte Hafeneinfahrt überragten, war auch dieser kühle Windhauch nicht mehr zu spüren.

Jane sah, wie die grauen, düsteren Granitmauern des Kais an ihnen vorüberglitten. Trotz des Sonnenscheins, den sie wärmend und wohltuend auf dem Rücken fühlte, überlief sie ein kalter Schauer. Charles war keine Erregung anzumerken. Es schien, als sei er sich der vor ihm liegenden Gefahr überhaupt nicht bewußt.

»Dort drüben liegt ›La Citadelle‹«, erklärte er und zeigte auf ein hohes, rechteckiges Gebäude neben der Hafeneinfahrt. Jane sah hinüber. Es war ein düster drohender Bau. Die Zitadelle überblickte sowohl die Flußmündung als auch die Stadt selbst. Auf ihren Mauern erhoben sich in regelmäßigen Abständen wehrhafte Wachttürme. Nicht einmal das Grün der Bäume innerhalb der Mauern vermochte es, den grimmigen, Unheil verkündenden Eindruck zu mildern. Schnell wandte sich Jane ab.

Das ›Bassin du Roi‹ bot einen freundlicheren Anblick. Dicht gedrängt umstanden die Häuser das Hafenbecken, und geschäftig gingen die Menschen ihrer Arbeit nach. Hier sah Jane das gewohnt friedliche Bild emsiger Tätigkeit. Le Havre unterschied sich kaum von Folkestone. Jane hätte fast glauben können, dies sei England, ein Land des Friedens und der Sicherheit. Doch während sie all dies in sich aufnahm, umklammerte sie die Reling, um Charles nicht merken zu lassen, wie sehr ihre Hände vor Erregung zitterten.

Die buntangestrichenen Häuser waren aus Holz erbaut, mit Mörtel beworfen und mit Dachziegeln gedeckt, die oberen Stockwerke ragten über die Häuserfront hinaus. Überall vor den Fenstern hing Wäsche, Kleidungsstücke in allen möglichen Farben flatterten im Wind wie Vögel, die mit den Flügeln schlugen, oder wie Fahnen, dachte Jane, ja, Fahnen, die die Stadt anläßlich eines Festtages gehißt hatte. Warum gingen ihr wohl solche Gedanken durch den Kopf, warum versuchte sie nur, sich einzureden, dies sei eine Stadt, in der sie glückliche Ereignisse, aber keine Gefahren erwarteten? Hinter einem dieser Fenster lag Louise de Montignot. Vielleicht konnte auch sie die heiseren Stimmen der Wäscherinnen vernehmen, auf die Charles eben Jane aufmerksam machte. Sie standen am Brunnen, mit ihrer Wäsche beschäftigt und schwatzten miteinander. Selbst die Waschtröge waren blau und grün angemalt.

Im Lauf des Nachmittags löschte die Besatzung der ›Delphin‹ mit betonter Geschäftigkeit die Ladung, die Paul von

Barham herübergebracht hatte, und brachte alles, für jedermann sichtbar, in die Lagerhäuser. Die Wollballen aus England hatten ihren Zweck erfüllt: Die ›Delphin‹ lag in Le Havre vor Anker. Paul prägte sich den Stadtplan ein, den Latour aufgezeichnet hatte; vom Ankerplatz im ›Bassin du Roi‹ konnten die die belebte Rue de Paris sehen. In dieser Straße sollte Paul eine Weinhandlung ausfindig machen, in der auch Brot verkauft wurde, und dort nach einem gewissen Albert Cornand fragen.

Jane und Charles blickten ihm nach, wie er sich von Matt Shore an Land rudern ließ und die Stufen zum Kai emporstieg. Dann tauchte er in der Menschenmenge unter. Für Jane und Charles gab es jetzt nichts weiter zu tun, als geduldig zu warten. Langsam senkte sich die Nacht hernieder. Jane hatte versucht zu schlafen, aber die Luft in der Kabine unter Deck war dumpf und bedrückend. Als sie wieder auf Deck kam, stand Charles noch immer auf der gleichen Stelle, als habe er die ganze Zeit über von der Reling Ausschau gehalten. Jane stellte sich neben ihn.

»Gerade hat ein Boot vom Kai abgelegt«, sagte er kurz. »Ich glaube, es ist Paul mit zwei Fremden, einem Mann und einer Frau.«

Es war schwierig, das Boot in der zunehmenden Dunkelheit zu sehen, doch als es näherkam, erkannte sie Paul, der im Heck stand. Den ganzen Nachmittag hatte Matt Shore sich unten an der Kaimauer in Bereitschaft gehalten; Paul wollte jedes Aufsehen vermeiden und hatte sich daher von Matt Shore statt von einem der kleinen Zubringerboote übersetzen lassen. Sie lagen jetzt längsseits der ›Delphin‹; wie Charles gesagt hatte, saßen außer Paul noch zwei Personen im Boot. Als erster stieg ein Mann, den Jane noch nie gesehen hatte, das hin- und herschwingende Fallreep hinauf; Paul war ihm dabei behilflich. Zaghaft folgte ihm eine Frau.

Diese Frau war nicht Louise de Montignot. Das erkannte

Jane, sobald die Frau das Deck betrat. Sie war nicht mehr jung und ihr Körper war aufgeschwemmt; sie trug ein graues Kleid mit einem zerschlissenen, fleckigen Halstuch, eine schmutzige Haube bedeckte ihr graues Haar. Man sah ihr an, wie erschöpft sie war; voller Angst blickte sie argwöhnisch um sich. Jane hatte oft versucht, sich ein Bild von Louise de Montignot zu machen, doch diese Frau konnte unmöglich Louise sein. Charles blieb stumm.

Jetzt kam auch Paul an Deck. Er gab ihnen ein Zeichen, die Kajütstreppe hinunterzusteigen, sprach aber kein Wort. Jane hätte ihn gern nach seinen Erlebnissen gefragt, doch ein Blick auf sein sorgenvolles Gesicht ließ sie schweigen. Jetzt war nicht die Zeit, ihn mit Fragen zu belästigen. Nur einen kurzen Augenblick ließ sie ihre Hand in der seinen ruhen, als er ihr die Treppe hinunterhalf; er lächelte ihr zu — ein Lächeln, das ihr sagte, sie sei sein Kamerad und sie teile alle Sorge mit ihm. Als letzter folgte Charles. Er stand an der Tür und wartete, bis sich alle gesetzt hatten.

Das Paar hatte sich nebeneinander unter den Pfortluken niedergelassen. Der Mann hatte wirres, schütteres Haar. Sein Gesicht war zerfurcht. Hilfeheischend blickte er verzweifelt um sich. Er mochte etwa sechzig Jahre alt sein.

Paul stellte die beiden vor. »Monsieur und Madame Duval. Sie hielten sich bei Albert Cornand verborgen und haben mich gebeten, sie nach England zu bringen.«

»Ihr werdet doch gleich ausfahren?« fragte der Mann. »Wir müssen so schnell wie möglich von hier fort, Monsieur.« Jane war überrascht, daß er englisch sprach. Sie fragte sich, wo er es wohl gelernt hatte.

Charles, der noch immer an der Tür stand, erwiderte: »Sobald wir unsere Geschäfte in Le Havre erledigt haben, werden die Anker gelichtet — vorher nicht.«

»Geschäfte erledigt!« Dieser Ausruf kam von der Frau. Abscheu und Erbitterung klangen aus ihrer Stimme. »Wenn es sich um die Comtesse handelt, dann sind Eure Geschäfte schon erledigt. Ich kann eine Lebende von einer Toten unterscheiden – die Comtesse ist so gut wie tot.«

»Aber noch lebt sie?« fragte Charles.

»Na ja, sie lebt noch ...« gab die Frau achselzuckend zu, »aber lange wird sie's nicht mehr machen. Ein paar Stunden vielleicht ... höchstens einen Tag.« Sie stieß ihren Mann an und wies mit dem Kopf auf Paul. »Du hast die Überfahrt weiß Gott gut bezahlt. Du mußt darauf bestehen, daß wir sofort losfahren. Diese Warterei auf eine Frau, die jeden Augenblick sterben kann, mache ich nicht mit.« Neben ihrem Gatten machte sie trotz ihrer Übermüdung einen tatkräftigen, fast männlichen Eindruck; sie war es, die in dieser Ehe das Regiment führte.

Duval wandte sich entschuldigend an Charles. »Ihr müßt ihr verzeihen, Monsieur. Marie ist sonst nicht so ... so barsch. Aber wir haben ein unglückseliges Erlebnis hinter uns, höchst unglückselig. Wir haben versucht, einer Dame zu helfen, die von der Kommune verfolgt wird ... Ihr müßt wissen, ich hatte in Paris ein eigenes Geschäft und bin ein angesehner Geigenbauer ...«

»Von wegen!« rief Marie Duval verächtlich aus. »Ein gefühlvoller Esel ist er! Läßt er sich doch darauf ein, einer ehemaligen Kundin unseres Hauses bei der Flucht behilflich zu sein! Konnte sie sich nicht vor dem Tribunal verantworten und auf ihre gerechte Sache vertrauen wie jeder andere gute Bürger auch? Aber nein – er muß sich einmischen, und jetzt sind wir ruiniert! Ein Glück, daß wir das nackte Leben retten konnten und das Gold, das wir im Hause hatten. Ruiniert sind wir, völlig ruiniert!«

»Ihr könnt Gott danken, daß Ihr das Leben gerettet habt!« Damit waren die Duvals für Charles erledigt. Er wandte sich zu Paul.

»Was gibt es Neues? Was ist mit Louise?«

»Es ist so, wie sie sagen«, antwortete Paul. »Ich habe

sie selbst gesehen. Sie lebt noch.« Er schüttelte den Kopf. »Aber sie an Bord der ›Delphin‹ bringen . . .«

»Habt Ihr mit Louise gesprochen?« wollte Charles wissen. »Habt Ihr ihr gesagt, daß ich hier bin und daß sie bald in England in Sicherheit sein wird?«

»Ich habe ihr alles gesagt. Sie war froh, Euch hier zu wissen. Aber als ich von Eurer Absicht sprach, sie heute nacht an Bord der ›Delphin‹ zu bringen, sagte sie nichts mehr.«

»Nichts?«

»Sie hat nur gesagt, sie wäre glücklich, Euch wiederzusehen. Das ist alles.«

Doch Charles wollte nichts davon hören. »Sie ist sehr geschwächt und muß sich erst an den Gedanken gewöhnen, daß wir gekommen sind, sie zu befreien.« Als Paul wieder den Kopf schüttelte, blickte ihn Charles finster an. »Was ist nur mit Euch los? Seid Ihr auf einmal ein elender Feigling geworden wie alle anderen – so feige, wie die beiden hier?« Er deutete auf die Duvals. »Wollt Ihr sie im Stich lassen, jetzt, wo wir dem Ziel so nahe sind?«

Ruhig erwiderte Paul: »Meiner Meinung nach hat die Comtesse nicht mehr die Kraft, die ›Delphin‹ zu erreichen.«

»Dafür werden wir schon sorgen. Das läßt sich machen. Es muß doch eine Kutsche oder eine Sänfte geben, die sie zum Kai bringt. Dann tragen wir sie ins Boot. Matt Shore soll aus einem Tau eine Schlinge machen, mit der wir sie an Bord ziehen. – Verflucht noch mal, warum schüttelt Ihr nur immer den Kopf? Gebt Ihr Euch geschlagen, schon ehe wir begonnen haben?«

»Ich gebe mich nicht geschlagen – noch nicht. Aber in den letzten Tagen haben sich die Ereignisse in Frankreich derart zugespitzt, daß selbst der kurze Weg von Cornands Laden zum Kai für eine Frau gefährlich ist, die zu schwach ist, allein zu gehen.«

»Was ist geschehen?« fragte Charles ungehalten.

»Hat Monsieur denn nichts davon gehört?« mischte sich Duval ein. »Heute morgen kam die Nachricht aus Paris. die ganze Stadt fiebert und brodelt.«

»Wovon sprecht Ihr?«

»Seit der Sache mit den Tuilerien vergangenen Monat, als die Schweizer Garde überwältigt und die königliche Familie in den Temple gebracht wurde ...«

»Ihr meint, als die Schweizer Garde hingeschlachtet wurde«, wies ihn Charles zurecht.

»Wie Ihr wollt, Monsieur«, meinte Duval achselzuckend. »Jeder hat seine eigene Anschauung. Ende August erlebten die Bürger die Beisetzung der Patrioten, die ihrer Ansicht nach bei dem Sturm auf die Tuilerien von Aristokraten hingeschlachtet wurden. Den ganzen Monat hindurch wurden zahllose Verhaftungen vorgenommen und die Stimmung im Volk hatte den Siedepunkt erreicht. Da gab es nur eins: den Mund halten, außer man denunzierte einen Nachbarn oder Verwandten beim Revolutionstribunal. Das ließ sich nicht umgehen, es mußte sein – Ihr versteht. Man mußte ja beweisen, daß man ein loyaler Patriot ist. Da war es höchste Zeit für uns, aus Paris zu fliehen.«

»Jaja – und was weiter?«

»Über die Zustände in Paris sind die entsetzlichsten Gerüchte im Umlauf – die Preußen seien im Anmarsch, Freiwilligenregimenter der Patrioten zögen ihnen entgegen und Paris sei ohne jeden militärischen Schutz. Überall hört man, der Sturm auf Paris sei das Signal für die Gegenrevolution. Dann würden die Gefängnisse geöffnet, Frauen und Kinder wären den Aristokraten und ihren gedungenen Mördern auf Gedeih und Verderb ausgeliefert. Gott sei Lob und Dank, daß wir entkommen sind ...« Schaudernd verzog er das Gesicht.

»Heute erfuhren wir, was in Paris vor sich geht. Vor zwei Tagen – also am zweiten September – gab die Kommune den Befehl heraus, alle Gefangenen in der ›L'Abbaye‹ und in ›La Force‹ unverzüglich vors Tribunal zu bringen — das bedeutet nur eins: Hinrichtung oder Freispruch. Am selben Tag feuerten sie vom Pont-Neuf um zwölf Uhr mittags einen Signalschuß ab, und auf dem Rathaus wurde eine schwarze Flagge gehißt. Hunderte von Menschen sollen schon umgekommen sein, vom Pöbel in Stücke gerissen, der kaum abwarten kann, bis das Scheinverfahren beendet ist. Da gibt's keine Unterschiede, alle werden gleich behandelt: Verbrecher, Priester, Dirnen, Royalisten. Da gibt's nur Hinrichtung oder Freispruch. Ein wahres Blutbad, Monsieur!«

»Und noch kein Ende abzusehen?«

»Soviel wir wissen, nein, Monsieur. Man hat erst heute hier in Le Havre davon erfahren; Personen, die unter Fluchtverdacht stehen, müssen strengstens überwacht werden. Die Seine ist ja der bestmögliche Fluchtweg aus Paris.«

»Heute früh wären wir beinahe geschnappt worden«, warf Marie Duval ein. »Kaum hatten wir das Haus verlassen, in dem wir übernachtet hatten, da wurde es auch schon von der Nationalgarde durchsucht. Jetzt könnt Ihr vielleicht verstehen, warum wir keine Lust haben, hier herumzusitzen, bis sie auf die Idee kommen, jedes Schiff im Hafen zu durchsuchen. Ich kann Euch sagen, jeder Mensch hat plötzlich zwei Paar Augen im Kopf — das eigentliche und eins, womit er alles beobachtet, was ihm verdächtig erscheint. Wir leben in einer Zeit, wo Patriotismus nichts Selbstverständliches mehr ist. Man muß seine loyale Gesinnung auch demonstrativ zur Schau stellen.«

Wütend blickte sie Charles an. »Und was diese Comtesse, diese Montignot betrifft, so ist ihr Steckbrief in jedem Hafen, an allen Grenzen bekannt. Hätte ich geahnt, daß sie sich in Cornands Haus aufhält, ich hätte es nie betreten. Le Havre ist nicht Paris, kann ich Euch nur sagen. In dieser Kleinstadt weiß jeder über den andern Bescheid. Eine fremde, dazu noch kranke Frau bleibt nicht lange unentdeckt, selbst wenn sie sich in einem Hinterzimmer verborgen hält.«

»Hört auf mit Eurem Geschwätz!« fuhr Charles sie an.

Zornesröte überflog ihr Gesicht. »Ich bin noch nicht fertig. Wir haben unsere Überfahrt redlich bezahlt und verlangen, sofort loszufahren. Für diese Frau gibt es keine Hoffnung; wenn wir noch länger hierbleiben, bringen wir uns damit nur alle in Gefahr.«

»Die ›Delphin‹ ist nicht das einzige Schiff im Hafen«, entgegnete Charles. »Es steht Euch vollkommen frei, ein anderes zu nehmen, wenn der Kapitän willens ist. Wenn Ihr aber auf der ›Delphin‹ bleiben wollt, dann kniet nieder und sprecht ein Gebet, daß Louise de Montignot lebend hier an Bord kommt.«

Fragend wandte er sich zu Jane. »Du hast alles mit angehört. Unser Vorhaben ist schwieriger, als wir ursprünglich annahmen. Bist du noch immer bereit, mit an Land zu gehen und uns zu helfen?«

»Ich gehe mit euch.«

Paul erhob sich. Auf seinem Gesicht war zu lesen, daß er zornig war, sich aber doch fügen mußte.

»Ich war von Anfang an der Meinung, das ganze Unternehmen sei Wahnsinn, ein sinnloses, überstürztes Abenteuer. Ihr –«, er sah Charles an, »Ihr hättet niemals nach Frankreich zurückkehren sollen, solange die Schreckensherrschaft andauert. Und was ich davon halte, daß Jane mitgekommen ist, wißt Ihr ja. Aber nun sind wir einmal hier, und die Gefahr vergrößert sich von Stunde zu Stunde. Gehen wir also an Land und bringen die Sache hinter uns.«

Verzweifelt warf sich Duval vor Paul nieder und umklammerte seine Knie. »Monsieur! So wie die Dinge jetzt stehen ... die Nationalgarde kann jeden Augenblick kommen und das Schiff durchsuchen ... ich beschwöre Euch, Monsieur ...«

»Wir kommen, sobald wir können, zurück«, beschwichtigte ihn Paul.

Jane, Charles und Paul verließen die Kajüte. Die Duvals blieben verbittert zurück, ohne einen weiteren Versuch zu machen, sie von ihrem Vorhaben abzubringen.

8. Kapitel

Matt Shore und ein zweiter Matrose von der ›Delphin‹ ruderten die drei zum Kai. Paul hatte ihnen bereits eingeschärft, wie sie sich verhalten sollten: Nötigenfalls müßten sie bis zum Morgen hier warten; falls jemand sie fragte, was sie hier suchten, sollten sie sagen, ihr Kapitän sei in der Stadt und verhandle über den Einkauf einer Ladung. Die Passagiere der ›Delphin‹ dürften mit keinem Wort erwähnt werden.

Es war ein lauer Abend. Auf den Straßen herrschte noch reges Treiben, Türen und Fenster standen weit offen. Vom Heck der im Hafen liegenden Schiffe warfen die Laternen breite Lichtstreifen über das Wasser; die Flut stieg, der Gestank von verfaultem Gemüse und Abfällen, die auf dem Wasser trieben, war jetzt weniger aufdringlich als am Nachmittag.

Leise legte das Ruderboot an den Granitstufen an. Paul stieg aus und half Jane. Es war schwierig, besonders für eine Frau, die durch Röcke behindert war, von dem schwankenden Boot aus auf die rutschigen Steinstufen zu treten. Sobald Charles ebenfalls ausgestiegen war, stieß Matt, der sitzen blieb, das Boot mit den Händen an der Kaimauer entlang bis zu einem in den Steinen eingelassenen Eisenring zum Vertäuen der Schiffe. Mit eingezogenen Rudern bereiteten sich die beiden Matrosen auf das lange Warten vor.

In den Docks trieben sich, wie in allen Hafenstädten, allerlei Müßiggänger herum. Sie saßen auf Ballen und Kisten, genossen den schönen Abend, kauten Tabak, spuckten in hohem Bogen aus und besprachen die neuesten Nachrichten aus Paris. Charles stieg die Stufen empor, Jane und Paul folgten ihm Arm in Arm. Charles trug den schäbigsten Anzug, den er bei der Besatzung der ›Delphin‹ hatte finden können und einen verbeulten, schmierigen Hut. In seiner Hand schwang eine Laterne. Jane beobachtete ihn, wie er die Uferstraße erklomm. Wenn er nur eine weniger stolze Haltung zur Schau tragen würde. Selbst in diesem armseligen Anzug mußten seine Größe und seine aristokratische Erscheinung Aufmerksamkeit erregen. Paul war von Anfang an dagegen gewesen, Charles mit in die Stadt zu nehmen, und Jane mußte ihm recht geben, daß es ein Fehler war. Schon jetzt unterbrachen zwei Gruppen, die nahe der Steintreppe saßen, ihr Gespräch und musterten Charles mit neugierigen Blicken. Er blieb unbeweglich stehen, den Schein der Laterne auf die Stufen gerichtet.

Paul konnte einen leichten Fluch nicht unterdrücken. »Warum, zum Teufel, muß er nur so auffallend aussehen — sogar hier!« Als Jane auf dem Kai stand, ereignete sich etwas, das viel weniger zufällig geschah, als es den Anschein hatte. Aus der Gruppe, die Charles am nächsten stand, löste sich ein Mann. Er sagte etwas — Jane konnte den Franzosen nicht verstehen — trat einen Schritt zurück und rempelte Charles mit aller Gewalt an. Schwankend versuchte Charles, sich auf den Beinen zu halten. Die Laterne jedoch, das sah Jane genau, hielt er eng an sich gepreßt.

Der Franzose und Charles wechselten ein paar Worte; Jane konnte heraushören, daß sich der Fremde entschuldigte, Charles' Stimme klang belegt und undeutlich wie bei einem Betrunkenen. Der Mann, der kleiner war als Charles, ließ diesen jedoch nicht aus den Augen. Charles drehte sich um, ergriff, noch immer schwankend, Janes Arm und stützte sich schwer auf sie. Schnell nahm Paul ihm die Laterne ab. Plötzlich fühlte Jane Charles' Arme um sich. Fest hielt er sie umschlungen, dann stieß er ihren Kopf in den Nakken, so daß die Kapuze heruntenglitt. Sie fühlte seine Lippen auf ihrem Mund. Benommen vor Überraschung ließ sie alles geschehen. Jetzt machte er sich an ihrem Haar zu schaffen und zerrte es los. Frei wallte es nun um ihre Schultern. Immer wieder küßte er sie. Die Zuschauer brachten mit Pfiffen und Zurufen ihre Anerkennung zum Ausdruck.

Seinen Mund noch immer auf dem ihren, flüsterte er ihr zu: »Sie sollen denken, ich sei betrunken und du auch. Du verstehst doch?«

Er richtete sich auf und sah zu den Männern hinüber, die gepfiffen hatten. Noch immer hatte er den Arm um Janes Schultern gelegt. Er machte eine grotesk-ungeschickte Verbeugung – seine Beine versagten scheinbar fast den Dienst – und rief den Männern auf Französisch etwas zu. Seine Bemerkung wurde mit Gelächter und weiteren Zurufen quittiert und einer der Männer rief: »Une Anglaise!« Unter Charles' Arm machte Jane lächelnd einen steifen Knicks. Sie wußte, daß auch Charles lachte. Beifällige Rufe dankten ihr. Nun stellte sie sich auf die Zehenspitzen, drückte einen Kuß auf Charles' Wange und zwickte ihn dabei ins Ohr.

Während dieser ganzen Zeit hatte der Mann, der Charles den Stoß versetzt hatte, geschwiegen und den Blick unverwandt auf den dreien haften lassen. Jetzt streckte er die Hand aus und wollte Charles festhalten. Paul stieß den Fremden beiseite.

»Pardon, Monsieur!« sagte er höflich. Er sprach mit übertrieben englischem Tonfall. Das schien die Umstehenden zu belustigen, sie lachten noch lauter. Bis Paul sich aus seiner lächerlich steifen Verbeugung aufgerichtet und den Hut wieder aufgesetzt hatte, waren Charles und Jane schon ein gutes Stück den Kai hinunter verschwunden, wobei sich Charles übertrieben aufrecht hielt wie ein Betrunkener.

»Heda, ihr! Wartet doch auf mich!« schrie Paul ihnen

nach und rannte hinter ihnen her, nicht ohne sich von den Männern mit einer schwungvollen Handbewegung verabschiedet zu haben. Als er die beiden eingeholt hatte, legte er seinen Arm um Janes Taille. So schnell sie konnten, ohne Verdacht zu erregen, schlugen sie den Weg zur Rue de Paris ein.

Jane wagte es nicht, Charles zu fragen, was für eine Bewandtnis es mit dem Fremden habe, der ihn angerempelt hatte. Sprechen durfte sie jetzt nicht. Etwas unsicher und schwankend wie er, mußte sie an seiner Seite weitergehen. Zum erstenmal, seit sie sich auf das Wagnis eingelassen hatte, wurde sie wirklich von Furcht gepackt. Sie begann zu zittern. Sogleich legte sich Pauls Arm beruhigend noch fester um sie.

Tröstend flüsterte er ihr zu: »Keine Angst, Liebste. Es wird dir nichts, aber auch gar nichts geschehen.«

Sie wußte wohl, daß er sie mit dieser ungewissen Zusage trösten wollte, doch seine Stimme klang fest, als sei er überzeugt, sein Versprechen halten zu können. Eine starke Zuversicht klang aus seinen Worten, wenn auch die Umstände dagegen sprachen, als stehe es wirklich in seiner Macht, sie vor Gefahr zu beschützen. Seine Kraft übertrug sich auf Jane. Sie mußte ihm Glauben schenken und ihm vertrauen.

Erhobenen Hauptes und mit neuem Mut spielte sie die Rolle weiter, die Charles ihr zugewiesen hatte.

Sie bogen in die belebtere, lautere Rue de Paris ein. Aus Wirtshäusern und Läden fiel heller Lichtschein auf die Straße, ebenso aus den oberen Räumen über den vollbesetzten Kneipen. Die Türen der Bordelle standen einladend offen. Schamlos entblößte Dirnen sprachen vorübergehende Matrosen und Bürger frech an. Charles zog den Hut tiefer in die Stirn, so daß sein Gesicht noch mehr im Schatten war.

»Wer war der Mann?« fragte Jane leise. Sie blieben vor einem Laden stehen und befühlten den ausgestellten runden Käse.

»Folgt er uns? Ist er noch zu sehen?«

Unauffällig blickte sich Paul um. »Scheint verschwunden zu sein.« Er beugte sich näher zu Charles.

»Er heißt Bouchet«, erklärte Charles, »und war Verwalter auf dem Gut Philippe de Montignots. Er ist es auch, der Philippe denunzierte und als Belastungszeuge gegen ihn auftrat. Als Belohnung für diesen Beweis seiner revolutionstreuen Gesinnung hat die Kommune ihm ein Amt zugeteilt. Dank der Bestechungsgelder ist er im vergangenen Jahr sicher dick und fett geworden.«

»Was hat er hier in Le Havre zu suchen?«

»Dafür gibt es nur eine Erklärung: In Paris muß es bekannt geworden sein, daß Louise sich hier verbirgt, und man hat ihn beauftragt, die hiesige Behörde nach ihr fahnden zu lassen. Hat man sie gepackt, kann er mit Bestimmtheit versichern, daß sie wirklich Louise de Montignot ist. Dieser Bouchet muß es auch gewesen sein, der Pierre Latour aufspürte und ihm in der Hoffnung gefolgt ist, auch Louises Versteck ausfindig zu machen. Wahrscheinlich hat er angenommen, sie früher oder später auf der Straße zu sehen. Vielleicht weiß er sogar, daß es die ›Delphin‹ war, auf der Latour ihm entkommen ist und nun hat er am Hafen seine Spione postiert, die ihm die ›Delphin‹ melden sollen, sobald sie Le Havre wieder anläuft. Daß Louise nicht gemeinsam mit Latour entkommen ist und sich noch hier befindet, muß er wissen, sonst triebe er sich nicht mehr hier herum.«

»Aber dich, Charles, hat er dich wiedererkannt?« fragte Jane.

»Ich glaube, ja. Er ist seiner Sache nicht ganz sicher; in der Dunkelheit war es schwierig für ihn. Außerdem hat er mich früher nur ein paarmal gesehen und das ist schon Jahre her. Entweder hat er sich durch unsere Komödie am Kai irreführen lassen und glaubt wirklich, wir seien nur Schmuggler, die ein Mädel auf eine Vergnügungsfahrt nach

Frankreich mitgenommen haben, oder er weiß, daß es die ›Delphin‹ war, auf der Latour entkommen ist, und er hat mich wiedererkannt. Dann liegt er jetzt auf der Lauer und hofft, daß wir ihn geradewegs zu Louises Versteck führen.«

Plötzlich rief er ungeduldig den Ladenbesitzer herbei und verlangte ein Stück Käse. Er zahlte, indem er mit der umständlichen Genauigkeit eines Betrunkenen die Münzen einzeln in die Hand des Mannes abzählte. Dann brach er den Käse in drei Teile und gab Jane und Paul davon; im Weitergehen aßen sie.

Paul begann leise und ziemlich falsch vor sich hinzusingen und schlug den Takt dazu; plötzlich hörte Jane die Worte heraus: »Drüben an der Ecke ist Cornands Laden . . . Cornands Laden . . .« Jane stieß Charles an: »Cornand . . . Cornand . . .«

Nur einen Augenblick lang schauten sie hinüber; es war ein dreieckiges Gebäude, dessen Vorderfronten zwei Straßen überblickten. Im Innern der schlecht erleuchteten Weinhandlung und Bäckerei drängten sich die Kunden. Paul, der bis jetzt leise weitergesungen hatte, fing nun an, laut zu pfeifen, und ermöglichte es auf diese Weise, daß Charles sprechen konnte.

»Paul, wir müssen in eine Wirtschaft gehen, wo man Euch kennt, und dort jemanden finden, mit dem Ihr wegen einer Ladung verhandeln könnt.«

»Ich kenne mich hier nicht besonders gut aus«, antwortete Paul, »ich komme ja nur selten her. Wir könnten's in der Rue d'Ingouville im Gasthaus ›Zu den drei Brüdern‹ versuchen. Ob dieser Bouchet uns dorthin auch folgen wird?«

»Natürlich wird er das. Deshalb müßt ihr so tun, als wolltet Ihr eine Ladung aufkaufen.«

»Wenn wir ihn abschütteln wollen, müssen wir uns voneinander trennen. Dann weiß er nicht, welchem von uns er auf der Spur bleiben soll. Derjenige, den er weiter verfolgt, geht zur ›Delphin‹ zurück, dadurch halten wir ihn von Cornands Laden fern.«

»Und wenn er Helfershelfer hat?« gab Jane zu bedenken.

»Dazu ist er noch nicht gekommen, die Zeit war zu knapp für ihn. Solange wir in der Stadt umhergehen, wagt er es nicht, uns aus den Augen zu lassen. Jetzt probieren wir's mit der Wirtschaft, und ehe er noch dazu kommt, die Nationalgarde zu verständigen, sind wir schon wieder draußen.«

Sie betraten die enge, nur mäßig erleuchtete Wirtsstube ›Zu den drei Brüdern‹, in der es nach verschwitzten Menschen und Tabaksqualm roch. Doch der Brandy, der hier ausgeschenkt wurde, war gut, und die Matrosen kamen gern hierher. Der Wirt nickte Paul zu, als sei er ihm nicht unbekannt, und nahm sogleich ihre Bestellung entgegen. Gerade als er die Gläser vor sie auf den Tisch stellte, kam Bouchet ganz selbstverständlich wie jeder andere Gast herein. Charles hatte sich vorsichtigerweise mit dem Rükken zur Tür gesetzt. Langsam und deutlich sprach Paul in englischer Sprache mit dem Wirt, so laut, daß Bouchet ihn hören und verstehen mußte.

»War Monsieur Bordillet heute abend schon hier?«

»Monsieur Bordillet? Ce soir . . .? Non, Monsieur.«

»Verdammt!« wetterte Paul. »Rasch trinkt aus! Wir müssen weiter, irgendwo werden wir ihn schon finden.« Der Wirt zuckte bedauernd die Schultern und steckte das Geld für den Brandy ein. Paul half Jane beim Aufstehen, Charles nahm wieder ihren Arm, und sie gingen hinaus. Hinter sich hörten sie, wie ein Stuhl zurückgeschoben wurde. Bouchet erhob sich, um ihnen zu folgen.

Noch viermal wiederholte sich diese Szene. Jedesmal war Bouchet zur Stelle oder beobachtete sie von der Straße aus. In der fünften Wirtschaft endlich kam ein Mann mit einem gewaltigen Schnurrbart auf sie zu und begrüßte Paul herzlich.

»Da bist du ja, mein Freund! Man hat mir gesagt, du suchst mich.«

»In jedem Drecksloch habe ich dich gesucht, in der ganzen Stadt. Hab' schon viel zuviel von eurem schlechten französischen Brandy getrunken.«

»Ah, mein Freund, unsern Brandy kannst du nicht schlechtmachen. Dafür wird er in England viel zu gut bezahlt.«

Der Mann setzte sich zu ihm und bestellte Brandy. Jane wagte es nicht, davon zu trinken, und nickte Bordillet nur lächelnd zu, als er ihr Wohl ausbrachte. Da legte sich Charles' Arm um ihre Schulter, leise flüsterte er ihr zu: »Kannst du nicht besser schauspielern? Du mußt jetzt lustig sein!«

Gehorsam griff sie nach ihrem Glas, trank Charles lächelnd zu und nippte. Wie Feuer durchglühte der Brandy ihre Kehle und ihren rebellierenden Magen. Sie war sehr hungrig – viele Stunden waren vergangen, seit sie auf der ›Delphin‹ gegessen hatte, was ein Matrose schlecht und recht zusammengekocht hatte, und auch das kleine Stück Käse hatte ihren Hunger nicht gestillt. In wie vielen Kneipen mußten sie wohl noch einkehren, wie oft noch Brandy trinken? Sie konnte kaum mehr die Dinge um sich her klar erkennen; wenn dies noch lange so weiterging, würde sie unfähig sein, Charles irgendwie zu nützen. Verzweiflung überkam sie. Der Erfolg ihres Unternehmens schien ihr mehr als fraglich. Am liebsten hätte sie ihren Kopf auf die fleckige, abgenutzte Tischplatte gelegt und geweint.

Da fühlte sie, wie Pauls Hand unter dem Tisch die ihre suchte und sie dann fest umschloß. Dabei unterhielt er sich ununterbrochen mit Bordillet, doch sie wußte, er gab ihr mit diesem Händedruck zu verstehen, daß er kraft seiner Liebe verstand, wie ihr zumute war. Er wußte, wie elend und verzagt sie war, daß Verzweiflung sie zu überwältigen drohte. Selbst daß sie Hunger litt und der Brandy ihr Übelkeit verursachte, wußte er. Schützend stellte er sich zwischen sie und das Gespenst der Furcht; selbst in höchster eigener Gefahr war er um ihren Schutz, um ihre Sicherheit besorgt. All dies strömte beruhigend und tröstend von ihm zu ihr über, während er mit herausfordernd lauter Stimme die Unterhaltung mit Bordillet fortsetzte und hartnäckig um den Preis feilschte, den er für eine Ladung Tabak zahlen sollte. Die beiden Männer warfen sich Beleidigungen und Schmähungen an den Kopf und schienen vollkommen in ihre Verhandlung vertieft zu sein. Und all dies für eine Ladung, die Paul niemals wirklich kaufen und an Bord bringen wollte. Doch das konnte Bordillet nicht wissen, und auch Bouchet, der ganz in ihrer Nähe saß, mußte die Überzeugung gewinnen, dachte Jane, daß es hier tatsächlich nur um Schmuggelgeschäfte ging. Vorsichtig drehte sie den Kopf in Bouchets Richtung und betrachtete genau sein intelligentes, fanatisches Gesicht. Er wich ihrem Blick nicht aus. Sie verabscheute dieses Katz- und Mausspiel, bei dem Verfolger und Opfer sich gegenseitig zum besten hielten.

Mit einem Lächeln, das Bouchet bemerken sollte, beugte sie sich zu Charles.

»Wie lange soll das noch so weitergehen?« flüsterte sie. »Auf diese Weise kommen wir nie zu Louise.« Ängstlich umklammerte sie seinen Arm. »Worauf warten wir noch? Warum schlägt er nicht zu, verhaftet dich und macht dem grausamen Spiel ein Ende?«

»Der erste Akt geht gleich zu Ende«, sagte er. »Selbst wenn Bouchet mich im Verdacht hat, mit Louise in Verbindung zu stehen, so soll er doch glauben, du und Paul seien harmlos. Das müssen wir unbedingt erreichen. Ich glaube, er hat sich durch Pauls Gespräch mit Bordillet überlisten lassen und wird euch nicht behelligen.«

»Aber du, was soll aus dir werden, Charles?«

»Möglicherweise ist er noch im Zweifel, ob ich wirklich dieser Charles Blake, der Freund Philippe de Montignots, bin. Daß Charles Blake aus ›La Force‹ entkommen ist, weiß er sicher. Allerdings sind etliche Jahre seit unserer letzten Begegnung vergangen, und die Kerkerhaft hinterläßt ihre Spuren und verändert die Menschen.«

»Aber er läßt dich doch nicht aus den Augen«

»Er verfolgt die einzige Spur, die ihm geblieben ist. Durch Latours Entkommen hat Bouchet keine Möglichkeit mehr, Louises Versteck ausfindig zu machen. Jetzt heftet er sich an meine Fersen und hofft, sie durch mich zu finden.«

»Warum verhaftet er dich nicht auf den bloßen Verdacht hin?«

»Was könnte ihm das schon nützen! Wie soll er beweisen, daß ich wirklich Charles Blake bin? Er weiß genau, daß ich Louises Versteck niemals verrate. Für die Kommune und für Bouchets Beförderung und Ansehen ist es viel lohnender, Louise in seine Gewalt zu bringen als mich. Und wenn er Glück hat, kann er uns vielleicht beide schnappen.«

»Was sollen wir also tun?«

Charles trank sein Glas leer. »Ich gehe jetzt. Bouchet wird mir folgen. Sobald er fort ist, gehst du mit Paul zu Cornands Laden. Im Notfall müßt ihr Louise ohne meine Hilfe auf die ›Delphin‹ bringen.«

»Aber deine Gegenwart würde ihr Kraft geben«, sagte Jane.

»Das weiß ich wohl, aber wenn ich Bouchet nicht abschütteln kann, müßt ihr es ohne mich schaffen.«

»Wie lange sollen wir auf dich warten?«

»Nur eine Stunde. Die Straßen sind jetzt weniger belebt, dadurch erhöht sich die Gefahr.« Charles ergriff ihre Hand, die auf dem Tisch lag. »Unter allen Umständen müßt ihr sie auf die ›Delphin‹ bringen, und Paul soll unverzüglich die Anker lichten und Le Havre verlassen.«

»Le Havre verlassen? Und was wird aus dir?«

»Ihr dürft nicht auf mich warten.«

Er stieß den Stuhl zurück und wollte aufbrechen. »Wartet keinesfalls auf mich, verstehst du? Wenn ich nicht rechtzeitig an Bord bin, finde ich eine andere Möglichkeit zur Rückfahrt nach England.

Wenn ich nicht nach England zurückkomme, dann wirst du Louise statt meiner auf Blakes Höhe willkommen heißen und für sie sorgen, darauf kann ich mich verlassen.«

Er stand auf und verabschiedete sich freundlich von Paul, ohne jedoch zu zeigen, was dieser Abschied bedeutete, und ließ den Wirt Bordillets Glas noch einmal füllen. Jane sah ihm nach, wie er schwankend die Gaststube verließ. Bouchet erhob sich gleichfalls und folgte ihm zur Tür.

Eine düstere Vorahnung sagte Jane, daß es nicht der Brandy sein konnte, der ihr das Wasser in die Augen trieb. Hinter einem Schleier von Tränen entschwand Charles ihrem Blick.

9. Kapitel

Die Straßen leerten sich immer mehr, wie Charles vorausgesagt hatte; ihre eigenen Schritte wurden auf dem Pflaster immer deutlicher hörbar. Noch nie in ihrem Leben hatte Jane eine solche Furcht gekannt, selbst nicht, als die Dragoner in Barham einrückten. Diesmal war es die Furcht vor etwas Unbekanntem, vor einem Verrat, einem falschen Wort, einem verpaßten Augenblick, der Rettung bedeutet hätte. Sie hüllte sich fest in ihren Umhang und hielt gleichen Schritt mit Paul, der schnell vorwärts ging. Die dunklen Straßen hatten etwas Feindseliges angenommen.

Albert Cornands Laden in der Rue de Paris war geschlossen, die Läden waren heruntergelassen; er sah von außen traurig und verlassen aus. Grauer Verputz bröckelte von der Mauer. Weit und breit war kein Lichtschein zu entdecken. Pauls Klopfen hallte in der engen Straße mit den überhängenden Häusern laut wie Donnerschläge wider. Jane schien es, als müßten alle Bewohner dieser Straße das Klopfen hören, aus den Fenstern starren und fragen, was los sei.

»Qui est là?« Diese eindringlich geflüsterte Frage hinter der Tür schreckte Jane aus ihren Gedanken.

»Fletcher, Kapitän der ›Delphin‹.«

Leise wurden die Riegel zurückgeschoben. Die Tür tat sich gerade weit genug auf, um sie durch einen Spalt eintreten zu lassen. »Rasch!« Die Tür schloß sich hinter ihnen. Völliges Dunkel umgab sie.

»Um Gottes willen, bringt eine Kerze«, sagte Paul. »Was ist denn heute mit Euch los?«

»Pardon, Monsieur. Doch ich wollte nicht, daß jemand sieht, wer eintritt.«

»Werdet Ihr beobachtet?«

»Ich weiß es nicht, Monsieur, doch äußerste Vorsicht ist geboten.« Während der Mann sprach, öffnete sich gegenüber eine Tür. Eine Frau stand da mit einer Kerze in der Hand. Jane blickte schnell um sich und erkannte den Raum wieder. Sie hatte ihn früher am Abend von der Straße aus gesehen, als er voll von Cornands Kunden gewesen war. Auch hier roch es nach Wein, wie überall, wo sie Bordillet gesucht hatten, doch diesmal roch es außerdem nach Brot und Kuchen.

Die Frau war hochgewachsen, hatte aber ein kränkliches Aussehen. Man konnte sie mit Konditortorten und Wein nicht recht in Zusammenhang bringen.

»Monsieur Fletcher, Gott sei Dank, daß Ihr gekommen seid«, flüsterte sie, während sie auf Jane und Paul zukam.

»Ist etwas geschehen, Madame?«

»Die Comtesse liegt im Sterben. Wir glaubten, Ihr würdet nicht wiederkommen.«

»Woher wißt Ihr, daß es so schlimm um sie steht?«

»Oh, Monsieur . . .« Der Schein der Kerze fiel auf Albert

Cornands eingefallenes Gesicht. Er hatte die Blässe eines Menschen, der nie ins Freie kommt, obwohl er kräftig gebaut war. »Ihr Zustand hat sich verschlimmert«, sagte er traurig, »ich fürchte, es geht mit ihr zu Ende.«

Madame Cornand sagte ruhig: »Was sollen wir machen, Monsieur? Sie muß von hier weggebracht werden, denn sie stirbt uns ja unter den Händen. Wie sollen wir dann nur den Behörden die Leiche in unserem Haus erklären! Bei Gott, wir haben unsere Treue bewiesen, Monsieur, aber das können wir nicht auf uns nehmen.«

»Sie liegt im Sterben ...« Paul sah Jane an. »All diese Mühe, und sie wird doch sterben.«

»Ja, Monsieur, nicht nur sie wird sterben müssen, wir wahrscheinlich auch, da wir einer Feindin des Volkes Obdach gewährt haben. Es ist grausam ...« Jane konnte sehen, daß Madame Cornand lange tapfer ausgehalten hatte, aber nun war sie mit ihrer Kraft am Ende.

»Verliere nicht den Mut, Cécile«, flüsterte ihr Gatte ihr zu. »Noch haben sie uns nicht, und vielleicht wird Monsieur ...« Er sprach nicht weiter. Sie alle hatten draußen auf der Straße eilige Schritte gehört, achteten aber nicht weiter darauf, sondern dämpften nur ihre Stimmen. Jetzt hielten die Schritte vor der Tür an. Jemand klopfte leise.

»Qui est là?«

»Un ami, un ami de Paul Fletcher.«

»Es ist Charles«, sagte Paul. »Schnell, öffnet ihm. Schnell herein mit ihm, ehe ihn jemand sieht.«

Wie ein Schatten huschte Charles herein. Er war außer Atem, Schweißtropfen standen ihm auf der Stirn. Erschöpft lehnte er sich gegen die Tür.

»Ich bin ihm entronnen. Er folgte mir bis zum Kai. Dort verschwand ich in einem Weinladen und trank etwas Brandy. Dann versteckte ich mich in dem Bordell nebenan. Er kam nicht herein, sondern wartete draußen. Wenn man in solchen Etablissements genug Geld springen läßt, werden keine Fragen gestellt. Sie bugsierten mich durch ein Dachfenster und zeigten mir einen Schleichweg zur nächsten Straße. Ich gab vor, es sei mein Schwager, der mich stellen wolle. Sie waren sehr hilfsbereit.« Er richtete sich auf und holte tief Atem. »Verzeiht, ich stehe hier und schwatze, während es viel zu tun gibt.« Er wandte sich zu Cécile Cornand. »Madame, ist die Comtesse oben?« fragte er und wies auf die Treppe.

»Einen Augenblick, Charles«, sagte Paul. »Die Lage ist ernster, als wir annahmen. Die Comtesse liegt im Sterben. Cornand sagt, sie hat nur noch ein paar Stunden zu leben.«

Jane beobachtete Charles' Gesicht, als er diese Nachricht empfing. Sie las weniger Entsetzen oder Trauer, als vielmehr Zorn darin. Er war wütend auf Paul, weil er das gesagt hatte.

»Das glaube ich nicht«, sagte er mit aller Bestimmtheit. »Ich glaube es einfach nicht. Sie kann doch jetzt unmöglich sterben, wo ihr die Freiheit winkt. So mutlos ist Louise nicht.«

»Es ist nicht eine Frage von Mut, Monsieur«, sagte Cécile Cornand begütigend. »Ich glaube, die Comtesse hielt ihren Tod für besiegelt, als sie sich sagen mußte, daß Latour nicht wiederkäme. Sie ist völlig am Ende und kann einfach nicht mehr.«

Charles' Stirn umwölkte sich. »Ich kann es nicht glauben. Führt mich zu ihr hinauf.« Er gab Madame Cécile ein Zeichen, voranzugehen. Sie machte ein paar Schritte, blieb dann aber an der Treppe stehen und wandte sich zu ihm.

»Monsieur, Ihr müßt mich recht verstehen. Wenn die Comtesse hier in unserem Hause stirbt, dann sind wir beide, Albert und ich, verloren. Wir können unmöglich ihren Leichnam beiseite schaffen.«

Charles unterbrach sie. »Sie wird dieses Haus lebend verlassen. Ihr werdet in keiner Weise belästigt werden, Madame. Und jetzt, ich bitte Euch, führt mich zu ihr.«

Jane folgte ihm die Treppe hinauf und bewunderte seine aufrechte, zuversichtliche Haltung. Er war ein starker und mutiger Mensch. Sie fragte sich, ob er wohl die Kraft besäße, seinen Willen zum Leben, seinen Trotz auf Louise zu übertragen. Er hatte einen so unentwegten Glauben, war so fest entschlossen, ihr zur Freiheit zu verhelfen, daß im Augenblick nur ihr Leben für ihn von Wichtigkeit und Bedeutung war. Paul und sie selber, das Ehepaar Cornand und die Duvals, die auf der ›Delphin‹ voller Erwartung harrten, sie alle waren willenlose Marionetten, die sich seinem alles andere niederstampfenden Willen beugten. Was auch geschehen mochte, Charles hielt ihrer aller Schicksal in seinen Händen und zwang sie, sich seinen Befehlen zu fügen.

Als Jane das Gesicht der Comtesse erblickte, konnte sie nicht verstehen, wie sie diese Frau jemals hatte fürchten können. Es war unmöglich zu sagen, wie alt Louise de Montignot war. Ihr Gesicht war ohne Falten, doch abgehärmt und hager, so daß man sie auf den ersten Blick für eine alte Frau hielt. Ihr Haar, das einmal blond gewesen sein mochte, war fast weiß. Doch ihre Züge wiesen noch Spuren großer Schönheit auf, ein edel geformtes Kinn und fein geschwungene Brauen über den hellblauen Augen. Sie trug ein einfaches, grobes Nachthemd, das für ihren zarten, abgemagerten Körper viel zu groß war. Ihre durchsichtigen Hände waren von blauen Adern durchzogen.

Sie hatte, als Charles eintrat, nur ein paar Worte zu ihm gesagt. Jetzt hatte sie die Augen wieder geschlossen, als müsse sie sich von der Anstrengung ausruhen. Mit langen Unterbrechungen schöpfte sie langsam Atem, als müsse sie Kraft sammeln, um weitersprechen zu können. Es bereitete ihr Mühe, die Augen auch nur langsam zu öffnen. Mit einer leichten Bewegung der Hand gab sie Jane ein Zeichen, näher an das Bett heranzutreten.

»Monsieur Fletcher sagte mir, Ihr seid von England hergereist, um Euch um mich zu kümmern«, sagte sie mit matter Stimme. »Ihr seid höchst liebenswürdig . . . ich bin Euch dankbar. Doch Ihr könnt nicht bei mir bleiben, Ihr müßt mich verlassen, solange noch Zeit ist.« Ihre Hand, die Janes Arm kurz berührte, sank auf das Bett zurück. Sie schloß die Augen, und ihr Atem ging in schweren Stößen.

»Charles«, rief Paul leise aus der dunklen Nische beim Fenster, »kommt doch mal her.«

Charles, der bei Louise saß, erhob sich. Jane konnte einen Augenblick sein starres ernstes Gesicht sehen, seine Lippen waren fest geschlossen. Albert und Cécile Cornand standen vor der offenen Tür. Bei Pauls Worten trat Albert, wie von einer Befürchtung ergriffen, etwas näher in das Zimmer. Dann aber blieb er stehen und schüttelte den Kopf.

Um Louise vor der feuchten Nachtluft zu schützen, hatte Cécile Cornand Decken vor die beiden Fenster gehängt. Während Charles am Bett bei Louise saß, war Paul zwischen die beiden Fenster des dreieckigen Zimmers getreten und hatte die Decken vorsichtig auseinandergezogen. Auf diese Weise konnte er beide Straßen überblicken. Jetzt trat er zurück und ließ Charles hinaussehen.

»Da unten«, flüsterte er.

Charles blickte die Rue de Paris entlang. Einige Augenblicke vergingen, eine ungeheure Spannung bemächtigte sich aller Anwesenden. Sie teilte sich sogar Louise mit. Langsam öffnete sie die Augen.

»Ist etwas los?« flüsterte sie Jane zu.

Beruhigend berührte Jane ihre Hand. »Es ist nichts, gar nichts, gar nichts.«

Louise schien sie nicht zu verstehen.

Charles ließ die Decke wieder sinken.

»Er ist's«, sagte er entmutigt. »Es ist Bouchet. Er ist verschlagener und hat mehr Zähigkeit, als ich ihm zugetraut habe.«

Louise schrie plötzlich laut auf. »Wer ist draußen? Ist Euch jemand gefolgt?«

Charles wandte sich rasch um. »Sie soll schweigen!« Hart und grausam klangen seine Worte.

Dann, als er erkannt hatte, daß der Schreckensruf von Louise gekommen war, veränderte sich auf einmal sein Gesicht. Es hatte den schuldigen, zerknirschten Ausdruck eines Menschen, der eine unverzeihliche Sünde begangen hat. Noch nie hatte Jane bei Charles diesen Ausdruck der Selbstbezichtigung und Bestürzung gesehen. Er ging durch das Zimmer zu Louise und beugte sich tief über ihr Bett. Seine Hand suchte verzweifelt die ihre. Seine Stimme war klar und fest, als er sagte:

»Louise, ich liebe dich. Von jeher habe ich dich geliebt.«

»Ich habe es immer gewußt.«

Kaum jemand im Zimmer konnte ihre Worte verstehen; leise, wie ein Hauch kamen sie von ihren Lippen. Charles richtete sich auf und legte ihre Hand sanft auf die Bettdekke. Dann gab er ein Zeichen, daß ihm alle aus dem Zimmer folgen sollten. Sie gehorchten ohne Widerspruch in dem Gefühl, daß sie bei dieser Szene überhaupt nicht hätten sein sollen, und doch empfanden sie, wie gleichgültig es Charles war, daß sie alle seine Worte gehört hatten.

Sie standen oben auf dem Treppenabsatz. Leise machte Charles die Tür zu und trat zu ihnen, die ihn fragend ansahen. Er blickte einem nach dem andern fest in die Augen, ohne Furcht vor dem, was er in ihren Gesichtern las.

»Es tut mir leid«, begann er, »ich bedaure, daß ich euch alle in diese Lage gebracht habe. Der Mann draußen auf der Straße ist Bouchet, ein Spitzel der Pariser Kommune.«

In einer Aufwallung von Verzweiflung bedeckte Madame Cornand ihr Gesicht mit den Händen.

Charles fuhr fort: »Ich nahm an, ich hätte ihn abgeschüttelt. Nur weil ich glaubte, meine Gegenwart würde der Comtesse Mut und Kraft für die Reise geben, bin ich hierhergekommen.«

Er zuckte die Schultern, doch nicht, wie es seine Gewohnheit war, gleichgültig und lässig. Sein Gesichtsausdruck sagte ihnen, daß er entschlossen war, den Kampf mit dem Schicksal aufzunehmen.

Sie alle empfanden, daß er dies nur sagte, weil er ihnen schuldete, seine Unvorsichtigkeit zu gestehen. Seine Gedanken aber, sein ganzes Sehnen waren bei der Frau hinter der geschlossenen Tür.

Langsam ließ Madame Cornand die Hände von ihrem Gesicht sinken. »Monsieur, wir können Euch nicht für das tadeln, was Ihr aus Mitleid falsch gemacht habt. Aber –«, sie gab sich Mühe, die Fassung zu wahren, »aber was soll aus uns werden?«

»Bouchet verfolgt nur ein Ziel«, sagte Charles. »Sein Auftrag ist, Louise ausfindig zu machen, und weil er mich erkannt hat, ist er auch auf ihre Spur gekommen. Der Name Cornand ist ihm völlig gleichgültig. Die Kommune beabsichtigt keinesfalls eure Festnahme, noch wird er mich, das Opfer seiner Verfolgung, laufenlassen, um Jane und Paul zu folgen. Solange Bouchet dieses Haus bewacht, könnt ihr es ruhig verlassen. Wenn ihr sofort geht, kann euch Bouchet nichts anhaben. Ihm sind die Hände gebunden. Er ist mir bis hierher gefolgt und wird unten warten, bis die Nationalgarde das Haus umstellt und jeden darin festgenommen hat. Sie werden nur mich und Louise finden. Doch Louise wird es nicht mehr erleben, daß man sie als Gefangene aus diesem Hause führen wird. Und was mich betrifft, so werde ich sie nicht im Stich lassen.«

10. Kapitel

Alles war zu Ende: Louise war gestorben und Charles als Gefangener in den Händen der Revolutionare.

Den ganzen Tag, während sich die ›Delphin‹ gegen widrige Winde zur englischen Küste durchkämpfte, hatten sie in der Erkenntnis dieses unabwendbaren Schicksals verbracht. Und doch konnten sie es nicht ganz glauben, solange der Tag sich noch nicht gesenkt hatte und die Sonne heiß auf die Segel niederbrannte, die sich im Meere widerspiegelten. Nach Charles' Worten wußten sie, daß er in seinem Tod die eigene Erfüllung suchte, und doch lebten sie in der Hoffnung, daß er dem Leben zurückgegeben würde. Diesen Gedanken äußerten sie nicht untereinander – nur das Allernotwendigste wurde gesprochen –, doch ein jeder von ihnen hielt daran fest wie an einem unerschütterlichen Glauben. Als dann aber gegen Abend die Schatten der Masten auf dem Deck immer länger wurden und die weißen Kreidefelsen der Küste in Sicht kamen, gaben sie insgeheim diese Hoffnung auf. Für Charles gab es kein Entrinnen; und keiner wußte das besser als er selbst.

Als hätte der gleiche Gedanke sie hierher geführt, standen sie alle an einer bestimmten Stelle an der Reling und blickten zur Küste hin, während sich die ›Delphin‹ langsam dem Hafen von Folkestone näherte. Paul hatte in Le Havre keinerlei Ladung an Bord genommen, und so mußte die ›Delphin‹ zum ersten Male den Zollkutter, als er in Sicht kam, nicht fürchten. Friedlich lagen die niedrigen Hügel von Kent im Abendsonnenschein.

Plötzlich erklang Albert Cornands Stimme: »Jetzt ist wohl alles vorüber, ja, alles ist vorbei und geschehen. Er ist vielleicht schon auf dem Wege nach Paris.«

»Er war ein mutiger Mann«, sagte seine Frau leise.

Auguste Duval seufzte: »Er war ein Mensch, der liebt.« Das sagte er leise, doch zum ersten Male, seitdem er an

Bord gekommen war, klang aus seinen Worten eine starke Überzeugung, für die er einstehen würde.

»Nie werde ich es vergessen«, sagte Cécile Cornand. »Ich hoffe, daß ich nie wieder solch endlose Minuten erleben muß wie die, als wir zum Kai gingen. Dieser gräßliche Kerl Bouchet, der uns mit seinen Mörderaugen anstarrte, und die Ungewißheit, ob er uns laufenlassen oder ob am Kai ein Nationalgardist auf uns lauern würde!« Ihre Stimme bebte. Den ganzen Tag hatte sie die Erinnerung an dieses Erlebnis gequält, und jetzt endlich mußte sie davon sprechen.

Marie Duval warf ihr einen feindseligen Blick zu. »Und könnt Ihr Euch unsere Angst vorstellen? Wie Ratten auf diesem Schiff, abgeschnitten und jede Sekunde gewärtig, daß die Nationalgarde das Schiff nach uns durchsucht. Und ohne zu wissen, was aus den dreien geworden ist – einfach wegzugehen und uns im Stich zu lassen. Das kann ich Euch sagen, Madame, das waren qualvoll lange Stunden.«

»Und doch nicht so qualvoll lange wie die Zeit, die er durchgemacht hat, als er auf ihr Kommen wartete«, sagte Cornand. »Obwohl ihm und der Comtesse ihr Zusammensein wohl allzu kurz vorkam. Sonderbar, sich die beiden allein dort in unserem Laden vorzustellen, Cécile. Ob sie wohl das Hereinpoltern der Häscher noch erlebt hat? Hoffentlich nicht. Charles muß Furchtbares durchgemacht haben.«

Da wandte sich Jane wütend zu ihnen um. »Müßt Ihr denn immer davon reden? Er hat seine Wahl getroffen. Er wollte der Frau, die er liebte, nahe sein und dieses, sein höchstes Verlangen, wurde ihm erfüllt. Für Charles gab es keine qualvolle Zeit. Qualvoll wäre für ihn nur gewesen, wenn sie allein und verlassen gewesen wäre, ohne zu wissen, daß er auf dem Wege zu ihr war. Seht Ihr denn nicht, daß das allein alles für ihn bedeutete?«

»Das ist ganz gut und schön für die Reichen, die es sich

leisten können, ihrer Liebe einen so romantischen Ausdruck zu verleihen«, sagte Madame Duval. »Wir müssen uns mit weniger begnügen. Wir sind noch am Leben und müssen zusehen, wie wir durchkommen. Und womit? Und wie? Alles, was wir besaßen, haben wir verloren, Mademoiselle. Der Ruin starrt uns ins Gesicht, nichts als der Ruin!«

»Das habe ich Euch schon einmal sagen hören«, erwiderte Jane. »Und ich glaube es nicht. Ihr habt Euer Leben und habt eine Zukunft. Zwar ist England ein fremdes Land für Euch, doch in England sein Brot verdienen und sich eine Zukunft aufbauen ist nicht anders als in Paris. Die Menschen sind überall gleich, schlecht oder gut, habgierig oder gütig. Liebe und Haß gibt es überall. Überall gibt es hilfsbereite Menschen und Menschen, die Euch übelwollen.«

Zu Auguste Duval gewandt, fuhr Jane fort: »Ihr besitzt Euer Talent, Monsieur, und Eure Frau besitzt die Schlauheit von sechs Frauen.«

»Ihr habt gut reden, Mademoiselle«, sagte Marie Duval achselzuckend. Jane hörte nicht hin, was sie sagte. Ihr Blick hatte sich den Cornands zugewandt, die noch immer an der Reling lehnten und zu dem Land hinübersahen, dem sie, ohne Hilfe, auf sich allein angewiesen, entgegenfuhren. Was konnte sie ihnen Ermutigendes sagen? Sie hatten weder Talente noch Geld. Beide waren durchschnittliche Menschen und besaßen lediglich die Tugend des Mutes. Sie waren der Sache des Königs, obwohl es eine verlorene Sache war, treugeblieben. Jetzt bedurften sie ihres Mutes, um die Verlassenheit und vielleicht auch die Armut in dem fremden Land zu überstehen. Die Zukunft mochte sie vielleicht einmal lehren, daß der Preis für ihr Ideal zu hoch gewesen war. Jane kam zu dem Schluß, sie könne ihnen keinen Mut zusprechen. Sie waren sich über ihr Schicksal im klaren, und ihnen mit nichtssagenden Plattheiten zu kommen, das würden sie ihr nicht danken. Sie waren zu zweit, auch das wußten sie. Und jeder konnte sich auf den Mut und die Treue des anderen verlassen. Sie wußten, daß ihnen viel Schweres bevorstand.

Jane trennte sich von der Gruppe und ging nach achtern, wo Paul das Steuerrad übernommen hatte.

Seitdem sie Le Havre verlassen hatten, war sie nicht allein mit ihm zusammen gewesen. Sie wußte, daß er die ganze Nacht auf Deck zugebracht und sich heute morgen in Albert Cornands Hängematte geworfen hatte, um etwas Schlaf zu erhaschen. Den ganzen Tag über war er zerstreut und mit seinen Gedanken beschäftigt gewesen, als wüßte er kaum etwas von ihrer Gegenwart. Jetzt aber lächelte er ihr entgegen, und sein Blick wurde lebhaft.

»Noch ein paar Stunden und wir werfen in Folkestone Anker, Jane. Es kommt mir so irgendwie gar nicht in Ordnung vor, am hellichten Tag zurückzukommen, ohne Schmuggelware und Angst vor einem Zollschiff.«

Etwas seitlich von ihm lehnte sie sich an die Reling, so daß er über seine Schulter blicken mußte, um mit ihr zu sprechen.

»Doch daran denkst du ja gar nicht, Paul.«

»Nein«, gab er zu. »Ich denke an ihn, genau wie du, Jane.«

»Ja«, sagte sie, »auch meine Gedanken sind bei ihm.«

Solange sie lebten, nie würden sie Charles vergessen können, weder sie beide, noch die Cornands, noch die Duvals. Immer wieder würden ihre Gedanken um ihn kreisen. Jane war sich bewußt, daß er sie vieles gelehrt hatte. Ob Charles wohl wußte, daß sie vieles von dem, was sie von ihm gelernt hatte, ihr Leben lang anwenden und ihm dafür allezeit danken würde? Er hatte ihr vorgelebt, daß die Tradition und der Stolz einer Familie wie die Blakes sich nicht darauf gründete, eine Kirche zu erbauen oder sie mit einer Fensterrose auszustatten, sondern Liebe zu empfinden und das eigene Leben dieser Liebe als Opfer darzubringen. Stets würde sie sich Charles' als eines eigenwilligen, stolzen und überlegenen Mannes erinnern, erhaben über die Sentimentalitäten seiner Umgebung, bereit, alles seinem Begriff von Ehre zu opfern. Nur in einer solchen Haltung lag die Größe und Würde eines Geschlechts und seiner einzelnen Vertreter. Das hatte er ihr vielleicht zeigen wollen, als er Blakes Höhe mit allem Firlefanz wichtigtuerischer Macht umgab, als er das Haus mit seidenen Vorhängen drapierte und seine Nachbarn in das frostige Milieu des überladenen Speisesalons zu üppigen Banketts einlud. Da hatte er ihr die Nichtigkeit eines kalten, lieblosen Hauses gezeigt.

Jetzt blickte sie zu Paul auf und seinem scharfen Profil, das sich gegen den Himmel abzeichnete, seinen kurzen, blonden Locken, die im Winde wehten. Sicher führten seine starken Hände das Steuerrad, seine Füße standen fest auf den guten Planken seines eigenen Schiffes. Hier war ein Mann, ganz mit seinem eigenen Element verwachsen, ein Mann, an dem sie voller Liebe hing. Und Charles hatte sie ermahnt, sie solle allezeit zu ihm halten.

Auf einmal wurde es ihr offenbar, daß es belanglos sei, ob das Schiff, auf dem er stand, ihr gehörte, ob die ›Delphin‹, die Königsperle oder Blakes Höhe ihr Eigentum sei. All das gehörte ihr nicht vollkommen ohne die Weisheit, den rechten Gebrauch davon zu machen. Und der rechte Gebrauch bestand nicht darin, Paul an ihren Besitz wie an eine Kette zu legen. Er würde immer mehr Tatkraft als Besonnenheit, mehr Willenskraft besitzen, Reichtum zu erwerben, als das Erworbene zu erhalten. Doch er lebte einem Ideal, einem Traumbild, das ihn zu seinem Glück alle Schwierigkeiten und Hindernisse übersehen ließ. Er ersehnte die Freiheit, ohne die Bürde herkömmlicher Vorurteile und Traditionen. Sie war sich nicht klar darüber, ob sein Traum von der Gewinnung eines eigenen Reiches in Westindien je Wirklichkeit werden oder nur eine stete, unerfüllte, großartige, sein ganzes Leben beherrschende Hoffnung bleiben würde. Wofür er sich auch entschied – im Marschenlande, wo er das Licht der Welt erblickt hatte, sein ganzes Leben mit ihr auf Blakes Höhe zu teilen, oder seinem Traum in Westindien bis an sein Lebensende nachzujagen – nichts würde sie von dem Geliebten trennen. Auch Charles hatte ein solches Traumbild in seinem Leben gehabt. Das hatte Jane erkannt, als er sich entschloß, bei Louise auszuharren, und bedeute es auch seinen eigenen Tod. Es war dieses gleiche, strahlende Traumbild Pauls, das sie nicht zerstören durfte. Selbst wenn Blakes Höhe diesem Ideal zum Opfer fiele, dann war es vom Schicksal so bestimmt, und sie würde sich ihm fügen.

Das mußte sie den Geliebten jetzt wissen lassen.

Leise rief sie seinen Namen: »Paul . . .«

Er blickte vom Steuerrad auf und sah sie mit dem vertrauten und etwas verlegenen Lächeln an, das ihr immer wieder naheging.

Epilog

Auf dem grasüberwucherten Friedhof der Kirche ›Zum Erlöser im Moor‹ bezeichnen zwei Grabsteine die letzte Ruhestätte von Jane und Paul Fletcher. Auf den hohen, grauen Marmorplatten, verwittert von den Stürmen, die vom Ärmelkanal über das Marschenland wehen, ist nichts weiter zu lesen als ihre Namen und ihr Alter. Daneben liegen die Gräber ihrer Kinder, die im Moor zur Welt kamen und ihr Leben auch im Moor beschlossen. In der Kirche, die kein Rosenfenster schmückt, ist eine einfache Gedenktafel angebracht mit dem Namen Charles Blake.

Kein Grab auf diesem Gottesacker kündet seinen Namen. Zusammen mit vielen anderen wurde Charles' Leichnam nach seiner Enthauptung während der Schreckensherrschaft auf dem Magdalenenfriedhof in Paris in ungelöschtem Kalk verbrannt.

Auch William schläft hier nicht den letzten Schlaf. Er ertrank, als die ›Rabe‹, das größte Schiff der von ihm gegründeten Handelsflotte, die zwischen London und Westindien verkehrte, vor der Insel Jamaika Schiffbruch litt.

Band 12266

Jessamyn West

...auf daß ihr nicht gerichtet werdet

Der berühmte Roman über ein dunkles Kapitel amerikanischer Geschichte

Indiana 1824. Am Rande der Wildnis wohnen weiße Siedler, tüchtige Farmer und gottesfürchtige Christen mit wenig Besitz. Als ein kleiner Trupp friedlicher Seneca-Indianer nahe der Siedlung ein Lager errichtet, werden sie von den Weißen kaltblütig umgebracht. Mord – sagt das Gesetz, und zum ersten Mal in der Geschichte der Vereinigten Staaten soll es auch für das Töten von Indianern gelten.
Die Siedler von Pendleton sind fassungslos. Ihre Nachbarn und Freunde werden des Mordes beschuldigt für eine Tat, die gestern noch als ehrenhaft und tapfer gerühmt worden wäre. Tief in das Geschehen verstrickt ist die Familie des Predigers Caleb Cape, dessen Tochter Hannah zur Vorkämpferin für Gerechtigkeit und Versöhnung wird.

BASTEI LÜBBE

Band 12268

Mandy Rice Davies

Die Rosen von Zichron

»Als Familien-Saga und historisches Zeitbild gleichermaßen lesenswert.« Münchner Merkur

Palästina 1914. Tatkräftige Landwirte in der jüdischen Siedlung Zichron versuchen das schöne, aber karge Land fruchtbar zu machen. Als der Erste Weltkrieg ausbricht, sehen sie die einzige Hoffnung in der Verwirklichung ihres Traums von einem selbständigen Palästina. So entsteht eine Untergrundorganisation, die dieses Ziel in Angriff nimmt. Die Liebe zu ihrem Land fordert von den Protagonisten einen hohen Preis. So verzichtet der junge Daniel auf seine Liebe zu Sara Levinson, und Sara entschließt sich zu einer Vernunftheirat in Konstantinopel. Erst Jahre später kehrt sie in die geliebte Heimat zurück und findet dort endlich ihr Glück...

BASTEI LÜBBE